HEYNE <

Das Buch

Nach Jahrhunderten des Zölibats hat es der Vampirkrieger Phury auf sich genommen, der Primal der Vampire zu werden. Als Primal ist er dafür verantwortlich, mit den Auserwählten möglichst viele Nachkommen zu zeugen – denn nur wer aus einer gesegneten Verbindung zwischen Primal und Auserwählter hervorgeht, hat später die Chance, in die Bruderschaft der BLACK DAGGER aufgenommen zu werden. Die gesamte Zukunft der Vampire lastet also auf Phurys Schultern. Dass die Erste Auserwählte Cormia seit der Primalszeremonie auf dem Anwesen der Bruderschaft in Caldwell, New York, lebt, macht es für Phury nicht auch nicht gerade einfacher, sein Amt zu ertragen. Obwohl er sich zu Cormia hingezogen fühlt, kann er nicht vergessen, dass er eigentlich Bella liebt – die *Shellan* seines Zwillingsbruders Zsadist. Zerrissen zwischen Pflichterfüllung und Leidenschaft, bringt Phury sich im nächtlichen Kampf gegen die *Lesser* immer häufiger in Gefahr und steuert so unaufhaltsam auf eine Katastrophe zu …

Phury & Cormia, die Fortsetzung von J.R. Wards Bestsellerserie BLACK DAGGER, enthält die beiden Romane *Blutlinen* und *Vampirträume*.

Die Autorin

J.R. Ward begann bereits während des Studiums mit dem Schreiben. Nach dem Hochschulabschluss veröffentlichte sie die BLACK DAGGER-Serie, die in kürzester Zeit die amerikanischen Bestsellerlisten eroberte. Die Autorin lebt mit ihrem Mann in Kentucky und gilt seit dem überragenden Erfolg der Serie als Star der romantischen Mystery.

Mehr über Autorin und Werk erfahren Sie auf:
www.jrward.com

www.twitter.com/HeyneFantasySF
@HeyneFantasySF

J. R. WARD

Black Dagger

PHURY & CORMIA

Roman

Mit spannendem Bonusmaterial
zu Phury & Cormia

WILHELM HEYNE VERLAG
MÜNCHEN

Titel der Originalausgabe
LOVER ENSHRINED
Aus dem Amerikanischen von Astrid Finke

FSC
www.fsc.org
MIX
Papier aus verantwortungsvollen Quellen
FSC® C014496

Verlagsgruppe Random House FSC® N001967

Überarbeitete Neuausgabe 11/2016

Printed in Germany
Umschlaggestaltung: DAS ILLUSTRAT GbR, München
Satz: Buch-Werkstatt GmbH, Bad Aibling
Druck und Bindung: GGP Media GmbH, Pößneck

ISBN 978-3-453-31807-6

www.heyne.de

Gewidmet: Dir.

*Du warst der perfekte Gentleman und eine Wohltat.
Und ich glaube, dass Freude dir gut bekommt –
du hast sie definitiv verdient.*

Prolog

Vor fünfundzwanzig Jahren, drei Monaten, vier Tagen, elf Stunden, acht Minuten und vierunddreißig Sekunden …

In Wahrheit versickerte die Zeit nicht unwiederbringlich in der Unendlichkeit. Bis unmittelbar zur jeweiligen Sekunde in der Gegenwart war sie formbar, nicht starr. *Lehm, nicht Beton.*

Wofür Omega dankbar war. Denn wäre die Zeit starr, dann hielte er jetzt nicht seinen neugeborenen Sohn in den Armen. Kinder zu haben war eigentlich nie sein Ziel gewesen. Und doch vollzog sich in diesem Augenblick eine Wandlung in ihm.

»Ist die Mutter tot?«, fragte er, als sein Haupt-*Lesser* die Treppe herunterkam. Komisch, hätte man den Vampirjäger gefragt, was für ein Jahr es seiner Einschätzung nach war, hätte er gesagt: 1983. Und damit hätte er auf gewisse Weise recht gehabt.

Der Haupt-*Lesser* nickte. »Sie hat die Geburt nicht überlebt.«

»Das tun Vampire selten. Eine ihrer wenigen Tugenden.« Und in diesem Fall besonders rücksichtsvoll von ihr. Die Mutter zu töten, nachdem sie ihm einen solch guten Dienst erwiesen hatte, wäre ihm etwas rüde erschienen.

»Was soll ich mit ihrer Leiche machen?«

Omega sah seinem Sohn dabei zu, wie er ein Händchen ausstreckte und seinen Daumen umschloss. Der Griff war kräftig. »Wie eigenartig.«

»Was denn?«

Was er empfand, war schwer in Worte zu fassen. Oder vielleicht war das genau der Punkt: Er hatte nicht erwartet, überhaupt etwas zu empfinden.

Sein Sohn war als Verteidigungsmaßnahme gegen die Prophezeiung des Zerstörers geplant gewesen, ein sorgsam kalkuliertes Manöver im Krieg gegen die Vampire, eine Strategie, um Omegas Überleben zu sichern. Sein Sohn würde seine Schlachten auf eine völlig neue Weise schlagen und diese Wilden ausrotten, bevor der Zerstörer Stück für Stück Omegas Wesen vernichtete, bis nichts mehr von ihm übrig war.

Und bis zu eben diesem Moment hatte der Plan fehlerfrei funktioniert – angefangen mit der Entführung einer Vampirin, die Omega besamt hatte, bis hin zu diesem Neuankömmling in der Welt.

Der Säugling sah ihn an, das kleine Mündchen bewegte sich lautlos. Er roch süß, aber nicht, weil er ein *Lesser* war.

Plötzlich wollte Omega ihn nicht mehr loslassen. Dieser Junge in seinen Armen war ein Wunder, ein lebendiges, atmendes Schlupfloch. Omega war – im Gegensatz zu seiner Schwester – kein Akt der Schöpfung gewährt worden, doch die Fortpflanzung war ihm auch nicht verwehrt geblieben. Zwar war er nicht imstande, eine völlig neue Spezies zu erschaffen; doch er konnte einen Teil von sich selbst in den Genpool einbringen.

Und das hatte er getan.

»Meister?«, sagte der Haupt-*Lesser.*

Er wollte dieses Baby wirklich nicht abgeben, aber damit sein Plan funktionierte, musste sein Sohn bei seinen Feinden leben, musste als einer von ihnen aufgezogen werden. Er musste ihre Sprache und ihre Kultur und ihre Gebräuche kennenlernen.

Sein Sohn musste wissen, wo sie lebten, damit er sie finden und abschlachten konnte.

Omega zwang sich, den Säugling seinem Haupt-*Lesser* auszuhändigen. »Leg ihn an dem Sammelplatz ab, den zu zerstören ich dir verboten habe. Wickle ihn in Windeln, und lass ihn dort, und wenn du zurückkehrst, werde ich dich zu mir emporziehen.«

Woraufhin du sterben wirst, da dies mein Wille ist, beendete Omega den Satz im Stillen.

Es durfte keine undichten Stellen geben. Keine Fehler.

Während der Haupt-*Lesser* diensteifrig katzbuckelte, was Omega zu jedem anderen Zeitpunkt durchaus amüsiert hätte, ging die Sonne über den Äckern von Caldwell, New York, auf. Von oben steigerte sich ein leises Zischen zum Fauchen eines ausgewachsenen Feuers. Der Brandgeruch kündete von der Einäscherung der weiblichen Leiche, die mitsamt dem ganzen Blut auf dem Bett verbrannte.

Was doch ganz wunderbar war. Reinlichkeit war wichtig, und dieses Bauernhaus war nagelneu, war extra für die Geburt seines Sohnes errichtet worden.

»Geh«, befahl Omega. »Geh, und tu deine Pflicht.«

Der Haupt-*Lesser* ging mit dem Säugling davon, und als Omega die Tür ins Schloss fallen sah, sehnte er sich nach seinem Sprössling. Verspürte ein geradezu körperliches Verlangen nach ihm.

Die Lösung für seine Beklemmung lag allerdings auf

der Hand. Omega erhob sich kraft seines Willens in die Luft und katapultierte das, was er an körperlicher Gestalt besaß, in die »Gegenwart«, in exakt das Wohnzimmer, in dem er sich gerade befand.

Der Zeitenwandel manifestierte sich in einem rapiden Alterungsprozess des Hauses um ihn herum. Tapeten verblassten und lösten sich in trägen Streifen von der Wand ab. Möbel verschlissen und wiesen mehr und mehr Spuren von über zwanzig Jahren Gebrauch auf. Die Decke trübte sich von einem hellen Weiß zu einem schmutzigen Gelb, als hätten Raucher hier jahrelang ihrem Laster gefrönt. Holzdielen bogen sich im Flur an den Kanten auf.

Im hinteren Teil des Hauses hörte er zwei Menschen miteinander streiten.

Omega schwebte in die dreckige, abgenutzte Küche, die noch vor wenigen Sekunden blitzblank und nagelneu gewesen war.

Als er in den Raum kam, hörten der Mann und die Frau auf zu schimpfen und erstarrten vor Schreck. Und er setzte die ermüdende Arbeit fort, das Bauernhaus von neugierigen Augen zu reinigen.

Sein Sohn kehrte zu seinem Ursprung zurück. Und Omegas Bedürfnis, ihn zu sehen, war beinahe noch stärker als das, ihn seinem Zweck zuzuführen.

Als das Böse ihn mitten auf der Brust berührte, fühlte er sich leer und musste an seine Schwester denken. Sie hatte eine völlig neue Spezies hervorgebracht – eine Spezies, die sie durch eine Kombination ihres Willens und der verfügbaren Biologie geschaffen hatte. Sie war so stolz auf sich gewesen.

Genau wie ihr gemeinsamer Vater.

Omega hatte eigentlich nur begonnen, die Vampire zu

töten, um die beiden zu ärgern, doch schnell hatte er gelernt, dass er sich von seinen Untaten nährte. Ihr Vater konnte ihn nicht aufhalten, wie sich herausstellte, denn Omegas Taten – vielmehr seine Existenz selbst – waren notwendig, um die Güte seiner Schwester auszugleichen.

Das Gleichgewicht musste aufrechterhalten werden. Das war das Grundprinzip seiner Schwester, die Existenzberechtigung Omegas und der Auftrag, den ihr Vater von seinem Vater erhalten hatte. Das Fundament der Welt.

Und so kam es, dass die Jungfrau der Schrift litt und Omega daraus Genugtuung zog. Jeder Tod, den er ihrem Volk zufügte, schmerzte sie, und das war ihm wohl bewusst. Der Bruder war immer in der Lage gewesen, sich in die Schwester einzufühlen.

Jetzt war das allerdings mehr denn je der Fall.

Als Omega sich seinen Sohn draußen in der Welt vorstellte, machte er sich Sorgen um den Jungen. Aber so waren Eltern nun mal, oder nicht? Es gehörte sich für einen Vater, für seinen Nachwuchs zu sorgen, sich um ihn zu kümmern und ihn zu beschützen. Was auch immer sein innerstes Wesen war – ob Tugend oder Sünde –, man wollte das Beste für diejenigen, die man in die Welt gesetzt hatte.

Es war verblüffend festzustellen, dass er trotz allem doch etwas mit seiner Schwester gemeinsam hatte … ein Schock zu erkennen, dass sie beide sich wünschten, die von ihnen gezeugten Kinder mögen überleben und gedeihen.

Omega betrachtete die menschlichen Körper, die er gerade zerstört hatte.

Wobei sich seine und ihre Absichten natürlich gegenseitig ausschlossen, nicht wahr.

1

Der Zauberer war zurück.

Phury schloss die Augen und ließ sich gegen das Kopfteil des Bettes sinken. Ach, Quatsch, was erzählte er denn da. Der Zauberer war nie weg gewesen.

Mein Freund, manchmal willst du mich verarschen, spöttelte die dunkle Stimme in seinem Kopf. *Aber mal ehrlich – nach allem, was wir zusammen erlebt haben?* Alles, was sie zusammen erlebt hatten … wo er recht hatte, hatte er recht.

Der Zauberer war die Ursache für Phurys drängendes Bedürfnis nach dem roten Rauch; er spukte nonstop in seinem Kopf herum, hackte darauf rum, was Phury hätte tun sollen, nicht getan hatte, hätte besser machen können.

Sollte. Würde. Könnte.

Hübscher Refrain. Die Wahrheit war, dass einer, der aussah wie ein Nazgûl aus *Der Herr der Ringe,* ihn dem roten Rauch so unerbittlich in die Arme trieb, als hätte ihn der Dreckskerl an Händen und Füßen gefesselt und ihn in den Kofferraum eines Wagens geworfen.

In Wirklichkeit, mein Freund, wärst du die vordere Stoßstange an dem Wagen.

Genau so war es.

Vor seinem geistigen Auge erschien der Zauberer in Gestalt eines Ringgeists inmitten einer ausgedehnten, grauen Ödnis aus Schädeln und Knochen. Mit seinem vornehmen englischen Akzent sorgte der Mistkerl dafür, dass Phury niemals seine Misserfolge vergaß. Die hämmernde Litanei war schuld daran, dass er sich einen Joint nach dem anderen ansteckte, nur um nicht in seinen Waffenschrank zu steigen und am Lauf einer Vierziger zu knabbern.

Du hast ihn nicht gerettet. Du hast sie nicht gerettet. Den Fluch hast du allein auf sie alle heraufbeschworen. Die Schuld liegt bei dir … bei dir …

Phury griff nach der nächsten Tüte und zündete sie mit seinem goldenen Feuerzeug an.

Er war das, was man im Alten Land einen *Exhile Dhoble* nannte.

Der zweite Zwilling. Der *böse* Zwilling.

Dadurch, dass er drei Minuten nach Zsadist lebendig auf die Welt gekommen war, hatte Phury den Fluch des Ungleichgewichts über die Familie gebracht. Zwei adelige Söhne – beide gesund geboren – bedeuteten zu viel Glück; und tatsächlich war schon bald die Balance wiederhergestellt worden: Bereits nach wenigen Monaten war sein Zwilling entführt, in die Sklaverei verkauft und ein Jahrhundert lang auf jede erdenkliche Art und Weise missbraucht worden.

Dank seiner kranken, boshaften Herrin trug Zsadist Narben im Gesicht und auf seinem Rücken, an seinen Handgelenken und am Hals. Und noch viel schlimmere Narben trug er im Inneren.

Phury schlug die Augen wieder auf. Den Körper seines Zwillings zu befreien hatte nicht ausgereicht; erst das Wunder von Bellas Liebe hatte Zs Seele gerettet. Und nun war sie selbst in Gefahr. Wenn sie Bella verlören …

Dann ist alles, wie es sein soll, und das Gleichgewicht bleibt über die kommende Generation hinweg intakt, sagte der Zauberer. *Du glaubst doch nicht ernsthaft, dass dein Zwilling den Segen einer gesunden Geburt erleben wird? Du wirst Kinder ohne Zahl bekommen. Er wird keine haben. So ist das eben mit der Balance.*

Ach ja – und seine Shellan *werde ich mir auch nehmen, hatte ich das schon erwähnt?*

Phury nahm die Fernbedienung und drehte »Che Gelida Manina« auf.

Hatte keinen Zweck. Der Zauberer mochte Puccini. Die Musik hatte nur das Ergebnis, dass der Ringgeist begann, auf dem Skelettfeld im Kreis zu tanzen. Seine Stiefel zermalmten alles, was ihm unter die Füße kam, der schwarze Fetzenumhang wirbelte durch die Luft wie die Mähne eines Hengstes, der das majestätische Haupt zurückwirft. Vor dem endlosen grauen Horizont tanzte und lachte der Zauberer.

So was von nicht richtig im Kopf.

Ohne hinsehen zu müssen, griff Phury auf dem Nachttisch nach seiner Tüte Rauch und dem Drehpapier. Den Abstand hatte er im Gefühl.

Während der Zauberer sich blendend mit *La Bohème* amüsierte, drehte Phury sich zwei dicke Prügel, um seine Kette nicht unterbrechen zu müssen, und er rauchte ununterbrochen weiter, solange er seinen Nachschub vorbereitete. Was er ausatmete, roch nach Kaffee und Schokolade, aber um den Zauberer zum Schweigen zu bringen, hätte er das Zeug auch genommen, wenn es in der Nase beißen würde wie brennende Autoreifen.

Zum Henker – inzwischen war er so weit, dass er eine

ganze verdammte Müllkippe angezündet hätte, wenn ihm das ein bisschen Frieden verschaffen würde.

Ich kann nicht fassen, dass dir unsere Freundschaft nicht mehr wert ist, sagte der Zauberer.

Phury konzentrierte sich wieder auf die Zeichnung in seinem Schoß, an der er in der letzten halben Stunde gearbeitet hatte. Er tauchte die Feder in das Sterlingsilberfass, das an seiner Hüfte lehnte. Mit ihrem schweren, öligen Glanz sah die Tusche darin aus wie das Blut seiner Feinde. Auf dem Papier jedoch war sie von einem tiefen Rötlichbraun. Kein niederträchtiges Schwarz.

Niemals würde er Schwarz für jemanden benutzen, den er liebte. So etwas zu tun brachte Unglück.

Außerdem entsprach die blutfarbene Tusche exakt der Farbe der helleren Strähnen in Bellas Mahagonihaar. Passend zum Thema.

Sorgfältig schattierte Phury den Schwung ihrer perfekten Nase, die feinen Linien der Feder überkreuzten einander, bis genau die richtige Dichte erreicht war.

Tuschezeichnen hatte viel Ähnlichkeit mit dem Leben: ein Fehler, und die ganze Sache war ruiniert.

Mist. Bellas Auge war noch nicht gut genug.

Den Unterarm erhoben, um nicht mit dem Handgelenk die frische Tusche zu verschmieren, versuchte er, den Fehler zu korrigieren, und formte das untere Lid so, dass die Wölbung schräger ausfiel. Sicher strich seine Feder über das kostbare Papier. Aber das Auge war immer noch nicht richtig.

Ja, und das sollte ihn eigentlich nicht überraschen, wenn man bedachte, wie viel Zeit er in den vergangenen acht Monaten damit verbracht hatte, sie zu zeichnen.

Der Zauberer verharrte mitten im Plié und wies Phury

darauf hin, dass diese Feder-Tusche-Nummer an sich keine so tolle Idee war. Die schwangere *Shellan* seines Zwillingsbruders zu zeichnen. Mit Verlaub.

Nur ein wirklich erbärmlicher Vollidiot würde eine Frau anschmachten, die seinem eigenen Zwilling gehört. Und trotzdem machst du das. Du musst ja so stolz auf dich sein, mein Freund.

O ja, aus irgendeinem Grund sprach der Zauberer immer mit englischem Akzent.

Phury nahm noch einen Zug und legte den Kopf schief, um zu probieren, ob ein neuer Blickwinkel ihm weiterhelfen würde. Leider nein. Immer noch falsch. Genau wie übrigens auch die Frisur. Wie er auf die Idee gekommen war, Bellas langes, dunkles Haar zu einem Knoten im Nacken geschlungen – mit zarten, losen Strähnen, die ihre Wangen umspielten – zu zeichnen, wusste er selbst nicht mehr. Sie trug es stets offen.

Egal. Sie war sowieso mehr als schön, und der Rest ihres Gesichts war so, wie er ihn immer darstellte: Ihr liebevoller Blick war nach rechts gerichtet, die Wimpern zeichneten sich als Silhouette ab, ihre Miene drückte eine Mischung aus Wärme und Hingabe aus.

Zsadist saß bei den Mahlzeiten rechts von ihr. Um die Kampfhand frei zu haben.

Phury zeichnete sie nie mit den Augen auf sich gerichtet. Was logisch war. Denn im echten Leben zog er ebenfalls nie ihren Blick auf sich. Sie liebte seinen Zwillingsbruder, und er hätte niemals etwas unternommen, das diese Tatsache ändern könnte, ganz gleich, wie sehr er sich nach ihr sehnte.

Der Bildausschnitt reichte von ihrem Scheitel bis hinab zum Schulteransatz. Nie zeichnete er ihren Schwangerschaftsbauch. Das machte man nicht – schwangere Vampirinnen vom Brustbein abwärts darzustellen. Auch das brachte Unglück. Außerdem würde es ihn an das erinnern, was er am meisten fürchtete.

Todesfälle bei der Geburt waren sehr häufig.

Phury strich mit den Fingerspitzen über ihr Gesicht, wobei er die Nase mied, wo die Tusche noch nicht trocken war. Sie war wundervoll, selbst mit dem nicht ganz richtigen Auge und der falschen Frisur und den Lippen, die weniger voll aussahen als in Wirklichkeit.

Dieses Bild war fertig. Zeit für ein neues.

Er setzte unten auf dem Blatt auf ihrer Schulterwölbung mit dem ersten Efeukringel an. Erst ein Blatt, dann ein wachsender Stängel ... mehr Laub, das sich wand und dicker wurde, ihren Hals bedeckte, von unten gegen ihren Kiefer drängte, zu ihrem Mund emporleckte, sich über ihre Wangen ausbreitete.

Hin und her zum Tintenfass. Efeu umrankte sie. Efeu verwischte die Spuren seiner Feder, verhüllte sein Herz und die Sünde, die darin lebte.

Das Schwierigste für ihn war, ihre Nase zu übermalen. Das machte er immer zuletzt, wenn es nicht länger zu vermeiden war, und dann brannten seine Lungen, als wäre er selbst es, der im dichten Laub keine Luft mehr bekam.

Als der Efeu sich über das ganze Bild ausgebreitet hatte, zerknüllte Phury das Blatt und warf es in den Messingpapierkorb in der anderen Zimmerecke.

Was für ein Monat war inzwischen ... August? Genau, August. Was bedeutete ... Ihre Schwangerschaft würde noch ein gutes Jahr dauern, vorausgesetzt, sie konnte das Kleine halten. Wie viele Vampirinnen musste sie jetzt schon das Bett hüten, weil vorzeitige Wehen eine häufige Komplikation darstellten.

Im gleichen Zug, in dem er einen Joint ausdrückte, griff er nach einem der beiden neuen, die er gerade gedreht hatte, und stellte fest, dass er sie bereits geraucht hatte.

Er streckte das vollständige Bein aus, legte die kleine Staffelei zur Seite und holte sich seine Überlebensausrüstung vom Nachttisch: ein Beutel roter Rauch, Drehpapier und sein massives goldenes Feuerzeug. Sich eine neue Tüte zu drehen dauerte nur Sekunden, und als er den ersten Zug nahm, überprüfte er seine Vorratssituation.

Shit, nicht gut. Gar nicht gut.

Die Stahlrollläden, die automatisch nach oben gezogen wurden, beruhigten ihn etwas. Die Nacht mit ihrer sonnenlosen Pracht war hereingebrochen; ihr Eintreffen gewährte ihm Freiheit vom Anwesen der Bruderschaft … und die Möglichkeit, seinen Dealer Rehvenge zu kontaktieren.

Er schob das Bein ohne Fuß und Wade zuerst vom Bett, tastete nach seiner Prothese und schnallte sie unter das rechte Knie, bevor er aufstand. Er war so zugedröhnt, dass die Luft um ihn herum sich anfühlte wie etwas, durch das man waten musste, und das Fenster, auf das er zusteuerte, schien kilometerweit entfernt. Aber alles war gut. Der vertraute Dunst war tröstlich, das Gefühl zu schweben, während er nackt durch den Raum lief, wohltuend.

Der Garten unter ihm sah traumhaft aus, durch die Flügeltür erleuchtet vom Schein der Bibliothek.

So musste ein Ausblick sein, dachte er. All die Blumen in blühender Pracht, die Obstbäume voller Birnen und Äpfel, die Pfade ordentlich, die Buchsbäume gestutzt.

Dieser Blick aus dem Fenster war ein gänzlich anderer als der, mit dem er aufgewachsen war. Vollkommen anders.

Unmittelbar unterhalb seines Fensters standen Teerosen in voller Blüte. Die Rosen lenkten seinen Gedankenfluss auf eine andere Frau. Während er erneut inhalierte, stellte er sich seine Frau vor – diejenige, die er eigentlich zeichnen sollte … diejenige, mit der er gemäß Gesetz noch einiges mehr anstellen sollte, als sie nur zu malen.

Die Auserwählte Cormia. Seine Erste Partnerin.

Von insgesamt vierzig.

Mannomann, wie zum Henker war er eigentlich zum Primal der Auserwählten geworden?

Ich hab's dir doch gesagt, versetzte der Zauberer. *Du wirst zahllose Kinder zeugen, die alle auf Dauer das große Vergnügen haben werden, zu einem Vater aufzuschauen, dessen einzige Errungenschaft im Leben es war, jeden um sich herum im Stich zu lassen.*

Okay, so ätzend der miese Sack auch war – dem konnte Phury schwerlich widersprechen. Er hatte sich noch nicht mit Cormia vereinigt, wie das Ritual es erforderte. Er war noch nicht wieder auf der Anderen Seite gewesen, um sich mit der Directrix zu treffen. Er hatte die anderen neununddreißig Vampirinnen, bei denen er liegen und die er schwängern sollte, noch nicht einmal kennengelernt.

Phury sog noch heftiger an seinem Joint, das ganze Gewicht dieser dicken, fetten Nullen landete auf seinem Kopf wie Felsbrocken, die der Zauberer geschleudert hatte.

Der Zauberer war extrem zielsicher. Andererseits hatte er ja inzwischen auch genug Übung.

Tja, mein Freund, du bist aber auch ein leichtes Ziel. Das ist doch die Hauptsache dabei.

Wenigstens beklagte sich Cormia nicht über die Vernachlässigung seiner Pflichten. Sie war nicht freiwillig seine Erste Partnerin geworden, sondern in diese Rolle gezwungen worden: Am Tag des Rituals hatte man sie auf dem zeremoniellen Bett festbinden müssen; mit ausgebreiteten Armen und Beinen – bereit für ihn – hatte sie dort gelegen wie ein zu Tode verängstigtes Tier.

Sobald er sie erblickt hatte, war sein System auf *Voreinstellung* zurückgesprungen: der Retter der hilflosen Jungfrau. Er hatte sie hierher ins Haus der Bruderschaft der Black Dagger gebracht und sie im Zimmer neben seinem eigenen einquartiert. Tradition hin oder her, er würde sich dieser Frau auf gar keinen Fall aufzwingen, und wenn sie ein bisschen Zeit und Raum hätten, um einander kennenzulernen, wäre es bestimmt einfacher.

Ja sicher ... *wohl eher nicht.* Cormia hielt Abstand, während er seiner üblichen Alltagsbeschäftigung nachging: nach Möglichkeit nicht zu implodieren. Innerhalb der letzten fünf Monate waren sie einander – oder auch einem Bett – keinen Zentimeter nähergekommen. Cormia sprach nur selten und zeigte sich ausschließlich bei den Mahlzeiten. Wenn sie ihr Zimmer verließ, dann nur, um sich Bücher aus der Bibliothek zu holen.

In ihrer langen weißen Robe kam sie ihm mehr wie ein nach Jasmin duftender Schatten vor denn wie ein Wesen aus Fleisch und Blut.

Die traurige Wahrheit jedoch war, dass das für ihn absolut in Ordnung war. Er hatte geglaubt, sich der sexuellen Verbindlichkeiten vollkommen bewusst zu sein, als er Vishous' Platz als Primal einnahm; doch die Realität war sehr viel einschüchternder, als es die Vorstellung gewesen war. Vierzig Frauen. Vierzig.

In Worten: vier null.

Er musste den Verstand verloren haben, als er V dieses Angebot machte. Sein einziger Versuch, seine Unschuld zu verlieren, war ja weiß Gott schon kein Kinderspiel gewesen – und er hatte es mit einer Professionellen versucht. Wobei es vielleicht genau das Problem gewesen war, dass er sich ausgerechnet eine Hure für den Versuch ausgesucht hatte.

Aber an wen sonst hätte er sich denn wenden sollen? Er war ein zweihundert Jahre alter Zölibatär. Wie, bitte schön, sollte er auf die wunderschöne, zarte Cormia klettern, in sie hineinhämmern, bis er kam, und dann gleich weiterflitzen in das Heiligtum der Auserwählten, einen auf Bill Paxton in *Big Love* machen und sich um seinen Harem kümmern?

Was zum Teufel hatte er sich nur dabei gedacht?

Phury steckte sich den Joint zwischen die Lippen und zog das Fenster hoch. Während das üppige Aroma der Sommernacht in sein Zimmer waberte, wandte er sich wieder den Rosen zu. Vor einigen Tagen hatte er Cormia mit einer ertappt, die sie offenbar aus dem Strauß gezogen hatte, den Fritz im Wohnzimmer im ersten Stock aufgestellt hatte. Sie hatte neben der Vase gestanden, die blasslila Rose zwischen zwei langen Fingern, den Kopf über die Blume gebeugt, die Nase über der prallen Blüte schwebend. Ihr blondes Haar, das sie immer im Nacken zu einem Knoten geschlungen trug, hatte sich in duftigen Strähnen gelöst, die nach vorne fielen und sich in einer Naturwelle kräuselten. Genau wie die Blütenblätter der Rose. Als sie bemerkt hatte, dass er sie anstarrte, hatte sie sich erschrocken. Sie hatte die Blume zurück in die Vase gestellt und schnell den Raum verlassen. Die Tür war lautlos ins Schloss gefallen.

Er wusste, dass er sie nicht ewig hier festhalten konnte, fern von allem, was sie kannte, und allem, was sie war. Und sie beide mussten die sexuelle Zeremonie vollziehen. Das war der Deal gewesen, und das war die Rolle, die sie – egal wie viel Angst sie anfangs gehabt hatte – auch bereit war zu erfüllen. Das hatte sie ihm mitgeteilt.

Er wandte sich zu seinem Sekretär um, auf dem ein schweres goldenes Amulett in der Größe eines Füllers lag. Graviert in einer Urform der Alten Sprache stellte es das Symbol des Primals dar: nicht nur den Schlüssel zu sämtlichen Gebäuden auf der Anderen Seite, sondern auch die Visitenkarte des Vampirs, der über die Auserwählten herrschte.

Die Kraft ihres Volkes, wie der Primal auch genannt wurde.

Das Amulett hatte sich heute wieder gemeldet, wie schon früher. Wann immer die Directrix etwas von ihm wollte, vibrierte das Ding. Theoretisch wurde von ihm erwartet, sich postwendend dorthin zu verpuffen, wo eigentlich sein Zuhause hätte sein sollen – ins Heiligtum. Er hatte die Aufforderung ignoriert. Wie schon die beiden anderen.

Er wollte nicht hören, was er längst wusste: Fünf Monate lang die Primalszeremonie nicht endgültig zum Abschluss zu bringen ging allmählich zu weit.

Er dachte an Cormia, die sich ganz allein in dem Zimmer nebenan verkroch. Die niemanden hatte, mit dem sie reden konnte. Weit weg von ihren Schwestern war. Er hatte versucht, auf sie zuzugehen, doch das hatte sie nur wahnsinnig nervös gemacht. Verständlicherweise.

Mein Gott, er hatte keine Ahnung, wie sie all diese Stunden überstand, ohne verrückt zu werden. Sie brauchte einen Freund. Jeder brauchte Freunde.

Nicht jeder verdient sie allerdings, meldete sich der Zauberer ungefragt zu Wort.

Phury drehte sich um und machte sich auf den Weg in die Dusche. Im Vorbeigehen blieb er neben dem Papierkorb stehen. Seine Zeichnung hatte sich aus dem Ball, zu dem er sie zerknüllt hatte, wieder etwas auseinandergefaltet, und unter den Knittern und Falten konnte er den Efeu erkennen, mit dem er das Bild darunter überzogen hatte. Kurz blitzte die Erinnerung an das, was darunter war, in ihm auf – das zum Knoten geschlungene Haar und die gelösten Strähnen auf einer glatten Wange. Strähnen, die sich genau so kräuselten wie die Blütenblätter einer Rose.

Kopfschüttelnd ging er weiter. Cormia war wundervoll, aber …

Sie zu begehren wäre absolut passend, beendete der Zauberer seinen Satz. *Also warum um alles in der Welt solltest du so etwas empfinden? Könnte ja dein* perfektes *Register von herausragenden Leistungen ruinieren.*

Nein, warte, das muss ja heißen »von Fiaskos«, mein Freund. Oder etwa nicht?

Phury drehte Puccini noch lauter auf und ging unter die Dusche.

2

Als die Rollläden für die Nacht hochgezogen wurden, war Cormia schwer beschäftigt.

Sie saß im Schneidersitz auf dem Orientteppich in ihrem Zimmer und fischte aus einer mit Wasser gefüllten Kristallschale Erbsen heraus. Die Hülsenfrüchte waren so hart wie Murmeln gewesen, als Fritz sie ihr gebracht hatte, doch nachdem sie eine Weile eingeweicht worden waren, wurden sie weich genug für ihre Zwecke.

Sie erwischte eine und zog mit der anderen Hand einen Zahnstocher aus einer kleinen weißen Schachtel, auf der in roter englischer Schrift stand: SIMMON'S ZAHNSTOCHER, 500 STÜCK.

Sie spießte die Erbse auf den Zahnstocher auf und bohrte dann einen weiteren Stocher seitlich so in die Erbse, dass sich ein rechter Winkel ergab. Daraufhin fischte sie eine weitere grüne Frucht aus dem Wasser, steckte sie auf das freie Ende des einen Zahnstochers und so weiter, bis sie zunächst ein Quadrat erhielt und dann einen Würfel. Zufrieden beugte sie sich nach vorn und setzte ihren neuen filigranen Erbsen-Zahnstocher-Bauklotz als Abschlussstein in die letzte Ecke eines vierseitigen Fundaments mit einer Eins-fünfzig-Diagonale auf den Fußboden. Nun würde sie die Wände hochziehen, würde ein mehrstöckiges Gittergebäude aufbauen.

Die Zahnstocher waren alle exakt gleich, identische Holzstäbchen, und die Erbsen waren ebenfalls alle exakt gleich, rund und grün. Beides erinnerte sie an den Ort, von dem sie stammte. Gleichheit war im zeitlosen Heiligtum der Auserwählten von großer Bedeutung. Gleichheit war das Wichtigste überhaupt.

Hier auf dieser Seite glich sich nur wenig.

Zum ersten Mal hatte sie die Zahnstocher unten im Erdgeschoss nach einer Mahlzeit entdeckt, als Bruder Rhage und Bruder Butch sie beim Verlassen des Speiseraums aus einer schmalen Schachtel zogen. Ohne besonderen Grund hatte sie eines Abends einige mit nach oben in ihr Zimmer genommen. Sie hatte sich einen in den Mund gesteckt, doch der trockene, hölzerne Geschmack hatte ihr nicht zugesagt. Da sie nicht recht wusste, was sie sonst damit anfangen sollte, hatte sie die Stocher auf ihrem Nachttisch ausgebreitet und Umrisse damit gebildet.

Fritz, der Butler, war zum Staubwischen in ihr Zimmer gekommen, hatte ihre Bemühungen entdeckt und war kurze Zeit später mit einer Schüssel Erbsen zurückgekehrt, die in einer Schüssel mit lauwarmem Wasser einweichten. Er hatte ihr gezeigt, wie man daraus Figuren bastelte: Erbse zwischen zwei Zahnstochern, oder auch Zahnstocher zwischen zwei Erbsen. Man steckte sie so lange ineinander, bis man etwas Schönes, Neues in Händen hielt.

Seit ihre Entwürfe immer größer und ehrgeiziger wurden, war sie dazu übergegangen, all die Winkel und die Erhebungen im Voraus zu planen, um Fehler zu vermeiden. Außerdem hatte sie sich angewöhnt, auf dem Fußboden zu arbeiten, um mehr Raum zur Verfügung zu haben.

Sie neigte sich zur Seite, um sich die Zeichnung anzusehen, die sie zu Beginn angefertigt hatte und die ihr als Anleitung diente. Die nächste Schicht würde etwas kleiner werden, genau wie die darauf folgende. Dann würde sie einen Turm hinzufügen.

Farbe wäre schön, dachte sie. Aber wie sollte man sie in den Bau einbetten?

Ach, Farbe! Die Befreiung des Auges.

Auf dieser Seite zu sein war nicht immer ganz leicht – doch was sie wirklich liebte, waren die ganzen Farben. Im Heiligtum der Auserwählten war alles weiß: vom Gras über die Bäume und die Tempel bis hin zu Speisen, Getränken und den frommen Büchern.

Schuldbewusst zog sie den Kopf ein und schielte zu ihren heiligen Texten hinüber. Sie konnte schwerlich behaupten, mit ihrer kleinen Kathedrale aus Erbsen und Zahnstochern die Jungfrau der Schrift preisen zu wollen.

Sich mit dem eigenen Ich zu befassen gehörte nicht zu den Zielen der Auserwählten. Es war ein Sakrileg.

Und der Besuch der Directrix der Auserwählten früher am Tag hätte sie daran erinnern sollen.

Gütigste Jungfrau der Schrift, sie wollte gar nicht daran denken.

Sie stand auf, wartete, bis der Schwindel sich gelegt hatte, und trat dann an eines der Fenster. Darunter standen die Teerosen, und Cormia musterte jeden einzelnen Strauch, suchte nach neuen Knospen und abgefallenen Blütenblättern, nach frischem Laub.

Die Zeit verstrich. Sie erkannte es an der Art und Weise, wie die Pflanzen sich veränderten; ein Knospenzyklus dauerte drei bis vier Tage pro Blüte.

Noch etwas, an das sie sich gewöhnen musste. Auf der Anderen Seite gab es keine Zeit. Es gab die Rhythmen der

Rituale und des Essens und Badens, aber keinen Wechsel von Tag und Nacht, kein Stundenmaß, keine Jahreszeiten. Zeit und Dasein waren so unveränderlich wie die Luft, wie das Licht, wie die Landschaft.

Auf dieser Seite hatte sie lernen müssen, dass es Minuten und Stunden gab, Tage und Wochen und Monate und Jahre. Uhren und Kalender wurden dazu benutzt, das Verstreichen der Zeit zu messen, und Cormia hatte herausgefunden, wie man sie las. Genau wie sie gelernt hatte, die Zyklen dieser Welt und der Leute darin zu deuten.

Draußen auf der Terrasse tauchte ein *Doggen* auf. Er hatte eine große Schere in der einen Hand und einen großen roten Eimer in der anderen und lief an den Sträuchern und Büschen vorbei und beschnitt sie.

Sie dachte an die sanft gewellten weißen Wiesen des Heiligtums. Und die unbewegten weißen Bäume. Und die weißen Blumen, die immer in Blüte standen. Auf der Anderen Seite war alles in seiner gebührenden Form erstarrt, sodass keine weitere Pflege erforderlich war. Es gab keinen Wandel.

Jene, die die reglose Luft einatmeten, waren ebenfalls erstarrt, selbst wenn sie sich bewegten – sie lebten und lebten doch nicht.

Obwohl die Auserwählten durchaus alterten. Und sie starben auch.

Cormia blickte über die Schulter zu einem Sekretär mit leeren Schubladen. Die Schriftrolle, die zu überbringen die Directrix gekommen war, lag auf der glänzenden Oberfläche. Die Auserwählte Amalya stellte solche Geburtsanerkennungen als Directrix aus und war hier gewesen, um ihre Pflicht zu erfüllen.

Wäre Cormia auf der Anderen Seite gewesen, dann hätte es auch eine Zeremonie gegeben. Wenn auch selbstverständlich nicht für sie. Die Einzelne, um deren Geburt es ging, erhielt keine besondere Aufmerksamkeit, da es auf der Anderen Seite kein Ich gab. Nur das Ganze.

Selbst zu denken, an *sich selbst* zu denken, war Blasphemie.

Cormia war schon immer eine heimliche Sünderin gewesen. Sie hatte schon immer schändliche Gedanken und Ablenkungen und Triebe gehabt. Die allesamt nirgendwohin führten.

Sie legte die Hand auf die Fensterscheibe. Das Glas, durch das sie blickte, war dünner als ihr kleiner Finger, so klar wie die Luft, kaum ein Hindernis. Sie wollte schon seit geraumer Zeit hinunter zu den Blumen gehen, wartete aber auf … auf was, wusste sie selbst nicht zu sagen.

Als sie neu an diesen Ort gekommen war, hatte sie die Reizüberflutung geplagt. Es gab lauter Dinge, die sie nicht kannte, wie Fackeln, die in die Wand gesteckt waren, sodass man sie anschalten musste, um Licht zu haben. Maschinen, die Dinge für einen erledigten, wie das Geschirr zu spülen oder das Essen zu kühlen oder Bilder auf einem kleinen Bildschirm zu erzeugen. Es gab Kästen, die jede Stunde schlugen, und Metallvehikel, in denen man herumfahren konnte. Laut dröhnende Geräte, mit Hilfe derer man die Fußböden reinigen konnte.

Es gab hier mehr Farben als in sämtlichen Edelsteinen in der Schatzkammer des Heiligtums. Auch Gerüche – gute und schlechte.

Alles war so anders, genau wie die Bewohner. Wo sie herkam, gab es keine Männer, und ihre Schwestern waren austauschbar: Alle Auserwählten trugen dieselben weißen Roben und schlangen ihr Haar auf dieselbe Weise zu einem Knoten im Nacken und trugen eine einzelne Perle in Tropfenform um den Hals. Sie alle gingen und sprachen auf die exakt gleiche, stille Art und taten dieselben Dinge zur selben Zeit. Hier dagegen? Alles war ein Riesendurcheinander. Die Brüder und ihre *Shellan*s trugen alle unterschiedliche Kleidung, jeder redete und lachte auf seine ganz eigene, unverwechselbare Weise. Einige mochten bestimmte Nahrungsmittel, andere jedoch nicht, und manche schliefen lang und andere gar nicht. Manche waren lustig, manche grimmig, manche … schön.

Eine war jedenfalls schön.

Bella war schön.

Besonders in den Augen des Primals.

Als die Uhr zu schlagen begann, schlang sie die Arme fest um ihren Körper. Die Mahlzeiten waren eine einzige Folter – ein Vorgeschmack darauf, wie es sein würde, wenn sie und der Primal ins Heiligtum zurückkehrten.

Und er dort ihre Schwestern mit ähnlicher Bewunderung und Lust betrachten würde.

Apropos Veränderung: Anfangs hatte sie schreckliche Angst vor dem Primal gehabt. Nun, nach fünf Monaten, wollte sie ihn nicht mehr teilen.

Mit seinen prächtigen, mehrfarbigen Haaren und seinen gelben Augen, seiner seidigen, tiefen Stimme war er überwältigend, und darüber hinaus in seinen besten Mannesjahren. Doch das war es nicht, was sie für ihn einnahm. Er war der Inbegriff all dessen, was sie als wertvoll erachtete: Er war immer auf andere bedacht, nie auf sich selbst. Bei Tisch war er derjenige, der sich nach dem Befinden jedes einzelnen der Anwesenden erkundigte, der nachforschte, was aus Verletzungen und verdorbenen Mägen und großen und kleinen Sorgen geworden war. Er forderte nie Aufmerksamkeit für sich selbst ein. Zog nie das Gespräch auf sich. Half jedem.

Wenn eine schwierige Aufgabe anstand, meldete er sich freiwillig. Wenn es etwas zu erledigen gab, kümmerte er sich darum. Wenn Fritz unter der Last eines Tabletts schwankte, sprang der Primal als Erster auf und eilte ihm zu Hilfe. Den Gesprächen bei Tisch zufolge kämpfte er für ihr Volk und unterrichtete den Nachwuchs und war jedem ein guter, aufrichtiger Freund.

Er war wahrlich das Musterbeispiel der selbstlosen Tugenden der Auserwählten, der vollkommene Primal. Und irgendwann während der Sekunden und Stunden und Tage und Monate ihres Aufenthaltes hier war sie vom Pfad der Pflichterfüllung abgekommen und in den verworrenen Wald des freien Willens gelangt. Nun wollte sie bei ihm sein. Es gab kein *musste, sollte, brauchte*.

Doch sie wollte ihn für sich allein.

Was sie zur Ketzerin machte.

Nebenan verstummte die herrliche Musik, die der Primal immer hörte, wenn er in seinem Zimmer war. Was bedeutete, er machte sich auf den Weg hinunter zum Ersten Mahl.

Ein Klopfen an ihrer Tür ließ sie aufspringen und herumwirbeln. Während ihre Robe sanft um ihre Beine schwang, schnappte sie den Duft von rotem Rauch auf, der in ihr Zimmer wehte.

Der Primal stattete ihr einen Besuch ab?

Rasch überprüfte sie den Sitz ihres Haarknotens und strich sich einige lose Strähnen hinter die Ohren. Als sie die Tür einen Spalt öffnete, erhaschte sie einen kurzen Blick in sein Gesicht, bevor sie sich verneigte.

O du gütige Jungfrau der Schrift … der Primal war einfach zu wunderbar, um ihn länger anzusehen. Seine Augen waren so gelb wie Zitrine, seine Haut hatte einen goldbraunen Ton, sein langes Haar war ein leuchtendes Meer von Farbe – vom hellsten Blond über warmes Kupfer bis hin zu tiefem Mahagoni.

Er verbeugte sich knapp und steif. Sie wusste, dass er diese Förmlichkeit verabscheute. Doch er tat es für sie, denn gleich wie häufig er sie aufforderte, auf die Konventionen zu verzichten, kam sie doch nicht dagegen an.

»Hör mal, ich habe mir etwas überlegt«, sagte er.

In der darauf folgenden, zögerlichen Stille befürchtete sie, die Directrix hätte ihn vielleicht aufgesucht. Jeder im Heiligtum wartete ungeduldig darauf, dass die Zeremonie endlich vollendet wurde, und alle wussten genau, dass das noch nicht geschehen war. Mehr und mehr spürte Cormia eine Bedrängnis, die nichts mit seiner Anziehungskraft auf sie zu tun hatte. Die Last der Tradition wog mit jedem Tag schwerer.

Nun räusperte er sich. »Wir sind nun schon eine ganze Weile hier, und ich weiß, dass die Umstellung hart für dich war. Ich dachte mir, du bist bestimmt ein bisschen einsam und hättest möglicherweise gern Gesellschaft.«

Cormia legte sich die Hand auf den Hals. Das war gut. Es wurde Zeit für sie beide, endlich zusammen zu sein. Am Anfang war sie nicht bereit für ihn gewesen. Jetzt war sie es.

»Ich glaube wirklich, dass es gut für dich wäre«, fuhr er mit seiner wunderschönen Stimme fort, »wenn du etwas Gesellschaft hättest.«

Sie verneigte sich tief. »Danke, Euer Gnaden. Ihr habt gewiss recht.«

»Super. Ich hätte da schon jemanden im Sinn.«

Langsam richtete Cormia sich wieder auf. *Jemanden?*

John Matthew schlief immer nackt.

Zumindest seit seiner Transition tat er das.

Sparte Schmutzwäsche.

Mit einem Aufstöhnen legte er sich die Hand zwischen die Beine und umschloss seine eisenharte Erektion. Das Gerät hatte ihn wie üblich aus dem Schlaf gerissen, ein Wecker, der so steil aufragte wie Big Ben.

Er hatte sogar eine Schlummertaste. Wenn er sich um das Ding kümmerte, konnte er noch mal zwanzig Minuten schlafen, bevor es sich wieder lautstark zu Wort meldete. Im Normalfall absolvierte er drei Runden, bevor er aus dem Bett stieg, und noch eine unter der Dusche.

Kaum zu fassen, dass er sich das früher immer gewünscht hatte.

An unschöne Sachen zu denken half auch nichts, und er hegte zwar den Verdacht, dass das Wichsen den Trieb sogar noch verschlimmerte, aber sich seinem Schwanz zu verweigern stand nicht zur Debatte: Als er sich vor ein paar Monaten versuchsweise mal zurückgehalten hatte, war er innerhalb von zwölf Stunden so weit gewesen, dass er vor lauter Geilheit auch einen Baum gevögelt hätte.

Gab es so was wie Anti-Viagra? Cialis Reversalis? Schlaffizillin?

Er drehte sich auf den Rücken, stellte ein Bein seitlich aus, schob die Decke weg und begann, sich zu streicheln. Das war seine bevorzugte Position, wenn er sich auch in besonders heftigen Fällen mitten im Orgasmus auf der Seite zusammenrollte.

Als Prätrans hatte er sich immer eine Erektion gewünscht, weil er geglaubt hatte, ein Ständer würde ihn zum Mann machen. Die Wirklichkeit sah leider etwas anders aus. Klar, mit seinem hünenhaften Körper, seiner angeborenen Geschicklichkeit im Kampf und dieser Dauerlatte segelte er für Außenstehende definitiv unter der Testosteronflagge.

Innerlich aber fühlte er sich noch genauso winzig wie eh und je.

Er bog den Rücken durch und stieß mit den Hüften heftig in seine Hand. Gott ... es fühlte sich gut an. Jedes Mal fühlte es sich gut an ... solange es seine eigene Handfläche war, die die Pumpe bediente. Das eine und einzige Mal, als eine Frau ihn berührt hatte, war seine Erektion noch schneller geschrumpft als sein Ego.

Im Prinzip hatte er also sein Anti-Viagra: andere Leute.

Aber jetzt war nicht der Zeitpunkt, um seine schlimme Vergangenheit aufzuwärmen. Sein Schwanz stand kurz davor abzuspritzen; er merkte es an dieser bestimmten Taubheit. Unmittelbar bevor er kam, spürte er immer ein paar Stöße lang gar nichts, und genau das passierte jetzt gerade, während seine Hand sich auf dem feuchten Schaft auf und ab bewegte.

O ja ... es kommt, es kommt ... Seine Eier waren straff wie gespannte Drahtseile, und seine Hüften rotierten unkontrolliert. Seine Lippen teilten sich, damit er besser keuchen konnte ... und als wäre das alles noch nicht genug, schaltete sich auch noch sein Kopf ein. Nein ... Scheiße ... nicht sie wieder, bitte nicht ...

Zu spät. Mitten im hemmungslosen Masturbieren klammerte sich sein Gehirn an die eine Fantasie, die das Ganze unter Garantie noch intensiver machen würde:

eine von Kopf bis Fuß in Leder gekleidete Frau mit Männerhaarschnitt und Schultern, so breit wie ein Preisboxer.

Xhex.

Mit einem lautlosen Brüllen klappte John zur Seite und begann zu kommen. Der Orgasmus dauerte und dauerte, während er sich vorstellte, mit ihr in einer der Toiletten in dem Club, in dem sie als Sicherheitschefin arbeitete, Sex zu haben. Und solange diese Bilder in seinem Kopf herumrasten, würde sein Körper nicht aufhören zu kommen. Er konnte das buchstäblich zehn Minuten lang aufrechterhalten, bis das Zeug aus seinem Schwanz überall auf ihm klebte und das Laken völlig durchweicht war.

Er versuchte, seine Gedanken unter Kontrolle zu bringen, die Bremse zu ziehen ... und scheiterte. Der Orgasmus hörte einfach nicht auf, seine Hand bewegte sich immer weiter, sein Herz hämmerte, sein Atem ging keuchend, während er seinen Fantasien frönte. Nur gut, dass er ohne Kehlkopf auf die Welt gekommen war, sonst wüsste das ganze Haus Bescheid, was er da ständig trieb.

Erst nachdem er mit Gewalt seine Hand von seinem Schwanz entfernt hatte, beruhigte sich die Lage allmählich. Das Zucken ließ nach, er lag ermattet auf der Matratze und atmete ins Kissen. Schweiß und andere Körperflüssigkeit trockneten auf seiner Haut.

Netter Weckruf. Nette kleine Sportsession. Netter Zeitvertreib. Aber letzten Endes hohl.

Ohne speziellen Grund wanderte sein Blick herum und blieb am Nachttisch hängen. Wenn er die Schublade öffnen würde – was er nie tat –, würde er zwei Dinge finden: eine blutrote Schachtel, ungefähr in der Größe einer Faust; und ein altes, ledernes Tagebuch. In der Schachtel befand sich ein schwerer goldener Siegelring mit dem

Wappen seiner Abstammungslinie als Sohn des Black-Dagger-Kriegers Darius, Sohn des Marklon. Das uralte Tagebuch enthielt die persönlichen Gedanken seines Vaters über einen Zeitraum von zwei Jahren seines Lebens. Ebenfalls ein Geschenk.

John hatte den Ring nie getragen und die Einträge nie gelesen.

Dafür gab es diverse Gründe, aber der Hauptgrund, diese Gegenstände wegzuschließen, war, dass der Mann, den er als seinen Vater betrachtete, nicht Darius war. Es war ein anderer Bruder. Ein Bruder, der seit inzwischen acht Monaten spurlos verschwunden war.

Wenn er überhaupt einen Ring tragen würde, dann wäre es der mit dem Wappen des Tohrment, Sohn des Hharm. Um den Vampir zu ehren, der ihm in so kurzer Zeit so viel bedeutet hatte.

Doch das würde nicht geschehen. Tohr war sehr wahrscheinlich tot, egal, was Wrath sagte, und außerdem war er nie sein echter Vater gewesen.

Um nicht schlecht draufzukommen, stand John auf und schlurfte ins Badezimmer. Die Dusche half ihm, sich wieder zu fangen, und das Anziehen tat ein Übriges.

Heute Abend war kein Unterricht, deshalb würde er sich noch ein paar Stunden unten im Büro herumtreiben und sich später mit Qhuinn und Blay treffen. Er hoffte, dass viel Papierkram zu erledigen war. Heute Nacht freute er sich nicht besonders auf seine besten Freunde.

Sie würden zu dritt in die Stadt fahren zum … o Gott, zum Shoppen.

Es war Qhuinns Idee gewesen. Wie meistens. Seiner Meinung nach musste Johns Garderobe dringend aufpoliert werden. John sah an seiner Levi's-Jeans und seinem weißen T-Shirt herab. Das einzig Lässige an ihm waren seine Turnschuhe: Nike Air Max, in Schwarz. Und selbst die waren nicht gerade premiumlässig.

Vielleicht hatte Qhuinn nicht ganz unrecht damit, dass John in modischer Hinsicht ein totaler Amateur war, aber mal im Ernst: Wen musste er denn beeindrucken?

Bei dem Wort, das ihm spontan in den Kopf kam, fluchte er und schüttelte sich. *Xhex.*

Es klopfte an seiner Tür. »John? Bist du da?«

Schnell stopfte sich John das Shirt in die Hose und überlegte, was Phury wohl von ihm wollen konnte. Er lernte immer fleißig und machte gute Fortschritte im Nahkampf. Vielleicht ging es um seine Arbeit im Büro?

John machte die Tür auf. *Hallo,* grüßte er in Gebärdensprache.

»Hey, wie geht's dir?« John nickte und runzelte dann die Stirn, als der Bruder ebenfalls in die Gebärdensprache wechselte. *Ich wollte dich um einen Gefallen bitten.*

Aber sicher doch.

Cormia … tja, es war nicht einfach für sie, auf diese Seite zu kommen. Ich glaube, es wäre toll, wenn sie ein bisschen Zeit mit jemandem verbringen würde, der, du weißt schon … der freundlich, aber zurückhaltend ist. Unkompliziert. Glaubst du, du könntest dich ein bisschen um sie kümmern? Dich einfach nur mit ihr unterhalten oder ihr das Haus zeigen oder … egal was. Ich würde es ja tun, aber …«

Das ist kompliziert, beendete John den Satz im Kopf.

Das ist kompliziert, zeigten Phurys Hände.

Ein Bild der stillen, blonden Auserwählten blitzte in Johns Kopf auf. Er hatte beobachtet, wie geflissentlich Cormia und Phury einander in den vergangenen Monaten *nicht* angesehen hatten, und fragte sich schon länger – wie zweifellos alle anderen im Haus –, ob sie den Deckel schon draufgemacht hatten, sozusagen.

John glaubte nicht daran. Sie waren beide noch viel zu verlegen im Umgang miteinander.

Würde es dir etwas ausmachen?, fragte Phury. *Ich denke mir, sie muss doch Fragen haben oder ... keine Ahnung, Dinge, über die sie reden möchte.*

Offen gestanden, wirkte die Auserwählte nicht, als hätte sie ein gesteigertes Bedürfnis nach Unterhaltung. Bei den Mahlzeiten hielt sie immer den Kopf gesenkt, sagte kein Wort und aß nur weiße Lebensmittel. Aber wenn Phury ihn darum bat – wie könnte John ablehnen? Der Bruder half ihm jederzeit bei seinem Kampftraining und beantwortete Fragen außerhalb des Klassenzimmers und war generell einfach der Typ, dem man mit Freuden einen Gefallen tat, weil er zu jedem nett war.

Klar, entgegnete John. *Mach ich doch gern.*

Danke. Phury klopfte ihm so zufrieden auf die Schulter, als hätte er das Loch im Fahrradreifen endlich gefunden. *Ich sage ihr, dass ihr euch nach dem Ersten Mahl in der Bibliothek trefft.*

John sah wieder an seinen Klamotten herab. Er war nicht sicher, ob die Jeans schick genug war, aber in seinem Schrank hing nichts anderes.

Vielleicht war es doch ganz gut, dass er und die Jungs zum Shoppen verabredet waren. Schade eigentlich, dass sie das nicht schon früher getan hatten.

3

Die Tradition der Gesellschaft der *Lesser* sah vor, dass man nach seiner Einführung mit dem Anfangsbuchstaben seines Nachnamens angesprochen wurde.

Mr. D hätte eigentlich Mr. R heißen müssen. R wie Roberts. Die Sache war nur die – zu dem Zeitpunkt, als man ihn rekrutiert hatte, nannte er sich gerade Delancy. Also war aus ihm Mr. D geworden, und unter diesem Namen kannte man ihn jetzt seit dreißig Jahren.

Aber wen kratzte das schon. Namen waren sowieso Schall und Rauch.

Mr. D schaltete in den dritten Gang, als er in eine Kurve auf der Route 22 fuhr, aber das brachte auch nicht wirklich viel. Der Ford Focus hatte ungefähr so viel Power wie ein Neunzigjähriger. Roch irgendwie auch nach Mottenkugeln und schuppiger Haut.

Das Umland von Caldwell, New York, bestand aus einem etwa achtzig Kilometer breiten Gürtel Ackerflächen und Kuhweiden, und während er so über die Landstraße stotterte, musste er plötzlich an Mistgabeln denken. Mit so einer hatte er damals zum ersten Mal einen Menschen getötet. Damals in Texas, mit vierzehn. Seinen Cousin, Big Tommy.

Mr. D war zu jener Zeit ziemlich stolz darauf gewesen, mit diesem Mord davonzukommen. Klein und hilflos auszusehen war der Trick gewesen. Jeder hatte gewusst, dass der gute alte Tommy ein Schläger war, grobschlächtig und bösartig. Und als Mr. D mit seiner verprügelten Visage schreiend zu seiner Mama gelaufen kam, hatte jeder sofort geglaubt, dass sein Cousin einen Tobsuchtsanfall gehabt und dementsprechend verdient hatte, was mit ihm passiert war. Ha! Mr. D war Big Tommy in die Scheune nachgelaufen und hatte ihn so lange genervt, bis der ihm die dicke Lippe und das blaue Auge verpasst hatte, die erforderlich waren, um auf Notwehr zu plädieren. Dann hatte Mr. D die Mistgabel genommen, die er im Voraus dort deponiert hatte, und sich an die Arbeit gemacht.

Er hatte einfach nur wissen wollen, wie es war, einen Menschen zu töten. Die Katzen, Opossums und Waschbären, die er mit Fallen gefangen und gefoltert hatte, waren ja ganz okay gewesen, aber es waren eben keine Menschen.

Es war härter gewesen als erwartet. In den Filmen tauchten die Mistgabeln in menschliche Körper ein wie ein Löffel in die Suppe, aber die Realität sah anders aus. Die Zinken hatten sich so in Big Tommys Rippen verfangen, dass Mr. D den Fuß in die Hüfte seines Cousins hatte stemmen müssen, um die nötige Hebelkraft auszuüben und die Gabel herauszuzerren. Der zweite Stoß war im Magen gelandet, hatte sich aber erneut verkantet. Wahrscheinlich im Rückgrat. Das hieß, er musste wieder mit dem Fuß gegendrücken. Als Big Tommy endlich aufgehört hatte zu kreischen wie ein Schwein auf der Schlachtbank, keuchte Mr. D in der süßlichen, staubigen Luft der Scheune, als reichte sie ihm nicht zum Atmen.

Doch die Aktion war kein totaler Flop gewesen. Der sich verändernde Ausdruck auf dem Gesicht seines Cousins hatte Mr. D wirklich gut gefallen. Erst war es Wut gewesen, der Stoff, der Mr. D high machte. Dann Unglauben. Am Ende Entsetzen und Fassungslosigkeit. Blut hustend und röchelnd, hatte Big Tommy die Augen in rechtschaffener Furcht – wie anständige Kinderchen sie für den Herrn, ihren Schöpfer, empfinden sollten – weit aufgerissen. Mr. D, der Zwerg der Familie, der kleine Wicht, hatte sich zwei Meter groß gefühlt.

Zum allerersten Mal hatte er damals Macht geschmeckt, und er hatte sofort mehr davon gewollt, aber die Polizei war gekommen, und es hatte viel Gerede im Dorf gegeben. So hatte er sich gezwungen, brav zu sein. Es vergingen einige Jahre, bevor er das nächste Mal so etwas abzog. Die Arbeit in einer Fleischfabrik hatte sich positiv auf seine Geschicklichkeit mit scharfen Gegenständen ausgewirkt, und als er so weit war, hatte er jemandem die gleiche Falle gestellt wie damals Tommy: erst eine Kneipenprügelei mit einem Bulldozer von einem Kerl. Er hatte den blöden Penner systematisch auf die Palme gebracht und ihn dann in eine dunkle Ecke gelotst. Dieses Mal benutzte er einen Schraubenzieher.

Die Sache hatte sich etwas kniffliger gestaltet als bei Big Tommy. Nachdem Mr. D erst mal in Fahrt gekommen war, hatte er sich nicht mehr bremsen können. Und die Notwehr-Karte zu spielen war etwas schwieriger, wenn man auf das Opfer siebenmal eingestochen, es danach aus der Kneipe hinter ein Auto geschleift und in seine Einzelteile zerlegt hatte wie einen kaputten Motor.

Also hatte er den Burschen in ein paar Müllsäcke verpackt und in dessen eigenem Ford Pinto eine kleine Reise gen Norden mit ihm unternommen. Als die Leiche zu riechen begann, hatte er sich auf dem platten Land von Mississippi eine Art Hügel gesucht, das Auto rückwärts auf dem Abhang abgestellt und der vorderen Stoßstange einen kräftigen Tritt versetzt. Der Kofferraum mit seiner stinkenden Fracht war ungebremst in einen Baum geknallt. Die Explosion war doch ziemlich aufregend gewesen.

Von da aus war er per Anhalter nach Tennessee weitergefahren und hatte sich dort eine Zeitlang mit Hilfsjobs über Wasser gehalten. Er hatte zwei weitere Männer getötet, bevor er sich weiter nach North Carolina treiben ließ, wo man ihn beinahe auf frischer Tat ertappt hätte.

Seine Opfer waren immer große, bullige Arschlöcher. Und so war er zum *Lesser* geworden: Er hatte sich ein Mitglied der Gesellschaft der *Lesser* vorgeknöpft, und da er ihn trotz des Größenunterschieds beinahe getötet hätte, war der Vampirjäger so beeindruckt gewesen, dass er Mr. D vorschlug, sich ihnen anzuschließen.

Es klang nach einem guten Deal. Nachdem er sich erst von dem ganzen »verfluchte Scheiße, das meint ihr doch wohl nicht ernst« erholt hatte.

Nach seiner Einführung war Mr. D in Connecticut stationiert gewesen, war dann aber vor ungefähr zwei Jahren nach Caldie gezogen, als Mr. X, der damalige Haupt-*Lesser*, die Zügel der Gesellschaft ein bisschen straffer angezogen hatte.

In dreißig Jahren war Mr. D nie zu Omega gerufen worden.

Das hatte sich vor wenigen Stunden geändert.

Die Vorladung war in Form eines Traums erfolgt, und es hatte nicht seiner guten Kinderstube bedurft, um der Aufforderung unverzüglich Folge zu leisten. Aber es bestand durchaus Grund zur Sorge, dass er diese Nacht nicht überleben würde.

Es lief momentan nicht so prickelnd in der Gesellschaft der *Lesser.* Nicht, seit der Zerstörer der Prophezeiung aufgetaucht war.

Der Zerstörer war vorher ein Mensch gewesen, ein Cop, soweit Mr. D gehört hatte. Ein Polizist mit Vampirblut in sich, an dem Omega mit verheerenden Folgen herumgebastelt hatte. Und natürlich hatte die Bruderschaft der Black Dagger den Kerl bei sich aufgenommen und ihn mit Freuden zum Einsatz gebracht. Die waren ja auch nicht blöd.

Denn wenn der Zerstörer zuschlug, bedeutete das nicht einfach nur einen Vampirjäger weniger.

Wenn der Zerstörer einen erwischte, dann entnahm er einem das Stück Omega, das man in sich trug, und sog es in sich selbst ein. Statt ewigem Paradies, das einem bei der Einführung in die Gesellschaft versprochen wurde, landete man im Inneren dieses Kerls. Und mit jedem zerstörten *Lesser* war ein Stück Omega für immer verloren.

Früher war das Schlimmste, was einem passieren konnte, nach einem Kampf mit den Brüdern in den Himmel zu kommen. Und jetzt? In den meisten Fällen wurde man halbtot liegengelassen, bis der Zerstörer vorbeikam und einen inhalierte. Er ließ nur Asche zurück und betrog die *Lesser* so um die wohlverdiente ewige Seligkeit.

Insofern war die Stimmung in letzter Zeit also latent angespannt. Omega benahm sich noch ekelhafter als sonst, die Jäger waren gereizt, weil sie sich ständig über die Schulter schauten, und neue Rekruten waren so selten wie nie zuvor, weil alle so damit beschäftigt waren, ihre eigene Haut zu retten, dass niemand nach frischem Blut Ausschau hielt.

Außerdem hatte es eine ziemlich starke Fluktuation auf dem Posten des Haupt-*Lesser* gegeben. Wobei das eigentlich schon immer der Fall gewesen war.

Mr. D bog rechts in die RR 149 ein und fuhr fünf Kilometer weiter bis zur nächsten Kreuzung, an der das Hinweisschild umgenietet worden war, vermutlich von einem Baseballschläger. Die gewundene Straße war mehr ein Feldweg voller Schlaglöcher, und er musste vom Gas gehen, wenn er seine Eingeweide nicht zu Butter verquirlen wollte: Der Wagen hatte eine Federung wie ein Toaster. Nämlich gar keine.

Das war echt ein Nachteil an der Gesellschaft der *Lesser* – man bekam nur Schrottkarren.

Bass Pond Lane ... er suchte die Bass Pond La... da war sie ja. Er riss das Steuer herum, trat auf die Bremse und kriegte gerade noch die Kurve.

Mangels Straßenbeleuchtung fuhr er erst mal schwungvoll an dem armseligen, verwilderten Grundstück vorbei und musste den Rückwärtsgang einlegen und zurücksteuern. Das Bauernhaus war in einem noch schlimmeren Zustand als sein Focus, ein Rattenloch mit kaputtem Dach und schiefen Seitenmauern, im Würgegriff des nordamerikanischen Äquivalents zum Efeu: Giftsumach.

Da es keine Einfahrt gab, parkte Mr. D auf der Straße, stieg aus und rückte seinen Cowboyhut zurecht. Der Schuppen erinnerte ihn an sein Elternhaus, mit der losen Dachpappe und den Sprüngen in den Fenstern und dem von Unkraut überwucherten Rasen. Schwer vorstellbar, dass da drin nicht seine dicke Mutter und sein abgearbeiteter Vater auf ihn warteten.

Sie mussten schon vor einiger Zeit gestorben sein, dachte er, während er über den Rasen lief. Er war das jüngste ihrer sieben Kinder gewesen, und beide hatten stark geraucht.

Die Fliegengittertür hatte fast kein Fliegengitter mehr in dem verrosteten Rahmen. Als er sie aufzog, quiekte sie wie ein abgestochenes Schwein, quiekte wie Big Tommy, genau wie die Tür zu Hause. Auf sein Klopfen an der Eingangstür reagierte niemand, also setzte er den Cowboyhut ab und verschaffte sich Einlass, indem er mit Hüfte und Schulter die Tür aufbrach.

Im Inneren roch es nach Zigarettenrauch, Schimmel und Tod. Die ersten beiden Gerüche waren schal; der Tod frisch, die Sorte saftiges, fruchtiges Aroma, bei dem man sofort losziehen und auch etwas töten wollte, um bei der Party mitzumachen.

Da war noch ein weiterer Geruch. Der süßliche Duft, der in der Luft hing, sagte ihm, dass Omega erst vor Kurzem hier gewesen war. Entweder er oder ein anderer *Lesser.*

Mit dem Hut in der Hand lief er durch die dunklen Räume nach hinten in die Küche. Dort lagen die Leichen. Zwei, auf den Bäuchen. Das Geschlecht konnte er nicht erkennen, da sie enthauptet worden waren und keiner von beiden ein Kleid trug, aber die Blutlachen hatten sich dort, wo eigentlich ihre Köpfe sein sollten, miteinander vermischt – beinahe, als würden sie sich an den Händen halten.

Eigentlich richtig süß.

Zwischen dem beigefarbenen Kühlschrank und dem klapprigen Resopaltisch entdeckte er einen schwarzen Fleck an der Wand. Diese Spur einer Explosion deutete darauf hin, dass ein Kollege ins Gras gebissen hatte, und zwar durch die Hand Omegas. Offensichtlich hatte der Meister mal wieder einen Haupt-*Lesser* gefeuert.

Mr. D stieg über die Leichen hinweg und machte die Kühlschranktür auf. *Lesser* aßen zwar selbst nicht, aber er war neugierig, was das Paar da drinnen aufbewahrte. So, so. Noch mehr Erinnerungen. Ein offenes Päckchen Schinkenwurst, außerdem war die Mayo fast leer.

Nicht dass die zwei sich jemals wieder ein Sandwich schmieren mussten.

Er schloss den Kühlschrank wieder und lehnte sich mit dem Rücken an die …

Die Temperatur im Haus fiel schlagartig um zehn Grad, als hätte jemand den Thermostat auf *Arsch abfrieren* gestellt. Der gleichzeitig einsetzende Wind zerzauste die laue Sommernacht, wurde immer stärker, bis das Bauernhaus ächzte.

Omega.

Mr. D schaffte es gerade noch strammzustehen, bevor die Haustür aufflog. Was da durch den Flur kam, war ein tintiger Dunst. Fließend und durchsichtig wälzte er sich über die Holzdielen. Vor Mr. D verschmolz er schließlich und nahm die Form eines Mannes an.

»Meister«, sagte Mr. D, während er sich von der Hüfte abwärts verbeugte und sein schwarzes Blut vor Furcht und Liebe in seinen Adern raste.

Omegas Stimme kam aus weiter Ferne und hatte einen elektronischen Klang mit statischem Rauschen. »Ich ernenne dich zum Haupt-*Lesser.*«

Mr. D blieb die Luft weg. Das war die höchste Ehre, die mit Abstand mächtigste Position in der Gesellschaft der *Lesser.* Er hätte nie darauf zu hoffen gewagt. Und vielleicht würde er ja tatsächlich sogar ein Weilchen in dem Job durchhalten. »Danke …«

In einer Vorwärtsbewegung zerfloss Omega wieder zu

Dunst und umhüllte Mr. Ds Körper wie ein Überzug aus flüssigem Teer. Schmerz löste das Gefühl eines jeden Knochens in seinem Körper ab, und Mr. D spürte, wie er herumgedreht und mit dem Gesicht voraus auf die Arbeitsplatte gedrückt wurde. Der Hut fiel ihm aus der Hand. Omega übernahm das Kommando, und es geschahen Dinge, in die Mr. D niemals eingewilligt hätte.

Allerdings gab es so etwas wie Einwilligung ohnehin nicht in der Gesellschaft. Man hatte nur ein Ja zur Verfügung, und zwar das, mit dem man beitrat. Alles Weitere entzog sich der eigenen Kontrolle.

Als gefühlte Jahrhunderte verstrichen waren, trat Omega aus Mr. Ds Körper heraus und bekleidete sich. Eine weiße Robe bedeckte ihn von Kopf bis Fuß. Mit geradezu damenhafter Eleganz zog das Böse seine Ärmel glatt, die Krallen waren nun verschwunden.

Oder vielleicht waren sie auch einfach nur total abgewetzt nach dem ganzen Reißen und Kratzen.

Geschwächt und tropfend sackte Mr. D gegen die schartige Arbeitsplatte. Er wollte sich wieder anziehen, aber von seinen Kleidern war nicht viel übrig.

»Die Ereignisse spitzen sich zu«, erklärte Omega. »Die Inkubation ist vorbei. Es wird nun Zeit, den Kokon abzuschütteln.«

»Ja, Meister.« Als gäbe es darauf eine andere Entgegnung. »Wie kann ich Euch dienen?«

»Deine Aufgabe ist es, mir diesen zu bringen.« Omega streckte die Hand mit der Fläche nach oben aus, und ein Bild erschien, in der Luft schwebend.

Mr. D musterte das Gesicht, Angst brachte sein Gehirn auf Touren. Er brauchte definitiv mehr Details als dieses transparente Fahndungsfoto. »Wo finde ich ihn?«

»Er wurde hier geboren und lebt unter den Vampiren in Caldwell.« Omegas Stimme klang wie aus einem alten Science-Fiction-Film, sie hallte gespenstisch, verzerrt wider. »Er ging erst vor wenigen Monaten durch seine Transition. Sie halten ihn für einen der ihren.«

Na super, das grenzte die Suche ja unheimlich ein.

»Es ist dir gestattet, dir Unterstützung zu holen«, sagte Omega. »Aber er muss lebendig gefangen werden. Wenn ihn jemand tötet, werde ich dich dafür zur Rechenschaft ziehen.«

Omega neigte sich zur Seite und legte die Hand neben den schwarzen Rauchfleck auf die Tapete. Das Bild des Vampirs prägte sich auf das gelbe Blumenmuster, brannte sich dort ein. Omega legte den Kopf schief und betrachtete es. Dann streichelte er das Gesicht mit einer sanften, graziösen Geste. »Er ist etwas Besonderes. Finde ihn. Bring ihn hierher. Eile dich.«

Das *sonst* musste nicht laut ausgesprochen werden.

Als das Böse verschwunden war, bückte sich Mr. D und hob seinen Cowboyhut auf. Glücklicherweise war er weder zerknautscht noch schmutzig.

Er rieb sich die Augen und dachte nach; er steckte bis zum Hals in der Scheiße. Ein männlicher Vampir irgendwo in Caldwell. Schlimmer, als einen Grashalm auf einer Wiese zu suchen.

Er nahm ein Gemüsemesser von der Arbeitsfläche und schnitt das Bild aus der Tapete aus. Vorsichtig zog er es ab und betrachtete das Gesicht.

Vampire lebten aus zwei Gründen bevorzugt im Verborgenen: Sie konnten es nicht leiden, wenn Menschen sich in ihre Angelegenheiten einmischten; und sie wussten, dass die *Lesser* hinter ihnen her waren. Allerdings hielten sie sich durchaus auch in der Öffentlichkeit auf – besonders die jungen Männer. Aggressiv und leichtsinnig, wie sie waren, trieben sie sich gern in den zwielichtigeren Gegenden von Caldwells Innenstadt herum, weil es dort Menschen gab, mit denen man Sex haben oder sich prügeln und außerdem alle möglichen lustigen Sachen zum Sniffen, Trinken oder Rauchen finden konnte.

Die Innenstadt. Er würde einen Trupp zusammenstellen und die Bars abklappern. Selbst wenn sie nicht gleich den Richtigen fanden, war die Vampirgemeinschaft doch ziemlich überschaubar. Irgendjemand würde ihr Zielobjekt schon kennen, und Informationsbeschaffung war eine von Mr. Ds Stärken.

Er hielt nichts von Wahrheitsseren. Er brauchte bloß einen Tischlerhammer und ein Stück Kette, und er brachte jeden Mund im Handumdrehen zum Quatschen.

Mr. D schleppte seinen geschundenen, jämmerlichen Körper nach oben und duschte sich ausgiebig in dem vergammelten Badezimmer der toten Bewohner. Danach zog er sich einen Overall und ein Hemd über, die ihm natürlich beide zu groß waren. Nachdem er die Ärmel hochgekrempelt und von den Hosenbeinen zehn Zentimeter abgeschnitten hatte, kämmte er sich das weiße Haar glatt auf den Schädel. Schließlich besprühte er sich noch mit Old Spice, das er auf einer Kommode fand. Das Zeug bestand fast nur noch aus Alkohol, als hätte die Flasche schon länger dort gestanden, aber Mr. D hatte es eben gern klassisch.

Wieder unten, machte er einen Abstecher durch die Küche und holte sich das Stück Tapete mit dem Bild des Vampirs darauf. Er verschlang die Gesichtszüge geradezu mit den Augen und musste feststellen, dass er aufgeregt wie ein Bluthund war, obwohl ihm immer noch alles wehtat.

Die Jagd war eröffnet, und er wusste, wen er noch einsetzen würde. Es gab einen Trupp von fünf *Lessern,* mit denen er in den vergangenen Jahren immer mal wieder zusammengearbeitet hatte. Es waren gute Jungs. Na ja – *gut* war vermutlich das falsche Wort. Aber mit ihnen kam er klar, und jetzt, wo er Haupt-*Lesser* war, konnte er ihnen – und allen anderen – Befehle erteilen.

Auf dem Weg zur Haustür setzte er den Hut auf und tippte sich an die Krempe, als er an den toten Menschen vorbeikam. »Howdy«, sagte er.

Qhuinn marschierte schlecht gelaunt in das Arbeitszimmer seines Vaters und rechnete nicht im Geringsten damit, dass sich seine Stimmung dadurch nennenswert bessern würde.

Sag ich doch. Sobald er den Fuß über die Schwelle gesetzt hatte, ließ sein Vater das Wall Street Journal los, um sich die Fingerknöchel erst kurz an den Mund zu pressen und sich dann damit nacheinander zu beiden Seiten auf den Hals zu tippen. Eine schnelle Beschwörungsformel in der Alten Sprache wurde gemurmelt, dann hielt er sich die Zeitung wieder vors Gesicht.

»Brauchst du mich für die Gala?«, fragte Qhuinn.

»Hat dir keiner der *Doggen* Bescheid gegeben?«

»Nein.«

»Sie hätten es dir ausrichten sollen.«

»Das ist dann wohl ein Nein.« Aus dem gleichen Grund, aus dem er die ursprüngliche Frage gestellt hatte, drängte er jetzt auf eine Antwort: um seinem Vater auf die Nerven zu gehen.

»Ich begreife nicht, warum sie es dir nicht gesagt haben.« Sein Vater verschränkte die Beine neu, die Bügelfalte in seinem Hosenbein war so scharfkantig wie der Rand seines Sherryglases. »Es sollte doch ausreichen, eine Anordnung nur einmal zu erteilen. Das kann doch nicht zu viel …«

»Du wirst es mir nicht selbst sagen, habe ich recht?«

»… verlangt sein. Ich meine, mal ehrlich, so schwierig kann das doch nicht sein. Die Aufgabe eines Dienstboten ist, zu Diensten zu sein, und ich wiederhole mich wirklich nur sehr ungern.«

Der Fuß seines Vaters wippte in der Luft. Seine Lederslipper waren – wie immer – von Cole Haan: kostspielig, aber so dezent wie ein aristokratisches Flüstern.

Qhuinn betrachtete seine eigenen New-Rock-Stiefel. Die Profilsohle war unter seinen Fußballen fünf Zentimeter, am Absatz sieben Zentimeter dick. Das schwarze Leder reichte bis zu den Waden hinauf, wo es kreuzweise mit Senkeln und drei fetten Chromschnallen verschnürt war.

Damals, als er noch Taschengeld bekam – als man noch hoffte, dass seine Wandlung sein Gebrechen beheben würde –, hatte er monatelang auf diese coolen, beinharten Lederstiefel gespart. Nach der Transition hatte er sie sich dann so bald wie möglich gekauft. Sie waren sein Geschenk an sich selbst dafür, dass er überlebt hatte, weil er genau wusste, dass er von seinen Eltern nichts zu erwarten hatte.

Als Qhuinn sie zum ersten Mal bei Tisch getragen hatte, waren seinem Vater fast die Augen aus dem Spießerkopf gefallen.

»War sonst noch etwas?«, fragte sein Vater, hinter seiner Zeitung verschanzt.

»Nee. Keine Sorge, ich werde mich schon nicht blicken lassen.«

Es war ja nicht das erste Mal, dass er auf offiziellen Empfängen durch Abwesenheit glänzte, wobei – wem wollten sie eigentlich etwas vormachen? Die *Glymera* kannte sein kleines »Problem« doch sehr genau, und diese stumpfsinnigen Snobs waren wie Elefanten. Sie vergaßen nie.

»Ach, übrigens, dein Cousin Lash hat eine neue Arbeit«, nuschelte sein Vater. »In Havers' Klinik. Lash überlegt, Arzt zu werden, und macht nach dem Unterricht ein Praktikum.« Die Zeitung wurde umgeklappt, und ganz flüchtig kam das Gesicht seines Vaters in Sicht ... vor Schreck konnte Qhuinn gerade noch seinen sehnsüchtigen Blick auf die Augen seines Vaters verbergen. »Lashs Vater hat wirklich allen Grund, stolz auf ihn zu sein. Er ist ein würdiger Nachfolger als Familienoberhaupt.«

Qhuinn warf einen Blick auf die linke Hand seines Vaters. Am Zeigefinger prangte ein massiver Goldring mit dem Familienwappen, der bis zum mittleren Knöchel reichte. Alle jungen Männer des Adels bekamen so einen nach ihrer Transition, und Qhuinns beste Freunde hatten beide einen. Blay trug seinen immer, außer wenn er kämpfte oder wenn sie in der Stadt ausgingen, und selbst John Matthew hatte einen bekommen, wenn er ihn auch nie anzog. Auch die anderen aus ihrer Trainingsklasse, die nach und nach durch den Wandel gingen, tauchten im Anschluss mit einem Siegelring am Finger auf.

Das Familienwappen in zehn Unzen Gold geprägt: fünftausend Dollar.

Den Ring von seinem Vater zu bekommen, nachdem man zum Mann geworden war: unbezahlbar.

Qhuinns Transition war inzwischen fünf Monate her. Vor vier Monaten, drei Wochen, sechs Tagen und zwei Stunden hatte er aufgehört, auf seinen Ring zu warten.

Ungefähr.

Mann, trotz der Reibereien mit seinem Vater hätte er doch nie geglaubt, leer auszugehen. Überraschung! Noch ein Grund mehr, sich wie ein Versager zu fühlen.

Er hörte erneut ein Rascheln mit der Zeitung, dieses Mal ungeduldig, als versuche sein Vater, eine Fliege von seinem Hamburger zu verscheuchen. Obwohl er natürlich niemals einen Hamburger essen würde, weil das viel zu gewöhnlich war.

»Ich werde mich mit diesem *Doggen* unterhalten müssen«, sagte sein Vater.

Qhuinn schloss die Tür hinter sich, und als er sich umdrehte, stieß er beinahe mit einer *Doggen* zusammen, die aus der Bibliothek nebenan kam. Das uniformierte Dienstmädchen sprang rückwärts, küsste seine Fingerknöchel und tippte sich dann auf die Adern seitlich an ihrem Hals.

Während sie davonhuschte, dieselbe Beschwörungsformel wie sein Vater vorhin murmelnd, trat Qhuinn vor einen antiken Spiegel, der an der mit Seide bespannten Wand hing. Trotz der Unebenheiten im Bleiglas und der schwarzen Flecken, an denen die Spiegelschicht abblätterte, war sein Gebrechen nicht zu übersehen.

Seine Mutter hatte graue Augen. Sein Vater hatte graue Augen. Sein Bruder und seine Schwester hatten graue Augen.

Qhuinn hatte ein blaues und ein grünes Auge.

Natürlich gab es in seiner Blutlinie auch blaue und grüne Augen. Nur eben nicht in ein und derselben Person.

Und Abweichungen standen allgemein nicht gerade hoch im Kurs – wer hätte das gedacht. Der Adel weigerte sich strikt, Defekte hinzunehmen, und Qhuinns Eltern waren nicht nur fest eingebettet in die *Glymera,* da beide den sechs Gründerfamilien entstammten; sondern sein Vater war sogar einmal *Leahdyre* des *Princeps*-Rats gewesen.

Alle hatten gehofft, seine Transition würde das Problem beheben, wobei sowohl blau als auch grün akzeptabel gewesen wären. Tja, leider verloren: Qhuinn war aus seiner Wandlung mit einem riesenhaften Körper, einem Paar Fänge, einem heftigen Verlangen nach Sex … und einem blauen und einem grünen Auge hervorgegangen.

Was für eine Nacht. Es war das erste und einzige Mal gewesen, dass sein Vater die Beherrschung verloren hatte. Das erste und einzige Mal, dass Qhuinn je geschlagen worden war. Und seitdem wich jeder aus seiner Familie, einschließlich der Dienstboten, seinem Blick aus.

Er machte sich nicht die Mühe, sich von seiner Mutter zu verabschieden, als er in die Nacht hinausging. Oder von seinen älteren Geschwistern.

Seit seiner Geburt stand er in dieser Familie im Abseits, durch eine Art genetischen Unfall auf die Ersatzbank verwiesen. Der einzige Trost für seine bedauernswerte Existenz – dem Wertesystem der Vampire zufolge – war die Tatsache, dass es zwei gesunde, normale Kinder in der Familie gab und dass der Älteste, sein Bruder, als brauchbar für die Fortpflanzung galt.

Qhuinn war immer der Ansicht gewesen, dass seine Eltern nach zwei Kindern besser mit der Fortpflanzung aufgehört hätten, dass ein dritter Versuch, ein gesundes Kind zu bekommen, das Schicksal herausforderte. Aber er musste nun mal damit leben. Er wünschte sich trotzdem, dass es anders wäre.

Wünschte sich, es wäre ihm gleichgültig.

Denn obwohl diese Gala eine alberne, steife Veranstaltung voller Typen in Pinguinanzügen und Schnepfen in teuren Roben wäre, wollte er den großen Sommerball der *Glymera* an der Seite seiner Familie feiern. Er wollte neben seinem Bruder stehen und nur einmal in seinem Leben etwas zählen. Er wollte sich wie alle anderen in Schale werfen und seinen Goldring tragen und vielleicht mit ein paar vornehmen, ledigen Frauen tanzen. In der glitzernden Menge des Hochadels wollte er als Ebenbürtiger angesehen werden, als einer von ihnen, als Mann. Nicht als genetische Peinlichkeit.

Aber das konnte er vergessen. In den Augen der *Glymera* war er nicht mehr als ein Tier, ebenso wenig tauglich für Sex mit einer der ihren wie ein Hund.

Ihm fehlte eigentlich nur noch ein Halsband, dachte er, als er sich zu Blay dematerialisierte.

4

Weiter östlich im Haus der Bruderschaft wartete Cormia in der Bibliothek auf den Primal und auf die Person, die ihr seiner Meinung nach Gesellschaft leisten sollte, wer auch immer das sein mochte. Während sie unruhig zwischen Sofa und Sessel hin und her wanderte, hörte sie die Brüder in der prächtigen Eingangshalle über ein großes Fest der *Glymera* sprechen.

Die Stimme von Bruder Rhage dröhnte bis zu ihr herüber. »Dieser Haufen von selbstsüchtigen, eingebildeten, aufgedonnerten …«

»Du könntest dich auch mal mehr um deine Garderobe kümmern«, fiel ihm Bruder Butch ins Wort. »Nimm dir ein Beispiel an mir.«

»… parasitischen, engstirnigen Pissern …«

»Nur keine Hemmungen. Lass alles raus, sonst kriegst du noch Magengeschwüre«, sagte ein anderer.

»… kann sich seinen beschissenen Ball in den Arsch schieben.«

Das Lachen des Königs klang sonor. »Gut, dass du kein Diplomat bist, Hollywood.«

»Au ja, schick mich doch als Abgesandten auf die Party. Oder noch besser: Wir lassen meine innere Bestie eine Nachricht überbringen. Dann kann sie den ganzen Verein mal so richtig auseinandernehmen. Würde ihnen recht geschehen, so, wie sie Marissa behandelt haben.«

»Weißt du«, erklärte Bruder Butch, »ich wusste schon immer, dass du gar nicht so blöd bist. Egal, was die anderen immer behaupten.«

Cormia blieb stehen, als der Primal im Eingang zur Bibliothek erschien, ein Glas Portwein in der Hand. Er war angezogen wie üblich beim Ersten Mahl, wenn er nicht gerade unterrichtete: perfekt sitzende Anzughose, heute cremefarben; ein Seidenhemd, schwarz wie immer; und einen schwarzen Gürtel, dessen Schnalle ein goldenes, gedehntes H bildete. Seine Schuhe mit der eckigen Kappe waren auf Hochglanz poliert und wiesen dasselbe H auf wie der Gürtel.

Hermès glaubte sie, ihn einmal beim Essen sagen gehört zu haben.

Sein Haar trug er offen, die üppigen Wellen teilten sich an seinen schweren Schultern, manche hingen nach vorn, andere über seinen Rücken. Er roch nach dem, was die Brüder Aftershave nannten, und außerdem nach dem Kaffeearoma des Rauchs, der in seinem Zimmer hing.

Sie wusste ganz genau, wie sein Zimmer roch. Sie hatte einen einzigen Tag neben ihm liegend in diesem Raum verbracht, und alles an dieser Erfahrung war unvergesslich gewesen.

Obwohl jetzt gerade nicht unbedingt der passende Zeitpunkt war, um sich daran zu erinnern, was in diesem großen Bett zwischen ihnen geschehen war, während er schlief. Es war schon schwer genug, sich in seiner Gegenwart zu befinden, wenn er am anderen Ende des Raums stand und noch dazu all diese Leute draußen in der Halle waren. Zusätzlich noch an diese Augenblicke zu denken, als er seinen nackten Körper an ihren gepresst hatte …

»Hat dir dein Essen geschmeckt?«, fragte er und nippte an seinem Glas.

»Ja, das hat es. Und Eures, Euer Gnaden?«

Er wollte gerade antworten, als John Matthew hinter ihm auftauchte.

Lächelnd drehte sich der Primal zu dem jungen Vampir um. »Hey, mein Freund. Schön, dass du hier bist.«

John Matthew sah sie an und hob seine Hand zum Gruß.

Sie war erleichtert über die Wahl des Primals. Zwar kannte sie John ebenso wenig wie die anderen, doch blieb er während der Mahlzeiten immer still. Wodurch seine schiere Größe nicht so einschüchternd war, als wenn er herumgelärmt hätte.

Sie verneigte sich. »Euer Gnaden.«

Beim Aufrichten spürte sie seinen Blick auf sich und überlegte, was er wohl in ihr sah: Frau oder Auserwählte.

Was für ein eigenartiger Gedanke.

»Na, dann unterhaltet euch mal schön.« Die strahlend goldenen Augen des Primals wandten sich ihr zu. »Ich habe heute Nacht Dienst, ich bin also unterwegs.«

In Kämpfe verwickelt, dachte sie und verspürte einen Stich der Angst.

Sie wollte zu ihm eilen und ihn bitten, auf sich aufzupassen, doch das stand ihr nicht zu, oder? Sie war ja nicht einmal wirklich seine Erste Partnerin. Und zudem stellte er die Kraft ihres Volkes dar und bedurfte wohl kaum ihrer Sorge.

Der Primal klopfte John Matthew auf die Schulter, nickte Cormia zu und ging.

Sie neigte sich zur Seite, um ihm nachzusehen, als er die Treppe hinaufstieg. Sein Gang war geschmeidig, trotz seiner Prothese. Er war so groß und stolz und wunderbar, und es war ihr unerträglich, dass er erst Stunden später zurückkehren würde.

Als sie sich wieder umblickte, stand John Matthew am Schreibtisch und zog einen kleinen Block und einen Stift hervor. Beim Schreiben hielt er das Papier dicht vor die Brust, die großen Hände um den Stift gewölbt. Er sah so viel jünger aus, als seine Körpergröße vermuten ließ, während er einige Buchstaben kritzelte.

Bei den wenigen Gelegenheiten, zu denen er am Esstisch etwas zur Unterhaltung beitrug, hatte sie ihn mit den Händen sprechen sehen. Vielleicht war er ja stumm?

Mit eingezogenem Kopf reichte er ihr den Block, als wäre er nicht begeistert von dem, was er geschrieben hatte. *Liest du gerne? In dieser Bibliothek gibt es viele gute Bücher.*

Sie sah ihm in die Augen. Welch schöne blaue Farbe sie hatten. »Was ist mit Eurer Stimme? Wenn ich fragen darf.«

Nichts. Ich habe ein Schweigegelübde abgelegt.

Ah, jetzt erinnerte sie sich. Die Auserwählte Layla hatte ihr berichtet, dass er einen solchen Eid geleistet hatte.

»Ich habe Euch schon mit den Händen sprechen sehen«, sagte sie.

Gebärdensprache, schrieb er.

»Das ist eine elegante Art, sich mitzuteilen.«

Zumindest erfüllt es den Zweck. Er schrieb noch etwas und zeigte ihr den Block wieder. *Ich habe gehört, dass die Andere Seite überhaupt nicht wie diese ist. Stimmt es, dass dort alles weiß ist?*

Sie hob den Rock ihrer Robe an, als wollte sie ihm ein

Beispiel geben, wie es dort aussah, wo sie herkam. »Ja. Weiß ist alles, was wir haben.« Sie runzelte die Stirn. »Alles, was wir brauchen, wollte ich sagen.«

Habt ihr Elektrizität?

»Wir haben Kerzen, und wir erledigen alles von Hand.«

Klingt altmodisch.

Sie war nicht ganz sicher, was er damit meinte. »Ist das schlecht?«

Er schüttelte den Kopf. *Ich finde es cool.*

Das Wort kannte sie vom Esstisch, verstand aber immer noch nicht, was die Temperatur mit einem offenbar positiven Werturteil zu tun haben sollte.

»Ich kannte es nicht anders.« Sie trat an eine der hohen, schmalen Türen mit den Glasscheiben darin. »Bis ich hierherkam.«

Ihre Rosen waren so nah, dachte sie.

John pfiff, und sie sah über die Schulter auf den Block, den er ihr hinstreckte. *Gefällt es dir hier denn überhaupt?*, hatte er geschrieben. *Und bitte: Du kannst es mir ruhig sagen, falls nicht. Ich werde es dir nicht übelnehmen.*

Sie betastete ihr Kleid. »Ich komme mir so anders als alle anderen vor. Ich kann den Unterhaltungen nicht folgen, obwohl ich die Sprache verstehe.«

Ein langes Schweigen entstand. Als sie sich wieder nach John umsah, schrieb er. Seine Hand hielt dann und wann inne, als suchte er nach einem Wort. Als er fertig war, gab er ihr den Block.

Ich weiß, wie das ist. Weil ich stumm bin, fühle ich mich auch oft fehl am Platz. Seit meiner Transition geht es etwas besser, aber es kommt immer noch vor. Aber hier kritisiert dich niemand. Wir alle mögen dich und freuen uns, dass du im Haus bist.

Sie las den Abschnitt zweimal; sie war nicht sicher, wie sie den letzten Teil auffassen sollte. Vermutlich wurde sie hier geduldet, weil der Primal sie hergebracht hatte.

»Aber ... Euer Gnaden, ich dachte, Ihr hättet das Schweigen freiwillig gewählt?« Als er errötete, sagte sie: »Verzeiht, das geht mich nichts an.«

Doch er schrieb: *Ich habe von Geburt an keinen Kehlkopf.* Der nächste Satz war durchgestrichen, dennoch konnte sie das Wesentliche noch entziffern, etwas im Sinne von: *Aber ich kann gut kämpfen und bin schlau und alles.*

Sie konnte seine anfängliche Täuschung gut nachvollziehen: Wie der *Glymera* galt auch den Auserwählten körperliche Vollkommenheit als Beweis für eine vornehme Herkunft, gute Erziehung und die Kraft der Gene ihres Volkes. Viele hätten sein erzwungenes Schweigen als Unzulänglichkeit betrachtet, und selbst die Auserwählten konnten grausam gegenüber jenen sein, die ihrer Meinung nach unter ihnen standen.

Cormia legte ihm die Hand auf den Arm. »Ich glaube, nicht alles muss ausgesprochen werden, um verstanden zu werden. Und es ist nicht zu übersehen, dass Ihr gesund und kräftig seid.«

Seine Wangen wurden feuerrot, und er senkte den Kopf, um seine Augen zu verbergen. Cormia lächelte. Es schien unangebracht, dass sie sich angesichts seiner Verlegenheit entspannte; aber irgendwie hatte sie jetzt eher das Gefühl, auf einer Stufe mit ihm zu stehen.

»Wie lange seid Ihr schon hier?«, fragte sie.

Auf seiner Miene spiegelten sich widerstreitende Emotionen, als er den Block zurücknahm. *Ungefähr acht Monate. Sie haben mich aufgenommen, weil ich keine Familie hatte. Mein Vater wurde getötet.*

»Mein Beileid zu Eurem Verlust. Sagt … bleibt Ihr, weil es Euch hier gefällt?«

Lange antwortete er nicht. Schließlich setzte er bedächtig den Stift an. *Es gefällt mir hier weder besser noch schlechter als an jedem anderen Ort.*

»So passt Ihr genauso wenig hierher wie ich«, murmelte sie. »Hier und doch nicht hier.«

Er nickte, lächelte dann und zeigte damit glänzend weiße Fänge.

Cormia erwiderte den Ausdruck auf seinem anziehenden Gesicht unwillkürlich.

Im Heiligtum der Auserwählten waren alle so gewesen wie sie. Aber hier war niemand wie sie. Oder so war es gewesen – bis jetzt gerade.

Möchtest du etwas wissen?, schrieb er. *Über das Haus? Die Angestellten? Phury meinte, du hättest vielleicht Fragen.*

Fragen … da fielen ihr schon welche ein. Zum Beispiel: Wie lange liebte der Primal Bella schon? Wurden seine Gefühle jemals erwidert? Hatten die beiden jemals beieinandergelegen?

Sie richtete den Blick auf die Bücher. »Im Augenblick habe ich keine Fragen.« Ohne besonderen Grund ergänzte sie: »Ich habe gerade *Les Liaisons Dangereuses* von Choderlos de Laclos ausgelesen.«

Dazu gab es einen Kinofilm. Mit Sarah Michelle Gellar und Ryan Phillippe und Reese Witherspoon.

»Kinofilm? Und wer sind all diese Leute?«

Es dauerte ein Weilchen, bis er alles aufgeschrieben hatte. *Du kennst doch den Fernseher, oder? Dieses flache, eckige Ding im Billardzimmer. Ein Kino hat eine noch viel größere Leinwand, und die Leute, die in den Filmen mitspielen, nennt man Schauspieler. Sie tun so, als wären sie jemand anderes. Die drei, die ich genannt habe, sind auch Schauspieler.*

»Ich habe nur einmal kurz einen Blick in den Billardraum geworfen. Aber darin war ich noch nie.« Sie schämte sich eigenartigerweise zuzugeben, wie wenig sie sich bislang hinausgewagt hatte. »Ist der Fernseher dieses leuchtende Viereck mit den Bildern darin?«

Ganz genau. Ich kann dir zeigen, wie er funktioniert, wenn du magst.

»Ja, bitte.«

Sie gingen aus der Bibliothek heraus in die magische, bunt schillernde Eingangshalle, und wie immer wurde Cormias Blick von der Decke angezogen, die drei Stockwerke über dem Mosaikfußboden schwebte. Das Bild dort oben stellte Krieger hoch zu Ross dar, die im Begriff standen, in die Schlacht zu reiten. Die Farben strahlten geradezu überwältigend, die Figuren waren majestätisch und stark, der Hintergrund ein leuchtendes Blau mit weißen Wolken.

Es gab einen bestimmten Kämpfer mit blonden Strähnen in den Haaren, den sie jedes Mal genau betrachten musste, wenn sie die Halle durchquerte. Sie musste sich davon überzeugen, dass er wohlauf war, egal wie lächerlich ihr das selbst vorkam. Die Figuren bewegten sich nie. Ihr Kampf stand immer kurz bevor, fand aber nie statt.

Im Gegensatz zu dem der Bruderschaft. Zu dem des Primals.

John Matthew ging voran in den dunkelgrünen Raum, der dem Speisezimmer gegenüberlag. Hier verbrachten die Brüder ziemlich viel Zeit; sie konnte oft ihre Stimmen durch die angelehnte Tür hören, begleitet von einem leisen Klacken, dessen Ursprung sie nicht auszumachen vermochte. Dieses Geheimnis lüftete John nun allerdings. Als er an einem Tisch mit grünem Filzbezug vorbeilief, stieß er eine der vielen bunten Kugeln, die darauf lagen, an. Als sie gegen eine andere Kugel stieß, erklärte sich der rätselhafte Klang.

John blieb vor einem mit grauem Stoff bespannten Kasten stehen und nahm ein schlankes, schwarzes Gerät in die Hand.

Sofort blitzte ein buntes Bild auf, und aus allen Richtungen drangen Geräusche auf Cormia ein. Sie machte einen Satz rückwärts, als ein Brüllen den Raum erfüllte und seltsame Geschosse vorbeirasten.

Fürsorglich hielt John sie fest, während der Lärm allmählich nachließ. *Entschuldige, ich habe jetzt leiser gestellt. Das ist ein NASCAR-Autorennen. In den Autos sitzen Leute, die im Kreis herumfahren. Der Schnellste gewinnt.*

Cormia trat auf das Bild zu und berührte es zögerlich. Sie fühlte nur gespannten Stoff. Sie sah hinter den Bildschirm: nur die Wand.

»Verblüffend.«

John nickte, streckte ihr das schlanke Gerät entgegen und wedelte damit, als wollte er sie ermuntern, es in die Hand zu nehmen. Nachdem er ihr gezeigt hatte, welche der unzähligen Knöpfe sie zu drücken hatte, trat er zurück. Cormia hielt das Gerät vor die bewegten Bilder … und veränderte sie. Wieder und wieder. Es schien unendlich viele davon zu geben.

»Aber keine Vampire«, murmelte sie, als erneut eine Szene am helllichten Tag auf dem Fernseher erschien. »Das ist nur für Menschen.«

Wir sehen es uns trotzdem an. Manchmal kommen in den Filmen auch Vampire vor – aber die sind normalerweise nicht gut. Weder die Filme noch die Vampire.

Langsam ließ sich Cormia auf das Sofa vor dem Fernseher sinken, und John setzte sich neben ihr auf einen Stuhl. Die unerschöpfliche Abwechslung war packend, und John erklärte ihr ausführlich jedes Programm. Sie konnte nicht sagen, wie lange sie zusammen dort saßen, aber er wirkte nicht ungeduldig.

Welches Programm dem Primal wohl gefiel?, überlegte sie.

Schließlich zeigte John ihr, wie man die Bilder ausschaltete. Erhitzt von der ganzen Aufregung, wandte sie sich den Glastüren zu.

»Ist es sicher draußen?«, fragte sie.

Sehr sicher. Das Gelände ist von einer riesigen Mauer umgeben, außerdem sind überall Überwachungskameras. Und das Beste ist, dass wir auch noch von einem Mhis *abgeschirmt werden. Kein* Lesser *hat es je hier hereingeschafft, und so wird es auch bleiben – ach, und die Eichhörnchen und Rehe sind harmlos.*

»Ich würde gern nach draußen gehen.«

Dann begleite ich dich mit Freuden.

John klemmte sich den Block unter den Arm und ging zu einer der gläsernen Flügeltüren. Er schob den Messingriegel zurück und klappte galant eine Seite für Cormia auf.

Die warme Luft, die hereinströmte, roch anders als das Innere des Hauses: üppig. Reichhaltig. Sinnlich mit ihrem erdigen Duft und der schwülen Wärme.

Cormia stand vom Sofa auf und ging langsam auf John zu. Jenseits der Terrasse erstreckten sich die ausgedehnten, kunstvoll angelegten Gärten, die sie bereits so lange aus der Ferne bestaunt hatte. Mit seinen bunten Blumen und dichten Baumwipfeln war der Ausblick der gänzlich weißen Landschaft des Heiligtums nicht vergleichbar, doch er war ebenso vollkommen, ebenso schön.

»Heute ist der Tag meiner Geburt«, sagte sie ohne besonderen Grund.

John lächelte und klatschte in die Hände. Dann schrieb er: *Ich hätte dir ein Geschenk mitbringen sollen.*

»Geschenk?«

Ja, ein Geschenk für dich.

Cormia steckte den Oberkörper durch die Tür und reckte den Hals. Der Himmel über ihr war von einem seidigen Dunkelblau, glitzernde Lichter kennzeichneten seine Ränder. Wundervoll, dachte sie. Einfach wundervoll.

»Das hier *ist* ein Geschenk.«

Gemeinsam traten sie aus dem Haus. Die glatten Steine der Terrasse fühlten sich kühl unter ihren Füßen an, doch die Luft war warm wie Badewasser, und der Gegensatz entzückte sie.

»O …« Sie atmete tief ein. »Wie herrlich …«

Sie drehte sich im Kreis und nahm alles in sich auf: das stattliche Haus. Die luftigen, dunklen Häupter der Bäume. Die sanft gewellten Rasenflächen. Die Blumen in ihren ordentlichen Beeten.

Die Brise, die über allem wehte, war sanft wie ein Atemzug und trug einen Duft mit sich, der zu vielschichtig und berauschend war, um ihn zu benennen.

John ließ ihr den Vortritt, ihre zaghaften Schritte führten sie näher an die Rosen.

Als sie sie erreichte, streichelte sie behutsam die zarten Blätter der reifen Blüten, so groß wie ihre eigene Handfläche. Dann beugte sie sich herunter und sog ihr Aroma ein.

Sie richtete sich wieder auf und begann zu lachen. Ohne Anlass. Es war nur … ihr Herz hatte plötzlich Flügel bekommen, es brannte in ihrer Brust, die Teilnahmslosigkeit, die sie in den vergangenen Monaten gequält hatte, fiel von ihr ab, eine helle Woge von Lebenskraft überspülte sie.

Es war der Tag ihrer Geburt, und sie war im Freien.

Als sie sich zu John umwandte, betrachtete er sie mit einem Lächeln auf dem Gesicht. Er wusste, dachte sie. Er wusste, was sie fühlte.

»Ich möchte rennen.«

Er machte eine ausladende Geste über den Rasen hinweg.

Cormia schob die Gefahren des Unbekannten und die Würde, die alle Auserwählten gemeinsam mit ihrer weißen Robe zu jeder Zeit zu tragen hatten, von sich fort. Schüttelte die große Last der Schicklichkeit ab, raffte die weißen Röcke und lief los, so schnell ihre Beine sie trugen. Das weiche Gras federte ihre Schritte ab, ihr Haar flatterte hinter ihr her, und die warme Luft strich über ihr Gesicht.

Obwohl ihre Füße die Erde nicht verließen, brachte die Freiheit in ihrer Seele sie zum Fliegen.

5

Im Ausgeh- und Drogenviertel der Innenstadt flog Phury geradezu durch eine Seitenstraße der Tenth Street, seine schweren Stiefel donnerten über den löchrigen Asphalt, die schwarze Windjacke flatterte. Ungefähr fünfzehn Meter vor ihm rannte ein *Lesser*, und ihrer jeweiligen Position nach war Phury rein theoretisch der Verfolger. Doch in Wahrheit versuchte der Jäger nicht zu fliehen; der Dreckskerl wollte nur weit genug vom Licht der Straßen weg, damit die beiden kämpfen konnten. Und Phury ging damit absolut konform.

Regel Nummer eins im Krieg zwischen der Bruderschaft und der Gesellschaft der *Lesser:* kein Handgemenge im Beisein von Menschen. Solchen Ärger konnte keine der beiden Seiten gebrauchen.

Das war aber im Prinzip auch schon die einzige Regel.

Der süßliche Duft von Talkum wehte Phury um die Nase, der widerliche Geruch seines Feindes. Allerdings war die Sache den Gestank absolut wert, denn das würde ein guter Kampf werden. Der Jäger, den er verfolgte, hatte Haar so weiß wie ein Fischbauch – was bedeutete, dass der Kerl schon lange Mitglied der Gesellschaft war: Aus unbekannten Gründen verblassten alle *Lesser* im Laufe der Zeit, verloren ihre individuelle Haar-, Augen- und

Hautfarbe parallel zum Sammeln von Erfahrung im Jagen und Töten unschuldiger Vampire.

Irgendwie ein fairer Tausch: Je mehr man mordete, desto mehr sah man aus wie eine Leiche.

Phury wich einem Müllcontainer aus und sprang über einen Haufen Lumpen – zumindest hoffte er, dass es kein toter Obdachloser war. Noch fünfzig Meter vielleicht, bis er und sein *Lesser*-Kollege ein bisschen Privatsphäre gefunden hätten. Die Seitenstraße endete in einer unbeleuchteten Sackgasse, umrahmt von fensterlosen Ziegelbauten und …

Da standen zwei Menschen.

Phury und seine Beute blieben wie angewurzelt stehen, als sie die Spaßbremsen entdeckten. Gesunden Abstand voneinander haltend, taxierten sie die Lage, als die beiden Männer sich zu ihnen umdrehten.

»Verpisst euch hier, aber dalli«, sagte der Linke.

Alles klar, das hier war eindeutig ein Fall von *Dealus interruptus*.

Der rechte Kerl hatte ganz klar die Käuferrolle bei dieser Transaktion, und das war nicht nur daran zu merken, dass er nicht versuchte, die beiden Störfaktoren zu verscheuchen. Der abgewrackte kleine Scheißer zappelte in seinen dreckigen Klamotten herum, die fiebrigen Augen weit aufgerissen, die fahle Haut wächsern und von Akne übersät. Am verräterischsten allerdings war, dass er den Blick weiter unverwandt auf die Jackentasche des Dealers geheftet hielt und sich offenbar überhaupt keine Sorgen machte, ob Phury oder der *Lesser* ihn hochgehen lassen könnte.

Nein, er war bloß auf seinen nächsten Schuss fixiert und hatte sichtlich eine Heidenangst, ohne seinen Stoff nach Hause gehen zu müssen.

Phury schluckte heftig, als er die leeren Augen unkontrolliert in ihren Höhlen herumhüpfen sah. Mein Gott, die gleiche Panik hatte er gerade gespürt … hatte sich damit herumgequält, bevor die Rollläden für die Nacht hochgezogen wurden.

Der Drogendealer schob eine Hand nach hinten in sein Kreuz. »Ich hab gesagt, ihr sollt abhauen.«

Scheiße. Wenn das Arschloch eine Knarre zog, dann wäre hier die Hölle los, weil … genau, der Vampirjäger auch schon in seine Jacke griff. Fluchend schloss auch Phury als Dritter im Bunde die Hand um die SIG an seiner Hüfte.

Der Dealer kam sichtlich ins Grübeln, als ihm klar wurde, dass alle Anwesenden Bleiaccessoires mit sich herumtrugen. Nach einer schnellen Risikoabwägung hielt er zwei leere Hände gut sichtbar hoch.

»Andererseits könnte ich ja auch einfach die Fliege machen.«

»Schlaues Bürschchen«, kommentierte der *Lesser.*

Der Junkie fand die Idee allerdings gar nicht so heiß. »Hey, nicht doch, ich … ich brauche …«

»Später.« Der Dealer knöpfte seine Jacke zu, wie ein Ladenbesitzer sein Geschäft abschließen würde.

Und dann ging alles so schnell, dass niemand hätte eingreifen können. Aus dem Nichts zückte der Junkie ein Teppichmesser und schlitzte dem Dealer mit einem mehr zufällig geglückten als wirklich gekonnten Schwung die Kehle auf. Das Blut spritzte durch die Luft, und der Käufer raubte den Dealerladen aus, durchwühlte alle Jackentaschen und stopfte Zellophantüten in seine zerfetzte Jeans. Dann raste er los wie eine Ratte, die Schultern eingezogen, viel zu ekstatisch über seinen Lottogewinn, um sich um die beiden Killergestalten zu kümmern, die ihm im Weg standen.

Zweifellos ließ ihn der *Lesser* entkommen, um freies Feld für den echten Kampf zu haben.

Phury hingegen ließ den Menschen gehen, weil er das Gefühl hatte, in einen Spiegel zu blicken.

Die ekelhafte Freude in der Miene des Junkies traf ihn wie ein Hammer. Der Typ raste eindeutig ohne Umwege auf die totale Bedröhnung zu, und dass der Fix kostenlos war, machte nur einen Teil seiner Euphorie aus. Der eigentliche Knaller an der Sache war, im Überfluss baden zu können.

Phury kannte diesen orgiastischen Rausch. Er erlebte ihn jedes Mal, wenn er sich mit einem fetten Beutel rotem Rauch und einem neuen Päckchen Drehpapier im Badezimmer einschloss.

Er … war neidisch. Er war so …

Die Stahlkette traf ihn seitlich am Hals und wickelte sich um seine Kehle, eine Metallschlange mit einem höllischen Schwanzschlag. Als der *Lesser* daran riss, bohrten sich die Kettenglieder in die Haut und klemmten alles Mögliche ab: Atmung, Blutzirkulation, Stimme.

Phurys Schwerpunkt verschob sich von seinen Hüften in seine Schultern, er stürzte vorwärts und konnte gerade noch seine Hände hochreißen, um nicht mit dem Gesicht zuerst auf dem Asphalt aufzuschlagen. Als er auf allen vieren aufkam, erhaschte er einen kurzen, lebhaften Blick auf den Drogendealer, der nur drei Meter von ihm entfernt gurgelte wie eine Kaffeemaschine.

Der Kerl streckte die Hand nach ihm aus, seine blutverschmierten Lippen bewegten sich mühsam. *Hilf mir … hilf mir …*

Der Stiefel des *Lesser* traf Phury am Kopf, als wäre er ein Fußball, der donnernde Hieb wirbelte Phury herum wie einen Kreisel, die Welt um ihn herum drehte und drehte sich. Er prallte gegen den Dealer und blieb, von dem Körper des sterbenden Mannes gebremst, liegen.

Phury blinzelte und keuchte. Am Himmel über ihm überstrahlten die Lichter der Stadt die meisten Sterne der Galaxie, konnten aber denen, die vor seinen Augen tanzten, nichts anhaben.

Neben sich hörte er ein ersticktes Ächzen, und er ließ seinen benommenen Blick eine Sekunde nach nebenan wandern. Der Dealer schüttelte gerade dem Sensenmann persönlich die Hand, seine letzten Atemzüge entfleuchten durch den zweiten Mund in seiner aufgeschlitzten Kehle. Er roch nach Crack, als wäre er nicht nur Dealer, sondern auch User.

Das ist meine Welt, dachte Phury. Diese Welt der Plastiktütchen und der Geldbündel, des Konsumierens und Nach-Nachschub-Gierens nahm mehr von seiner Zeit in Anspruch als die Missionen der Bruderschaft.

Der Zauberer sprang ihm plötzlich wieder auf die Schulter. *Da hast du verdammt recht, dass das deine Welt ist, du dämlicher Volltrottel. Und ich bin dein König.*

Der *Lesser* zerrte wieder an der Kette und blendete damit den Zauberer aus. Die Kette ließ die Sterne in Phurys Kopf noch heller leuchten.

Wenn er nicht bald mal hier mitmischte, wäre der Erstickungstod bald sein einziger Freund.

Er umklammerte die Kette mit massigen Fäusten und brachte mit Schwung seine Beine hoch, sodass er die Prothese um die stählerne Leine wickeln konnte. Dann benutzte er den Fuß als Hebel und stemmte sich gegen die Kettenglieder unter seiner Sohle, bis er wieder Luft bekam.

Der *Lesser* lehnte sich zurück wie ein Wasserskifahrer, sodass der Druck auf die Prothese stärker wurde und sich der Winkel des künstlichen Beins verschob. Mit einer schnellen Bewegung hakte sich Phury aus der Kette aus, ließ das Ende los und straffte Hals und Schultern. Als der *Lesser* mit voller Wucht rückwärts gegen die Mauer einer chemischen Reinigung prallte, wurde Phury von der Wucht und dem Körpergewicht seines Gegners vom Boden hochgerissen.

Für den Bruchteil einer Sekunde lockerte sich die Kette.

Das reichte für Phury, um herumzuwirbeln, sich das Ding vom Hals zu wickeln und einen Dolch zu zücken.

Der *Lesser* war noch benommen von dem Aufprall, und diese kurze Betäubung nutzte Phury aus, um mit der Klinge zuzustoßen. Die Verbundstahlspitze drang tief in den weichen Unterleib des *Lesser* ein. Eine glänzende schwarze Flüssigkeit tropfte heraus.

Verwirrt sah der Jäger an sich herab, als wären die Regeln in diesem Spiel urplötzlich verändert worden und niemand hätte ihm Bescheid gegeben. Seine weißen Hände versuchten, den Fluss des süßlichen, bösen Blutes aufzuhalten, konnten aber gegen die Flut nichts ausrichten.

Phury wischte sich mit dem Ärmel den Mund ab, kribbelnde Vorfreude erleuchtete ihn von innen heraus.

Der *Lesser* betrachtete ihn genauer und war unvermittelt wieder hellwach. Furcht zeigte sich auf seiner blassen Miene.

»Du bist es …«, flüsterte der Jäger, als seine Knie nachgaben. »Der Folterer.«

Phurys frohe Ungeduld schwächte sich etwas ab. »Was?«

»Ich habe ... von dir gehört. Du zerfleischst uns erst ... bevor du tötest.«

Er hatte einen Ruf in der Gesellschaft der *Lesser*? Na, kein Wunder. Immerhin richtete er schon seit Monaten seine Gegner so übel zu.

»Woran hast du gemerkt, dass ich das bin?«

»An der Art, wie du ... lächelst.«

Während der *Lesser* zu Boden glitt, wurde sich Phury des grausigen Grinsens bewusst, das er zur Schau trug.

Schwer zu sagen, was furchtbarer war: dass es da war, oder dass er es noch nicht bemerkt hatte.

Plötzlich schossen die Pupillen des *Lesser* nach links. »Gott sei ... Dank.«

Phury erstarrte, als sich ein Pistolenlauf in seine linke Niere drückte und frischer Talkumduft in seine Nase drang.

Keine fünf Blocks weiter östlich, in seinem Privatbüro im *ZeroSum*, stieß Rehvenge, alias der Reverend, einen Fluch aus. Er hasste die Inkontinenten. Hasste sie aus tiefster Seele.

Der Mann, der vor seinem Schreibtisch baumelte, hatte sich soeben in die Hose gepinkelt, der Fleck zeichnete sich als dunkelblauer Kreis im Schritt seiner auf alt getrimmten Marken-Jeans ab.

Es sah aus, als hätte ihm jemand einen nassen Schwamm in die Weichteile gedrückt.

»Muss das denn sein.« Rehv sah kopfschüttelnd die beiden Mauren seiner Leibgarde an, die den Kleiderbügel für diesen Jammerlappen spielten. Trez und iAm zeigten denselben angewiderten Gesichtsausdruck wie er selbst.

Wenigstens, dachte Rehv, schienen sich die Doc Martens des Blödmanns als Auffangbecken zu bewähren. Es tropfte nichts durch.

»Was hab ich denn gemacht?«, quiekte der Kerl. Seine Stimmlage ließ vermuten, dass seine Eier sich irgendwo nördlich der nassen Boxershorts befanden. Noch höher, und er hätte Sopran singen können. »Ich hab doch gar nichts …«

Rehv fiel ihm ins Wort. »Chrissy ist hier mit einer aufgeplatzten Lippe und blauen Augen aufgetaucht. Schon wieder.«

»Und du glaubst, das war ich? Komm schon, die Frau geht für dich anschaffen. Das hätte jeder …«

Trez brachte Einwände gegen diese Zeugenaussage vor, indem er die Hand des Mannes zu einer Faust ballte und zusammendrückte wie eine Orange.

Als das Schmerzensgeheul des Beklagten langsam zu einem Winseln verebbte, spielte Rehv lässig mit einem massiven silbernen Brieföffner in Form eines Schwerts herum. Prüfend tippte er mit dem Zeigefinger auf die Spitze und leckte rasch den Blutstropfen ab, der herausperlte.

»Als du dich hier um einen Job beworben hast«, sagte er, »hast du als Adresse Twentythird Street Nummer dreizehn elf angegeben. Was zufällig auch Chrissys Adresse ist. Ihr beide kommt zusammen und geht am Ende der Schicht zusammen.« Der Kerl machte den Mund auf, doch Rehv hielt die Hand hoch. »Ja, mir ist durchaus bewusst, dass das allein noch gar nichts beweist. Aber weißt du, dieser Ring an deiner Hand – Moment, warum willst du denn deinen Arm auf dem Rücken verstecken? Trez, würdest du freundlicherweise dem Herrn dabei assistieren, seine Hand hier auf mein Eigentum zu legen?«

Während Rehv mit der Spitze des Brieföffners auf den

Schreibtisch klopfte, drehte Trez den bulligen Kerl herum, als wäre er nicht schwerer als ein Wäschesack. Ohne jede Anstrengung platzierte er die flache Hand des Mannes auf der Schreibtischplatte und hielt sie fest.

Rehv beugte sich vor und fuhr die Umrisse eines Rings mit dem Logo der Caldwell High School mit dem Brieföffner nach. »Weißt du, sie hat so einen komischen Abdruck auf ihrer Wange. Ich habe mich gefragt, woher der wohl stammt. Von diesem Ring, richtig? Du hast ihr mit dem Handrücken eine verpasst, stimmt doch? Hast sie mit dem Ding ins Gesicht geschlagen.«

Als der Kerl zu stottern begann wie ein Außenborder, zeichnete Rehv einen weiteren Kreis um den blauen Stein des Rings und strich dann mit der scharfen Spitze einen nach dem anderen über die Finger des Mannes, von den kantigen Knöcheln bis hin zu den Nagelbetten am Ende.

Die beiden dicksten Knöchel waren angeschwollen, die blasse Haut lila verfärbt.

»Sieht aus, als wäre es nicht nur eine Ohrfeige gewesen«, murmelte Rehv, immer noch die Finger des Kerls mit dem Brieföffner streichelnd.

»Sie hat es doch nicht anders …«

Rehvs Faust donnerte so heftig auf den Schreibtisch, dass das Telefon in die Luft hüpfte und der Hörer von der Gabel fiel.

»Wag es nicht, diesen Satz zu beenden.« Rehv musste sich Mühe geben, nicht die Fänge zu fletschen, die sich ihm in die Wangen bohrten. »Sonst gnade dir Gott, wenn ich dich deine eigenen Eier fressen lasse.«

Das Sackgesicht wurde vollkommen reglos, als ein dezentes Tut-tut das Freizeichen des Telefons ablöste. iAm – cool wie immer – legte den Hörer wieder auf.

Eine Schweißperle tropfte von der Nase des Mannes auf seinen Handrücken. Rehv drängte seine Wut gewaltsam zurück.

»Also gut. Wo waren wir stehengeblieben, bevor du dir beinahe deine Kastration eingehandelt hättest? Ach, genau. Hände ... wir sprachen über Hände. Komisch, man fragt sich ja, was man machen würde, wenn man nicht mehr zwei davon hätte. Ich meine, man könnte zum Beispiel kein Auto mit Gangschaltung fahren. Und du hast doch eins, oder? Klar, ich hab dich doch in diesem abgefahrenen Acura gesehen. Hübsche Karre.«

Jetzt legte Rehv seine eigene Hand auf das polierte Holz, unmittelbar neben die des Mannes, und während er seine Vergleiche anstellte, deutete er mit dem Brieföffner auf die augenfälligen Unterschiede.

»Meine Hand ist größer als deine ... und breiter. Die Finger sind länger. Meine Venen treten stärker hervor. Du hast ein Tattoo ... was ist das da oberhalb deines Daumens? Irgendwas ... ach, genau, das chinesische Zeichen für Kraft. Ja, meine Tätowierungen befinden sich an anderer Stelle. Was noch ... deine Haut ist heller. Mann, ihr weißen Jungs solltet wirklich öfter mal an die Sonne gehen. Ohne ein paar UV-Strahlen seht ihr aus wie der Tod.«

Rehv hob kurz den Blick und musste an die Vergangenheit denken, an seine Mutter und ihre Kollektion von Blutergüssen. Er hatte lange gebraucht, viel zu lange, um das in Ordnung zu bringen.

»Weißt du, was der größte Unterschied zwischen dir und mir ist?«, fragte er. »Meine Fingerknöchel sind nicht geschwollen, weil ich eine Frau verprügelt habe.«

Blitzschnell hob er den Brieföffner hoch in die Luft

und stieß so heftig zu, dass die Spitze nicht nur durch das Fleisch drang; sie bohrte sich ins Holz.

Die Hand war seine eigene.

Der Mensch schrie, doch Rehv spürte nichts.

»Wehe, du fällst in Ohnmacht, du Schlappschwanz«, stieß Rehv aus, als der Penner vor ihm die Augen verdrehte. »Du wirst ganz genau hinsehen, damit du dir meine Botschaft gut einprägst.«

Rehv befreite den Brieföffner aus dem Holz, indem er die Handfläche hochriss, bis sie am Griff anstieß und dadurch die Klinge herauszog. Er hielt die Hand so hoch, dass der Mann sie gut sehen konnte, und drehte den Öffner mit grimmiger Präzision hin und her, bohrte ein Loch in Haut und Knochen und vergrößerte es immer weiter, bis man hindurchsehen konnte. Als er fertig war, zog er die Klinge heraus und legte sie bedächtig neben das Telefon.

Blut rann ihm in den Ärmel und sammelte sich an seinem Ellbogen, während er den Mann durch das Loch in seiner Hand betrachtete. »Ich behalte dich im Auge. Überall. Immer. Wenn sie noch einmal mit einer Verletzung ankommt, weil sie ›in der Dusche ausgerutscht ist‹, dann bist du dran, kapiert?«

Mit einem Ruck beugte sich der Mann zur Seite und kotzte auf sein Hosenbein.

Rehv fluchte. Er hätte ahnen müssen, dass so was passieren würde. Verfluchter Jammerlappen von einem Schläger.

Nur gut, dass dieser Vollidiot mit den halbverdauten Spaghetti auf den vor Pisse schwimmenden Doc Martens nicht wusste, wozu Rehv wirklich fähig war. Genau wie alle anderen Menschen hier im Club hatte er keine Ahnung, dass der Chef des *ZeroSum* nicht nur ein Vampir war, sondern auch ein *Symphath*. Sonst hätte er sich vermutlich in die Hose geschissen, und das wäre dann wirklich eine Sauerei gewesen. Dass er keine Windel trug, war ja mehr als deutlich zu sehen.

»Dein Auto gehört jetzt mir«, sagte Rehv, während er die Nummer der Putzkolonne wählte. »Betrachte es als Wiedergutmachung plus Zinsen und Bußgeld für die Kohle, die du an meiner Theke geklaut hast. Dafür bist du gefeuert, und außerdem dafür, dass du in meinem Revier auf eigene Faust H gedealt hast. PS: Wenn du das nächste Mal auf fremdem Territorium wilderst, druck auf die Tütchen nicht denselben Adler auf, den du auf deiner verdammten Jacke trägst. So kommt man zu leicht darauf, wer der Übeltäter ist. Und wie gesagt – die Lady sollte in Zukunft nicht mal mehr mit einem abgebrochenen Nagel hier auflaufen, sonst statte ich dir einen Besuch ab. Und jetzt verzieh dich aus meinem Büro, und komm nie wieder in meinen Laden.«

Der Kerl stand derart unter Schock, dass er sich nicht einmal wehrte, als er zur Tür geschleift wurde.

Rehv hämmerte noch einmal mit seiner blutigen Faust auf den Tisch.

Die Mauren blieben stehen, der Mann ebenfalls. Er blickte als Einziger der drei über die Schulter, und in seinem Blick lag das totale Entsetzen.

»Eine letzte Sache noch.« Rehv lächelte verkniffen und zeigte seine scharfen Fangzähne nicht. »Wenn Chrissy kündigt, dann werde ich davon ausgehen, dass du sie dazu gezwungen hast. Und dann komme ich zu dir, um meine finanziellen Verluste einzufordern.« Rehv beugte sich vor. »Und vergiss nicht: Das Geld brauche ich nicht, aber ich bin ein Sadist. Soll heißen, mir geht einer ab, wenn ich Leute quäle. Beim nächsten Mal halte ich mich an deiner eigenen Haut schadlos, nicht an deiner Brieftasche oder der Karre in deiner Einfahrt. Schlüssel? Trez?«

Der Maure zog einen Schlüsselring aus der Gesäßtasche des Kerls und warf ihn über den Schreibtisch.

»Mach dir übrigens keine Sorgen wegen der Fahrzeugpapiere«, sagte Rehv, als er den Schlüssel auffing. »Wo deine Scheißkiste hingeht, braucht man keinen Papierkram. Hasta la vista.«

Als die Tür sich hinter dem kleinen Drama schloss, inspizierte Rehv den Schlüsselring. Auf dem Anhänger stand SUNY NEW PALTZ UNIVERSITY.

»Was?«, fragte er, ohne aufzublicken.

Xhex' Stimme war tief, sickerte aus der dunklen Ecke des Büros, von der aus sie immer Spiel und Spaß beobachtete. »Wenn das noch einmal passiert, will ich mich darum kümmern.«

Rehv schloss die Faust um den Autoschlüssel und lehnte sich in seinem Sessel zurück. Selbst wenn er Nein sagte, würde seine Sicherheitschefin sich den Burschen trotzdem zur Brust nehmen, falls er Chrissy noch einmal verprügelte. Xhex war anders als seine anderen Angestellten. Xhex war überhaupt anders als alle anderen.

Wobei das nicht ganz stimmte. Sie war wie er selbst: halb *Symphath*.

Oder auch halb Soziopath.

»Behalt du die Frau im Auge«, sagte er zu ihr. »Wenn dieses Arschloch wieder mit seinem Ring loslegt, können wir ja eine Münze werfen, wer ihn fertigmachen darf.«

»Ich habe all deine Mädels im Auge.« Anmutig und kraftvoll spazierte Xhex zur Tür. Sie war gebaut wie ein Mann, groß und muskulös, aber sie war nicht grobschlächtig. Trotz ihrer Annie-Lennox-Frisur und ihres athletischen Körpers wirkte sie in ihrer üblichen Uniform aus einem schwarzen, ärmellosen Shirt und einer schwarzen Lederhose nicht plump. Nein, Xhex war tödlich auf die elegante Art einer Klinge: schnell, entschlossen, geschmeidig.

Und wie alle Klingen vergoss sie gern Blut.

»Heute ist der erste Dienstag des Monats«, sagte sie, die Hand auf der Klinke.

Als ob er das nicht wüsste. »Ich gehe in einer halben Stunde.«

Die Tür öffnete und schloss sich, jenseits davon flackerte der Lärm des Clubs auf und wurde wieder abgeschnitten.

Rehv hob die Hand. Der Blutfluss war fast versiegt, das Loch würde sich in spätestens zwanzig Minuten geschlossen haben. Gegen Mitternacht wäre nichts mehr von der Wunde zu erkennen.

Er dachte an den Moment, als er sich selbst aufgespießt hatte. Seinen eigenen Körper überhaupt nicht zu spüren war eine seltsame Form von Lähmung. Obwohl man sich bewegte, spürte man das Gewicht der eigenen Kleider am Leib nicht, merkte nicht, ob die Schuhe zu klein waren oder ob der Fußboden unter den Sohlen uneben oder schlüpfrig war.

Er vermisste seinen Körper, doch entweder nahm er das Dopamin und fand sich mit den Nebenwirkungen ab, oder er forderte das Böse in sich heraus. Und das war der eine Kampf, den er mit Sicherheit nicht gewinnen konnte.

Rehv legte die Hand auf seinen Stock und erhob sich langsam. Als Folge der Betäubung war Gleichgewicht für ihn ein Fremdwort und die Schwerkraft nicht sein Freund. Daher dauerte der Weg zur rückwärtigen Wand länger, als er sollte. Er legte die Handfläche auf ein erhabenes Quadrat in der Mauer, und eine türgroße Holztafel glitt zur Seite. *Star Trek* lässt grüßen.

Der schwarze Raum mit eingebautem Badezimmer, der zum Vorschein kam, war einer seiner drei Schlupfwinkel und verfügte von diesen – warum auch immer – über die beste Dusche. Wahrscheinlich, weil die knapp zwanzig Quadratmeter sich schon allein durch das heiße Wasser tropisch aufheizten.

Und wenn man sonst immer fror, dann war das doch ein unbestreitbarer Vorteil.

Er zog sich aus und stellte das Wasser an. Während er darauf wartete, dass der Strahl nuklearheiß wurde, rasierte er sich rasch. Der Mann, der ihn aus dem Spiegel anstarrte, war derselbe wie immer: kurzer Irokesenschnitt. Amethystaugen. Tattoos auf Brust und Bauch. Langer Schwanz, der im Moment weich zwischen seinen Beinen hing.

Er dachte an den Ort, den er heute Nacht aufsuchen musste, und sein Sichtfeld veränderte sich, ein roter Nebel schob sich vor die normalen Farben. Das überraschte ihn nicht. Gewalt rief das Böse in ihm wach, wie Essen, das vor einem Verhungernden ausgebreitet wird. Und vorhin in seinem Büro hatte er nur einmal kurz davon kosten dürfen.

Unter normalen Umständen wäre es Zeit für Dopaminnachschub gewesen. Sein chemischer Retter hielt die schlimmsten seiner *Symphathentriebe* in Schach, im Tausch gegen Dauerunterkühlung, Impotenz und Taubheit. Die Nebenwirkungen waren ätzend, aber es ging nun mal nicht anders, und die Lügen mussten aufrechterhalten werden.

Genau wie die Leistung.

Sein Erpresser verlangte Leistung.

Die Hand um seinen Schwanz gelegt, als könnte er ihn vor dem beschützen, was er später noch würde tun müssen, ging er zur Dusche und prüfte das Wasser. Obwohl der Dampf so zäh in der Luft hing, dass er das Gefühl hatte, Sahne einzuatmen, war das Zeug noch nicht heiß genug. Es war nie heiß genug.

Er rieb sich mit der freien Hand die Augen. Immer noch dominierte das Rot sein Blickfeld, doch das war gut so. Besser, seinem Erpresser auf gleicher Ebene zu begegnen. Von böse zu böse. *Symphath* zu *Symphath*.

Rehvenge trat unter den Wasserstrahl, das Blut, das er vergossen hatte, wurde abgewaschen. Er seifte sich die Haut ein und fühlte sich jetzt schon schmutzig, durch und durch unrein. Es wusste, dass das Gefühl noch schlimmer werden würde, wenn der Morgen graute.

Ja … er wusste ganz genau, warum seine Mädels am Ende ihrer Schichten den Duschraum unter Dampf setzten. Huren liebten heißes Wasser. Seife und heißes Wasser. Manchmal waren das und ein Waschlappen das Einzige, was einen durch die Nacht brachte.

6

John ließ Cormia nicht aus den Augen, während sie über das Gras rannte und hüpfte, die weiße Robe hinter sich herwehend wie eine Flagge, nein, wie Flügel. Er wusste nicht, ob es den Auserwählten gestattet war, einfach so auf nackten Füßen durch die Gegend zu laufen, aber er hatte das Gefühl, dass sie gerade ein paar Regeln brach.

Schön für sie. Und schön für ihn, sie zu beobachten. Durch ihre Freude war sie zwar draußen in der Nacht, aber nicht Teil der Dunkelheit – ein Glühwürmchen, ein heller, tanzender Fleck vor dem dichten Horizont des Waldes.

Das sollte Phury sehen, dachte John.

Sein Handy piepte, und er zog es aus der Tasche. Die SMS kam von Qhuinn: *kann fritz dich jetzt zu blay bringen? sind startklar.* Er schrieb zurück: *okay.*

Dann steckte er den BlackBerry wieder weg und wünschte, er könnte sich dematerialisieren. Eigentlich sollte man es ein paar Wochen nach der Transition zum ersten Mal probieren, und Blay und Qhuinn hatten keine Probleme mit dem Kunststück gehabt. Er natürlich schon. Es war wie anfangs im Training, als er immer in allem der Langsamste und Schwächste und Schlechteste gewesen war. Dabei musste man sich einfach nur darauf konzentrieren, wo man hinwollte, und seine Moleküle durch seinen Willen dorthin versetzen. Zumindest in der Theorie. Er hatte natürlich einfach nur endlos mit geschlossenen Augen rumgestanden, das Gesicht verzogen wie ein Shar-Pei, ohne sich auch nur einen Millimeter vom Fleck zu bewegen. Er hatte gehört, dass es bis zu einem Jahr dauern konnte, bis es klappte, aber vielleicht würde er es nie schaffen.

In welchem Fall er unbedingt den verdammten Führerschein machen musste. Er kam sich vor wie zwölf, immer musste er sich durch die Gegend kutschieren lassen. Fritz war ein super Chauffeur, aber mal ehrlich – John wollte ein Mann sein, keine *Doggen*-Fracht.

Cormia wirbelte herum und lief zurück zum Haus. Als sie vor ihm anhielt, sah ihre Robe aus, als wollte sie noch weiterlaufen, der Saum schwang nach vorn und fiel dann zurück auf ihre Beine. Sie atmete schwer, ihre Wangen waren kirschrot, und ihr Lächeln war leuchtender als der Vollmond.

Mein Gott, mit ihrem blonden, offenen Haar und der hübschen Röte im Gesicht war sie das perfekte Sommermädchen. Er sah sie direkt vor sich – auf einer karierten Decke mit einem Apfelkuchen und einem Krug Limonade neben sich ... in einem rot-weiß gemusterten Bikini.

Nein, das dann doch nicht.

»Mir gefällt es im Garten«, sagte sie.

Und du gefällst dem Garten, schrieb er und zeigte es ihr.

»Ich wünschte, ich wäre schon früher hierhergegangen.« Sie ließ den Blick über die Rosen schweifen, die um die Terrasse herum wuchsen. Als sie die Hand in den Nacken schob, hatte er das Gefühl, sie wollte sie am liebsten berühren, doch ihre übliche Zurückhaltung gewann bereits wieder die Oberhand.

Er räusperte sich, um sie auf sich aufmerksam zu machen. *Du kannst eine abpflücken, wenn du magst.*

»Das … würde ich sehr gern.«

Sie näherte sich den Rosen so vorsichtig, als handele es sich um ein scheues Reh – die Hände an den Seiten, die nackten Füße vorsichtig auf die Steinfliesen aufsetzend. Vorbei an den roten und gelben Knospen steuerte sie geradewegs auf die lavendelfarbenen zu.

Er schrieb: *Achtung vor den Dornen,* als sie die Hand ausstreckte, quiekte und den Arm zurückriss. Ein Tropfen Blut quoll aus ihrer Fingerspitze, im trüben Schein der Nacht sah er auf ihrer weißen Haut fast schwarz aus.

Bevor er wusste, was er da tat, beugte John sich vor und nahm ihren Finger in den Mund. Er saugte rasch daran und leckte noch rascher, erstaunt über das, was er da tat, und wie köstlich es war.

Irgendwo in seinem Hinterkopf machte sich das Bedürfnis breit, sich zu nähren.

Mist.

Als er sich wieder aufrichtete, starrte sie ihn mit großen Augen an, zu Stein erstarrt. *Verfluchter Mist.*

Entschuldige, schrieb er. *Ich wollte nicht, dass es auf dein Kleid tropft.*

Lügner. Er hatte wissen wollen, wie es schmeckte.

»Ich …«

Such dir deine Rose aus, aber pass auf die Dornen auf.

Sie nickte und wagte einen erneuten Versuch. Teils, vermutete er, weil sie eine Blume haben wollte, und teils, um die verlegene Stille zu überbrücken, die er verschuldet hatte.

Die Rose, die sie auswählte, war ein perfektes Exemplar, kurz vor dem Aufblühen, eine silbrig-violette Knospe, die sich zu einer Blüte in der Größe einer Grapefruit entfalten mochte.

»Danke«, sagte sie. Er wollte schon »Bitte« sagen, als er bemerkte, dass sie mit dem Rosenstock sprach, nicht mit ihm.

Nun wandte sich Cormia ihm zu. »Die anderen Blumen waren in Glashäusern mit Wasser darin.«

Dann lass uns eine Vase für dich besorgen, schrieb er. *So nennt man das hier.*

Sie nickte und trat vor die Terrassentür, die zurück in den Billardraum führte. Bevor sie eintrat, blickte sie sich noch einmal um. Ihre Augen ruhten auf dem Garten wie auf einem Liebhaber, den sie niemals wiedersehen würde.

Wir können das gern einmal wiederholen, schrieb er auf seinen Block. *Wenn du möchtest?*

Ihr schnelles Nicken war eine Erleichterung, wenn man bedachte, was er gerade getan hatte. »Das würde ich sehr gern.«

Vielleicht könnten wir uns zusammen einen Film ansehen. Oben im Kinosaal.

»Ein Kinosaal?«

Er schloss die Tür hinter ihnen. *Oben gibt es einen eigenen Raum, um Filme anzuschauen.*

»Können wir uns den Film jetzt ansehen?«

Der kräftige Klang ihrer Stimme brachte ihn ins Grübeln; vielleicht war ihre sanfte Zurückhaltung eher anerzogen als angeboren.

Ich muss leider weg. Aber wie wäre es mit morgen?

»Gut. Dann machen wir das nach dem Ersten Mahl.«

Okay, die Sanftmut war definitiv nicht angeboren. Weshalb er sich fragte, wie sie wohl mit dieser ganzen Auserwählten-Sache klarkam. *Da habe ich Unterricht, aber wir könnten uns im Anschluss daran treffen.*

»Ja. Und ich würde gern mehr über das alles hier erfahren.« Ihr Lächeln erhellte den Billardraum wie ein prasselndes Kaminfeuer, und als sie sich auf einem Fuß im Kreis drehte, erinnerte sie ihn an diese hübschen Ballerinas auf den Spieldosen.

Ich spiele gern den Lehrer für dich, schrieb er.

Sie blieb stehen, das offene Haar schwingend. »Danke, John Matthew. Ihr werdet ein guter Lehrer sein.«

Sie sah zu ihm auf, und ihre Farben sprachen lauter zu ihm als ihr Gesicht oder ihr Körper: das Rot ihrer Wangen und Lippen, das Lavendel der Blume in ihrer Hand, das leuchtende Hellgrün ihrer Augen, das Butterblumengelb ihres Haars.

Ohne besonderen Grund musste er an Xhex denken. Xhex war ein Gewitter, sie bestand aus unterschiedlichen Schattierungen von Schwarz und Eisengrau, ihre Kraft war kontrolliert, aber dadurch nicht weniger tödlich. Cormia war ein Sommertag, der in einem Himmel der Helligkeit, der Wärme erstrahlte.

Er legte sich die Hand aufs Herz und verneigte sich vor ihr, dann ging er. Auf dem Weg in sein Zimmer überlegte er, ob ihm Gewitter oder Sonnenschein besser gefiel.

Bis ihm einfiel, dass beides für ihn überhaupt nicht zur Debatte stand. Also war es eigentlich egal.

Dort in der dunklen Seitengasse, seine Neunmillimeter in die Leber eines Bruders gedrückt, war Mr. D hellwach wie eine Katze auf Mäusejagd. Er hätte dem Vampir das böse Ende seiner Waffe viel lieber an die Schläfe gehalten, aber dazu hätte er eine Trittleiter gebraucht. Mal im Ernst – diese Kerle waren riesig.

Dagegen war der gute alte Big Tommy nicht größer als eine Bierdose. Und genauso leicht zu zerquetschen.

»Du hast ja Haare wie ein Mädchen«, sagte Mr. D.

»Und du riechst wie ein Schaumbad. Wenigstens kann ich zum Friseur gehen.«

»Das ist Old Spice.«

»Besorg dir das nächste Mal was Stärkeres. Pferdemist zum Beispiel.«

Mr. D drückte den Lauf fester an. »Ich will dich auf den Knien. Hände hinter dem Rücken, Kopf nach unten.«

Solange der Bruder seinen Anweisungen Folge leistete, rührte er sich nicht von der Stelle, machte keine Anstalten, seine Stahlhandschellen zu zücken. Trotz der schwulen Haarpracht – dieser Vampir hier durfte auf keinen Fall einen Zentimeter Freiraum bekommen. Und zwar nicht nur, weil ein gefangener Bruder eine Meisterleistung fürs Geschichtsbuch wäre. Mr. D hielt hier eine Klapperschlange am Schwanz, und das wusste er genau.

Er griff in seinen Gürtel, um die Handsch…

Das Blatt wendete sich schneller als ein Augenzwinkern.

Auf einem Knie wirbelte der Bruder herum und schlug mit der Handfläche von unten gegen den Pistolenlauf. Reflexartig drückte Mr. D ab, und die Kugel schoss hoch und flog nutzlos gen Himmel.

Noch bevor das Echo des Knalls verebbt war, lag Mr. D auf dem Rücken und wunderte sich. Seinen Cowboyhut hatte er mal wieder im Eifer des Gefechts verloren.

Die Augen des Bruders waren tot, als er auf ihn herabstarrte, leblos auf eine Art, an der ihre hellgelbe Farbe nichts ändern konnte. Aber andererseits war es irgendwie einleuchtend: Niemand, der bei klarem Verstand war, würde so ein Manöver wagen, wenn er auf den Knien lag. Außer, er hatte schon keinen Puls mehr.

Der Bruder hob die Faust hoch über den Kopf.

Das würde garantiert schmerzhaft werden.

Mr. D bewegte sich blitzschnell, schlüpfte aus dem Griff an seiner Schulter, drehte sich zur Seite und trat mit beiden Füßen gegen den rechten Unterschenkel des Bruders.

Ein schnalzendes Geräusch ertönte und … heilige Scheiße, ein Teil des Beins flog davon. Der Bruder geriet ins Taumeln, seine Lederhose hing auf der einen Seite vom Knie abwärts schlaff herunter, aber Mr. D blieb keine Zeit, um blöde Fragen zu stellen. Der riesige Kerl fiel vornüber wie ein Wolkenkratzer.

Hastig krabbelte Mr. D aus dem Weg, dann sprang er in hohem Bogen auf das Vampirwrack. Wenn er nicht hier die Oberhand gewann, dann würde er bald sein eigenes Gekröse fressen – so viel war sicher. Er warf ein Bein über den Bruder, packte eine Faustvoll von seinen Mädchenhaaren und zog heftig daran, während er nach seinem Messer tastete.

Er schaffte es nicht. Der Vampir bockte wie ein wilder Hengst, stemmte sich vom Asphalt hoch und bäumte sich erneut auf. Mr. D klammerte sich mit den Beinen fest und schlang einen Arm um den Hals des Blutsaugers, so dick wie sein Oberschenkel …

Die Erde geriet heftig ins Wanken, und – *verdammt!* – der Bruder machte eine taumelnde Drehung, stürzte rückwärts und benutzte Mr. D als Matte.

Es war, als würde einem ein Granitbrocken auf den Brustkorb fallen.

Für den Bruchteil einer Sekunde war Mr. D außer Gefecht gesetzt, und der Vampir nutzte seinen Vorteil aus, verlagerte sein Gewicht zur Seite und rammte ihm den Ellbogen in die Eingeweide. Als Mr. D grunzte und zu würgen begann, blitzte ein gezogener Dolch auf, und der Bruder erhob sich auf die Knie.

Mr. D machte sich darauf gefasst, ins Jenseits befördert zu werden, und überlegte noch, dass er jetzt weniger als drei Stunden lang Haupt-*Lesser* gewesen war. Was für ein trauriger Auftritt.

Doch anstatt in die Brusthöhle gestochen zu werden, spürte Mr. D, wie sein T-Shirt aus dem Hosenbund gezogen wurde. Sein Bauch leuchtete in der Nacht weiß auf. Entsetzt hob er den Blick.

Das hier war der Bruder, der gerne schlitzte, bevor er tötete. Was bedeutete, dass Mr. D nicht einfach nur auf die letzte Reise geschickt wurde; die Sache würde langwierig und blutig vonstattengehen. Gut, der Kerl war immerhin nicht der Zerstörer, aber Mr. Ds Ritt zum Himmelstor würde dennoch holprig werden.

Und *Lesser* mochten zwar tot sein, aber Schmerz fühlten sie wie jeder andere auch.

Eigentlich hätte Phury tief durchatmen und seinen Unterschenkel suchen sollen, anstatt hier bei diesem laufenden Meter von einem *Lesser* den Sweeney Todd zu geben. Auf der Kugel vorhin hatte sein Name gestanden; das war wirklich knapp gewesen. Man mochte doch meinen, dass das ausreichte, um ihn ein wenig zur Eile anzutreiben, um die Sache abzuschließen und sich aus dieser Gasse zu verabschieden, bevor noch mehr von seinen Feinden hier auftauchten.

Aber nein. Als er den Bauch des *Lesser* freilegte, war ihm gleichzeitig eiskalt bis ins Mark und angeregt heiß. Er war so aufgeregt, als würde er sich mit einer Tüte prallvoll mit rotem Rauch in sein Zimmer verziehen und hätte die nächsten zehn Stunden lang keine Termine.

Er war wie der Junkie, der vorhin geflüchtet war, so high, als hätte er den Jackpot geknackt.

Die Stimme des Zauberers mischte sich in seine Vorfreude, als hätte seine Erregung die Spukgestalt angezogen wie verdorbenes Fleisch. *Diese Metzgernummer ist wirklich eine ganz tolle Art, um was herzumachen. Andererseits – einfach nur ein krasser Versager zu sein, ist ein bisschen fantasielos, nicht wahr. Immerhin stammst du aus einer vornehmen Familie. Bis du sie ruiniert hast, heißt das natürlich. Also nur zu, immer munter drauflos geschlitzt, Kumpel.*

Phury konzentrierte sich auf die wogende Haut vor sich und ließ das Gefühl des Dolches in seiner Hand und das paralysierte, angespannte Entsetzen des *Lesser* auf sich wirken. Er wurde ruhig, er lächelte. Dieser Moment gehörte ihm. Er war sein Eigentum. So lange es dauern würde, dieser Ausgeburt des Bösen anzutun, was er ihm antun wollte, würde die zersetzende Stimme des Zauberers ihn in Frieden lassen.

Indem er diese Zerstörung anrichtete, heilte er sich selbst. Wenn auch nur für kurze Zeit.

Er setzte den schwarzen Dolch auf der Haut des *Lesser* an und …

»Wehe, du tust es.«

Phury blickte über seine Schulter. Sein Zwilling stand an der Mündung der Straße, ein großer schwarzer Schatten mit kahlrasiertem Schädel. Zsadists Gesicht war nicht zu erkennen, aber man brauchte die gerunzelte Stirn nicht zu sehen, um zu wissen, was Sache war. Er verströmte Wut in mächtigen Wellen.

Phury schloss die Augen und kämpfte gegen einen Anfall von Jähzorn an. Gottverdammt, er wurde beraubt. Er wurde absolut beraubt.

Vor seinem geistigen Auge blitzten die vielen Situationen auf, in denen Zsadist von ihm verlangt hatte, ihn zu schlagen – zu schlagen, bis Zs Gesicht blutüberströmt war. Und sein Bruder fand diesen Quatsch hier mit dem *Lesser* falsch? Was zum Henker ging hier eigentlich ab? Der Jäger hatte zweifellos reichlich unschuldige Vampire getötet. Warum sollte das hier schlimmer sein, als seinen eigenen Zwillingsbruder zu zwingen, einen zu Brei zu schlagen, obwohl man wusste, dass ihm davon kotzübel wurde und er tagelang von der Rolle war?

»Hau ab«, sagte Phury und verstärkte seinen Griff um den *Lesser,* als der zu zappeln begann. »Das ist meine Angelegenheit. Nicht deine.«

»Und wie das meine beschissene Angelegenheit ist. Du hast mir gesagt, du hörst damit auf.«

»Geh einfach, Z.«

»Damit du dir den Schädel einschlagen lassen kannst, wenn Verstärkung kommt?«

Der Jäger wand sich, um sich aus Phurys Umklammerung zu befreien, und da er so klein und drahtig war, hätte er es beinahe geschafft. O nein, dachte Phury, er würde seinen Preis nicht hergeben. Ohne weiter nachzudenken, rammte er dem Wesen seinen Dolch in den Bauch und zog die Klinge einmal quer durch das innere Spielfeld.

Der *Lesser* schrie lauter, als Z fluchte, und in dieser

Sekunde störte Phury keines der beiden Geräusche. Ihm hing alles zum Hals heraus, er selbst inklusive.

Braver Junge, flüsterte der Zauberer. *So hab ich dich gern.*

Im nächsten Moment hing Zsadist ihm auf dem Rücken, zerrte ihm den Dolch aus der Hand und schleuderte ihn quer über die Straße. Während der *Lesser* das Bewusstsein verlor, sprang Phury auf die Füße, um sich seinen Zwilling vorzuknöpfen.

Das Blöde war nur, dass ihm ein Unterschenkel fehlte.

Er knallte gegen die Ziegelmauer und wusste, dass er aussehen musste wie ein Betrunkener, was ihn nur noch wütender machte.

Z hob die Prothese auf und warf sie ihm zu. »Da, schnall dir das Ding wieder an.«

Phury fing den künstlichen Unterschenkel mit einer Hand auf und ließ sich an der kühlen, rauen Außenwand der chemischen Reinigung hinabgleiten.

Scheiße. Erwischt. Aber so was von erwischt, dachte er. Und jetzt würde er sich auch noch die Standpauke seiner Brüder anhören müssen.

Warum hatte sich Z nicht einfach eine andere Straße aussuchen können? Oder von ihm aus auch die hier, aber zu einer anderen Zeit?

Verdammt, er brauchte das, dachte Phury. Denn wenn er nicht ein bisschen von seiner Wut rauslassen könnte, dann würde er wahnsinnig, und wenn Z – nach all dem masochistischen Mist, den er abgezogen hatte – das nicht nachvollziehen konnte: Scheiß auf ihn.

Z zog seinen Dolch, schickte den ersten *Lesser* zurück zu Omega und blieb dann vor dem Brandfleck stehen.

»Mist von zehn Pferden«, stellte er in der Alten Sprache fest.

»Das neue Aftershave der *Lesser*«, murmelte Phury und rieb sich die Augen.

»Ich glaube, ihr beiden solltet euch das alles nochmal überlegen«, ließ sich da ein ersticktes texanisches Näseln vernehmen.

Z wirbelte herum, und Phury hob den Kopf. Der kleine *Lesser* hatte seine Waffe wieder in der Hand und hielt sie auf Phury gerichtet, während er Z nicht aus den Augen ließ.

Zs Antwort war, ihm seine SIG vor die Nase zu halten.

»Das ist jetzt eine Zwickmühle für uns alle«, sagte der *Lesser,* als er sich mit einem Stöhnen bückte und seinen Cowboyhut aufhob. Es setzte den Stetson auf und hielt dann schnell wieder seine Eingeweide fest. »Wenn du mich erschießt, drücke ich den Abzug und erledige deinen Kollegen hier. Wenn ich ihn erschieße, fütterst du mich mit Blei.« Der *Lesser* holte tief Luft und stieß ein weiteres Ächzen aus. »Eine klassische Pattsituation, und wir haben nicht die ganze Nacht Zeit, um sie aufzulösen. Ein Schuss ist schon losgegangen, und wer weiß, wer den gehört hat.«

Der texanische Wichser hatte Recht; die Innenstadt von Caldwell nach Mitternacht war nicht das Death Valley um zwölf Uhr mittags. Hier liefen Leute rum, und nicht alle gehörten zur bedröhnten menschlichen Sorte. Es gab auch noch Cops. Und Vampire. Und andere *Lesser.* Okay, die kleine Sackgasse war abgeschieden, aber sie bot nur eine relative Ungestörtheit.

Super hingekriegt, Kumpel, bemerkte der Zauberer.

»Scheiße«, fluchte Phury.

»Jawohl«, murmelte der *Lesser.* »Genau da drin sitzen wir wohl.«

Wie auf dieses Stichwort hin ertönten plötzlich Polizeisirenen, die sich schnell näherten.

Keiner bewegte sich, nicht einmal, als der Streifenwagen um die Ecke bog und auf sie zugerast kam. Ganz eindeutig hatte jemand den Schuss aus der Waffe des kleinen John-Wayne-*Lesser* gehört, und wer auch immer es gewesen war, hatte seine Fingerchen in Bewegung gesetzt und 911 gewählt.

Das zu Stein erstarrte Gruppenbild zwischen den Gebäuden wurde von den Scheinwerfern angestrahlt, als der Polizeiwagen mit quietschenden Bremsen anhielt.

Zwei Türen wurden aufgerissen. »Waffen fallen lassen!«

Die Kaugummistimme des *Lesser* war so mild wie die Sommerluft. »Ihr könnt das doch bestimmt für uns alle regeln, oder?«

»Ich würde dir lieber eine Kugel verpassen«, zischte Z zurück.

»Waffen runter, oder wir schießen!«

Jetzt trat Phury in die Mitte, versetzte die Polizisten in einen halbwachen Traumzustand und manipulierte den Cop auf der rechten Seite so weit, dass er sich in den Wagen beugte und die Scheinwerfer ausschaltete.

»Sehr verbunden«, sagte der *Lesser,* während er sich langsam die Straße hinunterschob. Den Rücken hielt er den Gebäuden, den Blick Zsadist und die Waffe Phury zugewandt. Im Vorbeigehen nahm er noch der ihm am nächsten stehenden Beamtin eine Neunmillimeter aus der wehrlosen Hand.

Diese Pistole richtete er auf Z. Jetzt, wo beide Hände beschäftigt waren, strömte das schwarze Blut nur so aus seiner Bauchwunde. »Ich würde euch ja beide erschießen, aber dann würden eure kleinen Gedankenkontrollspielchen bei unseren geschätzten Freunden und Helfern nicht mehr funktionieren. Deshalb muss ich mich wohl zurückhalten.«

»Verflucht nochmal.« Z verlagerte sein Gewicht vor und zurück, als wollte er am liebsten losstürmen.

»Du sollst den Namen des Herrn nicht missbrauchen«, sagte der *Lesser,* als er die Ecke erreichte, um die der Streifenwagen gebogen war. »Und einen schönen Abend noch, Gentlemen.«

Im Nu war der kleine Kerl verschwunden, man hörte nicht einmal seine Schritte, als er losrannte.

Phury ließ die Cops wieder in ihre Autos einsteigen und brachte die Frau dazu, der Zentrale zu melden, dass man weder eine Auseinandersetzung noch eine sonstige Störung der öffentlichen Ordnung vorgefunden habe. Aber diese fehlende Waffe ... das verhieß Ärger. Verfluchter *Lesser.* Keine Gedächtnismanipulation konnte über eine fehlende Neunmillimeter hinwegtäuschen.

»Gib ihr deine Waffe«, forderte er Zsadist auf.

Im Gehen leerte sein Zwilling die Munition aus. Er wischte die Pistole aber nicht ab, bevor er sie in den Schoß der Frau fallen ließ. Dazu bestand kein Anlass. Vampire hinterließen keine verräterischen Fingerabdrücke.

»Sie kann von Glück sagen, wenn sie darüber nicht den Verstand verliert«, stellte Z fest.

So war es. Es war erstens nicht ihre eigene Waffe, und sie war zweitens leer. Phury gab sich alle Mühe, flößte ihr eine Erinnerung ein, dass sie diese neue Pistole gekauft und ausprobiert und daraufhin die Munition weggeworfen hatte, weil sie schadhaft war. Nicht gerade wasserdicht, vor allem in Anbetracht der Tatsache, dass bei allen Schusswaffen der Bruderschaft die Seriennummern entfernt worden waren.

Den Beamten am Steuer veranlasste er, den Rückwärtsgang einzulegen und aus der Sackgasse zu fahren. Ziel? Polizeiwache, auf eine Kaffeepause.

Als sie endlich allein waren, hielt Z den Kopf vor Phurys Gesicht und sah ihn eindringlich an. »Willst du unbedingt tot aufwachen?«

Phury inspizierte seine Prothese. Sie war unbeschädigt und zumindest für den Normalgebrauch voll einsatzfähig. Es hatte sich einfach nur die Befestigung unter dem Knie gelöst. Zum Kämpfen war sie allerdings ab jetzt zu riskant.

Er schob die Lederhose hoch, schnallte die Gehhilfe an und stand auf. »Ich gehe nach Hause.«

»Hast du mich gehört?«

»Ja, hab ich.« Er begegnete dem Blick seines Bruders und befand, dass das eine ganz schön schräge Frage für jemanden wie Z war: Zsadists Lebensmüdigkeit war praktisch sein Arbeitsprinzip gewesen, bis er Bella getroffen hatte. Was im Vergleich zu seiner Lebenszeit ungefähr zehn Minuten her war.

Zs Augenbrauen hoben sich über jetzt schwarzen Augen. »Geh direkt nach Hause. Keine Umwege mehr.«

»Ja. Keine Umwege. Ganz genau.«

Als er sich umdrehte, fragte Z barsch: »Hast du nicht was vergessen?«

Phury dachte an all die Gelegenheiten, bei denen er Zsadist gefolgt war, verzweifelt versucht hatte, seinen Bruder daran zu hindern, sich selbst oder jemand anderen umzubringen. Er dachte an die Tage, an denen er nicht schlafen konnte vor Sorge, Z könnte zusammenbrechen, weil er sich weigerte, von weiblichen Vampiren zu trinken, und stattdessen ausschließlich von menschlichem Blut lebte. Er dachte an die schmerzhafte Traurigkeit, die er jedes Mal gespürt hatte, wenn er das zerstörte Gesicht seines Bruders ansah.

Dann dachte er an die Nacht, als er seinem eigenen Spiegelbild gegenübergetreten war, sich die Haare abgeschnitten und eine Klinge über seine eigene Stirn gezogen hatte, um wie Z auszusehen ... um sich anstelle seines Zwillingsbruders der sadistischen Rache eines erbarmungslosen *Lesser* auszuliefern.

Er dachte an das Bein, das er sich abgeschossen hatte, um sie beide zu retten.

Phury blickte Z über die Schulter hinweg an. »Nein. Ich erinnere mich genau. An alles.«

Ohne jede Reue dematerialisierte er sich und nahm auf der Trade Street wieder Gestalt an.

Er fand sich gegenüber dem *ZeroSum* wieder, sein Herz und sein Kopf schrien innerlich. Er überquerte die Straße wie ferngesteuert, als hätte ihn der knochige Finger seiner Sucht für diese selbstzerstörerische Mission auserwählt, auf die Schulter getippt und zu sich herangewinkt.

Er würde sich nicht gegen die Einladung wehren. Schlimmer noch – er wollte es gar nicht.

Seine Füße – der echte und der aus Titan – gehorchten dem Zauberer, sie trugen ihn durch den Vordereingang des Clubs und an den Türstehern und den Wichtigtuern im VIP-Bereich vorbei nach hinten zu Rehvenges Büro.

Die Mauren nickten, einer von ihnen murmelte etwas in seine Armbanduhr. Während er wartete, wusste Phury verdammt genau, dass er in einer Endlosschleife gefangen war, dass er kreiselte und kreiselte wie ein Bohrerkopf, der sich immer weiter in den Boden wühlte. Mit jeder neuen Ebene, auf die er sank, zapfte er tiefere und reichhaltigere Adern giftigen Erzes an, solche, die sich durch das Gestein seines Lebens nach oben verästelten und ihn noch weiter nach unten lockten. Er steuerte auf die Endstation zu, auf die Vereinigung mit der Hölle, und jede erreichte tiefere Stufe war eine heimtückische Ermunterung.

Der rechte Maure, Trez, nickte und öffnete die Tür zu der schwarzen Höhle. Das war der Ort, an dem kleine Stückchen des Hades in Zellophantütchen ausgeteilt wurden, und Phurys Körper kribbelte vor Ungeduld.

Rehvenge kam durch eine Schiebetür, seine Amethystaugen blickten ihn klug und leicht enttäuscht an.

»Dein üblicher Vorrat schon aufgebraucht?«, fragte er leise.

Der Sündenfresser kannte ihn ja so gut, dachte Phury.

»Das heißt *Symphath*, mein Freund.« Langsam lief Rehv zu seinem Schreibtisch, schwer auf den Stock gestützt. »Sündenfresser klingt so hässlich abwertend. Und ich brauche meine schlechte Seite nicht, um zu erkennen, wo du stehst. Also, wie viel soll's heute sein?«

Der Vampir knöpfte sein makelloses zweireihiges Jackett auf und ließ sich auf den schwarzen Lederstuhl sinken. Sein kurzer Irokesenschnitt glänzte, als käme er gerade aus der Dusche, und er roch gut, eine Mischung aus Cartier for Men und einem würzigen Shampoo.

Phury musste an den anderen Dealer denken, der gerade erst in dieser dunklen Sackgasse gestorben war, der verblutet war, während er um Hilfe bettelte, die nie gekommen wäre. Dass Rehvenge angezogen war wie ein Banker, änderte nichts an dem, was er war.

Phury sah an sich selbst herunter. Und stellte fest, dass seine Klamotten ebenfalls nichts daran änderten, was er war.

Shit … einer seiner Dolche fehlte.

Er hatte ihn in der Sackgasse vergessen.

»Das Übliche«, sagte er und zog tausend Dollar aus der Hosentasche. »Nur das Übliche.«

7

Oben in ihrem blutroten Schlafzimmer konnte Cormia das Gefühl nicht abschütteln, dass sie, indem sie ins Freie gegangen war, eine Kette von Ereignissen ausgelöst hatte, deren Endpunkt sie nicht einmal ansatzweise abschätzen konnte. Sie wusste nur, dass die Hand des Schicksals hinter dem samtenen Bühnenvorhang Gegenstände verschob, und wenn er sich das nächste Mal teilte, dann würde etwas Neues enthüllt werden.

Sie war nicht sicher, ob sie der Vorsehung so weit trauen konnte, dass der nächste Akt des Stücks einer wäre, den sie genießen würde. Doch sie war im Publikum gefangen und konnte ohnehin nicht fort.

Wobei das ja nicht ganz stimmte.

Sie stahl sich zur Tür, öffnete sie einen Spalt und spähte über den Orientläufer zum oberen Absatz der großen Freitreppe. Der Flur mit den Statuen lag rechts.

Jedes Mal, wenn sie in das erste Stockwerk kam, erhaschte sie einen flüchtigen Blick auf die eleganten Skulpturen in ihrem von Fenstern gesäumten Korridor und war davon gefesselt. Mit ihrer Förmlichkeit und den erstarrten Leibern und den weißen Umhängen erinnerten sie sie an das Heiligtum.

In ihrer Nacktheit und ihrer Männlichkeit waren sie ihr zutiefst fremd.

Wenn sie das Haus verlassen konnte, dann konnte sie auch in den Flur gehen und sich die Statuen aus der Nähe ansehen. Das konnte sie durchaus.

Auf den Zehenspitzen ihrer bloßen Füße schlich sie über den Teppich, vorbei am Zimmer des Primals, dann an der Unterkunft von Rhage und Mary. Das Arbeitszimmer des Königs, das sich neben dem oberen Treppenabsatz befand, war geschlossen und die Eingangshalle unter ihr leer.

Als sie um die Ecke bog, erstreckten sich die Statuen ins schier Endlose. Sie standen auf der linken Seite, wurden von in die Decke eingelassenen Lampen erhellt und waren voneinander durch je ein Bogenfenster getrennt. Auf der rechten Seite, jedem der Fenster gegenüber, lagen Türen, die in weitere Zimmer führten, wie sie annahm.

Interessant. Hätte sie das Haus entworfen, dann hätte sie die Räume auf die linke Seite des Korridors verlegt, sodass man von dort aus den Ausblick auf den Garten genießen konnte. So jedoch lagen die Zimmer – wenn sie den Grundriss des Herrenhauses richtig im Kopf hatte – dem Gebäudeflügel gegenüber, der den Innenhof von der anderen Seite aus umschloss. Durchaus reizvoll, aber besser wäre es wohl, die Architektur von den Fluren aus zu überblicken, die Gärten und Berge aber aus den Schlafzimmerfenstern zu sehen. Ihrer Ansicht nach jedenfalls.

Cormia runzelte die Stirn. Sie hatte in letzter Zeit häufiger so merkwürdige Gedanken. Überlegungen, Dinge und Menschen und sogar Gebete betreffend, die nicht immer dem Wesen der Auserwählten entsprachen. Diese willkürlichen Ideen beunruhigten sie, doch sie konnte nichts dagegen machen.

Um sich nicht weiter damit aufzuhalten, woher sie kamen oder was sie bedeuteten, lief sie rasch weiter.

Die erste Statue stellte einen jungen Mann dar – seiner Größe nach zu urteilen einen Menschen –, dessen üppig in Falten gebauschter Umhang ihm von der rechten Schulter auf die linke Hüfte reichte. Sein Blick war zu Boden gerichtet, die Miene abgeklärt, weder traurig noch glücklich. Seine Brust war breit, die Oberarme kräftig, wenn auch schlank, sein Bauch flach und die Muskeln ausgeformt.

Die nächste Skulptur war dieser sehr ähnlich, nur war die Haltung anders. Und die nächste zeigte wieder eine neue Pose. Auch die vierte … nur war diese vollends nackt.

Ihr Instinkt wollte sie hastig vorbeitreiben. Die Neugier jedoch forderte, stehen zu bleiben und genauer hinzusehen.

Er war wunderschön in seiner Nacktheit.

Vorsichtig streckte sie die Hand aus und berührte den Hals der Statue. Der Marmor war warm, was sie erschreckte, bis sie feststellte, dass die Lampe darüber die Wärmequelle war.

Sie dachte an den Primal.

Einen Tag lang hatten sie zusammen in einem Bett geruht, jenen ersten Tag, den sie hier mit ihm verbracht hatte. Sie hatte ihn fragen müssen, ob sie sich neben ihn legen durfte, und als sie sich Seite an Seite auf den Laken ausstreckten, hatte die Verlegenheit sie beide wie eine Decke aus Disteln umhüllt.

Doch dann war sie eingeschlafen … und davon aufgewacht, dass sich ein riesiger männlicher Körper an sie drängte, ein harter, heißer Stab in ihre Hüfte stieß. Sie war so verblüfft gewesen, dass sie sich nur fügen konnte, als der Primal ihr wortlos die Robe vom Leib gezogen und an ihre Stelle seine eigene Haut und das Gewicht seines starken Körpers auf sie gelegt hatte.

Ja, es stimmte: Worte waren nicht immer notwendig.

Langsam, behutsam strich sie mit den Fingerspitzen über die warme Marmorbrust der Statue, verweilte an der Brustwarze auf dem muskulösen Torso. Weiter unten bildeten die Rippen und der Bauch ein wunderschönes Wellenmuster. Glatt, so glatt.

Die Haut des Primals war genauso glatt.

Ihr Herz schlug heftig, als sie die Hand nach der Hüfte der Skulptur ausstreckte.

Das Prickeln, das sie empfand, lag nicht an dem Stein vor ihr. In ihrem Geiste war es der Primal, den sie berührte. Es war sein Körper, der sich unter ihren Fingern befand. Es war sein Geschlecht, nicht das der Statue, das nach ihr rief.

Ihre Hand wanderte noch weiter nach unten, bis sie genau über dem Schambein des Mannes schwebte.

Der Klang einer heftig aufgerissenen Tür hallte aus dem Foyer empor.

Cormia sprang so hektisch von der Statue zurück, dass sie auf den Saum ihrer Robe trat.

Als schwere Schritte sich der Treppe näherten und in den ersten Stock donnerten, versteckte sie sich in einer Fensternische und spähte um die Ecke.

Bruder Zsadist tauchte oben am Treppenabsatz auf. Er trug seine Kampfkleidung, mit Dolchen auf der Brust und einer Pistole an der Hüfte – und seinem hervortretenden Kiefer nach zu urteilen war er auch noch in Gefechtsstimmung.

Nachdem der Vampir aus ihrem Gesichtsfeld verschwunden war, hörte sie ein Klopfen an der Tür, die ins Arbeitszimmer des Königs führen musste.

Leise schlich Cormia den Flur hinab und wartete an der Ecke, hinter der der Bruder stehen musste.

Man hörte einen gebellten Befehl, dann wurde die Tür geöffnet und wieder geschlossen.

Die Stimme des Königs drang durch die Wand, an der sie lehnte. »Amüsierst du dich heute Nacht nicht, Z? Du siehst aus, als hätte dir jemand ordentlich in die Suppe gespuckt.«

Bruder Zs Worte waren finster. »War Phury schon hier?«

»Heute Nacht? Nicht dass ich wüsste.«

»Dieser Vollidiot. Er hat gesagt, er geht nach Hause.«

»Dein Zwillingsbruder sagt so einiges, wenn die Nacht lang ist. Warum weihst du mich nicht einfach mal in die jüngste Katastrophe ein?«

Cormia drückte sich flach an die Wand, in der Hoffnung, dadurch weniger sichtbar zu sein, und betete, dass niemand den Flur entlangkäme. Was hatte der Primal getan?

»Ich hab ihn dabei erwischt, wie er California Rolls aus *Lessern* gemacht hat.«

Der König fluchte. »Ich dachte, er hätte dir versprochen, damit aufzuhören.«

»Hat er auch.«

Man hörte ein Stöhnen, als riebe sich der König die Augen oder vielleicht die Schläfen. »Was genau hat er gemacht?«

Eine längere Pause entstand.

Die Stimme des Königs wurde noch tiefer. »Z, mein

Freund, sprich mit mir. Ich muss wissen, was los ist, wenn ich etwas unternehmen soll.«

»Na schön. Ich habe ihn mit zwei *Lessern* erwischt. Seine Prothese hatte sich gelöst, und am Hals hatte er einen Striemen, als wäre er mit einer Kette stranguliert worden. Er beugte sich gerade mit dem Dolch in der Hand über einen *Lesser.* Verflucht nochmal … er hat seine Umgebung überhaupt nicht wahrgenommen. Hat erst den Kopf gehoben, als ich ihn angesprochen habe. Ich hätte noch ein beschissener *Lesser* sein können – und was dann? Dann würde er jetzt in diesem Moment gerade gefoltert oder wäre schon toter als tot.«

»Was zum Henker soll ich nur mit diesem Burschen machen?«

Zs Stimme klang gepresst. »Ich will nicht, dass er rausgeworfen wird.«

»Das hast du nicht zu entscheiden. Und sieh mich nicht so an – ich bin immer noch dein Chef, du dämlicher Hitzkopf.« Schweigen. »Mann, ich kriege langsam den Eindruck, dein Zwillingsbruder gehört schleunigst auf die Couch. Er ist eine Gefahr für sich selbst und für andere. Hast du mit ihm geredet?«

»Wir wurden von den Bullen unterbrochen …«

»Da war auch noch Polizei im Spiel? Du meine …«

»Aber nein: Wir haben nicht geplaudert.«

Die Stimmen wurden gedämpfter, bis Bruder Zsadist wieder lauter sagte: »Ist dir klar, was das für ihn bedeuten würde? Die Bruderschaft ist sein Leben.«

»Du bist derjenige, der mich darüber informiert hat. Schalt deinen Kopf ein. Eine Woche ohne Kampfeinsatz und ein bisschen die Beine hochlegen werden nicht ausreichen, um das in Ordnung zu bringen.«

Wieder Schweigen. »Hör mal, ich muss nach Bella sehen. Aber bitte, sprich zuerst mit Phury, bevor du sein Haus niederbrennst. Auf dich wird er hören. Und gib ihm das zurück.«

Als etwas Schweres auf Holz – vermutlich den Schreibtisch – auftraf, schlüpfte Cormia in eines der Gästezimmer. Einen Augenblick später hörte sie die schweren Schritte des Bruders, der in sein Zimmer ging.

Eine Gefahr für sich selbst und für andere.

Sie konnte sich den Primal gar nicht vorstellen, wie er ihren Feind so brutal behandelte oder sich selbst durch eine Unachtsamkeit in Gefahr brachte. Aber warum sollte Bruder Zsadist lügen?

Das würde er nicht.

Plötzlich erschöpft, setzte sie sich auf die Bettkante und sah sich um. Der Raum war im gleichen Lavendelton dekoriert, den ihre Lieblingsrose hatte.

Was für eine hübsche Farbe, dachte sie und ließ sich rückwärts auf die Decke fallen.

Hübsch, ja wirklich, doch das konnte ihr aufgewühltes Inneres nicht besänftigen.

Die Caldwell Galleria war ein im Speckgürtel der Stadt gelegenes, zweistöckiges Einkaufszentrum, das Geschäfte wie Hollister, H&M, Express, Banana Republic und Ann Taylor beherbergte. Zusätzlich wurde der in drei Strahlen aufgeteilte Bau von JCPenney, Lord and Taylor und Macy's abgerundet, womit die Mall, was die Klientel betraf, solides Mittelfeld darstellte. Dementsprechend wurde die Galleria zu drei Vierteln von Teenagern und zu einem Viertel von gelangweilten Vorstadthausfrauen besucht. An Imbissketten fanden sich dort ein McD, Kuik Wok, California Smoothie, Auntie Anne's und Cinnabon. Die Stände in der Mitte verkauften Wackelpuppen, Handgestricktes, Handys und Tierkalender.

Es roch nach abgestandener Luft und Plastikerdbeeren.

Verfluchter Mist, er war in der Galleria.

John Matthew konnte einfach nicht fassen, dass er wirklich hier war. Sich schließende Kreise und so.

Seit er zuletzt hier gewesen war, hatte das Gebäude einen neuen Anstrich verpasst bekommen, die unterschiedlichen Braunschattierungen waren durch Pink und Meergrün im Jamaika-Look ersetzt worden. Alles, von den Fußbodenfliesen über die Mülleimer bis hin zu den Plastiktopfpflanzen und den Springbrunnen schrie geradezu: *We're jammin'*.

Es sah ein bisschen aus wie ein Hawaiihemd an einem Fünfzigjährigen. Farbenfroh und peinlich.

Gott, wie sich alles veränderte. Bei seinem letzten Besuch hier war er eine dürre, halbwüchsige Waise gewesen, die hinter einer Horde anderer ungewollter Kinder herschlurfte. Jetzt stand er hier mit Fängen im Mund und Schuhgröße 48 und einem Körper, dem die meisten Menschen lieber aus dem Weg gingen.

Eine Waise war er allerdings immer noch.

Wahnsinn, er konnte sich noch so gut an diese Ausflüge hier ins Einkaufszentrum erinnern. Jedes Jahr vor Weihnachten fuhr das St. Francis mit seinen Schützlingen in die Caldwell Galleria. Was irgendwie grausam gewesen war, da keines der Kinder Geld hatte, um sich etwas von den glänzenden, schönen Sachen in den Auslagen zu kaufen. John hatte damals immer Angst gehabt, sie würden hinausgeworfen, weil keiner von ihnen eine Einkaufstüte trug, um die Benutzung der Toiletten durch die Gruppe zu rechtfertigen.

Doch das würde heute kein Problem darstellen, dachte er und tätschelte sich zufrieden die Gesäßtasche. In seiner Brieftasche steckten vierhundert Dollar, die er sich durch die Arbeit im Büro des Trainingszentrums verdient hatte.

Was für ein großartiges Gefühl, ausreichend Scheine zum Ausgeben dabeizuhaben und dadurch in der schlendernden Menge dazuzugehören.

»Hast du dein Geld vergessen?«, fragte Blay.

John schüttelte den Kopf. *Nein, hab ich dabei.*

Ein paar Meter vor ihnen lief hastig Qhuinn voraus. Seit ihrer Ankunft schien er es eilig zu haben, und als Blaylock vor einem Geschenkeladen stehen blieb, sah er ungeduldig auf die Uhr.

»Drück drauf, Blay«, nörgelte er. »Wir haben nur noch eine Stunde bis zum Ladenschluss.«

»Was hast du denn heute für ein Problem?« Blay runzelte die Stirn. »Du bist total schräg drauf, und das meine ich nicht positiv.«

»Ach, vergiss es.«

Sie liefen schneller, vorbei an Grüppchen von Kids, die sich so dicht aneinanderdrängten wie Fischschwärme, getrennt nach Spezies und Geschlecht: Mädchen und Jungs vermischten sich nicht; Goths und Preppys hielten Abstand voneinander. Die Grenzen waren klar gezogen, und John erinnerte sich noch ganz genau, wie das alles funktionierte. Er hatte zu keiner Gruppe gehört, deshalb hatte er sie alle von außen beobachten können.

Vor Abercrombie & Fitch hielt Qhuinn an. »Urban Outfitters ist zu heftig für dich. Wir stylen dich auf A and F.«

John zuckte die Achseln und sagte in Gebärdensprache: *Ich finde immer noch nicht, dass ich tonnenweise neue Klamotten brauche.*

»Du besitzt zwei Paar Levi's, vier Hanes-T-Shirts und ein Paar Nikes. Und diesen *Fleecepulli* da.« Letzteres wurde mit der gleichen Begeisterung ausgesprochen wie *frischer Hundehaufen.*

Und ich hab noch eine Jogginghose.

»Die dich mit Sicherheit aufs Cover von GQ bringen wird. Da hast du natürlich völlig recht.« Qhuinn steuerte in den Laden. »Los jetzt.«

John und Blay folgten ihm. Die Musik im Laden war laut, die Kleider auf den Ständern dicht gepackt, die Bilder der Models an den Wänden zeigten haufenweise perfekte Menschen in Schwarzweiß.

Mit einem leicht angewiderten Gesichtsausdruck, als würde seine Oma so was tragen, wühlte Qhuinn sich durch die Bügel mit den Shirts. Was durchaus nachvollziehbar war; er selbst war definitiv ein Fan von Urban Outfitters: fette Kette an der blauschwarzen Jeans, Affliction-T-Shirt mit dem typischen Totenschädel und den Flügeln und schwarze Stiefel im Sargformat. Das dunkle Haar trug er stachelig hochgegelt, im linken Ohr prangten zwischen Läppchen und oberem Knorpel sieben Stecker aus Chirurgenstahl.

John wusste nicht so genau, wo er sonst noch überall gepierct war. Aber manche Dinge brauchte man von seinem Kumpel auch nicht unbedingt zu wissen.

Blay, der wiederum gut in den Laden passte, ging einen Ständer mit Jeans im Used Look inspizieren, die er gutzuheißen schien. John hielt sich zurück – ihn interessierten weniger die Klamotten als die Tatsache, dass die

Leute sie angafften. Soweit er wusste, konnten Menschen Vampire nicht erkennen, aber die drei Freunde erregten ganz schön viel Aufsehen, so viel war sicher.

»Kann ich euch helfen?«

Sie drehten sich um. Die Verkäuferin, die gefragt hatte, war so groß wie Xhex, aber da endete die Ähnlichkeit zwischen den beiden Frauen auch schon. Im Gegensatz zu der Vampirin aus Johns Fantasien war die Verkäuferin ziemlich auf ihre Weiblichkeit bedacht und litt an Frisur-Tourette, was sich in ständigem Kopf-nach-hinten-Werfen und einem offenbar unwiderstehlichen Drang, an ihrem aufgeplusterten dunklen Haarhelm herumzufummeln, äußerte. Wobei sie nicht ungeschickt war. Irgendwie schaffte sie es, trotz der Zuckungen nicht vornüber in den T-Shirt-Ständer zu kippen.

Offen gestanden, war das geradezu beeindruckend. Wenn auch nicht unbedingt in einem guten Sinn.

Xhex würde nicht im Traum …

Scheiße. Warum zum Teufel war Xhex immer der Maßstab?

Als Qhuinn die Frau anlächelte, stand in seinen Augen deutlich der Wunsch nach einer schönen Auf-allen-vieren-Nummer zu lesen. »Perfektes Timing. Wir brauchen total dringend Hilfe. Mein Kumpel hier hat eine Stilberatung nötig. Kannst du ihm ein bisschen unter die Arme greifen?«

Oh, nein. Bitte, lieber Gott.

Die Verkäuferin richtete einen derart heißen Blick auf John, dass er sich fühlte, als hätte sie ihm zwischen die Beine gegriffen und seinen Schwanz prüfend gedrückt.

Er ging hinter einem Ständer mit nagelneuen, uralt aussehenden Oberhemden in Deckung.

»Ich bin hier die Geschäftsführerin«, erklärte sie mit vor Sex triefender Stimme. »Ihr seid also in guten Händen. Ihr alle.«

»Klingt seeeehr gut.« Der Blick aus Qhuinns verschiedenfarbigen Augen wanderte über die schlanken Beine der Frau hinweg. »Dann mach dich doch mal an die Arbeit. Ich schau zu.«

Blay trat neben John. »Zeig mir zuerst die Sachen, die du aussuchst, ich bringe sie ihm dann in die Umkleidekabine.«

Erleichtert ließ John die Schultern fallen und bedankte sich in Gebärdensprache bei Blay dafür, dass er ihm wieder mal den Arsch gerettet hatte. Der zweite Vorname dieses Burschen müsste eigentlich Stoßdämpfer lauten. Aber wirklich.

Leider lächelte die Verkäuferin daraufhin nur noch breiter. »Zwei für den Preis von einem – klingt super. Ich wusste ja gar nicht, dass heute Abend Schlussverkauf für scharfe Kerle ist.«

Au weia, das würde grausam.

Eine Stunde später allerdings fühlte sich John schon etwas besser. Wie sich herausstellte, hatte Stephanie – die Geschäftsführerin – ein gutes Auge, und als sie sich erst mal auf die Klamotten gestürzt hatte, hielt sie den Ball bei der Anmache etwas flacher. John wurde mit einer lässigen Jeans, ein paar von diesen aufwändig auf alt getrimmten Hemden und mehreren hautengen Muskelshirts ausstaffiert, in denen seine Bizepsmuskeln und der Oberkörper ziemlich sehenswert rüberkamen, das musste sogar er selbst zugeben. Dann wurden ihm noch ein paar Ketten umgehängt, und eine schwarze Kapuzenjacke rundete das Ganze ab.

Als er mit den Sachen über dem Arm zur Kasse ging und alles auf der Theke ablegte, warf er einen Seitenblick auf einen Korb voller Armbänder. Unter dem ganzen Gewirr aus Leder und Muscheln blitzte etwas Lavendelfarbenes auf; er wühlte sich durch den ganzen Haufen, zog dann lächelnd ein Armband mit Perlen in der Farbe von Cormias Rose heraus und schob es verstohlen unter eines der T-Shirts.

Stephanie tippte die Preise ein.

Die Rechnung belief sich auf über sechshundert Dollar. Sechs. Hundert. Dollar.

John geriet in Panik. Er hatte nur vier…

»Ich mach das schon«, sagte Blaylock und reichte eine schwarze Kreditkarte über den Tresen. »Du kannst mir den Rest später zurückgeben.«

Beim Anblick des Plastikrechtecks fielen Stephanie fast die Augen aus dem Kopf, dann kniff sie sie zusammen und musterte Blay eingehend, als suchte sie nach seinem Preisschild. »Ich hab noch nie eine schwarze AmEx gesehen.«

»Ist doch nichts Besonderes.« Blay begann, einen Haufen Ketten zu durchwühlen.

John drückte den Arm seines Freundes, dann breitete er sein Geld auf dem Tresen aus, aber Blay schüttelte den Kopf und sagte in Gebärdensprache zu ihm: *Zahl es mir einfach später zurück, okay? Ich weiß ja, dass ich es von dir wiederkriege, und sind wir doch mal ehrlich: Willst du wirklich hierher zurückkommen und die restlichen Sachen abholen? Ich nicht.*

John runzelte die Stirn, dagegen konnte er nicht viel einwenden. *Aber ich zahle es dir auf jeden Fall zurück,* sagte er noch und gab ihm die vier Scheine.

Das eilt nicht, erwiderte Blay. *Gib es mir einfach, wenn du wieder flüssig bist.*

Stephanie zog die Karte durch die Maschine, tippte den Betrag ein und wartete, die Fingerspitzen auf den Schlitz gelegt. Sekunden später ertönte ein Rattern, sie riss den Beleg ab und reichte ihn Blay zusammen mit einem blauen Kuli.

»Tja ... wir schließen jetzt.«

»Ach ja?« Qhuinn lehnte die Hüfte an den Tresen. »Und was genau bedeutet das?«

»Dass nur noch ich hierbleibe. Ich bin der große Boss, ich lasse die anderen früher gehen.«

»Aber dann wärst du ja ganz allein.«

»Stimmt, das wäre ich. Ganz allein.«

Shit, dachte John. Wenn Blay der Stoßdämpfer war, dann war Qhuinn der König der Komplikation.

Der lächelte. »Weißt du, meine Kumpel und ich fänden es nicht in Ordnung, dich hier so einsam zurückzulassen.«

O doch ... doch, das fänden sie schon, dachte John. *Deine Kumpel fänden das sogar super.*

Dummerweise besiegelte Stephanies träges Lächeln den Deal. Sie würden nirgendwohin gehen, bevor Qhuinn sich nicht genauestens mit ihrer Registrierkasse vertraut gemacht hätte.

Wenigstens verloren sie keine Zeit. Zehn Minuten später war der Laden leer, und das Gitter vor dem Eingang war heruntergezogen. Stephanie zog Qhuinn an seiner Jeanskette zu sich heran und machte sich gierig über seinen Mund her.

John hielt seine beiden Tüten fest, während Blay eingehend die Hemden in Augenschein nahm, die er schon alle kannte.

»Lass uns in die Umkleide gehen«, raunte Stephanie an Qhuinns Lippen.

»Perfekt.«

»Wir müssen übrigens nicht allein gehen.« Sie sah über die Schulter, ihr Blick fiel auf John. Und blieb hängen. »Es ist ausreichend Platz.«

Kommt nicht infrage, dachte John. Auf gar keinen beschissenen Fall.

Qhuinns Augen funkelten herausfordernd. Hinter dem Rücken der Frau sagten seine Hände: *Komm mit, John. Es wird höchste Zeit, dass du das auch mal machst.*

Genau diesen Moment wählte Stephanie, um Qhuinns volle Unterlippe zwischen ihre weißen Zähne und seinen Oberschenkel zwischen ihre Beine zu klemmen. Man konnte sich ungefähr vorstellen, was sie mit ihm anstellen würde. Bevor er etwas mit *ihr* anstellte.

John schüttelte den Kopf. *Ich bleibe hier.*

Mach schon. Du kannst zuerst bei mir zuschauen. Ich zeig dir, wie's geht.

Dass Qhuinn diese Einladung aussprach, war keine Überraschung. Er hatte regelmäßig Dreier oder Vierer. Nur hatte er John bisher noch nie aufgefordert mitzumachen.

Jetzt los doch, John, komm mit.

Nein, danke.

Qhuinns Blick verfinsterte sich. *Du kannst nicht immer am Spielfeldrand stehen bleiben, John.*

John wandte den Kopf ab. Es wäre leichter, sauer auf den Typen zu werden, wenn er nicht in regelmäßigen Abständen denselben Gedanken gehabt hätte.

»Von mir aus«, sagte Qhuinn. »Wir verkrümeln uns dann mal ein Weilchen.«

Er verzog den Mund zu einem schiefen Grinsen, legte die Hände auf den Hintern der Frau und hob sie hoch. Als er sie rückwärts Richtung Kabine trug, rutschte ihr Rock so weit hoch, dass ein rosa Höschen und ein weißer Hintern zum Vorschein kamen.

Nachdem die beiden verschwunden waren, wandte sich John an Blay, um eine Bemerkung zu machen, was für ein Hurenbock Qhuinn doch sei. Aber seine Hände verharrten reglos in der Luft: Blay starrte Qhuinn und der Frau mit einem eigenartigen Ausdruck auf dem Gesicht nach.

John pfiff leise, um seine Aufmerksamkeit zu erregen. *Du kannst gern mit den beiden mitgehen, wenn du willst. Ich warte hier, das macht mir nichts aus.*

Blay schüttelte den Kopf eine Spur zu schnell. »Nee. Ich bleib hier.«

Nur, dass er den Blick weiterhin auf die Umkleidekabinen geheftet hielt, während ein Stöhnen daraus hervordrang. Der Tonlage nach war schwer zu beurteilen, von wem es kam, und Blays Miene wurde noch verkniffener.

Wieder pfiff John. *Alles klar bei dir?*

»Wir machen es uns am besten gemütlich.« Blay setzte sich hinter der Kasse auf einen Hocker. »Das dauert bestimmt noch.«

Na gut, dachte John. Was auch immer seinem Freund zu schaffen machte, er wollte offenbar nicht darüber reden.

John hüpfte auf den Tresen und ließ die Beine baumeln. Als man erneut ein Stöhnen vernahm, musste er an Xhex denken und bekam einen Ständer.

Na super. Ganz riesig.

Er zupfte sein Shirt aus dem Hosenbund, um sein kleines Problemchen zu verstecken, da fragte Blay: »Für wen ist eigentlich das Armband?«

Eilig antwortete John: *Für mich.*

»Aber klar. Als ob das Ding um dein Handgelenk passen würde.« Er wartete. »Du musst es mir nicht erzählen, wenn du nicht willst.«

Ganz ehrlich, es ist nichts Besonderes.

»Okay.« Nach einer kurzen Pause meinte Blay: »Hast du Lust, nachher noch ins *ZeroSum* zu gehen?«

John hielt den Kopf gesenkt, während er nickte.

Blay lachte leise. »Dachte ich mir schon. Genau wie du morgen mit Sicherheit auch mitkommst, falls wir gehen.«

Morgen kann ich nicht, gab John, ohne nachzudenken zurück.

»Warum denn nicht?«

Mist. *Es geht eben nicht. Ich muss zu Hause bleiben.*

Schon wieder ein Stöhnen aus dem Hintergrund, dann setzte ein gedämpftes, rhythmisches Poltern ein.

Als die Geräusche verstummten, holte Blay tief Luft, als hätte er gerade ein Zirkeltraining hinter sich gebracht. John konnte ihm das nicht verdenken. Er wollte auch schleunigst hier weg. In dem trüben Licht und ohne andere Leute um sie herum wirkten die ganzen aufgehängten Kleider irgendwie unheimlich. Außerdem – wenn sie bald im *ZeroSum* ankämen, hätte er noch ein paar Stunden Zeit, nach Xhex Ausschau zu halten, und das wäre …

… echt erbärmlich.

Die Minuten verstrichen. Zehn. Fünfzehn. Zwanzig.

»Shit«, murmelte Blay. »Was zum Henker treiben die da hinten?«

John zuckte mit den Schultern. Bei den Vorlieben ihres Freundes konnte man nie wissen.

»Hey, Qhuinn?«, rief Blay. Als keine Antwort kam, nicht mal ein Grunzen, rutschte er von dem Hocker. »Ich gehe mal nachsehen.«

Er klopfte an die Kabine. Wartete. Dann steckte er den Kopf durch die Tür. Völlig übergangslos flackerten seine Augen, seine Kinnlade klappte herunter, und er wurde von den Haarwurzeln bis zu den Fingerspitzen feuerrot.

Alles klaaaaaar. Die Session war offenbar noch nicht beendet. Und was auch immer da abging, war sehenswert, denn Blay drehte sich nicht auf dem Absatz um. Nach ein paar Sekunden ging sein Kopf langsam vor und zurück, als beantwortete er eine Frage, die Qhuinn gestellt hatte.

Als Blay zurück zur Kasse kam, hielt er den Kopf gesenkt und die Hände in den Taschen vergraben. Er sagte kein Wort und setzte sich wieder auf den Hocker, doch seine Fußspitze wippte mit hundert Stundenkilometern auf und ab.

Es war nicht zu übersehen, dass er nicht mehr länger hierbleiben wollte, und John war absolut seiner Meinung.

Mann, sie könnten jetzt im *ZeroSum* sein.

Wo Xhex arbeitete.

Als ihn seine fröhliche kleine Obsession schon wieder einholte, wollte John mit der Stirn auf den Tresen schlagen. Verdammt, das Wort *erbärmlich* musste wirklich neu buchstabiert werden.

Nämlich J-O-H-N M-A-T-T-H-E-W.

8

Sich zu schämen war in vielerlei Hinsicht unschön; ein Haken daran war, dass man weder kleiner noch stiller noch weniger sichtbar dadurch wurde. Man fühlte sich nur so.

Phury stand im Innenhof des Herrenhauses und betrachtete die Fassade des Anwesens der Bruderschaft, die sich vor ihm auftürmte. Verdrießlich grau, mit vielen dunklen, bedrohlich wirkenden Fenstern, wirkte das Gebäude wie ein Riese, der bis zum Hals in die Erde eingegraben worden und nicht besonders glücklich darüber war.

Phury fühlte sich ebenso wenig bereit, das Haus zu betreten, wie das Haus ihn willkommen zu heißen schien.

Als eine leichte Brise aufkam, blickte er nach Norden. Die Nacht war typisch für August im oberen Teil des Staates New York. Zwar war um ihn herum noch Sommer, mit den saftigen, dicht belaubten Bäumen und den plätschernden Springbrunnen und den bewachsenen getöpferten Kübeln zu beiden Seiten des Hauseingangs. Doch die Luft war anders. Etwas trockener. Etwas kühler.

Die Jahreszeiten waren – wie die Zeit – erbarmungslos.

Nein, das stimmte nicht. Die Jahreszeiten zeigten nur das Verstreichen der Zeit an, genau wie Uhren und Kalender.

Ich werde älter, dachte er.

Als sein Geist auf Regionen zusteuerte, die ihm schlimmer vorkamen als der Arschtritt, der ihn im Haus erwartete, trat er durch den Vorraum in die Eingangshalle.

Die Stimme der Königin ertönte aus dem Billardraum, untermalt vom Geräusch klackernder Kugeln und einigen dumpfen Aufschlägen. Sowohl das Fluchen als auch das Gelächter, das darauf folgte, hatten einen Bostoner Akzent. Was hieß, dass Butch, der sonst jeden im Haus schlagen konnte, gerade gegen Beth verloren hatte. Schon wieder.

Phury konnte sich gar nicht mehr erinnern, wann er zuletzt eine Partie Billard gespielt oder einfach nur mit den anderen Brüdern zusammengesessen hatte – und selbst wenn er es getan hatte, dann nie ganz ungezwungen. Denn das war er nie. Für ihn war das Leben eine Münze – auf der einen Seite stand *Katastrophe* und auf der anderen *drohende Katastrophe.*

Du brauchst einen Joint, Kumpel, lockte der Zauberer. *Besser noch eine ganze Batterie davon. Das ändert zwar nichts daran, dass du ein blöder Volltrottel bist, aber immerhin besteht dann die Chance, dass du dein Bett in Brand steckst, wenn du ohnmächtig wirst.*

In diesem Sinne beschloss Phury, dem Unvermeidlichen ins Auge zu sehen und nach oben zu gehen. Wenn er Glück hatte, wäre Wraths Tür geschlossen …

Sie war nicht geschlossen, und der König saß an seinem Schreibtisch.

Wrath hob den Blick von der Lupe, die er über ein Dokument hielt. Selbst durch seine Panoramasonnenbrille hindurch war klar zu erkennen, dass er stinksauer war. »Ich habe auf dich gewartet.«

In Phurys Kopf hob der Zauberer schwungvoll seinen schwarzen Umhang und setzte sich in einen bequemen Sessel mit Schonbezug aus Menschenhaut. *Mein Königreich für eine Tüte Popcorn und ein Päckchen M&M's. Das wird ein Schauspiel!*

Phury betrat das Arbeitszimmer, ohne die ultramarinblauen Wände und die cremefarbenen Seidensofas und den Marmorkamin richtig wahrzunehmen. Der Geruch nach *Lesser,* der noch in der Luft hing, sagte ihm, dass Zsadist vor Kurzem hier gestanden haben musste.

»Ich schätze mal, Z hat schon mit dir gesprochen«, begann er, weil es keinen Grund gab, das Kind nicht beim Namen zu nennen.

Wrath legte die Lupe weg und lehnte sich hinter seinem Louis-XIV-Schreibtisch zurück. »Mach die Tür zu.«

Phury gehorchte. »Soll ich zuerst reden?«

»Nein, das tust du sonst schon zur Genüge.« Der König hob die Beine und ließ seine schweren Stiefel auf das anmutige Möbelstück fallen. Sie schlugen auf wie Kanonenkugeln. »Das tust du ausgiebig.«

Aus Höflichkeit, nicht aus Neugier, harrte Phury der Aufzählung seiner Verfehlungen. Er wusste sehr genau, wo er stand: Er hatte versucht, sich von den *Lessern* umbringen zu lassen; hatte die Position des Primals angenommen, ohne die Zeremonie zu vollenden; mischte sich viel zu sehr in Zs und Bellas Leben ein; kümmerte sich nicht genug um Cormia; rauchte ununterbrochen …

Phury konzentrierte sich auf seinen König und wartete darauf, sein Versagen von einer anderen Stimme als der des Zauberers vorgebetet zu bekommen.

Aber es kam nichts. Wrath sagte absolut gar nichts.

Was darauf hindeutete, dass die Probleme so lärmend

und unübersehbar waren, dass darüber zu sprechen wäre, wie auf eine explodierende Bombe zu zeigen und zu sagen: *Junge, Junge, die ist aber laut – und wahrscheinlich reißt sie auch noch ein Loch in den Asphalt, was?*

»Obwohl«, sagte Wrath endlich, »wenn ich's mir recht überlege: Doch, sag du mir, was ich mit dir machen soll. Sag mir, was zum Henker ich machen soll.«

Da Phury nichts erwiderte, murmelte Wrath: »Kein Kommentar? Du meinst, du hast auch keinen Schimmer, was passieren soll?«

»Ich glaube, wir kennen beide die Antwort.«

»Da bin ich mir nicht so sicher. Was glaubst *du* denn, was ich tun sollte?«

»Mich eine Zeitlang aus dem Dienstplan streichen.«

»Aha.«

Schweigen.

»Dann machen wir es also so?«, fragte Phury. Mann, er brauchte jetzt echt einen Joint.

Die Stiefel auf dem Tisch klackten an den Spitzen zusammen. »Keine Ahnung.«

»Heißt das, du willst, dass ich kämpfe?« Das wäre ja besser, als er sich erhofft hatte. »Ich würde dir auch mein Wort geben ...«

»Leck mich.« Blitzschnell stand Wrath auf und kam um den Schreibtisch herum. »Du hast deinem Zwilling gesagt, du kämst nach Hause, aber ich gehe jede Wette ein, dass du zu Rehvenge gegangen bist. Du hast Z versprochen, die *Lesser* nicht mehr zu zerschnippeln, aber du hast dich nicht daran gehalten. Du hast dich bereit erklärt, der Primal zu sein, und bist es nicht. Verflucht noch mal, du tischst uns ständig das Märchen auf, du würdest jetzt in dein Zimmer gehen, um zu schlafen, aber wir wissen alle, was du da drin machst. Und jetzt erwartest du im Ernst von mir, das ich mich auf dein Wort verlasse?«

»Dann sag mir, was du von mir verlangst.«

Hinter der Sonnenbrille forschten die blassen Augen in seinem Gesicht. »Ich bin mir nicht sicher, ob eine Zwangspause und eine Intensivtherapie was helfen, weil ich glaube, dass du keins von beiden machen wirst.«

Kaltes Entsetzen rollte sich wie ein nasser, verwundeter Hund in Phurys Eingeweiden zusammen. »Willst du mich rauswerfen?«

So etwas war schon vorgekommen in der Geschichte der Bruderschaft. Nicht oft. Aber es war vorgekommen. Murhder fiel ihm da ein ... Verdammt, ja, das war vermutlich der letzte Krieger gewesen, der vor die Tür gesetzt worden war.

»Ganz so einfach ist es nicht, oder?«, sagte Wrath. »Wenn du fliegst – was ist dann mit den Auserwählten? Der Primal war immer ein Bruder, und nicht nur wegen der Blutlinien. Außerdem würde Z das auch nicht besonders gut aufnehmen, auch wenn er momentan total angepisst von dir ist.«

Na toll. Seine Sicherheitsnetze bestanden momentan darin, seinen Zwilling vor dem Durchdrehen zu bewahren und die Hure der Auserwählten zu sein.

Der König trat an eines der Fenster. Draußen schwankten die grünen Bäume im auffrischenden Wind.

»Ich sag dir mal, was ich glaube.« Wrath schob die Sonnenbrille hoch und rieb sich die Augen, als hätte er Kopfschmerzen. »Du solltest ...«

»Es tut mir leid«, sagte Phury, weil es das Einzige war, was er anzubieten hatte.

»Mir auch.« Wrath ließ die Brille wieder auf die Nase

fallen und schüttelte den Kopf. Als er an seinen Schreibtisch zurückkehrte und sich wieder setzte, waren sowohl sein Kiefer als auch die Schultern gestrafft. Er zog eine Schublade auf und holte einen schwarzen Dolch heraus.

Phurys Dolch. Den er in der Sackgasse vergessen hatte.

Z musste das verdammte Ding gefunden und mit nach Hause gebracht haben.

Der König drehte die Waffe in der Hand und räusperte sich. »Gib mir deinen anderen Dolch. Du bist dauerhaft aus dem Dienstplan gestrichen. Ob du zum Therapeuten gehst oder ob sich die Sache mit den Auserwählten regelt, geht mich nichts an. Ich bin mit meinem Latein am Ende, denn die Wahrheit ist doch: Du wirst tun, was du tun willst. Nichts, was ich von dir verlange oder um was ich dich bitte, wird einen Unterschied machen.«

Phury blieb kurz das Herz stehen. Egal, wie er sich diese Konfrontation vorgestellt hatte: dass Wrath sich aus diesem ganzen Chaos zurückzog, war darin nie vorgekommen.

»Bin ich immer noch ein Bruder?«

Der König starrte nur unverwandt den Dolch an – was Phury seine Antwort klar und deutlich gab: *Nur dem Namen nach.*

Manche Dinge mussten eben nicht ausgesprochen werden.

»Ich werde mit Z sprechen«, murmelte der König. »Wir werden sagen, dass du beurlaubt bist. Keine Kämpfe mehr für dich, und du kommst auch nicht mehr zu den Versammlungen.«

Phury spürte eine Panik, als befände er sich im freien Fall von einem Hochhaus und hätte gerade Augenkontakt mit dem Pflasterstein hergestellt, auf dem sein Name stand.

Keine Netze mehr. Keine Versprechungen, die er brechen konnte. Soweit es den König betraf, war Phury auf sich allein gestellt.

Neunzehnhundertzweiunddreißig, dachte er. Er war nur sechsundsiebzig Jahre in der Bruderschaft gewesen.

Er hob die Hand an die Brust, umschloss den Griff des zweiten Dolchs, zog ihn mit einem Ruck heraus und legte ihn auf den albernen hellblauen Schreibtisch.

Er verneigte sich vor seinem König und verließ das Zimmer ohne ein weiteres Wort.

Bravo, rief der Zauberer. *Wie schade, dass deine Eltern schon tot sind, mein Bester. Sie wären ja so stolz auf dich – warte, wir holen sie einfach zurück, was hältst du davon?*

Zwei Bilder stürzten auf ihn ein: sein Vater, ohnmächtig in einem Raum voller leerer Ale-Flaschen, seine Mutter auf dem Bett liegend, das Gesicht zur Wand gedreht.

Ohne sich weiter aufzuhalten, ging Phury in sein Zimmer, holte seinen Nachschub heraus, drehte sich einen Joint und zündete ihn an.

Nach allem, was heute Nacht passiert war, und zu allem Überfluss noch mit dem unerträglichen Zauberer im Nacken, hieß es für ihn entweder rauchen oder schreien. Also rauchte er.

Auf der anderen Seite der Stadt fühlte Xhex sich miserabel, während sie Rehvenge durch die Hintertür aus dem *ZeroSum* zu seinem kugelsicheren Bentley eskortierte. Rehv sah nicht besser aus, als sie sich fühlte; ihr Boss war nur ein verbissener, dunkler Schatten in einem bodenlangen Zobelmantel, als er langsam über die Straße lief.

Sie öffnete die Fahrertür für ihn und wartete, bis er sich mit Hilfe seines Stocks in dem Schalensitz niedergelassen hatte. Selbst in dieser lauen Nacht bei zwanzig Grad Celsius drehte er die Heizung bis zum Anschlag auf und zog sich den Kragen dicht um den Hals – ein Zeichen dafür, dass die Wirkung seiner letzten Dopamindosis noch nicht abgeklungen war. Das würde sie allerdings bald. Er spritzte sich nie, bevor er dorthin ging. Sonst wäre es zu gefährlich.

Es war gefährlich, Punkt.

Seit fünfundzwanzig Jahren wollte sie ihn begleiten, um ihm bei den Begegnungen mit seiner Erpresserin Rückendeckung zu geben, aber da sie jedes Mal, wenn sie fragte, eine Abfuhr bekam, hielt sie inzwischen die Klappe. Der Preis für ihr Schweigen war allerdings verflucht miese Laune.

»Fährst du danach in deinen Schlupfwinkel?«, fragte sie.

»Ja.«

Sie schlug die Tür zu und blickte ihm nach. Er sagte ihr nicht, wo die Treffen stattfanden, aber sie kannte die grobe Richtung. Laut dem GPS in seinem Wagen fuhr er Richtung Norden.

Gott, wie sie es hasste, was er zu tun hätte.

Dank ihres Fehlers vor zweieinhalb Jahrzehnten musste Rehv sich jeden ersten Dienstag im Monat prostituieren, um sie beide zu beschützen.

Die *Symphathen*-Prinzessin, der er zu Diensten war, war gefährlich. Und sie gierte nach ihm.

Anfangs hatte Xhex damit gerechnet, dass die Schlampe sie und Rehv anonym denunzieren und dadurch für ihre Deportation in die *Symphathen*-Kolonie sorgen würde. Doch sie war schlauer als das. Wenn sie dorthin verfrachtet würden, würden sie mit Glück vielleicht sechs Monate überleben, obwohl sie so stark waren. Mischlinge kamen gegen Vollblüter nicht an, und außerdem war die Prinzessin mit ihrem eigenen Onkel verheiratet.

Der ein machtbesessener, habgieriger Despot war, wie er seinesgleichen suchte.

Xhex fluchte. Sie hatte keine Ahnung, warum Rehv sie nicht hasste, und es war ihr unbegreiflich, wie er den Sex ertragen konnte. Allerdings hatte sie das Gefühl, dass diese Nächte der Grund dafür waren, warum er sich so gut um seine Mädels kümmerte. Im Gegensatz zu Otto Normalzuhälter wusste er ganz genau, wie die Prostituierten sich fühlten, wusste ganz genau, wie es war, jemanden zu vögeln, den man nicht ausstehen konnte, weil man etwas von ihm brauchte – sei es nun seine Kohle oder sein Schweigen.

Xhex hatte immer noch keinen Ausweg gefunden, und was die Situation noch unerträglicher machte, war, dass Rehv aufgehört hatte, sich um seine Freiheit zu bemühen. Was einst eine Krisensituation gewesen war, hatte sich zum neuen Alltag entwickelt. Zwei Jahrzehnte später bumste er immer noch, um sie beide zu beschützen, und es war immer noch Xhex' Schuld. Jeden ersten Dienstag im Monat fuhr er los und tat das Unvorstellbare mit jemandem, den er hasste … und so war das Leben.

»Scheiße«, sagte sie zum Asphalt. »Wann wird sich das je ändern?«

Die einzige Antwort, die sie erhielt, war ein Windstoß, der Zeitungsseiten und Plastiktüten auf sie zuwehte.

Als sie zurück in den Club kam, passten sich ihre Augen wieder den flackernden Lasern an, dämpften ihre Ohren die treibende Musik, stellte ihre Haut einen leichten Temperaturrückgang fest.

Der VIP-Bereich schien relativ ruhig, nur die üblichen Stammgäste. Trotzdem stellte sie Augenkontakt zu beiden Türstehern her. Sie nickten, alles im Lot. Dann inspizierte Xhex die Mädels, die sich um die Sitzbänke kümmerten. Beobachtete die Kellnerinnen beim Abräumen leerer und Servieren voller Gläser. Überprüfte die Alkohol-Bestückung der VIP-Theke.

Als sie an dem Samtseil ankam, das die beiden Bereiche trennte, warf sie einen Blick über die Menge hinweg in den Hauptraum des Clubs. Die Masse auf der Tanzfläche bewegte sich wie ein unruhiges Meer, wogte auf und ab, teilte sich und floss wieder zusammen. Baggernde Pärchen und Dreierkonstellationen umkreisten und umwanden einander an den Rändern, Laserstrahlen prallten von schemenhaften, miteinander verschmolzenen Gesichtern und Körpern ab.

Heute Nacht war nicht übermäßig viel los, die Woche begann immer etwas ruhiger, steigerte sich dann, bis am Samstagabend der Höhepunkt erreicht wurde. Für sie als Sicherheitschefin waren die Freitage normalerweise am arbeitsintensivsten, wenn die ganzen Idioten die Nachwehen einer schlimmen Arbeitswoche abschüttelten, indem sie zu viele Drogen einwarfen, sich Überdosen spritzten oder Prügeleien anzettelten.

Andererseits – da Dumpfbacken mit Drogenproblemen die Butter auf dem Brot des Clubs waren, konnte im Prinzip jederzeit an jedem Abend der Irrsinn ausbrechen.

Nur gut, dass sie ihren Job so ausgezeichnet im Griff hatte. Rehv kümmerte sich um den Verkauf von Drogen, Sprit und Frauen, managte seine Flotte von zwielichtigen

Buchmachern und übernahm gewisse Spezialaufträge im Bereich »Vollstreckung«. Sie selbst war dafür verantwortlich, die Atmosphäre im Club so zu halten, dass die Geschäfte so ungestört von menschlicher Polizei und gehirnlosen Gästen wie möglich abgewickelt werden konnten.

Gerade wollte sie im Zwischengeschoss nach dem Rechten sehen, als sie im Eingang des Clubs entdeckte, wen sie nur »die Jungs« nannte.

Sie drückte sich zurück in den Schatten und beobachtete die drei jungen Vampire, die schnurstracks in den hinteren VIP-Bereich gingen. Sie setzten sich immer an den Tisch der Bruderschaft, wenn er frei war, was bedeutete, dass sie entweder vorausschauend waren, weil der Platz neben einem Notausgang und in einer Ecke lag, oder sie die Anweisung hatten, dort zu sitzen, und zwar von ganz oben.

»Ganz oben« im Sinne von Wrath, dem König.

O ja, diese Jungs waren nicht die üblichen kleinen Penner, dachte Xhex, als sie sich hinsetzten. Aus einer ganzen Reihe von Gründen.

Der mit den verschiedenfarbigen Augen war ein Radaubruder, und wie nicht anders zu erwarten, stand er, nachdem er sich ein Corona bestellt hatte, sofort wieder auf und ging zur Tanzfläche, um nach Frischfleisch Ausschau zu halten. Der Rothaarige blieb am Tisch sitzen, was ebenfalls keine Überraschung war. Er war der typische Pfadfinder, total straight. Was Xhex wiederum misstrauisch machte. Sie hätte gern gewusst, was sich wohl hinter diesem superbraven Image verbarg.

Das eigentliche Highlight unter diesen dreien war allerdings der Stumme. Sein Name war Tehrror, alias John Matthew, und er war das Mündel des Königs. Und das hieß, dass der Bursche so was wie ein Porzellanteller auf einem Punkkonzert war, soweit es Xhex betraf. Wenn ihm auch nur das Geringste zustieß, dann war der Club am Arsch.

Mann, der Kleine hatte sich in den vergangenen Monaten ganz schön verändert. Vor seiner Transition war er dürr und schwach gewesen, eine halbe Portion. Aber jetzt sah sie einen Riesen von einem Vampir vor sich ... und Riesen konnten sich schnell zum Problem entwickeln, wenn sie anfingen, sich auf die Brust zu trommeln. Wobei John bisher eher der Typ stiller Beobachter gewesen war; seine Augen wirkten viel zu alt in seinem jungen Gesicht, was darauf hindeutete, dass er schon einigen Mist erlebt hatte. Und solcher Mist war gerne mal das Öl auf dem Feuer, wenn die Leute die Nerven verloren.

Der mit den zweifarbigen Augen, alias Qhuinn, Sohn des Lohstrong, kam mit zwei diensteifrigen Damen zurück – zwei Blondinen, die offenbar ihre Outfits passend zu ihren Cosmopolitans gewählt hatten: knapp und pink.

Der Rothaarige, Blaylock, war nicht so der Aufreißer, aber das machte überhaupt nichts, denn Qhuinn war Aufreißer genug für sie beide. Ach was, der Kerl hätte auch noch genug für John Matthew übrig gehabt, nur dass der nicht mitspielte. Zumindest, soweit Xhex bisher mitbekommen hatte.

Nachdem Johns Genossen mit den beiden Mädels nach hinten verschwunden waren, schlenderte Xhex ohne besonderen Grund zu ihm hinüber. Er erstarrte, als er sie bemerkte, aber das tat er immer, genau wie er sie immer beobachtete. Wenn man Sicherheitschefin in einem Laden war, dann wussten die Leute immer gern, wo man gerade war.

»Wie läuft's?«, fragte sie.

Er zuckte die Achseln und fummelte an seiner Corona-Flasche herum. Garantiert wünschte er sich gerade, die Flasche hätte ein Etikett zum Abzupfen, dachte sie.

»Was dagegen, wenn ich dir eine Frage stelle?«

Er riss die Augen etwas weiter auf, hob aber wieder die Schultern.

»Warum verkrümelst du dich nie mit deinen Kollegen nach hinten in die Toiletten?« Das ging sie natürlich einen feuchten Kehricht an, und was noch schlimmer war: Sie wusste nicht, warum sie das überhaupt interessierte. Aber … vielleicht lag es nur an diesem bescheuerten ersten Dienstag im Monat. Sie versuchte einfach, auf andere Gedanken zu kommen.

»Du kommst bei Frauen gut an«, ergänzte sie. »Ich habe beobachtet, wie sie dich abchecken. Und du schaust sie dir an, bleibst aber immer hier draußen.«

John Matthew wurde so dunkelrot, dass sie es sogar in dem trüben Dämmerlicht erkennen konnte.

»Bist du etwa schon vergeben?«, murmelte sie jetzt noch neugieriger. »Hat der König eine Frau für dich ausgesucht?«

Er schüttelte den Kopf.

Alles klar, sie musste ihn jetzt in Ruhe lassen. Der arme Kerl war stumm, also wie sollte er ihr bitte schön antworten?

»Ich will jetzt was zu trinken!« Die Männerstimme übertönte die Musik, und Xhex drehte den Kopf herum. Zwei Bänke weiter pöbelte einer der üblichen Dicke-Hose-Penner eine Kellnerin an.

»Entschuldige mich«, sagte Xhex zu John.

Als das Großmaul mit einer Bärenpranke an dem Rock

der Kellnerin zerrte, fiel der Armen das Tablett aus der Hand, und die Cocktails flogen durch die Luft. »Ich hab gesagt, ich will sofort was zu trinken!«

Xhex trat hinter die Kellnerin und stützte sie. »Mach dir keine Sorgen. Er geht jetzt.«

Der Mann erhob sich schwankend zu seiner vollen Größe von gut eins neunzig. »Was du nicht sagst.«

Xhex schob sich an ihn heran, bis sie Brust an Brust standen. Sie sah ihn durchdringend an, ihre *Symphathen*-Triebe brüllten danach, entfesselt zu werden, doch sie konzentrierte sich auf die Metallstachel, die sie um ihre Oberschenkel geschnallt hatte. Sie schöpfte Kraft aus dem Schmerz, den sie sich selbst zufügte, und drängte ihre Instinkte zurück.

»Du wirst jetzt gehen«, sagte sie leise, »weil ich dich sonst an den Haaren hier rausschleife.«

Der Atem des Mannes roch wie drei Tage alter Thunfisch. »Ich hasse Lesben. Ihr haltet euch immer für viel tougher, als ihr wirklich …«

Xhex packte das Handgelenk des Mannes, drehte den Typen daran um hundertachtzig Grad und klemmte ihm den Arm auf dem Rücken fest. Dann schlang sie ihm ein Bein um die Knöchel und gab ihm einen Schubs. Er klatschte wie eine Rinderhälfte auf den Boden, schnappte fluchend nach Luft. Sein Körper pflügte sich in den kurzen Flor des Teppichbodens.

Blitzschnell bückte sich Xhex, grub eine Hand in sein gegeltes Haar und umschloss mit der anderen den Kragen seiner Anzugjacke. Als sie ihn mit dem Gesicht voran zum Seiteneingang schleifte, war das klassisches Multitasking: Sie erregte Aufsehen, machte sich der Körperverletzung schuldig und riskierte eine Schlägerei, falls seine Kumpane aus dem *Very Idiotic Persons*-Bereich sich einschalten sollten. Aber hin und wieder mal musste man ein bisschen Show machen. Jedes der VIP-Arschlöcher sah zu, genau wie die Türsteher, die von Hause aus leicht reizbar waren, und die Mädels, die hier arbeiteten und von denen die meisten ein sehr gut nachvollziehbares Aggressionspotential hatten.

Um den Frieden zu wahren, musste man sich immer mal wieder die Hände schmutzig machen.

Und in Anbetracht der Mengen an Haarpflegeprodukten, die dieser Klugscheißer hier verwendete, musste sie sich hinterher gründlich abschrubben.

Als sie den Seitenausgang in der Nähe des Stammtischs der Bruderschaft erreichte, blieb sie kurz stehen, um die Tür zu öffnen, doch John war schneller. Wie ein echter Gentleman drückte er die Tür weit auf und hielt sie mit einem langen Arm fest.

»Danke«, sagte sie.

Draußen auf der Straße drehte sie den großmäuligen Armleuchter auf den Rücken und durchsuchte seine Taschen, während er wie ein Fisch auf dem Trockenen nach Luft schnappte. Das war ein weiterer Gesetzesverstoß; auf dem Grund und Boden des Clubs besaß Xhex zwar Polizeigewalt, aber die Straße gehörte theoretisch der Stadt Caldwell. Abgesehen davon allerdings spielte die Postleitzahl in diesem Fall auch gar keine Rolle: Die Durchsuchung wäre trotzdem illegal gewesen, da kein hinreichender Verdacht auf Drogen- oder illegalen Waffenbesitz bestand.

Dem Gesetz zufolge durfte man niemanden filzen, nur weil er ein Arschloch war.

Na, sieh mal einer an … hier zahlte sich Instinkt aus.

Neben seiner Brieftasche fand sie eine hübsche Portion Koks und drei Ecstasy-Pillen. Sie wedelte vor den Augen des Mannes mit den Tütchen herum.

»Dafür könnte ich dich verhaften lassen.« Als er zu stammeln begann, lächelte sie. »Ja, ja, schon klar. Ist nicht deins, du weißt auch nicht, wie das in deine Tasche gekommen ist. Du bist so unschuldig wie ein Baby. Aber schau mal da rüber.«

Als der Bursche nicht schnell genug reagierte, quetschte sie ihm die Wangen zusammen und drehte sein Gesicht herum.

»Siehst du das kleine rote Blinklicht? Das ist eine Überwachungskamera. Also wurde dieses Zeug ...« Sie hielt die Tüten in die Kamera und klappte dann die Brieftasche auf. »... wurden diese zwei Gramm Kokain und drei Portionen Ecstasy, die aus der Brusttasche Ihrer Anzugjacke stammen, Mr. ... Robert Finlay ... digital aufgezeichnet. Hey, seht euch das an. Du hast ja zwei nett aussehende Kinder. Wetten, die möchten lieber morgen mit dir zusammen frühstücken als mit einem Babysitter, weil deine Frau gerade versucht, dich aus dem Knast zu holen?«

Damit steckte sie ihm die Brieftasche zurück in den Anzug, behielt aber die Drogen. »Ich würde vorschlagen, dass wir in Zukunft getrennte Wege gehen. Du kommst nie wieder in meinen Club. Und ich verfrachte deine erbsengroßen Eier nicht ins Gefängnis. Was sagst du dazu. Abgemacht?«

Während er noch nachdachte, ob er das Angebot annehmen oder lieber feilschen sollte, stand Xhex auf und ging ein paar Schritte zurück, um besser mit dem Fuß ausholen zu können, falls es nötig wurde. Allerdings glaubte sie das nicht. Leute, die sich schlagen wollten, hatten straff gespannte Körper und hellwache Augen. Großmaul hier war so schlaff wie Spülwasser, er hatte eindeutig keine Energie- und Egoreserven mehr.

»Geh nach Hause«, sagte sie zu ihm.

Und er gehorchte.

Während er davonschlurfte, steckte sich Xhex die Drogen in die Gesäßtasche.

»Hat dir die Vorstellung gefallen, John Matthew?«, fragte sie, ohne sich umzudrehen.

Als sie über ihre Schulter blickte, stockte ihr der Atem. Johns Augen leuchteten in der Dunkelheit … der Bursche starrte sie mit der Art von unbeirrbarer Intensität an, die Männer hatten, wenn sie Sex wollten. Bedingungslosen Sex. *Verflucht noch mal.* Das war kein kleiner Junge, den sie da vor sich hatte.

Ohne sich dessen bewusst zu sein, drang sie mit ihren *Symphathen*-Antennen in seinen Kopf ein. Er dachte an … sich selbst auf einem Bett zwischen zerknüllten Laken, die Hand zwischen den Beinen auf einem gigantischen Schwanz; während er sich einen runterholte, sah er im Geiste Xhex vor sich.

Das hatte er schon oft getan.

Xhex drehte sich um und ging auf ihn zu. Als sie vor ihm stehen blieb, wich er nicht zurück, und das überraschte sie nicht. In diesem unverstellten Augenblick war er kein unbeholfener Jüngling, der die Flucht antrat. Er war ein Mann, der ihr frontal gegenüberstand.

Was wirklich … ach, Blödsinn, er war nicht attraktiv. Nicht mal im Ansatz.

Shit.

Als sie zu ihm aufsah, wollte sie ihm eigentlich raten, mit seinen blauen Murmeln die Bräute im Club anzuschmachten und sie aus dem Spiel zu lassen. Sie wollte ihm mitteilen, dass sie absolut jenseits seiner Liga war und er sich seine Fantasien gefälligst abgewöhnen solle. Sie wollte ihn abschrecken, wie sie jeden anderen Kerl abgeschreckt hatte, außer diesem hartgesottenen, halbtoten Butch O'Neal, bevor er ein Bruder geworden war.

Doch stattdessen raunte sie ihm zu: »Wenn du das nächste Mal so an mich denkst, dann sag meinen Namen, wenn du kommst. Das macht es noch geiler.«

Sie streifte seine Brust mit der Schulter, als sie sich zur Seite beugte, um die Tür zum Club zu öffnen.

Sein heftiges Einatmen blieb in ihrem Ohr hängen.

Als sie zurück an die Arbeit ging, redete sie sich ein, ihr Körper wäre heiß von der Anstrengung, diesen armseligen Sack vor die Tür zu zerren.

Es hatte absolut nichts mit John Matthew zu tun.

John stand da wie ein Volltrottel, während Xhex zurück in den Club ging. Was nicht verwunderlich war. Der Großteil seines Blutes war von seinem Gehirn in die Erektion in seiner nagelneuen, alt aussehenden Jeans gerauscht. Der Rest hing in seinem Gesicht.

Was bedeutete, dass sein Gehirn auf Reserve stand.

Woher zum Teufel wusste sie, was er tat, wenn er an sie dachte?

Einer der Mauren, die Rehvenges Büro bewachten, sprach ihn an. »Willst du jetzt rein oder raus?«

John schlurfte zurück zu seinem Tisch, leerte das Corona in zwei Schlucken und war froh, als eine der Kellnerinnen unaufgefordert mit Nachschub ankam.

Xhex war im Hauptraum des Clubs verschwunden, und er hielt nach ihr Ausschau, versuchte, durch den

Wasserfall zu sehen, der den VIP-Bereich vom Rest abtrennte.

Obwohl er seine Augen nicht brauchte, um zu wissen, wo sie war. Er konnte sie spüren. Inmitten all der Körper in diesem Laden wusste er ganz genau, welcher zu ihr gehörte. Sie war drüben an der Theke.

Wahnsinn, dass sie mit einem Kerl fertigwurde, der doppelt so schwer war wie sie, ohne auch nur ins Schwitzen zu geraten. Das war einfach irrsinnig scharf.

Dass sie offenbar nicht sauer war, weil John solche Fantasien über sie hatte, war eine Erleichterung.

Dass sie ihn aufforderte, ihren Namen zu sagen, wenn er kam, war … so krass, dass er es am liebsten auf der Stelle getan hätte.

Das beantwortete wohl die Frage, ob er mehr auf Sonnenschein oder auf Gewitter stand. Und klärte auch, was er machen würde, sobald er zu Hause war.

9

Weit draußen, jenseits des ausgedehnten Flickenteppichs von Bauernhöfen um Caldwell herum, noch nördlich der kleineren Orte entlang der gewundenen Flanken des Hudson River, etwa drei Stunden vor der kanadischen Grenze, erheben sich die Adirondacks aus der Erde. Majestätisch, an Haupt und Schultern überzogen von Kiefern und Zedern, war die Gebirgskette einst von Gletschern geschaffen worden, die sich von der Grenze zu Alaska nach Süden hin erstreckten, noch bevor das Land Alaska hieß und bevor es Menschen oder Vampire gab.

Als sich die letzte Eiszeit ins Dunkel der Geschichte zurückzog, füllten sich die tiefen Furchen, die im Boden zurückblieben, mit Schmelzwasser. Über viele Menschengenerationen hinweg wurden den großflächigen geologischen Becken Namen verliehen wie Lake George oder Lake Champlain, Saranac Lake oder Blue Mountain Lake.

Menschen – diese aufdringlichen, parasitischen Karnickel mit ihrem viel zu zahlreichen Nachwuchs – ließen sich am Hudson River nieder, da sie, wie viele andere Tiere auch, die Nähe des Wassers suchten. Jahrhunderte verstrichen, und Städte sprossen aus dem Boden, und die »Zivilisation« wurde errichtet, mit all ihren Eingriffen in die Umwelt.

Die Berge jedoch blieben die Herrscher. Selbst im Zeitalter von Elektrizität und Technologie, Autos und Tourismus bestimmten die Adirondacks die Landschaft dieses nördlichen Abschnitts des Staates New York.

Weswegen es noch immer viele einsame Gegenden inmitten all dieser Wälder gab.

Im nördlichen Verlauf der Interstate 87 – auch bekannt als Northway – lagen die Ausfahrten weiter und weiter auseinander, bis man acht, zehn, zwanzig Kilometer fahren musste, ohne einmal von der Straße abfahren zu können. Und selbst wenn man den Blinker setzte und nach rechts abbog, fand man nicht viel mehr als ein paar Geschäfte, eine Tankstelle und zwei oder drei Häuser.

Menschen konnten sich in den Adirondacks verstecken.

Vampire konnten sich in den Adirondacks verstecken.

Gegen Ende der Nacht, als die Sonne sich bereit für einen großen, imposanten Auftritt machte, wanderte ein Mann allein durch den dichten Wald des Saddleback Mountain, schleppte seinen verdorrten Körper über die Erde, wie er in seinem früheren Leben einen Müllsack geschleppt hätte. Sein Hunger war das Einzige, was ihn vorantrieb, der Urinstinkt nach Blut das Einzige, was ihn im undurchdringlichen Gebüsch auf den Beinen hielt.

Vor ihm, unter verschlungenen Kiefernzweigen stand seine nervöse, ruhelose Beute.

Der Hirsch wusste, dass er verfolgt wurde, aber er konnte nicht sehen, von wem oder was. Er hob den Kopf und schnüffelte, die Ohren wackelten vor und zurück.

Die Nacht war kalt, so weit im Norden und so weit oben auf dem Saddleback Mountain. Da von den Kleidern des Mannes nur mehr Fetzen übrig waren, klapperten seine Zähne, und seine Nagelbetten waren blau gefroren. Doch er hätte auch dann nicht mehr übergezogen, wenn er etwas besessen hätte. Seinen Blutdurst zu stillen war das einzige Zugeständnis an sein Dasein.

Er würde sich nicht das Leben nehmen. Vor langer Zeit hatte er einmal gehört, dass man, wenn man Selbstmord beging, nicht in den Schleier kam, und genau dort musste er am Ende hin. Also verbrachte er seine Tage auf einem schmalen Grat des Leidens, wartete darauf, entweder zu verhungern oder schwer verletzt zu werden.

Das allerdings dauerte verdammt lange. Viel zu lange. Seine Flucht aus seinem alten Leben vor all diesen Monaten hatte ihn rein aus Versehen hierhergeführt. Eigentlich hatte er sich an einen anderen, einen noch gefährlicheren Ort versetzen wollen.

Wo der liegen sollte, konnte er sich allerdings nicht mehr erinnern.

Der Umstand, dass seine Feinde sich nicht so weit oben und so tief in den Adirondacks aufhielten, hatte ihn anfangs gerettet, nun frustrierte ihn diese Erkenntnis. Er war zu schwach, sich in der Gegend herum zu dematerialisieren, um nach Vampirjägern zu suchen, und für lange Wanderungen fehlte ihm ebenfalls die Kraft.

Er saß hier in den Bergen fest und wartete darauf, dass der Tod ihn fand.

Tagsüber suchte er in einer Höhle, einer Einkerbung im Granit des Bergs, Zuflucht vor dem Sonnenlicht. Er schlief nicht viel. Hunger und seine Erinnerungen hielten ihn erbarmungslos wach und bei Besinnung.

Vor ihm machte seine Beute zwei Schritte rückwärts.

Er holte tief Luft und zwang sich, seine Kräfte zu sammeln. Wenn er das jetzt nicht tat, dann wäre er für diese Nacht am Ende, und das nicht nur, weil der Himmel im Osten bereits allmählich heller wurde.

Blitzschnell verschwand er und nahm, die Hände um den Hals des Hirsches geschlungen, wieder Gestalt an. Er umklammerte den schlanken Widerrist des Tiers und versenkte seine Fänge in die Halsader, die aus seinem flatternden, vor Schreck rasenden Herzen emporführte.

Er tötete das wunderschöne Tier nicht. Nahm nur genug, um einen weiteren schwarzen Tag zu überstehen und eine weitere, noch schwärzere Nacht anzutreten.

Als er fertig war, breitete er die Arme weit aus und ließ das Geschöpf auf allen vieren in die Flucht springen. Er lauschte dem Knistern im Unterholz und beneidete das Tier um seine Freiheit.

Der Mann fühlte sich etwas gestärkt. In letzter Zeit hielten sich die Energie, die er aufwandte, um sich zu ernähren, und die Kraft, die er dafür bekam, in etwa die Waage. Was bedeutete, dass das Ende nahe sein musste.

Er setzte sich auf den von vermodernden Kiefernnadeln weich gepolsterten Waldboden und blickte durch die Zweige nach oben. Einen Moment lang stellte er sich vor, dass der Nachthimmel nicht dunkel war, sondern weiß, und dass die Sterne über ihm keine kalten Planeten waren, die das Licht zurückwarfen, sondern die Seelen der Toten.

Er stellte sich vor, das da oben wäre der Schleier.

Das tat er häufig, und zwischen den weit verstreuten glitzernden Funken dort oben fand er die beiden, die er als seine eigenen betrachtete, die beiden, die ihm genommen worden waren: zwei Sterne, einer größer und sehr hell leuchtend, der andere kleiner und zaghafter. Sie waren ganz nah beisammen, als suchte der Kleinere davon Schutz bei seiner M…

Das Wort konnte der Mann nicht sagen. Nicht einmal

in seinem Kopf. Genau wie er die Namen nicht aussprechen konnte, die er mit diesen Sternen verknüpfte.

Doch das war auch gleichgültig.

Diese beiden gehörten ihm.

Und er wäre bald bei ihnen.

10

Der Wecker neben Phury tickte weiter, sodass die Digitalanzeige ein Zahnstochermuster bildete: elf Uhr elf.

Er prüfte seine Vorräte. Sie gingen allmählich zur Neige, und obwohl er total breit war, bekam er kurz Herzrasen. Er bemühte sich, langsamer zu rauchen, und überschlug im Geiste: Seit ungefähr sieben Stunden bediente er sich jetzt an der offenen Tüte … wenn man das hochrechnete, dann wäre sie gegen vier Uhr nachmittags leer.

Die Sonne ging um halb acht unter. Vor acht könnte er nicht im *ZeroSum* sein.

Vier Stunden im toten Winkel. Besser gesagt, vier Stunden, in denen er möglicherweise ein bisschen zu klar lebte.

Wenn du willst, sagte der Zauberer, *kann ich dir eine Gutenachtgeschichte erzählen. Ich kenne eine ganz großartige. Es geht um einen Mann, der sich seinen Alkoholikervater zum Vorbild nimmt. Liegt am Ende tot in einer Sackgasse. Wird von niemandem betrauert. Ein Klassiker, quasi shakespearisch.*

Oder kennst du die schon?

Phury drehte »Donna non vidi mai« lauter auf. Während der Tenor sich nach Puccinis Notierung immer weiter in die Höhe schwang, musste er an Zs Gesang denken. Was für eine Stimme sein Bruder doch hatte. Wie eine Kirchenorgel reichte sie von trillernden Höhen bis zu Bässen, so tief, dass sie einem das Knochenmark in ein Trommelfell verwandelten; und wenn er eine Melodie nur einmal hörte, konnte er sie perfekt nachsingen. Woraufhin er dem Lied seine eigene Note verlieh oder sich etwas völlig Neues ausdachte. Er hatte alles drauf: Oper, Blues, Jazz, altmodischen Rock and Roll. Er war sein eigener Radiosender.

Und immer führte er die Gesänge im Tempel der Bruderschaft an. Schwer vorstellbar, dass Phury diese Stimme niemals wieder in der heiligen Grotte vernehmen würde.

Oder auch im Haus, wenn er es mal recht bedachte. Es war Monate her, seit Z zuletzt gesungen hatte, wahrscheinlich weil die Sorge um Bella ihn nicht gerade in Frank-Sinatra-Stimmung versetzte. Es war auch nicht absehbar, ob er seine Stegreifkonzerte jemals wieder aufnehmen würde.

Das würde von Bellas Schicksal abhängen.

Phury nahm noch einen Zug von seinem Joint. Gott, er wollte sie besuchen. Wollte sich vergewissern, dass es ihr gut ging. Sich mit eigenen Augen zu überzeugen war einfach etwas völlig anderes als diese Überdosis »keine Neuigkeiten sind gute Neuigkeiten«.

Aber er war nicht in Besuchsform, und das nicht nur, weil er total stoned war. Er tastete nach den Überresten der Verletzung an seinem Hals. Er heilte zwar schnell, aber so schnell auch wieder nicht, und Bellas Augen waren scharf. Kein Grund, sie zu beunruhigen.

Außerdem wäre Z bei ihr, und nach dem ganzen Vorfall in der Sackgasse wäre ihm eine frontale Begegnung mit seinem Zwilling momentan deutlich zu heftig.

Ein rasselndes Geräusch schreckte ihn auf.

Drüben auf dem Sekretär vibrierte das Primalsamulett. Dieser uralte goldene Talisman funktionierte wie ein Pieper. Er sah zu, wie er auf dem Holz herumhüpfte, im Kreis tanzte, als suchte er unter den silbernen Pinseln, neben denen er lag, nach einem Partner.

Auf gar keinen Fall würde er jetzt auf die Andere Seite gehen. Das kam nicht infrage. Per Fußtritt aus der Bruderschaft befördert zu werden reichte ihm für einen Tag.

Er drückte seinen Joint aus, stand auf und ging aus dem Zimmer. Draußen im Flur warf er aus Gewohnheit einen Blick auf Cormias Tür. Sie war leicht geöffnet, was sonst nie vorkam. Von drinnen hörte er ein leise klatschendes Geräusch.

Er klopfte an den Türrahmen. »Cormia? Alles in Ordnung bei dir?«

»O! Ja … ja, danke.« Ihre Stimme klang gedämpft.

Da sie weiter nichts sagte, beugte er sich ins Zimmer. »Deine Tür steht offen.« Eins a beobachtet, Einstein. »Soll ich sie schließen?«

»Ich wollte sie eigentlich nicht offen lassen.«

Ihm fiel ihre Begegnung mit John Matthew ein, deshalb fragte er: »Stört es dich, wenn ich hereinkomme?«

»Aber nein, bitte.« Er schob die Tür weiter auf …

O – wow! Cormia saß im Schneidersitz auf ihrem Bett und flocht ihr noch feuchtes Haar. Neben ihr lag ein Handtuch, was das klatschende Geräusch erklärte, und ihre Robe … ihre Robe war am Hals zu einem tiefen V geöffnet, die sanften Rundungen ihrer Brüste liefen Gefahr, gänzlich entblößt zu werden.

Was für eine Farbe wohl ihre Brustwarzen hatten?

Rasch drehte er den Kopf weg. Nur, um eine einzelne lavendelfarbene Rose in einer Kristallvase auf dem Nachttisch zu entdecken.

Ohne vernünftigen Grund zog sich sein Brustkorb zusammen, er runzelte die Stirn. »Habt ihr euch gut unterhalten, du und John?«

»Ja, das haben wir. Er war ganz reizend.«

»Ach ja?«

Cormia nickte, während sie sich ein weißes Seidenband um die Haare wand. Im schwachen Schein der Lampe leuchtete der dicke Zopf beinahe golden, und es gefiel ihm überhaupt nicht, dass sie ihn kreisförmig im Nacken zusammenrollte. Er hätte ihn lieber noch länger betrachtet, musste sich aber mit den vereinzelten Strähnen trösten, die sich bereits um ihr Gesicht herum lösten.

Was für ein Bild sie abgab, dachte er. Er wünschte, er hätte Papier und Feder bei sich.

Seltsam ... sie sah verändert aus, fand er. Andererseits lag es vielleicht daran, dass sie Farbe in den Wangen hatte. »Was habt ihr denn gemacht?«

»Ich bin draußen herumgerannt.«

Phurys Stirnrunzeln vertiefte sich. »Weil dich etwas erschreckt hat?«

»Nein, weil ich durfte.«

Kurz blitzte vor seinem geistigen Auge ein Bild auf, in dem sie mit wehenden Haaren über das Gras im Garten lief. »Und was hat John gemacht?«

»Er hat zugesehen.«

So, so, hat er das.

Bevor Phury etwas sagen konnte, fuhr sie fort: »Ihr hattet recht, er ist sehr freundlich. Heute Abend wird er mir einen Kinofilm zeigen.«

»Ach ja?«

»Er hat mir beigebracht, wie man den Fernseher benutzt. Und seht, was er mir geschenkt hat.« Sie streckte ihr Handgelenk aus. Darum lag ein Armband aus lavendelfarbenen Perlen und Silbergliedern. »So etwas habe ich noch nie besessen. Ich hatte immer nur meine Auserwählten-Perle.«

Als sie den schillernden Tropfen an ihrem Hals berührte, verengte er die Augen. Ihr Blick war arglos, so rein und schön wie die Rosenknospe dort auf dem Nachttisch.

Johns Aufmerksamkeiten machten Phury nur umso deutlicher, wie er sie vernachlässigt hatte.

»Verzeiht«, sagte sie still. »Ich werde das Armband abnehmen …«

»Nein. Es steht dir. Wundervoll.«

»Er sagte, es sei ein Geschenk«, murmelte sie. »Ich würde es gerne behalten.«

»Und das sollst du auch.« Phury atmete tief ein und sah sich im Zimmer um. Sein Blick blieb an einer komplexen Konstruktion aus Zahnstochern und … Erbsen hängen. Erbsen? »Was ist das?«

»Ach … das.« Sie stand rasch auf und lief hinüber, als wollte sie, was auch immer das sein mochte, abschirmen.

»Was ist es denn?«

»Es ist, was in meinem Kopf ist.« Sie drehte sich zu ihm um. Wandte sich wieder ab. »Einfach nur etwas, das ich angefangen habe.«

Phury trat auf sie zu und kniete sich neben ihr auf den Boden. Vorsichtig strich er mit dem Finger über einige der Bausteine. »Das ist fantastisch. Es sieht aus wie der Rohbau eines Hauses.«

»Gefällt es Euch?« Sie ging ebenfalls auf die Knie. »Das habe ich mir ausgedacht.«

»Ich liebe Kunst und Architektur. Und das hier … die Konturen sind großartig.«

Sie legte den Kopf schief, als sie ihre Konstruktion betrachtete, und er musste lächeln. Genau so machte er es immer mit seinen Zeichnungen.

Einem Impuls folgend, sagte er: »Möchtest du gern mal in den Flur mit den Statuen gehen? Ich wollte gerade ein bisschen herumspazieren. Er liegt hinter dem Treppenabsatz.«

Als sie den Blick zu ihm hob, lag darin ein Wissen, das ihn verblüffte.

Vielleicht sah sie selbst gar nicht verändert aus, stellte er fest. Sondern sie sah ihn anders an.

Mist, möglicherweise mochte sie John wirklich. Im Sinne von *er gefiel ihr.* Das würde die ganze Angelegenheit erst recht kompliziert machen.

»Ich würde gern mit Euch gehen«, sagte sie. »Ich würde mir gern die Kunst ansehen.«

»Gut. Das ist ... gut. Dann los.« Er stand auf und streckte ihr ohne ersichtlichen Grund die Hand entgegen.

Nach kurzem Zögern legte sie die ihre hinein. Als sie einander festhielten, wurde ihm bewusst, dass sie seit jenem bizarren Morgen in seinem Bett keinerlei physischen Kontakt mehr gehabt hatten ... damals, als er den erotischen Traum gehabt und sich beim Aufwachen mit seinem harten Körper halb auf ihr wiedergefunden hatte.

»Gehen wir«, murmelte er. Und führte sie zur Tür.

Als sie in den Korridor traten, konnte Cormia nicht fassen, dass ihre Hand in der des Primals lag. Nachdem sie sich so lange gewünscht hatte, etwas Zeit mit ihm allein zu verbringen, kam es ihr vor wie ein Traum, dass sie einander jetzt sogar richtig berührten.

Als sie den Weg einschlugen, den sie schon allein gegangen war, ließ er ihre Hand los, blieb aber ganz nah bei ihr. Sein Humpeln war kaum zu bemerken, lediglich ein zarter Schatten über seinem eleganten Gang; und wie immer war er schöner als jeder Kunstgegenstand, den sie je erblicken könnte.

Doch sie sorgte sich um ihn, und das nicht nur wegen dem, was sie belauscht hatte.

Die Kleider, die er trug, waren nicht die gleichen, die er sonst zu den Mahlzeiten trug. In dieser Lederhose und dem schwarzen Hemd hatte er gekämpft, und sie wiesen Flecken auf.

Blut, dachte sie. Seines und das ihrer Feinde.

Das war aber nicht das Schlimmste. Um den Hals herum verlief ein verblassender Striemen, als wäre die Haut dort verletzt worden, und er hatte auch Blutergüsse auf den Handrücken und seitlich auf dem Gesicht.

Sie dachte an das, was der König über ihn gesagt hatte. *Eine Gefahr für sich selbst und für andere.*

»Mein Bruder Darius war ein Kunstsammler«, erzählte der Primal, als sie an Wraths Arbeitszimmer vorbeiliefen. »Wie alles andere in diesem Haus gehörten diese Statuen ihm. Jetzt gehören sie Beth und John.«

»John ist der Sohn des Darius, Sohn des Marklon?«

»Ja.«

»Ich habe von Darius gelesen.« Und von Beth, der Königin, die seine Tochter war. Doch von John Matthew hatte dort nichts gestanden. Merkwürdig … als Sohn eines Kriegers hätte er vorne auf der ersten Seite bei den anderen Nachkommen aufgezeichnet sein müssen.

»Du hast Darius' Lebensbeschreibung gelesen?«

»Ja.« Damals hatte sie mehr über Vishous zu erfahren gewünscht, den Bruder, dem sie ursprünglich versprochen gewesen war. Hätte sie gewusst, wer am Ende Primal würde, dann hätte sie in den Reihen roter Ledereinbände nach Phury, Sohn des Ahgony, gesucht.

Am Beginn des Flurs mit den Statuen verharrte der Primal. »Was tut ihr, wenn ein Bruder stirbt?«, fragte er. »Ich meine, mit seinen Büchern?«

»Eine der Schreiberinnen kennzeichnet alle leeren Seiten mit einem schwarzen *Chrih*-Symbol, und das Datum wird auf der ersten Seite des ersten Bandes vermerkt. Es gibt auch Zeremonien. Wir hielten sie für Darius ab, doch was ... Tohrment, Sohn des Hharm, betrifft, so warten wir noch ab.«

Der Primal nickte einmal und ging voran, als wäre das alles von keiner besonderen Bedeutung.

»Warum fragt Ihr?«, wollte Cormia wissen.

Er antwortete nicht. »Diese Skulpturen stammen alle aus der griechisch-römischen Epoche.«

Cormia zog den Kragen ihrer Robe am Hals enger zusammen. »Aha.«

An den ersten vier Statuen, einschließlich der gänzlich nackten, lief der Primal – der Jungfrau sei Dank – vorbei, blieb dann allerdings vor der mit den fehlenden Gliedmaßen stehen. »Sie sind ein wenig lädiert, aber wenn man bedenkt, dass sie über zweitausend Jahre alt sind, ist es ein Wunder, dass überhaupt noch etwas davon da ist. Äh ... ich hoffe, die Nacktheit ist dir nicht unangenehm?«

»Nein.« Aber sie war froh, dass er nicht wusste, wie sie den Unbekleideten berührt hatte. »Ich finde sie wunderschön, gleich, ob sie bedeckt sind oder nicht. Und es macht mir nichts aus, dass sie unvollkommen sind.«

»Sie erinnern mich an den Ort, an dem ich aufwuchs.«

Sie wartete, aufs Äußerste begierig auf die Fortsetzung seines Gedankens. »Warum?«

»Wir hatten dort auch Plastiken.« Er zog die Brauen zusammen. »Allerdings waren sie von Ranken überwuchert. Der gesamte Garten war das. Überall gab es Kletterpflanzen.«

Der Primal nahm seinen Weg wieder auf.

»Wo seid Ihr aufgewachsen?«, fragte sie.

»Im Alten Land.«

»Sind Eure Eltern ...«

»Diese Statuen wurden in den Vierzigern und Fünfzigern erworben. Darius hatte damals eine dreidimensionale Phase, und da er moderne Kunst schon immer hasste, hat er diese hier gekauft.«

Als sie das Ende des Korridors erreichten, blieb er vor einer Tür stehen und starrte sie an. »Ich bin müde.«

Bella war in diesem Raum, dachte Cormia. Man konnte es in seiner Miene lesen. »Habt Ihr schon gegessen?«, fragte sie. Es wäre schön, ihn in die entgegengesetzte Richtung lenken zu können.

»Weiß ich nicht mehr.« Er betrachtete seine Füße, die in schweren Stiefeln steckten. »Gütiger .... Ich habe mich ja gar nicht umgezogen?« Seine Stimme klang eigenartig hohl, als hätte ihn diese Erkenntnis völlig ausgelaugt. »Ich hätte mich umziehen sollen.«

Reich ihm die Hand, sagte sie sich. *Reich ihm die Hand, wie er es vorhin tat.*

»Ich sollte mich wirklich umziehen«, sagte der Primal still. »Ich muss mich umziehen.«

Cormia holte tief Luft, streckte den Arm aus und umschloss seine Hand. Sie war kalt. Beunruhigend kalt.

»Lasst uns zurück in Euer Zimmer gehen«, sagte sie zu ihm. »Gehen wir zurück.«

Er nickte, rührte sich aber nicht, und ehe sie sich versah, zog sie ihn hinter sich her. Seinen Körper zumindest. Sie konnte spüren, dass sein Geist an einem anderen Ort war.

Sie brachte ihn in sein Zimmer, in die engen Marmorgrenzen des Baderaums, und als sie dort anhielt, blieb er stehen, wo sie ihn hinstellte, vor den beiden Waschbecken und dem breiten Spiegel. Während sie die Sprühkammer betätigte, die man hier Dusche nannte, wartete er weniger geduldig als traumverloren.

Als sich das Wasser auf ihrer Hand warm genug anfühlte, wandte sie sich wieder an den Primal. »Euer Gnaden, alles ist bereit für Euch. Ihr könnt Euch jetzt waschen.«

Seine gelben Augen starrten geradeaus in den Spiegel, doch er schien das Bild seines schönen Gesichts darin nicht zu erkennen. Es war, als begegnete ihm ein Fremder darin – ein Fremder, dem er nicht traute und für den er keine Sympathien empfand.

»Euer Gnaden?« Seine Stille war verstörend, und hätte er nicht aufrecht gestanden, dann hätte sie sich rasch überzeugt, dass sein Herz noch schlug. »Euer Gnaden, die Dusche.«

Du kannst das tun, redete sie sich gut zu.

»Darf ich Euch auskleiden, Euer Gnaden?«

Nachdem sie ein kaum sichtbares Nicken wahrgenommen hatte, trat sie vor ihn und hob zögerlich die Hände an die Knöpfe seines Hemds. Einen nach dem anderen öffnete sie sie, Schritt für Schritt fiel der schwarze Stoff zur Seite und enthüllte seine breite Brust. Als sie an seinem Nabel anlangte, zupfte sie das Hemd aus der Lederhose und fuhr fort. Die ganze Zeit über regte er sich nicht, wehrte sich auch nicht. Sein Blick blieb auf den Spiegel geheftet, selbst als sie das Hemd über seine Schultern zog.

Er war prachtvoll anzusehen im schwachen Licht des Badezimmers, er stellte die Statuen allesamt in den Schatten. Sein Brustkorb und seine Schultern waren gewaltig. Die Narbe über dem linken Brustmuskel sah aus, als wäre sie in die ansonsten glatte, unbehaarte Haut eingraviert, und sie wollte diese Stelle berühren, wollte die Umrisse mit den Fingern nachzeichnen. Sie wollte ihre Lippen auf diesen Fleck pressen, dachte sie, auf sein Herz pressen. Auf das im Fleisch verewigte Emblem der Bruderschaft.

Sie legte sein Hemd über den Rand der tiefen Wanne und wartete darauf, dass der Primal den Rest des Auskleidens selbst übernahm. Er tat nichts dergleichen.

»Soll ich … Eure Beinkleider entfernen?«

Er nickte.

Ihre Finger zitterten, als sie die Gürtelschnalle öffnete, dann den Knopf an der Lederhose aufknüpfte. Sein Körper schwankte vor und zurück unter ihren Handgriffen, doch nicht stark; sie war erstaunt, wie unverrückbar er stand.

Allergütigste Jungfrau der Schrift, er roch einfach herrlich.

Der Kupferreißverschluss wanderte langsam nach unten, und wegen des Winkels, in dem sie hantierte, musste sie die beiden Hälften des Hosenbundes zusammenhalten. Als sie losließ, platzte die Vorderseite auf. Unter dem Leder trug er eine enge Lendenhülle, was sie erleichterte.

Mehr oder weniger.

Beim Anblick der Wölbung seines Geschlechts musste sie heftig schlucken.

Schon wollte sie fragen, ob sie fortfahren sollte, als sie aufblickte und erkannte, dass er weit fort war. Entweder sie machte weiter, oder er würde halb angezogen unter den Wasserstrahl steigen.

Als sie das Leder über die Oberschenkel auf die Knie herabzog, blieb ihr Blick an dem männlichen Fleisch hängen, das in die weiche Baumwolle gebettet lag. Sie erinnerte sich daran, wie es sich angefühlt hatte, als er sich im Schlaf an ihren Körper gedrängt hatte. Damals hatte sie es als viel größer empfunden, als es nun aussah, und es hatte steif in ihre Hüfte gedrückt. Das also musste die Veränderung der Erregung sein. Der strenge Vortrag der früheren Directrix hatte in allen Einzelheiten beschrieben, was geschah, wenn ein Mann bereit für Sex wurde.

Sie hatte auch in allen Einzelheiten beschrieben, welchen Schmerz Frauen durch das harte Glied erleiden mussten.

Mit Gewalt schob sie diese Gedanken von sich fort, sank auf die Knie, um die Hose ganz herunterzuziehen, und stellte fest, dass sie die Stiefel besser zuerst abgestreift hätte. Sich mühsam durch die Lederfalten um seine Knöchel kämpfend, gelang es ihr, einen Stiefel auszuziehen, indem sie sich gegen sein Bein stemmte und ihn zwang, sein Gewicht zu verlagern. Dann wandte sie sich der anderen Seite zu … und sah sich vor dem Bein, das nicht echt war.

Ohne einen Moment zu zögern, machte sie weiter. Sein Gebrechen hatte für sie keinerlei Bedeutung, obwohl sie allzu gern erfahren hätte, wodurch er sich so schwer verletzt hatte. Es musste im Kampf geschehen sein. Ein solches Opfer für sein Volk zu bringen …

Die Lederhose wurde auf dieselbe Art und Weise entfernt wie die Stiefel: unter umständlichem Ziehen, das der Primal überhaupt nicht wahrzunehmen schien. Er stand einfach auf jeweils dem Fuß, den sie ihm zugestand, angewurzelt wie eine Eiche. Als sie schließlich den Blick wieder hob, waren nur noch zwei Bekleidungsstücke übrig: die Lendenhülle, auf deren Bund die Worte *Calvin Klein* prangten, und die Stangen sowie der Fuß aus Metall, die die Lücke zwischen seinem rechten Knie und dem Fußboden schlossen.

Sie ging zu der Sprühkammer und öffnete die Tür. »Euer Gnaden, das warme Wasser ist bereit für Euch.«

Sein Kopf wirbelte herum. »Danke.«

Mit einer raschen Bewegung zog er die Lendenhülle herunter und kam auf sie zu. Nackt.

Cormia stockte der Atem. Sein gewaltiges Geschlecht hing weich und lang herunter, der runde Kopf schwang hin und her.

»Bleibst du hier, während ich dusche?«, fragte er.

»Wa … äh, wenn Ihr das wünscht?«

»Ja.«

»Dann … ja, dann bleibe ich.«

11

Der Primal verschwand hinter dem Glas, und Cormia sah ihm zu, wie er sich unter den Wasserstrahl stellte. Sein herrliches Haar wurde vom Wasser an den Kopf gedrückt. Mit einem Aufstöhnen drückte er den Rücken durch und hob die Hände an den Kopf, wodurch sein Körper einen anmutigen, kraftvollen Bogen beschrieb, während das Wasser ihm durchs Haar und über die Brust floss.

Cormia biss sich auf die Unterlippe, als er seitlich nach einer Flasche griff. Es gab ein schmatzendes Geräusch, als er sie über seiner Handfläche einmal … zweimal zusammendrückte. Dann stellte er sie zurück auf ihren Platz und begann, sein Haar zu kneten. Schaumflocken rannen ihm über die Unterarme und tropften von den Ellbogen auf die Fliesen zu seinen Füßen. Der aufsteigende, würzige Duft erinnerte sie an die Luft draußen im Freien. Da sie sich auf ihre Knie plötzlich nicht mehr verlassen konnte und ihre Haut sich so warm anfühlte wie das Wasser, unter dem er stand, setzte Cormia sich auf die Kante der Marmorwanne.

Der Primal nahm ein Stück Seife, rieb es zwischen den Händen und wusch sich Arme und Schultern. Der Geruch sagte ihr, dass es die gleiche Seife war, die sie selbst benutzte, und ihr Duft vermischte sich aufs Angenehmste mit dem, womit er sich das Haar wusch.

Zu ihrem Leidwesen regte sich in ihrem Inneren Eifersucht auf den Schaum, der ihm über den Oberkörper und die Hüften und die schweren, glatten Oberschenkel floss, und sie überlegte, ob er ihr wohl gestattet hätte, sich zu ihm zu gesellen. Es war nicht zu erraten. Im Gegensatz zu einigen ihrer Schwestern konnte sie nicht die Gedanken anderer lesen. Doch wahrlich: Konnte sie sich vorstellen, dort unter dem warmen Strahl vor ihm zu stehen, ihre Hände auf seiner Haut liegend …?

Ja. O ja, das konnte sie.

Die Hände des Primals wanderten tiefer, auf Brust und Bauch. Dann hob er das, was zwischen seinen Schenkeln war, hoch und wischte darüber und darunter. Wie bei allem, was er tat, waren seine Handgriffe enttäuschend sparsam.

Es war eine seltsame Qual, ein angenehmer Schmerz, ihn in diesem sehr persönlichen Moment zu beobachten. Sie wünschte, es würde nie enden, wusste jedoch, dass sie sich mit ihren Erinnerungen würde begnügen müssen.

Als er das Wasser abstellte und herauskam, reichte sie ihm so schnell sie nur konnte ein Handtuch, um dieses schwere, baumelnde Stück männlichen Fleischs vor ihren Augen zu verbergen.

Seine Muskeln unter der goldenen Haut strafften sich und dehnten sich dann wieder, während er sich abtrocknete. Nachdem er sich das Handtuch um die Hüften gewickelt hatte, zog er ein weiteres heraus und rubbelte sich die dichten, feuchten Haare ab. Das Klatschen des Frotteestoffs kam ihr in dem marmornen Raum sehr laut vor.

Oder vielleicht war das auch das Hämmern ihres Herzens.

Sein Haar war zerzaust, als er fertig war, doch er schien

es nicht zu bemerken. Er sah sie an. »Ich sollte jetzt ins Bett gehen. Ich muss vier Stunden überbrücken, und vielleicht kann ich sie jetzt einfach hinter mich bringen.«

Sie wusste nicht, was er meinte, nickte aber. »Gut, aber Euer Haar …«

Er tastete danach, als merke er jetzt erst, dass es an seinem Kopf befestigt war.

»Soll ich es für Euch bürsten?«, fragte sie.

Ein eigenartiger Ausdruck flog über seine Miene. »Wenn du möchtest. Jemand … jemand sagte mal zu mir, ich sei zu grob damit.«

Bella, dachte sie. Bella hatte ihm das gesagt.

Woher sie das wusste, war ihr nicht ganz klar, aber sie war sich absolut sicher …

Ach, wem wollte sie etwas vormachen? In seiner Stimme lag Schmerz. Daher wusste sie es. Es klang dasselbe Sehnen daraus, das in seinen Augen lag, wenn er ihr im Speisezimmer gegenübersaß.

Und auch wenn es ihr selbst engherzig vorkam – Cormia wollte seine Haare bürsten, um Bella durch sich selbst zu ersetzen.

Diese Eifersucht war bedenklich, aber sie kam nicht dagegen an.

Der Primal gab ihr eine Bürste, und obgleich sie eigentlich gedacht hatte, er würde sich auf die Kante der Wanne setzen, ging er hinaus und ließ sich auf der Chaiselongue neben dem Bett nieder. Dann legte er die Hände auf die Knie, senkte den Kopf und wartete auf sie.

Während sie auf ihn zuging, dachte sie an die ungezählten Male, die sie das Haar ihrer Schwestern gekämmt hatte. Dennoch war die Bürste in ihrer Hand mit all ihren Borsten nun ein Werkzeug, das ihr plötzlich fremd war.

»Sagt mir, wenn es wehtut«, bat sie.

»Das wird es nicht.« Er nahm ein Gerät in die Hand, drückte einen Knopf, und die Musik, die immer aus seinem Zimmer erklang, die Oper, ertönte.

»Wie schön«, sagte sie und ließ den Klang der Männerstimme in sich hineinsickern. »Was ist das für eine Sprache?«

»Italienisch. Das ist Puccini. Ein Liebeslied. Es geht um einen Mann, einen Dichter, der einer Frau begegnet, deren Augen ihm den einzigen Reichtum stehlen, den er besitzt ... Ein Blick in ihre Augen, und sie raubt ihm seine Träume und Visionen und Luftschlösser und ersetzt sie durch Hoffnung. Jetzt gerade erklärt er ihr, wer er ist ... und am Ende des Solos wird er sie fragen, wer sie ist.«

»Wie heißt dieses Lied?«

»›Che Gelida Manina‹.«

»Ihr hört es oft, nicht wahr?«

»Es ist meine absolute Lieblingsarie. Zsadist ...«

»Was ist mit Bruder Zsadist?«

»Nichts.« Er schüttelte den Kopf. »Nichts.«

Zur immer lauter anschwellenden Stimme des Tenors breitete sie seine Haare über den Schultern aus und begann ihr Werk. Mit vorsichtigen, sanften Strichen bürstete sie die dichten Strähnen. Das knisternde Geräusch der Borsten gesellte sich zu den Klängen der Oper, und es musste den Primal wohl getröstet haben, denn sein Brustkorb dehnte sich in einem tiefen, langen Atemzug aus.

Selbst als alle Strähnen entwirrt waren, kämmte sie weiter, folgte mit der freien Hand glättend dem Strich der Bürste. Je trockener sein Haar wurde, desto stärker kamen die Farben zum Vorschein und desto dicker wurde es; sobald die Borsten sie freigaben, sprangen die Wellen wieder in ihre Form, und seine gewohnte Mähne trat zutage.

Sie konnte nicht ewig weitermachen. Wie schade. »Ich glaube, ich bin fertig.«

»Du hast vorne noch nicht gekämmt.«

Genau genommen schon, größtenteils zumindest. »Ist gut.«

Sie trat vor ihn. Die Art, wie er seine Oberschenkel weit öffnete, als wollte er, dass sie sich dazwischenstellte, war nicht zu übersehen.

Also machte sie einen Schritt nach vorn in den Raum, den er für sie zwischen seinen Beinen geschaffen hatte. Seine Augen waren geschlossen, die goldenen Wimpern lagen auf seinen hohen Wangenknochen, die Lippen waren leicht geöffnet. Auffordernd hob er den Kopf leicht – dieselbe Art von Einladung, die sein Mund und seine Knie aussprachen.

Sie nahm sie an.

Erneut zog sie die Bürste durch sein Haar, und mit jedem Strich spannten sich seine Halsmuskeln an, um seinen Kopf still zu halten.

Cormias Fänge schossen aus ihrem Gaumen.

Im selben Augenblick schnellten seine Augenlider hoch. Leuchtendes Gelb begegnete ihrem Blick.

»Du hast Hunger«, stellte er mit seltsam kehligem Ton fest.

Sie ließ die Hand mit der Bürste sinken. Ihre Stimme war weg, sie konnte nur nicken. Im Heiligtum brauchten die Auserwählten sich nicht zu nähren; hier allerdings verlangte ihr Körper nach Blut. Was auch der Grund für ihre Lethargie war.

»Warum hast du mir nicht längst Bescheid gesagt?« Er

neigte den Kopf. »Falls es daran liegt, dass du mich nicht benutzen willst, dann ist das in Ordnung. Wir können jemand anderen für dich finden.«

»Warum … warum sollte ich Euch nicht wollen?«

Er tippte sich auf die Prothese. »Ich bin nicht vollständig.«

Das war wahr, dachte sie traurig. Er war nicht vollständig, wobei das nichts mit dem fehlenden Unterschenkel zu tun hatte.

»Ich wollte mich nicht aufdrängen«, gab sie zurück. »Das ist der einzige Grund. In meinen Augen seid Ihr mit oder ohne unteres Bein wohlgestalt.«

Überraschung zeichnete sich auf seiner Miene ab, und dann vernahm sie ein seltsames Geräusch … ein Schnurren. »Du drängst dich nicht auf. Wenn du an meine Ader möchtest, dann lasse ich sie dir gern.«

Sie rührte sich nicht, der Blick in seinen Augen und die Veränderung seiner Gesichtszüge zu einem Ausdruck, den sie noch nie zuvor bei jemandem erblickt hatte, bannten sie.

Sie wollte ihn, dachte sie. Unbedingt.

»Geh auf die Knie«, verlangte er mit dunkler Stimme.

Die Bürste fiel ihr aus der Hand, als Cormia auf die Knie sank. Ohne ein Wort neigte sich der Primal ihr entgegen, seine massigen Arme umschlossen sie. Er zog sie nicht an sich. Er löste ihr Haar zur Gänze, den Knoten und auch den Zopf.

Mit einem Knurren breitete er ihr Haar um ihre Schultern aus. Sie merkte, dass er zitterte. Da umfasste er ohne Vorwarnung ihren Nacken und zog sie an seinen Hals.

»Nimm von mir«, verlangte er.

Cormia zischte wie eine Kobra, und ehe sie wusste,

was sie tat, schlug sie ihre Fänge in seine Halsader. Er stieß einen bellenden Fluch aus, und sein gesamter Körper zuckte.

Heilige Mutter der Worte … Sein Blut war wie Feuer, zuerst in ihrem Mund, dann weiter unten in ihrem Inneren; eine allmächtige Woge, die sie erfüllte, ihr eine Kraft verlieh, die sie nie zuvor gekannt hatte.

»Fester«, stieß er hervor. »Saug an mir …«

Sie schob ihre Arme unter seinen hindurch, grub die Nägel in seinen Rücken und trank in großen Zügen. Ihr wurde schwindlig – nein, Moment, er schob sie rückwärts, legte sie auf den Boden. Sie kümmerte sich nicht darum, was er mit ihr machte oder wo sie zu liegen kamen, denn sein Geschmack war überwältigend und ließ keinen Raum für andere Empfindungen. Alles, was zählte, war die Quelle seines Lebens, dort auf ihren Lippen und in ihrer Kehle und ihrem Bauch; mehr brauchte sie nicht zu wissen.

Die Robe … die Robe wurde auf die Hüften hochgeschoben. Die Schenkel … teilten sich … dieses Mal waren es ihre Schenkel, die von seinen Händen geteilt wurden.

Ja.

Phurys Gehirn war irgendwo weit weg, außer Reichweite seines Körpers, nicht mehr in Sicht. Er bestand nur noch aus Instinkten. Seine Partnerin nährte sich, sein Schwanz stand kurz davor zu kommen, seine einzige Bestrebung war, in sie einzudringen, bevor es geschah.

Alles an ihr, alles an ihm selbst, war plötzlich anders. Und drängend.

Er musste unbedingt auf jede erdenkliche Weise in ihr sein – nicht nur so vorübergehend wie beim Sex. Er musste etwas von sich zurücklassen, musste sie gründlich kennzeichnen, musste sein Blut und seinen Samen in ihr lassen und das Ganze morgen wiederholen und übermorgen und den Tag darauf. Er musste sich überall auf ihr verewigen, damit jedes Arschloch auf dem gesamten Planeten wusste, mit wem er sich anlegte, sollte er sich ihr auch nur nähern.

Mein.

Phury zerrte die Robe von ihrem Geschlecht und – o ja, da war es. Er konnte die aufsteigende Hitze spüren und …

Er stöhnte laut. Sie war feucht, wallte auf, floss über.

Wäre es irgendwie möglich gewesen, den Kopf zwischen ihre Beine zu stecken, ohne zu unterbrechen, dass sie an seinem Hals trank, hätte er es unverzüglich getan. So musste er sich damit begnügen, sich die Hand in den Mund zu stecken und daran zu saugen …

Phury erschauerte bei dem Geschmack, er leckte und nuckelte an seinen Fingern, während seine Hüften nach vorn stießen und die Spitze seines Schwanzes den Eingang zu ihrer Mitte fand.

Gerade als er weiter vordrängte und spürte, wie ihr Fleisch seines bereitwillig in sich aufnahm … ging dieses verfluchte, beschissene Amulett auf dem Sekretär neben ihnen los. So laut wie ein Feueralarm.

Ignorieren, ignorieren, ignorieren …

Cormias Lippen lösten sich von seiner Kehle, ihr Blick – benommen von Blutlust und Sex – hob sich dem Rasseln entgegen. »Was ist das?«

»Nichts.«

Das Gerät schüttelte sich noch heftiger, als protestierte es.

Oder triumphierte, dass es den Augenblick ruiniert hatte.

Vielleicht steckte es mit dem Zauberer unter einer Decke.

Gern geschehen, sang der Zauberer.

Phury rollte sich von Cormia herunter und deckte sie zu. Unter schmutzigen, gemeinen Flüchen schob er sich rückwärts, bis er an seinem Bett lehnte, und stützte den Kopf in die Hände.

Beide keuchten sie, während der goldene Anhänger zwischen seinen Malutensilien herumhüpfte.

Der Klang erinnerte ihn daran, dass es zwischen ihm und Cormia keine Intimität gab. Sie waren eingehüllt vom Mantel der Tradition und der Umstände, und alles, was sie taten, zog Folgen nach sich, die größer waren als das Nähren und der Sex zwischen einem Mann und einer Frau.

Cormia erhob sich, als wüsste sie genau, woran er dachte. »Ich danke Euch für das Geschenk Eurer Ader.«

Es gab nichts, was er darauf erwidern konnte. Seine Kehle war zu voll von Ernüchterung und Flüchen.

Als die Tür hinter ihr ins Schloss fiel, wusste er exakt, warum er aufgehört hatte, und es hatte nichts mit dem Amulett zu tun. Wenn er gewollt hätte, dann hätte er weitermachen können.

Doch die Sache war die: Wenn er mit ihr schlief, dann musste er mit allen schlafen.

Er tastete auf seinem Nachttisch nach einem Joint und zündete ihn an.

Wenn er mit Cormia schlief, dann gab es kein Zurück mehr. Er musste vierzig Bellas schaffen … musste vierzig Auserwählte schwängern und sie auf Gedeih und Verderb dem Kindbett ausliefern.

Er musste ihnen allen Liebhaber, ihnen allen der Vater ihrer Kinder und Bewahrer ihrer Traditionen sein – und das, wo er doch das Gefühl hatte, schon mit sich allein überfordert zu sein und kaum seine Tage und Nächte zu überstehen.

Phury starrte die glühende Spitze seiner Selbstgedrehten an. Es war ein Schock, sich einzugestehen, dass er Cormia tatsächlich genommen hätte, wenn es nur um sie allein gegangen wäre. So sehr begehrte er sie.

Er runzelte die Stirn. Gütiger ... er hatte sie von Anfang an begehrt, nicht wahr?

Aber es war mehr als das.

Er dachte daran, wie sie ihm das Haar gekämmt hatte, und stellte verblüfft fest, dass es ihr in diesen Augenblicken tatsächlich gelungen war, ihn zu beruhigen – und nicht nur durch die Bürstenstriche. Ihre bloße Anwesenheit tat ihm wohl, von ihrem Jasminduft über ihre fließenden Bewegungen bis hin zum weichen Klang ihrer Stimme.

Niemand, nicht einmal Bella, konnte ihn besänftigen. Konnte die Anspannung in seinem Brustkorb lösen. Gestattete ihm, tief durchzuatmen.

Cormia schon.

Cormia schaffte das.

Was bedeutete, dass er sich auf ungefähr jeder Ebene nach ihr sehnte, die ihm zur Verfügung stand.

Was hat das Mädel nicht für ein Glück, spottete der Zauberer. *Hey, sag ihr doch, dass du sie zu deiner neuen Lieblingsdroge machen willst. Sie wird entzückt sein zu erfahren, dass sie deine nächste Sucht sein darf, dass sie versuchen darf, dich aus deinem eigenen, kaputten Kopf zu befreien.*

Ich meine, das ist doch der absolute Traum jeder Frau – und außerdem wissen wir ja alle, dass du der Meister gesunder Beziehungen bist. Ein richtiger Goldjunge auf diesem Gebiet.

Phury ließ den Kopf in den Nacken fallen, inhalierte tief und behielt den Rauch in der Lunge, bis sie brannte wie ein Buschfeuer.

12

Als an jenem Abend die Nacht über Caldwell hereinbrach und absolut gar nichts an der schwülen Luft änderte, stand Mr. D in dem heißen Badezimmer des Bauernhauses und nahm einen Verband ab, den er viele Stunden zuvor um seinen Unterleib gewickelt hatte. Der Mull war schwarz verfärbt. Die Haut darunter sah viel besser aus.

Wenigstens ein Umstand zu seinen Gunsten, wenn es auch der einzige war. Weniger als vierundzwanzig Stunden nach seiner Ernennung zum Haupt-*Lesser* fühlte er sich, als hätte ihm jemand in den Benzintank seines Trucks gepisst, seinem Hund verdorbenes Fleisch gefüttert und seine Scheune angezündet.

Er hätte ein einfacher Soldat bleiben sollen.

Andererseits hatte er nicht gerade die Wahl gehabt.

Er warf den schmutzigen Verband in den Futtereimer, den die toten Menschen offenbar als Papierkorb verwendet hatten, und beschloss, ihn nicht zu ersetzen. Die inneren Verletzungen waren, den Schmerzen und der Tiefe, in die der schwarze Dolch eingedrungen war, nach zu urteilen, gravierend gewesen. Doch für *Lesser* bestand der Darmtrakt aus nutzlosem Fleisch. Dass seine Gedärme todsicher völlig verknotet waren, spielte keine Rolle, solange nur die Blutung gestillt war.

Junge, Junge, gestern Abend hatte er es mit Mühe und

Not lebendig aus dieser Sackgasse geschafft. Wäre dieser Bruder mit den schwulen Haaren nicht zur Ordnung gerufen worden, wäre Mr. D entgrätet worden wie ein Wels, daran zweifelte er keine Sekunde.

Ein Klopfen unten an der Tür schreckte ihn auf. Punkt zehn Uhr.

Wenigstens waren sie pünktlich.

Er schnallte sich seine Waffe um, nahm seinen Stetson und lief die Treppe hinunter. Draußen standen drei Trucks und ein zerbeulter Wagen in der Auffahrt und zwei Abteilungen *Lesser* auf der Veranda. Sie überragten ihn allesamt um mindestens dreißig Zentimeter, und er sah ihnen an, dass sie nicht gerade begeistert von seiner Beförderung waren.

»Ins Wohnzimmer«, dirigierte er sie.

Als die acht an ihm vorbeiliefen, zog er seine Magnum .357 aus dem Holster und richtete sie auf den letzten in der Reihe.

Er drückte ab. Zweimal. Dreimal.

Es klang wie ein Donnerschlag; kein Vergleich mit dem gedämpften Ploppen einer Neuner. Die Kugeln drangen in den unteren Rücken des *Lesser* ein, zerfetzten ihm die Wirbelsäule und traten im vorderen Oberkörper wieder aus. Mit einem dumpfen Aufprall landete der Getroffene auf dem verdreckten Teppich, und eine kleine Staubwolke stieg auf.

Während Mr. D die Waffe wieder einsteckte, überlegte er, wann hier wohl zuletzt gesaugt worden war. Wahrscheinlich kurz nach dem Einzug.

»Ich fürchte, ich muss hier vorab für klare Verhältnisse sorgen.« Er lief um den sich windenden Vampirjäger herum.

Während öliges schwarzes Blut auf den braunen Läufer sickerte, stellte Mr. D dem *Lesser* einen Fuß auf den Kopf und zog das Stück Tapete aus der Tasche, auf dem Omega das Bild des Gesuchten eingebrannt hatte.

»Ich möchte nur sichergehen, dass ich jedermanns Aufmerksamkeit habe«, sagte er und hielt das Papier hoch. »Ihr findet diesen Vampir. Sonst knall ich euch einen nach dem anderen ab und suche mir ein neues Team.«

Die Jäger starrten ihn in kollektivem Schweigen an, als hätten sie zusammen nur ein Gehirn und das bemühte sich gerade darum, mit einer neuen Weltordnung klarzukommen.

»Jetzt hört schon auf, mich anzugaffen, und schaut euch lieber dieses Schätzchen hier an.« Er wedelte mit dem Bild. »Bringt ihn mir. Lebendig. Sonst schwöre ich bei meinem Herrn und Retter, dass ich mir neue Bluthunde suche und euch streifenweise an sie verfüttere. Könnt ihr mir so weit folgen?«

Einer nach dem anderen nickte, der Niedergeschossene stöhnte.

»Sehr schön.« Er hielt dem *Lesser* den Lauf seiner Magnum an den Kopf und blies ihn in tausend Stücke. »Dann ab dafür.«

Ungefähr zwanzig Kilometer weiter östlich, im Umkleideraum des unterirdischen Trainingszentrums, verliebte sich John Matthew spontan. Womit er an genau diesem Ort nicht unbedingt gerechnet hatte.

»Kicks von Ed Hardy«, verkündete Qhuinn und streckte ein Paar Turnschuhe aus. »Für dich.«

John nahm sie entgegen. Okay, sie waren heiß. Schwarz.

Mit weißer Sohle. Auf jedem ein Totenkopf mit der bunten Hardy-Signatur.

»Wow«, sagte einer der anderen Trainingsschüler auf dem Weg aus der Umkleide. »Wo hast du die denn her?«

Qhuinn hob die Augenbrauen. »Cool, oder?«

Sie gehörten Qhuinn, dachte John. Wahrscheinlich hatte er darauf gespart und wollte sie unbedingt tragen.

»Probier sie an, John.«

Die sind der Wahnsinn, aber das geht echt nicht.

Als die letzten ihrer Klassenkameraden den Raum verlassen hatten und die Tür zuschlug, fiel Qhuinns draufgängerische Pose in sich zusammen. Er schnappte sich die Turnschuhe, hielt sie neben Johns Füße und blickte auf.

»Ich wollte mich für gestern entschuldigen. Du weißt schon, bei Abercrombie & Fitch, mit dieser Frau da … ich hab mich unmöglich benommen.«

Ist schon okay.

»Nein, ist es nicht. Ich hatte schlechte Laune, und ich hab es an euch ausgelassen, und das ist überhaupt nicht cool.«

Das war typisch für Qhuinn: Er konnte manchmal total abheben und sich danebenbenehmen, aber er kam immer zurück und gab einem das Gefühl, dass man der wichtigste Mensch auf der Welt war und es ihm aufrichtig leidtat, einen verletzt zu haben.

Du bist ein Freak. Aber ich kann die hier wirklich nicht annehmen …

»Bist du im Stall aufgewachsen? Sei nicht so unhöööööööööööööflich. Das ist ein Geschenk.«

Blay schüttelte den Kopf. »Nimm sie, John. Du verlierst am Ende sowieso, und das erspart uns wenigstens sein Theater vorher.«

»Theater?« Qhuinn sprang hoch und nahm die Pose eines römischen Redners ein. »Wohlan, könnt Ihr Euren Arsch von Eurem Ellenbogen unterscheiden, mein junger Schriftgelehrter?«

Blay errötete. »Komm schon ...«

Qhuinn warf sich auf Blay, klammerte sich an seine Schultern und hängte sich mit seinem vollen Gewicht an ihn. »Haltet mich fest. Euer Schimpf raubt mir den Atem. Ich bin wie vom Donner gerüttelt.«

Blay grunzte und mühte sich ab, Qhuinn nicht fallen zu lassen. »Das heißt gerührt.«

»Gerüttelt klingt besser.«

Blay versuchte, sich das Lächeln zu verbeißen, versuchte, nicht belustigt zu sein, doch seine Augen glitzerten wie Saphire, und seine Wangen röteten sich.

Mit einem lautlosen Kichern setzte John sich auf eine der Bänke, schüttelte seine weißen Socken aus und zog sie unter der neuen Jeans an.

Bist du sicher, Qhuinn? Weil ich nämlich so eine Ahnung habe, dass sie passen könnten, und dann überlegst du es dir vielleicht anders.

Abrupt löste sich Qhuinn von Blay und zupfte energisch seine Klamotten glatt. »Und jetzt kränkst du mich auch noch in meiner Ehre.« Er ließ sich in Fechtposition fallen. »*Touché.*«

Blay musste lachen. »Das heißt *en garde,* du Blödmann.«

Qhuinn blinzelte ihn über die Schulter hinweg an. »*Ça va,* Brutus?«

»*Et tu!*«

»Das müsste dann wohl *Tutu* heißen, denke ich, aber die Frauenklamotten kannst du selbst behalten, du Perverser.« Stolz wie Oskar, eine solche Nervensäge zu sein, grinste Qhuinn breit. »Und jetzt steck dir die Dinger an die Füße, John, damit wir das hinter uns haben. Ehe wir Blay noch in die eiserne Lunge stecken müssen.«

»Versuch's mal mit Sanatorium!«

»Nein, danke, ich hab reichlich zu Mittag gegessen.«

Die Turnschuhe passten wie angegossen, und irgendwie fühlte sich John darin größer, obwohl er noch nicht einmal von der Bank aufgestanden war.

Qhuinn nickte und kniff die Augen zusammen, als begutachtete er ein Meisterwerk. »Sehr lässig. Weißt du, vielleicht sollten wir dich mal ein bisschen rauer stylen. Dir ein paar Ketten besorgen. Wir möbeln deinen Look ein bisschen in meine Richtung auf, mehr Schwarz ..«

»Wisst ihr, warum Qhuinn so gern Schwarz mag?«

Alle Köpfe wirbelten zur Dusche herum. Lash kam gerade heraus, sich ein weißes Handtuch vor die Lendengegend haltend, während Wasser von den schweren Schultern tropfte.

»Weil Qhuinn farbenblind ist, stimmt's, liebster Cousin?« Lash schlenderte zu seinem Spind und klappte ihn so schwungvoll auf, dass die Tür gegen den nächsten Schrank knallte. »Er weiß nur, dass seine Augen unterschiedliche Farben haben, weil ihm die Leute das erzählen.«

John stand auf und stellte gedankenverloren fest, dass die Schuhe gute Bodenhaftung hatten. Was sich in Anbetracht der Art und Weise, wie Qhuinn Lashs nackten Hintern anfunkelte, möglicherweise in circa eineinhalb Sekunden auszahlen könnte.

»Genau, Qhuinn ist was ganz Besonderes, nicht wahr.« Lash zog sich eine Camouflage-Hose und ein Muskelshirt an, dann streifte er demonstrativ einen goldenen Siegelring über den linken Zeigefinger. »Manche Leute fügen sich einfach nie ein und werden das auch nie. Ein verfluchter Jammer nur, dass sie es immer weiter probieren.«

Blay flüsterte: »Lass uns abhauen, Qhuinn.«

Doch der knirschte mit den Zähnen. »Du musst den Hals zumachen, Lash. Ganz dringend.«

John trat ganz dicht vor seinen Kumpel und zeigte mit den Händen: *Lass uns einfach zu Blay gehen und chillen, okay?*

»Hey, John, ich hätte mal eine Frage an dich. Als du von diesem Kerl damals in dem Treppenhaus vergewaltigt wurdest, hast du da mit den Händen geschrien? Oder einfach nur ganz laut gekeucht?«

John wurde zur Salzsäule. Wie seine beiden Freunde.

Keiner rührte sich. Keiner atmete.

Der Umkleideraum wurde so still, dass das Tropfen aus den Gemeinschaftsduschen klang wie eine Snaredrum.

Lächelnd schlug Lash seinen Spind zu und sah die beiden anderen an. »Ich hab seine Krankenakte gelesen. Da steht alles drin. Er wurde zu Havers in Therapie geschickt, weil er Symptome von« – Lash machte Anführungszeichen in der Luft – »›posttraumatischer Belastungsstörung‹ gezeigt hat. Also sag schon, John, als der Kerl dich gefickt hat, hast du versucht zu schreien? Hast du, John?«

Das musste ein Albtraum sein, dachte John, als seine Eier zusammenschrumpften.

Lash lachte und zog seine Springerstiefel an.

»Ihr solltet euch sehen. Sprachlos, alle drei. Die drei schwanzlutschenden Idiotiere.«

Qhuinns Stimme bekam einen Tonfall, den sie noch nie

gehabt hatte. Ohne jede Angeberei, ohne jede Wut. Einfach nur eiskalt und brutal. »Du solltest beten, dass niemand davon erfährt. Keine Seele.«

»Sonst was? Ach, komm schon, Qhuinn, ich bin ein erstgeborener Sohn. Mein Vater ist der ältere Bruder deines Vaters. Glaubst du im Ernst, du kannst mir was? Hmmm ... wohl kaum, mein Junge. Wohl kaum.«

»Kein Wort, Lash.«

»Wie du meinst. Wenn ihr mich jetzt entschuldigen würdet, ich mach mich aus dem Staub. Ihr drei saugt mir geradezu den Lebenswillen aus dem Leib.« Lash versperrte seinen Spind und ging zur Tür. Natürlich blieb er noch einmal stehen und sah über die Schulter, die blonden Haare glatt streichend. »Ich wette, du hast nicht geschrien, John. Ich wette, du hast um mehr gebettelt. Ich wette, du hast ...«

John dematerialisierte sich.

Zum ersten Mal in seinem Leben bewegte er sich durch die Luft von einem Ort zum anderen. Nahm vor Lash wieder Gestalt an und baute sich in der Tür auf, um dem Kerl den Ausgang zu versperren. Dann sah er seine Freunde an und fletschte die Fänge. Lash gehörte ihm, und nur ihm.

Als beide nickten, konnte der Kampf beginnen.

Lash war auf einen Hieb vorbereitet, er hatte die Hände erhoben, sein Gewicht ruhte auf den Oberschenkeln. Anstatt also mit der Faust zuzuschlagen, zog John den Kopf ein, machte einen Satz vorwärts, umschlang die Taille seines Gegners und rammte ihn mit dem Rücken in eine Spindwand.

Nicht im Geringsten aus der Fassung gebracht, konterte Lash mit einem Knietritt gegen seinen Kopf, der John beinahe den Kiefer brach. John taumelte rückwärts, fing sich wieder, packte Lashs Kehle und drückte ihm mit aller Kraft beide Daumen von unten ins Kinn. Dann versetzte er ihm einen Kopfstoß auf die Nase, woraufhin das Blut sprudelte wie aus einem Geysir. Auch das kümmerte Lash überhaupt nicht; er lächelte durch die roten Ströme um seine Mundwinkel herum und platzierte einen tiefen rechten Haken, der Johns Leber bis zur Lunge hochquetschte.

Fäuste wirbelten hin und her, hin und her, während die beiden gegen Metalltüren und Bänke und Mülltonnen krachten. Irgendwann zwischendurch versuchten ein paar Klassenkameraden hereinzukommen, aber Blay und Qhuinn drängten sie mit Gewalt aus dem Raum und versperrten die Tür.

John hielt Lash an den Haaren fest, reckte sich und biss ihn oben in die Schulter. Als er den Kopf wieder zurückzog, löste sich Fleisch heraus, und die beiden wirbelten herum, während Lash seine Handflächen zusammenpresste und beide John dann frontal vor die Schläfe hämmerte. Die Wucht des Schlags schleuderte ihn auf Zehenspitzen trippelnd in die Dusche, doch er gewann sein Gleichgewicht zurück, bevor er stürzte. Leider waren seine Reflexe nicht schnell genug, um einen donnernden Kinnhaken zu verhindern.

Es war, wie von einem Baseballschläger getroffen zu werden, und John musste feststellen, dass Lash es irgendwie geschafft hatte, sich einen altmodischen Messingschlagring überzustreifen – vermutlich brauchte er einen Trumpf, weil John größer war. Noch ein Treffer landete irgendwo in Johns Gesicht, und plötzlich war in seinem Kopf Silvester, überall Feuerwerk. Bevor er noch blinzelnd den Blick wieder klar bekommen konnte, wurde er mit dem Gesicht voran in die geflieste Duschwand geworfen und dort festgehalten.

Lash tastete nach der Vorderseite von Johns Hose.

»Wie wär's mit einer kleinen Wiederholung, John-Boy?«, krächzte er. »Oder lässt du nur Menschen in deinen Arsch?«

Das Gefühl eines großen Körpers, der sich von hinten an seinen drängte, ließ John zu Stein erstarren.

Es hätte ihn aufpeitschen sollen. Es hätte ihn zur Bestie werden lassen sollen. Doch stattdessen verwandelte er sich wieder in den schwächlichen kleinen Jungen, der er gewesen war, hilflos und verängstigt, der Gnade eines viel, viel Stärkeren ausgeliefert. Mit einem Schlag wurde er zurückversetzt in dieses verfallene Treppenhaus – gegen die Wand gedrückt, in der Falle, chancenlos.

Seine Augen füllten sich mit Tränen. Nein, nicht das ... nicht das wieder ...

Aus dem Nichts ertönte ein Kriegsgeheul, und das Gewicht fiel von ihm ab.

John fiel auf die Knie und erbrach sich auf den nassen Fliesenboden.

Als das Würgen nachließ, ließ er sich auf die Seite fallen und kauerte sich zusammen wie ein Embryo, er zitterte wie der Waschlappen, der er war ...

Lash lag neben ihm auf den Fliesen ... und seine Kehle klaffte weit auf.

Er versuchte zu atmen, versuchte, sein Blut festzuhalten, aber es ging nicht.

Entsetzt blickte John nach oben.

Qhuinn ragte über ihnen beiden auf, schwer atmend.

In der rechten Hand hielt er ein blutverschmiertes Jagdmesser.

»Allmächtiger …«, flüsterte Blay. »Was zum Henker hast du getan, Qhuinn?«

Das war böse. Das war richtig, richtig böse. Es würde ihrer aller Leben verändern. Was als Schlägerei begann … hatte sich sehr wahrscheinlich zu einem Mord entwickelt.

John machte den Mund auf, um nach Hilfe zu rufen. Natürlich kam kein Ton heraus.

»Ich hole jemanden«, zischte Blay und rannte los.

John setzte sich auf, zerrte sich das T-Shirt vom Leib und beugte sich über Lash. Er zog ihm die Hände vom Hals, presste den Stoff auf die offene Wunde und betete, dass die Blutung aufhören würde. Lash sah ihm in die Augen und hob seine eigenen Hände, wie um zu helfen.

Bleib still liegen, formten Johns Lippen. *Bleib einfach nur still liegen. Ich höre jemanden kommen.*

Lash hustete, Blut kam aus seinem Mund, spritzte über seine Unterlippe und rann ihm über das Kinn. Scheiße, das Zeug war überall.

Aber sie hatten das schon einmal getan, redete John sich gut zu. Sie beide hatten sich hier in dieser Dusche geprügelt, und auch damals war der Abfluss rot gewesen, und am Ende war alles okay gewesen.

Dieses Mal nicht, warnte ihn eine innere Stimme. *Dieses Mal nicht …*

Eine brüllende Panik stieg in ihm auf, und er begann, um Lashs Leben zu beten. Dann betete er darum, die Zeit zurückzudrehen. Dann wünschte er, das alles wäre nur ein Traum …

Jemand stand über ihm und sagte seinen Namen.

»John?« Er blickte auf. Es war Doc Jane, die Privatärztin der Bruderschaft und Vishous' *Shellan*. Ihr durchsichtiges, geisterhaftes Gesicht war ruhig, ihre Stimme gleichmäßig und tröstlich. Als sie sich hinkniete, wurde ihr Körper so fest wie sein eigener. »John, du musst zur Seite gehen, damit ich ihn mir ansehen kann, okay? Lass ihn bitte los, und geh zur Seite. Du hast das sehr gut gemacht, aber jetzt muss ich mich um ihn kümmern.«

Er nickte. Trotzdem musste sie erst seine Hände berühren, bevor er sie von dem T-Shirt löste.

Jemand hob ihn hoch. Blay. Ja, das war Blay. Er erkannte ihn an seinem Aftershave. Jump von Joop!

Da waren massenweise andere Leute im Umkleideraum. Rhage stand in der Dusche, neben ihm V. Butch war auch da.

Qhuinn ... wo war Qhuinn?

John sah sich um und entdeckte ihn gegenüber. Das blutverschmierte Messer lag nicht mehr in seiner Hand, und neben ihm türmte sich Zsadist auf.

Qhuinn war bleicher als die weißen Fliesen, seine unterschiedlichen Augen starten unverwandt, ohne zu blinzeln, Lash an.

»Du stehst unter Hausarrest, bei deinen Eltern«, erklärte Zsadist ihm. »Wenn er stirbt, musst du dich wegen Mordes verantworten.«

Rhage trat zu Qhuinn, als fände er, dass Zs harter Tonfall nicht gerade hilfreich war. »Komm schon, mein Junge, wir holen deine Sachen aus dem Spind.«

Rhage war es, der Qhuinn aus dem Raum führte, und Blay folgte ihnen.

John blieb, wo er war. *Bitte lass Lash überleben,* dachte er. *Bitte* ...

Mann, es gefiel ihm überhaupt nicht, wie Doc Jane

immerzu den Kopf schüttelte, während sie den Kerl behandelte. Die Arzttasche stand offen neben ihr, die Instrumente flogen durch die Luft, während sie versuchte, Lashs Kehle zuzunähen.

»Erzähl es mir.«

John zuckte zusammen und drehte den Kopf. Z.

»Erzähl mir, was passiert ist, John.«

John wandte sich wieder zu Lash und spielte die Szene im Kopf noch einmal durch. Um Gottes willen ... mit dem Warum wollte er sich nicht befassen. Obwohl Zsadist über seine Vergangenheit Bescheid wusste, konnte er sich einfach nicht dazu durchringen, dem Bruder den Grund zu nennen, warum Qhuinn so durchgedreht war.

Vielleicht, weil er immer noch nicht fassen konnte, dass seine Vergangenheit ans Licht gekommen war. Vielleicht, weil der alte Albtraum gerade neue Nahrung erhalten hatte.

Vielleicht, weil er ein Schlappschwanz war, der nicht für seine Freunde einstehen konnte.

Zs deformierter Mund verzog sich zu einem Strich. »Hör mir mal gut zu, John. Qhuinn steckt bis zum Hals in der Scheiße. Vor dem Gesetz ist er zwar noch minderjährig, aber das war mindestens gefährliche Körperverletzung eines erstgeborenen Sohnes. Die Familie wird sich ihn vorknöpfen, selbst wenn Lash überleben sollte, und dann müssen wir wissen, was hier passiert ist.«

Doc Jane stand auf. »Die Wunde ist jetzt zu, aber es besteht die Gefahr eines Schlaganfalls. Er muss zu Havers gebracht werden. Und zwar sofort.«

Z nickte und rief zwei *Doggen,* die eine Bahre zwischen sich schoben. »Fritz steht mit dem Wagen bereit, und ich fahre mit.«

Während Lash von den Fliesen gehoben wurde, durchbohrte Zsadist John noch einmal mit einem finsteren Blick. »Wenn du deinen Freund retten willst, musst du uns erzählen, was hier los war.«

John sah dem Grüppchen nach, das den Verletzten aus dem Raum rollte.

Als die Tür ins Schloss fiel, hatte er weiche Knie und betrachtete die Blutlache in der Dusche.

Drüben in der Ecke hing ein Wasserschlauch, der für die tägliche Reinigung benutzt wurde. John zwang seine Füße, zu der Wand zu gehen. Er rollte den Schlauch ab, stellte das Wasser an, zog die Düse in die Dusche und drehte sie auf. Hin und her schwenkte er den Strahl, hin und her, Zentimeter für Zentimeter jagte er das Blut in den Abfluss, wo es mit einem Gurgeln verschwand.

Hin und her. Hin und her.

Die Fliesen färbten sich rosa und schließlich weiß. Doch dadurch wurde das Geschehene nicht weggewischt. Nicht mal ansatzweise.

13

Phury spürte Hände auf seiner Haut, kleine, leichtfingrige Hände, und sie wanderten zu seinem Bauch herunter. Ihr Ziel war der Punkt, an dem seine Oberschenkel sich trafen, und er dankte der Jungfrau dafür. Seine Erektion war schwer und heiß und hungrig nach Erlösung, und je näher die Hände ihr kamen, desto drängender schoben seine Hüften sich vor und wieder zurück, seine Pobacken spannten sich an und lockerten sich wieder, gaben sich dem Rhythmus des Stoßens hin, nach dem er lechzte.

Sein Schwanz tropfte – er konnte die Nässe auf seinem Bauch fühlen. Oder vielleicht war er schon gekommen?

Oh, diese Hände, kaum mehr als ein Kribbeln auf der Haut. Genau diese federleichte Berührung trieb seine Erektion noch heftiger an, als könnte sie die Hände erreichen, wenn sie sich nur genug Mühe gab.

Kleine Hände, auf dem Weg zu seinem …

Phury wachte mit einem so heftigen Ruck auf, dass sein Kissen vom Bett hüpfte.

»Verdammt.«

Unter der zerknüllten Decke pochte sein Glied, und zwar nicht unter dem üblichen Drang, der den abendlichen Weckruf eines Mannes darstellte. Nein … das hier war speziell: Sein Körper wollte etwas ganz Spezielles von einer ganz bestimmten Frau.

Cormia.

Sie ist gleich nebenan, erinnerte er sich selbst.

Und du bist ja auch so ein Fang, versetzte der Zauberer prompt. *Warum gehst du nicht einfach zu ihr, mein Freund? Sie wird begeistert sein, dich zu sehen, nachdem du sie gestern auf diese Art hast gehen lassen. Kein Wort hast du zu ihr gesagt. Du hast noch nicht mal reagiert, als sie sich bei dir bedankt hat.*

Dagegen konnte er nicht viel einwenden, also ließ er den Blick zu der Chaiselongue wandern.

Es war das erste Mal, dass er eine Frau genährt hatte.

Er befühlte die Bissspuren, doch sie waren bereits verschwunden, abgeheilt.

Einer der wichtigen Meilensteine des Lebens war an ihm vorbeigezogen … und das machte ihn traurig. Nicht dass er bereute, ihn mit ihr erlebt zu haben. Überhaupt nicht. Er wünschte nur, er hätte ihr in dem Augenblick gesagt, dass sie die Erste war.

Er schob sich die Haare aus dem Gesicht und blickte auf die Uhr. Mitternacht. *Mitternacht?* Mann, er hatte ungefähr acht Stunden lang geschlafen, ganz bestimmt wegen des Nährens. Allerdings fühlte er sich nicht erfrischt. Sein Magen rumorte, und in seinem Kopf hämmerte es.

Als er nach dem Begrüßungsjoint tastete, den er sich vor dem Schlafengehen vorbereitet hatte, stockte er. Seine Hand zitterte so stark, dass er bezweifelte, die Selbstgedrehte überhaupt festhalten zu können. Er starrte seine Finger an, versuchte, das Zittern zu unterdrücken. Scheiterte.

Er brauchte drei Anläufe, um den Joint vom Nachttisch aufzuheben, und seine eigenen ungeschickten Bewegungen beobachtete er wie aus weiter Ferne, als handelte es sich um die Hand eines Fremden. Als er die selbstgedrehte Fluppe endlich zwischen den Lippen hatte, mühte er sich ab, das Feuerzeug in die richtige Position zu bringen und das Rädchen zu betätigen.

Zwei Züge, und das Zittern hörte auf. Das Kopfweh verflog. Sein Magen beruhigte sich.

Blöderweise rasselte das Amulett drüben auf dem Sekretär wieder los, und alle drei Symptome kamen sofort zurück.

Ohne sich weiter um den Primals-Pieper zu kümmern, kämpfte er sich erst mal durch den Joint, während er gleichzeitig über Cormia nachdachte. Er bezweifelte, dass sie ihm von sich aus erzählt hätte, dass sie sich nähren musste. Was während der Tagesstunden hier in seinem Zimmer vorgefallen war, war ein spontanes Auflodern gewesen, ausgelöst von ihrer Blutlust. Das konnte er nicht als Beweis dafür werten, dass sie ihn sexuell begehrte. Gut, sie hatte sich ihm nicht verweigert, das nicht, aber das hieß keinesfalls, dass sie ihn begehrte. Ein Bedürfnis war nicht dasselbe wie eine freie Entscheidung. Sie hatte sein Blut gebraucht. Er hatte ihren Körper gebraucht.

Und die restlichen Auserwählten brauchten sie beide, um ihr Programm durchzuziehen.

Er drückte den winzigen Stummel aus und sah zu seinem Sekretär. Das Amulett hatte endlich Ruhe gegeben.

Er brauchte weniger als zehn Minuten, um sich zu duschen, in weiße Seide zu kleiden und sich den Lederriemen des Amuletts um den Hals zu legen. Der Goldanhänger fühlte sich auf seiner Brust warm an, wahrscheinlich, weil er sich vorhin so angestrengt hatte.

Phury reiste ohne Aufenthalt auf die Andere Seite, als Primal war er davon befreit, einen Abstecher über den Innenhof der Jungfrau der Schrift zu machen. Vor dem

Amphitheater des Heiligtums nahm er Gestalt an. Dort hatte die ganze Sache vor fünf Monaten ihren Anfang genommen; schwer zu glauben, dass er tatsächlich Vishous' Platz als Primal eingenommen hatte.

Es war wie vorhin mit seiner zitternden Hand: Das war einfach nicht er.

Nur leider war er es eben doch.

Vor ihm schimmerte die weiße Bühne mit ihrem schweren weißen Vorhang in dem eigenartigen, unbarmherzigen Licht der Anderen Seite. Hier gab es keine Schatten, da keine Sonne am blassen Himmel stand, und doch erstrahlte alles hell, als besäße jeder Gegenstand seine eigene Lichtquelle. Die Temperatur lag bei einundzwanzig Grad, nicht zu warm und nicht zu kalt, und es gab keine Brise, die einem über die Haut strich oder die Kleider zerzauste. Alles war von einem weichen, die Augen beruhigenden Weiß.

Diese Landschaft hier war das optische Äquivalent zu Fahrstuhlmusik.

Über kurzgeschnittenes weißes Gras lief er um das Theater herum auf die diversen Tempel und Wohnquartiere zu. Rundherum wurde das Gelände von einem weißen Wald eingegrenzt, der jeden weiteren Ausblick abschnitt. Er fragte sich, was wohl jenseits davon lag. Wahrscheinlich nichts. Das Heiligtum hatte etwas von einem Architekturmodell oder einer Spielzeugeisenbahn; als würde man – sollte man bis zum Rand laufen – nur eine scharfe Kante vorfinden, die steil nach unten auf den Teppichboden eines Riesen abfiel.

Er wusste nicht genau, wie er die Aufmerksamkeit der Directrix auf sich lenken sollte, hatte es aber gleichzeitig nicht allzu eilig damit. Um Zeit zu schinden, ging er zum

Tempel des Primals und schloss die Flügeltüre mit seinem Amulett auf. Durch das weiße Marmorfoyer lief er in den luftigen einzigen Raum des Tempels und betrachtete das Bettpodest mit seinen weißen Seidenlaken.

Er dachte daran, wie Cormia ausgesehen hatte, als man sie hierherbrachte: Nackt hatte man sie hier festgebunden, ein weißer Vorhang hatte von der Decke herabgehangen und sich um ihren Hals gebauscht, um ihr Gesicht zu verhüllen. Er hatte das Ding heruntergerissen und mit Entsetzen in ihre tränengefüllten, panischen Augen geblickt.

Man hatte sie geknebelt.

Jetzt hob er den Blick an die Decke, wo der Vorhang befestigt gewesen war. Zwei winzige Goldhaken ragten dort aus dem Marmor. Er wollte sie mit einem verfluchten Presslufthammer herausbrechen.

Ihm fiel ein Gespräch wieder ein, das er mit Vishous geführt hatte, bevor dieser ganze Mist mit dem Primal losgegangen war. Sie beide waren im Speisezimmer des Anwesens gewesen, und Vishous hatte etwas von einer Vision erzählt, die er von Phury gehabt hatte.

Phury war nicht besonders scharf auf Details gewesen, aber er hatte sie trotzdem zu hören bekommen, und nun vernahm er die Worte seines Bruders seltsam deutlich im Kopf, wie eine abgespielte Aufzeichnung: *Ich sah dich an einer Kreuzung auf einem Feld aus reinem Weiß stehen. Es war ein stürmischer Tag ... genau, ein großer Sturm. Aber als du eine Wolke vom Himmel geholt hast und sie um den Brunnen wickeltest, versiegte der Regen.«*

Mit zusammengekniffenen Augen betrachtete Phury die beiden Haken in der Decke. Er hatte den Vorhang heruntergerissen und Cormia darin eingewickelt. Und sie hatte aufgehört zu weinen.

Sie war der Brunnen ... der Brunnen, den er anfüllen sollte. Sie war die Zukunft ihres Volkes, die Quelle neuer Brüder und neuer Auserwählter. Der Ursprung.

Genau wie all ihre Schwestern.

»Euer Gnaden.«

Er drehte sich um. Im Eingang des Tempels stand die Directrix. Ihre lange weiße Robe streifte den Fußboden, ihr dunkles Haar trug sie hoch auf dem Kopf zum Knoten geschlungen. Mit ihrem ruhigen Lächeln und dem Frieden, den ihre Augen verströmten, hatte sie die glückselige Ausstrahlung der spirituell Erleuchteten.

Er beneidete sie um ihre Gewissheit.

Amalya verneigte sich vor ihm, ihr Körper wirkte schlank und anmutig in der üblichen Uniform der Auserwählten. »Ich bin erfreut, Euch zu sehen.«

Er erwiderte die Verbeugung. »Die Freude ist ganz auf meiner Seite.«

»Ich danke Euch für diese Audienz.« Sie richtete sich auf, und es entstand eine Pause.

Er beendete das Schweigen nicht.

Als sie schließlich sprach, schien sie jedes Wort mit Bedacht zu wählen. »Ich dachte, Ihr wünscht vielleicht, einige der anderen Auserwählten zu treffen?«

Was für eine Art von Treffen hatte sie wohl im Sinn, überlegte er.

Ach, nur eine gepflegte Teestunde, schaltete sich der Zauberer ein. *Mit Cunnilingus-Sandwichs und 69er-Gebäck und einer Handvoll von deinen Eiern.*

»Cormia macht sich sehr gut«, sagte er, um von dem großzügigen Angebot abzulenken.

»Ich habe sie gestern gesehen.« Der Tonfall der Directrix war freundlich, aber neutral, als wäre sie anderer Meinung.

»Ach ja?«

Erneut verneigte sie sich tief. »Vergebt mir, Euer Gnaden. Es war der Jahrestag ihrer Geburt, und ich hatte die Aufgabe, ihr nach unseren Bräuchen eine Schriftrolle zu überbringen. Als ich von Euch nichts hörte, ging ich zu ihr. Ich versuchte später am Tag noch einmal, Euch zu erreichen.«

Gütige Jungfrau, Cormia hatte Geburtstag gehabt und kein Wort gesagt?

Aber John hatte sie davon erzählt, nicht wahr. Deshalb hatte er ihr das Armband geschenkt.

Phury hätte am liebsten geflucht. Er hätte ihr auch etwas schenken sollen.

Er räusperte sich. »Entschuldige, dass ich nicht reagiert habe.«

Amalya richtete sich wieder auf. »Das liegt allein in Eurer Entscheidung. Bitte, sorgt Euch nicht.«

In dem langen Schweigen, das nun folgte, las er die Frage in den gütigen Augen der Directrix. »Nein, es ist noch nicht geschehen.«

Ihre Schultern sackten herab. »Hat sie Euch abgewiesen?«

Er musste wieder an den Fußboden vor seiner Chaiselongue denken. Er war derjenige gewesen, der einen Rückzieher gemacht hatte. »Nein. Es lag an mir.«

»Nichts kann je Eure Schuld sein.«

»Falsch. Das kannst du mir wirklich glauben.«

Die Directrix lief auf und ab, ihre Hände nestelten an dem Amulett, das sie um ihren Hals trug. Es glich seinem aufs Haar, nur dass ihres an einem weißen Seidenband hing.

Am Bettpodest verharrte sie, die Finger strichen zart

über ein Kissen. »Ich dachte, Ihr würdet vielleicht gern einige der anderen kennenlernen.«

Auf gar keinen Fall. Er würde Cormia nicht übergehen und sich eine andere als Erste Partnerin nehmen. »Ich kann mir denken, worauf das hinausläuft, aber es liegt nicht daran, dass ich sie nicht will.«

»Vielleicht solltet Ihr dennoch eine andere treffen.«

Noch deutlicher konnte die Directrix kein Machtwort sprechen und von ihm verlangen, entweder Sex mit Cormia zu haben oder sich eine andere Erste Partnerin zu suchen. Überrascht war er nicht gerade; es waren fünf lange Monate vergangen.

Vielleicht würde es ja sogar einige Probleme lösen. Das Schlimme daran war nur, dass die Wahl einer anderen Partnerin gleichbedeutend damit wäre, Cormia mit einem Fluch zu belegen. Die Auserwählten würden es ihr als Versagen anrechnen, und sie würde es ebenso empfinden, obwohl das überhaupt nicht der Wahrheit entsprach.

»Wie schon gesagt, ich bin zufrieden mit Cormia.«

»Sehr wohl ... doch würde es Euch möglicherweise leichterfallen, wenn es eine andere aus unserer Mitte wäre? Layla beispielsweise ist besonders hold von Antlitz und Gestalt, und sie wurde zur *Ehros* ausgebildet.«

»Das werde ich Cormia nicht antun. Es würde sie umbringen.«

»Euer Gnaden ... sie leidet jetzt. Ich sah es in ihren Augen.« Die Directrix schwebte zu ihm herüber. »Und überdies sind wir anderen in unserer Tradition gefangen. Wir hegten solch große Hoffnungen, dass wir wieder zu dem zurückkehren würden, was wir seit eh und je waren. Würdet Ihr eine andere Partnerin wählen und das Ritual vollziehen, würdet Ihr uns alle von der Last der Nutzlosigkeit erlösen – und das gilt auch für Cormia. Sie ist nicht glücklich, Euer Gnaden. Genauso wenig, wie Ihr es seid.«

Wieder musste er daran denken, wie sie auf diesem Bett festgebunden gewesen war … Sie hatte diese ganze Sache von Anfang an nicht gewollt.

Und nun lebte sie so still im Haus der Bruderschaft. Hatte nicht einmal genug Vertrauen zu ihm, um ihm zu sagen, dass sie sich nähren musste. Hatte ihm nichts von ihrem Geburtstag erzählt. Nichts davon, dass sie gern einmal nach draußen in den Garten wollte. Nichts von diesen Architekturmodellen in ihrem Zimmer.

Ein einziger Spaziergang über den Flur mit den Statuen konnte nicht all das wiedergutmachen, was er ihr zugemutet hatte.

»Wir sitzen in der Falle, Euer Gnaden«, sagte die Directrix. »Im Augenblick sitzen wir alle in der Falle.«

Was, wenn er nur an Cormia festhielt, weil er sich keine Gedanken um die ganze Sex-Sache machen musste, solange sie seine Erste Partnerin war? Sicherlich, er wollte sie beschützen und sie anständig behandeln, und das waren ehrbare Wahrheiten; doch die Konsequenz daraus war, dass er auch selbst geschützt wurde.

Es gab Auserwählte, die es wollten – die ihn wollten. Er hatte ihre Blicke auf sich gespürt, als er seinen Eid geleistet hatte.

Er hatte sein Wort gegeben. Und er hatte es langsam satt, Schwüre zu brechen, die er abgelegt hatte.

»Euer Gnaden, darf ich Euch bitten, mit mir zu kommen? Ich würde Euch gern einen Ort hier im Heiligtum zeigen.«

Er folgte Amalya aus dem Primals-Tempel hinaus, und

schweigend liefen sie beide den Hügel hinab auf eine Ansammlung vierstöckiger weißer Gebäude mit Säulen zu.

»Das sind die Quartiere der Auserwählten«, murmelte sie, »doch das ist nicht unser Ziel.«

Gott sei Dank, dachte er mit einem Seitenblick.

Im Vorbeigehen fiel ihm auf, dass sich in keinem der Fenster eine Scheibe befand; wahrscheinlich war das überflüssig. Es gab keine Tiere, kein Ungeziefer ... und auch keinen Regen, soweit er wusste.

Was diese fehlenden Fensterscheiben bedeuteten, war natürlich, dass nichts zwischen ihm und den Auserwählten stand, die ihn aus ihren Quartieren betrachteten.

In jedem Fenster jedes Raums in jedem Gebäude war eine Frau.

Himmel hilf.

»Hier wären wir.« Die Directrix blieb vor einem einstöckigen Gebäude stehen, entriegelte eine Flügeltür und stieß sie weit auf. Er erschrak.

Wiegen. Reihe um Reihe leerer weißer Wiegen.

Während er nach Atem rang, wurde die Stimme der Directrix wehmütig. »Das war früher einmal ein so fröhlicher Ort, erfüllt von Leben, überschäumend mit dem Lachen der Zukunft. Wenn Ihr doch nur eine andere nehmen würdet – ist Euch nicht wohl, Euer Gnaden?«

Phury wich zurück. Er bekam keine Luft. Er konnte nicht ... atmen.

»Euer Gnaden?« Sie streckte die Hand nach ihm aus.

Er zuckte vor ihr zurück. »Mir geht es gut.«

Atme, verdammt nochmal. Atme.

Du hast zugestimmt. Jetzt reiß dich zusammen.

In seinem Kopf zählte der Zauberer ein Beispiel nach dem anderen auf – von Leuten, die er im Stich gelassen hatte – angefangen in der Gegenwart mit Z und Wrath und dem ganzen *Lesser*-Chaos bis zurück in die Vergangenheit und sein Versagen gegenüber seinen Eltern.

Er war unzulänglich, in jeder Hinsicht, und er saß in der Falle.

Wenigstens Cormia konnte aus alldem befreit werden. Von ihm befreit werden.

Die Stimme der Directrix wurde schrill vor Besorgnis. »Euer Gnaden, vielleicht möchtet Ihr Euch hinlegen …«

»Ich nehme eine andere.«

»Ihr …«

»Ich nehme eine andere als Erste Partnerin.«

Die Directrix schien verblüfft, verneigte sich dann aber tief. »Euer Gnaden, ich danke Euch … danke Euch … Wahrlich, Ihr seid die Kraft unseres Volkes und uns allen ein Anführer …«

Er unterbrach ihre hohle Lobeshymne nicht, doch in seinem Kopf drehte sich alles, und er fühlte sich, als hätte man ihm eine Ladung Trockeneis in die Eingeweide gefüllt.

Die Directrix umklammerte ihr Amulett, Verzückung erhellte ihr strenges Gesicht. »Euer Gnaden, was bevorzugt Ihr an einer Partnerin? Ich hätte da ein paar im Sinn.«

Er sah Amalya durchdringend an. »Sie müssen es wollen. Kein Zwang. Keine Fesseln. Sie müssen es aus freien Stücken tun. Cormia wollte es nicht, und das war nicht fair ihr gegenüber. Ich habe mich freiwillig gemeldet, aber sie hatte keine Wahl.«

Die Directrix legte eine Hand auf seinen Arm. »Ich verstehe – und nicht nur das: Ich stimme Euch zu. Cormia war für diese Rolle von Anfang an ungeeignet, ja, sie wurde sogar aus eben diesem Grund von meiner Vorgängerin zur Ersten Partnerin ernannt. Ich werde niemals so grausam sein.«

»Und Cormia wird nichts passieren, oder? Ich meine, sie wird hier nicht rausgeworfen oder so was?«

»Sie wird hier willkommen sein. Sie ist eine gute Frau. Nur nicht … so lebenstüchtig wie manch andere von uns.«

In der darauf folgenden Stille erinnerte er sich, wie sie ihn ausgezogen hatte, damit er duschen konnte. Ihre arglosen, unschuldigen grünen Augen blickten zu ihm auf, während sie sich mit seinem Gürtel und seiner Lederhose abmühte.

Sie wollte nur das Richtige tun. Damals, als dieses ganze Chaos angefangen hatte, hätte sie trotz ihrer Angst das ihrer Tradition gemäß Richtige getan und ihn in sich aufgenommen. Was sie doch stärker machte als ihn, oder nicht? Sie lief nicht davon. Er war der mit den Siebenmeilenstiefeln.

»Sag den anderen, dass ich ihrer nicht würdig war.« Als der Directrix die Kinnlade herunterklappte, deutete er mit dem Finger auf sie. »Das ist verdammt nochmal ein Befehl. Du sagst ihnen … dass sie zu gut für mich ist. Ich möchte, dass sie einen besonderen Rang erhält … ich möchte, dass sie verehrt wird, verstehst du mich? Ihr behandelt sie anständig, sonst schlage ich den ganzen Laden hier kurz und klein.«

Während die Directrix sichtlich noch nach Worten rang, half er ihr auf die Sprünge, indem er fortfuhr: »Das hier ist meine Welt. Ich sag hier, wo's langgeht, richtig? Und jetzt nick.«

Als sie gehorchte, lockerte sich die Spannung in seinem

Brustkorb wieder. »Gut. Schön, dass wir uns einig sind. Okay, brauchen wir jetzt eine neue Zeremonie?«

»Äh … äh, als Ihr die Worte z-zu Cormia spracht, habt Ihr Euch an uns alle gebunden.« Wieder legte sie die Hand auf das Amulett, doch dieses Mal nicht aus Freude, wie er argwöhnte. Mehr zur Beruhigung. »Wann werdet ihr … hierher umziehen?«

Er dachte an Bellas Schwangerschaft. Die Geburt durfte er nicht verpassen, und so, wie die Dinge zwischen ihm und Z lagen, würde man ihm noch nicht einmal Bescheid geben. »Noch nicht so bald. Könnte noch bis zu einem Jahr dauern.«

»Dann werde ich Euch die ersten Auserwählten auf die Abgewandte Seite schicken, ja?«

»Ja.« Er wandte sich von dem Raum mit den Kinderwiegen ab, er bekam immer noch nicht genug Luft. »Ich gehe mal ein bisschen spazieren.«

»Ich werde meine Schwestern anweisen, Euch nicht zu stören.«

»Danke, und entschuldige, dass ich so grob geworden bin.« Er stockte. »Eins noch … ich möchte selbst mit Cormia sprechen. Ich werde es ihr erzählen.«

»Wie Ihr wünscht.« Die Directrix verbeugte sich wieder. »Ich werde ein paar Tage für die rituelle Vorbereitung …«

»Sag mir einfach Bescheid, wenn du jemanden zu mir schickst.«

»Ja, Euer Gnaden.«

Als sie gegangen war, ließ er den Blick über die weiße Landschaft schweifen, und nach einem Moment veränderte sich der Anblick vor seinen Augen, wurde zu einem völlig anderen. Fort waren die wohlgeordneten, farblosen Bäume und das Gras, das aussah, als wäre es von zartem Schnee bedeckt. Stattdessen sah er die überwucherten Gärten seines Elternhauses im Alten Land vor sich.

Hinter dem riesigen Steinbau, in dem er aufgewachsen war, befand sich ein etwa ein Hektar großer, von einer Mauer umgebener Garten. Durch Kieswege in Quadrate aufgeteilt, war er einst angelegt worden, um besondere Pflanzenexemplare zur Schau zu stellen und der Seele durch die Schönheit der Natur einen Ruhepunkt zu bieten. Den um den Garten verlaufenden, gemauerten Wall hatten an den Ecken vier Statuen geziert, die die Stufen des Lebens versinnbildlichten: ein Säugling in den Armen seines Vaters, ein für sich allein stehender junger Mann in der Blüte seiner Manneskraft, derselbe junge Mann mit einem Kind auf dem Arm und schließlich ein sitzender Greis, dessen erwachsener Sohn hinter ihm stand.

Der Garten musste anfangs wahrlich beeindruckend gewesen sein, eine echte Sehenswürdigkeit, und Phury konnte sich gut vorstellen, wie seine Eltern als Jungvereinte sich über diese Pracht gefreut haben mussten.

Er selbst hatte die Vollkommenheit, die noch als Versprechen in der Anlage des Gartens ruhte, nie gekannt. Was er gesehen hatte, war nur das Chaos der Vernachlässigung. Als er alt genug gewesen war, um seine Umgebung wahrzunehmen, waren die Beete bereits von Unkraut überwuchert gewesen, die Bänke aufgeweicht von Algenwasser und die Wege mit buschigem Gras bewachsen. Das Traurigste aber waren für ihn immer die Statuen: Efeu umrankte sie, nahm sie von Jahr zu Jahr mehr in Besitz, verbarg mit seinem Laub zusehends, was die Hände des Künstlers hatten zeigen wollen.

Der Garten war das Abbild seiner zugrunde gerichteten Familie.

Und er hatte es wiederherstellen wollen. Alles.

Nach seiner Transition, die ihn beinahe das Leben kostete, hatte er sein freudloses Elternhaus verlassen, und diesen Abschied sah er noch immer ebenso deutlich vor sich wie den elenden Garten. Es war eine Oktobernacht gewesen, Vollmond, in dessen Licht er einige der alten, vornehmen Kleider seines Vaters eingepackt hatte.

Phury hatte damals nur einen vagen Plan: die Spur wieder aufzunehmen, die sein Vater hatte erkalten lassen. Zwar wusste man in jener Nacht, in der Zsadist verschleppt wurde, welche Kinderfrau ihn gestohlen hatte, und Ahgony verfolgte sie – wie jeder Vater es getan hätte – mit allen ihm zur Verfügung stehenden Mitteln. Doch sie war schlau, und so fand er zunächst zwei Jahre lang keine konkrete Spur. Jedem Hinweis, jedem Zeichen, jedem Klatsch und Gerücht folgend, streifte er durch das Alte Land, bis er endlich Zsadists Babydecke unter den Habseligkeiten der Kinderfrau fand – die nur eine Woche zuvor gestorben war.

Sie so knapp zu verfehlen war nur ein weiterer Akt der Tragödie.

Um diese Zeit erhielt Ahgony Nachricht, dass sein Sohn von einem Nachbarn aufgegriffen und auf dem Sklavenmarkt verkauft worden war. Der Nachbar war mit dem Geld geflüchtet, und obwohl Ahgony sofort den nächsten Sklavenhändler aufsuchte, gab es einfach zu viele elternlose Säuglinge, die gekauft und weiterverkauft wurden, um Zsadist unter ihnen aufzuspüren.

Ahgony gab auf, kehrte nach Hause zurück und begann zu trinken.

Als Phury sich dafür bereitmachte, die Suche seines Vaters wieder aufzunehmen, schien es nur angemessen, die feinen Stoffe und Seiden des Älteren zu tragen. Und ebenfalls wichtig: Als mittelloser Edelmann aufzutreten würde es ihm leichter machen, sich in die großen Anwesen einzuschleichen, in denen man Sklaven hielt. In der alten Garderobe seines Vaters konnte Phury sich als einer der zahlreichen wohlerzogenen Vagabunden ausgeben, die sich ihren Lebensunterhalt durch ihren Geist und ihren Charme zu verdienen suchten.

Gekleidet in fünfundzwanzig Jahre alte Gewänder und mit einem ramponierten Lederkoffer in der Hand, war er zu seinen Eltern gegangen, um ihnen mitzuteilen, was er vorhatte.

Er wusste, dass seine Mutter in ihrem Bett im Keller lag, weil sie dort wohnte. Er wusste auch, dass sie ihn nicht ansehen würde, wenn er eintrat. Das tat sie nie, und er hatte ihr deshalb nie Vorwürfe gemacht. Er war das genaue Ebenbild dessen, den man ihr geraubt hatte, die wandelnde, atmende Erinnerung an die Tragödie. Dass er ein Individuum und eine eigenständige Person neben Zsadist war, dass er seinen Verlust ebenso betrauerte wie sie, weil er seit der Entführung seines Zwillingsbruders seine zweite Hälfte vermisste, dass er Fürsorge und Liebe brauchte, lag wegen ihres großen Schmerzes jenseits ihres Begreifens.

Seine Mutter hatte ihn nie berührt. Nicht ein einziges Mal, nicht einmal, um ihn als Säugling zu baden.

Nachdem er geklopft hatte, teilte er ihr zunächst vernehmlich mit, wer er war, damit sie sich dementsprechend wappnen konnte. Da sie keine Antwort gab, öffnete er die Tür und blieb auf der Schwelle stehen, sein frisch gewandelter Körper erfüllte den gesamten Rahmen. Er hätte nicht sagen können, was er als Reaktion auf die Ankündigung seines Vorhabens erwartet hatte – doch er bekam gar keine. Kein einziges Wort. Sie hob nicht einmal den Kopf von ihrem zerschlissenen Kissen.

Also schloss er die Tür wieder und betrat das Quartier seines Vaters, das gegenüberlag.

Der Vampir lag besinnungslos und sturzbetrunken zwischen den Flaschen billigen Ales, das ihn – wenn schon nicht bei Verstand – dann doch zumindest unzurechnungsfähig genug hielt, um nicht allzu viel nachzudenken. Nachdem er vergeblich versucht hatte, ihn zu wecken, schrieb Phury eine Nachricht und legte sie seinem Vater auf die Brust, dann ging er nach oben und aus dem Haus.

Dort draußen, auf der löchrigen, von Laub übersäten Terrasse des einst prächtigen Hauses seiner Familie, hatte er in die Nacht gehorcht. Er wusste, dass durchaus die Möglichkeit bestand, seine Eltern niemals wiederzusehen, und er machte sich Sorgen, dass der eine *Doggen*, der noch geblieben war, sterben oder sich verletzen würde. Was sollten sie dann tun?

Er spürte, dass sein Zwillingsbruder irgendwo dort draußen in der Nacht war und darauf wartete, gefunden zu werden.

Während sich ein milchiger Wolkenfetzen vom Antlitz des Mondes löste und weitertrieb, suchte Phury tief in seinem Inneren nach seiner Kraft.

Wahrlich, sagte da eine leise Stimme in seinem Kopf, *du könntest tausend Nächte lang suchen und vielleicht gar den lebendigen Körper deines Zwillings finden. Und doch ist gewiss, dass du nicht retten wirst, was nicht gerettet werden kann. Dieser Aufgabe bist du nicht gewachsen, und damit nicht genug: Dein Schicksal sieht vor, dass du versagen wirst, gleich welches Ziel du auch verfolgst, da auf dir der Fluch des* Exhile Dhoble *liegt.*

Es war der Zauberer gewesen, der zum ersten Mal zu ihm sprach.

Und als diese Worte in sein Bewusstsein vordrangen, und er sich außerdem viel zu schwach für die vor ihm liegende Reise fühlte, legte er seinen Zölibatseid ab. Den Kopf der großen, leuchtenden Scheibe im schwarzblauen Himmel zugewandt, hatte er bei der Jungfrau der Schrift geschworen, dass er sich von allen Ablenkungen fernhalten würde. Er würde der reine und unbeirrbare Retter sein. Der Held, der seinen Zwillingsbruder zurückbrächte. Er wäre der Heiler, der die traurigen, zerrütteten Reste seiner Familie zu neuem Leben erweckte und zu Gesundheit und Schönheit zurückführte.

Er wäre der Gärtner.

Die Worte des Zauberers holten Phury in die Gegenwart zurück. *Aber ich hab doch recht behalten, oder nicht? Deine Eltern sind beide früh und im Elend gestorben, dein Zwillingsbruder wurde als Hure missbraucht, und du hast einen Sprung in der Schüssel.*

Ich hatte recht, stimmt's, mein Freund?

Phury konzentrierte sich wieder auf die unheimliche weiße Landschaft der Anderen Seite. Sie war so perfekt, alles akkurat, nichts unordentlich. Die weißen Tulpen mit ihren weißen Stängeln blieben in ihren um die Gebäude herum verlaufenden Beeten. Die Bäume durchbrachen die Waldgrenze nicht. Nirgendwo war ein Unkraut zu sehen.

Er fragte sich, wer wohl den Rasen mähte, und hatte so eine Ahnung, dass das Gras – wie alles andere hier – eben einfach genau so wuchs.

Das musste schön sein.

14

Im Haus der Bruderschaft sah Cormia zum wiederholten Male auf die Uhr auf dem Schreibtisch. John Matthew hätte sie bereits vor einer Stunde abholen sollen, um einen Kinofilm anzusehen, und sie hoffte, dass ihm nichts passiert war.

Wieder lief sie auf und ab, ihr Zimmer kam ihr heute Nacht viel zu klein vor, viel zu voll, obwohl keine neuen Möbel darin standen und sie allein war.

Gütigste Jungfrau der Schrift, sie hatte viel zu viel Energie.

Das war das Blut des Primals.

Das und ein niederschmetterndes, unbefriedigtes, drängendes Verlangen.

Vor dem Fenster hielt sie an, legte die Fingerspitzen an die Lippen und erinnerte sich daran, wie er geschmeckt, wie er sich angefühlt hatte. Was für ein wilder Rausch, was für eine herrliche Verzückung. Aber warum hatte er aufgehört? Diese Frage schwirrte ihr seither im Kopf herum. Warum hatte er nicht weitergemacht? Gut, das Amulett hatte ihn gerufen, doch als Primal konnte er allein darüber bestimmen, ob er antwortete. Er war die Kraft ihres Volkes, der Herrscher der Auserwählten, er konnte alles und jeden nach seinem Willen missachten.

Die einzige Antwort, die ihr einfiel, bereitete ihr Übelkeit. Waren seine Gefühle für Bella schuld gewesen? Hatte er geglaubt, diejenige zu betrügen, die er liebte?

Schwer zu sagen, was schlimmer war: dass sie ihn mit all ihren Schwestern teilen musste, oder dass keine von ihnen ihn bekommen würde, weil sein Herz längst einer anderen gehörte.

Sie blickte in die Nacht hinaus und war sicher, den Verstand verlieren zu müssen, wenn sie in ihrem Zimmer blieb. Das Schwimmbecken mit seiner wogenden Oberfläche erregte ihre Aufmerksamkeit. Die sanfte Wellenbewegung erinnerte sie an die tiefen Bäder auf der Anderen Seite, versprach Frieden und Erholung von allem, was sie bedrückte.

Ohne weiter nachzudenken, lief Cormia durch die Tür in den Flur. Rasch und lautlos huschte sie auf ihren nackten Füßen die große Freitreppe hinunter ins Foyer und überquerte den Mosaikfußboden. Im Billardraum fand sie die Tür, die John ihr in der vorigen Nacht gezeigt hatte, und schlüpfte hinaus.

Draußen auf den kühlen Steinen der Terrasse richtete sie ihre Sinne in die Dunkelheit, ließ ihren Blick über die massive Mauer schweifen, die sie am Ende des Anwesens erkennen konnte. Es schien keine Gefahr zu drohen. Nichts regte sich zwischen den Blumen und Bäumen des Gartens, nur die üppige Nachtluft. Sie drehte sich zu dem wuchtigen Gebäude um. Lichter leuchteten hinter Bleiglas, und sie konnte *Doggen* hinter den Fenstern sehen. Sollte sie Hilfe benötigen, wären genug Leute in der Nähe.

Sie lehnte die Tür an, hob ihren Rocksaum hoch und rannte über die Terrasse zum Wasser hinüber.

Das Becken war rechteckig und eingerahmt von denselben schwarzen Steinen, die auch die Terrasse bedeckten. Lange, geflochtene Stühle und Tische mit Glasplatten standen darum herum. Auf einer Seite war ein schwarzer Apparat mit einem weißen Behälter. Blumen in Töpfen sorgten für etwas Farbe.

Sie kniete sich hin und prüfte das Wasser. Seine Oberfläche wirkte im Mondlicht ölig, vermutlich, weil der Grund ebenfalls aus den schwarzen Steinen bestand. Es war nicht wie die Bäder zu Hause; es gab keine sacht abfallende Neigung, und sie mutmaßte, dass es sehr tief war. Doch es konnte nichts passieren, da sich in regelmäßigen Abständen gekrümmte Griffe befanden, mit Hilfe derer man sich aus dem Wasser befreien konnte.

Ihr Zeh tauchte als Erstes ein, dann der ganze Fuß. Die Oberfläche kräuselte sich um den Eindringling herum, als versuche das Wasser, sie zu ermuntern.

Zu ihrer Linken entdeckte sie eine Treppe – flache Stufen, die eindeutig den Weg kennzeichneten, den man nehmen sollte. Sie ging hinüber, streifte ihre Robe ab und watete nackt ins Becken.

Ihr Herz pochte heftig, doch oh! – wie weich und köstlich war die Umarmung des Wassers. Sie ging weiter, bis sie von den Fersen bis zur Brust sanft wogend umhüllt wurde.

Wie schön das doch war.

Ihr Instinkt forderte sie auf, sich mit den Füßen abzustoßen, und sie tat es; ihr Körper glitt schwerelos nach vorn. Sie stellte fest, dass sie nur die Arme aus dem Wasser strecken und wieder zurückziehen musste, und sich dadurch fortbewegen konnte, wohin sie nur wollte – erst nach rechts, dann nach links, dann weiter, weiter, bis zum Ende, wo ein dünnes Brett über dem Wasser hing.

Als sie schließlich ihre Entdeckungsreise beendet hatte, drehte sich Cormia auf den Rücken, ließ sich treiben und betrachtete den Himmel. Die glitzernden Lichter über ihr erinnerten sie an ihren Platz zwischen den Auserwählten und an ihre Pflicht, eine unter vielen zu sein, ein Molekül, das Teil eines Ganzen war. Sie und ihre Schwestern waren innerhalb der ehrwürdigen Tradition, der sie dienten, nicht voneinander zu unterscheiden: Genau wie dieses Wasser waren sie fließend und übergangslos, ohne Grenzen; genau wie die Sterne über ihr waren sie alle gleich.

Beim Blick in den diesseitigen Himmel hatte sie einen weiteren dieser willkürlichen, ketzerischen Gedanken – nur dass dieser nicht den Grundriss eines Hauses betraf oder welche Gewänder jemand trug oder ob ihr ein Nahrungsmittel zusagte oder nicht.

Dieser traf sie direkt in ihrem Inneren und machte sie zur Sünderin und Abtrünnigen:

Sie wollte nicht eine von vielen sein.

Nicht beim Primal. Nicht für ihn.

Und nicht für sich selbst.

Am anderen Ende der Stadt saß Qhuinn auf seinem Bett und starrte das Handy in seiner Hand an. Er hatte eine SMS an Blay und John geschrieben und zögerte noch, sie abzuschicken.

Gefühlte Stunden saß er schon hier, obwohl es wahrscheinlich in Wirklichkeit höchstens eine gewesen war. Nachdem er sich geduscht hatte, um Lashs Blut abzuwaschen, hatte er sich hier niedergelassen und sich innerlich für das gewappnet, was kommen würde.

Aus irgendeinem Grund musste er die ganze Zeit an das einzige Mal denken, dass seine Eltern in seiner Erinnerung etwas Nettes für ihn getan hatten. Das war schon eine Weile her. Er hatte sie monatelang damit genervt, seinen Cousin Sax in Connecticut besuchen zu dürfen. Saxton hatte seine Transition damals schon hinter sich und war ein bisschen wild, weswegen er selbstverständlich Qhuinns Held war. Und genauso selbstverständlich waren seine Erzeuger weder von Sax noch von seinen Eltern – die kein gesteigertes Interesse an den selbst auferlegten High-Society-Spielchen der *Glymera* hatten – besonders begeistert.

Qhuinn hatte gebettelt und genörgelt und geheult, ohne auch nur einen Schritt weiterzukommen. Und dann hatte sein Vater ihm aus heiterem Himmel mitgeteilt, dass er seinen Willen bekommen würde und am Wochenende gen Süden reisen durfte.

Freude. Totaler irrsinniger Jubel. Drei Tage vorher hatte er schon seine Sachen gepackt, und als er nach Einbruch der Dunkelheit auf den Rücksitz des Autos geklettert und über die Staatsgrenze nach Connecticut chauffiert worden war, hatte er sich gefühlt wie der König der Welt.

Ja, das war nett von seinen Eltern gewesen.

Später hatte er natürlich erfahren, warum sie das getan hatten.

Das Abenteuer bei Sax war nicht so ideal verlaufen. Am Samstag hatten er und sein Cousin sich schon nachmittags mit einer tödlichen Mischung aus Jägermeister und Wodka-Red-Bull derart abgeschossen, dass ihm kotzübel wurde und Sax' Eltern darauf bestanden, ihn nach Hause zu schicken, damit er sich dort erholen konnte.

Von einem ihrer *Doggen* zurückgefahren zu werden war dann so endlos schmachvoll gewesen – noch gesteigert dadurch, dass er den Chauffeur ständig bitten musste anzuhalten, damit er noch ein bisschen reihern konnte. Das einzig Gute war, dass Sax' Leute sich bereit erklärt hatten, seinen Eltern nichts zu erzählen – unter der Bedingung, dass er ein volles Geständnis ablegte, sobald er zu Hause abgeliefert wurde. Ganz offensichtlich hatten sie ebenfalls keine Lust, sich mit Qhuinns Mutter und Vater auseinanderzusetzen.

Als sie schließlich ankamen, hatte Qhuinn sich überlegt, dass er einfach nur erzählen würde, ihm sei schlecht (was ja auch stimmte) und er habe darum gebeten, nach Hause gebracht zu werden (was nicht stimmte und auch niemals stimmen würde).

Leider ging sein Plan nicht ganz auf.

Alle Fenster waren hell erleuchtet gewesen, Musik, die aus einem hinten im Garten aufgebauten Zelt strömte, erfüllte die Luft. Überall brannten Kerzen; jeder Raum war voller Leute.

»Nur gut, dass wir rechtzeitig zurückgekommen sind«, hatte der *Doggen* am Steuer mit seiner fröhlichen *Doggen*-Stimme gesagt. »Es wäre doch ein Jammer gewesen, das zu verpassen.«

Qhuinn war mit seiner Tasche aus dem Wagen gestiegen und hatte nicht einmal bemerkt, wie der Dienstbote wegfuhr.

Aber klar, hatte er gedacht. Sein Vater legte sein Amt als *Leahdyre* der *Glymera* nach einer respektvollen Amtszeit als Vorsitzender des *Princeps*-Rats nieder. Dieses Fest zelebrierte seine Arbeit und die Übergabe der Position an Lashs Vater.

Und das war auch der Grund, warum das Personal die letzten zwei Wochen so beschäftigt gewesen war. Er hatte geglaubt, seine Mutter hätte einen ihrer irren Putzanfälle, aber nein. Das ganze Blitzblankgewienere hatte in Vorbereitung auf diesen Abend stattgefunden.

Qhuinn war im Schutz der Hecken um das Haus herumgeschlichen, seinen Rucksack auf dem Boden hinter sich herschleifend. Das Zelt hatte so hübsch ausgesehen. Funkelnde Lichter an Lüstern hatten wunderschön mit Blumen und Kerzen geschmückte Tische beleuchtet. Jeder Stuhl war mit Seidenbändern geschmückt, und zwischen den Sitzreihen waren Läufer ausgelegt gewesen. Alles war türkis und gelb dekoriert, in den Farben der beiden Seiten seiner Familie.

Er starrte die Gesichter der Gäste an, erkannte jedes einzelne davon. Seine gesamte Blutlinie war anwesend, neben den restlichen führenden Familien der *Glymera,* und alle waren in Abendgarderobe – die Frauen in langen Kleidern, die Männer im Frack. Junges Volk flitzte zwischen den Erwachsenen herum wie Glühwürmchen, und die ältere Generation saß lächelnd am Rand des Geschehens.

Er stand dort in der Finsternis und fühlte sich wie einer der überflüssigen Gegenstände des Haushalts, die vor der Ankunft der Gäste weggeräumt worden waren; nur ein weiteres nutzloses, hässliches Objekt, das man in einem Schrank verstaute, damit niemand es sah. Und nicht zum ersten Mal wollte er sich am liebsten die Finger in die Augenhöhlen drücken und zerstören, was ihn zerstört hatte.

Abrupt war die Kapelle verstummt, und sein Vater war ans Mikrofon am Rand des Dielentanzbodens getreten. Während sich alle Gäste versammelten, waren Qhuinns Mutter, Bruder und Schwester hinter seinen Vater getreten, alle mit einem Strahlen auf dem Gesicht, das nichts mit den funkelnden Lichtern zu tun hatte.

»Wenn ich kurz um eure Aufmerksamkeit bitten dürfte«, hatte sein Vater in der Alten Sprache angesetzt. »Ich möchte herzlich die Gründerfamilien begrüßen, die heute Abend hier sind.« Applaus. »Wie auch die Mitglieder des Rats.« Applaus. »Und euch alle, die ihr das Herzstück der *Glymera* bildet und meine Blutlinie repräsentiert.« Applaus. »Die vergangenen zehn Jahre als *Leahdyre* waren nicht leicht, doch wir haben gute Fortschritte erzielt, und ich weiß, dass mein Nachfolger die Zügel fest in die Hand nehmen wird. Nun, da der König jüngst den Thron bestieg, ist es von noch größerer Wichtigkeit, unsere Anliegen mit der gebührenden Sorgfalt vorzubringen und geltend zu machen. Durch die unablässige Arbeit des Rats werden wir unsere Visionen dem ganzen Volk zu Gehör bringen … ungeachtet der fruchtlosen Beanstandungen derer, die diese Obliegenheiten nicht so gut zu begreifen vermögen wie wir …«

Donnernder Beifall ertönte, gefolgt von einem Toast auf Lashs Vater. Daraufhin hatte Qhuinns Vater sich geräuspert und zu den dreien hinter ihm geblickt. Mit leicht heiserer Stimme war er fortgefahren: »Es war mir eine Ehre, der *Glymera* zu dienen … und wenngleich ich mein Amt vermissen werde, muss ich doch auch gestehen, dass es mich zutiefst beglückt, nun mehr Zeit für meine Familie zu haben. Sie sind wahrlich die Stütze meines Lebens, und es ist mir eine Herzensangelegenheit, ihnen für das Licht und die Wärme zu danken, mit der sie jeden Tag mein Herz erfüllen.«

Qhuinns Mutter warf ihm eine Kusshand zu und blinzelte heftig. Sein Bruder hatte sich stolz wie Oskar in die Brust geworfen, Heldenverehrung im Blick. Seine Schwester klatschte in die Hände und hüpfte auf und ab, ihre Löckchen tanzten vor Freude.

In diesem Moment hatte er sich als Sohn und Bruder und Familienangehöriger so vollständig zurückgewiesen gefühlt, dass kein Wort, das zu ihm oder über ihn gesagt wurde, seine flehentliche Traurigkeit noch hätte verstärken können.

Qhuinn schreckte aus seinen Erinnerungen auf, als das strenge Klopfen seines Vaters an seiner Zimmertür ertönte und den Bann der Vergangenheit brach, die Bilder aus seinem Kopf löschte.

Er drückte auf *Senden,* steckte das Handy in die Hemdtasche und sagte: »Herein.«

Es war nicht sein Vater, der die Tür öffnete.

Es war ein *Doggen,* derselbe Butler, der ihm schon mitgeteilt hatte, dass ihm nicht gestattet war, dieses Jahr den Ball der *Glymera* zu besuchen.

Die Verbeugung des Dieners war kein Ausdruck besonderer Wertschätzung, und Qhuinn verstand sie auch nicht so. *Doggen* verneigten sich vor jedem. Selbst wenn sie einen Waschbären beim Stöbern in der Mülltonne erwischen würden, würden sie wahrscheinlich erst mal brav einen Kratzfuß machen, bevor sie ihn verscheuchten.

»Das heißt wohl, dass ich verschwinden muss«, sagte Qhuinn, während der Butler rasch die übliche Geste zur Abwehr des bösen Blicks machte.

»Bei allem nötigen Respekt«, begann der *Doggen,* die Stirn immer noch auf seine Füße gerichtet. »Euer Vater ersucht um Eure Abreise von seinem Anwesen.«

»Alles klar.« Qhuinn stand mit seiner Reisetasche, in die er seine T-Shirt-Sammlung sowie seine vier Jeans gepackt hatte, auf.

Als er sich den Riemen um die Schulter schlang, überlegte er, wie lange seine Handyrechnung wohl noch bezahlt werden würde. Er wartete schon seit Monaten darauf, dass der Anschluss gesperrt wurde – seit sein Taschengeld plötzlich versiegt war.

Er hatte so eine Ahnung, dass T-Mobile leider verlieren würde, genau wie er.

»Euer Vater bat mich, Euch das zu geben.« Der *Doggen* richtete sich nicht auf, als er die Hand ausstreckte, in der ein dicker, großer Umschlag lag.

Der Drang, dem Diener aufzutragen, das verdammte Ding per Luftpost in den Arsch seines Vaters zu verfrachten, war beinahe übermächtig.

Qhuinn nahm den Umschlag und öffnete ihn. Nachdem er die Unterlagen durchgeblättert hatte, faltete er sie ruhig wieder zusammen und steckte sie zurück. Dann stopfte er sich das Päckchen hinten in den Hosenbund und erklärte: »Ich warte draußen, bis ich abgeholt werde.«

Der *Doggen* hob langsam den Oberkörper. »Am Ende der Auffahrt, wenn Ihr so gütig sein wollt.«

»Klar. Von mir aus.« Auch egal. »Du brauchst Blut von mir, oder?«

»Wenn Ihr so gütig sein wollt.« Der *Doggen* streckte ihm einen Messingkelch entgegen, der innen mit schwarzem Glas ausgekleidet war.

Qhuinn benutzte sein Schweizer Armeemesser, weil sein Jagdmesser konfisziert worden war, und zog sich die Klinge über die Handfläche. Dann machte er eine Faust und quetschte ein paar Tropfen Blut in den Becher.

Sie würden das Zeug verbrennen, wenn er aus dem Haus war, als Teil eines Reinigungsrituals.

Denn sie warfen nicht nur schadhaften Ballast über Bord; sie schafften sich das Böse vom Hals.

Qhuinn verließ sein Zimmer, ohne sich noch einmal umzusehen, und ging den Flur hinunter. Er verabschiedete sich nicht von seiner Schwester, obwohl er sie Flöte üben hörte, und er ließ seinen Bruder ungestört seine lateinischen Verben aufsagen. Auch bei seiner Mutter, die er im Salon telefonieren hörte, hielt er sich nicht auf. Und ganz sicher marschierte er, ohne zu zögern, am Arbeitszimmer seines Vaters vorbei.

Sie alle steckten bei seinem Rausschmiss unter einer Decke. Der Beweis dafür steckte in dem Umschlag.

Unten im Erdgeschoss knallte er die prächtige Eingangstür nicht hinter sich zu; kein Grund, einen großen Auftritt hinzulegen. Sie alle wussten, dass er ging, weswegen sie auch alle so schwer beschäftigt waren, anstatt zusammen im Wohnzimmer Tee zu trinken.

Er mochte wetten, dass sie sich alle zusammenrotten würden, sobald der *Doggen* ihnen sagte, dass die Luft rein war. Bestimmt würden sie eine Tasse Earl Grey schlürfen und ein paar Sandwichs knabbern. Garantiert würden sie tief und erleichtert aufatmen und dann lamentieren, wie schwer es doch in Zukunft sein würde, den Kopf hochzuhalten, nach der furchtbaren Sache mit Lash.

Qhuinn spazierte die lange, gewundene Auffahrt hinunter. Als er das große Eisentor erreichte, stand es offen; sobald er es durchschritten hatte, fiel es scheppernd hinter ihm zu, als hätten sie ihm einen Fußtritt versetzt.

Die Sommernacht war heiß und schwül, im Norden blitzte es.

Die Stürme kamen immer aus dem Norden, dachte er, und zwar im Sommer wie im Winter. In den kalten Monaten konnten die Nordostwinde einen so tief im Schnee begraben, dass man das Gefühl hatte …

Aua. Er war so neben der Spur, dass er Selbstgespräche über das Wetter führte.

Er stellte seine Tasche am Straßenrand ab.

Wahrscheinlich sollte er Blay jetzt simsen, ob er ihn abholen konnte. Sich mit der schweren Tasche zu dematerialisieren könnte schwierig werden, und ein Auto hatte er nie besessen. Er saß hier fest.

Gerade als er nach seinem Handy greifen wollte, piepte es. Eine Nachricht von Blay: *Komm auf jeden Fall zu uns. Ich hol dich ab.*

Er fing an, Blay zu schreiben, doch dann fiel ihm der Umschlag wieder ein. Also steckte er das Telefon in seine Reisetasche, warf sich das Ding über die Schulter und lief los. Er ging Richtung Osten, denn das war der Verlauf, den die Straße nahm, wenn man sich nach links wandte, was er aufs Geratewohl tat.

Mannomann … jetzt war er wirklich eine Waise. Es war, als hätte sich sein heimlicher Verdacht bewahrheitet: Er hatte immer geglaubt, adoptiert zu sein oder so was, weil er nie zu seiner Familie gepasst hatte – und das nicht nur wegen der bescheuerten unterschiedlichen Augen. Sondern weil er einfach aus einem anderen Holz war. Immer gewesen war.

Ein Teil von ihm wollte stinkwütend werden, dass man ihn aus dem Haus geworfen hatte. Aber was hatte er erwartet? Er war nie einer von ihnen gewesen, und seinen Cousin ersten Grades mit dem Jagdmesser aufzuschlitzen war – selbst wenn es absolut gerechtfertigt war – unverzeihlich.

Außerdem würde es seinen Vater einen Haufen Scheine kosten.

Im Falle einer Körperverletzung – oder eines Mordes,

falls Lash starb – stand dem Opfer, falls es ein Angehöriger der *Glymera* war beziehungsweise seiner Blutlinie, eine bestimmte Summe zu, bemessen je nach Wert des Verletzten oder Toten. Ein junger Vampir nach seiner Transition, der der erstgeborene Sohn einer der Gründerfamilien war? Nur ein getöteter Bruder oder eine schwangere Adlige wären noch teurer. Und seine Eltern mussten bezahlen, nicht Qhuinn, da man nach dem Gesetz erst ein volles Jahr nach der Transition als erwachsen galt.

Das Gute an der Sache war, vermutete er jetzt mal, dass er als noch Minderjähriger nicht zum Tode verurteilt werden würde. Trotzdem stand ihm definitiv eine Anklage bevor, und sein Leben würde nie mehr so sein wie bisher.

Das nenne ich mal eine Typveränderung. Er war aus der *Glymera* ausgestoßen. Aus seiner Familie ausgestoßen. Aus dem Trainingsprogramm ausgestoßen.

Abgesehen von einer vermurksten Geschlechtsumwandlung war schwer vorstellbar, womit man sich noch tiefer in die Scheiße reiten konnte.

So wie die Dinge jetzt lagen, hatte er Zeit bis zum Morgengrauen, um sich zu überlegen, wo er abwarten wollte, was mit ihm geschehen würde. Blays Zuhause lag nahe, es gab nur ein dickes, fettes, haariges Problem dabei: Einem aus der *Glymera* Ausgestoßenen Unterschlupf zu bieten wäre die totale Apokalypse für den sozialen Status dieser Familie, das kam also nicht infrage. Und John konnte ihn auch nicht aufnehmen. Er lebte bei den Brüdern, und das bedeutete, sein Wohnsitz war so streng geheim, dass er keine Besucher haben durfte, ganz zu schweigen von einem semipermanenten Übernachtungsgast.

Der einen Klassenkameraden aufgeschlitzt hatte. Und auf seinen orangefarbenen Strampelanzug wartete.

Mein Gott ... John. Was Lash da erzählt hatte.

Er hoffte, dass das nicht stimmte, befürchtete aber, dass es der Wahrheit entsprach.

Qhuinn hatte immer angenommen, dass John deshalb Abstand zu den Mädels hielt, weil er noch unbeholfener im Umgang mit anderen Leuten war als Blay. Aber ganz offenbar hatte der Bursche ein ernsteres Problem ... und Qhuinn fühlte sich wie ein Arschloch astronomischer Größenordnung, weil er seinem Kumpel in Sachen Sex so auf die Pelle gerückt war.

Kein Wunder, dass John im *ZeroSum* nie mit einer Frau nach hinten gehen wollte.

Lash, du Dreckschwein.

Mann, egal wie diese ganze Messerangelegenheit jetzt ausging, er würde genau dasselbe wieder tun. Lash war schon immer ein dämlicher Wichser gewesen, und Qhuinn wollte ihm schon seit Jahren die Fresse polieren. Aber John so einen reinzuwürgen – er hoffte wirklich, der Kerl starb.

Und zwar nicht nur, weil ein brutaler Bastard weniger auf der Welt bestimmt kein Verlust war.

Die Wahrheit war doch die: Lash hatte eine große Klappe, und solange er am Leben war, würde diese Information über John nie sicher unter Verschluss bleiben. Und das war gefährlich. Es gab Leute in der *Glymera*, für die man nach so einer Sache kein Mann mehr war. Wenn John hoffte, jemals ein vollwertiger Bruder und vom Adel respektiert zu werden, wenn er sich jemals eine Partnerin suchen und eine Familie gründen wollte, dann durfte niemand wissen, dass er von einem Mann missbraucht worden war – erst recht nicht von einem Menschen.

Shit, die Tatsache, dass es ein Mensch gewesen war,

verschlimmerte die Sache dramatisch. In den Augen der *Glymera* waren Menschen nichts weiter als Ratten mit aufrechtem Gang. Von einem von ihnen überwältigt zu werden, war absolut inakzeptabel.

Doch, dachte Qhuinn, während er allein die Straße entlanglief, er würde genau dasselbe wieder tun.

15

Nachdem John die Dusche im Umkleideraum geputzt hatte, ging er ins Büro, setzte sich an den Schreibtisch und verbrachte Stunden damit, den Papierkram anzustarren, den er eigentlich hätte bearbeiten sollen. Es war still, seine Lippe pochte, seine Handknöchel ebenfalls, aber das waren nur unwichtige Randerscheinungen des dumpfen Brüllens in seinem Kopf.

Das Leben war einfach so verdammt merkwürdig.

Der Großteil davon verging in einigermaßen vorhersehbarem Tempo, Ereignisse rollten mit oder knapp unterhalb der zugelassenen Höchstgeschwindigkeit an einem vorbei. Aber ab und zu passierte etwas blitzschnell, als würde man auf dem Highway von einem Porsche überholt. Aus dem Nichts kam eine Wagenladung Mist angeflogen und veränderte alles von jetzt auf gleich.

So war Wellsies Tod gewesen. So war Tohrs Verschwinden gewesen.

Qhuinns Angriff auf Lash war auch so gewesen.

Und diese furchtbare Sache, die John damals in diesem Treppenhaus passiert war … auch die.

Bei ihm stand das Schicksal quasi auf dem Bleifuß.

Ganz eindeutig war Lashs Kehle dazu bestimmt gewesen, in diesem Moment von Qhuinn aufgeschlitzt zu werden, und die Zeit hatte sich extra beschleunigt, damit nichts und niemand dazwischenkommen konnte.

John gab es auf, er konnte sich heute nicht auf die Büroarbeit konzentrieren. Als er durch die Rückwand des Schranks in den unterirdischen Gang trat, der zurück ins Haus führte, verabscheute er sich dafür, sich zu wünschen, dass Lash nicht überlebte. Denn das bedeutete, dass er grausam war – und außerdem würde für Qhuinn alles noch härter, wenn Lash starb.

Doch John wünschte sich inständig, dass sein Geheimnis nicht ans Licht kam.

In dem Moment, als er in der Eingangshalle ankam, piepte sein Handy. Es war Qhuinn: *Bin weg von zu Hause. Weiß nicht, wie lange Tel noch funktioniert. Stelle mich Wrath jederzeit.*

Mist. Sofort textete John seinem Freund: *Blay kommt und holt dich.*

Keine Antwort.

Er versuchte es noch einmal. *Warte auf Blay, hau nicht ohne ihn ab. Du kannst bei ihm wohnen.*

John blieb am unteren Treppenabsatz stehen und wartete auf eine Reaktion. Das Einzige, was eine Minute später kam, war Blays Nachricht: *Keine Sorge, kümmere mich um Q. Gebe Bescheid, wenn ich was höre. Notfalls hol ich ihn ab.*

Na Gott sei Dank.

Normalerweise wäre John zu Blay gefahren, um seine Freunde dort zu treffen, doch er konnte jetzt einfach nicht. Sie mussten ihn doch jetzt mit anderen Augen sehen als vorher, oder? Außerdem würde sie das, was ihm passiert war, doch total beschäftigen, genau wie es ihm selbst zunächst gegangen war.

Unmittelbar nach dem Übergriff hatte er nonstop daran gedacht, was man ihm angetan hatte. Dann den Großteil des Tages und die ganze Nacht. Und dann nur noch manchmal tagsüber, später nur jeden zweiten Tag; irgendwann verging auch mal eine ganze Woche ohne einen Gedanken daran. Bei den Nächten hatte es viel, viel länger gedauert, aber am Ende hatten auch die Träume nachgelassen.

Insofern hatte er im Augenblick null Interesse, seinen Freunden in die Augen zu schauen und zu wissen, was sie gerade dachten. Sich ausmalten. Nicht begriffen.

Nein, er konnte jetzt noch nicht zu ihnen.

Außerdem konnte er das Gefühl nicht abschütteln, dass die ganze Sache mit Lash seine Schuld war. Wenn er diesen Ballast nicht mit sich herumtragen würde, dann hätte der Kerl ihn auch nicht vor seinen Freunden zur Sprache gebracht, und der ganze Kampf hätte nicht stattgefunden, und Qhuinn hätte nicht so abgehen müssen.

Alles wegen dieser beschissenen Sache in dem Treppenhaus. Es war, als würden die Nachbeben dessen, was ihm passiert war, niemals aufhören.

Als John auf dem Weg nach oben an der Bibliothek vorbeikam, ging er einer spontanen Eingebung folgend hinein und überflog die Buchrücken, bis er die juristische Abteilung fand … die ungefähr sieben Regalmeter umfasste. Großer Gott, das mussten knapp siebzig Bände über Recht in der Alten Sprache sein. Offenbar waren Vampire genauso prozessgeil wie Menschen.

Er blätterte durch einige der Wälzer und machte sich anhand des Strafgesetzbuchs ein Bild von dem, was zu erwarten war. Sollte Lash sterben, musste Qhuinn sich vor Wrath wegen Mordes verantworten, und es sah nicht besonders gut für ihn aus. Da er selbst nicht derjenige gewesen war, der angegriffen wurde, konnte er nicht auf Notwehr plädieren. Wenn er Glück hatte, kam er mit gerechtfertigtem Fememord davon, aber selbst darauf stand Gefängnis, zusätzlich zu der hohen Geldbuße, die an Lashs Eltern gezahlt werden musste. Wenn hingegen Lash überlebte, dann blieb es bei gefährlicher Körperverletzung, was allerdings trotzdem mit Gefängnis und finanzieller Entschädigung geahndet wurde.

Beide Ergebnisse warfen dasselbe Problem auf: Soweit John wusste, hatte sein Volk kein Gefängnis, da der Strafvollzug in den vierhundert Jahren vor Wraths Thronbesteigung immer weiter vernachlässigt worden war. Qhuinn würde demnach irgendwo unter Hausarrest gestellt werden, bis ein Gefängnis gebaut wurde.

Schwer vorstellbar, dass Blays Eltern damit einverstanden wären, einen schweren Straftäter auf unbestimmte Zeit unter ihrem Dach zu beherbergen. Wohin sollte er also gehen?

Fluchend schob John die ledergebundenen Bücher zurück ins Regal. Als er sich umdrehte, erhaschte er aus dem Augenwinkel eine Erscheinung im Mondlicht und vergaß schlagartig, was er gerade gelesen hatte.

Durch die Terrassentür der Bibliothek sah er Cormia aus dem Schwimmbecken steigen. Wassertropfen perlten wie Kristalle von ihrem nackten Körper ab, ihre Haut war so glatt, dass sie aussah wie poliert, ihre langen, grazilen Arme und Beine waren anmutig wie eine Sommerbrise.

O … wow.

Wie zum Henker hatte Phury die Finger von ihr lassen können?

Als sie ihre Robe überzog, wirbelte sie plötzlich zum

Haus herum und erstarrte bei seinem Anblick. Er kam sich wie der letzte Spanner vor, als er die Hand zu einem verlegenen Winken hob. Sie zögerte, als wäre sie unsicher, ob man sie bei etwas Schlimmem erwischt hatte, erwiderte dann aber den Gruß.

Ohne nachzudenken, öffnete er die Tür und sagte mit den Händen: *Es tut mir total leid, dass ich so spät komme.*

Na, ganz toll. Sie konnte ja gar keine Gebärdensprache …

»Tut es Euch leid, dass Ihr mich gesehen habt oder dass Ihr zu spät kommt? Eins von beiden habt Ihr wahrscheinlich gemeint.« Als er auf seine Uhr tippte, errötete sie ein wenig. »Aha, das also.«

Er nickte, und sie kam auf ihn zu. Ihre Füße machten kein Geräusch, hinterließen aber nasse Spuren auf den Steinfliesen. »Ich habe auf Euch gewartet. O, du gütigste Jungfrau der Schrift. Ihr seid verletzt!«

Er legte sich die Hand auf die Schwellung am Mund und wünschte, ihre Augen könnten im Dunklen nicht so gut sehen. Um sie abzulenken, begann er, etwas in Gebärdensprache zu erzählen, brach dann aber frustriert über die Kommunikationsbarriere zwischen ihnen ab. Da hatte er eine Idee.

Er zog sein Handy heraus und tippte ein: *Ich würde trotzdem gern einen Film anschauen, hast du Lust?*

Es war ein krasser Abend gewesen, und er wusste, wenn die Brüder aus der Klinik zurückkehrten und Lashs Zustand geklärt wäre, würde alles nur noch schlimmer. Da John total zappelig war und ihm vor lauter Grübeln fast der Kopf platzte, war die Vorstellung, mit ihr im Dunklen zu sitzen und alles andere auszublenden, so ziemlich das Einzige, was er momentan aushalten konnte.

Sie musterte ihn eingehend aus zusammengekniffenen Augen. »Geht es Euch gut?«

Ja, alles klar, tippte er. *Entschuldige, dass ich zu spät bin. Würde wirklich gern einen Film sehen.*

»Sehr gern«, sagte sie mit einer Verbeugung. »Allerdings würde ich mich gern vorher waschen und umziehen.«

Zusammen gingen sie durch die Bibliothek ins Haus und die große Freitreppe hinauf. John war ziemlich beeindruckt; obwohl er sie nackt gesehen hatte, war sie nicht übermäßig verlegen. Was ganz schön anziehend war.

Oben an der Treppe wartete er, während sie in ihr Zimmer ging; er rechnete mit einem längeren Aufenthalt, aber sie war in Windeseile zurück. Und sie trug das Haar offen.

Herr im Himmel, was für ein Anblick. Die blonden Locken fielen ihr bis auf die Hüften, ihre Farbe war etwas dunkler als üblich, weil sie noch feucht waren.

»Meine Haare sind nass.« Errötend hielt sie ihm eine Handvoll goldener Klemmen unter die Nase. »Ich stecke sie hoch, sobald sie trocken sind.«

Meinetwegen ist das nicht nötig, dachte John, ohne den Blick von ihr abzuwenden.

»Euer Gnaden?«

John fing sich wieder und ging voran durch den Flur mit den Statuen auf die Schwingtüre zu, die in den Dienstbotentrakt führte. Er hielt sie für Cormia auf und wandte sich dann nach rechts zu einer mit Leder gepolsterten Tür, hinter der mit Teppich ausgelegte, von Lichtstreifen gesäumte Stufen zu erkennen waren.

Cormia hob ihre Robe an und stieg hinauf. John folgte ihr und gab sich alle Mühe, nicht auf die gewellten Spitzen ihres Haares auf ihrem unteren Rücken zu starren.

Das Kino im zweiten Stock besaß ein 1940er-Metro-Goldwyn-Mayer-Flair, über die silbern-schwarzen Wände verlief ein Art-déco-Lotosrelief. Die Bestuhlung war eher die Sorte Mercedes-Limousine als Baseballstadion: Einundzwanzig Sessel in drei Gruppen, die Gänge dazwischen von weiteren kleinen Lichtreihen markiert. Jeder einzelne, gepolsterte Sitz hatte die Größe eines Doppelbetts, und alle zusammen boten sie mehr Getränkehalter als eine Boeing 747.

An der Rückwand standen tausende von DVDs aufgereiht, und es gab sogar Snacks. Neben einem Popcorn-Automaten, der nicht lief, da sie Fritz nicht Bescheid gegeben hatten, gab es eine Getränke-Zapfanlage und eine richtige Süßigkeitentheke.

Er blieb stehen und inspizierte die Schokorosinen, Weingummis, M&M's und Erdnüsse. Er hatte Hunger, gleichzeitig war ihm aber auch schlecht, weswegen er sich dem unangenehmen Gefühl in seiner Magengegend beugen musste. Aber vielleicht hatte Cormia ja Appetit auf etwas. Er wählte eine Tüte M&M's, weil das praktisch ein Grundnahrungsmittel war, und dazu Weingummi, falls sie nicht so scharf auf Schokolade war. Dann zapfte er ihnen noch zwei schöne, schwarze Colas auf viel Eis.

Er pfiff leise, um ihre Aufmerksamkeit zu erregen, und deutete dann mit dem Kopf Richtung Leinwand. Cormia folgte ihm, offenbar fasziniert von den versenkten Lichtern, die über die flachen Stufen verliefen. Als sie bequem in einem der Sessel saß, trabte er die Stufen wieder hoch und überlegte krampfhaft, was zum Teufel er jetzt einlegen sollte.

Okay, Horrorfilme schieden schon mal aus, erstens, weil sie vermutlich zu empfindsam dafür war, und zweitens, weil der reale Schocker, den er vorhin erlebt hatte, ihm eindeutig für heute reichte. Das reduzierte die Auswahl natürlich um mehr als die Hälfte, weil es meistens Rhage war, der bei Fritz Filmwünsche in Auftrag gab.

Die Godzilla-Abteilung überging John, weil sie ihn an Tohr erinnerte. Zotige Komödien wie *American Pie* und *Die Hochzeits-Crasher* waren zu stillos für sie. Marys Sammlung tiefgründiger, bedeutungsvoller ausländischer Filme hatte … ja, hatte einfach zu viel Bedeutung, um sie bis zum Ende durchzuhalten – selbst an einem guten Tag. John wollte der Wirklichkeit eher entfliehen, als sich einer anderen Art zermürbender Folter auszusetzen. Actionfilme? Irgendwie konnte er sich nicht vorstellen, dass Cormia die ganze Kunst von Bruce Willis, Sly Stallone oder Arnie gutheißen könnte.

Blieben also die romantischen Komödien und dergleichen. Aber was davon? Da waren zunächst mal die Klassiker von John Hughes: *Sixteen Candles, Pretty in Pink, Breakfast Club.* Dann kam die Julia-Roberts-Abteilung mit *Pizza, Pizza, Pretty Woman, Magnolien aus Stahl, Die Hochzeit meines besten Freundes* … Die ganzen überflüssigen Filme mit Jennifer Aniston. Und alles von Meg Ryan aus den Neunzigern.

Er zog eine Hülle heraus.

Als er die DVD umdrehte, dachte er an Cormia, wie sie auf der Wiese getanzt hatte. *Bingo.*

John wollte sich gerade umdrehen, da piepte sein Handy. Es war eine SMS von Zsadist, der offenbar immer noch in Havers' Klinik war, an alle Beteiligten: *Lash sieht nicht gut aus. Wird weiter behandelt. Halte euch auf dem Laufenden.*

Die SMS war an jeden im Haus gegangen, und beim

zweiten Lesen überlegte John, ob er sie an Blay und Qhuinn weiterleiten sollte. Im Endeffekt ließ er es aber; die beiden hatten momentan genug um die Ohren, ohne sich mit wechselnden Nachrichten über Lashs Gesundheitszustand herumzuschlagen. Wenn er starb, würde John sich mit seinen Freunden in Verbindung setzen.

Zögerlich sah er sich um. So etwas Normales zu tun, wie einen Film auszusuchen, kam ihm völlig surreal vor und irgendwie unpassend. Aber im Augenblick konnte er ohnehin nichts tun, außer abwarten. Er befand sich quasi im Leerlauf.

Während er zum DVD-Spieler ging und die Scheibe in den Apparat schob, sah er unentwegt Lash auf den Fliesen liegend vor sich, Furcht im Blick, Blut aus dem Hals sprudelnd.

Er betete, dass Lash es schaffen würde.

Selbst wenn das bedeutete, dass er in Zukunft immer in Angst leben müsste, sein Geheimnis könnte gelüftet werden – das war immer noch besser, als Qhuinn wegen Mordes verurteilt zu sehen und selbst einen Tod auf dem Gewissen zu haben.

Bitte, lieber Gott, lass Lash überleben.

16

Im *ZeroSum* in Caldwells Innenstadt hatte Rehv einen beschissenen Abend, und seine Sicherheitschefin machte alles nur noch schlimmer. Xhex stand mit verschränkten Armen vor seinem Schreibtisch und sah an ihrer Nase entlang auf ihn herab, als wäre er ein Müllhaufen in einer heißen Nacht.

Er rieb sich die Augen, dann starrte er zurück. »Und warum soll ich hier drin bleiben?«

»Weil du toxisch bist und die Angestellten Angst vor dir haben.«

Was bewies, dass sie gar nicht so blöd waren, dachte er.

»Was ist letzte Nacht passiert?«, fragte sie sanft.

»Hab ich dir schon erzählt, dass ich diesen Baugrund vier Blocks weiter gekauft habe?«

»Ja. Gestern. Was war mit der Prinzessin?«

»Diese Stadt braucht dringend einen Goth-Club. Ich glaube, ich werde ihn *The Iron Mask* nennen.« Er beugte sich näher zum leuchtenden Bildschirm seines Laptops. »Die Einkünfte hier reichen dicke, um einen Baukredit zu bekommen. Oder ich stelle einfach einen Scheck aus, wobei wir uns damit wieder eine Buchprüfung einhandeln. Schmutziges Geld ist ja so schwer zu verwalten, und wenn du mich noch einmal nach letzter Nacht fragst, dann schmeiße ich dich eigenhändig hier raus.«

»Na, wir sind aber heute liebenswürdig.«

Seine Oberlippe zuckte, als die Fänge aus dem Kiefer schossen. »Reiz mich nicht, Xhex. Ich bin heute überhaupt nicht in Stimmung.«

»Jetzt hör mal – wenn du die Klappe halten willst, bitte schön. Aber lass deinen Irrsinn nicht an deinem Personal aus. Ich hab keinen Bock, zwischenmenschlichen Müll wegzuräumen. Warum reibst du dir schon wieder die Augen?«

Er verzog das Gesicht und sah auf die Uhr. Durch die glatte, rote Fläche in seinem Blickfeld stellte er fest, dass seit seinem letzten Dopaminschuss erst drei Stunden vergangen waren.

»Brauchst du schon wieder was?«, fragte Xhex.

Er machte sich nicht die Mühe zu nicken, zog einfach nur die Schreibtischschublade auf und holte eine Glasampulle und eine Spritze heraus. Dann zog er seine Anzugjacke aus, krempelte den Ärmel hoch, band sich den Oberarm ab und versuchte, die feine Nadelspitze durch das rote Siegel des Fläschchens zu stoßen.

Er traf nicht. Ohne Tiefenwahrnehmung fuchtelte er im leeren Raum herum, bekam die Nadel einfach nicht auf den Deckel der Ampulle, rutschte immer wieder ab.

Symphathen konnten nur unterschiedliche Rotschattierungen und zweidimensional sehen. Wenn Rehvs Droge nicht wirkte – sei es, weil er gestresst war oder eine Spritze ausgelassen hatte –, war sein gestörtes Sehvermögen das erste Anzeichen für drohenden Ärger.

»Lass mich das machen.«

Eine Welle von Übelkeit überrollte ihn, er konnte nicht sprechen. Also schüttelte er nur den Kopf und stocherte weiter mit der Nadel herum. Mittlerweile erwachte sein

Körper langsam aus seinem Tiefkühlzustand, mit einem Prickeln kroch Gefühl in seine Arme und Beine.

»Also gut, Schluss jetzt, du eingebildeter Trottel.« Xhex kam energisch um den Tisch herum. »Lass mich einfach …«

Er versuchte, seinen Ärmel rechtzeitig herunterzukrempeln. Schaffte es nicht.

»Du lieber Gott«, zischte sie.

Er zog den Unterarm weg, doch es war zu spät. Viel zu spät.

»Lass mich das machen.« Xhex legte ihm eine Hand auf die Schulter. »Entspann dich einfach, Boss … und lass mich dir helfen.«

Mit überraschend sanften Händen nahm sie Spritze und Ampulle und legte dann seinen geschundenen Unterarm auf den Tisch. In letzter Zeit hatte er sich so oft gespritzt, dass kaum noch Venen verfügbar waren, obwohl er so schnell heilte. Alle waren geschwollen und voller Einstiche, durchlöchert wie eine vielbefahrene Straße.

»Wir nehmen den anderen Arm.«

Er streckte den rechten aus, während sie ohne weitere Schwierigkeiten die Nadel durch das Siegel stach und seine normale Dosis aufzog. Er schüttelte den Kopf und hielt zwei Finger hoch; sie sollte verdoppeln.

»Das ist viel zu viel«, sagte sie.

Hektisch griff er nach der Spritze, doch sie hielt sie außer Reichweite.

Er knallte die Faust auf den Tisch, sein Blick war durchdringend, fordernd.

Begleitet von diversen Kraftausdrücken, zog sie noch mehr Dopamin auf und suchte dann unter seinem wachsamen Blick in der Schublade nach einem Desinfektionstupfer. Sie riss das Päckchen auf und säuberte damit eine Stelle in der Armbeuge. Nachdem sie ihm die Spritze gesetzt hatte, löste sie den Gummischlauch und verstaute das Zubehör wieder in der Schublade.

Er lehnte sich zurück und schloss die Augen. Selbst mit geschlossenen Lidern bestand das Rot fort.

»Wie lange geht das schon so?«, fragte sie ruhig. »Das mit den doppelten Dosen? Das Spritzen ohne Desinfektion? Wie oft am Tag machst du das?«

Er schüttelte nur den Kopf.

Kurze Zeit später hörte er, wie sie die Tür öffnete und Trez bat, den Bentley vorzufahren. Er wollte gerade heftig protestieren, doch sie zog einen seiner Zobelmäntel aus dem Schrank.

»Wir fahren jetzt zu Havers«, erklärte sie. »Und wenn du Streit mit mir anfängst, dann rufe ich die Jungs rein und lasse dich raustragen wie einen aufgerollten Teppich.«

Rehv funkelte sie wütend an. »Du bist hier ... nicht der Chef.«

»Stimmt. Aber verlass dich drauf: Wenn ich den Jungs draußen stecke, wie entzündet dein Arm ist, dann holen die nicht mal mehr Luft, bevor sie dich mit Gewalt hier wegschleppen. Wenn du nett bist, würdest du vielleicht auf dem Rücksitz statt im Kofferraum landen. Wenn du dich wie ein Idiot aufführst, darfst du die Kühlerfigur spielen.«

»Leck mich.«

»Das haben wir schon ausprobiert, weißt du noch? Und es hat keinem von uns beiden gefallen.«

Mist, *daran* wollte er genau jetzt wirklich nicht erinnert werden.

»Sei nicht dumm, Rehv. Dieses Mal kannst du nicht gewinnen, also warum sich wehren? Je eher du gehst, desto eher bist du zurück.« Sie starrten einander zornig an, bis sie schließlich sagte: »In Ordnung, wir erzählen nichts von den doppelten Portionen. Lass Havers einfach nur einen Blick auf deinen Arm werfen. Ich sage nur: Sepsis.«

Als würde der Doc nicht von selbst dahinterkommen, was hier los war, wenn er das sah.

Rehv stützte sich auf seinen Stock und erhob sich langsam. »Mir ist zu heiß … für den Mantel.«

»Ich nehme ihn trotzdem mit, damit du nicht frierst, wenn die Wirkung des Dopamins einsetzt.«

Xhex bot ihm den Arm an, ohne ihn dabei anzusehen, da sie wusste, dass er viel zu stolz und dickköpfig war, um ihre Hilfe sonst anzunehmen. Und er musste sich von ihr helfen lassen. Er war völlig geschwächt.

»Ich hasse es, wenn du recht hast«, sagte er.

»Was erklärt, warum du meistens so leicht reizbar bist.«

Zusammen liefen sie langsam aus dem Büro und auf die Straße hinaus.

Der Bentley wartete schon, Trez saß am Steuer. Der Maure stellte keine Fragen und machte keine Bemerkungen, wie es seine Art war.

Und natürlich setzte einem die drückende Stille immer noch mehr zu, wenn man sich wie ein Arsch benahm.

Rehv ignorierte, dass Xhex sich dicht neben ihn auf die Rückbank setzte, als hätte sie Angst, ihm könnte schlecht werden.

Dann fuhr der Bentley so sanft wie ein fliegender Teppich los, und das passte gut zum Thema, denn Rehv fühlte sich, als säße er auf einem. Im Augenblick kämpfte seine

Symphathen-Natur gegen sein Vampirblut, er schwankte zwischen seiner bösen Seite und seiner halbwegs anständigen hin und her, und diese Verschiebungen des moralischen Schwerpunkts verursachten ihm Übelkeit.

Vielleicht hatte Xhex nicht ganz unrecht mit ihrer Sorge, er müsste vielleicht kotzen.

Sie bogen links auf die Trade Street ein, fuhren bis zur Tenth Avenue und rasten dann Richtung Fluss, wo sie auf den Highway wechselten. Vier Ausfahrten weiter verließen sie ihn und glitten durch ein teures Viertel, in dem riesige Kästen auf parkähnlichen Grundstücken weit von der Straße zurückgesetzt thronten, wo Könige darauf warteten, dass man vor ihnen niederkniete.

Mit seiner roten, zweidimensionalen Sicht konnte Rehv mit den Augen nicht viel erkennen; mit seinen *Symphathen*-Instinkten hingegen wusste er zu viel. Er konnte die Menschen in den protzigen Häusern spüren, registrierte die Bewohner anhand des emotionalen Abdrucks, den sie hinterließen, dank der Energie, die ihre Gefühle freisetzten. Sein Sehvermögen war zwar flach wie ein Fernseher, doch seine Wahrnehmung von Lebewesen war dreidimensional: Sie zeichneten sich als psychisches Raster ab, das Wechselspiel von Freude und Trauer, Schuld und Lust, Wut und Schmerz schuf Gebilde, die für ihn so greifbar waren wie ihre Häuser.

Wenn auch sein Blick nicht durch die Schutzmauern und die schlau gepflanzten Bäume dringen, nicht das Mauerwerk der Domizile durchbrechen konnte, so sah das Böse in ihm doch die Männer und Frauen darin so deutlich, als stünden sie nackt vor ihm, und seine Instinkte erwachten zum Leben. Er konzentrierte sich auf ihre Schwächen, die durch diese emotionalen Raster sickerten, spürte ihre Unsicherheiten auf und wollte sie noch stärker verunsichern. Er war die gerissene Katze, sie die verängstigten Mäuse; er wollte mit ihnen spielen, bis ihre kleinen Köpfe von ihren schmutzigen Geheimnissen und ihren düsteren Lügen und ihren schmachvollen Sorgen bluteten.

Seine böse Seite hasste sie mit kühler Distanziertheit. Aus seiner *Symphathen*-Sicht sollten die Schwachen nicht das Erdreich besitzen. Sie sollten es fressen, bis sie daran erstickten. Und dann zermalmte man ihre Kadaver im Schlamm ihres Blutes, um zu seinem nächsten Opfer zu gelangen.

»Ich hasse die Stimmen in meinem Kopf«, sagte er.

Xhex sah ihn von der Seite an. Im Schein des Rücksitzes fand er ihr hartes, kluges Gesicht seltsam schön, wahrscheinlich, weil sie die Einzige war, die wirklich verstand, gegen welche Dämonen er ankämpfte. Diese Verbundenheit machte sie wunderbar.

»Es ist besser, diesen Teil von dir zu verabscheuen«, sagte sie. »Der Hass beschützt dich.«

»Dagegen anzukämpfen langweilt mich.«

»Ich weiß. Aber würdest du es anders haben wollen?«

»Manchmal bin ich mir nicht so sicher.«

Zehn Minuten später fuhr Trez durch das Tor zu Havers' Anwesen, und inzwischen kehrte die Taubheit in Rehvs Hände und Füße zurück, und seine Körpertemperatur sank deutlich. Als der Bentley hinter dem Haus vor dem Eingang zur Klinik hielt, war der Zobel ein Gottesgeschenk, und er kuschelte sich hinein. Er stieg aus dem Wagen und stellte fest, dass auch das Rot vor seinen Augen nachließ, die ganze Farbpalette der Welt wieder sichtbar wurde und seine Tiefenwahrnehmung die

Gegenstände wieder in die räumliche Ordnung versetzte, an die er gewöhnt war.

»Ich bleibe draußen«, sagte Xhex aus dem Auto.

Sie ging nie mit in die Klinik. Was er nach dem, was ihr angetan worden war, mehr als gut nachvollziehen konnte.

Er stützte sich auf seinen Stock. »Wird nicht lange dauern.«

»Lass dir Zeit. Trez und ich warten hier.«

Phury kam von der Anderen Seite zurück und verpuffte sich augenblicklich ins *ZeroSum*. Seinen Nachschub besorgte er sich bei iAm, weil Rehv unterwegs war, dann ging er nach Hause und trabte nach oben in sein Zimmer.

Er würde schnell einen Joint rauchen, um wieder runterzukommen, bevor er an Cormias Tür klopfte und ihr mitteilte, dass es ihr freistand, ins Heiligtum zurückzukehren. Und wenn er mit ihr sprach, würde er ihr sein Wort geben, dass er sie nie als Primal aufsuchen und sie vor jeder Kritik und jedem Tadel beschützen würde.

Außerdem würde er sich dafür entschuldigen, dass er sie auf dieser Seite so aus seinem Leben ausgeschlossen hatte.

Während er auf der Bettkante saß und sein Drehpapier zur Hand nahm, übte er schon mal seine kleine Ansprache … und schweifte unversehens zu seiner Erinnerung an den vergangenen Abend ab, als sie ihn ausgezogen hatte, an ihre eleganten, blassen Hände, die seinen Gürtel geöffnet hatten, bevor die Auserwählte sich am Reißverschluss der Lederhose zu schaffen gemacht hatte. Übergangslos schossen ihm glühend heiße, wild-erotische Empfindungen in den Unterleib, und obwohl er sich die größte Mühe gab, die Fantasien fortzuschieben, so zu tun, als wäre er entspannt und locker, fühlte er sich, als stünde er in der Küche eines brennenden Hauses.

Er spürte die Hitze und hörte die Rauchmelder.

Aber – ah! – es hielt nicht lange an. Das Löschfahrzeug samt der Mannschaft mit den Handschuhen und Atemmasken traf in Form des Anblicks dieser leeren Kinderbettchen vor seinem geistigen Auge ein. Die Erinnerung daran wirkte wie eine geladene Waffe an seiner Schläfe und löschte seine Flammen problemlos.

Natürlich war auch der Zauberer schon wieder zur Stelle; er stand wieder inmitten all der Totenköpfe und zeichnete sich schwarz vor dem grauen Himmel ab. *Als du ein Kind warst, war dein Vater Tag und Nacht betrunken. Weißt du noch, wie du dich damals gefühlt hast? Sag schon, mein Freund, was für ein Papa wirst du deinem gesammelten Nachwuchs sein, wenn du pausenlos bedröhnt bist?*

Phury hielt inne und dachte an die unzähligen Male, die er seinen Vater aus den Büschen im Garten gezerrt und ins Haus geschleift hatte, kurz bevor die Sonne aufging. Er war fünf gewesen, als er es zum ersten Mal tat … und hatte schreckliche Angst gehabt, den zentnerschweren Körper seines Vaters nicht rechtzeitig in Sicherheit bringen zu können. Was für ein Horror. Dieser verwilderte Garten war ihm so groß wie ein Dschungel vorgekommen, und seine kleinen Hände waren immer wieder vom Gürtel seines Vaters abgerutscht. Tränenüberströmt hatte er wieder und wieder und wieder den Stand der Sonne überprüft.

Als er seinen Vater endlich ins Haus geschafft hatte, hatte Ahgony die Augen aufgeschlagen und Phury mit einer Hand, so groß wie eine Bratpfanne, eine Ohrfeige versetzt.

Ich wollte dort sterben, du Tölpel. Einen Moment lang hatte totale Stille geherrscht; dann war sein Vater in Tränen ausgebrochen, hatte ihn an sich gepresst und versprochen, nie wieder zu versuchen, sich das Leben zu nehmen.

Doch es hatte ein nächstes Mal gegeben. Und noch eins. Und noch eins. Immer gefolgt von der gleichen Szene.

Phury hatte nicht aufgegeben, ihn zu retten, weil er fest entschlossen gewesen war, Zsadist nach Hause zu einem Vater zu bringen.

Der Zauberer lächelte. *Und doch ist nichts draus geworden, nicht wahr, mein Freund. Dein Vater ist trotzdem gestorben, und Zsadist hat ihn nie gekannt.*

Nur gut, dass du mit dem Rauchen angefangen hast, damit Z trotzdem das Familienvermächtnis am eigenen Leib erfahren konnte.

Phury runzelte die Stirn und richtete den Blick durch die Badezimmertür auf die Toilette. Er schloss die Faust um die Tüte mit dem roten Rauch und stand langsam auf – bereit, auf dem Porzellanaltar ein Opfer darzubringen.

Der Zauberer lachte herzhaft. *Das schaffst du nie. Völlig ausgeschlossen, dass du aufhörst. Du hältst ja nicht mal vier Stunden durch, ohne in Panik zu geraten. Kannst du dir ernsthaft vorstellen, die nächsten siebenhundert Jahre deines Lebens nie wieder eine Tüte zu rauchen? Ach, komm schon, mein Freund, bleib auf dem Teppich.*

Phury setzte sich wieder aufs Bett.

Seht euch das an – er hat ein Gehirn. Was für ein Schock.

Sein Herz brachte ihn fast um, als er das Papier anleckte und den Joint schließlich zwischen die Lippen steckte. Gerade als er das Feuerzeug aus der Tasche zog, klingelte das Telefon.

Sein Instinkt sagte ihm, wer das war, und als er das Handy aus der Lederhose gefischt hatte, bestätigte es sich. Zsadist. Und der Bruder hatte schon drei Mal angerufen.

Als er abhob, wünschte er sich, sein Joint würde schon brennen. »Ja?«

»Wo bist du?«

»Ich bin gerade von der Anderen Seite zurückgekommen.«

»Okay, gut, dann beweg deinen Hintern hierher in die Klinik. Es gab eine Schlägerei im Umkleideraum. John Matthew hatte sie angefangen, glauben wir, aber Qhuinn hat sie beendet, indem er Lash die Kehle aufgeschlitzt hat. Der Junge hatte schon einen Herzstillstand. Jetzt ist er stabil, sagen sie, aber niemand weiß, wie die Sache ausgehen wird. Ich habe es schon bei seinen Eltern probiert, aber da geht nur der AB dran, wahrscheinlich wegen dieser Gala. Ich will, dass du hier bist, wenn sie kommen.«

Offenbar hatte Wrath Z noch nichts von dem fetten Arschtritt erzählt, den Phury bekommen hatte.

»Hallo?«, fauchte Z. »Phury? Hast du ein Problem mit mir?«

»Nein.« Er klappte das Feuerzeug auf, strich mit dem Daumen über das Rad und sah die Flamme auflodern. Als er die Selbstgedrehte wieder in den Mund steckte und ins Feuer hielt, wappnete er sich innerlich. »Ich kann aber nicht kommen.«

»Was soll das heißen, du kannst nicht? Meine *Shellan* ist schwanger und darf nicht aufstehen, und trotzdem habe ich es geschafft herzukommen. Ich brauche dich als Vertreter des Trainingsprogramms und als Mitglied der Bruderschaft …«

»Ich kann nicht.«

»Verdammt noch mal, ich kann dich doch rauchen hören! Leg den beschissenen Joint weg, und mach deinen verdammten Job!«

»Ich bin kein Bruder mehr.«

Totale Stille entstand auf der anderen Seite. Dann ertönte die Stimme seines Zwillingsbruders, tief und fast unhörbar. »Wie bitte?«

Es war eigentlich keine Frage. Eher so, als wüsste Z Bescheid und hoffte trotzdem auf ein Wunder.

Das konnte Phury ihm nicht bieten. »Wrath hat mich aus der Bruderschaft ausgeschlossen. Gestern Nacht. Ich dachte, er hätte es dir gesagt.« Phury inhalierte tief und ließ den Rauch so träge wie Sirup durch die Lippen strömen. Er konnte sich genau vorstellen, wie sein Zwilling jetzt gerade aussah: Handy in die Faust gequetscht, Augen schwarz vor Wut, die verzerrte Oberlippe hochgezogen.

Das Knurren, das ihm ins Ohr dröhnte, kam nicht überraschend. »Großartig. Toll hingekriegt.«

Die Leitung war tot.

Phury rief Z zurück und landete auf der Mailbox. Ebenfalls nicht überraschend.

Scheiße.

Er wollte nicht nur die Wogen bei Zsadist wieder glätten; er wollte wissen, was zum Henker im Trainingszentrum passiert war. Ging es John gut? Und Qhuinn? Beide Jungs waren jähzornig, wie jeder kurz nach der Transition, aber sie hatten ein gutes Herz.

Lash musste etwas Furchtbares getan haben.

Phury rauchte seinen Joint in Rekordzeit auf. Während er sich den nächsten drehte, überlegte er, dass Rhage ihn sicher mit Einzelheiten versorgen würde. Hollywood war immer eine gute Quelle …

Der Zauberer schüttelte den Kopf. *Dir ist doch wohl klar, mein Freund, dass Wrath nicht begeistert wäre, wenn du dich in die Angelegenheiten der Bruderschaft einmischst. Du bist nur noch Gast hier im Haus, du peinlicher Penner. Du gehörst nicht mehr zur Familie.*

Oben im Kino kuschelte Cormia sich in einen Sessel, der so behaglich war wie das Wasser vorhin im Schwimmbecken – allumfassend, die Handfläche eines sanften Riesen.

Das Licht wurde gedämpft, und John kam zu ihr nach vorne.

Er tippte etwas in sein Telefon und zeigte es ihr: *Bist du bereit?*

Als sie nickte, wurde der dunkle Raum plötzlich von einem riesigen Bild erleuchtet, und aus allen Richtungen ertönte Klang.

»Gütige Jungfrau!«

John legte seine Hand auf ihre. Bald war sie wieder ruhiger und richtete die Aufmerksamkeit auf die Leinwand, die in verschiedene Schattierungen von Blau getaucht wurde. Bilder von Menschen tauchten auf und verschwanden wieder, die Frauen und Männer tanzten zusammen, die Körper dicht aneinandergepresst, die Hüften zur Musik kreisend.

Englische Schrift lief über das Bild.

»Ist das genau das Gleiche wie der Fernseher?«, fragte sie. »Funktioniert es auf dieselbe Weise?«

John nickte in dem Moment, als die Worte *Dirty Dancing* in Rosa eingeblendet wurden.

Mit einem Mal rollte eine Maschine, die Auto genannt wurde, über eine Straße durch grüne Hügel. In dem Wagen saßen Menschen, eine Familie mit Vater, Mutter und zwei Töchtern.

Eine weibliche Stimme erschallte im ganzen Raum: »Es war der Sommer 1963 ...«

Als John ihr etwas in die Hand drückte, konnte sie sich kaum lange genug von der Leinwand losreißen, um zu sehen, was es war. Eine Tüte – eine kleine, braune Tüte, die oben geöffnet war. Er machte eine Geste, dass sie etwas herausnehmen und in ihren Mund stecken solle, also steckte sie die Hand in die Tüte. Kleine, bunte Dragees kamen zum Vorschein, und sie zögerte.

Sie waren eindeutig nicht weiß, sondern leuchteten in allen Farben. Und selbst auf dieser Seite hatte sie bislang nur weiße Lebensmittel gegessen, wie es der Tradition entsprach.

Aber ganz ehrlich – was konnte schon passieren?

Sie blickte sich um, obwohl sie wusste, dass niemand außer ihnen hier war, und dann – mit dem Gefühl, gegen ein Gesetz zu verstoßen – steckte sie sich ein paar Dragees in den Mund ...

Ach du ... heilige ... Jungfrau!

Der Geschmack erweckte ihre Zunge auf eine Art und Weise zum Leben, die sie an Blut erinnerte. Was war das? Cormia inspizierte die Tüte. Darauf waren zwei gezeichnete Figuren abgebildet, die aussahen wie die bunten Dragees. *M&M's* stand dort zu lesen.

Sie musste die ganze Tüte aufessen. Jetzt sofort. Ganz egal, ob der Inhalt weiß war.

Als sie sich noch mehr *Emundems* in den Mund steckte und leise stöhnte, lachte John und reichte ihr einen hohen roten Becher, auf dem *Coke* stand. Darin klirrten Eiswürfel, und durch den Deckel war ein Stab gestochen. Er selbst hob genauso einen Becher an seinen Mund und saugte an dem Stab. Sie tat es ihm gleich und wandte sich dann wieder ihrer Zaubertüte und der Leinwand zu.

Eine Gruppe von Menschen war nun am Rand eines Sees aufgereiht und versuchte, einer hübschen blonden Frau zu folgen, die sich nach rechts, dann nach links bewegte. Das junge Mädchen, Baby, das die ganze Zeit sprach, hatte Mühe, ihre Bewegungen den anderen anzupassen.

Cormia wandte sich an John, um eine Frage zu stellen, und sah, dass er auf sein Telefon starrte und die Stirn runzelte, als wäre er enttäuscht.

Irgendetwas war früher am Abend passiert. Etwas Schlimmes. John wirkte viel bedrückter, als sie ihn je erlebt hatte, aber gleichzeitig war er auch sehr reserviert. Sie hätte ihm zwar gern auf welche Art auch immer geholfen, doch drängen wollte sie ihn nicht.

Als jemand, der selbst viel für sich behielt, verstand sie die Bedeutung von Zurückhaltung.

Also sprach sie ihn nicht an, machte es sich im Sessel gemütlich und ließ sich von dem Film mitreißen. Johnny sah gut aus, wenn auch nicht so gut wie der Primal, und oh, wie er sich zur Musik bewegte. Das Schönste war, Baby dabei zu beobachten, wie sich ihr Tanzen verbesserte. Man feuerte sie innerlich an, während sie sich daran herantastete und übte und stolperte und schließlich die Schritte beherrschte.

»Das ist wundervoll«, sagte Cormia zu John. »Ich habe das Gefühl, es selbst zu erleben.«

Johns Handy tauchte vor ihrem Gesicht auf. *Wir haben noch mehr Filme. Tonnenweise.*

»Ich möchte sie sehen.« Sie zog an ihrem kalten Getränk. »Alle möchte ich sehen …«

Plötzlich waren Baby und Johnny allein in einem Zimmer.

Wie versteinert starrte Cormia die Leinwand an, als die beiden aufeinander zugingen und zu tanzen begannen. Ihre Körper waren so unterschiedlich, der von Johnny so viel größer als der von Baby, so viel muskulöser; und doch berührte er sie mit Ehrfurcht und Behutsamkeit. Und es war nicht nur er, der streichelte. Sie erwiderte seine Zärtlichkeiten, fuhr mit der Hand über seine Haut, als liebte sie das Gefühl an ihren Fingern.

Cormias Lippen teilten sich, sie setzte sich auf, rückte näher an die Leinwand. In ihrem Kopf nahm der Primal den Platz von Johnny ein, und sie selbst wurde zu Baby. Sie bewegten sich im Gleichklang, Hüften rieben aneinander, Kleidung verschwand. Die beiden waren allein in der Dunkelheit, an einem sicheren Ort, wo niemand sie sehen oder unterbrechen konnte.

Es war das, was im Schlafraum des Primals geschehen war, nur dass es hier kein Zögern gab, keine gewichtigen Traditionen, keine Furcht vor dem Versagen, und ihre neununddreißig Schwestern gab es auch nicht.

So einfach. So echt, obwohl es nur in ihrem Kopf stattfand.

Das hier wollte sie mit dem Primal erleben, dachte sie, ohne die Augen von dem Film abzuwenden. Genau das.

17

Während Cormia gebannt auf die Leinwand schaute, klappte John sein Handy aus zwei Gründen wieder auf: Die Sexszene machte ihn verlegen; und er wartete ungeduldig auf Nachricht über Qhuinn und Lash.

Verdammt.

Er schickte Blay noch eine SMS, der sofort antwortete, dass er ebenfalls noch nichts von ihrem Freund gehört hatte und fand, dass es Zeit wurde, die Autoschlüssel zu zücken.

John legte das Handy auf seinen Oberschenkel. Qhuinn konnte doch unmöglich etwas wirklich Dummes getan haben. Im Sinne von »sich im Badezimmer erhängen«. Nein. Ausgeschlossen. Qhuinns Vater allerdings war zu allem fähig. John war dem Kerl zwar nie begegnet, aber er hatte Storys von Blay gehört – und außerdem die Bestätigung in Form des blauen Auges gesehen, das Qhuinn in der Nacht nach seiner Transition gehabt hatte.

John spürte, wie sein Bein wippte, und stellte es ruhig, indem er sich die Hand aufs Knie legte. Abergläubischer Trottel, der er nun mal war, musste er die ganze Zeit an den alten Spruch denken, dass ein Unglück selten allein kommt. Wenn Lash starb, dann käme bestimmt noch etwas nach.

Er dachte an die Brüder; draußen auf den Straßen im Kampf mit den *Lessern*. An Qhuinn, der irgendwo ganz allein in der Nacht war. Und an Bella und ihre Schwangerschaft.

Wieder klappte er sein Handy auf und fluchte lautlos.

»Wenn Ihr fortmüsst«, sagte Cormia, »bleibe ich gern allein hier.«

Er fing an, den Kopf zu schütteln, doch sie legte ihm sanft die Hand auf den Unterarm. »Geht, und kümmert Euch um Eure Schwierigkeiten. Man kann deutlich sehen, dass Ihr einen schweren Abend hattet. Ich würde Euch danach fragen, aber ich glaube, Ihr möchtet nicht darüber sprechen.«

Einfach nur, weil es ihm gerade durch den Kopf ging, tippte er: *Ich wünschte, ich könnte die Uhr zurückdrehen und die Schuhe nicht anziehen.*

»Wie?«

Na toll, jetzt musste er das erklären, wenn er nicht wie ein Idiot dastehen wollte. *Heute Abend ist etwas passiert. Unmittelbar davor hat mein Freund mir die Schuhe geschenkt, die ich anhabe. Hätte ich sie nicht anprobiert, dann wären wir drei längst weg gewesen, als ...* Er zögerte und ergänzte im Geiste: wären wir längst weg gewesen, bevor Lash aus der Dusche kam ... *als es passiert ist.* Cormia sah ihn einen Augenblick lang an. »Möchtet Ihr wissen, was ich glaube?«

Auf sein Nicken hin sagte sie: »Wenn es nicht die Schuhe gewesen wären, dann hättet Ihr mit Euren Freunden anders die Zeit verbracht. Vielleicht hätte ein anderer etwas anprobiert. Oder Ihr hättet ein Gespräch begonnen. Oder eine Tür hätte geklemmt. Sosehr wir auch über freien Willen verfügen, das Schicksal ist unveränderlich. Was geschehen soll, geschieht auch, auf dem einen Wege oder dem anderen.«

Genau so etwas in der Art war ihm vorhin im Büro des Trainingszentrums durch den Kopf gegangen. Nur …

Es ist aber meine Schuld. Es ging um mich. Die ganze Sache ist meinetwegen passiert.

»Habt Ihr jemandem ein Unrecht getan?« Als John den Kopf schüttelte, fragte sie: »Aber warum ist es dann Eure Schuld?«

Er konnte jetzt nicht ins Detail gehen. Unmöglich. *So war es eben. Mein Freund hat etwas Furchtbares getan, um meinen Ruf zu verteidigen.*

»Aber das war seine eigene Entscheidung als Mann von Wert.« Cormia drückte seinen Arm. »Beklagt nicht seinen freien Willen. Fragt Euch lieber, was Ihr tun könnt, um ihm jetzt zu helfen.«

Ich fühle mich so verflucht machtlos.

»Das ist nur Euer Empfinden. Nicht die Wirklichkeit«, gab sie zurück. »Geht und denkt nach. Der Pfad wird sich Euch zeigen. Das weiß ich.«

Ihr ruhiges Vertrauen in ihn war dadurch noch viel kraftvoller, dass es in ihrer Miene lag, nicht nur in ihren Worten. Und es war genau das, was er brauchte.

Du bist echt cool, tippte er.

Cormia strahlte vor Freude. »Danke, Sire.«

Einfach nur John, bitte.

Dann gab er ihr die Fernbedienung und zeigte ihr, wie man sie bediente. Es überraschte ihn überhaupt nicht, dass sie schnell begriff. Sie war genau wie er: Ihr Schweigen bedeutete nicht, dass sie nicht schlau war.

Er verneigte sich vor ihr, was sich irgendwie komisch anfühlte, aber gleichzeitig auch angebracht, und machte sich auf die Socken. Noch auf dem Weg hinunter in den ersten Stock schrieb er Blay eine SMS. Zu diesem Zeitpunkt war es zwei Stunden her, seit sie zuletzt von Qhuinn gehört hatten, und es wurde definitiv höchste Zeit, sich auf die Suche zu machen. Da er sehr wahrscheinlich seine Sachen bei sich hatte, käme Dematerialisieren nicht infrage, also konnte er nicht weit gekommen sein, da er ja kein Auto besaß. Außer er hätte sich von einem der *Doggen* aus seinem Elternhaus irgendwohin bringen lassen?

John drückte die Schwingtür auf, die in den Flur mit den Statuen führte, und dachte, dass Cormia ja so recht hatte: Blöd rumzusitzen würde Qhuinn kein bisschen helfen, damit klarzukommen, dass seine Familie ihn vor die Tür gesetzt hatte. Und es würde auch nichts daran ändern, ob Lash überlebte oder starb.

Und egal, wie unangenehm ihm war, was seine beiden Freunde gehört hatten – die beiden waren viel wichtiger als die Worte, die mit solcher Grausamkeit in diesem Umkleideraum gesprochen worden waren.

Gerade als er die Freitreppe erreichte, empfing sein Handy eine Nachricht. Sie kam von Zsadist: *Herzstillstand. Sieht nicht gut aus für Lash.*

Qhuinn lief neben der Straße her, bei jedem Schritt schlug ihm die Reisetasche auf den Hintern. Vor ihm schlängelte sich ein Blitz aus dem Himmel und erleuchtete die Eichen um ihn herum, sodass ihre Stämme aussahen wie eine Reihe breitschultriger Schläger. Der folgende Donner ließ nicht besonders lange auf sich warten, und in der Luft lag Ozon. Er hatte so eine Ahnung, dass er bald durchweicht sein würde.

Und genau so war es auch. Anfangs fielen die Gewittertropfen dick und vereinzelt, doch dann wurden sie immer kleiner und dichter.

Das Wasser machte klatschende Geräusche auf seiner Nylonreisetasche, und seine Haare wurden flach an seinen Schädel geklebt. Er ergriff keine Schutzmaßnahmen, da der Regen sowieso gewinnen würde. Einen Schirm hatte er nicht, und unter einer Eiche würde er sich ganz bestimmt nicht unterstellen.

Extraknusprig war diese Saison überhaupt nicht angesagt.

Ungefähr zehn Minuten nachdem es zu regnen angefangen hatte, näherte sich ein Auto von hinten. Die Scheinwerfer trafen auf seinen Rücken und warfen seinen Schatten auf den Asphalt. Das Licht wurde immer heller, gleichzeitig wurde das Heulen des Motors leiser, als der Wagen näher kam.

Blay war ihm nachgefahren.

Er blieb stehen, drehte sich um und schirmte seine Augen mit dem Unterarm ab. Der Regen zeichnete sich als zartes weißes Muster in der Lichtquelle ab, Dunst waberte durch die Scheinwerferkegel und erinnerte ihn an einige alte Folgen von *Scooby-Doo*.

»Blay, könntest du vielleicht mal das Licht ausmachen? Das blendet tierisch.«

Die Nacht wurde wieder dunkel, und vier Autotüren öffneten sich, ohne dass ein Innenlicht anging.

Langsam ließ Qhuinn seine Reisetasche auf den Boden sinken. Das hier waren Vampire, keine *Lesser.* Was – in Anbetracht seiner Lage – nur mäßig beruhigend war.

Eine nach der anderen schlugen die Türen wieder zu. Als der nächste Blitz über den Himmel zuckte, konnte er erkennen, wem er gegenüberstand: Die vier waren schwarz gekleidet und trugen Hauben über den Gesichtern.

Aha. Die traditionelle Ehrengarde.

Qhuinn rannte nicht weg, als seine Gegner einer nach dem anderen schwarze Knüppel hervorholten; er ging in Kampfstellung. Er würde hier untergehen, und wie er untergehen würde, aber verdammt nochmal – er würde es mit blutigen Fingerknöcheln tun und vorher die Zähne dieser Jungs über die Straße verstreuen.

Die Ehrengarde umringte ihn in klassischer Banden-Manier, und er drehte sich im Kreis, wartete auf den ersten Schlag. Das hier waren große Kerle, alle ungefähr seine Gewichtsklasse, und ihre Absicht war das Eintreiben einer physischen Entschädigung für das, was er mit Lash gemacht hatte. Da dies kein *Rythos* war, sondern eine Abrechnung, durfte er sich wehren.

Also musste Lash überlebt haben …

Einer der Knüppel traf ihn in der Kniekehle, und es fühlte sich an, wie einen Elektroschock verpasst zu bekommen. Er kämpfte um sein Gleichgewicht. Wenn er zu Boden ginge, dann wäre er geliefert, das wusste er. Doch da donnerte ihm jemand mit voller Wucht eins vor den Oberschenkel. Als er auf Händen und Knien landete, hagelte es Schläge auf seine Schultern und seinen Rücken, doch er machte einen Satz und packte einen der Angreifer an beiden Knöcheln. Der Kerl versuchte, einen Schritt nach vorn zu machen, doch Qhuinn hielt seine Trophäe fest und verschob dadurch massiv den Schwerpunkt des anderen. Erfreulicherweise war der Typ, als er umkippte wie ein Baumstamm, so freundlich, einen seiner Kollegen mit sich zu reißen.

Qhuinn brauchte einen Knüppel. Das war seine einzige Chance. Er warf sich mit einem mächtigen Sprung nach vorn und reckte sich nach der Waffe des Angreifers, den er gerade gefällt hatte, doch der nächste Knüppel erwischte ihn am Handgelenk. Der Schmerz blitzte auf wie eine Leuchtreklame – *Verfluchter Dreck* –, und seine Hand war sofort außer Gefecht gesetzt; sie hing schlaff und nutzlos an seinem Arm. Wie schön, dass er Beidhänder war: Er schnappte sich den Prügel mit der Linken und hämmerte ihn dem Kerl vor sich genau aufs Knie.

Danach wurde die Sache lustig. Aufstehen ging überhaupt nicht, also bewegte er sich mit tödlicher Schnelligkeit auf dem Boden und schlug nach ihren Füßen und ihren Weichteilen. Es war, wie von einer Horde geifernder Hunde umgeben zu sein, sie sprangen ihn an und ließen sich wieder zurückfallen, je nachdem, wo er gerade ausholte.

Er glaubte tatsächlich fast, er könnte sie sich vielleicht vom Leib halten, als einer von ihnen einen faustgroßen Stein aufhob und diesen auf seinen Kopf schleuderte. Zwar wich er dem Wurfgeschoss locker aus, doch er prallte von der Straße ab und traf ihn genau an der rechten Schläfe. Eine Sekunde lang erstarrte er – und mehr brauchte es nicht. Sie stürmten auf ihn ein, und jetzt wurde er wirklich verprügelt. Er rollte sich zu einer Kugel zusammen, schlang die Arme um seinen Kopf und beschützte, so gut es ging, seine lebenswichtigen Organe und das Gehirn, während sie auf ihn eindroschen.

Sie sollten ihn eigentlich nicht töten.

So war das nicht gedacht.

Doch einer von ihnen versetzte ihm einen Tritt ins Kreuz, genau in die Nieren. Als er sich aufbäumte, weil er einfach nicht anders konnte, war sein Kinn nicht mehr gedeckt. Und genau da traf ihn der zweite Tritt.

Sein Kiefer war kein guter Stoßdämpfer – im Gegenteil, er war sogar ein Verstärker, da seine untere Zahnreihe gegen die obere knallte und sein Schädel die volle Wucht des Aufpralls absorbierte. Benommen ließ er die Arme hängen, seine Verteidigungshaltung sackte in sich zusammen.

Sie sollten ihn eigentlich nicht töten, weil Lash ja noch lebte, wenn sie das hier machten. Wenn der Kerl gestorben wäre, dann hätten ihn die Eltern seines Cousins vor den König gezerrt, und sie hätten darauf gepocht, dass er mit dem Tode bestraft wurde, obwohl er noch minderjährig war. Nein, diese Prügel waren nur die Vergeltung für eine Körperverletzung, Auge um Auge. Oder zumindest war das so vorgesehen.

Die Scheiße war nur, dass sie ihn auf den Rücken schubsten und einer von ihnen Anlauf nahm und ihm mit beiden Springerstiefeln mitten auf den Brustkorb sprang.

Er bekam keine Luft mehr. Sein Herz hörte auf zu schlagen. Alles kam zum Stillstand.

Und dann hörte er die Stimme seines Bruders. »Mach das nicht nochmal. Das ist gegen die Regeln.«

Sein Bruder … *sein Bruder* …?

Dann ging es also nicht um Lashs Verletzung.

Das hier schickte ihm seine eigene Familie, als Rache dafür, was er ihrem guten Namen angetan hatte.

Qhuinn rang nach Atem, bekam aber dennoch keine Luft. Die anderen vier stritten sich. Die Stimme seines Bruders war am lautesten.

»Das reicht jetzt!«

»Beschissener Mutanten-Bastard, er verdient den Tod!«

Qhuinn verlor das Interesse an dem Theater, als ihm auffiel, dass sein Herz seine Arbeit immer noch nicht wieder aufgenommen hatte – und dass selbst die Panik, die er bei dieser Erkenntnis plötzlich spürte, die Maschine nicht kickstartete. Alles verschwamm vor seinen Augen, seine Hände und Füße wurden allmählich taub.

In diesem Moment sah er das helle Licht.

Ach du Schande, der Schleier kam ihn holen.

»Mist! Lasst uns abhauen!«

Jemand beugte sich über ihn. »Wir kommen wieder, Arschloch. Ohne deinen idiotischen Bruder.«

Er hörte das Schaben von Stiefeln, das Auf- und Zuschlagen diverser Autotüren und dann ein Quietschen, als ein Wagen losfuhr. Als auch der nächste losraste, begriff er, dass das Licht über ihm nicht das Jenseits war, sondern ein anderes Auto, das auf der Straße in ihre Richtung fuhr. Er hatte kurz die Idee, sich vielleicht kräftig auf die Brust zu klopfen. Sich quasi selbst eine Herz-Lungen-Massage zu verpassen à la *Casino Royale*.

Er schloss die Augen. Ja, wenn er doch nur den 007 machen könnte … Aber keine Chance. Seine Lungen weigerten sich, mehr als flache Luftzüge aufzunehmen, und sein Herz war immer noch nichts als ein Muskelklumpen in seiner Brust. Dass er keine Schmerzen mehr hatte, war noch besorgniserregender.

Das nächste weiße Licht, das zu ihm drang, war wie der Dunst, der über der Straße hing, ein sanfter, weicher Nebel, der ihn badete, ihn liebkoste. Es bestrahlte ihn, und seine vorherige Todesangst wich tiefer Furchtlosigkeit. Er wusste: Das war kein Auto. Das jetzt war der Schleier.

Er löste sich vom Asphalt und schwebte schwerelos empor, bis er sich am Anfang eines weißen Korridors wiederfand. Ganz hinten am Ende lag eine Tür, die er unbedingt erreichen und öffnen musste, das spürte er. Mit wachsender Dringlichkeit lief er darauf zu, und als er sie erreicht hatte, streckte er die Hand umgehend nach dem Knauf aus. Das Messing fühlte sich warm an, und er hatte den unbestimmten Gedanken, dass, wenn er erst durch diese Tür gegangen wäre, alles vorbei wäre. Solange er die Tür nicht öffnete und über die Schwelle auf die andere Seite trat, befand er sich in einem Zwischenraum.

Wenn er erst drüben war, gab es kein Zurück mehr.

Schon wollte er den Knauf drehen, da entdeckte er ein Bild auf der Tür. Es war undeutlich, und er stockte, versuchte zu erkennen, was es darstellte.

O … Gott … dachte er, als er begriff, was er da vor sich hatte.

18

Cormia war weder in ihrem Schlafzimmer noch in ihrem Bad.

Als Phury nach unten in die Eingangshalle ging, um nach ihr zu suchen, fasste er einen Entschluss: Sollte er Rhage über den Weg laufen, würde er ihm keine der Fragen stellen, die ihm im Kopf herumschwirrten. Der ganze Mist mit den Trainingsschülern und den *Lessern* und dem Krieg war nicht mehr seine Angelegenheit, und daran sollte er sich besser gewöhnen.

Die Antworten standen ihm nicht länger zu.

Cormia jedoch war seine Angelegenheit. Sie und die Auserwählten. Und es wurde allerhöchste Zeit, dass er sich wie ein Mann benahm.

In der Tür zum Speisesaal blieb er abrupt stehen. »Bella?«

Die *Shellan* seines Zwillingsbruders saß auf einem der Stühle neben dem Sideboard, den Kopf gesenkt, die Hand auf den schwangeren Bauch gelegt. Ihr Atem kam in kurzen Stößen.

Sie hob den Blick und lächelte schwach. »Hi.«

O Gott. »Hallo. Was machst du hier?«

»Nichts Besonderes. Und ehe du anfängst … ja, ich sollte im Bett sein … ich bin schon auf dem Weg …« Ihre Augen wandten sich der Freitreppe zu. »Es kommt mir nur im Augenblick ein bisschen weit vor.«

Der Schicklichkeit wegen hatte Phury stets darauf geachtet, Bellas Gesellschaft nicht jenseits der gemeinsamen Mahlzeiten zu suchen, selbst bevor Cormia ins Haus gekommen war.

Jetzt allerdings war wohl die falsche Zeit für übertriebene Zurückhaltung.

»Soll ich dich tragen?«

Sie antwortete nicht gleich, und er bereitete sich innerlich schon auf eine Ablehnung vor. Vielleicht würde sie ihn wenigstens zulassen, dass er sie stützte ...

»Ja. Bitte.«

Heilige Jungfrau. »Na so was, du bist ja richtig vernünftig.«

Er lächelte, als wäre er nicht komplett von der Rolle, und ging zu ihr. Sie kam ihm leicht wie Luft vor, als er ihr einen Arm unter die Beine und die andere Hand unter den Rücken schob. Sie roch nach nachtblühenden Rosen und etwas – anderem. Etwas ... war nicht ganz in Ordnung, als wären ihre Schwangerschaftshormone aus dem Gleichgewicht.

Vielleicht blutete sie.

»Also, wie geht es dir?«, fragte er mit erstaunlich ruhiger Stimme, während er mit ihr zur Treppe lief.

»Genauso wie immer. Müde. Aber das Kleine tritt viel, was ein gutes Zeichen ist.«

»Das ist gut.« Er erreichte den ersten Stock und trug sie durch den Flur mit den Statuen. Als Bella ihren Kopf an seine Schulter legte und kurz erschauerte, wäre er am liebsten losgerannt.

Gerade als er vor ihrem Zimmer ankam, öffnete sich die Tür am Ende des Korridors. Cormia kam heraus und stockte, die Augen weit aufgerissen.

»Könntest du uns bitte aufmachen?«, bat er sie.

Sofort eilte sie los und schwang die Tür weit auf. Er marschierte schnurstracks auf das Bett zu und legte Bella hin.

»Möchtest du etwas zu essen?«, fragte er, um dann ganz geschmeidig auf das Thema Doc Jane umzuschwenken.

Etwas von dem alten Funkeln kehrte in ihre Augen zurück. »Ich glaube, das war genau das Problem – ich habe zu viel gegessen. Zwei Eimer Mint Chocolate Chips von Ben und Jerry's.«

»Genau das Richtige, um sich den Magen zu verderben.« Betont beiläufig ergänzte er: »Wie wär's, wenn ich Z anrufe?«

»Wozu? Ich bin nur müde. Und bevor du fragst: Nein, ich war nicht länger als meine erlaubte Stunde auf. Lass ihn in Ruhe, mir geht's gut.«

Das mochte ja wahr sein, aber er würde seinen Zwillingsbruder trotzdem anrufen. Nur nicht in ihrem Beisein.

Er blickte über die Schulter. Cormia stand unmittelbar vor der Tür, schweigend, Sorge auf dem schönen Gesicht. Er wandte sich wieder an Bella. »Hey, hättest du vielleicht gern Gesellschaft?«

»Aber liebend gern.« Sie lächelte Cormia an. »Ich hab mir ein *Project-Runway*-Special aufgenommen und wollte es mir gerade ansehen. Hast du Lust, dich zu mir zu setzen?«

Cormias Blick wanderte zu Phury. Sein Flehen musste sich wohl in seiner Miene abgezeichnet haben. »Ich weiß zwar nicht, was das ist, aber … ja, ich würde es mir gern ansehen.«

Als sie hereinkam, hielt er sie am Arm fest und flüsterte: »Ich hole Z. Wenn sie irgendwelche Anzeichen von Schmerz oder Unruhe zeigt, wähl Stern und Z auf dem Telefon, okay? Dann geht er ran.«

Cormia nickte und sagte leise: »Ich kümmere mich um sie.«

»Danke«, murmelte er und drückte ihren Arm leicht.

Nachdem er sich verabschiedet hatte, schloss er die Tür und ging erst ein paar Meter den Flur hinunter, ehe er Z auf dem Handy anrief. *Geh dran, geh dran ...*

Mailbox.

Mist.

»Das ist er nicht. *Das ist er nicht!*«

Dort im Regen in der Seitenstraße neben dem *McGrider's* stehend, hätte Mr. D seinen Kollegen am liebsten hochgehoben und mitten auf der Trade Street als Verkehrsberuhigung auf die Straße geworfen.

»Was zum Henker ist dein Problem?«, fauchte der *Lesser* zurück und zeigte auf den Vampir zu seinen Füßen. »Das ist schon der Dritte, den wir heute Nacht schnappen. Mehr als wir im ganzen letzten Jahr eingesackt ...«

Mr. D zückte sein Schnappmesser. »Und keiner war der, den wir brauchen. Also steig wieder in den Sattel, und mach dich auf die Socken, sonst reiß ich dir die Kronjuwelen ab.«

Als der Jäger einen Schritt zurücktrat, bückte sich Mr. D und schlitzte die Jacke des Vampirs auf. Der Mann war bewusstlos und sah ziemlich lädiert aus, wie ein zerknautschter Anzug, der dringend in die Reinigung muss. Seine Kleider waren mit rotem Blut verschmiert, und sein Gesicht sah aus wie ein Rorschach-Test.

Während er nach einer Brieftasche wühlte, musste

Mr. D seinem Untergebenen insgeheim zu einem gewissen Grad recht geben. Es war kaum zu glauben, dass sie drei in einer Nacht erwischt hatten – und er sich immer noch in die Hose machte, als hätte er tagelang nur Backpflaumen gefressen.

Die Sache war die: Das waren keine sonderlich guten Nachrichten für Omega, und er war derjenige, dessen Arsch auf dem Spiel stand.

»Bring das Ding da in das Haus auf der Lowell Street«, befahl er, als ein blassblauer Minivan voller Verstärkung die Straße entlanggerollt kam. »Wenn es zu sich kommt, gib mir Bescheid. Ich werde versuchen, etwas über den, den wir suchen, aus ihm rauszukriegen.«

»Wie Sie meinen, Chef.« *Chef* klang wie *Wichser.*

Mr. D spielte mit dem Gedanken, sein Schnappmesser zu zücken und dem Kerl auf der Stelle das Fell abzuziehen. Aber da er heute Nacht schon einem Kollegen das Licht ausgeblasen hatte, zwang er sich, die Klinge in der Jacke zu lassen. Die Reihen weiter zu lichten war im Moment keine so tolle Idee.

»Ich an deiner Stelle würde mich besser benehmen«, murmelte er, als zwei *Lesser* aus dem Wagen stiegen, um den Vampir wegzubringen.

»Warum? Wir sind hier nicht in Texas.«

»Wohl wahr.« Mr. D lähmte die Muskeln des Vampirjägers, packte ihn bei den Eiern und drehte an den Murmeln, als wollte er sie auswringen. Der Bursche brüllte, wodurch bewiesen war, dass – selbst, wenn man impotent war – der wunde Punkt eines Mannes immer noch der beste Weg war, seine Aufmerksamkeit zu erregen.

»Das ist noch lange kein Grund, unhöflich zu sein«, flüsterte Mr. D mit Blick in das verknitterte Gesicht des

Lesser. »Hat deine Mama dir denn überhaupt nichts beigebracht?«

Die Antwort darauf hätte vom dreiundzwanzigsten Psalm über einen Blondinenwitz bis hin zu einer Einkaufsliste alles sein können, so wenig zusammenhängend klang sie.

Als Mr. D gerade loslassen wollte, fing jeder Zentimeter seiner Haut an zu jucken.

Na großartig. Die Nacht wurde ja immer besser.

»Sperrt diesen Kerl ein«, sagte Mr. D. »Und dann kommt hierher zurück. Wir sind noch nicht fertig.«

Als der Minivan endlich losfuhr, hätte er sich schon am liebsten mit Schleifpapier bearbeitet. Dieses grausige, unerträgliche Jucken bedeutete, dass Omega ihn sehen wollte, aber wo zum Teufel konnte so eine Audienz stattfinden? Er war in der Innenstadt, das nächstgelegene Anwesen der Gesellschaft der *Lesser* war zehn Minuten mit dem Auto entfernt – und da Mr. D keine guten Neuigkeiten hatte, wollte er auf jede Form von Verzögerung tunlichst verzichten.

Also trabte er die Trade Street hoch und checkte die verlassenen Gebäude, kam aber zu dem Schluss, dass eine Audienz mit Omega dort zu riskant wäre. Hier in der Innenstadt wimmelte es nur so von menschlichen Obdachlosen, und in einer Nacht wie dieser würden sie mit Sicherheit versuchen, sich vor dem Gewitter zu verkriechen. Das Letzte, was er brauchte, war ein Zeuge, selbst wenn er total zugedröhnt oder besoffen war – zumal Mr. D es unter Garantie anständig besorgt bekäme.

Ein paar Blocks weiter kam er zu einer Baustelle mit einem drei Meter hohen Zaun. Seit dem vergangenen Frühjahr beobachtete er die Arbeiten hier schon, seit sich zunächst das Außenskelett aus dem Boden erhoben hatte, dann die Haut aus Glas über die Stahlträger gezogen, später das Nervensystem von Drähten und Rohren installiert wurde. Inzwischen wurde nachts nicht mehr gearbeitet, weshalb er genau hatte, was er brauchte.

Mr. D nahm Anlauf, sprang hoch und schwang sich über den Zaun. In der Hocke kam er auf der Erde auf und blieb erst mal sitzen.

Niemand zu sehen, keine Hunde kamen angerannt, also löschte er mit seinem Willen einige der Arbeitslampen und raste durch die Schatten auf eine Tür zu, die – *Treffer* – unverschlossen war.

Dem Gebäude haftete der trockene Geruch von Gips und Putz an, und mit hallenden Schritten drang er tief in die Räumlichkeiten ein. Es war ein klassischer Bürobau, große, weite Flächen, die eines Tages voller Schreibtische stehen würden. Die armen Schweine. Er hätte nie einen Schreibtischjob machen können. Erstens war er nicht lange genug zur Schule gegangen, und zweitens drehte er total durch, wenn er den Himmel nicht sehen konnte.

Als er sich in der Mitte des Gebäudes befand, ging er auf die Knie, legte den Cowboyhut ab und machte sich auf eine höllische Standpauke gefasst.

Gerade als er sich für den Meister öffnete, machte draußen das schon länger drohende Gewitter endlich ernst. Donner grollte über der Innenstadt und prallte dann als Echo von den Wolkenkratzern ab. Perfektes Timing: Die Ankunft Omegas in Caldwells Realität klang wie ein weiterer Donnerschlag, er brach aus dem Nichts herein, als spränge er aus einem See. Als er vollständig eingetroffen war, wackelte die gesamte Baustelle, als wäre sie aus Gummi und zöge sich nun in ihre ursprüngliche Form zurück.

Eine weiße Robe umspielte die geisterhafte schwarze Gestalt Omegas, und Mr. D machte schon mal orale Dehnungsübungen für einen Redeschwall à la »Wir tun unser Bestes«.

Doch Omega sprach zuerst. »Ich habe gefunden, was mir gehört. Sein Tod war der Weg. Du wirst mir vier Männer geben, und du wirst alles Notwendige beschaffen. Und du wirst in das Bauernhaus fahren, um es für eine Initiation vorzubereiten.«

Sieh mal einer an, damit hatte er jetzt nicht gerechnet.

Mr. D stand auf und zog das Handy aus der Tasche. »Auf der Third Street befindet sich eine Einheit. Ich rufe sie her.«

»Nein, ich werde sie dort abholen, und sie werden mit mir zusammen reisen. Wenn ich in das Bauernhaus zurückkehre, wirst du mir bei dem assistieren, was dort geschehen wird, und dann wirst du mir einen Dienst erweisen.«

»Ja, Meister.«

Omega streckte die Arme aus, seine weiße Robe breitete sich aus wie zwei Flügel. »Frohlocke, denn unsere Kraft wird sich verzehnfachen. Mein Sohn kehrt nach Hause zurück.«

Damit verschwand Omega, und ein zusammengerolltes Papier fiel auf den Betonboden.

»Sohn?« Mr. D fragte sich, ob er richtig verstanden hatte. *»Sohn?«*

Er bückte sich und hob das Papier auf. Die Liste war lang und ein bisschen schaurig, aber nicht exotisch.

Billig und leicht zu beschaffen. Billig und leicht zu beschaffen. Was gut war, weil sein Budget verflucht schmal war.

Er steckte die Liste in die Jacke und setzte den Cowboyhut wieder auf.

Sohn?

Am anderen Ende der Stadt saß Rehv in Havers' unterirdischer Klinik und wartete ohne einen Funken Geduld. Als er zum achthundertfünfzigsten Mal auf die Uhr sah, kam er sich vor wie ein Rennfahrer, dessen Boxenmannschaft aus neunzigjährigen Greisen bestand.

Was zum Teufel machte er hier überhaupt? Das Dopamin wirkte inzwischen, die Panik war verebbt, jetzt kam er sich albern vor in seinen feinen Lederschuhen, die von der Behandlungsliege baumelten. Alles war normal und unter Kontrolle, und du meine Güte, sein Arm würde schon von allein wieder abheilen. Dass es ein bisschen länger dauerte, hieß wahrscheinlich nur, dass er sich nähren musste. Eine schnelle Session mit Xhex, und er wäre wieder auf dem Damm.

Also, er sollte wirklich einfach hier abhauen.

Das Blöde an der Sache war nur, dass Xhex und Trez draußen auf dem Parkplatz warteten. Wenn er ohne irgendwelche Mumienbinden um seinen Arm hier rausspazierte, würden sie seinen Hintern rösten.

Die Tür öffnete sich, und eine Schwester kam herein. Die Frau trug ein weißes Hemdblusenkleid, weiße Strümpfe und weiße Schuhe mit weichen Sohlen – die Bilderbuchversion ihrer Profession, typisch für Havers' altmodische Methoden und Standards. Als sie die Tür schloss, hielt sie den Kopf hinter seiner Krankenakte versteckt, und obwohl sie bestimmt auch darin las, war der zusätzliche Vorteil davon natürlich, seinem Blick nicht begegnen zu müssen.

Alle Krankenschwestern taten das in seiner Gegenwart.

»Guten Abend«, begrüßte sie ihn steif und blätterte in der Akte herum. »Ich werde Euch etwas Blut abnehmen, wenn Ihr nichts dagegen habt.«

»Klingt super.« Wenigstens passierte dann endlich was.

Während er sich aus dem Zobelmantel schälte und sein Jackett abstreifte, wuselte sie herum, wusch sich die Hände und zog Handschuhe über.

Keine Krankenschwester hatte gern mit ihm zu tun. Das war weibliche Intuition. Obwohl in seiner Akte nichts davon stand, dass er ein halber *Symphath* war, konnten sie das Böse in ihm wittern. Seine Schwester Bella und seine ehemalige Flamme Marissa waren da löbliche Ausnahmen, da sie beide das Gute in ihm hervorbrachten: Er liebte sie, und das spürten sie. Was aber den Rest der Vampire betraf, so waren ihm anonyme Leute total egal, und irgendwie kriegte das schöne Geschlecht das immer sofort mit.

Jetzt trat die Schwester mit einem kleinen Tablett, auf dem ein Spritzenbesteck und ein Gummischlauch lagen, an ihn heran. Er krempelte sich den Ärmel hoch. Sie arbeitete zügig und sagte kein Wort, dann zog sie sich eiligst zur Tür zurück.

Bevor sie flüchten konnte, fragte er: »Wie lange wird es noch dauern?«

»Es ist gerade ein Notfall hereingekommen. Daher könnte sich alles ein wenig verzögern.«

Die Tür klappte zu.

Verdammt, er ließ seinen Club nicht gern die ganze Nacht unbeaufsichtigt. Trez und Xhex beide nicht auf Posten ... das war überhaupt nicht gut. iAm war zwar ein knallharter Bursche, aber selbst die rauesten Typen brauchten Verstärkung, wenn sie vierhundert total abgefahrene Menschen vor sich hatten.

Rehv klappte sein Handy auf, wählte Xhex an und stritt sich ungefähr zehn Minuten lang mit ihr. Was keinen Spaß machte, aber wenigstens die Zeit totschlug. Sie gab keinen Millimeter nach, was seine Behandlung betraf, willigte aber wenigstens schließlich ein, mit Trez zurück in den Club zu fahren.

Natürlich erst, nachdem er den beiden schlicht und ergreifend den Befehl dazu gegeben hatte.

»Bitte, wenn du unbedingt willst«, fauchte sie.

»Ich will«, bellte er zurück und legte auf.

Er schob das Telefon in die Hosentasche. Fluchte ein bisschen. Holte das Gerät wieder heraus und schrieb: *Sorry, dass ich so ein blöder Sack bin. Verzeihst du mir?*

Im selben Moment, als er auf Senden drückte, kam eine SMS von ihr an: *Du bist manchmal so ein blöder Sack. Ich mach das doch nur, weil du mir wichtig bist.*

Er musste laut lachen, vor allem, als kurz darauf die Botschaft kam: *Schon verziehen, aber trotzdem blöder Sack. Ciao.*

Rehv steckte das Handy endgültig wieder ein und sah sich um. Inspizierte die Holzspatel in dem Glas am Waschbecken, die Blutdruckmanschette an der Wand, den Schreibtisch mit Computer in der Ecke. Er war schon mal hier gewesen. Er war in allen Behandlungszimmern schon mal gewesen.

Havers und er spielten schon länger Arzt und Patient miteinander, und das war eine heikle Angelegenheit. Wenn jemand Hinweise darauf hatte, dass ein *Symphath* frei herumlief – selbst wenn dieser nur ein Mischling war –, dann war man gesetzlich dazu verpflichtet, ihn zu melden, damit er von der normalen Bevölkerung getrennt und in der Kolonie oben im Norden untergebracht werden konnte. Was alles kaputtmachen würde. Daher wühlte sich Rehv bei jedem Besuch in der Klinik in das Gehirn des braven Onkel Doktors und öffnete, was er gern als seine persönliche Truhe auf Havers' Dachboden betrachtete.

Der Trick war nicht ganz unähnlich dem, mit Hilfe dessen die Vampire das Kurzzeitgedächtnis von Menschen löschten; nur etwas tiefgehender. Nachdem er den Doc in eine Trance versetzt hatte, befreite er die Information über sich selbst und seinen »Zustand«, woraufhin Havers ihn richtig behandeln konnte – aber ohne die unangenehmen gesellschaftlichen Konsequenzen. Nach der Konsultation packte Rehv seine Siebensachen im Gehirn des Arztes wieder zusammen und brachte sie in Havers' Großhirnrinde sicher unter Verschluss, bis zum nächsten Mal.

War das hinterhältig? Ja. Gab es eine andere Möglichkeit? Nein. Er brauchte die Behandlung – er war nicht wie Xhex, die ihre Triebe aus eigener Kraft unterdrückte. Wobei Gott allein wusste, wie sie das …

Rehv setzte sich auf, seine Wirbelsäule kribbelte plötzlich, sämtliche Alarmglocken läuteten schrill.

Er tastete nach seinem Stock, rutschte von der Liege und landete auf zwei Füßen, die er nicht spüren konnte. Drei Schritte zur Tür, dann nahm er die Klinke und drehte sie. Der Flur draußen war in beide Richtungen leer. Ganz hinten links lagen Stationszimmer und Warteraum, dort schien alles normal. Rechts waren noch weitere Behandlungsräume, und dahinter befand sich die Flügeltür zur Leichenhalle.

Es gab nichts Aufsehenerregendes zu entdecken.

Tja ... alles schien seinen geordneten Gang zu gehen. Das Personal lief emsig durch die Korridore. Im Untersuchungszimmer nebenan hustete jemand. Die Klimaanlage summte monoton im Hintergrund.

Er blinzelte und war versucht, seine *Symphathen*-Seite auf Entdeckungsreise zu schicken, aber das war zu riskant. Er war gerade erst wieder einigermaßen stabil. Die Büchse der Pandora musste geschlossen bleiben.

Also verzog er sich wieder in seinen Behandlungsraum, zog das Telefon aus der Tasche und wählte Xhex' Nummer, um sie zurück zur Klinik zu zitieren. Doch bevor die Verbindung zustande kam, ging die Tür auf.

Sein Schwager Zsadist steckte den Kopf herein. »Hörte, du wärst auch hier.«

»Hey.« Rehv steckte das Handy weg und schob sein plötzliches Angstgefühl auf die Paranoia, die offenbar eine Begleiterscheinung der doppelten Dopamindosis war.

Großartig. »Bitte sag mir, dass du nicht wegen Bella hier bist.«

»Nein. Ihr geht's gut.« Z schloss die Tür und lehnte sich mit dem Rücken daran, wodurch er faktisch den Ausgang versperrte.

Die Augen des Bruders waren schwarz. Was bedeutete, dass er total angepisst war.

Rehvenge hob seinen Stock hoch und ließ ihn zwischen den Beinen baumeln, nur für den Fall, dass er ihn brauchen sollte. Nach ein bisschen anfänglichem Imponiergehabe und Brusttrommeln, als Z und Bella einander näherkamen, waren er und der Bruder eigentlich ganz gut klargekommen. Aber so was konnte sich auch wieder ändern. Und diesem Blick – so finster wie das Innere einer Gruft – nach zu urteilen war genau das passiert.

»Hast du was auf dem Herzen, Großer?«, fragte Rehv.

»Ich möchte, dass du mir einen Gefallen tust.«

Das Wort *Gefallen* traf vermutlich den Kern der Sache nicht so ganz. »Sprich.«

»Ich will nicht, dass du weiter an meinen Zwilling verdealst. Du wirst ihm den Hahn abdrehen.« Zsadist beugte sich vor, die Hände in die Hüften gestemmt. »Und wenn du das nicht machst, dann werde ich dafür sorgen, dass du in deinem miesen Loch nicht mal mehr einen Strohhalm verticken kannst.«

Rehv klopfte mit der Spitze seines Stocks gegen die Behandlungsliege und fragte sich, ob der Bruder wohl anders klänge, wenn er wüsste, dass die Einkünfte aus dem Club seinen Schwager vor der *Symphathen*-Kolonie bewahrten. Z wusste von der Mischlingssache; von der Prinzessin und ihren Spielchen wusste er aber nichts.

»Wie geht es meiner Schwester?«, fragte er. »Alles im Lot? Keine Aufregungen? Das ist doch wichtig für sie, oder? Sich nicht unnötig aufzuregen.«

Zsadist verengte die Augen zu Schlitzen, sein vernarbtes Gesicht ähnelte nun dem, was manche Leute vermutlich in ihren Albträumen sahen.

»Ich kann mir wirklich nicht gut vorstellen, dass du damit anfangen willst.«

»Wenn du mir ins Handwerk pfuschst, hat das auch Auswirkungen auf sie. Glaub mir.« Rehv balancierte seinen Stock auf der Handfläche. »Dein Zwillingsbruder ist ein erwachsener Mann. Wenn du ein Problem mit seinem Konsum hast, dann solltest du dich vielleicht mal mit ihm selbst unterhalten.«

»Keine Sorge, ich werde mich schon mit Phury auseinandersetzen. Aber ich will dein Wort. Du verkaufst nicht mehr an ihn.«

Rehv betrachtete seinen Stock, der schnurgerade in die Luft ragte. Er hatte schon vor langer Zeit seinen Frieden mit seinem Beruf gemacht – zweifellos dank seiner *Symphathen*-Seite, die ein Profitieren von den Schwächen anderer quasi zu einem moralischen Imperativ machte.

Er rechtfertigte sein Dealen damit, dass die Hobbys seiner Kunden ihn nichts angingen. Wenn sie ihr Leben mit dem, was er ihnen verkaufte, verpfuschten, dann war das ihre eigene Sache – und keinen Deut anders als die üblichen salonfähigen Praktiken, um sich körperlich zu ruinieren: sich bis zum Herzinfarkt mit Fast Food vollzufressen oder mit freundlicher Unterstützung von Anheuser-Busch ins Leberversagen zu saufen oder auf Kredit zu zocken, bis das Eigenheim und die Existenz verloren waren. Drogen waren eine Handelsware, und er war ein Geschäftsmann. Die Konsumenten würden sich ihre Zerstörung woanders suchen, wenn er dichtmachte. Das Beste, was er für sie tun konnte, war dafür zu sorgen, dass sein Stoff wenigstens nicht mit gefährlichen Substanzen gestreckt und der Reinheitsgrad konstant war, sodass sie ihre Dosen verlässlich kalkulieren konnten.

»Dein Wort, Vampir«, knurrte Zsadist.

Rehv sah an seinem Ärmel herab und dachte an Xhex' Miene, als sie entdeckt hatte, was er mit sich angestellt hatte. Schon merkwürdig, die Parallelen. Nur weil er seine Droge auf Rezept bekam, hieß das noch nicht, dass er gegen Missbrauch gefeit war.

Jetzt hob er den Kopf, schloss die Augen und hörte auf zu atmen. Er tastete sich mit seinem Geist durch die Luft und drang in den Kopf des Bruders ein. Ja … unter seiner Wut lag blankes Grauen.

Und Erinnerungen … an Phury. Eine Szene vor langer Zeit … siebzig Jahre her vielleicht … ein Sterbebett. Phurys.

Z wickelte seinen Zwillingsbruder in Decken und schob ihn näher an ein Kohlenfeuer. Er hatte Angst … Zum ersten Mal, seit er seine Seele durch die Sklaverei verloren hatte, betrachtete er jemanden mit Sorge und Mitgefühl. In dieser Szene tupfte er Phurys fiebernasse Stirn ab, schnallte sich dann seine Waffen um und ging.

»Vampir …«, murmelte Rehv. »Du als Krankenpfleger, wer hätte das gedacht.«

»Verzieh dich aus meinem verfluchten Gedächtnis.«

»Du hast ihn gerettet, stimmt's?« Rehv klappte die Augen auf. »Phury war krank. Du hast Wrath geholt, weil du nicht wusstest, wohin du sonst gehen solltest. Der wilde Mann als edler Retter.«

»Nur zu deiner Info: Ich habe miserable Laune, und du gehst mir auf den Sack.«

»Und so seid ihr beide in der Bruderschaft gelandet. Interessant.«

»Ich will dein Wort, Sündenfresser. Kein langweiliges Märchen.«

Bewegt von etwas, was Rehv nicht benennen wollte, legte er sich eine Hand aufs Herz und sagte laut und deutlich in der Alten Sprache: *»Hiermit gelobe ich feierlich: Niemals wieder wird dein eigen Fleisch und Blut, dein Zwillingsbruder, mein Anwesen mit Drogen am Leib verlassen.«*

Überraschung flackerte in Zs vernarbtem Gesicht auf. Dann nickte er. »Es heißt, man soll nie einem *Symphathen* trauen. Deshalb setze ich auf die Hälfte von dir, die der Bruder meiner Bella ist, verstehst du mich?«

»Toller Plan«, murmelte Rehv, als er seine Hand sinken ließ. »Denn das ist die Seite, mit der ich geschworen habe. Aber sag mal, wie willst du dafür sorgen, dass er nicht von jemand anderem kauft?«

»Offen gestanden: keine Ahnung.«

»Tja, dann viel Glück.«

»Das werden wir brauchen.« Zsadist ging zur Tür.

»Hey, Z?«

Der Bruder sah über die Schulter. »Was.«

Rehv rieb sich über die linke Brust. »Hast du … äh, bist du heute Nacht schlecht drauf?«

Z runzelte die Stirn. »Ja, aber was soll daran neu sein? Ich war schon seit Ewigkeiten nicht mehr gut drauf.«

Die Tür fiel leise ins Schloss, und Rehv legte wieder die Hand auf sein Herz. Die verdammte Pumpe raste ohne einleuchtenden Grund. Shit, wahrscheinlich war es doch das Beste, mit dem Arzt zu sprechen. Egal, wie lange es dauer…

Die Explosion erschütterte die Klinik wie ein überlautes Donnergrollen.

19

Phury nahm zwischen den Kiefern hinter den Garagen von Havers' Klinik Gestalt an – exakt in dem Moment, als die Alarmanlage losheulte. Das schrille elektronische Kreischen löste wildes Gebell unter den Hunden der Nachbarschaft aus, doch es bestand keine Gefahr, dass jemand die Polizei rufen würde. Das Warnsignal war so hoch eingestellt, dass es für menschliche Ohren nicht wahrzunehmen war.

Verflucht ... er war unbewaffnet.

Trotzdem stürmte er ohne Zögern zum Klinikeingang, bereit, notfalls mit bloßen Händen zu kämpfen.

Die Lage war jenseits eines Super-GAUs: Die Stahltür hing in den Angeln wie eine aufgeplatzte Lippe, durch die weit geöffneten Aufzugtüren konnte man den Schacht mit seinen Venen und Arterien aus Kabeln und Drähten sehen. Im Dach der Aufzugkabine, die weiter unten festhing, klaffte ein Loch wie die Einschusswunde einer Kugel in der Brust eines Mannes.

Rauchschwaden und der Geruch von Talkum trieben aus den Untergeschossen herauf. Das Süßsauer-Aroma in Kombination mit den Kampfgeräuschen von unten trieb Phurys Fänge aus seinem Kiefer, er ballte die Fäuste.

Er vergeudete keine Zeit mit Überlegungen, woher die *Lesser* den Standort der Klinik kannten, und er hielt sich auch nicht mit der Notleiter im Betonschacht der Aufzuganlage auf. Er sprang einfach herunter und landete auf dem noch unversehrten Teil des Kabinendachs. Noch ein Satz durch das Explosionsloch, und er stand vor dem totalen Chaos.

Im Wartebereich tanzten drei weißhaarige Vampirjäger mit Zsadist und Rehvenge den Squaredance und zerlegten das Reich der Plastikstühle, öden Zeitschriften und freudlosen Topfpflanzen in seine Einzelteile. Die ausgebleichten Bastarde waren offensichtlich gut trainierte Langzeitmitglieder, so kräftig und abgebrüht wie sie waren, aber Z und Rehv hielten auch nicht gerade die andere Wange hin.

Phury stürzte sich sofort ins Kampfgewühl. Er schnappte sich einen Metallstuhl vom Anmeldeschalter und schmetterte ihn wie einen Baseballschläger dem nächstbesten *Lesser* über den Schädel. Als der zu Boden ging, hob er den Stuhl hoch über den Kopf und stach ihm mit einem der dünnen Beine direkt in die Brust.

Es knallte und blitzte, und gleichzeitig ertönten laute Schreie aus dem Trakt mit den Krankenzimmern.

»Los!«, bellte Z, während er einem der anderen *Lesser* einen Tritt vor den Kopf versetzte. »Wir halten sie hier auf!«

Phury raste durch die Schwingtür.

Im Flur lagen Leute. Viele. Lagen in roten Blutlachen auf dem hellgrünen Linoleum.

Obwohl es ihm wehtat, nicht anzuhalten und nach ihnen zu sehen, musste er sich auf die Angestellten und Patienten konzentrieren, die noch am Leben waren. Eine Gruppe von ihnen rannte in Panik auf ihn zu, ihre weißen Mäntel und OP-Kittel flatterten hinter ihnen her wie Wäsche auf einer Leine im Wind.

Er hielt sie an Armen und Schultern fest. »Versteckt euch in den Krankenzimmern! Schließt euch ein! Schließt die verdammten Türen ab!«

»Keine Schlösser!«, brüllte jemand. »Und sie nehmen Patienten mit!«

»Verfluchte Scheiße.« Er sah sich um und entdeckte ein Schild. »Hat diese Arzneimittelkammer ein Schloss?«

Eine Schwester nickte, während sie schon einen Karabiner von ihrer Taille löste. Mit zitternder Hand hielt sie ihm einen Schlüssel hin. »Aber nur von außen. Ihr müsst … uns einschließen.«

Phury deutete mit dem Kopf auf die Tür mit der Aufschrift NUR FÜR PERSONAL. »Los, rein da.«

Das Grüppchen schlurfte heran und quetschte sich in den drei mal drei Meter kleinen Raum, an dessen Wänden Regale voller Medikamente und medizinischer Materialien bis an die Decke reichten.

Als er die Tür schloss, wusste er, dass er niemals vergessen könnte, wie sie da unter die Neonbeleuchtung in der niedrigen Kammer gedrängt standen: sieben zu Tode verängstigte Gesichter, vierzehn flehende Augen, siebzig Finger, die sich verschränkten, bis die einzelnen Körper zu einer einzigen Woge der Furcht verschmolzen.

Das hier waren Leute, die er kannte: Leute, die sich um ihn gekümmert hatten, wenn er eine Prothese brauchte. Leute, die wie er Vampire waren. Leute, die sich ein Ende dieses Krieges wünschten. Und sie wurden gezwungen, ihm zu vertrauen, weil er im Augenblick mehr Macht hatte als sie.

So fühlte es sich also an, Gott zu sein, dachte er ohne jeden Anflug von Neid auf den Job.

»Ich werde euch nicht vergessen.« Damit schloss er die

Tür, versperrte sie und hielt einen Moment inne. Man hörte immer noch Kampfgeräusche aus dem Anmeldungsbereich, aber abgesehen davon war alles still.

Kein weiteres Personal. Keine weiteren Patienten. Diese sieben waren die einzigen Überlebenden.

Er wandte sich von der Arzneimittelkammer ab und schlug die entgegengesetzte Richtung ein, weg von Z und Rehv, einem durchdringenden süßlichen Geruch folgend. Vorbei an Havers' Labor rannte er weiter bis zu dem verborgenen Quarantänezimmer, in dem Butch vor einigen Monaten gelegen hatte. Überall auf den Fußböden vermischten sich die Abdrücke schwerer Springerstiefel mit dem roten Blut von Vampiren.

Um Himmels willen, wie viele Jäger waren denn hier?

Wie auch immer die Antwort darauf lauten mochte, er hatte so eine Ahnung, wohin die *Lesser* unterwegs waren: die Evakuierungstunnel, das lag nahe bei Entführungen. Die Frage war nur: Woher wussten sie, dass es hier entlangging?

Phury stieß eine weitere Schwingtür auf und steckte den Kopf in die Leichenhalle. Die Kühleinheiten, die Edelstahltische und die Hängewaagen waren unangetastet. Logisch. Sie wollten nur, was noch lebte.

Er folgte dem Gang weiter und fand den Ausgang, den die Jäger benutzt hatten, um mit den Geiseln ins Freie zu gelangen. Von der Stahltür zum Tunnel war nichts mehr übrig, sie war ebenso wie der Hintereingang und das Dach der Aufzugkabine gesprengt worden.

Scheiße. Blitzsaubere Operation. Rein, raus. Und er mochte wetten, dass das nur die erste Offensive war. Mehr würden folgen, um den Bau zu plündern, denn die

Gesellschaft der *Lesser* war in diesen Dingen ziemlich mittelalterlich drauf.

Phury spurtete zurück zu dem Kampfschauplatz, falls Z und Rehv noch nicht aufgeräumt haben sollten. Unterwegs hielt er sich das Telefon ans Ohr, doch noch ehe V abheben konnte, steckte Havers den Kopf aus seinem Büro.

Phury legte schnell auf, um sich erst mal um den Doc zu kümmern, und betete still, dass Vs Überwachungssystem benachrichtigt worden war, als der Alarm in der Klinik losging. Wahrscheinlich schon, da die Systeme eigentlich gekoppelt sein sollten.

»Wie viele Krankenwagen habt ihr?«, herrschte er Havers an.

Der Arzt blinzelte hinter seiner Brille und streckte die Hand aus. Darin lag klappernd eine Neunmillimeter. »Ich habe eine Waffe.«

»Die du schön brav wieder in den Gürtel stecken und nicht benutzen wirst.« Das Letzte, was er gebrauchen konnte, war der Finger eines Amateurs am Abzug. »Los, steck sie weg, und hör mir zu. Wir müssen die Überlebenden hier rausschaffen. Wie viele Krankenwagen gibt es?«

Havers stopfte sich den Lauf der Beretta ungeschickt in die Hosentasche, sodass Phury schon Sorge hatte, er würde sich selbst in den Hintern schießen. »V-v-vier …«

»Gib mir das Ding.« Phury nahm ihm die Pistole ab, vergewisserte sich, dass sie gesichert war, und schob sie dem Arzt in den Hosenbund. »Vier Krankenwagen. Gut. Wir werden Fahrer brauchen …«

Der Strom war plötzlich weg, alles wurde pechschwarz. In der unvermittelten Dunkelheit fragte Phury sich, ob das vielleicht schon die zweite Welle von *Lessern* war, die durch den Schacht kamen.

Als der Reservegenerator ansprang und eine trübe Notbeleuchtung aufflackerte, packte er den Arzt am Arm und schüttelte ihn leicht. »Können wir durch das Haus zu den Krankenwagen gelangen?«

»Ja ...das Haus ... mein Haus ... Tunnel ...« Drei Schwestern tauchten hinter ihm auf. Sie waren zu Tode verängstigt, ihre Gesichter so weiß wie die Neonröhren über ihren Köpfen.

»O gütigste Jungfrau«, keuchte Havers, »die *Doggen* im Haus. Karolyn ...«

»Ich hole sie«, erklärte Phury. »Ich suche sie und bringe sie in Sicherheit. Wo sind die Schlüssel zu den Krankenwagen?«

Der Arzt griff hinter die Tür. »Hier.«

Gott sei Dank. »Die *Lesser* haben den Südtunnel gefunden, also müssen wir alle durch das Haus hier rausbringen.«

»Ist g-gut.«

»Wir beginnen mit der Evakuierung, sobald wir dieses Gebäude vorübergehend gesichert haben«, sagte Phury. »Ihr vier schließt euch so lange hier ein, bis ihr von einem von uns hört. Ihr werdet die Krankenwagen fahren.«

»W-wie haben die uns gefunden?«

»Keinen blassen Schimmer.« Phury schob Havers zurück in das Büro, schlug die Tür zu und brüllte ihm zu, er solle absperren.

Als er zurück in den Anmeldebereich kam, war der Kampf dort bereits vorüber, der letzte *Lesser* wurde gerade mit Rehvs rotem Schwert ins Vergessen befördert.

Z wischte sich die Stirn mit einer Hand ab, die einen schwarzen Fleck hinterließ. Er wandte sich an Phury und wollte von ihm wissen: »Lage?«

»Mindestens neun Mitarbeiter und Patienten tot, unbekannte Anzahl Entführter, Gebiet nicht gesichert.« Denn Gott allein wusste, wie viele *Lesser* sich immer noch in dem Labyrinth der Flure und Räume der Klinik aufhielten. »Schlage vor, Eingangsbereich sowie Südtunnel und Ausgang zum Haus zu sichern. Evakuierung wird Benutzung der Hintertreppe ins Haus erfordern, danach schneller Aufbruch mit Krankenwagen und Privatfahrzeugen. Klinikpersonal wird chauffieren. Ziel ist medizinische Ausweicheinrichtung auf der Cedar Street.«

Zsadist blinzelte zweimal, als würde ihn die fehlerfreie Logik überraschen. »Alles klar.«

Die Kavallerie traf eine Sekunde später ein. Rhage, Butch und Vishous landeten eins, zwei, drei im Aufzugschacht. Das Trio war bewaffnet wie drei Panzer und stinksauer.

Phury warf einen Blick auf die Uhr. »Ich hole die Patienten und das Personal hier raus. Ihr sucht nach versprengten *Lessern* im Gebäude und spielt Begrüßungskomitee für die nächste Welle.«

»Phury«, rief Zsadist, als er sich umdrehte.

Als der Angesprochene über die Schulter blickte, warf ihm sein Zwilling eine der beiden SIGs zu, die er immer bei sich trug.

»Pass gefälligst auf dich auf«, sagte Z.

Mit einem Nicken fing Phury die Waffe auf und trabte den Flur hinunter. Er schätzte kurz die Entfernung zwischen Arzneimittelkammer, Havers' Büro und dem Treppenhaus ab und hatte das Gefühl, dass die drei Punkte meilenweit, statt nur Meter voneinander entfernt waren.

Dann öffnete er die Tür zum Treppenhaus. Die Notbeleuchtung glühte rot, die Stille war golden. Er rannte die

Treppe hinauf, tippte den Code für das Türschloss zum Haus ein und steckte seinen Kopf in einen mit Holz vertäfelten Korridor. Der Duft von Zitronenpolitur kam von dem glänzenden Holzfußboden. Das Rosenaroma von einem Strauß auf einem Marmorsockel. Eine Lamm-Rosmarin-Mischung strömte aus der Küche.

Kein Talkum.

Karolyn, Havers' Haushälterin, spähte um die Ecke. »Herr?«

»Ruf alle Dienstboten zusammen …«

»Wir sind schon hier. Wir haben den Alarm gehört.« Sie deutete sich mit dem Kopf über die Schulter. »Wir sind zu zwölft.«

»Ist das Haus sicher?«

»Keine der Alarmanlagen ist losgegangen.«

»Ausgezeichnet.« Er warf ihr die Schlüssel zu, die Havers ihm gegeben hatte. »Lauft durch die Tunnel in die Garage, und schließt euch dort ein. Dann lasst jeden Krankenwagen und jedes Auto, das ihr findet, an, aber fahrt noch nicht los. Einer muss an der Tür stehen, damit ich mit den anderen reinkommen kann. Ich werde klopfen und meinen Namen sagen. Macht niemandem außer mir oder einem anderen Bruder die Tür auf. Verstanden?«

Es war schmerzhaft, die *Doggen* ihre Furcht herunterschlucken und nicken zu sehen. »Ist unser Herr …«

»Havers geht es gut. Ich bringe ihn zu euch.« Phury drückte ihre Hand. »Und jetzt geht. Und macht schnell. Wir haben keine Zeit zu verlieren.«

In Windeseile war er zurück in der Klinik. Er konnte seine Brüder durch die Flure streifen hören, erkannte jeden von ihnen am Klang seiner Stiefel, an seinem Duft und seinem Sprachmuster. Keine weiteren *Lesser,* wie es aussah.

Er ging zuerst in Havers' Büro und holte die vier dort ab, weil er Havers nicht zutraute, die Nerven zu behalten und abzuwarten. Glücklicherweise riss sich der Arzt zusammen und tat, was man ihm sagte. Zusammen mit den Schwestern eilte er die Treppe hinauf ins Haupthaus. Phury führte sie in den Tunnel, der zu den Garagen führte, und rannte mit ihnen durch die enge unterirdische Fluchtroute, die unter der Tiefgarage verlief.

»Welcher der Tunnel führt direkt zu den Krankenwagen?«, fragte er, als sie an eine Gabelung mit vier Abzweigungen gelangten.

»Der zweite von links, aber die Garagen sind alle miteinander verbunden.«

»Du und die Schwestern, ihr steigt zu den Patienten in die Krankenwagen. Also gehen wir hier entlang.«

Sie liefen, so schnell sie konnten. Irgendwann erreichten sie eine Stahltür, gegen die Phury mit der Faust hämmerte und dabei seinen Namen bellte. Das Schloss öffnete sich, und er schob seinen Trupp hinein.

»Ich hole den Rest«, sagte er, während sich alle umarmten.

Auf dem Weg zurück in die Klinik lief er Z in die Arme. »Habt ihr noch *Lesser* gefunden?«

»Nein. Ich hab V und Rhage zur Bewachung des Eingangs abgestellt, Rehv und ich kümmern uns um den Südtunnel.«

»Ich könnte Deckung für die Fahrzeuge gebrauchen.«

»Geht klar. Ich schicke Rhage. Ihr fahrt hinten raus, richtig?«

»Genau.«

Sie trennten sich, und Phury schlug den Weg zum Arzneimittelschrank ein. Seine Hand war absolut ruhig, als er den Schlüssel der Schwester aus der Tasche zog und an die Tür pochte.

»Ich bin's.« Dann erst schloss er auf und drehte am Knauf.

Wieder blickte er in ihre Gesichter und entdeckte die Erleichterung darin. Die allerdings nicht lange vorhielt, als sie die Waffe in seiner Hand bemerkten.

»Ich bringe euch durch das Haus raus«, sagte er. »Haben wir Bewegungseinschränkungen?«

Das kleine Grüppchen teilte sich und gab den Blick auf einen älteren Mann frei, der auf dem Boden saß. Er hatte eine Infusion im Arm, die eine der Schwestern über seinen Kopf hielt.

Mist. Phury drehte sich um. Keiner seiner Brüder war in der Nähe.

»Du.« Er zeigte auf einen Laboranten. »Trag ihn. Und du.« Er nickte der Schwester mit dem Infusionsbeutel zu. »Bleib bei ihnen.«

Der Laborant hob den Patienten auf, und die blonde Schwester hielt den Beutel hoch in die Luft. Die restlichen vier stellte Phury paarweise auf, immer einen Klinikmitarbeiter neben einen Patienten.

»Beeilt euch. Ihr könnt die Treppe ins Haus benutzen, von dort aus lauft ihr direkt in den Tunnel zur Garage, die erste Tür rechts. Ich bin direkt hinter euch. Los jetzt!«

Obwohl sie sich wirklich bemühten, dauerte es Jahre.

Jahre.

Er war kurz vorm Durchdrehen, als sie endlich die rot beleuchtete Treppe erreichten. Die Stahltür hinter sich zu verschließen war auch nur ein schwacher Trost, da die *Lesser* offenkundig Sprengstoff hatten. Die Patienten waren langsam, da sie erst vor ein oder zwei Tagen operiert worden waren. Am liebsten hätte er einen getragen, aber er konnte nicht riskieren, die Waffe nicht im Anschlag zu halten.

Auf dem oberen Treppenabsatz musste eine Patientin, die einen Verband um den Kopf trug, anhalten.

Ohne dazu aufgefordert zu werden, drückte die blonde Schwester dem Laboranten den Infusionsbeutel in die Hand. »Nur bis wir im Tunnel sind.« Dann nahm sie die in sich zusammensackende Frau auf die Arme. »Weiter.«

Phury nickte ihr zu und ließ sie vorgehen.

Langsam tröpfelte die Gruppe schlurfend und hustend ins Haus. Die Stille hier oben – ohne gellenden Alarm – war fantastisch. Phury verschloss die Tür zur Klinik hinter ihnen und führte sie zum Tunneleingang.

Während der Trupp weiterhumpelte, blieb die blonde Schwester mit der Frau auf dem Arm kurz stehen. »Hast du noch eine Waffe? Ich kann nämlich schießen.«

Phurys Augenbrauen schnellten hoch. »Nein, außer der hier …«

Da fiel sein Blick auf zwei blitzende Prunkschwerter an der Wand über einem der Türrahmen. »Nimm meine Pistole. Ich kann gut mit scharfen Sachen umgehen.«

Die Schwester reckte ihm ihre Hüfte entgegen, und er schob ihr Zs SIG in die Tasche des weißen Kittels. Dann drehte sie sich um und marschierte in den Tunnel, während er beide Schwerter von ihren Messinghaken hob und ihr nachlief.

Als sie die Tür zur Garage erreichten, klopfte er wieder, rief seinen Namen, und die Tür wurde geöffnet. Statt aber einfach nur hineinzugehen, drehte sich jeder einzelne dieser Vampire, die er hierhergebracht hatte, zu ihm um.

Sieben Gesichter. Vierzehn Augen. Siebzig immer noch verkrampfte Finger.

Doch jetzt war es anders.

Ihre Dankbarkeit machte die andere Hälfte des Gottes-Jobs aus, und er war überwältigt von ihrer Hingabe und ihrer Erleichterung. Ihre kollektive Erkenntnis, dass sie ihr Vertrauen zu Recht in ihn gesetzt hatten, und dass die Belohnung dafür ihr Leben war, war eine greifbare Kraftquelle.

»Noch haben wir es nicht geschafft«, sagte er zu ihnen.

Als Phury das nächste Mal auf die Uhr sah, waren dreiunddreißig Minuten vergangen.

Dreiundzwanzig Patienten, Klinikmitarbeiter und Haushalts-*Doggen* waren durch die Garagen evakuiert worden. Die Krankenwagen und Autos hatten nicht die offizielle Ausfahrt genommen, die der Rückseite des Hauses gegenüberlag, sondern waren durch verborgene Rolltore in der gegenüberliegenden Mauer direkt in den lichten Wald hinter dem Anwesen gerast. Einer nach dem anderen waren sie ohne Licht und ungebremst losgefahren. Und einer nach dem anderen waren sie entkommen und in der Nacht verschwunden.

Die Operation schien ein voller Erfolg zu werden, und doch blieb ein schales Gefühl in ihm zurück.

Die *Lesser* waren nicht wiedergekommen.

Das passte nicht zu ihnen. Unter normalen Umständen schwärmten sie aus, sobald sie erst einmal irgendwohin vorgedrungen waren. Sie hatten grundsätzlich die Anweisung, so viele Vampire wie möglich gefangen zu nehmen, um aus ihnen Informationen herauszufoltern, und dann alles auszuräumen, was nicht niet- und nagelfest war. Warum hatten sie nicht mehr Männer geschickt? Besonders in Anbetracht der Wertgegenstände in Havers' Klinik und Haus und des Umstands, dass die Jäger wissen mussten, dass es dort vor kampfbereiten Brüdern nur so wimmeln würde.

Phury ging noch einmal zurück und vergewisserte sich erneut, dass wirklich alle Krankenzimmer leer waren. Es war ein beklagenswerter Anblick. Leichen. Viele, viele Leichen. Und das gesamte Krankenhaus in Trümmern, so tödlich verwundet wie die Opfer überall auf den Gängen. Bettlaken lagen auf dem Fußboden, Kissen waren verstreut, Überwachungsmonitore und Infusionshalter umgekippt. In den Fluren lag wahllos Verbandsmaterial, dazwischen überall diese schaurigen Abdrücke von Stiefeln mit schwarzen Sohlen und rotes, glänzendes Blut.

Überstürzte Evakuierungen waren keine saubere Angelegenheit. Genauso wenig wie Kampfhandlungen.

Als er sich dem Anmeldebereich zuwandte, kam es ihm unheimlich vor, dass um ihn herum kein geschäftiges Treiben mehr stattfand. Nur die Klimaanlage und die Computer brummten. Hin und wieder klingelte ein Telefon, aber niemand ging dran.

Die Klinik war wahr und wahrhaftig herztot, nur Reste von Hirnaktivität waren noch vorhanden.

Weder diese Einrichtung noch Havers' wunderschönes Haus würde jemals wieder genutzt werden. Die Tunnel wie auch alle intakten Sicherheitstüren innen und außen würden versiegelt werden, die Alarmanlagen und Rollläden aktiviert. Die gesprengten Eingänge würde man mit Stahlplatten verschweißen. Irgendwann würde ein bewaffneter Trupp Erlaubnis erhalten, das Haus zu betreten und die Möbel und persönliche Habe durch die Tunnel wegzuschaffen, doch das würde noch ein Weilchen dauern. Und hing davon ab, ob die *Lesser* schließlich doch noch mit ihren Einkaufswagen zurückkämen.

Gott sei Dank besaß Havers noch eine sichere Unterkunft, die er und seine Dienstboten nutzen konnten, und die Patienten wurden bereits in der Behelfsklinik untergebracht. Die Krankenakten und Laborergebnisse wurden auf einem externen Server aufbewahrt, waren also weiterhin zugänglich. Allerdings müssten die Schwestern schleunigst Medikamente und Zubehör beschaffen.

Das echte Problem würde sein, ein neues, voll funktionstüchtiges, dauerhaftes Krankenhaus auszurüsten, denn das würde Monate dauern und Millionen von Dollar verschlingen.

Als Phury vor dem Empfangstresen ankam, klingelte eines der Telefone, dessen Hörer noch auf der Gabel lag. Der AB sprang an, die Ansage war inzwischen geändert worden: »Dieser Anschluss wurde stillgelegt. Bitte wenden Sie sich an die folgende Informationshotline.«

Vishous hatte diese neue Nummer eingerichtet, damit die Leute Namen und Anliegen hinterlassen konnten. Sobald ihre Identität und ihre Anfrage überprüft worden waren, würden die Mitarbeiter der Behelfsklinik sie zurückrufen. Da jeder Anruf über Vs Computeranlage in der Höhle geleitet wurde, konnte er sämtliche Nummern erfassen. Sollten also die *Lesser* herumschnüffeln, könnten die Brüder ihre Anrufe zurückverfolgen.

Phury hielt inne und lauschte angestrengt, die SIG fest umklammernd. Havers war so clever gewesen, in jedem der Krankenwagen eine Waffe unter dem Fahrersitz aufzubewahren, weswegen Zs Neuner wieder in den Schoß der Familie zurückgekehrt war, sozusagen.

Stille. Nichts Ungewöhnliches. V und Rhage waren in der Behelfsklinik für den Fall, dass die Karawane vom Feind verfolgt worden war. Zsadist verschweißte den Eingang zum Südtunnel. Rehvenge war vielleicht sogar schon weg.

Obwohl im Augenblick keine Gefahr drohte, war er bereit zu schießen und zu töten. Aktionen wie diese hier machten ihn immer nervös …

Schade eigentlich. Das war vermutlich seine letzte derartige Aktion gewesen. Und er hatte nur daran teilgenommen, weil er auf der Suche nach Zsadist gewesen war, nicht weil er als Mitglied der Bruderschaft dazu gerufen worden wäre.

Bemüht, sich nicht zu sehr in das Ganze reinzusteigern, lief Phury in einen anderen Flur, der ihn zum Notaufnahmetrakt führte. Er kam gerade an einer Arzneimittelkammer vorbei, als er das Klirren von Glas auf Glas hörte.

Blitzschnell hob er Zs Waffe hoch vor sein Gesicht und schob sich in den Türrahmen. Ein schnelles Vorbeugen, und er sah, was los war: Rehvenge stand vor einem verschlossenen Schrank mit einem faustgroßen Loch in der Scheibe und schaufelte Ampullen in die Taschen seines Zobelmantels.

»Entspann dich, Vampir«, sagte er, ohne sich umzudrehen. »Das ist nur Dopamin. Ich hab nicht vor, Oxycodon auf dem Schwarzmarkt zu verhökern oder so einen Quatsch.«

Phury ließ die Waffe sinken. »Warum nimmst du dann …«

»Weil ich es brauche.«

Als das letzte Fläschchen ausgeräumt war, wandte Rehv sich von dem Schrank ab. Seine Amethystaugen waren hellwach wie immer, wie die einer Viper. Er sah eigentlich immer aus, als kalkulierte er gerade seine Schlagreichweite, selbst in Gegenwart der Brüder.

»Also, was glaubst du – wie haben sie die Klinik gefunden?«, fragte Rehv.

»Keine Ahnung.« Phury deutete mit dem Kopf zur Tür. »Komm schon, wir hauen ab. Es ist hier nicht sicher.«

Das breite Lächeln entblößte Fänge, die immer noch ausgefahren waren. »Ich bin ganz zuversichtlich, dass ich auf mich selbst aufpassen kann.«

»Zweifelsohne. Aber es wäre trotzdem wahrscheinlich eine gute Idee, sich von hier zu verziehen.«

Rehv durchquerte die Arzneimittelkammer bedächtig, wich heruntergefallenen Kartons mit Bandagen, Gummihandschuhen und Thermometerhüllen aus. Er stützte sich schwer auf seinen Stock, doch nur ein Narr hätte ihn deshalb fälschlicherweise für beeinträchtigt gehalten.

Sein Tonfall war so freundlich, wie er überhaupt werden konnte, als er sanft fragte: »Wo sind deine schwarzen Dolche, Enthaltsamer?«

»Geht dich nichts an, Sündenfresser.«

»Stimmt.« Rehv stupste ein Bündel Holzspatel mit dem Stock aus dem Weg, als versuchte er, sie zurück in ihre Schachtel zu schieben. »Ich finde, du solltest wissen, dass dein Zwilling mit mir gesprochen hat.«

»Ach nee.«

»Zeit zu gehen.«

Beide hoben den Kopf. Im Flur hinter ihnen stand Zsadist, die Augenbrauen tief über schwarzen Augen zusammengezogen.

»Im Sinne von ›auf der Stelle‹.«

Rehv lächelte ruhig, als sein Handy klingelte. »Das

passt ja perfekt. Mein Taxi ist da. War mir ein Vergnügen, mit euch Geschäfte zu machen, Gentlemen. Bis demnächst.«

Er trat um Phury herum, nickte Z zu und klemmte sich das Handy ans Ohr, während er sich mit seinem Stock von dannen machte. Seine Schritte verhallten, und dann war da nur noch sehr viel Stille.

Phury beantwortete die Frage, bevor sein Bruder sie überhaupt stellen konnte. »Ich bin gekommen, weil du meine Anrufe nicht angenommen hast.«

Er streckte ihm die SIG mit dem Kolben voran entgegen.

Zsadist nahm sie an, überprüfte die Kammer, steckte sie dann ins Holster. »Ich war zu sauer, um mit dir zu sprechen.«

»Aber ich habe gar nicht unseretwegen angerufen. Ich habe vorhin Bella im Esszimmer gefunden. Sie wirkte sehr schwach, also habe ich sie ins Bett verfrachtet. Ich glaube, es wäre gut, wenn Jane ihr einen Besuch abstatten würde, aber das liegt natürlich bei dir.«

Aus Zsadists Gesicht wich alle Farbe. »Hat Bella gesagt, dass etwas nicht in Ordnung ist?«

»Es war alles okay, als sie sich hingelegt hat. Sie meinte, sie hätte nur zu viel gegessen. Aber …« Vielleicht hatte er unrecht mit den Blutungen? »Ich glaube wirklich, Jane sollte mal …«

Ohne das Ende des Satzes abzuwarten, raste Zsadist los, seine schweren Stiefel dröhnten durch den leeren Flur, das donnernde Geräusch hallte in der leeren Klinik wider.

Phury folgte ihm gemächlich. Er dachte an seine Rolle als Primal, stellte sich vor, er würde mit derselben Besorgnis und Hast und Verzweiflung zu Cormia eilen. Gott, er sah sie so klar und deutlich vor sich … sie mit seinem Baby in sich, er dauernervös, genau wie Z.

Er blieb stehen und spähte in ein Krankenzimmer.

Wie sein Vater sich wohl gefühlt hatte, während er an der Seite seiner Mutter stand, als diese ihm zwei gesunde Jungen gebar? Wahrscheinlich war er selig vor Glück gewesen … bis Phury herausgeschlüpft und das Übermaß an Segen gewesen war.

Geburten waren in so vielerlei Hinsicht ein totales Glücksspiel.

Während Phury weiter auf den gesprengten Aufzug zulief, dachte er, ja, seine Eltern hatten vermutlich von Anfang an geahnt, dass zwei gesunde Söhne zu einem Leben voller Leid und Kummer führen würden. Sie waren strikte religiöse Anhänger des auf Gleichgewicht basierenden Wertesystems der Jungfrau der Schrift gewesen. In gewisser Weise waren sie vermutlich nicht überrascht gewesen, als man Z verschleppte, denn das hatte die Balance wiederhergestellt.

Vielleicht hatte sein Vater deshalb die Suche nach Zsadist eingestellt, nachdem er erfahren hatte, dass die Kinderfrau gestorben und der verlorene Sohn in die Sklaverei verkauft worden war. Vielleicht hatte Ahgony begriffen, dass seine Anstrengungen Zsadist nur noch tiefer verdammen würden – dass sein Bestreben, den Entführten zurückzuholen, den Tod der Kinderfrau verursacht und nicht nur schlimme, sondern ganz unerträgliche Folgen nach sich gezogen hatte.

Vielleicht hatte er sich selbst die Schuld daran gegeben, dass Zsadist zum Sklaven geworden war.

Das konnte Phury so gut nachvollziehen.

Er betrachtete das Wartezimmer, das so verwüstet

und demoliert war wie eine Kneipe nach einer Massenschlägerei.

Er dachte an Bella und ihre riskante Schwangerschaft und machte sich Sorgen, ob der Fluch schon verbraucht war.

Wenigstens hatte er Cormia von seinem Vermächtnis befreit.

Der Zauberer nickte. *Gut gemacht, mein Freund. Du hast sie gerettet. Das ist die erste lohnenswerte Tat, die du überhaupt je getan hast.*

Sie ist ohne dich viel, viel besser dran.

20

Mr. D parkte hinter dem Bauernhaus und machte den Motor aus. Die Einkaufstüten auf dem Beifahrersitz nahm er gleich mit, als er ausstieg. Der Kassenbon belief sich auf 147,73 Dollar.

Seine Kreditkarte war gesperrt gewesen, also hatte er einen Scheck ausgestellt, ohne sicher zu sein, ob er gedeckt war, ganz wie in den alten Zeiten. Sein Daddy war ein Meister im geldlosen Zahlungsverkehr gewesen.

Mr. D trat die Autotür des Focus zu und fragte sich, ob der eigentliche Grund, warum die *Lesser* immer solche Schrottkarren fuhren, gar nicht der war, dass die Gesellschaft möglichst unauffällig agieren wollte, sondern dass sie pleite war. Früher brauchte man sich nie Sorgen zu machen, ob die Kreditkarte noch funktionierte oder ob man schnell an neue Waffen kam. Mann, als Mr. R noch Haupt-*Lesser* gewesen war, in den Achtzigern, da schnurrte die Firma wie eine Nähmaschine.

Heute war das anders. Und jetzt war das sein Problem. Er sollte vermutlich rauskriegen, wo die ganzen Konten waren, aber er hatte keinen blassen Schimmer, wo er mit der Suche anfangen sollte. Es hatte eine so heftige Fluktuation unter den Haupt-*Lessern* gegeben, dass er kaum sagen konnte, wann es zuletzt irgendeine Form von Organis…

Mr. X.

Mr. X hatte ziemlich fest im Sattel gesessen, und er hatte diese Hütte im Wald gehabt – Mr. D war ein- oder zweimal dort gewesen. Falls überhaupt noch irgendwelche Infos zu bekommen waren, dann wahrscheinlich dort, in welcher Form auch immer.

Denn eins war klar: Wenn *seine* Kreditkarten nicht funktionierten, dann galt das auch für die der anderen. Was wiederum bedeutete, dass die Vampirjäger auf eigene Faust versuchten, an Geld zu kommen, indem sie Menschen beklauten oder Beute von ihren Plünderzügen behielten.

Vielleicht hätte er ja Glück, und das Sparschwein war randvoll und nur in dem ganzen Trubel verschüttgegangen. Allerdings hatte er so eine Ahnung, dass dem nicht so sein würde.

Erneut setzte Regen ein, und Mr. D hielt das Fliegengitter der Hintertür mit der Hüfte fest, während er aufschloss. Er ging in die Küche und hielt den Atem an; die beiden Leichen stanken erbärmlich. Der Mann und die Frau spielten immer noch makabre Bettvorleger, aber eine gute Seite am *Lesser*-Dasein war, dass man serienmäßig mit einem eigenen Lufterfrischer ausgestattet war. Innerhalb von Sekunden roch er sie nicht mehr.

Als er die Einkaufstüten auf der Arbeitsfläche abstellte, wehte ein extrem merkwürdiges Geräusch durchs Haus, ein Summen … wie ein Schlaflied.

»Meister?« Entweder das oder jemand hörte den Disneychannel im Radio.

Er ging ins Esszimmer und blieb wie angewurzelt stehen.

Omega stand neben dem ranzigen Tisch und beugte

sich über den flach ausgestreckten, nackten Körper eines blonden männlichen Vampirs. Die Kehle des Vampirs war dicht am Kinn aufgeschlitzt, doch die Wunde war genäht worden, und zwar nicht im Stil einer Autopsie. Das war eine allerliebste, saubere kleine Naht.

War das Wesen lebendig oder tot? Mr. D konnte es nicht erkennen – nein, Moment, die massige Brust bewegte sich kaum merklich auf und ab.

»Er ist so wunderschön, findest du nicht?« Omegas schwarze, durchsichtige Hand schwebte über den Gesichtszügen des Mannes. »Blond wie ein Lichtquell. Die Mutter war blond. Ha! Man sagte mir, ich besäße keine Schöpferkraft. Nicht wie *sie*. Aber unser Vater hat sich geirrt. Sieh dir meinen Sohn an: mein eigen Fleisch.«

Mr. D hatte das Gefühl, etwas sagen zu müssen, so als hielte man ihm ein Neugeborenes vor die Nase. »Er ist ein gutaussehender Bursche, Sir.«

»Hast du, was ich brauche?«

»Jawohl, Sir.«

»Bring mir die Messer.«

Als Mr. D mit den Einkaufstüten zurückkehrte, legte Omega gerade eine Hand über die Nase des Vampirs und die andere auf seinen Mund. Dessen Augen klappten auf, doch er konnte nicht mehr ausrichten, als schwach nach der Robe Omegas zu schlagen.

»Mein Sohn, wehre dich nicht«, hauchte das Böse voller Genugtuung. »Die Zeit für deine zweite Geburt ist gekommen.«

Das panische Zucken wurde immer heftiger, bis die Fersen des Vampirs auf den Tisch klopften und die Handflächen auf dem Holz quietschten. Wild und unkoordiniert schlenkerte er mit Armen und Beinen wie eine Puppe. Und dann war es vorbei, und der Mann starrte mit leeren Augen und schlaffem Mund nach oben.

Zum prasselnden Regen draußen am Fenster wischte sich Omega die Kapuze vom Haupt und öffnete die Schnalle seiner Robe. Mit einer eleganten Bewegung streifte er das Gewand ab und warf den Seidenstoff quer durch den Raum. Er segelte in die Ecke und blieb dort aufrecht hängen, als wäre er auf einer Schaufensterpuppe drapiert.

Omega reckte sich, wurde lang und dünn wie ein Gummimann, bis er den billigen Kronleuchter, der über dem Tisch hing, oben an der Aufhängung erreichte. Er riss die Kette ab und schleuderte das Gerät ebenfalls in die Ecke. Im Gegensatz zu Omegas Gewand landete es nicht sanft, sondern hauchte – falls das nicht längst geschehen war – in einem Gewirr aus zerbrochenen Birnen und verdrehten Messingarmen sein Leben aus.

Nun hingen nackte Kabel wie Lianen aus der fleckigen Decke und baumelten über der Leiche des Vampirs.

»Messer, bitte«, sagte Omega.

»Welches?«

»Das mit der kurzen Klinge.«

Mr. D wühlte in den Tüten, fand das Gewünschte und kämpfte dann geraume Zeit mit der dicken Plastikhülle, die so fest war, dass er sich vor Frust am liebsten selbst erstochen hätte.

»Schluss jetzt«, fauchte Omega und streckte ihm die Hand hin.

»Ich könnte eine Schere suchen …«

»Gib es mir.«

Sobald die Verpackung die Schattenhand des Meisters nur berührte, schmolz das Plastik, kräuselte sich von der

Klinge und fiel als spiralförmige braune Schlangenhaut zu Boden.

Omega wandte sich dem Vampir zu, testete die Schärfe des Messers an seinem eigenen Schattenarm, lächelte, als schwarzes Öl aus dem Schnitt quoll.

Es sah aus, als würde er ein Schwein ausweiden, und es ging genauso schnell. Während Donner um das Haus grollte, als suchte er nach einem Weg ins Innere, zog Omega die Klinge mitten über den Körper des Vampirs, von der Wunde an der Kehle bis hin zum Nabel. Der Geruch von Blut und Fleisch stieg auf, übertönte den süßlichen Duft des Meisters.

»Bring mir die Kanope.«

Mr. D holte eine blaue Keramikdose mit Deckel, die er in der Haushaltswarenabteilung gefunden hatte. Gleichzeitig war er versucht, den Meister darauf hinzuweisen, dass es noch zu früh war, das Herz zu entfernen, da Omegas Blut zuerst in den Kreislauf eingespeist werden musste. Wobei ihm dann einfiel, dass der Vampir ja sowieso schon tot war, also war das ja wohl egal.

Das hier war eindeutig keine alltägliche Einführung in die Gesellschaft.

Mit der Fingerspitze öffnete Omega den Brustkorb der Leiche. Beim Geruch der brennenden Knochen rümpfte Mr. D unwillkürlich die Nase. Daraufhin wurden die Rippen von unsichtbaren Händen, dem Willen des Meisters folgend, gespreizt und das reglose Herz freigelegt.

Omegas durchsichtige Finger drangen in den Herzbeutel ein. Mit leicht genervtem Gesichtsausdruck zupfte er den Muskel von den Arterien und Venen ab. Rotes Blut strömte auf die blasse Haut der Brust des Vampirs.

Mr. D hielt die Kanope schon bereit, nahm den Deckel

ab und hielt sie unter Omegas Hand. Flammen schlugen aus dem Herzen empor, dann rieselte ein Aschestrahl in das Keramikgefäß.

»Hol die Eimer«, befahl Omega.

Mr. D setzte den Deckel auf die Kanope und stellte sie in die Ecke, dann zog er vier rote Plastikeimer aus einer Tüte. Er stellte je einen unter Arme und Beine des Vampirs, während Omega um den Tisch herumlief und die Hand- und Fußgelenke aufschnitt, um den Körper auszubluten. Es war erstaunlich, wie schnell der Vampir an Farbe verlor, bis er jenseits von Weiß ein bläuliches Grau annahm.

»Jetzt das Messer mit dem Wellenschliff.«

Mr. D mühte sich gar nicht erst mit der Schutzhülle ab; Omega schmorte sich einfach durch das Plastik, nahm dann das Messer in die eine und legte die freie andere Hand auf den Tisch. Er ballte seine Finger zur Faust und sägte dann sein eigenes Handgelenk durch. Es klang so laut, als arbeitete er sich durch uraltes Hartholz. Als er fertig war, gab er Mr. D das Messer zurück, nahm seine Hand und legte sie in die leere Brusthöhle.

»Sei guten Mutes, mein Sohn«, flüsterte Omega, während schon eine neue Hand am Stumpf seines Unterarms erschien. »Schon bald wirst du mein Blut durch dich strömen fühlen.«

Damit zog Omega das andere Messer über sein neu gebildetes Handgelenk und hielt die Wunde über die schwarze Faust.

Mr. D erinnerte sich noch gut an diesen Teil seiner eigenen Initiation. Er hatte geschrien, und das nicht nur vor körperlichen Schmerzen. Er war hereingelegt worden. So was von reingelegt. Man hatte ihm etwas völlig anderes versprochen, als er bekommen hatte, und vor Schmerz und Entsetzen war er ohnmächtig geworden. Als er wieder zu sich kam, war er komplett verändert gewesen – ein lebender Toter, ein impotenter, wandelnder Körper, der Böses tat.

Er hatte gedacht, es wäre einfach eine Gang. Er hatte geglaubt, man würde ihn ein bisschen schikanieren, vielleicht ein Brandmal aufdrücken, ein Zeichen, dass er jetzt dazugehörte.

Er wusste ja nicht, dass er aus der Nummer niemals wieder rauskäme. Oder dass er kein Mensch mehr wäre.

Das Ganze erinnerte ihn an einen Spruch, den seine Mama gern benutzt hatte: *Wenn du dich mit einer Schlange einlässt, musst du damit rechnen, gebissen zu werden.*

Urplötzlich war der Strom weg.

Omega trat zurück, und ein Brummen begann. Dieses Mal allerdings war es definitiv kein Schlaflied von Disney, sondern die Anrufung einer großen Macht, das unmittelbar bevorstehende Einbringen einer unsichtbaren Kraft. Immer lauter wurden die Vibrationen, das ganze Haus begann zu beben, Staub rieselte aus Sprüngen in der Decke, die Eimer tanzten auf dem Fußboden. Mr. D dachte an die Leichen in der Küche und überlegte, ob sie wohl auch eine kesse Sohle aufs Parkett legten.

Gerade noch rechtzeitig hielt er sich die Ohren zu und zog den Kopf ein.

Ein Blitzschlag traf das Dach des Bauernhauses. Bei dem Lärm, den er veranstaltete, konnte das kein Querschläger oder Bruchstück sein.

O nein – das war kein Steinsplitter, der einem ins Auge flog; das hier war der komplette Felsbrocken, der mitten auf dem Schädel landete. Das Geräusch tat in den Ohren weh, Mr. D zumindest, und die Wucht des Aufpralls war so gewaltig, dass er befürchtete, das ganze Haus könnte über ihnen zusammenbrechen. Omega brauchte sich darum ganz offensichtlich keine Sorgen zu machen. Er hielt einfach nur mit dem fanatischen Ausdruck eines Sonntagspredigers verzückt und hingerissen den Kopf hoch erhoben wie ein wahrhafter Gläubiger, der auf seine Strychnindosis und seine Klapperschlange wartet.

Der Blitz schlängelte sich durch die elektrischen Leitungen des Hauses und trat als flüssiger, hellgelber Energiestrahl unmittelbar über dem Toten aus. Die herabhängenden Kabel des Kronleuchters lenkten ihn genau in das Becken, das die offene Brust des Vampirs mit seinem öligen Handherz bot.

Der Körper explodierte. Arme und Beine flogen durch die Luft, die Brust blähte sich auf. Sofort warf sich der Meister wie eine zweite Haut über den jungen Mann, damit sein Fleisch nicht auseinanderflog wie ein geplatzter Reifen.

Als der Blitz sich wieder zurückzog, hing der Vampir frei schwebend in der Luft, seine Omega-Decke schimmerte in der Dunkelheit.

Die Zeit … blieb stehen.

Das merkte Mr. D daran, dass die billige Kuckucksuhr an der Wand nicht mehr tickte. Vorübergehend gab es keine Aneinanderreihung von Augenblicken, nur ein unendliches Jetzt, während das, was ohne Atem gewesen war, seinen Weg zurück in das Leben fand, das es verloren hatte.

Besser gesagt: dessen es beraubt worden war.

Sanft sank der Vampir zurück auf den Tisch, Omega

löste sich von ihm und nahm wieder Gestalt an. Flüsternde Geräusche kamen über die grauen Lippen des jungen Mannes, jeder Luftzug in die Lungen wurde von einem Pfeifen begleitet. Das Herz flatterte in der offenen Brusthöhle, fand dann einen Rhythmus und begann schließlich, vernünftig zu pumpen.

Mr. D konzentrierte sich auf das Gesicht.

Die Totenblässe wurde langsam von einem eigenartigen rosigen Schimmer abgelöst, wie ihn kleine Kinder hatten, wenn sie im Wind herumgetollt waren. Doch das hier hatte mit Gesundheit nichts zu tun. O nein. Das hier war eine Wiederbelebung.

»Komm zu mir, mein Sohn.« Omega machte eine Handbewegung über der Brust. Fleisch und Knochen schlossen sich wieder und verschweißten sich vom Nabel bis hin zur Naht an der Kehle. »Lebe für mich.«

Der Vampir fletschte die Fänge. Schlug die Augen auf. Und brüllte.

Qhuinn trieb nicht gemächlich zurück in seinen Körper. O nein. Als er vor der weißen Tür zurückwich und dann rannte wie ein Hase, kehrte das Leben auf der Erde im Schnelldurchlauf zu ihm zurück, sein Geist schlug in seiner Haut auf, als hätte ihm der Schleier persönlich einen allmächtigen Tritt in den Hintern verpasst.

Fremde Lippen pressten sich hart auf seinen Mund, Luft wurde in seine Lungen gedrückt. Dann hämmerte jemand auf seine Brust und zählte dabei mit. Es folgte eine kurze Pause, gefolgt von neuer Luft. An sich ein angenehmer Rhythmus: Atmen. Hämmern. Atmen. Atmen. Hämmern …

Qhuinns Körper bäumte sich mit einem Ruck auf,

als wäre er gelangweilt von den Atemhilfen. Durch das krampfartige Zucken löste er sich von dem fremden Mund und holte ganz allein tief Luft.

»Gott, ich danke dir«, sagte Blay mit erstickter Stimme.

Qhuinn erhaschte einen kurzen Blick auf die weit aufgerissenen, tränenfeuchten Augen seines Freundes, dann rollte er sich auf der Seite zusammen. In flachen, keuchenden Zügen sog er Luft ein, spürte, wie sein Herz den Ball annahm und damit weiterdribbelte und aus eigenem Antrieb schlug. Er spürte ein kurzes »Hurra, ich lebe noch«-Hoch, dann allerdings traf ihn der Schmerz, überspülte ihn, ließ ihn sich zurück ins Jenseits wünschen. Sein Kreuz fühlte sich an, als hätte es jemand mit einem Zimmermannshammer bearbeitet.

»Los, tragen wir ihn ins Auto«, bellte Blay. »Er muss ins Krankenhaus.«

Qhuinn zwang mühsam ein Augenlid nach oben und sah an sich herab. John stand zu seinen Füßen und nickte mit dem Kopf wie ein Wackeldackel.

Aber nein … nein, dorthin durften sie ihn nicht bringen. Die Ehrengarde war noch nicht fertig mit ihm … Scheiße, sein eigener Bruder …

»Nicht … Krankenhaus«, ächzte Qhuinn.

Klappe, gab John zurück.

»Nicht ins Krankenhaus.« Mochte ja sein, dass sein Leben momentan nicht vielversprechend aussah, aber so eilig hatte er es auch wieder nicht, einen Exitus-Whopper mit Pommes zu bestellen. Blay beugte sich zu ihm herunter. »Dich hat ein Auto angefahren und Fahrerflucht begangen.«

»Kein … Auto.«

Blay verstummte kurz. »Was dann?« Qhuinn sah ihm

nur in die Augen und wartete, bis er von selbst darauf kam. »Moment mal ... war das etwa eine Ehrengarde? Hat Lashs Familie dir eine Ehrengarde auf den Hals gehetzt?«

»Nicht Lashs ...«

»Deine eigene?«

Qhuinn nickte, weil seine geschwollenen Lippen zu bewegen einfach zu anstrengend war.

»Eine Ehrengarde soll eigentlich nicht töten.«

»Ach nee.«

Blay sah John an. »Wir können ihn nicht zu Havers bringen.«

Dann eben Jane, zeigte John. *Dann brauchen wir Doc Jane.*

Als John sein Handy zückte, wollte Qhuinn den Vorschlag schon abschießen, als er etwas an seinem Arm flattern spürte. Blays Hand zitterte so heftig, dass er nichts festhalten konnte. Verdammt, sein ganzer Körper zitterte.

Qhuinn schloss die Augen und streckte den Arm aus. Er lauschte dem sanften Tippen von Johns SMS und drückte Blays Hand, um seinen Freund zu trösten. Und sich selbst.

Eineinhalb Minuten später verkündete ein Piepen, dass John eine Antwort erhalten hatte.

»Was sagen sie?« John musste wohl etwas in Gebärdensprache gesagt haben, denn Blay hauchte: »O mein Gott. Aber sie kommt, ja? Gut. Zu mir nach Hause? Alles klar. Dann nichts wie weg hier.«

Vier Hände hoben ihn von der Straße hoch, und Qhuinn grunzte vor Schmerz ... was vermutlich ein gutes Zeichen war, weil es bedeutete, dass er tatsächlich von den Toten zurückgekehrt war. Nachdem seine Kumpels ihn auf den Rücksitz des Wagens gelegt hatten und selbst eingestiegen waren, spürte er das sanfte Vibrieren des BMW-Motors.

Als er die Augen das nächste Mal öffnete, fand er Johns Blick auf sich gerichtet. Obwohl sein Freund vorne saß, hatte er sich so weit herumgedreht, dass er Qhuinn beobachten konnte.

John wirkte besorgt und wachsam. Als wäre er nicht sicher, ob Qhuinn es schaffen würde … und er dachte an das, was vor vier Stunden und zehn Millionen Jahren in diesem Umkleideraum passiert war.

Qhuinn hob die zerschundenen Hände und gebärdete etwas wacklig: *Für mich bist du immer noch derselbe. Es hat sich nichts geändert.*

Johns Blick schnellte nach links, und er starrte aus dem Fenster. Die Scheinwerfer des Autos hinter ihnen fielen auf das Gesicht seines Freundes, befreiten es aus der Dunkelheit. Seine stolzen, schönen Gesichtszüge drückten klar und deutlich Zweifel aus.

Qhuinn schloss die Augen.

Was für eine grauenhafte Nacht das doch war.

21

»Ogottogott. Das Kleid ist ja eine Katastrophe.«

Cormia lachte und hielt den Blick auf Bellas und Zsadists Fernseher gerichtet. *Project Runway* war eine fesselnde Sendung. »Was ist das, was da auf dem Rücken hängt?«

Bella schüttelte den Kopf. »Schlechter Geschmack in Seide manifestiert. Sollte allerdings ursprünglich eine Schleife sein, glaube ich.«

Die beiden lagen ausgestreckt auf dem Doppelbett, die Köpfe hinten angelehnt. Zwischen ihnen lag die Katze des Haushalts und genoss in vollen Zügen, von zwei Händen gleichzeitig gestreichelt zu werden. Boo schien das Kleid auch nicht besser zu gefallen als Bella; seine grünen Augen waren mit Abscheu auf den Bildschirm gerichtet.

Cormia schob ihre Hand von seinem Rücken auf die Flanke. »Die Farbe ist aber ganz hübsch.«

»Das macht aber nicht wett, dass es aussieht wie ein eingeschweißtes Segelboot. Schau, das Schiffstau hängt über dem Hinterteil.«

»Ich weiß noch nicht mal, was ein Segelboot ist. Ganz zu schweigen von einem eingeschweißten.«

Bella deutete auf den Flachbildschirm an der gegenüberliegenden Wand. »Das, was du da vor dir siehst. Stell dir einfach unter diesem Albtraum aus Seide ein auf dem Wasser treibendes Auto vor – voilà.«

Cormia lächelte. Die Zeit mit dieser Vampirin hier war sowohl aufschlussreich als auch eigenartig verwirrend gewesen. Sie mochte Bella gern. Ganz ehrlich. Sie war lustig und warm und rücksichtsvoll, innerlich so schön wie äußerlich.

Kein Wunder, dass der Primal sie anbetete. Und sosehr Cormia auch das Bedürfnis gehabt hatte, in ihrer Gegenwart ihre Ansprüche auf ihn anzumelden – sie stellte fest, dass es überhaupt nicht nötig war, ihren Status als seine Erste Partnerin geltend zu machen. Der Primal kam gar nicht zur Sprache, und es gab auch keine Zwischentöne, über die man stolpern konnte.

Die Frau, die sie als Rivalin empfunden hatte, war eine Freundin.

Cormia wandte sich wieder dem zu, was in ihrem Schoß lag. Das weiche Büchlein war groß und dünn, darin waren glänzende Seiten und viel von dem, was Bella als Werbung bezeichnete. *Vogue* stand vorne darauf. »Sieh dir nur all diese verschiedenen Kleider an«, murmelte sie. »Verblüffend.«

»Ich bin fast durch mit *Harper's Bazaar,* wenn du also möchtest …«

Die Tür wurde mit solcher Wucht aufgerissen, dass Cormia vom Bett sprang und die *Vogue* flatternd wie einen erschrockenen Vogel in die Ecke schleuderte. Bruder Zsadist stand im Türrahmen, offensichtlich direkt vom Schlachtfeld kommend, dem Talkum-Gestank und den ganzen Waffen an seinem Körper nach zu urteilen.

»Was ist los?«, herrschte er sie an.

»Tja«, sagte Bella bedächtig. »Zuallererst mal hast du

mich und Cormia zu Tode erschreckt. Und dann hat Tim Gunn den Designern eine Deadline gesetzt, und ich bekomme schon wieder Hunger, weshalb ich Fritz anrufen und um ein Omelett bitten werde. Speck und Cheddar. Mit Kartoffelbrei. Und Saft.«

Der Bruder sah sich um, als erwartete er, ein paar *Lesser* hinter den Vorhängen versteckt zu finden. »Phury hat gesagt, du fühlst dich nicht gut.«

»Ich war müde. Er hat mir die Treppe hochgeholfen und Cormia gebeten, den Babysitter zu spielen. Aber jetzt bleibt sie, glaube ich, weil sie sich amüsiert, oder? Zumindest bis eben gerade.«

Cormia nickte, wandte den Blick aber nicht von dem Bruder ab. Wegen seines vernarbten Gesichts und des hünenhaften Körpers hatte sie sich von Anfang an in seiner Gegenwart unwohl gefühlt – nicht weil er hässlich gewesen wäre, sondern weil er so grimmig wirkte.

Zsadist sah sie an, und dann passierte etwas sehr Seltsames: Er sprach mit erschütternd freundlicher Stimme und hob die Hand, wie um sie zu besänftigen.

»Ganz ruhig. Entschuldige bitte, dass ich dich erschreckt habe.« Allmählich wurden seine Augen gelb, seine Miene weicher. »Ich war nur in Sorge um meine *Shellan*. Ich werde dir natürlich nichts tun.«

Cormia spürte die Anspannung in sich nachlassen. Nun verstand sie besser, warum Bella mit ihm zusammen war. Mit einer Verbeugung gab sie zurück: »Selbstverständlich, Euer Gnaden. Selbstverständlich seid Ihr in Sorge um sie.«

»Geht es dir gut?«, erkundigte Bella sich mit Blick auf die schwarz verschmierten Kleider ihres *Hellren*. »Sind alle Familienmitglieder in Ordnung?«

»Den Brüdern geht es gut.« Er trat zu seiner *Shellan* und berührte mit einer zitternden Hand ihr Gesicht. »Ich möchte, dass Jane nach dir sieht.«

»Wenn dich das beruhigt, dann ruf sie, unbedingt. Ich glaube zwar nicht, dass etwas nicht in Ordnung ist, aber du sollst dir keine Sorgen machen müssen.«

»Hast du wieder Blutungen?« Bella gab keine Antwort. »Ich gehe sie holen ...«

»Nur ganz leicht und auch nicht anders als vorher schon. Es wäre bestimmt nicht schlecht, Jane zu holen, obwohl ich bezweifle, dass sie viel tun kann.« Bellas Lippen berührten seine Handfläche. »Aber zuerst erzähl bitte, was heute Nacht passiert ist.«

Zsadist schüttelte den Kopf, und Bella schloss die Augen, als wäre sie daran gewöhnt, schlechte Neuigkeiten zu bekommen ... als hätte es bereits so viele gegeben, dass Worte über diese spezielle Situation überflüssig waren. Sprache konnte ihre oder seine Traurigkeit nicht mehr vergrößern. Ebenso wenig konnte sie ihre Gefühle ändern.

Zsadist senkte den Kopf und küsste seine Frau. Als ihre Blicke sich trafen, war die Liebe zwischen ihnen so intensiv, dass eine Aura von Wärme geschaffen wurde, die Cormia bis in die Ecke, in der sie stand, zu spüren glaubte.

Diese Art von Verbundenheit hatte Bella mit dem Primal nie gezeigt. Niemals.

Und er auch nicht mit ihr. Obwohl er das vielleicht nur aus Diskretion vermied.

Zsadist sagte ein paar leise Worte und schlich dann davon wie eine Raubkatze auf der Jagd, die Augenbrauen herabgezogen, die schweren Schultern so breit wie Dachbalken.

Cormia räusperte sich. »Soll ich Fritz holen? Oder dir eine Mahlzeit bestellen?«

»Ich glaube, ich warte lieber noch, falls die Ärztin mich untersuchen will.« Bellas Hand legte sich auf ihren Bauch und beschrieb träge Kreise. »Möchtest du vielleicht später zurückkommen und den Rest der Sendung mit mir ansehen?«

»Wenn du möchtest …«

»Auf jeden Fall. Deine Gesellschaft ist sehr angenehm.«

»Wirklich?«

Bellas Augen blickten sie unglaublich freundlich an. »Ja, sehr. In deiner Gegenwart fühle ich mich ruhig.«

»Dann werde ich deine Geburtsgefährtin sein. Wo ich herkomme, hat eine schwangere Schwester immer eine Geburtsgefährtin.«

»Danke … vielen Dank.« Bella wandte das Gesicht ab, als ihr Tränen der Furcht in die Augen stiegen. »Ich nehme jede Hilfe, die ich bekommen kann.«

»Wenn ich fragen darf«, murmelte Cormia. »Was besorgt dich am meisten?«

»Er. Ich habe Angst um Z.« Nun sah Bella sie wieder an. »Und um das Kleine mache ich mir natürlich auch große Sorgen. Es ist wirklich seltsam: Um mich selbst ängstige ich mich gar nicht so sehr.«

»Du bist sehr tapfer.«

»Ach, du erlebst mich nicht mitten am Tag, wenn es dunkel ist. Ich heule ausgiebig, das kannst du mir glauben.«

»Trotzdem finde ich dich tapfer.« Cormia legte sich die Hand auf den flachen Bauch. »Ich bezweifle, dass ich so mutig sein könnte.«

Bella lächelte. »Da täuschst du dich, glaube ich. Ich

habe dich in den vergangenen Monaten beobachtet, und du hast eine unglaubliche Kraft in dir.«

Da war Cormia sich nicht so sicher. »Ich hoffe sehr, dass die Untersuchung gut verläuft, und komme dann später zurück …«

»Du glaubst doch nicht im Ernst, dass es einfach ist, zu sein, was du bist? Unter dieser Art von Druck zu leben, wie er auf den Auserwählten lastet? Ich kann mir gar nicht vorstellen, wie du das aushältst, und ich habe den allergrößten Respekt vor dir.«

Cormia konnte nur blinzeln. »Stimmt das?«

Bella nickte. »O ja. Und soll ich dir noch was sagen? Phury hat großes Glück, dich zu haben. Ich bete nur, dass er das früher oder später auch selbst merkt.«

Gütigste Jungfrau der Schrift, so etwas hätte Cormia nie zu hören erwartet, erst recht nicht von Bella. Ihr Schock musste ihr deutlich anzusehen sein, denn die Vampirin lachte.

»Entschuldige, jetzt habe ich dich verlegen gemacht. Aber ich wollte euch beiden das schon seit Ewigkeiten mal sagen.« Bellas Augen wanderten Richtung Badezimmer, und sie holte tief Luft. »Und jetzt solltest du wohl besser gehen, damit ich mich auf Jane und ihr Gepiekse vorbereiten kann. Ich liebe diese Frau, ganz ehrlich, aber Mannomann, wie ich es hasse, wenn sie ihre Gummihandschuhe anzieht.«

Cormia verabschiedete sich und schlug tief in Gedanken den Weg zu ihrem Zimmer ein.

Als sie neben Wraths Arbeitszimmer um die Ecke bog, blieb sie stehen. Wie gerufen stand der Primal am oberen Absatz der großen Freitreppe. Er wirkte erschöpft.

Und sah sie unverwandt an.

Natürlich, dachte sie, er musste begierig auf Nachricht von Bella sein. »Es geht ihr besser, aber ich glaube, sie verbirgt etwas. Ihr *Hellren* holt gerade die Ärztin Jane.«

»Gut, da bin ich froh. Danke, dass du auf sie aufgepasst hast.«

»Das habe ich gern getan. Sie ist wunderbar.«

Der Primal nickte, dann wanderte sein Blick von ihrem hochgesteckten Haar bis hinab zu ihren bloßen Füßen. Es war beinahe, als machte er sich wieder neu mit ihr vertraut, als hätte er sie schon ewig nicht mehr betrachtet.

»Was für Abscheulichkeiten habt Ihr erleben müssen, seit Ihr fortgingt?«, wisperte sie.

»Warum fragst du das?«

»Ihr starrt mich an, als hättet Ihr mich viele Wochen nicht gesehen. Was habt Ihr erlebt?«

»Du kennst mich gut.«

»Ungefähr so gut, wie Ihr meiner Frage ausweicht.«

Er lächelte. »Das wäre dann also sehr gut.«

»Ihr müsst nicht davon sprechen …«

»Ich habe noch mehr Tod gesehen. Vermeidbaren Tod. Was für eine Verschwendung. Dieser Krieg ist grausam.«

»Ja. Ja, das ist er.« Sie wollte seine Hand nehmen, sagte aber nur: »Würdet Ihr … mich in den Garten begleiten? Ich wollte ein wenig zwischen den Rosen spazieren gehen, bevor die Sonne aufgeht.«

Er zögerte, schüttelte dann den Kopf. »Ich kann leider nicht. Tut mir leid.«

»Natürlich.« Sie verneigte sich, um seinem Blick auszuweichen. »Euer Gnaden.«

»Sei vorsichtig.«

»Das werde ich.« Sie raffte ihr Gewand und lief schnell zu der Treppe, die er gerade hinaufgekommen war.

»Cormia.«

»Ja?«

Als sie über die Schulter blickte, sah er sie durchdringend an, seine Augen brannten auf eine Art, die sie zurück auf den Fußboden seines Zimmers versetzte. Ihr Herz schlug bis zum Hals.

Doch dann schüttelte er nur den Kopf. »Nichts. Pass einfach nur auf dich auf.«

Als Cormia die Stufen hinunterstieg, ging Phury in den Flur mit den Statuen und steuerte auf das erstbeste Fenster zu, das den Garten überblickte.

Sie zu den Rosen zu begleiten kam nicht infrage. Im Moment war er zu angegriffen, sein Inneres lag blank. Jedes Mal, wenn er die Augen schloss, sah er die Leichen auf dem Korridor der Klinik liegen, die verängstigten Gesichter in der Arzneimittelkammer, die Tapferkeit jener, die eigentlich nicht um ihr Leben kämpfen müssen sollten.

Hätte er Bella nicht die Treppe hinaufgetragen und dann erst nach Zsadist gesucht, hätten diese Leute vielleicht gerettet werden können. Mit Sicherheit wäre er nicht als Verstärkung gerufen worden, weil er kein Bruder mehr war.

Unter dem Fenster trat Cormia auf die Terrasse hinaus, ihre weiße Robe leuchtete vor den dunkelgrauen Steinplatten. Sie schlenderte zu den Rosen hinüber und beugte sich herunter, um an den Blüten zu schnuppern. Er konnte beinahe hören, wie sie die Luft einsog und selig seufzte, als der Duft in ihre Nase stieg.

Seine Gedanken schweiften von der Hässlichkeit des Krieges zur Schönheit der weiblichen Gestalt.

Und zu dem, was Männer mit Frauen zwischen Seidenlaken taten.

O ja, es kam definitiv im Moment nicht infrage, sich in Cormias Nähe aufzuhalten. Er wollte den Tod und das Leiden, das er heute mit angesehen hatte, durch etwas anderes ersetzen – etwas Lebendiges und Warmes, etwas, das ausschließlich mit dem Körper zu tun hatte, nichts mit dem Kopf. Während er seine Erste Partnerin dabei beobachtete, wie sie die Rosenbüsche mit Aufmerksamkeiten überschüttete, wollte er sie nackt und sich räkelnd und glänzend vor Schweiß unter sich liegen haben.

Ah … aber sie war ja gar nicht länger seine Erste Partnerin.

Verdammt.

Die Stimme des Zauberers trieb durch seinen Kopf. *Mal ganz ehrlich – hättest du sie denn so behandeln können, wie es ihr zusteht? Sie glücklich machen können? Sie beschützen können? Du verbringst satte zwölf Stunden jeden Tag mit Rauchen. Könntest du einen Joint nach dem anderen vor ihr anzünden und sie zuschauen lassen, wie du aufs Kissen fällst und einschläfst? Soll sie das mit ansehen?*

Willst du, dass sie dich bei Tagesanbruch zurück ins Haus schleppt, wie du damals deinen Vater?

Würdest du sie aus Frustration auch eines Tages schlagen?

»Nein!«, sagte er laut.

Ach, wirklich nicht? Das hat dein Vater auch zu dir gesagt. Stimmt doch, mein Freund. Hat dir hoch und heilig versprochen, dich nie wieder zu schlagen.

Das Blöde an der Sache ist nur, dass das Wort eines Süchtigen genau das ist: ein Wort. Mehr nicht.

Phury rieb sich die Augen und wandte sich vom Fenster ab.

Um eine Aufgabe zu haben – irgendeine Aufgabe –, machte er sich auf den Weg in Wraths Arbeitszimmer. Er war zwar kein Mitglied der Bruderschaft mehr, aber der König würde trotzdem erfahren wollen, was in der Klinik passiert war. Da Z mit Jane und Bella beschäftigt war und die anderen Brüder sich in der Behelfsklinik nützlich machten, konnte ebenso gut er einen inoffiziellen Bericht abliefern. Außerdem wollte er Wrath den Grund erklären, warum er überhaupt dort gewesen war, und ihm versichern, dass er seinen blauen Brief nicht einfach ignorierte.

Und dann war da ja auch noch die ganze Angelegenheit mit Lash.

Der Junge wurde vermisst.

Die Bestandsaufnahme in der Behelfsklinik und die Zählung der Leichen in der alten hatten nur eine einzige Entführung zutage gefördert, und das war Lash. Das Personal war sich sicher, dass er zum Zeitpunkt des Überfalls noch am Leben gewesen war, da er nach dem Zusammenbruch seiner Vitalfunktionen wiederbelebt worden war. Was für eine Tragödie. Der Junge mochte ja ein kleiner Penner gewesen sein, aber niemand wünschte ihm, den *Lessern* in die Hände zu fallen. Wenn er Glück hatte, starb er auf dem Weg nach wohin auch immer sie ihn brachten, und in Anbetracht seines Zustands standen seine Chancen darauf wenigstens nicht schlecht.

Phury klopfte an Wraths Tür. »Wrath? Wrath, bist du da?«

Keine Antwort. Also probierte er es erneut.

Wieder keine Reaktion, also wandte er sich ab und

steuerte auf sein Zimmer zu. Er wusste verdammt gut, dass er sich dort einen Joint anzünden und rauchen und wieder einmal seinen Platz im trostlosen Reich des Zauberers einnehmen würde.

Als könntest du dich sonst irgendwo aufhalten, spottete die tiefe Stimme in seinem Kopf.

Am anderen Ende der Stadt, in Blays Elternhaus, wurde Qhuinn durch den Dienstboteneingang, den die *Doggen* benutzten, ins Haus geschmuggelt.

Nachdem Blay sein Zimmer verlassen hatte, um seinen Eltern vorzulügen, wo er gewesen war, übernahm John die Wache. Qhuinn ließ sich ohne seine übliche Ungezwungenheit auf das Bett seines Freundes fallen; und das nicht nur, weil er sich fühlte wie ein Boxsack.

Blays Familie hatte das nicht verdient. Sie waren immer gut zu Qhuinn gewesen. Es gab haufenweise Eltern, die ihre Kinder nicht einmal in seine Nähe gelassen hätten, aber die von Blay waren von Anfang an cool gewesen. Und jetzt gefährdeten sie – ohne es zu wissen – ihre eigene Position in der *Glymera,* indem sie eine verstoßene, flüchtige *Persona non grata* beherbergten.

Allein bei dem Gedanken hätte Qhuinn sich am liebsten aus dem Staub gemacht, aber sein Körper hatte andere Pläne. Sobald er sich aufsetzte, durchfuhr ihn ein scharfer Schmerz, als hätte seine Leber mit Pfeil und Bogen auf seine Nieren gezielt. Stöhnend legte er sich wieder hin.

Versuch, still zu liegen, sagte John.

»Aye, aye … wird gemacht.«

Johns Telefon klingelte, und er zog es aus der Tasche seiner Jeans. Dabei musste Qhuinn an ihren Ausflug ins

Einkaufszentrum denken, als er die Geschäftsführerin bei Abercrombie gevögelt hatte.

Seitdem hatte sich alles verändert. Die ganze Welt war anders.

Er fühlte sich Jahre älter, nicht nur Tage.

John sah stirnrunzelnd auf. *Sie wollen, dass ich nach Hause komme. Irgendwas ist los.*

»Dann hau ruhig ab … mir geht's gut hier.«

Ich komme zurück, sobald ich kann.

»Mach dir keinen Stress. Blay hält dich auf dem Laufenden.«

Als John weg war, sah Qhuinn sich um und erinnerte sich an all die Stunden, die er hier im Zimmer auf diesem Bett liegend verbracht hatte. Blay hatte ein nettes Reich. Die Wände waren mit Kirschholz vertäfelt, wodurch der Raum aussah wie ein Arbeitszimmer, und die Möbel waren modern und lässig, nicht dieses übliche Antiquitätenzeug, auf das die *Glymera* so abfuhr. Auf dem Doppelbett lagen eine schwarze Decke und genug Kissen, um es sich gemütlich zu machen, ohne mädchenhaft rüberzukommen. Vor dem Plasmafernseher standen eine Xbox 360, eine Wii und eine PS3 auf dem Fußboden, und der Schreibtisch, an dem Blay seine Hausaufgaben machte, war so aufgeräumt und ordentlich wie die ganzen Spielerkarten. Links an der Wand waren ein kleiner Kühlschrank, ein hoher schwarzer Mülleimer, der ehrlich gesagt irgendwie an einen Pimmel erinnerte, und eine orangefarbene Tonne für Flaschen aufgereiht.

Blay hatte sich vor einiger Zeit zum Öko gewandelt und war nun ganz groß im Recyceln und Wiederverwerten. Was so typisch für ihn war. Er spendete jeden Monat für PETA, aß nur Fleisch und Geflügel aus Freilandhaltung und stand auf Bioessen.

Hätte es eine Vampir-UN gegeben, bei denen er ein Praktikum machen konnte, oder eine Möglichkeit, ehrenamtlich im Refugium zu arbeiten – er hätte es auf der Stelle getan.

Blay war ein Engel – oder zumindest kam er dem in Qhuinns Augen näher als irgendjemand sonst.

Verfluchter Mist. Er musste hier weg, bevor sein Vater dafür sorgte, dass Blays gesamte Familie aus der *Glymera* ausgestoßen wurde.

Vorsichtig verlagerte er sein Gewicht, um den unteren Rücken zu entlasten, wobei er feststellte, dass es nicht nur seine inneren Verletzungen waren, die seine Bewegungen beschwerten: Der Umschlag, den der *Doggen* seines Vaters ihm gegeben hatte, steckte immer noch in seinem Hosenbund.

Er wollte den Inhalt nicht mehr sehen, aber irgendwie hielt er ihn plötzlich doch in den schmutzigen, blutverschmierten Händen.

Trotz seiner verschwommenen Sicht und dem Ganzkörperschmerz konzentrierte er sich auf das Pergament. Es war der fünf Generationen umfassende Stammbaum seiner Familie, seine Geburtsurkunde sozusagen, und er betrachtete die drei Namen auf der untersten Ebene. Seiner stand ganz links, weit entfernt von dem seines älteren Bruders und seiner Schwester. Sein Eintrag war durch ein fettes X ausgestrichen, und unter der Auflistung seiner Eltern und Geschwister fanden sich ihre Unterschriften in derselben dunklen Tinte.

Ihn aus der Familie zu entfernen machte eine Menge Papierkram erforderlich. Die Geburtsurkunden seiner

Geschwister mussten auf dieselbe Art und Weise abgeändert werden, und auch das Vereinigungsdokument seiner Eltern musste korrigiert werden.

Außerdem müsste der Rat der *Princeps* eine Enterbungserklärung, den Verzicht auf Elternschaft sowie ein Bittgesuch um Ausschluss erhalten. Nachdem Qhuinns Name sowohl aus der Mitgliedsliste der *Glymera* als auch aus dem umfangreichen genealogischen Archiv des Adels getilgt worden war, würde der *Leahdyre* schließlich ein Sendschreiben aufsetzen, das allen Familien der *Glymera* zuginge und offiziell das Exil verkündete.

Jeder, in dessen Haushalt sich eine verfügbare Vampirin im heiratsfähigen Alter befand, musste selbstverständlich gewarnt werden.

Es war alles so lächerlich. Als ob er mit seinen verschiedenfarbigen Augen sich sonst den Namen einer Aristokratin in den Rücken hätte ritzen dürfen.

Qhuinn faltete die Geburtsurkunde zusammen und steckte sie zurück in den Umschlag. Er fühlte sich, als zerquetschte ihm jemand den Brustkorb. Ganz allein auf der Welt zu sein, selbst als Erwachsener, war furchterregend.

Aber jene in den Schmutz zu ziehen, die gut zu ihm gewesen waren, war noch viel schlimmer.

Blay kam mit einem Tablett voller Essen durch die Tür. »Ich wusste nicht, ob du Hunger hast …«

»Ich muss gehen.«

Sein Freund stellte das Tablett auf dem Schreibtisch ab. »Das halte ich für keine gute Idee.«

»Hilf mir auf. Ich komm schon …«

»Blödsinn«, ertönte da eine weibliche Stimme.

Die Privatärztin der Bruderschaft tauchte aus dem Nichts auf, unmittelbar vor ihnen. Ihre Arzttasche war von der altmodischen Sorte, eckig und mit zwei Griffen oben. Ihr Kittel war weiß, genau wie man ihn im Krankenhaus trug. Dass sie ein Gespenst war, machte überhaupt nichts aus: Sobald sie ankam, wurde alles an ihr – von den Klamotten und der Tasche über Haar und Parfüm – greifbar und fest, als wäre sie vollkommen normal.

»Danke, dass du gekommen bist«, begrüßte Blay sie, ganz der gute Gastgeber.

»Hallo, Doc«, murmelte Qhuinn.

»Was haben wir denn da.« Jane setzte sich zu ihm auf die Bettkante. Sie fasste ihn nicht an, musterte ihn nur von oben bis unten mit dem durchdringenden Blick der Ärztin.

»Nicht gerade ein Kandidat für die *Playgirl,* was?«, meinte er verlegen.

»Wie viele waren es?« Ihrem Tonfall zufolge war sie nicht in der Stimmung, Witze zu reißen.

»Achtzehn. Hundert.«

»Vier«, schaltete sich Blay ein. »Eine Ehrengarde von vier Männern.«

»Ehrengarde?« Sie schüttelte den Kopf, als könnte sie im Augenblick die Sitten und Gebräuche der Vampire nicht nachvollziehen. »Für Lash?«

»Nein, aus Qhuinns eigener Familie«, sagte Blay. »Und sie durften ihn eigentlich nicht töten.«

Das entwickelte sich allmählich zu seiner Erkennungsmelodie, dachte Qhuinn.

Jane öffnete ihre Tasche. »Na gut, dann sehen wir mal, was so unter deinen Klamotten los ist.«

Sie war wie immer völlig sachlich, als sie ihm das Shirt aufschnitt, seinen Herzschlag abhörte und den Blutdruck maß. Er vertrieb sich unterdessen die Zeit, indem er die Wand anstarrte, den leeren Fernsehbildschirm, ihre Tasche.

»Schicke Tasche ... die du da hast«, knurrte er, als ihre Hände seinen Unterleib abtasteten und eine empfindliche Stelle trafen.

»So eine wollte ich schon immer haben. Gehört zu meinem *Dr. Marcus Welby*-Fetisch.«

»Bitte was?«

»Tut das auch weh?« Sein Keuchen, als sie noch einmal in dieselbe Stelle piekte, beantwortete die Frage zur Genüge, also beließ er es dabei.

Jane zog ihm die Hose aus, und da er unten ohne unterwegs war, zog er sich rasch ein Laken über die Weichteile. Ungerührt schob sie es beiseite, betrachtete ihn mit professionellem Blick von vorne und hinten und bat ihn dann, seine Arme und Beine zu bewegen. Nachdem sie noch ein paar besonders eindrucksvolle blaue Flecken in Augenschein genommen hatte, deckte sie ihn wieder zu.

»Womit haben sie dich bearbeitet? Diese Blutergüsse auf deinen Oberschenkeln sind ernst.«

»Brecheisen. Fette, massive ...«

Wieder ging Blay dazwischen. »Knüppel. Müssen diese schwarzen Zeremonienknüppel sein.«

»Das würde zu den Verletzungen passen.« Jane schwieg einen Moment, als wäre sie ein Computer, der eine Informationsanfrage bearbeitet. »Also gut, es sieht folgendermaßen aus. Deine Beine fühlen sich mit Sicherheit nicht besonders gut an, aber die Prellungen sollten von allein abheilen. Du hast keine offenen Verletzungen, und obwohl du offenbar mit einem Messer in der Handfläche verletzt wurdest, nehme ich an, dass das etwas früher passiert ist, denn die Wunde schließt sich bereits. Gebrochen scheint auch nichts zu sein, was ein Wunder ist.«

Außer seinem Herzen natürlich. Von seinem eigenen Bruder so zugerichtet zu werden …

Klappe, du Weichei, beschimpfte er sich selbst.

»Wie lange warst du bewusstlos?«

Er runzelte die Stirn; diese Vision aus dem Schleier schwebte plötzlich aus seinem Gedächtnis herab wie eine schwarze Krähe. Mein Gott … war er gestorben?

»Äh … keine Ahnung. Und ich habe auch nichts gesehen, während ich weg war. Da war einfach nur Schwärze …« Auf gar keinen Fall würde er über diesen kleinen, irren Trip sprechen. »Aber mir geht's prima, wirklich …«

»Da muss ich dir leider widersprechen. Dein Puls ist hoch und dein Blutdruck niedrig, und dein Bauch gefällt mir überhaupt nicht.«

»Der ist nur ein bisschen wund.«

»Ich habe Angst, dass ein Organ verletzt ist.«

Na super. »Ich werd schon wieder.«

»Und wo hast du noch mal deinen Doktor gemacht?« Jane lächelte, und er lachte kurz. »Ich würde gern einen Ultraschall machen, aber Havers' Klinik wurde heute Nacht angegriffen.«

»Was?«, fragten Qhuinn und Blay wie aus einem Munde.

»Ich dachte, ihr wisst davon.«

»Gab es Überlebende?«, wollte Blay wissen.

»Lash ist verschwunden.«

Während die beiden diese Nachricht auf sich wirken ließen, wühlte Jane in ihrer Tasche und zog eine Einwegspritze sowie eine Ampulle mit Gummideckel heraus.

»Ich gebe dir etwas gegen die Schmerzen. Und keine Sorge«, sagte sie trocken, »es ist kein Demerol.«

»Warum, ist Demerol schlecht?«

»Für Vampire?« Sie verdrehte die Augen. »Das kannst du mir glauben.«

»Was immer du für richtig hältst.«

Als sie ihm das Mittel gespritzt hatte, sagte sie: »Das sollte ein paar Stunden vorhalten, aber ich möchte auf jeden Fall vorher nochmal wiederkommen.«

»Es muss bald Morgen sein.«

»Genau, deshalb müssen wir uns beeilen. Es gibt eine Behelfsklinik für den …«

»Dahin kann ich nicht gehen«, sagte er. »Das geht nicht … das wäre keine so gute Idee.«

Blay nickte. »Fürs Erste müssen wir seinen Aufenthaltsort unter Verschluss halten. Im Augenblick ist er nirgendwo sicher.«

Jane verengte die Augen. Schließlich sagte sie: »Na gut. Dann mache ich mich schlau, wo ich dir das, was du brauchst, in einem etwas privateren Umfeld organisieren kann. In der Zwischenzeit rührst du dich hier nicht vom Fleck. Und nichts essen oder trinken, falls ich dich aufmachen muss.«

Während die Ärztin ihre Marcus-wer-auch-immer-Tasche packte, zählte Qhuinn im Geiste die Leute, die nicht einmal in seine Nähe gekommen wären, geschweige denn seine Verletzungen behandelt hätten.

»Danke«, sagte er schüchtern.

»War mir ein Vergnügen.« Sie legte ihm eine Hand auf die Schulter und drückte kurz. »Ich krieg dich schon wieder hin. Verlass dich drauf.«

In diesem Moment, als er ihr in die dunkelgrünen Augen sah, glaubte er aufrichtig, sie könnte die ganze weite Welt wieder hinkriegen. Die Welle der Erleichterung, die ihn überspülte, fühlte sich an, als würde man von einer weichen Decke umhüllt. Ob das jetzt das Wissen war, dass sein Leben in fähigen Händen lag, oder ob es die Folge der Spritze war, die sie ihm gegeben hatte, war ihm im Prinzip egal. Er nahm, was er kriegen konnte, Hauptsache, es ging ihm besser.

»Ich bin müde.«

»Das war mein Plan.«

Jane ging zu Blay und flüsterte ihm etwas zu … und obwohl er sich alle Mühe gab, seine Reaktion zu verbergen, weiteten sich seine Augen.

Also saß er bis zum Hals in der Tinte, dachte Qhuinn.

Nachdem die Ärztin gegangen war, fragte er gar nicht erst, was sie gesagt hatte, denn Blay würde es ihm auf gar keinen Fall erzählen. Seine Miene war so verschlossen wie ein Banktresor.

Trotzdem gab es noch reichlich zu besprechen, nach dem ganzen Gewitter, das sich über ihnen entladen hatte. »Was hast du deinen Eltern erzählt?«, erkundigte sich Qhuinn.

»Darum brauchst du dir keine Gedanken zu machen.«

Trotz seiner heftigen Erschöpfung schüttelte er den Kopf. »Sag es mir.«

»Du …«

»Raus damit … sonst stehe ich auf und fange an, Pilates-Übungen zu machen.«

»Von mir aus. Aber du hast doch immer gesagt, das ist was für Warmduscher.«

»Dann eben Jiu-Jitsu. Sprich, bevor ich einpenne, wärst du so gut?«

Blay holte ein Corona aus dem Kühlschrank. »Meine Eltern hatten sich schon gedacht, dass wir das waren, die da gekommen sind. Sie sind gerade von der großen Party der *Glymera* nach Hause gekommen. Also müssen Lashs Leute es inzwischen auch erfahren haben.«

Verdammt. »Hast du ihnen … von mir erzählt?«

»Ja, und sie möchten, dass du bleibst.« Das Bier machte ein seufzendes Geräusch, als er es öffnete. »Wir sagen einfach zu niemandem ein Wort. Natürlich wird es Spekulationen geben, wo du bist, aber die *Glymera* wird schon nicht gleich eine Riesenhausdurchsuchung veranstalten, und unsere *Doggen* sind diskret.«

»Ich bleibe nur heute hier.«

»Hör mal, meine Eltern lieben dich, und sie würden dich niemals vor die Tür setzen. Sie wissen genau, wie Lash war, und sie kennen auch deine Eltern.« Blay ging nicht weiter ins Detail, aber sein Tonfall ergänzte diverse Adjektive.

Herzlos, engstirnig, grausam …

»Ich falle niemandem zur Last.« Qhuinn zog ein finsteres Gesicht. »Dir nicht und sonst niemandem.«

»Aber das ist doch keine Last.« Blay senkte den Blick zu Boden. »Ich habe doch nur meine Eltern. Zu wem, glaubst du, würde ich gehen, wenn mir was Schlimmes passieren würde? John und du, ihr seid außer meinen Eltern das Einzige, was ich auf der Welt habe. Ihr beide seid meine Familie.«

»Blay, ich komme in den Knast.«

»Wir haben keinen Knast, also wirst du einen Ort brauchen, an dem du deinen Hausarrest absitzen kannst.«

»Und du glaubst, das kommt nicht an die Öffentlichkeit? Glaubst du, ich muss nicht preisgeben, wo ich bin?«

Blay leerte die halbe Flasche in einem Zug, holte sein Handy heraus und begann, eine SMS einzutippen. »Kannst du mal aufhören, das Haar in der Suppe zu suchen? Wir haben schon genug Probleme, ohne dass du noch weiter nach neuen wühlst. Wir finden schon einen Weg, damit du hierbleiben kannst, okay?«

Ein Piepen ertönte.

»Siehst du? John ist meiner Meinung.« Blay hielt ihm den kleinen Bildschirm unter die Nase, auf dem SUPER IDEE stand. Dann leerte er sein Bier mit der zufriedenen Miene eines Mannes, der sowohl Keller als auch Garage ausgemistet hat. »Alles kommt wieder in Ordnung.«

Qhuinn beäugte seinen Freund unter Lidern hervor, die schwer wie Dachziegel geworden waren. »Klar.«

Als er das Bewusstsein verlor, war sein letzter Gedanke, dass bestimmt alles klappen würde … nur nicht so, wie Blay es plante.

22

Lash, Sohn des Omega, wurde mit einem Schrei wiedergeboren.

In wahnwitziger Verstörung kehrte er in die Welt zurück, wie er vor fünfundzwanzig Jahren erstmals in ihr angekommen war: nackt, atemlos und blutverschmiert. Nur dass dieses Mal sein Körper der eines ausgewachsenen Mannes war, nicht der eines Säuglings.

Ein kurzer Moment wachen Bewusstseins verstrich rasch, und dann litt er Schmerzen, seine Adern füllten sich mit Säure, jeder Zentimeter seines Körpers verätzte von innen heraus. Er presste die Hände auf den Bauch, krümmte sich zur Seite und erbrach schwarze Galle auf einen ausgetretenen Holzfußboden. Zu beschäftigt mit Würgen, fragte er sich gar nicht, wo er eigentlich war oder was geschehen war oder warum er etwas ausspuckte, das aussah wie Altöl.

Mitten im Wirbel der Orientierungslosigkeit und der quälenden Krämpfe und einer blinden Panik, die er nicht kontrollieren konnte, reichte ihm ein Retter die Hand. Er spürte ein Streicheln auf dem Rücken, wieder und wieder. Die warme Hand fand einen Rhythmus, der seinen rasenden Herzschlag verlangsamte, seinen Kopf beruhigte und seine Übelkeit linderte. Als es ihm endlich möglich war, drehte er sich zurück auf den Rücken.

Eine schwarze, durchscheinende Gestalt schob sich in sein verschwommenes Gesichtsfeld. Ihr Gesicht war ätherisch, eine Vision männlicher Schönheit in der Blüte ihrer Jugend. Doch die Bösartigkeit hinter den umschatteten Augen machte das Antlitz dennoch grauenhaft.

Omega. Das musste Omega sein.

Das war das Böse, das seine Religion, die Überlieferung seines Volkes und seine Ausbildung ihn hatten fürchten lassen.

Erneut begann Lash zu schreien, doch die Schattenhand kam näher und berührte sanft seinen Arm. Er wurde ruhig.

Zu Hause, dachte Lash. *Ich bin zu Hause.*

Sein Kopf flimmerte vor Hysterie. Er war nicht zu Hause. Er war ... diesen verwahrlosten Raum hatte er doch mit Sicherheit noch nie gesehen.

Wo zum Henker war er?

»Sei unbesorgt«, murmelte Omega. »Dir wird alles wieder einfallen.«

Und das tat es auch, in einer einzigen Bilderwoge. Er sah den Umkleideraum im Trainingszentrum ... und John, diesen armseligen Wicht, der total durchdrehte, als sein schmutziges kleines Geheimnis ans Licht kam. Dann prügelten sie sich, bis ... Qhuinn ... Qhuinn hatte ihm die Kehle aufgeschlitzt.

Verfluchte Scheiße ... er konnte buchstäblich spüren, wie er in der Dusche zu Boden ging, auf den harten, nassen Fliesen auftraf. Noch einmal durchlebte er den kalten Schock, erinnerte sich, die Hände auf den Hals gelegt und nach Luft gerungen zu haben, spürte den erstickenden Druck, der seine Brust zusammenpresste ... sein Blut ... er war in seinem eigenen Blut ertrunken ...

doch dann hatten sie ihn zugenäht und in die Klinik gebracht, wo …

Er war gestorben, oder? Der Arzt hatte ihn zurückgeholt, aber er war definitiv gestorben.

»Weshalb ich dich gefunden habe«, murmelte Omega. »Dein Tod war das Leuchtfeuer.«

Aber warum sollte das Böse ihn haben wollen?

»Weil du mein Sohn bist«, sagte Omega mit vor Ehrfurcht verzerrter Stimme.

Sohn? *Sohn?*

Langsam schüttelte Lash den Kopf. »Nein … nein …«

»Sieh mir in die Augen.«

Als die Verbindung hergestellt war, wurden ihm noch weitere Szenen gezeigt, wie umgeblätterte Seiten in einem Bilderbuch. Bei der Geschichte, die sich in den Visionen enthüllte, krümmte er sich und atmete gleichzeitig leichter. Er war der Sohn des Bösen. Geboren von einer Vampirin, die vor über zwei Jahrzehnten gegen ihren Willen in diesem Bauernhaus festgehalten worden war. Nach seiner Geburt hatte man ihn an einem Versammlungsort der Vampire ausgesetzt. Man hatte ihn gefunden und in Havers' Klinik gebracht … wo er später von seiner Familie in einem heimlichen Austausch, von dem nicht einmal er etwas wusste, adoptiert worden war.

Und nun, da er erwachsen war, kehrte er zu seinem Erzeuger zurück.

Nach Hause.

Während Lash noch mit der Tragweite dieser Information zu kämpfen hatte, machte sich Hunger in seinem Bauch breit, und seine Fänge schoben sich in seinen Mund.

Omega lächelte und blickte über die Schulter. In der

hinteren Ecke des verwahrlosten Zimmers stand ein *Lesser*, der ungefähr so groß war wie ein Vierzehnjähriger. Seine Rattenaugen klebten an Lash, sein kleiner Körper war so angespannt wie eine Schlange kurz vor dem Angriff.

»Und jetzt zu dem Dienst, den du mir leisten wirst«, sagte Omega zu dem Jäger.

Das Böse streckte seine Schattenhand aus und winkte den Kerl zu sich.

Es war kein Laufen, was der *Lesser* tat; eher konnte man sagen, er bewegte sich wie ein Klotz, als wären seine Arme und Beine gelähmt und sein Körper würde hochgehoben und aufrecht über den Boden getragen. Blasse Augen traten hervor und rollten vor Panik in den Höhlen herum, doch Lash hatte anderes im Kopf als die Furcht des Mannes, der ihm dargereicht wurde.

Als er den süßlichen Duft des *Lesser* aufschnappte, setzte er sich auf und fletschte die Fänge.

»Du wirst meinen Sohn nähren«, sagte Omega zu dem Jäger.

Lash wartete nicht auf dessen Einwilligung. Er packte den kleinen Mistkerl im Nacken und zerrte ihn an seine Reißzähne. Dann biss er hart zu und saugte fest, das Blut war süß wie Sirup und ebenso zähflüssig.

Es schmeckte anders als alles, was er kannte, aber es füllte seinen Bauch und gab ihm Kraft, und allein darum ging es.

Während er noch trank, fing Omega an zu lachen, zunächst leise, dann immer lauter, bis das ganze Haus unter der Wucht seiner wahnsinnigen, mörderischen Freude erbebte.

Phury klopfte seinen Joint am Aschenbecher ab und inspizierte das, was er mit seiner Feder angestellt hatte. Die Zeichnung war schockierend, und das nicht nur wegen des Motivs.

Denn sie war außerdem eine der besten Arbeiten, die er je zu Papier gebracht hatte.

Die weibliche Gestalt vor dem cremeweißen Hintergrund lag rücklings auf einem Bett aus Seide, Kissen stützten ihre Schultern und den Nacken. Ein Arm lag über dem Kopf, die Finger in das lange Haar verflochten. Die andere lag an ihrer Seite, und die Hand ruhte an der Stelle, wo ihre Schenkel sich trafen. Ihre Brüste waren straff, die kleinen Brustwarzen steil für einen Mund aufgerichtet, und die Lippen einladend geöffnet – genau wie ihre Beine. Ein Knie war abgewinkelt, der Fuß gewölbt, die Zehen fest gekrümmt, als erwartete sie etwas Köstliches.

Ihr Blick war aus dem Blatt gerichtet, direkt auf ihn.

Die Zeichnung war auch nicht achtlos aufs Papier geworfen; sie war voll ausgeführt, gewissenhaft schraffiert, perfekt schattiert, um den Reiz der Frau genau darzustellen. Das Ergebnis war dreidimensional personifizierter Sex, ein Orgasmus an der Schwelle seiner Verwirklichung, alles, was sich ein Mann von einer sinnlichen Partnerin wünschen konnte.

Als er wieder einen Zug nahm, versuchte er, sich einzureden, dass das da nicht Cormia war.

Nein, das war nicht Cormia … das war einfach nur irgendeine Frau, nur eine Zusammensetzung aus all den Dingen, auf die er bislang dank seines Zölibats verzichtet hatte. Das war das weibliche Ideal, das er sich für sein erstes Mal gewünscht hätte. Das war die Frau, von der er so gern in all diesen Jahren getrunken hätte. Das war seine Fantasiegeliebte – abwechselnd gebend und nehmend, manchmal weich und willig, dann wieder gierig und unanständig.

Sie war nicht real.

Und sie war nicht Cormia.

Fluchend stieß er den Rauch aus, schob den harten Schwanz in seiner Pyjamahose zurecht, und drückte den Joint aus.

Er verzapfte ja so einen Müll. Ab-so-lu-ten Müll. Das war definitiv Cormia.

Er warf einen Blick auf das Amulett, das über seinem Sekretär hing, dachte an sein Gespräch mit der Directrix, und fluchte nochmal. Großartig. Jetzt, wo Cormia nicht mehr seine Erste Partnerin war, hatte er beschlossen, sie zu begehren. Das war ja mal wieder typisch.

»Verdammt.«

Er beugte sich zum Nachttisch vor, drehte sich die nächste Tüte und zündete sie an. Mit der Selbstgedrehten zwischen den Lippen begann er, den Efeu zu zeichnen, angefangen bei ihren wunderhübschen, gekrümmten Zehen. Während er Blatt um Blatt hinzufügte und ihr Bild damit verhüllte, war ihm, als strichen seine Hände über ihre glatten Beine und den Bauch und weiter hinauf zu ihren straffen, hohen Brüsten.

Er war so abgelenkt davon, sie im Geist zu liebkosen, dass das Gefühl des Erstickens, das er sonst immer verspürte, wenn er eine Zeichnung mit Efeu überdeckte, erst aufstieg, als er ihr Gesicht erreichte.

Er hielt inne. Das war ganz und gar Cormia, und nicht nur halb, wie es das Bild von Bella neulich Nacht gewesen war. Cormias Züge waren deutlich zu erkennen, von der Neigung ihrer Augen über die volle Unterlippe bis hin zu ihrem üppigen Haar.

Und sie sah ihn an. Begehrte ihn.

O gütige Jungfrau …

Rasch übermalte er ihr Gesicht mit Efeu und betrachtete dann die ruinierte Zeichnung. Das Grünzeug überwucherte sie vollständig, es ragte sogar über die Konturen ihres Körpers hinaus, begrub sie, ohne sie in der Erde zu versenken.

Vor seinem geistigen Auge blitzte das Bild des Gartens in seinem Elternhaus auf, so wie er ihn beim letzten Mal gesehen hatte, als er zurückgekehrt war, um Vater und Mutter zu beerdigen.

Mein Gott, er erinnerte sich mit solcher Klarheit an diese Nacht. Besonders an den Geruch der Überreste des Feuers.

Das Grab, das er ausgehoben hatte, lag seitlich am Rand, das Loch klaffte wie eine frische Wunde im dicken Efeu des Gartens. Er hatte beide hineingebettet, Mutter und Vater, doch es war nur ein Körper zu begraben gewesen. Die Überreste seiner Mutter hatte er verbrennen müssen. Als er sie auf ihrem Bett fand, war ihre Verwesung bereits so weit fortgeschritten, dass er sie nicht aus dem Keller tragen konnte. Das, was noch von ihr übrig war, steckte er dort, wo sie lag, in Brand und sprach dazu heilige Worte, bis er vor lauter Rauch nicht mehr atmen konnte und flüchten musste.

Während das Feuer in ihrem steinernen Raum wütete, hatte er seinen Vater hochgehoben und ihn hinaus zu dem Grab getragen. Nachdem die Flammen dann alles verschlungen hatten, was sie im Keller erreichen konnten, hatte Phury die Asche in eine große Bronzeurne gefüllt.

Es war viel gewesen, da die Matratze und das Bettzeug mit ihr verbrannt waren.

Die Urne stellte er neben den Kopf seines Vaters, dann schaufelte er lockere Erde auf beide.

Am Ende hatte er das ganze Haus niedergebrannt. Bis nichts mehr übrig war. Es war verflucht, und ganz bestimmt hatten selbst die hohen Temperaturen der Flammen nicht ausgereicht, um den Ort von der Infizierung durch das Unglück zu reinigen.

Sein letzter Gedanke, bevor er fortging, war, dass es nicht lange dauern würde, bis der Efeu alles überwuchert hätte.

Du hast alles verbrannt, das schon, sagte der Zauberer in seinem Kopf. *Aber du hattest recht – den Fluch konntest du damit nicht beseitigen. All diese Flammen haben weder deine Eltern noch dich gereinigt, so ist es doch, mein Freund. Haben dich nur noch zusätzlich zum Brandstifter gemacht.*

Phury drückte den Joint aus, knüllte die Zeichnung zusammen, schnallte die Prothese an und ging zur Tür.

Du kannst vor mir und vor deiner Vergangenheit nicht weglaufen, murmelte der Zauberer. *Wir sind wie der Efeu auf dem Grundstück, wir sind immer bei dir, hüllen dich ein, decken den Fluch zu, der auf dir liegt.*

Im Vorbeigehen warf Phury die Zeichnung in den Müll und verließ sein Zimmer. Er hatte plötzlich Angst, allein zu sein.

Als er in den Flur trat, rannte er beinahe Fritz über den Haufen. Der Butler konnte gerade noch zurückspringen und eine Schüssel … Erbsen retten? Erbsen in Wasser?

Cormias Modellbau, dachte Phury, während der Inhalt der Schüssel hin und her schwappte.

Fritz lächelte trotz des Beinahe-Zusammenpralls, sein faltiges Gesicht verzog sich zu einem fröhlichen Grinsen. »Wenn Ihr auf der Suche nach der Auserwählten Cormia seid: Sie ist in der Küche und nimmt ihr Mahl mit Zsadist ein.«

Z? Was zum Teufel trieb sie mit Z? »Sie essen zusammen?«

»Ich glaube, der Herr wünschte, unter vier Augen mit ihr über Bella zu sprechen. Deshalb erledige ich gerade einige andere Dinge im Haus.« Fritz runzelte die Stirn. »Seid Ihr wohlauf, Herr? Kann ich Euch etwas bringen?«

Wie wäre es mit einem neuen Kopf? »Nein, danke.«

Der *Doggen* verbeugte sich und ging in Cormias Zimmer. Im selben Moment wehten Stimmen aus der Eingangshalle herauf. Phury ging zur Brüstung und lehnte sich über das mit Blattgold überzogene Geländer.

Wrath und Doc Jane standen am Fuße der Treppe, und Janes Geistermiene war genauso herausfordernd wie ihre Stimme.

»… Ultraschall. Hör mal, ich weiß ja, dass das nicht ideal ist, weil du nicht gern Leute auf dem Anwesen hast. Aber wir haben keine Wahl. Ich war in der Klinik, und dort weigern sie sich nicht nur, ihn aufzunehmen – sie wollten auch noch unbedingt von mir wissen, wo er sich aufhält.«

Wrath schüttelte den Kopf. »Aber wir können ihn nicht einfach hierher…«

»Doch, das können wir. Fritz kann ihn abholen. Und bevor du dagegen Einspruch einlegst: Seit letztem Dezember lässt du jeden Tag die Trainingsschüler hier aufs Anwesen kommen. Er wird keine Ahnung haben, wo er ist. Und was diesen ganzen *Glymera*-Quatsch betrifft, niemand braucht zu wissen, dass er hier ist. Er könnte sonst sterben, Wrath. Und ich will nicht, dass das auf Johns Gewissen lastet. Du etwa?«

Der König fluchte leise und ausgiebig und sah sich um, als bräuchten seine Augen etwas zu tun, während er im Kopf die Lage abwog. »Na schön. Dann regle das mit Fritz. Der Junge kann hier untersucht und operiert werden, falls es nötig sein sollte. Aber danach muss er schleunigst wieder zurückgebracht werden. Die Meinung der *Glymera* ist mir scheißegal. Aber ich will keinen Präzedenzfall schaffen. Wir können hier kein Hotel aufmachen.«

»Verstanden. Und noch was: Ich möchte Havers unter die Arme greifen. Die neue Klinik einzurichten und sich gleichzeitig um die Patienten zu kümmern wird zu viel für ihn. Das heißt aber auch, dass ich ein paar Tage weg sein werde.«

»Ist Vishous einverstanden mit dem Sicherheitsrisiko?«

»Das hat er nicht zu entscheiden. Und dir gebe ich auch nur aus Höflichkeit Bescheid.« Die Frau lachte trocken. »Schau mich nicht so an. Ich bin schon tot. Die *Lesser* können mich ja schlecht noch mal umbringen.«

»Das ist überhaupt nicht komisch.«

»Galgenhumor gehört dazu, wenn man eine Ärztin im Haus hat. Gewöhn dich dran.«

Wrath lachte bellend. »Du bist ganz schön hart drauf. Kein Wunder, dass V sich in dich verliebt hat.« Dann wurde der König wieder ernst. »Aber eins muss glasklar sein: Hart drauf oder nicht, ich bin hier der Boss. Dieses Anwesen und jeder, der sich hier aufhält, sind mein Zuständigkeitsbereich.«

Die Frau lächelte. »Mein Gott, du erinnerst mich so an Manny.«

»Wen?«

»Meinen alten Chef im St. Francis. Ihr beiden würdet euch prächtig verstehen. Oder … vielleicht auch nicht.« Jane legte ihre durchsichtige Hand auf den massigen, tätowierten Unterarm des Königs. Sobald der Kontakt hergestellt war, wurde sie von Kopf bis Fuß fest. »Wrath, ich bin nicht dumm, und ich werde nichts Überstürztes tun. Du und ich, wir wollen dasselbe, nämlich Sicherheit für alle – und das schließt auch Angehörige eures Volkes ein, die nicht hier wohnen. Ich werde niemals für dich oder für sonst jemanden arbeiten, weil das nicht meinem Wesen entspricht. Aber ich bin wild entschlossen, mit dir *zusammen*zuarbeiten, okay?«

Wraths Lächeln drückte Respekt aus, und er nickte einmal kurz, was quasi die Königsversion einer Verneigung war. »Damit kann ich leben.«

Als Jane sich auf den Weg in den unterirdischen Gang gemacht hatte, blickte Wrath zu Phury auf.

Er sagte kein Wort.

»War das Lash, über den ihr gesprochen habt?«, fragte Phury in der Hoffnung, der Junge wäre vielleicht gefunden worden.

»Nein.«

Phury wartete auf einen Namen. Als der König sich einfach umdrehte und mit langen Schritten, immer zwei Stufen auf einmal nehmend, die Treppe hochlief, wurde allerdings unmissverständlich klar, dass das Gespräch beendet war.

Bruderschaftsangelegenheiten, dachte Phury.

Was früher mal auch deine waren, wie der Zauberer freundlicherweise betonte. *Bis du übergeschnappt bist.*

»Ich war auf der Suche nach dir«, log Phury und lief

seinem König nach. Inzwischen war ein inoffizieller Bericht über die Vorfälle in der Klinik ganz offensichtlich überflüssig. »Es werden ein paar Auserwählte hier vorbeischauen. Sie kommen zu mir.«

Die Augenbrauen des Königs verschwanden hinter der Sonnenbrille. »Dann hast du also die Zeremonie mit Cormia vollendet. Solltest du die Frauen nicht auf der Anderen Seite treffen?«

»Das werde ich bald.« Ja, klar.

Wrath verschränkte die Arme vor der schweren Brust. »Ich hörte, du hast dich heute Nacht in der Klinik gut geschlagen. Danke dafür.«

Phury schluckte.

Als er noch ein Bruder war, hat der König ihm nie für etwas gedankt, das er getan hatte, weil er einfach seine Pflicht und seinen Job und sein Geburtsrecht erfüllt hatte. Es gab vielleicht mal ein Lob oder eine verlegene Testosterongeste der Zuneigung, wenn er verletzt wurde … aber nie Dank.

Phury räusperte sich. Er bekam das »Bitte« einfach nicht über die Lippen, also murmelte er nur: »Z hatte alles im Griff … genau wie Rehv, der zufällig auch da war.«

»Ja, bei Rehvenge wollte ich mich auch noch bedanken.« Wrath wandte sich seinem Arbeitszimmer zu. »Dieser *Symphath* erweist sich allmählich als nützlich.«

Wrath ließ die Flügeltüre langsam zufallen und versperrte Phury so den Blick auf den blassblauen Raum.

Als er sich seinerseits umdrehte, fiel sein Blick auf das majestätische Deckengemälde der Halle, diese stolzen und wahrhaftigen Krieger.

Jetzt war er ein Liebhaber, kein Kämpfer mehr.

Ganz recht, sagte der Zauberer. *Und ich möchte wet-*

ten, dass du beim Sex genauso mies abschneidest. Und jetzt lauf zu Cormia, und erzähl ihr, dass du sie so lieb hast, dass du sie auswechselst und auf die Bank schickst. Sieh ihr in die Augen, und sag ihr, dass du ihre Schwestern bumsen wirst. Alle. Jede einzelne.

Außer ihr.

Und rede dir selbst ein, dass du das Richtige tust, während du ihr das Herz brichst. Denn das ist doch genau der Grund, warum du wegläufst. Du hast gesehen, wie sie dich anschaut, und du weißt, dass sie dich liebt, und du bist ein Feigling.

Erzähl's ihr. Erzähl ihr alles.

Zu der Litanei des Zauberers lief Phury hinunter ins Erdgeschoss, ging ins Billardzimmer und schnappte sich eine Flasche Martini Vermouth und eine Flasche Beefeater Gin. Dann noch ein Glas Oliven, ein Martiniglas und …

Die Zahnstocher erinnerten ihn an Cormia.

Auf dem Rückweg in sein Zimmer hatte er immer noch Angst, allein zu sein, aber genauso viel Angst hatte er davor, jemanden um sich zu haben.

Er wusste nur eins: dass es eine todsichere Methode gab, den Zauberer zum Schweigen zu bringen, und die würde er systematisch anwenden.

Bis er verdammt noch mal bewusstlos wurde.

23

Normalerweise schlief Rehv nicht gern in dem Studio hinter seinem Büro im *ZeroSum*. Nach einer Nacht wie dieser allerdings fühlte er sich einfach nicht in der Lage, aus der Stadt in das Haus zu fahren, in dem seine Mutter wohnte, und sein Penthouse im *Commodore* mit der Glasfront ging heute gar nicht.

Xhex hatte ihn von der Klinik abgeholt, und auf dem Weg zurück in den Club hatte sie ihn ziemlich klein zusammengefaltet, warum er sie nicht für den Kampf zu Hilfe gerufen hatte. Ach komm schon, hatte er zu ihr gesagt, noch ein halber *Symphath* in dem Gewühl?

Schon klar. Außerdem machten Krankenhäuser sie höllisch nervös.

Nachdem er ihr ausführlich von dem Überfall berichtet hatte, hatte er gelogen und behauptet, Havers habe ihn untersucht und ihm ein paar Medikamente verschrieben. Sie hatte gewusst, dass er totalen Müll verzapfte, aber es war zu kurz vor Morgengrauen, um noch handgreiflich zu werden. Klar, sie hätte bleiben und sich weiter mit ihm streiten können, aber Xhex musste immer nach Hause. Immer.

Und zwar so unbedingt, dass er sich allmählich fragte, was genau dort auf sie wartete. Oder wer.

Er ging ins Badezimmer, behielt aber den Zobel an,

obwohl der Thermostat ungefähr auf »Kaminfeuer« gestellt war. Dann stellte er das heiße Wasser in der Dusche an und dachte an das, was in der Klinik passiert war. Er musste feststellen, dass ihn das auf tragische Weise belebt hatte. Kämpfen war für ihn wie ein Anzug von Tom Ford: passte ihm perfekt und erfüllte ihn mit Stolz. Und die gute Nachricht war, dass er seine *Symphathen*-Seite unter Kontrolle gehabt hatte, trotz der Verlockungen durch das ganze vergossene *Lesser*-Blut.

Fazit? Es ging ihm bestens. Absolut.

Als er von dichtem Dampf umgeben war, zwang er sich, den Pelzmantel, den Versace-Anzug und das rosafarbene Hemd auszuziehen. Die Klamotten waren total im Eimer, und sein Zobel sah auch nicht viel besser aus. Er warf alles auf einen Haufen, um es reinigen und ausbessern zu lassen.

Auf dem Weg in die Dusche kam er an dem langen Spiegel über den Waschbecken vorbei und blieb stehen. Er fuhr sich mit der Hand über die roten, fünfzackigen Sterne auf seiner Brust. Dann wanderte er tiefer und nahm seinen Schwanz in die Hand.

Wäre nett gewesen, nach dem ganzen Trubel ein bisschen Sex zu haben oder sich zumindest einen bis drei runterzuholen.

Sein Blick fiel auf seinen Unterarm. Nach all den Injektionen sah er aus, als hätte man ihn durch den Fleischwolf gedreht.

Ätzende Nebenwirkungen.

Er trat unter den Wasserstrahl und merkte nur, dass er heiß war, weil die Luft um ihn herum milchig und schwül war und seine Körpertemperatur einen Seufzer der Erleichterung ausstieß. Seine Haut aber informierte ihn über gar nichts – weder, wie hart der Strahl auf seine

Schultern prasselte, noch dass die Seife weich und glitschig war, noch dass seine Handfläche, die den Schaum abwischte, breit und warm war.

Er dehnte das Einseifen länger aus als nötig. Zum einen konnte er es im Augenblick einfach nicht ertragen, ins Bett zu gehen, solange noch irgendwelcher Dreck an ihm hing; hauptsächlich suchte er aber nach einer Ausrede, um länger unter der Dusche zu bleiben. Das war einer der wenigen Momente in seinem Leben, wenn ihm warm genug war, und der Schock, in die Kälte hinauszutreten, war immer grausam.

Zehn Minuten später lag er nackt in seinem breiten Bett und hatte sich die dicke Nerzdecke bis zum Kinn hochgezogen wie ein Kind. Als das innere Frösteln vom Abtrocknen allmählich nachließ, schloss er die Augen und ließ mit seinem Willen das Licht ausgehen.

Sein Club jenseits der mit Stahl verkleideten Wände würde inzwischen leer sein. Seine Mädchen wären zu Hause, da die meisten von ihnen Kinder hatten. Seine Barkeeper und Buchmacher würden irgendwo einen Happen essen und ein bisschen abschalten. Seine Angestellten aus dem Hinterzimmer sahen sich alte *Star Trek*-Folgen an. Und die zwanzigköpfige Putzkolonne wäre fertig mit Fußböden und Tischen und Toiletten und zöge sich die Uniformen aus, um sich auf den Weg zu ihrem nächsten Job zu machen.

Ihm gefiel die Vorstellung, ganz alleine hier zu sein. Das kam nicht besonders oft vor.

Das Klingeln seines Handys erinnerte ihn unsanft daran, dass selbst wenn er mal allein war, immer irgendein Vollidiot etwas von ihm wollte.

Er streckte den Arm unter der Decke hervor und hob

ab. »Xhex, wenn du weiterstreiten willst, lass uns das auf morgen vertagen …«

»Hier ist nicht Xhex, *Symphath.*« Zsadists Stimme war gepresst wie eine Faust. »Und ich rufe wegen deiner Schwester an.«

Mit einem Ruck setzte Rehv sich auf, ohne sich darum zu kümmern, dass die Decke herunterrutschte. »Was ist?«

Als er das Gespräch mit Zsadist beendet hatte, legte er sich wieder hin. So musste man sich fühlen, wenn man glaubte, einen Herzinfarkt zu haben, der sich dann aber als simple Magenverstimmung entpuppte: erleichtert, aber trotzdem miserabel.

Bella ging es so weit gut. Im Augenblick. Der Bruder hatte angerufen, weil er sich an die Abmachung hielt, die sie beide getroffen hatten: Rehv hatte versprochen, sich nicht einzumischen, aber er wollte jederzeit über ihren Zustand auf dem Laufenden sein.

Mann, diese Schwangerschaft war furchtbar.

Er zog sich erneut die Decke unters Kinn. Eigentlich hätte er seine Mutter anrufen und ihr den letzten Stand durchgeben müssen, aber das konnte warten. Sie würde gerade zu Bett gehen, und es gab keinen Anlass, sie den ganzen Tag über in Sorge zu versetzen.

Bei der Jungfrau, Bella … seine liebste Bella, jetzt nicht mehr seine kleine Schwester, sondern die *Shellan* eines Black-Dagger-Bruders.

Sie beide hatten immer ein inniges, kompliziertes Verhältnis gehabt. Zum Teil lag es an ihren Persönlichkeiten, zum Teil aber auch daran, dass Bella keine Ahnung hatte, was er war. Auch keinen Schimmer von der Vergangenheit ihrer Mutter oder was seinen Vater umgebracht hatte.

Besser gesagt: wer.

Rehv hatte gemordet, um seine Schwester zu beschützen, und er würde es ohne Zögern wieder tun. Solange er sich erinnern konnte, war Bella das einzig Unschuldige in seinem Leben gewesen, das einzig Reine. Er hatte gewollt, dass sie das für immer und ewig blieb. Doch das Leben hatte andere Pläne gehabt.

Um nicht an ihre Entführung durch die *Lesser* zu denken, an der er sich immer noch die Schuld gab, rief er sich eine seiner lebhaftesten Erinnerungen von ihr ins Gedächtnis. Es war ungefähr ein Jahr nachdem er den Vorsitz über die Familie übernommen und ihren Vater unter die Erde gebracht hatte. Sie war damals sieben.

Rehv war in die Küche gekommen, wo sie über eine Schüssel Frosties gebeugt saß, die Füße von einem der Erwachsenenstühle baumelnd, auf dem sie saß. Sie trug rosa Hausschuhe – die sie nicht mochte, aber anziehen musste, wenn ihre Lieblingsschlappen, die marineblauen, in der Wäsche waren – und ein Flanellnachthemd mit gelben Rosen.

Sie hatte so niedlich ausgesehen, mit ihren langen braunen Haaren und diesen rosa Hausschuhen und der gerunzelten Stirn, während sie die letzten Flocken mit einem Löffel durch die Milch scheuchte.

»Warum starrst du mich so an, du Gockel?«, hatte sie gekräht, die Füße unter dem Stuhl vor- und zurückschwingend.

Er hatte lächeln müssen. Auch damals schon trug er den Irokesenschnitt, und sie war die Einzige, die sich traute, ihm dafür einen frechen Spitznamen zu geben. Und selbstverständlich liebte er sie deshalb noch mehr. »Einfach so.«

Was natürlich gelogen war. Wie sie so in der Milch herumfischte, hatte er sich gedacht, dass dieser ruhige, stille Moment das ganze Blut, das an seinen Händen klebte, wert war. Mehr als wert.

Seufzend hatte sie ihren Blick der Frosties-Schachtel, die gegenüber auf der Arbeitsfläche stand, zugewandt. Ihre Füße hatten das Zappeln eingestellt, das leise *ffft, ffft, ffft* der Schlappen auf der unteren Sprosse des Stuhls war verklungen.

»Was siehst du an, Prinzessin?« Als sie nicht sofort antwortete, schielte er zu Tony, dem Tiger, hinüber. Erinnerungen an ihren Vater blitzten durch seinen Kopf, und er hätte wetten mögen, dass sie dasselbe vor sich sah.

Zaghaft hatte sie gesagt: »Ich darf mehr haben, wenn ich will. Vielleicht.«

Ihr Tonfall war zögerlich gewesen, als tauchte sie die Zehen in einen Teich, in dem möglicherweise Blutegel waren.

»Ja, Bella. Du darfst so viel haben, wie du willst.«

Sie war nicht vom Stuhl aufgesprungen. Sondern hatte sich still verhalten, wie Kinder und Tiere es tun – einfach atmen, mit den Sinnen die Umgebung abtasten, Gefahren auskundschaften.

Rehv hatte sich nicht gerührt. Obwohl er ihr die Schachtel so gern gebracht hätte, wusste er auch, dass sie selbst den glänzenden kirschroten Fußboden in ihren Hausschuhen überqueren und Tony, den Tiger, holen musste. Ihre eigenen Hände mussten es sein, die die Schachtel hielten und eine neue Portion Flocken in die inzwischen warme Milch schütteten. Sie allein musste den Löffel nehmen und weiteressen.

Sie musste selbst erfahren, dass es niemanden im Haus gab, der sie dafür tadeln würde, noch hungrig zu sein.

Auf so etwas war ihr Vater spezialisiert gewesen. Wie viele Männer seiner Generation hatte dieser blöde Wichser geglaubt, dass Frauen der *Glymera* auf ihre gute Figur achten mussten. Wie er nicht müde wurde zu wiederholen, war Fett am Körper einer weiblichen Aristokratin das Äquivalent zu Staub, der sich auf einer kostbaren Statue sammelt.

Ihre Mutter hatte er noch viel härter angepackt.

Schweigend hatte Bella in ihre Milch gestarrt und mit dem Löffel Wellen darin gezogen.

Sie würde es nicht tun, hatte Rehv noch gedacht und ihren verfluchten Erzeuger am liebsten noch mal umgebracht. Sie hatte immer noch Angst.

Doch dann hatte sie den Löffel auf den Teller unter der Schüssel gelegt, war vom Stuhl gerutscht und in ihrem Nachthemdchen durch die Küche getapst. Sie sah ihn nicht an. Sah auch an Tonys Zeichentrickgesicht vorbei, als sie die Schachtel aufhob.

Sie zitterte vor Furcht. Sie war mutig. Sie war winzig, aber sie war entschlossen.

In diesem Moment war ihm rot vor Augen geworden, aber nicht, weil seine böse Seite hervorbrach. Als sie sich die zweite Portion Frosties in die Schüssel schüttete, hatte er gehen müssen. Hatte etwas nichtssagend Fröhliches gemurmelt, war schnell in die Gästetoilette gegangen und hatte sich eingeschlossen.

Seine blutigen Tränen hatte er allein geweint.

Dieser Augenblick in der Küche mit Tony, dem Tiger, und Bellas Hausschuhen hatte ihm bewiesen, dass er das Richtige getan hatte: Die Billigung des Mordes, den er begangen hatte, lag darin, dass die Frosties-Schachtel von seiner geliebten kleinen Schwester durch die Küche getragen wurde.

Er kehrte in die Gegenwart zurück und dachte an die Bella von heute: eine erwachsene Frau mit einem starken Partner und einem Baby in ihrem Bauch.

Gegen die Dämonen, mit denen sie nun zu kämpfen hatte, konnte ihr großer, böser Bruder ihr nicht helfen. Es gab kein offenes Grab, in das er die zerschlagenen, blutigen Überreste des Schicksals werfen konnte. Vor diesem speziellen Monster konnte er sie nicht retten.

Die Zukunft würde es zeigen. Man konnte nur abwarten.

Bis zu ihrer Entführung hatte er nie auch nur in Betracht gezogen, dass sie vor ihm sterben könnte. Während dieser grauenhaften sechs Wochen, in denen dieser *Lesser* sie in der Erde gefangen gehalten hatte, war die Reihenfolge der Tode in seiner Familie das Einzige gewesen, woran er denken konnte. Er hatte immer angenommen, dass ihre Mutter zuerst gehen würde, und tatsächlich begann bei ihr gerade jetzt der rasche Verfall, der Vampire ans Ende ihres Lebens führte. Für ihn war sonnenklar gewesen, dass er als Nächster an der Reihe wäre, da früher oder später eines von zwei Dingen passieren würde: Entweder würde jemand herausfinden, dass er ein *Symphath* war, und er würde gejagt und in die Kolonie geschickt; oder seine Erpresserin würde sein Ableben nach *Symphathen*-Art inszenieren.

Sollte heißen: aus heiterem Himmel und brutal kreativ …

Wie aufs Stichwort ließ sein Handy einen Akkord erklingen. Der Klang wiederholte sich. Und noch mal.

Er wusste sofort, wer das war. Aber so waren die Verbindungen zwischen *Symphathen* nun mal.

Wenn man vom Teufel spricht, dachte er und nahm den Anruf seiner Erpresserin entgegen.

Als er auflegte, hatte er eine Verabredung mit der Prinzessin für den kommenden Abend.

Was war er doch für ein Glückspilz.

Qhuinn hatte einen langen, schrägen Traum, in dem er in Disney World war und in einer Achterbahn saß, die endlos auf und ab fuhr. Was merkwürdig war, weil er so was bisher nur aus dem Fernsehen kannte, da man ja schlecht mit der Big Thunder Mountain fahren konnte, wenn man keine Sonne vertrug.

Als diese seltsame Bahnfahrt endete, schlug er die Augen auf und entdeckte, dass er im Erste-Hilfe-Raum des Trainingszentrums der Bruderschaft lag.

Danke, lieber Gott.

Offenbar hatte er beim Sparring im Unterricht einen auf die Zwölf gekriegt, und dieser ganze Scheiß mit Lash und seiner Familie und seinem Bruder und der Ehrengarde war nur ein Albtraum gewesen. Mann, was für eine Erleichterung …

Doc Janes Gesicht tauchte vor ihm auf. »Hallo, da bist ja wieder.«

Qhuinn blinzelte und hustete. »Wo … war ich?«

»Du hast ein Schläfchen gehalten. Damit ich dir die Milz entfernen konnte.«

Shit. Also doch keine Hallus. Sondern die neue Realität. »Bin ich … okay?«

Jane legte ihm die Hand auf die Schulter, sie war warm und schwer, obwohl der Rest von ihr durchsichtig war. »Du hast dich sehr gut gehalten.«

»Bauch tut noch weh.« Er hob den Kopf und sah an seiner nackten Brust herab auf die Binde um seine Taille.

»Es wäre beunruhigend, wenn es anders wäre. Aber es

wird dich freuen zu hören, dass du in einer Stunde zurück zu Blay kannst. Die Operation ist absolut reibungslos verlaufen, und du heilst jetzt schon gut. Mir macht Tageslicht nichts aus, also kann ich jederzeit kommen, wenn du mich brauchen solltest. Blay weiß, worauf er achten muss, und ich habe ihm ein paar Medikamente für dich gegeben.«

Qhuinn schloss die Augen, plötzlich von einer schweren Traurigkeit niedergedrückt.

Während er versuchte, sich zu entspannen, hörte er Jane sagen: »Blay, möchtest du mal herkommen …«

Qhuinn schüttelte den Kopf und wandte sich dann ab. »Ich muss einen Moment allein sein.«

»Bist du sicher?«

»Ja.«

Als die Tür sich leise schloss, legte er sich eine zitternde Hand aufs Gesicht. Allein … ja, allein war er. Und nicht nur, weil niemand bei ihm im Raum war.

Der Gedanke, die vergangenen zwölf Stunden nur geträumt zu haben, war wirklich schön gewesen.

Gott, was zum Henker sollte er mit dem Rest seines Lebens anstellen?

Wieder blitzte die Erinnerung an die Vision, die er gehabt hatte, als er sich dem Schleier näherte, vor ihm auf. Vielleicht hätte er einfach durch diese Tür gehen sollen, ungeachtet dessen, was er gesehen hatte. Jedenfalls hätte es alles unter Garantie einfacher gemacht.

Er sammelte sich einen Augenblick. Beziehungsweise ungefähr eine halbe Stunde. Dann rief er mit so kräftiger Stimme, wie er aufbrachte: »Ich bin so weit. Wir können los.«

24

Ein Haus kann leer sein, auch wenn es voller Leute ist. Und das war doch ein Glück.

Ungefähr eine Stunde vor Morgengrauen torkelte Phury in einem der zahllosen Winkel des riesigen Hauses herum und musste sich mit einer Hand an der Wand abstützen.

Er war allerdings auch nicht ganz bei sich, musste man sagen. Boo, der schwarze Kater, tapste neben ihm her und passte auf ihn auf. Ach was – eigentlich hatte das Tier hier das Kommando, denn irgendwann unterwegs hatte Phury angefangen, Boo zu folgen, statt umgekehrt.

Vorauszugehen war im Augenblick einfach nicht besonders empfehlenswert. Phurys Alkoholpegel überschritt sämtliche gesetzlich zulässigen Grenzwerte, außer vielleicht dem fürs Zähneputzen. Und das war ohne den Sack roten Rauch gerechnet, den er dazu gequalmt hatte. Wie viele Joints waren das gewesen? Wie viel Sprit?

Jetzt war es jedenfalls … Er hatte keinen blassen Schimmer, wie spät es war. Musste aber kurz vor Morgengrauen sein.

Auch egal. Seinen Bedröhnungsinput durchzukalkulieren wäre sowieso nur Zeitverschwendung gewesen. So breit, wie er war, bezweifelte er, dass er weit genug zählen konnte. Er wusste nur, dass er sein Zimmer verlassen hatte, als die Flasche Gin leer war. Ursprünglich war sein Plan gewesen, sich Nachschub zu besorgen, doch dann hatte er sich Boo angeschlossen und war einfach herumgewandert.

Nach allen Regeln der Biologie müsste er bewusstlos auf seinem Bett liegen. Vergiftet genug war er, um das Licht auszuknipsen, und immerhin war das ja auch sein Ziel gewesen. Das Problem war nur, dass ihn trotz seiner Selbstmedikation vier Dinge nachhaltig fertigmachten: Cormias Situation. Die Verantwortung für die Auserwählten. Der Überfall auf Havers' Klinik. Und Bellas Schwangerschaft.

Wenigstens hielt der Zauberer mehr oder weniger die Klappe.

Phury drückte irgendeine beliebige Tür auf und versuchte, sich zu orientieren. Wohin hatte die Katze ihn geführt? *Ah, genau.* Hier entlang käme er ins *Doggen*-Territorium, den weitläufigen Flügel, in dem die Angestellten wohnten. Was auf jeden Fall für Ärger sorgen würde. Denn wenn Fritz ihn hier entdeckte, bekäme er auf der Stelle Herzrhythmusstörungen, weil er annehmen würde, dass die Dienstboten ihre Pflichten nicht anständig erfüllt hatten.

Also wandte er sich nach rechts, während gleichzeitig sein Gehirn Notsignale an diverse Synapsen abfeuerte, dass er dringend Rauch nachtanken musste. Schon wollte er beidrehen, als er Geräusche von der Hintertreppe des zweiten Stocks aufschnappte. Jemand war im Kino … was bedeutete, dass er sich wirklich schleunigst aus dem Staub machen sollte, denn jetzt einem seiner Brüder in die Arme zu laufen wäre nicht so clever.

Da erhaschte er den Duft von Jasmin.

Phury erstarrte. *Cormia …*

Cormia war da oben.

Kraftlos ließ er sich gegen die Wand fallen, rieb sich über das Gesicht und dachte an das erotische Bild, das er gezeichnet hatte. Und den Ständer, den er dabei gehabt hatte.

Boo miaute und lief schnurstracks auf die Tür des Kinos zu. Als die Katze über die Schulter blickte, schienen ihre grünen Augen zu sagen: *Mach schon, schieb deinen Hintern hier rüber, Freundchen.*

»Ich kann nicht.« Wohl eher *sollte nicht.*

Das kaufte ihm Boo nicht ab. Er setzte sich hin und schlug mit dem Schwanz, als wartete er ungeduldig darauf, dass Phury endlich in die Gänge kam.

Phury und das Tier starrten einander an.

Er – nicht etwa Boo – musste zuerst blinzeln und den Kopf wegdrehen.

Phury gab auf und fuhr sich mit der Hand durch das dicke Haar. Strich sein schwarzes Seidenhemd glatt. Zog die cremefarbene Hose hoch. Er mochte ja total abgefüllt sein, aber wenigstens sah er aus wie ein Gentleman.

Offensichtlich zufrieden mit der Entschlossenheit, die er vor sich sah, trabte Boo von der Tür weg und strich an Phurys Bein entlang, als wollte er sagen: *So ist es brav.*

Dann lief die Katze weg, und Phury öffnete die Tür und stellte einen Gucci-Schuh auf die erste Stufe. Erklomm die nächste. Und die nächste Stufe. Er hielt sich an dem Messinggeländer fest, um nicht umzukippen, und bemühte sich gleichzeitig, vor sich selbst zu rechtfertigen, was er da vorhatte. Was ihm nicht gelang. Wenn man kaum noch in der Verfassung war, Zahnpasta zu benutzen, sollte man sich tunlichst fernhalten von der Auserwählten, die offiziell gar nicht mehr zu einem gehörte, die man aber trotzdem so begehrte, dass einem der Schwanz wehtat.

Besonders in Anbetracht der Neuigkeiten, die er für sie hatte.

Cormia saß ganz vorn, ihr weißes Auserwählten-Gewand hing etwas über die Lehne. Die Bilder auf der Leinwand flackerten blitzschnell vorbei. Sie spulte eine Szene zurück.

Gütiger, sie roch gut. Obwohl ihr Jasminduft heute Nacht aus irgendeinem Grund besonders stark war.

Der Suchlauf endete, und Phury wandte den Blick der riesigen Leinwand zu …

Ach, du großer Gott. Es war … eine Liebesszene. Patrick Swayze und diese Jennifer mit der Nase bearbeiteten sich gegenseitig auf einem Bett. *Dirty Dancing*.

Cormia rutschte ganz vorn auf die Sesselkante, ihr Gesicht kam in Sicht. Gebannt verfolgte sie die Szene vor sich, die Lippen leicht geöffnet, eine Hand auf ihre Kehle gelegt. Langes blondes Haar fiel ihr über die Schulter und streifte ihr Knie.

Phurys Körper wurde hart, seine Erektion bauschte die Hose vorn zu einem Zelt auf, vernichtete die sorgfältigen Bügelfalten.

Durch den Nebel des roten Rauchs hindurch brüllte sein Geschlecht auf, wenn auch nicht wegen der Bilder auf der Leinwand. Cormia war der Auslöser.

Vor seinem geistigen Auge blitzte die Szene auf, als sie an seinem Hals getrunken und unter ihm gelegen hatte, und sein innerer Mistkerl wies darauf hin, dass er immerhin der Primal aller Auserwählten war und ergo die Regeln aufstellte. Obwohl er sich mit der Directrix darauf geeinigt hatte, eine andere zur Ersten Partnerin zu wählen, konnte er trotzdem mit Cormia zusammen sein, wenn er es wollte und sie ihn nicht abwies – es hätte eben nur nicht mehr dasselbe Gewicht im Hinblick auf die Zeremonie.

Ja … auch wenn er die Primals-Initiation mit einer anderen vollenden würde, konnte er trotzdem die flachen Stufen hinuntersteigen, vor Cormia auf die Knie gehen und ihr das Gewand bis zu den Hüften hochschieben. Er konnte die Hände auf ihre Oberschenkel legen, sie mit seinen Händen spreizen und seinen Kopf dazwischenstecken. Und nachdem er sie mit dem Mund schön feucht gemacht hätte, könnte er …

Phury stöhnte. Okay, diese Art von Aufmunterung half ihm keinen Meter weiter. Außerdem hatte er noch nie eine Frau geleckt, also wusste er gar nicht genau, wie das ging …

Wobei, dachte er, wenn er ein Eis aus der Waffel essen konnte, dann könnte er den Leck- und Saugvorgang bestimmt ganz brauchbar übertragen.

Genau wie das sanfte Knabbern.

Verdammt.

Einfach wieder zu gehen war das einzig Anständige, das er in dieser Situation tun konnte. Also drehte er sich um. Wenn er bliebe, könnte er unmöglich die Finger von ihr lassen.

»Euer Gnaden?«

Beim Klang von Cormias Stimme stockte Phury der Atem. Und sein Schwanz machte Klimmzüge.

Anstandshalber erinnerte er sein Geschlecht daran, dass ihre zwei Worte keine Einladung waren, seine nicht jugendfreien Auf-die-Knie-Fantasien auszuleben.

Verdammt, verdammt, verdammt.

Das Kino fühlte sich plötzlich so klein wie eine Schuhschachtel an, als sie sagte: »Euer Gnaden ... braucht Ihr etwas?«

Nicht umdrehen.

Phury sah über die Schulter, seine Augen warfen ein gelbes Licht auf die Sessellehnen. Auch Cormia wurde von seinem leuchtenden Blick beschienen; ihr Haar fing die Strahlen, die sein Verlangen, in ihr zu kommen, hervorbrachte, auf und hielt sie fest.

»Euer Gnaden ...«, hauchte sie jetzt.

»Was siehst du dir an?«, fragte er leise, obwohl er ganz genau wusste, was da gelaufen war.

»Äh ... John hat den Film ausgesucht.« Sie nestelte an der Fernbedienung herum, drückte Knöpfe, bis das Bild stoppte.

»Nicht der Film, Cormia, ich meine die Szene.«

»Ach so ...«

»Diese Szene hast du ausgesucht ... du hast sie dir immer wieder angesehen. Ist es nicht so?«

Ihre Antwort klang heiser. »Ja ... das stimmt.«

Mein Gott, sie war so wunderbar, wie sie sich in ihrem Sessel umdrehte, um ihn anzusehen ... nur Augen und Mund, überall ihr helles Haar, der Duft von Jasmin in der Luft zwischen ihnen.

Sie war erregt; deshalb war ihr natürlicher Duft so stark.

»Warum diese Szene?«, fragte er. »Warum hast du genau diese gewählt?«

Während er auf ihre Antwort wartete, war sein ganzer Körper angespannt, seine Erektion pochte im Rhythmus seines Herzschlags. Was da durch sein Blut rauschte, hatte nichts mit Ritualen oder Verpflichtungen oder Verantwortung zu tun. Es ging um kompromisslosen, knallharten Sex, von der Sorte, bei der beide hinterher erschöpft und verschwitzt und zerzaust und wahrscheinlich ein bisschen zerschrammt wären. Und zu seiner Schande kümmerte es ihn nicht, dass sie nur wegen des Films erregt war. Es war ihm egal, dass es nicht um ihn ging. Er wollte, dass sie ihn benutzte … ihn benutzte, bis er völlig ausgelaugt und leer, bis jeder Zentimeter seines Körpers erschlafft war, selbst sein neuerdings allzeit bereiter Schwanz.

»Warum hast du diese Szene ausgesucht, Cormia?«

Ihre anmutige Hand legte sich wieder auf ihre Kehle. »Weil … ich dabei an Euch denken muss.«

Phury stieß ein Knurren aus. Mit dieser Antwort hatte er überhaupt nicht gerechnet. Pflicht war das eine, aber im Augenblick sah sie nicht aus wie eine Frau, die sich Gedanken um die Einhaltung von Traditionen machte. Sie wollte Sex. Vielleicht brauchte sie ihn sogar. Genau wie er.

Und sie wollte den Sex mit ihm.

Wie in Zeitlupe drehte er sich zu ihr um, seine Körperkoordination funktionierte plötzlich wieder ausgezeichnet, der Nebel des roten Rauchs und des ganzen Alkohols war wie weggeblasen. Er würde sie nehmen. Hier. Jetzt.

Phury stieg die flachen Stufen hinunter, bereit, Anspruch auf seine Frau zu erheben.

Im gleißenden Licht, das aus den Augen des Primals fiel, erhob Cormia sich von ihrem Sessel. Er kam als riesiger Schatten auf sie zu, seine langen Schritte verschlangen immer zwei der flachen Stufen auf einmal. Auf Armeslänge blieb er vor ihr stehen, sie roch diesen köstlichen rauchigen Duft an ihm und auch eine Art dunkler Gewürze.

»Du siehst dir diese Szene an, weil du dabei an mich denken musst«, sagte er mit tiefer, rauer Stimme.

»Ja …«

Er streckte die Hand aus und berührte ihr Gesicht. »Und woran genau denkst du?«

Sie nahm ihren ganzen Mut zusammen, Worte sprudelten aus ihrem Mund, die keinen Sinn ergaben. »Ich denke daran, dass ich … gewisse Gefühle für Euch hege.«

Sein erotisches Lachen war wie ein dunkler Schauer, der sie überlief. »Gefühle … und wo genau sitzen diese Gefühle?« Seine Fingerspitzen wanderten von ihrem Gesicht über den Hals bis hinunter zum Schlüsselbein. »Hier?«

Sie schluckte, bevor sie jedoch antworten konnte, bewegte sich seine Hand über die Schulter auf ihren Arm hinab. »Hier vielleicht?« Kurz drückte er ihr Handgelenk, unmittelbar über dem Puls, dann glitten die Finger auf ihre Taille und legten sich um die Wirbelsäule, zogen sie heran. »Sag, ist es hier?«

Unvermittelt umschloss er ihre Hüften mit beiden Händen, beugte sich zu ihrem Ohr herunter und flüsterte: »Oder vielleicht noch tiefer?«

In ihrem Herzen breitete sich etwas aus, etwas Warmes – so warm wie das Licht in seinen Augen.

»Ja«, stieß sie atemlos hervor. »Aber auch hier. Vor allem … hier.« Sie legte seine Hand auf ihre Brust, genau über dem Herzen.

Er erstarrte zu Stein, sie spürte den Wandel in ihm, die heiße Strömung in seinem Blut kühlte ab, die Flamme verlosch.

Ah, ja, dachte sie. Indem sie sich offenbarte, hatte sie auch seine Wahrheit enthüllt.

Die allerdings die ganze Zeit offensichtlich gewesen war.

Der Primal trat zurück und fuhr sich mit der Hand durch das sündhaft schöne Haar. »Cormia …«

So würdevoll sie vermochte, straffte sie die Schultern. »Sagt – was beliebt Ihr mit den Auserwählten zu tun? Oder bin es einzig ich, mit der Ihr Euch nicht zu vereinigen wünscht?«

Er trat um sie herum und lief vor der Leinwand auf und ab. Das Standbild von Johnny und Baby ganz dicht aneinandergedrängt umspielte seinen Körper, und sie wünschte, sie wüsste, wie man den Film abstellte. Der Anblick von Babys Bein hoch auf Johnnys Hüfte, seine Hand fest um ihren Oberschenkel geschlossen, während er sich an ihr rieb, war überhaupt nicht das, was sie gerade sehen wollte.

»Ich will mit niemandem zusammen sein«, sagte der Primal.

»Lügner.« Als er ihr überrascht das Gesicht zuwandte, stellte sie fest, dass die Auswirkungen ihrer Freimütigkeit sie nicht mehr kümmerten. »Ihr wusstet von Anfang an, dass Ihr bei keiner von uns liegen wolltet. So ist es doch? Ihr wusstet es, und doch habt Ihr vor der Jungfrau der Schrift an der Zeremonie teilgenommen – obwohl Ihr Bella geliebt habt und noch liebt und den Gedanken nicht ertragen konntet, je eine andere zu nehmen. Ihr habt die Hoffnungen von vierzig ehrbaren Frauen durch eine *Lüge* geschürt …«

»Ich habe mich mit der Directrix getroffen. Gestern.«

Cormias Knie gaben nach, aber ihre Stimme blieb fest. »Habt Ihr das. Und was habt Ihr gemeinsam beschlossen?«

»Ich … werde dich entlassen. Aus deiner Rolle als Erste Partnerin.«

Cormia umklammerte ihre Robe so fest, dass man ein leises Reißen vernahm. »Ihr werdet oder habt mich bereits entlassen?«

»Habe bereits.«

Sie schluckte heftig und ließ sich zurück auf ihren Sessel sinken.

»Cormia, bitte, es liegt nicht an dir.« Er kam zu ihr und kniete vor ihr nieder. »Du bist wunderschön …«

»Doch, es liegt an mir«, widersprach sie. »Es liegt nicht daran, dass Ihr Euch nicht mit einer anderen vereinigen könnt. Mich wollt Ihr nicht.«

»Ich möchte einfach nur, dass du frei von alldem bist …«

»Lügt mich nicht an«, fauchte sie jetzt ohne jede geheuchelte Höflichkeit. »Ich habe Euch von Anfang an gesagt, dass ich Euch in mir aufnehmen würde. Ich habe weder etwas gesagt noch getan, um Euch zu entmutigen. Wenn Ihr mich also von Euch weist, dann nur, weil Ihr mich nicht wollt …«

Der Primal ergriff ihre Hand und drückte sie zwischen seine Beine. Als sie bei der Berührung aufkeuchte, wölbten sich seine Hüften und stießen ihr etwas Langes, Hartes in die Handfläche. »Das Wollen ist *nicht* das Problem.«

Cormias Lippen teilten sich. »Euer Gnaden …«

Ihre Blicke trafen sich. Sein Mund öffnete sich leicht, als bekäme er keine Luft, wodurch sie genug Mut fasste, um ihre Hand sanft um sein steifes Geschlecht zu legen.

Sein gewaltiger Körper zitterte, er ließ ihr Handgelenk los. »Es geht nicht um die Vereinigung«, sagte er heiser. »Du wurdest zu dieser Sache gezwungen.«

Das stimmte. Anfangs schon. Aber jetzt … ihre Gefühle für ihn hatten nicht das Geringste mit Zwang zu tun.

Sie sah ihm in die Augen und verspürte eine eigenartige Erleichterung. Wenn sie nicht seine Erste Partnerin war, dann zählte all das hier nicht, oder? In Augenblicken wie diesem, mit ihm gemeinsam – waren sie einfach nur zwei Körper, keine Gefäße von immenser Bedeutsamkeit. Nur er und sie. Ein Mann und eine Frau.

Aber was war mit den anderen?, musste sie sich fragen. Was war mit all ihren Schwestern? Er würde bei ihnen liegen; sie konnte es in seinen Augen lesen. In seinem gelben Blick lag Entschlossenheit. Und doch – als der Primal erschauernd ausatmete, schob sie all das von sich fort. Sie würde ihn niemals wahrlich für sich selbst besitzen … aber sie hatte ihn in diesem Moment ganz für sich allein.

»Ich werde nicht mehr gezwungen«, flüsterte sie und lehnte sich an seine Brust. Das Kinn zur Seite geneigt, bot sie ihm dar, was er haben wollte. »Ich möchte es.«

Er sah sie unverwandt an, dann sprach er kehlige Worte, die unsinnig klangen. »Ich bin nicht gut genug für dich.«

»Das ist nicht wahr. Ihr seid die Kraft unseres Volkes. Ihr seid unsere Tugend und unsere Macht.«

Er schüttelte den Kopf. »Wenn du das glaubst, dann bin ich überhaupt nicht der, für den du mich hältst.«

»Doch, das seid Ihr.«

»Ich bin nicht …«

Sie brachte ihn mit ihrem Mund zum Schweigen, dann zog sie den Kopf zurück. »Ihr könnt nicht ändern, was ich von Euch denke.«

Zart strich er ihr mit dem Daumen über die Unterlippe. »Wenn du mich wirklich kennen würdest, dann würde sich alles verändern, was du glaubst.«

»Euer Herz wäre dasselbe. Und das ist es, was ich liebe.«

Bei diesem Wort flackerten seine Augen auf, also küsste sie ihn erneut, um ihn am Denken zu hindern, und offensichtlich funktionierte es. Er stöhnte und übernahm die Führung, streichelte ihren Mund mit seinen weichen, weichen Lippen, bis sie keine Luft mehr bekam und ihr das ganz und gar gleichgültig war. Als seine Zunge an ihr leckte, sog sie sie instinktiv ein und spürte seinen Körper zucken und sich an sie pressen.

Das Küssen hörte nicht auf. Es schien unendlich viele Formen, immer neue Empfindungen des Streichelns und Ziehens und Stoßen und Saugens zu geben, und es war nicht nur ihr Mund, der beteiligt war … ihr gesamter Körper vibrierte bei dem, was sie taten, und seiner Hitze und seinem Drängen nach zu urteilen ging es ihm ebenso.

Und sie wollte sogar noch mehr von ihm. Sie hob und senkte den Arm, rieb sein Geschlecht.

Heftig zog er sich zurück. »Damit solltest du lieber vorsichtig sein.«

»Womit?« Als sie ihn wieder durch die Hose hindurch streichelte, warf er den Kopf in den Nacken und zischte … also machte sie weiter, bis er sich mit den langen Fängen auf die Unterlippe biss und seine Halsmuskeln hervortraten.

»Warum sollte ich vorsichtig sein, Euer Gnaden?«

Er hob den Kopf wieder und legte ihr die Lippen ans Ohr. »Wenn du so weitermachst, komme ich.«

Cormia spürte etwas Warmes zwischen ihren Schenkeln. »War es das, was Ihr damals in Eurem Bett getan habt? Am ersten Tag?«

»Ja …« Er dehnte das Wort in die Länge und ließ das A verhallen.

Einem seltsamen, zielstrebigen Trieb gehorchend, merkte sie, dass sie das wiederholen wollte. Er sollte – nein, er musste es noch einmal tun.

Sie hob das Kinn hoch, um ihm ins Ohr wispern zu können. »Dann kommt. Tut es für mich. Tut es jetzt.«

Der Primal knurrte tief in der Brust. Merkwürdig; hätte ein anderer diesen Laut von sich gegeben, wäre sie zu Tode erschrocken. Bei ihm jedoch, in diesem Moment, war sie selig: Seine beherrschte Kraft lag in ihrer Hand. Buchstäblich. Und sie war die Herrin der Lage.

Dieses eine Mal in ihrem gottverlassenen Leben war sie Herrin der Lage.

Obwohl er die Hüften in ihre Handfläche stieß, sagte er: »Ich glaube, wir sollten das nicht …«

Da drückte sie fest zu, und er stöhnte vor Lust. »Verwehrt mir das nicht«, raunte sie ihm zu. »Wagt es nicht, mir das zu verwehren.«

Einer Eingebung – woher sie kam, wusste die Jungfrau der Schrift allein – folgend, biss sie ihn ins Ohrläppchen. Die Reaktion kam umgehend. Er stieß einen bellenden Fluch aus und bäumte sich auf, drückte sie in den Sessel, bestieg sie halb vor Verlangen.

Doch sie schreckte nicht zurück, nein, sie presste die Hand weiter auf sein Geschlecht, spielte das Gegengewicht zu den Stößen seines Unterleibs. Er schien sich an der Reibung zu ergötzen, also machte sie selbst dann weiter, als er ihr Kinn zwischen zwei Finger nahm und ihr Gesicht zu sich drehte.

»Lass mich deine Augen sehen«, keuchte er. »Ich will in deine Augen sehen, wenn ich …«

Ein wildes Stöhnen befreite sich aus seiner Kehle, und sein gesamter Körper straffte sich. Die Hüften ruckten einmal ... zweimal ... dreimal, jedes Zucken von einem Seufzen begleitet.

Das verzückte Gesicht des Primals, seine angespannten Arme, während er seiner Lust Ausdruck verlieh, waren das Schönste, was Cormia jemals erblickt hatte. Als er schließlich zur Ruhe kam, schluckte er und löste sich nicht von ihr. Durch das feine Wollgewebe seiner Hose spürte sie Feuchtigkeit auf der Hand.

»Es gefällt mir, wenn Ihr das tut«, sagte sie.

Er lachte kurz auf. »Mir gefällt es, wenn du das mit mir machst.«

Sie wollte ihn schon fragen, ob er es noch einmal probieren wollte, als er ihr sanft das Haar von der Wange strich. »Cormia?«

»Ja ...« Komisch, sie dehnte das Wort ganz genau wie er vorhin.

»Darf ich dich auch ein wenig anfassen?« Er blickte an ihrem Körper herab. »Ich kann dir nichts versprechen. Ich bin nicht ... also, ich kann dir nicht dasselbe versprechen, was du mir geschenkt hast. Aber ich würde dich so gern berühren. Nur ein wenig.«

Eine ungeduldige Erregung trieb ihr die Luft aus den Lungen und ersetzte sie durch Feuer. »Ja ...«

Der Primal schloss die Augen, er schien sich innerlich zu sammeln. Dann beugte er sich herab und drückte ihr die Lippen seitlich auf den Hals. »Ich finde dich wunderschön, daran darfst du niemals zweifeln. So schön ...«

Als seine Hände sich zum Ausschnitt ihrer Robe tasteten, wurden die Spitzen ihrer Brüste so hart, dass sie sich unter ihm wand.

»Ich kann aufhören«, sagte er zögernd. »Jetzt noch …«

»Nein.« Sie packte seine Schultern und hielt ihn fest. Was als Nächstes passieren würde, wusste sie nicht, aber sie brauchte es, was immer es sein mochte.

Seine Lippen wanderten an ihrem Hals empor, verweilten auf dem Kiefer. Im selben Moment, als er seinen Mund auf ihren presste, fühlte sie ein federleichtes Streicheln … auf einer ihrer Brüste.

Fordernd drängte sie sich ihm entgegen, ihr Nippel drückte sich in seine Hand, und beide stöhnten sie auf.

»Großer Gott …« Der Primal rückte ein Stückchen von ihr ab und zog ihr vorsichtig, ehrfürchtig den Stoff von der Brust. »Cormia …« Sein tiefer, beifälliger Tonfall war wie eine Liebkosung, beinahe greifbar und überall auf ihrem Körper.

»Darf ich dich hier küssen?«, flüsterte er atemlos, mit dem Finger ihre Brustwarze umkreisend. *»Bitte.«*

»Gütige Jungfrau, ja …«

Sein Kopf senkte sich, und sein Mund bedeckte sie, warm und feucht, sanft ziehend, saugend.

Cormia warf den Kopf zurück und vergrub die Hände tief in seinem Haar, ihre Beine spreizten sich – ohne Grund und mit allem Grund. Sie wollte ihn an ihrem Geschlecht spüren, auf jede erdenkliche Weise, die er …

»Herr?«

Beide schreckten auf, als sie Fritz, der respektvoll hinten an der Tür stehen geblieben war, hörten. Rasch richtete sich der Primal auf und bedeckte Cormia, obwohl der breite Sessel den Blick auf sie versperrte.

»Was zum Teufel ist los?«, fragte der Primal.

»Verzeiht, aber die Auserwählte Amalya ist gekommen,

um Euch zu sprechen, zusammen mit der Auserwählten Selena.«

Eine eisige Woge durchspülte Cormia, gefror die Hitze in ihrem Blut zu Eis. Die Directrix. Und ihre Schwester. Hier, um ihn zu sprechen. Wie perfekt.

Der Primal kam auf die Füße, stieß ein schreckliches Wort hervor, das Cormia unwillkürlich im Geiste wiederholen musste, und entließ Fritz mit einer knappen Handbewegung. »Ich bin in fünf Minuten da.«

»Ja, Herr.«

Als der *Doggen* weg war, schüttelte der Primal den Kopf. »Es tut mir …«

»Geht und tut, was Ihr tun müsst.« Da er noch zögerte, ergänzte sie: »Geht. Ich möchte allein sein.«

»Wir können uns später unterhalten.«

Nein, das können wir nicht, dachte sie. Reden würde auch nichts helfen.

»Geht einfach.« Sie blendete aus, was er sonst noch sagte.

Als sie schließlich wieder allein war, starrte sie das eingefrorene Bild auf der Leinwand an, bis es urplötzlich von einer schwarzen Fläche und den hier und dort aufblitzenden Buchstaben *Sony* abgelöst wurde.

Sie fühlte sich elend, innerlich wie äußerlich. Neben dem Schmerz in ihrer Brust litt ihr Körper an einem stechenden Hunger, als wäre ihm eine Mahlzeit verwehrt oder eine Ader verschlossen geblieben.

Doch es war nicht Nahrung, die sie brauchte.

Was sie brauchte, war gerade durch die Tür entschwunden.

In die Arme ihrer Schwester.

25

Weit im Norden in den Adirondacks, unmittelbar bevor der Morgen über dem Saddleback Mountain graute, pirschte sich der Vampir, der in der Nacht zuvor einen Hirsch gefangen hatte, an einen weiteren an. Langsam und unkoordiniert wie er war, wusste er, dass die Jägerrolle, die er da spielte, ein Witz war. Die Kraft, die er aus dem Tierblut zog, reichte nicht mehr aus. Heute Nacht war er beim Verlassen seiner Höhle so schwach gewesen, dass er nicht sicher war, ob er sich überhaupt dematerialisieren könnte.

Was bedeutete, er käme wahrscheinlich nicht nahe genug an seine Beute heran. Was wiederum bedeutete, er könnte sich nicht nähren. Was wiederum bedeutete … die Zeit war endlich gekommen. Es war so eigenartig. Früher hatte er manchmal überlegt – wie es vermutlich jeder von Zeit zu Zeit tat –, wie genau er einmal sterben würde. Unter was für Umständen? Würde es wehtun? Wie lange würde es dauern? In Anbetracht seiner täglichen Arbeit hatte er angenommen, dass es im Kampf geschähe.

Doch stattdessen würde es hier in diesem stillen Wald von der Hand der brennenden Herrlichkeit des Morgengrauens passieren.

Überraschung.

Vor ihm hob der Hirsch sein schweres Geweih und machte Anstalten davonzuspringen. Der Vampir nahm das bisschen Kraft, das er noch in sich hatte, zusammen, konzentrierte sich darauf, den Abstand zwischen ihren beiden Körpern zu überwinden … und nichts geschah. Seine leibliche Gestalt flackerte in der Luft, blinkte auf und verblasste wieder, als würde jemand einen Lichtschalter an- und ausknipsen, aber er wechselte seine Position nicht. Der Hirsch stob von dannen, sein weißer Schwanz leuchtete durch das Unterholz.

Der Vampir ließ sich auf den Hintern fallen. Er blickte in den Himmel hinauf und bereute vieles und aufrichtig, das meiste davon die Toten betreffend. Doch nicht alles. Nicht alles.

Wenn er auch ungeduldig auf das Wiedersehen wartete, das er im Schleier zu finden hoffte; wenn er auch nach der Umarmung derer hungerte, die er vor so kurzer Zeit verloren hatte, so wusste er doch, dass er einen Teil von sich selbst hier auf der Erde zurückließ.

Es ließ sich nun mal nicht ändern. Das Zurücklassen musste sein.

Sein einziger Trost war, dass sein Sohn in guten Händen war. Den besten. Seine Brüder würden auf ihn aufpassen, wie es sich für eine Familie gehörte.

Er hätte sich allerdings verabschieden sollen.

Er hätte so einiges tun sollen.

Aber das war jetzt alles vorbei.

Eingedenk der Selbstmordlegende machte der Vampir einige schwache Versuche aufzustehen. Als sie scheiterten, versuchte er sogar, den Ballast seines Körpers in seine Höhle zu schleppen. Er kam nicht weit, und ein Anflug von Freude durchzuckte sein finsteres Herz, als er sich schließlich gestattete, kraftlos auf die Kiefernnadeln und abgestorbenen Blätter zu sinken.

Mit dem Gesicht nach unten lag er dort, das kühle, taufeuchte Waldbett erfüllte seine Nase mit Gerüchen, die so sauber und frisch waren, obschon sie der Erde entsprangen.

Die ersten Strahlen der Sonne krochen hinter ihm über den Berg, und dann spürte er die Hitzewelle. Das Ende war gekommen, und er hieß es mit offenen Armen und mit vor Erleichterung geschlossenen Augen willkommen.

Seine letzte Empfindung, bevor er starb, war die Befreiung von aller Erdenschwere; sein gebrochener Körper wurde ins helle Licht emporgezogen, hinauf zu dem Wiedersehen, auf das er acht furchtbare Monate lang gewartet hatte.

26

Als sechzehn Stunden später die Nacht hereinbrach, stand Lash am Fuße der Rasenfläche, die zu einer ausladenden Villa im Tudor-Stil hinaufführte … und drehte den Ring, den Omega ihm gegeben hatte, herum und herum.

Hier war er aufgewachsen, dachte er. War hier als Kind geliebt und gefüttert und ins Bett gebracht worden. Als Halbwüchsiger dann war er hier lange aufgeblieben und hatte schmutzige Filme gesehen und unanständige Bücher gelesen, hatte im Netz gesurft und Junkfood gegessen.

Dort oben in seinem Zimmer im zweiten Stock war er durch seine Wandlung gegangen und hatte zum ersten Mal Sex gehabt.

»Brauchen Sie Hilfe?«

Er drehte sich zu dem *Lesser* um, der am Steuer des Ford Focus saß. Es war der Kleine, von dem er getrunken hatte. Der Bursche hatte so helle Haare wie Bo aus *Ein Duke kommt selten allein*, die sich unter seinem Cowboyhut kringelten. Seine Augen hatten das blasse Blau einer Kornblume, woraus man schließen konnte, dass er vor seiner Einführung in die Gesellschaft ein amerikanischer Bilderbuchbursche aus dem Mittleren Westen gewesen war.

Mit Omegas Hilfe hatte der Kerl das Nähren überlebt, und Lash musste zugeben, dass er froh darüber war. Er brauchte Hilfe, um zu begreifen, wo er stand, und von Mr. D fühlte er sich nicht bedroht.

»Hallo?«, sagte der *Lesser.* »Alles okay bei Ihnen?«

»Du bleibst im Auto.« Es fühlte sich gut an, das zu sagen und zu wissen, dass es keine Diskussion geben würde. »Dauert nicht lange.«

»Jawohl, Sir.«

Lash drehte sich wieder zu dem Tudor-Palast um. Gelbes Licht strahlte durch diamantverglaste Fenster, und das Haus wurde vom Boden her beleuchtet wie eine Schönheitskönigin auf einer Bühne. Im Inneren liefen Leute herum, er erkannte sie an ihren Umrissen und den Zimmern, in denen sie sich aufhielten.

Auf der linken Seite, im Wohnzimmer, waren die beiden, die ihn wie ihr eigen Fleisch und Blut aufgezogen hatten. Der mit den breiten Schultern war sein Vater, und er wanderte auf und ab, die Hand hob sich immer wieder an sein Gesicht, als würde er etwas trinken. Seine Mutter saß auf der Couch, mit ihrem kunstvollen Haarknoten und dem schlanken Hals sah sie aus wie eine Puppe. Immer wieder tastete sie nach ihrer Frisur, als wollte sie sich vergewissern, dass sie noch richtig saß, obwohl vor lauter Haarspray mit Sicherheit alles so fest saß wie ein Sturzhelm.

Rechts, im Küchenflügel, huschten einige *Doggen* vom Herd zum Schrank zum Kühlschrank zur Arbeitsfläche und zurück zum Herd.

Lash konnte das Essen beinahe riechen, und seine Augen wurden feucht.

Inzwischen mussten seine Eltern erfahren haben, was im Trainingszentrum und danach in der Klinik passiert war. Man musste sie informiert haben. Sie waren am vergangenen Abend auf dem Ball der *Glymera* gewesen, aber den ganzen Tag hatten sie zu Hause verbracht, und beide wirkten aufgewühlt.

Er blickte zu den sieben Fenstern im dritten Stock hinauf, die zu seinem Zimmer gehörten.

»Gehen Sie rein?«, fragte der *Lesser,* wodurch Lash sich fühlte wie ein Schlappschwanz.

»Halt gefälligst die Klappe, sonst schneide ich dir die Zunge raus.«

Lash zog das Jagdmesser, das an seinem Gürtel hing, und lief über den gemähten Rasen. Das Gras fühlte sich weich an unter den neuen Springerstiefeln, die er trug.

Er hatte sich von dem kleinen *Lesser* Klamotten besorgen lassen müssen, aber was er trug, gefiel ihm nicht. Alles aus dem Kaufhaus. Billig.

Als er die Eingangstür des Hauses erreichte, legte er die Hand auf die Tastatur der Alarmanlage ... zögerte aber, bevor er den Code eintippte.

Sein Hund war vor einem Jahr an Altersschwäche gestorben.

Es war ein reinrassiger Rottweiler gewesen, und seine Eltern hatten ihn ihm geschenkt, als er elf Jahre alt war. Mit der Rasse waren sie nicht einverstanden gewesen, aber Lash hatte nicht nachgegeben, bis sie ein etwa ein Jahr altes Tier zu sich geholt hatten. Gleich in der allerersten Nacht hatte Lash versucht, dem Rottweiler eine Sicherheitsnadel durchs Ohr zu stechen. King hatte ihn so fest gebissen, dass seine Reißzähne durch den Arm durchgegangen und auf der anderen Seite wieder herausgekommen waren.

Danach waren sie unzertrennlich gewesen. Und als dieser böse alte Hund den Löffel abgab, hatte Lash geweint wie ein Mädchen.

Jetzt tippte er den Code ein und legte die linke Hand auf die Klinke. Das Licht über der Tür blitzte auf der Klinge seines Messers.

Er wünschte, sein Hund wäre noch am Leben. Es wäre schön gewesen, etwas aus seinem alten Leben mit in sein neues mitzunehmen.

Er ging ins Haus und schlug den Weg zum Wohnzimmer ein.

Als John Matthew vor der Tür zu Wraths Arbeitszimmer ankam, war er ungefähr so entspannt wie ein Golfer bei Gewitter, und der Anblick des Königs machte ihn noch nervöser. Der Vampir saß hinter seinem filigranen Schreibtisch, Stirn gerunzelt, Finger auf das Holz trommelnd, den Blick aufs Telefon geheftet, als hätte er gerade schlechte Neuigkeiten bekommen. Schon wieder.

John klemmte sich das, was er in der Hand hielt, unter den Arm und klopfte leise auf den Türrahmen. Wrath blickte nicht auf. »Was ist los, mein Sohn?«

John wartete, bis der König den Blick hob, und zeigte dann bedächtig: *Qhuinns Familie hat ihn rausgeschmissen.*

»Ja, und wie ich hörte, wurde er mit ihrer freundlichen Genehmigung von einer Ehrengarde zusammengeschlagen.« Wrath lehnte sich in dem schlanken Stuhl zurück, der vernehmlich ächzte. »Sein Vater ist ... typisch *Glymera.*«

Der Tonfall ließ vermuten, dass das in etwa so ein Kompliment war wie *blöder Wichser.*

Er kann nicht für immer bei Blay bleiben, und er weiß nicht, wohin.

Der König schüttelte den Kopf. »Ich versteh schon, worauf du hinauswillst, aber die Antwort lautet nein. Selbst wenn das hier ein ganz normaler Haushalt wäre, was er nicht ist, hat Qhuinn einen Trainingsschüler getötet, und mir ist scheißegal, was Lash deiner Ansicht nach getan hat, um das zu verdienen. Ich weiß, dass du mit Rhage gesprochen und ihm erzählt hast, was passiert ist. Dein Kumpel ist nicht nur aus dem Programm geflogen, er wird auch angeklagt werden.« Wrath beugte sich zur Seite und sah um John herum. »Hast du Phury schon aus dem Bett geholt?«

John sah über die Schulter. Vishous stand im Türrahmen.

Der Bruder nickte. »Er zieht sich gerade an. Genau wie Z. Bist du sicher, dass ich das nicht erledigen soll?«

»Die beiden waren Lashs Lehrer, und Z war Zeuge der Vorfälle in der Klinik. Lashs Eltern wollen mit den beiden sprechen, und nur mit ihnen, und ich habe versprochen, dass sie so schnell wie möglich dort auftauchen.«

»Alles klar. Halt mich auf dem Laufenden.«

Der Bruder machte sich auf die Socken, und Wrath stützte die Ellbogen auf den Schreibtisch. »Hör mal, John, ich weiß, dass Qhuinn ein guter Freund von dir ist, und mir tut ehrlich leid, was bei ihm zu Hause abgeht. Ich wünschte, ich könnte ihm helfen, aber das kann ich nicht.«

John gab nicht auf, er hoffte, er müsste nicht zu seinem letzten Mittel greifen. *Was ist mit dem Refugium?*

»Die Frauen dort fühlen sich in Gegenwart von Männern nicht wohl, und das aus gutem Grund. Besonders die mit Missbrauchsvergangenheit.«

Aber er ist mein Freund. Ich kann nicht einfach dasitzen und nichts tun, wenn er kein Zuhause hat, kein Geld, keinen Job …

»Das alles wird keine Rolle spielen, John.« Das Wort *Haftstrafe* hing unausgesprochen in der Luft. »Du hast es selbst gesagt. Er hat sich mit einer tödlichen Waffe in einen ganz normalen Streit zwischen zwei hitzköpfigen Jungs eingemischt. Die richtige Reaktion wäre gewesen, dich und Lash zu trennen. Nicht ein Messer zu ziehen und seinem Cousin die Kehle aufzuschlitzen. Hat Lash dich mit einer tödlichen Waffe bedroht? Nein. Könntest du ehrlich behaupten, der Junge wollte dich umbringen? Nein. Qhuinns Gewaltausbruch war unangemessen, und Lashs Eltern plädieren auf gefährliche Körperverletzung mit Tötungsabsicht und zurechenbaren Mord nach dem Alten Gesetz.«

Zurechenbarer Mord?

»Die Angestellten der Klinik schwören Stein und Bein, dass Lash schon wiederbelebt worden war, als dieser Überfall stattfand. Seine Eltern rechnen aber nicht damit, dass er seine Gefangenschaft bei den *Lesser*n überlebt und pochen auf objektive Zurechnung: Hätte Qhuinn Lash nicht angegriffen, wäre der nicht in der Klinik gewesen und hätte dementsprechend nicht entführt werden können. Demzufolge ist es ein zurechenbarer Mord.«

Aber Lash hat dort gearbeitet. Also hätte er auch ohne Qhuinns Aktion in der Nacht dort sein können.

»Nur, dass er dann nicht als Patient im Bett gelegen hätte, richtig?« Wraths Pranken trommelten auf den zarten Schreibtisch. »Das ist starker Tobak, John. Lash war der einzige Sohn seiner Eltern, die beide aus Gründerfamilien stammen. Für Qhuinn sieht es nicht gut aus. Diese Ehrengarde ist im Augenblick noch sein geringstes Problem.«

Es folgte ein ausgedehntes Schweigen, währenddessen sich Johns Lunge zusammenzog. Er hatte von Anfang an gewusst, dass sie in dieser Sackgasse landen würden, dass die Version der Geschichte, die er Rhage aufgetischt hatte, nicht ausreichen würde, um seinen Freund zu retten. Und natürlich hätte er alles getan, um das hier zu vermeiden; trotzdem war er vorbereitet.

Bedächtig lief John zurück zur Flügeltüre und schloss sie. Dann trat er vor den Schreibtisch. Seine Hand zitterte, als er die Mappe unter seiner Achsel hervorzog und seine Trumpfkarte zückte.

»Was ist das?«

Johns Magen benutzte seinen Beckenboden als Hüpfburg, während er dem König zögerlich seine Krankenakte über die Schreibplatte schob.

Das bin ich. Was du wissen musst, steht auf der ersten Seite.

Wrath runzelte die Stirn und nahm die Lupe, ohne die er nicht lesen konnte, zur Hand.

Dann schlug er die Mappe auf und beugte sich über den Bericht, der Johns Therapiesitzung in Havers' Klinik beschrieb. Es war deutlich zu erkennen, wann er den spannenden Teil erreichte, denn die schweren Schultern des Vampirs verspannten sich unter dem schwarzen T-Shirt.

O Gott …, dachte John. *Gleich muss ich kotzen.*

Nach einer Weile klappte der König den Ordner wieder zu und legte die Lupe hin. Schweigend schob er die beiden Gegenstände auf der Schreibtischplatte herum, bis sie nebeneinander und im rechten Winkel lagen. Der Elfenbeingriff der Lupe bildete eine exakte Verlängerung der unteren Kante der Mappe. Als Wrath endlich den Blick hob, wich John ihm nicht aus, obwohl er das Gefühl hatte, vor Schmutz nur so zu triefen. *Deshalb hat Qhuinn das getan. Lash hatte meine Krankenakte gelesen, als er bei Havers gearbeitet hat, und er wollte es überall herumposaunen. Überall. Deshalb war es keineswegs ein ganz normaler Streit zwischen zwei Hitzköpfen.*

Wrath schob die Sonnenbrille hoch und rieb sich die Augen. »Himmel, ich kann gut nachvollziehen, dass du nicht besonders heiß darauf warst, damit rauszurücken.« Er schüttelte den Kopf. »John ... es tut mir so leid, was dir pass...«

John stampfte mit dem Fuß auf, damit Wrath den Kopf hob. *Ich will nicht darüber reden. Ich erzähle dir das ausschließlich wegen Qhuinn.*

Und dann flogen seine Hände fieberhaft durch die Luft, um die ganze Sache bloß schnell hinter sich zu bringen: *Als Qhuinn das Messer zog, hatte Lash mich gegen die Duschwand gedrückt und wollte mir die Hose runterziehen. Mein Freund hat das nicht nur getan, um Lash am Reden zu hindern – verstehst du mich? Ich ... ich war wie erstarrt ... ich konnte mich nicht ...*

»Schon gut, mein Sohn, schon gut ... du musst nicht mehr sagen.«

John schlang die Arme um sich und presste sich die zitternden Hände in die Seiten. Er kniff die Augen fest zu, um Wraths Gesicht nicht sehen zu müssen.

»John?«, sagte der König nach einer kurzen Pause. »Junge, sieh mich an.«

Es kostete John fast übermächtige Anstrengung, die Augen aufzumachen. Wrath war so männlich, so stark – der Führer ihres gesamten Volkes. So jemandem gegenüber zuzugeben, dass diese schmachvolle, brutale Sache passiert war, war beinahe so schlimm, wie sie zu erleben.

Wrath klopfte auf die Mappe. »Das hier ändert alles.«

Er nahm den Telefonhörer in die Hand. »Fritz? Hallo, alter Freund. Hör mal, ich möchte, dass du Qhuinn bei Blaylock abholst und ihn zu mir bringst. Sag ihm, er hat vor dem König zu erscheinen.«

Als er aufgelegt hatte, fingen Johns Augen an zu brennen, als würde er gleich in Tränen ausbrechen. In Panik schnappte er sich die Mappe, wirbelte herum und rannte praktisch zur Tür.

»John? Junge? Bitte geh noch nicht.«

John blieb nicht stehen. Er konnte einfach nicht. Den Kopf heftig schüttelnd rannte er aus dem Arbeitszimmer und in sein Zimmer. Sobald er die Tür hinter sich zugeschlagen und abgeschlossen hatte, stürzte er ins Badezimmer, kniete sich vor die Toilettenschüssel und übergab sich.

Qhuinn fühlte sich wie ein Schuft, als er über Blays schlafende Gestalt gebeugt dastand. Der Kerl schlief immer noch wie früher als Kind: den Kopf in ein Laken gewickelt, die Decke bis unter die Nase gezogen. Inzwischen allerdings war sein riesiger Körper ein Berg, der sich von der ebenen Fläche des Bettes erhob, nicht mehr der kleine Maulwurfshügel des Prätrans – aber die Haltung war noch die gleiche.

Sie hatten so viel zusammen erlebt ... alle wichtigen ersten Male, vom Trinken übers Autofahren und Rauchen bis hin zu Transition und Sex. Es gab nichts, was sie nicht voneinander wussten, keinen geheimen Gedanken, den sie nicht auf die ein oder andere Art und Weise geteilt hatten.

Wobei das nicht ganz der Wahrheit entsprach. Qhuinn wusste ein paar Dinge, die Blay nicht zugeben wollte.

Sich nicht zu verabschieden kam ihm beinahe wie ein Verbrechen vor, aber es musste so sein. Wohin er ging, konnte Blay nicht folgen.

Es gab eine Vampirgemeinschaft im Westen des Landes; er hatte auf einer der Infoseiten im Netz darüber gelesen. Eine Splittergruppe, die sich vor ungefähr zweihundert Jahren vom Hauptteil der Vampirkultur abgespalten und eine Enklave weit weg vom Stammsitz des Volkes in Caldwell gegründet hatte.

Dort gab es keine *Glymera*-Typen. Im Gegenteil – die meisten von ihnen waren Outlaws.

Er hatte sich überlegt, dass er es in einer Nacht dorthin schaffen könnte, wenn er sich immer ein paar hundert Kilometer am Stück dematerialisierte. Er wäre bestimmt völlig am Ende, wenn er ankäme, aber wenigstens unter seinesgleichen. Ausgestoßene. Rowdys. Deserteure.

Früher oder später würden ihn die Gesetze seines Volkes einholen, aber er konnte nur gewinnen, indem er den Mächtigen die Suche nach ihm erschwerte. Er war sowieso schon in jeder Hinsicht in Ungnade gefallen, und die Anschuldigungen, die man gegen ihn erheben würde, konnten kaum noch schlimmer werden. Deshalb konnte er genauso gut endlich die Luft der Freiheit schnuppern, bevor er verpackt und ins Gefängnis geschickt wurde.

Das Einzige, worum er sich Sorgen machte, war Blay. Für seinen Freund wäre es hart, hier zurückzubleiben, aber wenigstens wäre John für ihn da. Und John war schwer in Ordnung.

Qhuinn wandte sich von seinem Freund ab, warf sich die Tasche über die Schulter und schlich leise zur Tür. Seine Heilung war super verlaufen, die schnelle Genesung war das einzige Vermächtnis, das seine Familie ihm nicht nehmen konnte. Von der Operation war außer einer Naht an der Seite nichts mehr zu sehen, und die Blutergüsse waren weitgehend verschwunden – selbst auf seinen Beinen. Er fühlte sich stark, und obwohl er sich bald nähren müsste, war er startklar.

Blays Elternhaus war zwar uralt, aber die Einrichtung hatte auch moderne Elemente, was bedeutete, dass der Flur bis zur Hintertreppe mit Teppich ausgelegt war – Gott sei Dank. Lautlos erreichte Qhuinn den Keller, in dem der Eingang zum unterirdischen Tunnel lag.

Das Untergeschoss war blitzsauber und roch aus irgendeinem Grund immer nach Chardonnay. Vielleicht war das die übliche Tünche auf alten Gemäuern?

Der verborgene Zugang zum Fluchttunnel lag ganz hinten in der rechten Ecke und wurde von Bücherregalen verdeckt, die auf Schienen montiert waren. Man musste nur den Band *Sir Gawain und der grüne Ritter* herausziehen, und ein Riegel löste sich, woraufhin die Wand zur Seite glitt und den Weg …

»Du bist so ein Schwachkopf.«

Qhuinn machte einen Satz wie ein Olympionike. Dort im Tunnel, in einem Liegestuhl, als sonnte er sich, saß Blay. Er hatte ein Buch auf dem Schoß, eine Taschenlampe auf einem kleinen Tischchen liegen und eine Decke über den Beinen.

Seelenruhig prostete er ihm mit einem Glas Orangensaft zu und nahm dann einen Schluck. »Hallihallo.«

»Was soll der Scheiß? Hast du mir hier aufgelauert?«

»Exakt.«

»Was war in deinem Bett?«

»Ein paar Kissen und meine Decke. Hab's mir hier schön gemütlich gemacht. Gutes Buch übrigens.« Er hielt ihm den Umschlag von *Eine Zeit des Fegefeuers* vor die Nase. »Ich mag Dominick Dunne. Guter Autor. Super Brille.«

Qhuinn blickte an seinem Freund vorbei in den schwach beleuchteten Tunnel, der sich in scheinbar endloser dunkler Ferne verlor. Sozusagen wie die Zukunft, dachte er.

»Blay, du weißt, dass ich verschwinden muss.«

Blay hob das Handy hoch. »Falsch, du *kannst* nicht. Habe gerade eine SMS von John bekommen. Wrath will dich sehen, und Fritz sitzt in dieser Sekunde im Auto, um dich abzuholen.«

»Verfluchter Mist. Ich kann nicht dorthin …«

»Das ist keine Bitte. Der König befiehlt dir, vor ihm zu erscheinen. Wenn du jetzt abhaust, bist du nicht nur auf der Flucht vor der *Glymera,* sondern du stehst auch auf der Abschussliste des Königs. Was bedeutet, dass die Brüder hinter dir her sein werden.«

Das wären sie sowieso. »Kapier doch, die Sache mit Lash kommt vor ein königliches Tribunal. Darum geht es in Johns SMS. Und sie werden mich irgendwo wegsperren. Für lange, lange Zeit. Ich verzieh mich nur für eine Weile.«

Übersetzung: *So lange ich mich verstecken kann.*

»Du willst dich dem König widersetzen?«

»Ja, genau das will ich. Ich habe doch nichts zu verlieren, und vielleicht dauert es Jahre, bis man mich findet.«

Blay schob die Decke von seinen Beinen und stand auf. Er trug Jeans und einen Pulli, sah aber trotzdem aus, als hätte er einen Frack an. So war Blay: formell selbst noch im Schlafanzug.

»Wenn du abhaust, komm ich mit.«

»Das will ich aber nicht.«

»Pech gehabt.«

Qhuinn sah das Land der Outlaws, das er ansteuerte, vor seinem geistigen Auge und spürte einen wachsenden Druck in der Brust. Sein Freund war so beständig, so aufrichtig, so ehrenhaft und rein. Er hatte immer noch eine essenzielle, optimistische Unschuld an sich, obwohl er inzwischen ein erwachsener Mann war.

Qhuinn holte tief Luft und stieß zwischen den Zähnen hervor: »Ich will nicht, dass du weißt, wo ich hingehe. Und ich will dich nicht wiedersehen.«

»Das kann nicht dein Ernst sein.«

»Ich weiß …« Qhuinn räusperte sich und zwang sich weiterzusprechen. »Ich weiß genau, wie du mich immer beobachtest. Ich habe bemerkt, wie du mich ansiehst … zum Beispiel, als ich mit der Braut bei Abercrombie in der Umkleidekabine war: Du hast nicht sie angestarrt, sondern mich, und zwar, weil du scharf auf mich bist. Stimmt doch.« Blay taumelte einen Schritt zurück, und wie in einem Faustkampf nutzte Qhuinn das aus, um noch härter nachzulegen. »Du bist schon verdammt lange hinter mir her, und du glaubst, ich hätte das nicht gemerkt. Hab ich aber. Also lauf mir bloß nicht nach. Dieser Mist zwischen uns hat hier und jetzt ein Ende.«

Damit drehte Qhuinn sich um und ging weg, ließ seinen besten Freund, den Mann, der ihm am meisten auf der Welt bedeutete – mehr noch als John – in diesem kalten Tunnel zurück.

Allein.

Es war der einzige Weg, um sein Leben zu retten. Blay war genau der Typ edler Idiot, der denen, die er liebte, noch von der Brooklyn Bridge hinterherspringen würde. Und da man ihm nie etwas ausreden konnte, musste er ihn dazu zwingen, ihn in Ruhe zu lassen.

Qhuinn lief schneller und noch schneller, weg vom Licht. Als der Tunnel eine Rechtsbiegung machte, verloren sich Blay und die aus dem Keller in den Tunnel strahlende Helligkeit, und er war allein in diesem trüben Stahlkäfig weit unter der Erde.

Die ganze Zeit sah er Blays Gesicht klar und deutlich vor sich. Bei jedem Schritt war die erschütterte Miene seines Freundes das Leuchtfeuer, dem er folgte.

Sie würde ihn begleiten. Bis in alle Ewigkeit.

Als er schließlich das Ende des Tunnels erreicht hatte, den Code eintippte und die Tür zu einem Gartenschuppen etwa zwei Kilometer vom Haus entfernt aufdrückte, erkannte er, dass er doch etwas zu verlieren hatte … und dass er noch tiefer sinken konnte, als er geglaubt hatte: Er hatte Blays Herz zerfetzt und unter seinen Stiefeln zermalmt, und das Bedauern und der Schmerz, den er spürte, waren beinahe mehr, als er ertragen konnte.

Er trat hinaus in eine Fliederhecke, und seine Perspektive veränderte sich. Er durchlebte einen Sinneswandel. Ja, er war durch seine Geburt und seine Umstände benachteiligt. Aber er musste alles nicht noch schlimmer machen.

Er zog sein Handy heraus, das nur noch einen Balken Akku anzeigte, und simste John, wo er war. Er war nicht sicher, ob sein Anschluss überhaupt noch …

John schrieb sofort zurück.

Fritz wäre in zehn Minuten bei ihm.

27

In ihrem Schlafzimmer im Obergeschoss des Hauses der Bruderschaft setzte sich Cormia auf den Boden vor ein Architekturmodell, das sie am Abend zuvor begonnen hatte, eine Schachtel Zahnstocher in der Hand, eine Schüssel Erbsen neben sich. Doch sie baute nicht weiter. Wie lange sie schon einfach nur dasaß und den Deckel der Schachtel auf- und wieder zuklappte, mochte die gütige Jungfrau wissen. Auf, zu … auf, zu.

Ausgebremst und praktisch handlungsunfähig, spielte sie nun schon eine kleine Ewigkeit mit diesem Pappdeckel, ihr Daumennagel hatte die Klappe schon ganz dünn geschabt.

Wenn sie nun nicht länger die Erste Partnerin des Primals war, dann gab es keinen Grund mehr für sie, auf dieser Seite zu bleiben. Sie erfüllte keine offizielle Funktion, und nach allen gültigen Regeln sollte sie im Heiligtum wohnen und mit ihren Schwestern meditieren, beten und der Jungfrau der Schrift dienen.

Sie gehörte nicht in dieses Haus und nicht in diese Welt. Das hatte sie noch nie.

Sie wandte den Blick von der Zahnstocherschachtel ab und richtete ihn auf das Modell vor sich, musterte die einzelnen Bausteine und dachte an die Auserwählten und ihr Netzwerk von Aufgaben: von der Einhaltung des spirituellen Kalenders über die Verehrung der Jungfrau der Schrift und die Aufzeichnung Ihrer Worte und Ihrer Geschichte … bis hin zum Gebären von Black-Dagger-Brüdern und künftigen Auserwählten.

Cormia sah ihr Leben im Heiligtum vor sich und hatte das Gefühl, einen Rückschritt zu machen, statt nach Hause zurückzukehren. Und seltsamerweise machte ihr das, was sie am meisten stören sollte – nämlich, dass sie als Erste Partnerin versagt hatte – gar nicht so sehr zu schaffen.

Cormia warf die Zahnstocher auf den Boden. Beim Aufprall klappte die Schachtel auf und ein Haufen Hölzer flog heraus und landete kreuz und quer auf dem Teppich.

Tumult. Unordnung. Chaos.

Sie sammelte die Hölzer ein, räumte das Durcheinander auf und kam zu dem Schluss, dass sie dasselbe mit ihrem Leben tun musste. Sie würde mit dem Primal sprechen, ihre drei Roben packen und gehen.

Als sie den letzten Zahnstocher in die Schachtel steckte, hörte sie ein Klopfen an der Tür.

»Herein«, rief sie, ohne extra aufzustehen.

Fritz steckte seinen Kopf ins Zimmer. »Guten Abend, Auserwählte, ich bringe eine Nachricht von der Herrin Bella. Sie fragt an, ob Ihr der Herrin zum Ersten Mahl auf ihrem Zimmer Gesellschaft leisten möchtet?«

Cormia räusperte sich. »Ich weiß nicht so …«

»Wenn Ihr gestattet«, murmelte der Butler. »Doktor Jane war gerade bei ihr. Soweit ich informiert bin, warf die Untersuchung einige Fragen auf. Vielleicht würde die Gegenwart der Auserwählten unsere werdende *Mahmen* trösten?«

Cormia sah auf. »Schon wieder eine Untersuchung? Nicht die vom vergangenen Abend?«

»Genau.«

»Dann sag ihr, ich werde gleich kommen.«

Fritz senkte ehrfürchtig den Kopf. »Danke, Madame. Ich muss jetzt einen Botendienst erledigen, doch das wird nicht lange dauern, und dann koche ich für Euch und die Herrin Bella.«

Cormia duschte rasch, trocknete ihr Haar und steckte es hoch, dann zog sie eine frisch gebügelte Robe an. Als sie aus ihrem Zimmer trat, hörte sie das Geräusch von Stiefeln in der Eingangshalle und warf einen Blick über die Brüstung. Der Primal war dort unten und überquerte mit langen Schritten das Apfelbaummosaik auf dem Fußboden. Er trug eine schwarze Lederhose und ein schwarzes Hemd, und sein Haar – diese wunderbare, weiche Farbfülle – leuchtete hell im Licht und hob sich von den dunklen, breiten Schultern ab.

Als hätte er sie gewittert, blieb er stehen und hob den Kopf. Seine Augen blitzten wie Zitrine, funkelnd, faszinierend.

Und dann verblasste das Leuchten darin.

Cormia war diejenige, die sich abwandte, weil sie es allmählich satthatte, immer stehengelassen zu werden. Im Umdrehen entdeckte sie Zsadist, der eben aus dem Flur mit den Statuen kam. Seine Augen waren schwarz, als er sie ansah, und sie musste nicht fragen, wie es Bella ging; angesichts seiner düsteren Miene waren Worte unnötig.

»Ich wollte mich zu ihr setzen«, sagte sie zu dem Bruder. »Sie hat nach mir gefragt.«

»Ich weiß. Und es freut mich. Danke.«

In der kurzen Stille betrachtete sie die Dolche, die er

über Kreuz auf die Brust geschnallt trug. Und er hatte natürlich noch weitere Waffen bei sich, dachte sie, obwohl sie sie nicht sehen konnte.

Der Primal hatte keine Waffen bei sich gehabt. Keine Dolche, keine verräterischen Beulen unter den Kleidern.

Sie fragte sich, wohin er wohl ging, der Primal. Nicht auf die Andere Seite, da er nicht entsprechend gekleidet war. Aber wohin dann? Und wozu?

»Wartet er unten auf mich?«, fragte Zsadist.

»Der Primal?« Auf das Nicken des Bruders hin erwiderte sie: »Äh … ja. Ja, er wartet.«

Seltsam, diejenige zu sein, die wusste, wo er war … und die man danach fragte.

Sie dachte wieder an seine fehlenden Waffen.

»Passt gut auf ihn auf«, forderte sie Zsadist ohne höfliche Zurückhaltung auf. »Bitte.«

Zsadists Miene verhärtete sich, dann neigte er einmal den Kopf. »Ja, das werde ich.«

Als Cormia sich verbeugte und sich schon dem Flur mit den Statuen zuwandte, hörte sie Zsadists leise Stimme hinter sich und blieb wie angewurzelt stehen. »Das Kleine bewegt sich kaum. Nicht seit dem, was auch immer gestern Nacht passiert ist.«

Cormia blickte über die Schulter und wünschte, sie könnte mehr tun. »Ich werde den Raum rituell reinigen. Das tun wir auf der Anderen Seite, wenn … ich werde ihn reinigen.«

»Sag ihr nicht, dass du es weißt.«

»Das werde ich nicht.« Cormia hätte dem Mann am liebsten die Hand entgegengestreckt. Doch sie ergänzte nur: »Ich werde mich gut um sie kümmern. Geht und erledigt, was immer Ihr mit ihm zu schaffen habt.«

Der Bruder neigte den Kopf und lief die Treppe hinunter.

Unten in der Eingangshalle rieb Phury sich die Brust, dann reckte er sich, versuchte, das Ziehen in der Herzgegend loszuwerden. Es war überraschend schwierig, Cormia dabei zuzusehen, wie sie sich abwandte.

Merkwürdig schmerzhaft, um genau zu sein.

Er dachte an die Auserwählte, die er im Morgengrauen getroffen hatte. Der Unterschied zwischen ihr und Cormia war unübersehbar. Selena war begierig darauf, die Erste Partnerin zu werden, ihre Augen hatten aufgeleuchtet, als sie ihn von Kopf bis Fuß begutachtet hatte wie einen Zuchtbullen. Er hatte all seine Beherrschung aufbieten müssen, um überhaupt mit ihr in einem Raum zu bleiben.

Sie war keine schlechte Frau und auch mehr als schön genug, aber ihr Gebaren … Mannomann, als wollte sie ihm auf der Stelle auf den Schoß kriechen und zur Sache kommen. Besonders, als sie ihm versichert hatte, dass sie mehr als bereit war, ihm und ihrer Tradition zu dienen … und dass »jede Faser ihres Körpers es wünschte.«

Wobei mit »es« eindeutig sein Geschlecht gemeint war.

Und gegen Ende dieser Nacht würde bereits die nächste Anwärterin warten.

Herrgott im Himmel.

Zsadist tauchte am Kopf der Treppe auf und rannte herunter, seine Windjacke in der Hand. »Gehen wir.«

Den zusammengezogenen Brauen seines Zwillingsbruders nach zu urteilen ging es Bella nicht gut.

»Ist Bella …«

»Darüber will ich nicht mit dir sprechen.« Energisch

marschierte Z durch die Halle und an ihm vorbei, ohne ihn auch nur eines Blickes zu würdigen. »Wir beide haben was zu erledigen.«

Phury runzelte die Stirn und folgte ihm, ihre Stiefel hallten so synchron im Foyer, als liefe nur einer, nicht zwei. Trotz Phurys Prothese hatten er und Z immer dieselbe Schrittlänge gehabt, dieselbe Art, von der Ferse bis zu den Zehen abzurollen, dasselbe Schwingen der Arme.

Zwillinge.

Doch die Ähnlichkeiten beschränkten sich strikt auf die Biologie; im Leben hatten sie völlig unterschiedliche Richtungen eingeschlagen.

Die beide totale Sackgassen gewesen waren.

Urplötzlich verschob sich die Logik in Phurys Kopf, und er sah die Dinge in einem anderen Licht.

Verdammt, die ganze Zeit hatte er sich wegen Zs Schicksal selbst gemartert ... hatte im kalten, alles beherrschenden Schatten ihrer Familientragödie gelebt. Er hatte gelitten, verflucht noch mal ... auch er hatte gelitten, und das tat er heute noch. Und obwohl er die Unantastbarkeit der Vereinigung seines Zwillingsbruders mit Bella respektierte, begehrte er unversehens dagegen auf, sich wie einen Wildfremden ausschließen zu lassen. Noch dazu wie einen wildfremden Feind.

Als er den Kies draußen im Hof betrat, blieb er abrupt stehen. »Zsadist.«

Z lief einfach weiter zum Escalade.

»Zsadist.«

Jetzt hielt sein Bruder an, stützte die Hände in die Hüften, drehte sich aber nicht um. »Wenn es um dich und diesen *Lesser*-Dreck geht, dann kannst du dir deine Entschuldigung sparen.«

Phury lockerte den Kragen um seinen Hals. »Darum geht es nicht.«

»Von deinem roten Rauch will ich auch nichts hören. Oder davon, dass du aus der Bruderschaft geflogen bist.«

»Dreh dich um, Z.«

»Warum?«

Lange sprach keiner der beiden ein Wort. Dann presste Phury zwischen den Zähnen hervor: »Du hast dich nie bedankt.«

Zs Kopf schnellte herum. »Wie bitte?«

»Du hast dich nicht bedankt.«

»Wofür denn?«

»Dafür, dass ich dich gerettet habe. Gottverflucht, ich habe dich vor deiner Hurenherrin und dem, was sie dir angetan hat, gerettet. Und du hast dich *nie bedankt.«* Phury trat dicht vor seinen Zwillingsbruder, seine Stimme wurde immer lauter. »Ich habe ein geschlagenes Jahrhundert lang nach dir gesucht, und dann habe ich deinen Arsch aus diesem Keller rausgeholt und dir das Leben gerettet …«

Zsadist lehnte sich in seinen schweren Stiefeln nach vorn und hielt den Zeigefinger ausgestreckt wie eine Pistole. »Du willst gelobt werden, weil du mich gerettet hast? Vergiss es. Ich hab dich nie um diesen blöden Gefallen gebeten. Dabei ging es doch nur um deinen Barmherziger-Samariter-Komplex.«

»Wenn ich dich nicht rausgeholt hätte, dann hättest du Bella nicht!«

»Und dann bestünde jetzt nicht die Gefahr, dass sie stirbt! Du willst Dankbarkeit? Dann klopf dir lieber selbst auf die Schulter, denn ich habe da keinerlei Bock drauf.«

Die Worte wehten durch die Nacht, als suchten sie nach Ohren, in die sie kriechen konnten.

Phury blinzelte, dann kamen ihm unwillkürlich Sätze über die Lippen, die er schon sehr lange hatte sagen wollen. »Ich habe unsere Eltern allein begraben. Ich war es, der sich um ihre Überreste gekümmert hat, der den Rauch des Feuers roch …«

»*Und ich kannte sie gar nicht!* Für mich waren sie Fremde, genau wie du, als du aufgetaucht bist …«

»Sie haben dich geliebt!«

»Klar – und zwar so sehr, dass sie die Suche nach mir eingestellt haben! Vergiss sie! Glaubst du, ich wüsste nicht, dass er aufgegeben hat? Ich bin zu diesem Haus gegangen, das du niedergebrannt hast, und habe die Spur von dort zurückverfolgt. Ich weiß, wie weit unser Vater damals gekommen ist. Der Kerl ist mir scheißegal. *Er hat mich aufgegeben!*«

»Du warst realer für unsere Eltern, als ich es jemals war! Du warst überall in diesem Haus, du hast ihnen alles bedeutet!«

»Dann heul doch!«, fauchte Zsadist. »Komm mir bloß nicht auf die Mitleidstour. Hast du auch nur den Hauch einer Ahnung, wie mein Leben war?«

»Ich hab deinetwegen mein verdammtes Bein verloren!«

»Du bist mir doch freiwillig gefolgt! Wenn es dir nicht passt, wie alles gekommen ist, dann beschwer dich bloß nicht bei mir.«

Phury atmete heftig aus, er war wie vom Donner gerührt. »Du undankbares Arschloch. Du undankbarer *Wichser* … Willst du mir etwa ernsthaft weismachen, du wärst lieber bei deiner Herrin geblieben?« Als darauf nur Schweigen folgte, schüttelte er den Kopf. »Ich dachte immer, das Ganze wäre meine Opfer wert gewesen. Das Zölibat. Die Panik. Die physischen Kosten.« Wieder stieg die Wut auf. »Ganz zu schweigen davon, wie mies ich mich gefühlt habe, wenn du mal wieder von mir verlangt hast, dich windelweich zu prügeln. Und jetzt erzählst du mir, du wärst lieber ein Blutsklave geblieben?«

»Ach, darum geht es? Ich soll deinen selbstzerstörerischen Helferkomplex rechtfertigen, indem ich *dankbar* bin?« Z lachte freudlos auf. »Von mir aus. Glaubst du, mir macht es Spaß, dir zuzuschauen, wie du dich in ein frühes Grab rauchst und säufst? Glaubst du, mir gefällt, was ich neulich nachts in dieser Sackgasse gesehen habe?« Z fluchte. »Da mach ich nicht mit. Wach auf, Phury. Du bringst dich um. Hör auf, nach Krücken zu suchen und Lügen zu erzählen, und wirf lieber mal einen gründlichen Blick in den Spiegel.«

Irgendwo tief in seinem Inneren erkannte Phury, dass diese Kollision mit Zsadist längst überfällig gewesen war. Und dass sein Zwilling nicht ganz unrecht hatte.

Aber er ebenfalls nicht.

Wieder schüttelte er den Kopf. »Ich finde es nicht verkehrt, um etwas Anerkennung zu bitten. Ich war mein gesamtes Leben lang in unserer Familie unsichtbar.«

Ausgedehnte Stille.

Dann stieß Z aus: »Verfluchter Mist, steig vom Kreuz runter. Jemand anderes braucht das Holz.«

Der abschätzige Tonfall fachte Phurys Zorn wieder an, und sein Arm schwang aus eigenem Antrieb hoch. Er erwischte Z mit der Faust am Kiefer, es knackte wie bei einem Baseballschläger, der einen Homerun schlägt.

Z wurde herumgewirbelt und landete auf Rhages GTO wie ein nasser Sack.

Während der Bruder sich noch aufrappelte, ging Phury in Angriffsstellung und schüttelte sich die Knöchel aus. In circa eineinhalb Sekunden wären sie beide in eine heftige körperliche Auseinandersetzung verkeilt. Statt verbaler Gemeinheiten würden die Fäuste hin und her fliegen, bis einer von ihnen oder auch sie beide zusammenbrachen.

Und was genau würde das bringen?

Phury ließ langsam die Arme sinken.

In genau diesem Moment fuhr Fritz den Mercedes durch das Hoftor.

Im Licht der Scheinwerfer zog Zsadist seine Jacke glatt und lief seelenruhig zur Fahrertür des Escalade. »Wenn ich Cormia nicht gerade ein Versprechen gegeben hätte, dann würde ich dir die Fresse polieren.«

»Was?«

»Steig in das verfluchte Auto.«

»Was hast du zu ihr gesagt?«

Als Z sich hinter das Steuer setzte, durchschnitten seine schwarzen Augen die Nacht wie Messer. »Deine Freundin macht sich Sorgen um dich, deshalb musste ich ihr versprechen, auf dich aufzupassen. Und im Gegensatz zu anderen Leuten halte ich mein Wort.«

Autsch.

»Und jetzt steig ein.« Z knallte die Wagentür zu.

Fluchend zog Phury die Beifahrertür auf und bemerkte dabei Qhuinn, der gerade aus dem Mercedes stieg. Die Augen des Jungen wurden so groß wie Untertassen, als er das Haus sah.

Ganz klar war er wegen seines Prozesses hier, dachte Phury, während er sich neben seinen tödlich schweigsamen Zwillingsbruder setzte.

»Du weißt, wo Lashs Eltern wohnen, oder?«, fragte Phury.

»Klar.«

Das *Klappe jetzt* blieb ungesagt.

Der Escalade fuhr auf das Tor zu, und die Stimme des Zauberers klang todernst in Phurys Kopf: *Um Dankbarkeit zu ernten, muss man ein Held sein, und du bist nicht gerade ein Ritter in schimmernder Rüstung. Das wärst du nur gern.*

Phury sah aus dem Fenster, die wütenden Worte, die er und Z sich gerade an den Kopf geworfen hatten, hallten wie Pistolenschüsse in einer engen Gasse nach.

Tu ihnen allen einen Gefallen, und hau ab, fuhr der Zauberer fort. *Hau einfach ab, mein Freund.*

Du willst ein Held sein? Dann sorg dafür, dass sie sich nicht mehr länger mit dir herumschlagen müssen.

28

Qhuinn war sich hundertprozentig sicher, dass seine Eier heute Abend auf Wraths Speisekarte standen; trotzdem bestaunte er das Trainingszentrum der Bruderschaft wie ein Weltwunder. Es hatte die Ausmaße einer mittleren Kleinstadt, die einzelnen Steine des Gemäuers waren so groß wie der Rumpf eines ausgewachsenen Mannes, die Fenster sahen aus, als wären sie mit Titanium oder etwas Ähnlichem verstärkt. Die Gargoyles auf dem Dach und die ganzen Schatten waren einfach perfekt. Genau wie man es erwarten würde.

»Sire?«, meldete sich der Butler und deutete auf den Eingang zum Haus, der an eine Kathedrale erinnerte. »Sollen wir eintreten? Ich müsste zu kochen beginnen.«

»Kochen?«

Der *Doggen* schraubte sein Sprechtempo herunter, als hätte er einen Grenzdebilen vor sich. »Ich koche für die Bruderschaft, so wie ich auch ihr Heim pflege.«

Himmel … Das war nicht das Trainingszentrum; das war das Privathaus der Bruderschaft.

Ach nein. Check mal die Überwachungsausrüstung. Über den Türen und unter dem Dach waren Kameras installiert, und die Mauer um den Innenhof sah aus wie die Kulisse für einen Alcatraz-Film. Fast rechnete er damit, eine Horde Dobermänner mit triefenden Lefzen um die Ecke schießen zu sehen.

Andererseits nagten die Köter wahrscheinlich noch an den Knochen des letzten unartigen Burschen, den sie filetiert hatten.

»Sire?«, wiederholte der Butler. »Sollen wir eintreten?«

»Ja … ja, klar.« Qhuinn schluckte heftig und stapfte los, bereit, sich dem König zu stellen. »Ähm, also, ich lasse meine Sachen einfach im Auto.«

»Wie Ihr wünscht, Sire.«

Gott sei Dank musste Blay nicht sehen, was hier abging.

Eine Seite der Mammut-Flügeltür schwang auf, und ein guter Bekannter hob die Hand.

Na, ganz toll. Blay würde die Show zwar verpassen, aber John hatte offenbar einen Logenplatz.

Sein Freund trug die Jeans und eines der Hemden, die sie zusammen bei Abercrombie gekauft hatten. Seine nackten Füße sahen auf den schwarzen Steinstufen bleich aus, und er wirkte relativ ruhig, was ein bisschen ärgerlich war. Der Kerl könnte wenigstens den Anstand besitzen, Schweißperlen auf der Stirn oder Solidaritätszittern zu haben.

Hey, zeigten Johns Hände.

»Hey.«

John trat zurück und gab den Weg frei. *Wie geht's dir?*

»Ich wünschte, ich würde rauchen.« Denn dann könnte er die Sache noch um eine Kippenlänge hinauszögern.

Ach, Quatsch. Du findest Rauchen furchtbar.

»Wenn ich vor dem Erschießungskommando stehe, überlege ich mir das vielleicht noch mal.«

Klappe.

Qhuinn lief durch eine Vorhalle, in der er sich völlig falsch angezogen vorkam, zwischen all dem Marmor und dem Kronleuchter aus – war das echtes Gold? Vermutlich …

Himmel, dachte er und blieb ruckartig stehen.

Das Foyer vor ihm war wie ein Palast. Russischer Zarenprunk mit leuchtenden Farben und unfassbarem Blattgoldzeug, Mosaikfliesen und einem Gemälde an der Decke … oder vielleicht sah es auch eher aus wie aus einem Roman von Danielle Steel, wegen der ganzen romantischen Marmorsäulen und der hohen Gewölbedecke.

Nicht dass er je ein Buch von ihr gelesen hätte.

Na ja, gut, dieses eine damals, aber da war er zwölf Jahre alt und krank gewesen und hatte sich nur auf die Sexszenen konzentriert.

»Hier oben«, ertönte eine tiefe, hallende Stimme.

Am oberen Absatz einer feudalen Freitreppe, die Stiefel aufgepflanzt, als gehörte ihm die ganze Welt, in schwarzer Lederhose und schwarzem T-Shirt, stand der König.

»Los, bringen wir's hinter uns«, befahl Wrath.

Heftig schluckend, folgte Qhuinn John in den ersten Stock.

Als sie oben ankamen, verkündete Wrath: »Ich will mit Qhuinn allein reden. John, du bleibst hier.«

John hob die Hände zu einem Einwand: *Ich möchte sein Zeuge …*

Wrath wandte sich ab. »Nein. So was gibt's hier nicht.«

Shit, dachte Qhuinn. Ihm wurden noch nicht mal Zeugenaussagen zu seiner Verteidigung zugestanden?

Dann warte ich hier auf dich, sagte John.

»Danke, Mann.«

Qhuinn blickte durch die offene Tür, die der König

durchschritten hatte. Der Raum vor ihm war … genau das, was seiner Mutter gefallen hätte: blassblau, mit schmalen Mädchenmöbeln und verschnörkelten Kristallleuchtern, die aussahen wie Ohrringe.

Nicht unbedingt der Stil, den man sich für Wraths Wirkungsstätte vorstellen würde.

Als der König sich an einem zierlichen Schreibtisch niederließ, trat Qhuinn ein, schloss die Tür hinter sich und verschränkte die Hände vor dem Bauch. Die ganze Sache kam ihm völlig surreal vor. Es war ihm ein absolutes Rätsel, wie sein Leben diese Wendung hatte nehmen können.

»Wolltest du Lash töten?«, fragte Wrath.

So viel zum Thema Einleitung. »Äh …«

»Ja oder nein?«

In schneller Abfolge rasten Qhuinn die verschiedenen Antwortmöglichkeiten durch den Kopf: *Nein, natürlich nicht, das Messer hat sich selbstständig gemacht, ich wollte es sogar noch festhalten … Nein, ich wollte ihn nur mal gründlich rasieren … Nein, mir war nicht klar, dass das Aufschlitzen der Halsschlagader zum Tod führen würde …*

Qhuinn räusperte sich. Zweimal. »Ja, wollte ich.«

Der König verschränkte die Arme vor der Brust. »Wenn Lash sich nicht an Johns Hose zu schaffen gemacht hätte – hättest du dann dasselbe getan?«

Qhuinns Lunge stellte vorübergehend die Arbeit ein. Er hätte nicht überrascht sein dürfen, dass der König genau Bescheid wusste, was passiert war, aber diese Worte zu hören war doch irgendwie ein Schock. Außerdem war es ganz schön heftig, über diese Sache zu sprechen, in Anbetracht dessen, was Lash gesagt und getan hatte. Es ging immerhin um John.

»Also?«, grollte die Stimme über den Schreibtisch. »Hättest du ihn trotzdem aufgeschlitzt?«

Qhuinn riss sich zusammen. »Nun, John hatte mir gesagt, ich soll mich raushalten, und solange der Kampf fair verlief, ging das von mir aus auch in Ordnung. Aber ...« Er schüttelte den Kopf. »Nein. Was Lash da abgezogen hat, war nicht fair. Das war wie ein verstecktes Messer aus dem Stiefel zu ziehen.«

»Aber du hättest ihn ja nicht gleich umbringen müssen. Du hättest ihn einfach von John wegzerren können. Ihm ein paar verpassen. Ihn aus dem Duschraum treten.«

»Stimmt.«

Wrath streckte einen Arm seitlich aus, wie um ihn zu lockern, und seine Schulter knackte vernehmlich. »Du wirst jetzt absolut ehrlich zu mir sein. Wenn du lügst, merke ich das, weil ich es riechen würde.« Wraths Augen brannten hinter seiner Sonnenbrille. »Ich weiß sehr gut, dass du deinen Cousin gehasst hast. Bist du ganz sicher, dass du keine persönlichen Beweggründe hattest, um ihn anzugehen?«

Qhuinn zog sich die Hand durchs Haar und erinnerte sich, so gut er konnte, an die Ereignisse im Duschraum. Es gab in seinem Kopf einige Gedächtnislücken, blanke Flächen, glattgeschliffen von den Emotionen, die ihn dazu gebracht hatten, sein Messer zu ziehen und Lash damit anzugreifen; aber er wusste durchaus noch genug.

»Um ehrlich zu sein ... Mist, ich konnte doch nicht zulassen, dass John so verletzt und gedemütigt wird. Er war wie zur Salzsäule erstarrt. Als Lash seine Hose anfasste, wurde er stocksteif. Die beiden waren in der Dusche, und Lash hielt John gegen die Fliesen gedrückt, und plötzlich wurde er totenstill. Ich weiß nicht, ob Lash wirklich ... du weißt schon ... weil ich ja nicht in seinem Kopf gesteckt habe, aber er war absolut der Typ, der so was versuchen würde.« Qhuinn schluckte sichtbar. »Ich sah es vor mir, ich sah, dass John nichts machen konnte und … irgendwie herrschte in meinem Kopf völlige Leere … ich hab einfach – *Shit* –, das Messer lag plötzlich in meiner Hand, und dann hing ich über Lash, und der Rest ging blitzschnell. Ganz im Ernst. Klar hab ich Lash gehasst, aber es wäre mir völlig egal gewesen, wer so etwas mit John macht. Ich hätte mir jeden vorgeknöpft, der das tut. Und ehe du fragst – ich weiß schon, was jetzt kommt.«

»Und wie lautet deine Antwort?«

»Ja, ich würde es wieder tun.«

»So, so, würdest du das.«

»Ja.« Qhuinn sah sich in dem blassblau gestrichenen Raum um und überlegte sich, dass es eigentlich nicht in Ordnung war, über so hässliche Dinge in einem so irrsinnig hübschen Raum zu sprechen. »Das heißt dann wohl, dass der Mörder keine Reue zeigt, oder? … Also, was hast du jetzt mit mir vor? Ach übrigens, meine Familie hat mich verstoßen. Aber vermutlich weißt du das schon.«

»Ja, das ist mir zu Ohren gekommen.«

Ein langes Schweigen entstand; Qhuinn vertrieb sich die Zeit damit, seine Schuhe zu betrachten und dem Schlagen seines Herzens in seiner Brust zu lauschen.

»John möchte, dass du hierbleibst.«

Qhuinns Augenbrauen schnellten hoch. »Was?«

»Du hast mich gehört.«

»Blödsinn, das kannst du nicht erlauben. Ich kann unmöglich hierbleiben.«

Schwarze Augenbrauen trafen sich in der Mitte. »Wie bitte?«

»Ähm … Verzeihung.« Qhuinn hielt die Klappe und ermahnte sich, dass der Kerl da vor ihm zufällig der König war, was bedeutete, er konnte tun und lassen, was zum Henker er wollte, einschließlich Sonne und Mond umzubenennen oder sich in Zukunft von jedem mit dem Daumen im Hintern begrüßen zu lassen … oder eben, Abschaum wie Qhuinn unter seinem Dach aufzunehmen, wenn ihm danach war.

Das Wort König buchstabierte man B-l-a-n-k-o-v-o-l-l-m-a-c-h-t in der Welt der Vampire.

Außerdem – warum sollte er etwas ablehnen, was ihm helfen würde? *Du Volltrottel.*

Wrath stand auf, und Qhuinn musste dagegen ankämpfen, einen Schritt zurückzutreten, obwohl zwischen ihnen ungefähr acht Meter Perserteppich lagen.

Herr im Himmel, der Kerl war aber auch riesig.

»Ich habe vor einer Stunde mit Lashs Vater gesprochen«, erklärte Wrath. »Deine Eltern haben ihm gegenüber durchblicken lassen, dass sie die Entschädigung nicht zahlen werden. Da sie dich verstoßen haben, sind sie der Ansicht, dass du selbst für das Geld aufkommen musst. Fünf Millionen.«

»Fünf *Millionen?*«

»Lash wurde vergangene Nacht von den *Lessern* entführt. Niemand rechnet damit, dass er zurückkommt. Die Anklage gegen dich lautet zurechenbarer Mord, da man davon ausgehen kann, dass die Jäger keine Leiche mitgenommen hätten.«

»Ach du …« Mein Gott, Lash … und das war verdammt viel Asche. »Ich besitze nur die Klamotten an meinem Leib und noch ein paar Sachen in meiner Reisetasche. Das Zeug können sie gern haben, wenn sie es wollen …«

»Lashs Vater weiß um deine finanzielle Situation. Deshalb möchte er, dass du als Schuldknecht in ihren Haushalt kommst.«

Sämtliches Blut floss aus Qhuinns Kopf ab. Ein Sklave … für den Rest seines Lebens? Bei *Lashs* Eltern?

»Das käme natürlich zum Tragen«, fuhr Wrath fort, »nachdem du deine Gefängnisstrafe abgesessen hast. Und übrigens haben wir tatsächlich noch ein Gefängnis in Betrieb. Ganz oben an der kanadischen Grenze.«

Qhuinn stand einfach nur da, völlig betäubt. Mann, Mann, das Leben konnte auf so unterschiedliche Art und Weise vorbei sein, dachte er. Der Tod war nicht der einzige Weg, um es zu beenden.

»Was sagst du zu der ganzen Sache?«, wollte Wrath wissen.

Gefängnis … an einem gottverlassenen Ort für wer weiß wie lange Zeit. Schuldknechtschaft … in einem Haushalt, der ihn bis in alle Ewigkeit hassen würde; bis er endgültig ins Gras biss.

Qhuinn dachte an den Weg durch den Tunnel in Blays Elternhaus und an die Entscheidung, die er getroffen hatte, als er am anderen Ende heraustrat.

»Ich habe verschiedenfarbige Augen«, wisperte er und hob seinen Blick zum König. »Aber ich habe dennoch Ehre. Ich werde tun, was erforderlich ist, um es wiedergutzumachen … *vorausgesetzt«*, sagte er mit plötzlicher Kraft, »dass niemand mich zu einer Entschuldigung zwingt. Das … kann ich nicht tun. Was Lash getan hat, war mehr als falsch. Es war vorsätzlich grausam, er wollte Johns Leben ruinieren. Es tut mir nicht leid.«

Wrath kam um den Schreibtisch herum und schritt quer durch den Raum. Im Vorbeigehen sagte er munter:

»Das war die richtige Antwort, mein Sohn. Warte draußen bei deinem Kumpel. Ich hole euch gleich rein.«

»Wie b… was?«

Der König öffnete die Tür und nickte ungeduldig. »Raus jetzt.«

Qhuinn taumelte aus dem Raum.

Wie lief's?, fragte John und sprang von einem Stuhl an der gegenüberliegenden Wand auf. *Was ist passiert?*

Qhuinn würde seinem Freund nicht erzählen, dass er ins Gefängnis ging und dann in die Obhut von Lashs Eltern übergeben wurde, um den Rest seiner Tage von ihnen gequält zu werden. »Ach, es war gar nicht so übel.«

Du lügst.

»Stimmt nicht.«

Du bist aschfahl.

»Hallo – ich wurde gestern operiert.«

Ach, komm schon. Was ist hier los?

»Um die Wahrheit zu sagen: Ich habe keinen Schimmer.«

»Verzeihung.« Beth, die Königin, kam mit ernster Miene näher. In ihren Händen lag eine längliche, flache Lederschachtel. »Jungs? Ich müsste da mal rein.«

Die beiden traten zur Seite, und Beth schlüpfte ins Arbeitszimmer und machte die Tür zu.

John und Qhuinn warteten. Und dann warteten sie … und warteten.

Der Himmel mochte wissen, was da drin vorging. König und Königin bereiteten wohl seinen nächsten Spielzug für ihn vor: *Gehen Sie ins Gefängnis. Gehen Sie nicht über Los. Ziehen Sie keine 500 $ ein.*

John holte sein Handy aus der Tasche, als müsste er seine Hände beschäftigen, und runzelte die Stirn beim Blick auf das Display. Nachdem er eine SMS eingetippt hatte, steckte er es wieder weg.

Komisch, dass Blay sich noch nicht gemeldet hat.

Eigentlich nicht, dachte Qhuinn. Er fühlte sich wie ein Riesenarschloch.

Da hielt der König die Tür weit auf. »Rein mit euch, Herrschaften.«

Sie gehorchten eilig und folgten Wrath ins Arbeitszimmer. Der König setzte sich wieder hinter seinen Schreibtisch auf den Puppenstuhl und legte seine gigantischen Stiefel auf einem Stapel Papierkram ab. Als Beth sich neben ihn stellte, nahm er ihre Hand.

»Sagt euch Jungs der Begriff *Ahstrux Nohtrum* was?«

Als beide wie zwei Esel den Kopf schüttelten, verzog Wrath den Mund zu einem kalten, gemeinen kleinen Grinsen. »Das ist ein ziemlich antiquiertes Konzept. Eine Art persönlicher Leibwächter, allerdings mit der Erlaubnis zum Töten, wenn es um das Leben seines Meisters geht. Quasi ein Killer mit Genehmigung.«

Qhuinn fragte sich, was zum Teufel das mit ihm und John zu tun hatte.

Doch der König fuhr fort. »Ein *Ahstrux Nohtrum* darf nur per königlichem Erlass eingesetzt werden, und die Voraussetzungen sind ungefähr wie beim Personenschutz des amerikanischen Secret Service: Der Betroffene muss eine Person des öffentlichen Interesses sein und der Leibwächter ein fähiger Mann.« Wrath küsste die Hand seiner Königin. »Als Person des öffentlichen Interesses gilt jemand, dessen Existenz vom König als bedeutsam angesehen wird. Und der König bin wohl ich, wie? Also gut … meine *Shellan* hier ist für mich das Kostbarste auf der ganzen Welt, und es gibt nichts, was ich nicht tun würde, um ihr Herz zu beschützen. Im Hinblick auf das Volk als Ganzes ist sie außerdem die Königin. Daher fällt ihr einziger Bruder definitiv in die Kategorie ›Person des öffentlichen Interesses‹.

Was die Befähigung des Leibwächters angeht … ich weiß rein zufällig, Qhuinn, dass du – abgesehen von John – der beste Kämpfer der gesamten Trainingsklasse warst. Du bist hochgefährlich im Nahkampf, ein großartiger Schütze«, an dieser Stelle wurde der Tonfall des Königs ironisch, »und dass du nicht ungeschickt mit dem Messer bist, wissen wir ja alle.«

Qhuinn spürte ein merkwürdiges Rauschen in sich, als hätte sich der Nebel gelichtet und einen unverhofften Pfad aus der Wildnis enthüllt. Er legte die Hand auf Johns Arm, um sein Gleichgewicht nicht zu verlieren, auch wenn er dadurch wirkte wie ein amtlich bestätigtes Weichei.

»Eine Sache gibt es aber noch«, sagte der König. »Von einem *Ahstrux Nohtrum* wird erwartet, dass er sein Leben für den opfert, den er beschützt. Wenn es mal wirklich ernst wird, dann muss er den tödlichen Hieb einstecken. Ach ja, außerdem ist das eine Verpflichtung auf Lebenszeit, solange ich nichts Gegenteiliges verfüge. Ich bin der Einzige, der hier einen Entlassungsschein ausstellen kann, kapiert?«

Qhuinns Mund sprach ganz von alleine. »Natürlich. Auf jeden Fall.«

Wrath lächelte und griff nach der Schachtel, die Beth ihm gebracht hatte. Darin lag ein dicker Bogen Papier, geschmückt mit einem goldenen Siegel mit roten und schwarzen Seidenbändern. »Na, so was, seht euch das an.«

Lässig schleuderte er das hochoffiziell wirkende Dokument auf den Schreibtisch.

Qhuinn und John beugten sich gemeinsam vor. In der Alten Sprache verkündete das Schreiben, dass …

»Shit«, hauchte Qhuinn, dann hob er ruckartig den Kopf und sah Beth an. »Verzeihung, ich wollte nicht fluchen.«

Sie lächelte und küsste ihren *Hellren* auf den Scheitel. »Ist schon okay. Ich bin Schlimmeres gewohnt.«

»Seht euch das Datum an«, forderte Wrath sie auf.

Es war rückdatiert … das Dokument war um zwei Monate rückdatiert. Dem Pergament zufolge hatte Qhuinn, Sohn des Lohstrong, seit Ende Juni in seiner Funktion als *Ahstrux Nohtrum* des John Matthew, Sohn des Darius, Sohn des Marklon, gehandelt.

»Ich bin wirklich eine totale Niete, was diesen Papierkram angeht«, meinte Wrath. »Ich hatte völlig vergessen, euch beiden zu erzählen, was los ist. Mein Fehler. Das heißt jetzt natürlich, dass du, John, verantwortlich für die finanzielle Entschädigung bist, weil der Beschützte alle Schulden, die aus seinem Schutz resultieren, begleichen muss.«

Sofort erwiderte John: *Ich zahle …*

»Nein, Moment mal«, unterbrach Qhuinn. »So viel Geld hat er doch gar nicht …«

»Dein Kumpel hat momentan ungefähr vierzig Millionen auf der hohen Kante, also mach dir mal keine Sorgen.«

Qhuinn drehte sich zu John um. »Was? Warum hast du denn dann im Büro gearbeitet, um dir ein bisschen Taschengeld für Klamotten zu verdienen?«

Auf wen soll ich den Scheck ausstellen?, fragte John, ohne ihn zu beachten.

»Lashs Eltern. Beth als Finanzmanagerin der Bruderschaft wird dir sagen, von welchem Konto du es nehmen kannst, richtig *Lielan?*« Wrath drückte die Hand der Königin und lächelte sie an. Als er sich wieder Qhuinn und John zuwandte, war der liebevolle Gesichtsausdruck verschwunden. »Qhuinn zieht auf der Stelle hier im Haus ein, und er bekommt ein Gehalt von fünfundsiebzigtausend pro Jahr, das John bezahlen wird. Und Qhuinn, das Trainingsprogramm ist für dich selbstverständlich gestorben, aber das heißt nicht, dass die Brüder und ich nicht … ach, du weißt schon, hier und da mal ein kleines Sparring mit dir veranstalten, nur damit du nichts verlernst. Denn wir kümmern uns um unsere Leute. Und du gehörst jetzt zu uns.«

Qhuinn holte tief Luft. Und noch mal. Und dann … »Ich muss … ich muss mich setzen.«

Wie betäubt taumelte er zu einem der hellblauen Sofas. Alle starrten ihn an, als wollten sie ihm entweder eine Papiertüte gegen das Hyperventilieren oder ein Taschentuch reichen. Er legte die Hand auf die Operationsnarbe, in der Hoffnung, es sähe aus, als machte ihm die Verletzung zu schaffen, nicht seine Gefühle.

Das Blöde war nur … er bekam nicht genug Luft. Was genau da in seinen Mund strömte, konnte er nicht sagen, aber jedenfalls half es nicht wirklich, um den Schwindel aus seinem Kopf oder das brennende Gefühl aus seinem Brustkorb zu vertreiben.

Seltsamerweise kam nicht John zu ihm und kniete sich vor ihn hin. Auch nicht Beth. Es war Wrath. Der König tauchte plötzlich in seinem Gesichtsfeld auf, die dunkle Sonnenbrille und die brutale Miene im krassen Gegensatz zu seiner sanften Stimme stehend.

»Leg deinen Kopf zwischen die Knie, mein Sohn.« Die Hand des Königs landete auf seiner Schulter und drückte ihn nach unten. »Komm, mach schon.«

Qhuinn gehorchte und fing plötzlich an, so heftig zu zittern, dass er zu Boden gefallen wäre, wenn Wraths riesige Pranke ihn nicht festgehalten hätte.

Er würde nicht weinen. Er weigerte sich, eine einzige Träne fließen zu lassen. Stattdessen keuchte er und zitterte, und der kalte Schweiß brach ihm aus.

Ganz leise, sodass nur Wrath ihn hören konnte, flüsterte er: »Ich dachte … ich wäre … ganz allein.«

»Aber nein«, antwortete Wrath ebenso leise. »Wie ich schon sagte, du gehörst jetzt zu uns, verstehst du mich?«

Qhuinn hob die Augen. »Aber ich bin ein Niemand.«

»Ganz im Gegenteil.« Langsam schüttelte der König den Kopf. »Du hast Johns Ehre gerettet. Deshalb gehörst du jetzt zur Familie, mein Sohn.«

Qhuinn ließ den Blick zu Beth und John wandern, die dicht nebeneinanderstanden. Durch die unvergossenen Tränen hindurch erkannte er die Ähnlichkeit in ihren dunklen Haaren und den tiefblauen Augen.

Familie …

Endlich drückte Qhuinn sein Rückgrat durch, kam auf die Füße und richtete sich zu seiner vollen Größe auf. Er strich sein Hemd glatt, dann seine Haare und trat vollkommen gefasst zu John.

Mit gestrafften Schultern streckte er seinem Freund die Hand entgegen. »Ich würde mein Leben für dich geben. Mit oder ohne dieses Stück Papier.«

Als die Worte über seine Lippen kamen, wurde ihm bewusst, dass es die ersten waren, die er je als erwachsener Mann gesagt hatte, der erste Schwur, den er je abgelegt hatte. Und er hätte keinen Besseren gewusst, dem gegenüber er ihn aussprechen wollte. Außer vielleicht Blay.

John blickte nach unten, dann umschloss er die Hand, die ihm angeboten wurde, mit festem, starkem Griff. Sie umarmten sich nicht, und sie sprachen auch nicht.

Und ich für dich, formte John mit den Lippen. *Und ich ... für dich.*

»Du kannst mir Fragen über Phury stellen, wenn du willst. Wenn du damit fertig bist.«

Cormia richtete sich über der weißen Kerze, die sie eben angezündet hatte, auf, und blickte über die Schulter. Bella lag auf dem Rücken in dem großen Bett, ihre schmale, blasse Hand ruhte auf dem rundlichen Bauch.

»Ehrlich, mach nur«, wiederholte sie mit einem zarten Lächeln. »Das lenkt mich ab. Und genau das kann ich jetzt gut gebrauchen.«

Cormia blies das Streichholz aus. »Woher weißt du, dass ich an ihn denke?«

»Du hast das, was ich eine ›Männerstirn‹ nenne. Nämlich ein Stirnrunzeln, das man hat, wenn man an seinen Mann denkt und ihm entweder einen kapitalen Tritt in den Hintern versetzen oder ihn so fest umarmen will, dass er keine Luft mehr bekommt.«

»Der Primal ist nicht mein.« Cormia nahm die goldene Räucherpfanne und ließ sie dreimal um die Kerze kreisen. Der Singsang, den sie dazu anstimmte, war leise, aber nachdrücklich. Er rief die Jungfrau der Schrift an und bat sie, über Bella und ihr Kleines zu wachen.

»Er liebt mich nicht«, sagte Bella. »Nicht richtig.«

Cormia stellte das Pfännchen auf einen Tisch in der

Ostecke des Zimmers und vergewisserte sich erneut, dass die drei Kerzen kräftig brannten.

Vergangenheit, Gegenwart, Zukunft.

»Hast du mich gehört? Er liebt mich nicht.«

Cormia kniff die Augen zu. »Ich glaube, darin täuschst du dich.«

»Er glaubt nur, dass er mich liebt.«

»Bei allem Respekt ...«

»Begehrst du ihn?«

Cormia errötete, als sie an das dachte, was im Kino zwischen ihnen passiert war. Wieder spürte sie ihn auf sich ... wie sein Mund sich auf ihrer Brust bewegt hatte, und die Macht, die es ihr gegeben hatte, sein Geschlecht in ihrer Hand zu halten ... Bella lachte leise. »Ich nehme diese Röte mal als Ja.«

»Gütigste Jungfrau, ich weiß nicht, was ich sagen soll.«

»Setz dich zu mir.« Bella klopfte auf die Bettkante. »Ich möchte dir von ihm erzählen. Und warum ich mir so sicher bin, dass er nicht in mich verliebt ist.«

Cormia wusste, wenn sie sich jetzt dorthin begab und sich anhörte, warum der Primal unmöglich so empfinden konnte, wie sie es glaubte, dann würde sie sich nur noch mehr an ihn verlieren.

Also eilte sie selbstredend ans Bett und setzte sich neben Bella.

»Phury ist ein guter Mann. Ein großartiger Mann. Er liebt sehr tief, aber das heißt nicht, dass er in jeden verliebt ist, der ihm etwas bedeutet. Wenn ihr zwei euch nur ein wenig Zeit lasst ...«

»Ich kehre bald zurück.«

Bellas Augenbrauen schnellten hoch. »Auf die Andere Seite? Warum?«

»Ich war lange hier.« Zu erzählen, dass sie abserviert worden war, war zu schwer. Besonders Bella gegenüber. »Ich war … lange genug hier.«

Bella machte einen traurigen Eindruck. »Wird Phury dann auch gehen?«

»Das weiß ich nicht.«

»Tja, dann müsste er für die Kämpfe zurückkommen.«

»Äh … genau.« Ganz eindeutig wusste Bella noch gar nicht, dass er der Bruderschaft nicht mehr angehörte, und jetzt war kaum der richtige Zeitpunkt, um sie mit unangenehmen Nachrichten zu erschrecken.

Bella strich sich geistesabwesend über den Bauch. »Hat dir mal jemand erzählt, warum Phury der Primal geworden ist? Ich meine, statt Vishous.«

»Nein, ich wusste nicht einmal, dass es einen Wechsel gegeben hatte, bis der Primal zu mir in den Tempel kam.«

»Vishous hat sich ungefähr um die Zeit, als das alles passiert ist, in Jane verliebt. Phury wollte nicht, dass die beiden sich trennen müssen, also ist er eingesprungen.« Bella schüttelte den Kopf. »So ist Phury eben, er stellt seine Wünsche immer hinter die anderer. Immer. Das ist sein Wesen.«

»Ich weiß. Deshalb bewundere ich ihn so sehr. Wo ich herkomme …« Cormia suchte nach den passenden Worten. »Für die Auserwählten ist Selbstlosigkeit die höchste aller Tugenden. Wir dienen dem Volk der Vampire und der Jungfrau der Schrift, und indem wir das tun, stellen wir freudig das Ganze an oberste Stelle, vor uns selbst. Es ist von höchstem Wert, sich selbst für das allgemeine Wohl zu opfern, für das, was wichtiger ist als das Ich. Der Primal tut das. Ich glaube, das ist …«

»Das ist …?«

»Das ist der Grund, weshalb ich solchen Respekt für ihn empfinde. Das und sein … sein …«

Bella lachte kehlig. »Sein wacher Verstand, richtig? Es hat auf keinen Fall etwas mit den gelben Augen oder seinen tollen Haaren zu tun, oder?«

Cormia fand, wenn die Röte auf ihren Wangen schon einmal für sich gesprochen hatte, konnte sie das auch wieder tun.

»Du musst nicht antworten«, sagte Bella lächelnd. »Er ist ein ganz besonderer Mann. Aber noch einmal zurück zur Selbstlosigkeit: Wenn man zu viel Zeit damit verbringt, sich nach außen hin zu orientieren, dann verliert man sich selbst. Deshalb mache ich mir Sorgen um ihn. Und deshalb weiß ich, dass er mich nicht wirklich liebt. Er glaubt, ich hätte seinen Zwillingsbruder auf eine Weise gerettet, wie er es nicht vermocht hat. Was er empfindet, ist Dankbarkeit. Grenzenlose Dankbarkeit und Verklärung. Aber keine wahre Liebe.«

»Woher weißt du das?«

Ein kurzes Zögern folgte. »Frag ihn mal nach seinen Beziehungen zu Frauen. Dann wirst du es schon verstehen.«

»War er schon oft verliebt?« Sie wappnete sich innerlich für die Antwort.

»Nein – ganz eindeutig nein.« Bellas Hand beschrieb nun Kreisbewegungen auf ihrem Bauch. »Das geht mich zwar nichts an, aber ich erzähle es dir trotzdem. Abgesehen von meinem *Hellren* gibt es keinen Mann, den ich mehr wertschätze als Phury, und dich mag ich auch sehr. Wenn er weiter hier wohnt, hoffe ich, dass du auch bleibst. Mir gefällt, wie du ihn ansiehst. Und mir gefällt außerordentlich, wie er dich ansieht.«

»Er hat mich übergangen.«

Bella hob den Kopf. »Was?«

»Ich bin nicht mehr die Erste Partnerin.«

»Ver… flucht noch mal.«

»Deshalb sollte ich wirklich zurück ins Heiligtum gehen. Und sei es nur, um es für diejenige leichter zu machen, durch die er mich zu ersetzen wünscht.«

Sie sagte das Richtige, doch sie glaubte nicht aufrichtig daran. Und ihre Gefühle drückten sich in ihrer Stimme aus. Selbst sie konnte es hören.

Komisch, die Fähigkeit, etwas anderes zu sagen, als sie dachte, hatte sie im Laufe ihres Lebens auf der Anderen Seite vervollkommnet. Als sie noch drüben gelebt hatte, war ihr das Lügen so leicht gefallen wie das Tragen der weißen Robe, das Hochstecken ihrer Haare auf die vorgeschriebene Art und Weise und das Aufsagen zeremonieller Texte.

Jetzt fiel es ihr schwer.

»Nimm es mir nicht übel«, sagte Bella, »aber mein innerer Blödsinnsdetektor schlägt gerade heftig aus.«

»Blödsinns … detektor?«

»Du lügst mich an. Hör mal, darf ich dir einen guten Rat aufdrängen?«

»Aber sicher.«

»Lass dich nicht von diesem Auserwählten-Ding völlig verschlingen. Wenn du wirklich an das glaubst, was man dir beigebracht hat, dann von mir aus. Aber wenn du merkst, dass du ständig gegen eine innere Stimme ankämpfen musst, dann bist du am falschen Ort. Eine gute Lügnerin zu sein ist keine Tugend.«

Genau das war es doch, dachte Cormia. Genau das hatte sie immer tun müssen. Lügen.

Bella schob die Kissen hoch und richtete sich etwas auf. »Ich weiß nicht, wie viel du über mich gehört hast, aber ich habe einen Bruder, Rehvenge. Er ist ein sturer Kerl, schon immer gewesen, aber ich liebe ihn, und wir stehen uns sehr nahe. Mein Vater starb, als ich vier war, und Rehv hat damals die Aufgabe des Familienoberhaupts übernommen. Rehv hat sich großartig um meine Mutter und mich gekümmert, aber er war auch wahnsinnig herrschsüchtig, und irgendwann zog ich aus meinem Elternhaus aus. Ich musste einfach ... Er hat mich in den Wahnsinn getrieben. Du hättest uns streiten hören sollen. Rehv hat es gut gemeint, aber er ist vom alten Schlag, sehr traditionell, und das bedeutete, er wollte alle Entscheidungen für mich treffen.«

»Das klingt dennoch nach einem Mann von Wert.«

»Aber ja, unbedingt. Nur – nach fünfundzwanzig Jahren unter seiner Fuchtel war ich nur noch seine Schwester, nicht mehr ich, wie immer das auch klingen mag.« Bella nahm Cormias Hand. »Das Beste, was ich je für mich getan habe, war wegzugehen und mich selbst kennen zu lernen.« Ein gequälter Ausdruck stahl sich in ihren Blick. »Es war nicht einfach, und es hatte ... Konsequenzen. Aber selbst nach allem, was ich durchmachen musste, empfehle ich dir dringend herauszufinden, wer du bist. Ich meine, weißt du überhaupt, wer du wirklich bist?«

»Ich bin eine Auserwählte.«

»Und was noch?«

»Das ist ... alles.«

Bella drückte ihre Hand kurz. »Denk ein bisschen über dich selbst nach, Cormia, und fang klein an. Was ist deine Lieblingsfarbe? Was isst du gern? Stehst du gern früh auf? Was macht dich froh? Was traurig?«

Cormia betrachtete das Räucherpfännchen und dachte an all die Gebete, die sie kannte, Gebete, die jede Eventualität abdeckten. Sie hatte ein komplettes spirituelles Repertoire zur Verfügung, bestehend nicht nur aus Worten, sondern auch aus Handlungen.

Und das war es auch schon so ungefähr. Oder?

Sie begegnete Bellas Blick. »Ich weiß ... dass ich lavendelfarbene Teerosen mag. Und ich baue gern Dinge in meinem Kopf.«

Bella lächelte und verbarg dann ein Gähnen hinter ihrem Handrücken. »Das, meine liebe Freundin, ist ein guter Anfang. Wie wär's, wenn wir jetzt noch den Rest von *Project Runway* anschauen? Wenn der Fernseher läuft, fühlst du dich weniger unbehaglich, falls du dich in deinen Kopf zurückziehen möchtest, obwohl du bei mir bist. Und Fritz braucht sicher noch zwanzig Minuten, bis er das Essen bringt.«

Cormia lehnte sich neben ihrer ... Freundin zurück. Nicht ihre Schwester, ihre ... Freundin. »Danke, Bella. Danke.«

»Gern geschehen. Und dieses Räucherwerk ist toll. Sehr beruhigend.«

Bella richtete die Fernbedienung auf den Flachbildschirm und drückte ein paar Knöpfe, woraufhin Tim Gunn im Nähzimmer auftauchte, das silberne Haar so ordentlich wie ein gebügeltes Stück Stoff. Vor ihm schüttelte eine der Designerinnen den Kopf und betrachtete ihr halb zusammengestecktes Kleid.

»Danke«, sagte Cormia noch einmal, ohne den Kopf zu wenden.

Bella streckte nur ihre Hand aus und drückte Cormias Finger, und beide konzentrierten sich auf den Fernseher.

29

Lash torkelte mit blutigen Händen aus dem Haus seiner Eltern. Seine Knie waren wie aus Gummi, sein Schritt wackelig. Als er über seine eigenen Füße stolperte, sah er an sich herunter. O Gott, das Zeug war auf seinem Shirt und auf seinen Stiefeln.

Mr. D sprang aus dem Focus. »Sind Sie verletzt?«

Lash konnte nur mühsam sprechen und kaum aufrecht stehen. »Es hat … so viel länger gedauert, als ich dachte.«

»Ist ja gut, Sir, jetzt steigen Sie erst mal ein.«

Lash gestattete dem kleinen Kerl, ihn zur Beifahrertür zu führen und ihm ins Auto zu helfen.

»Was haben Sie denn da in der Hand, Sir …«

Lash schob den *Lesser* beiseite, beugte sich vor und würgte ein paarmal. Etwas Schwarzes, Öliges kam aus seinem Mund und tropfte ihm über das Kinn. Er wischte es ab und betrachtete es.

Kein Blut. Zumindest nicht von der normalen Sorte …

»Ich habe sie umgebracht«, sagte er heiser.

Der *Lesser* kniete sich vor ihn hin. »Aber natürlich, Ihr Papa wird sehr stolz auf Sie sein. Diese Bastarde sind nicht Ihre Zukunft. Wir sind Ihre Zukunft.«

Lash bemühte sich, die Bilder aus seinem Kopf zu verbannen. »Meine Mutter hat am lautesten geschrien. Als sie mit angesehen hat, wie ich meinen Vater getötet habe.«

»Nicht Ihren Vater. Nicht Ihre Mutter. Tiere. Diese Wesen da drin waren Tiere. Das ist so, als ob man ein Reh überfährt … oder genauso, wie eine Ratte zu erschlagen, verstehen Sie? Ungeziefer.« Der Jäger schüttelte den Kopf. »Die haben nicht zu Ihnen gehört. Das dachten Sie nur.«

Lash sah auf seine Hände. Das Messer lag in einer Hand. Eine Kette in der anderen. »So viel Blut.«

»Ja, die bluten tierisch, diese Vampire.«

Ein langes Schweigen entstand. Eines, das ungefähr ein Jahr dauerte.

»Sagen Sie mal, Sir, gibt es hier so eine Art Swimmingpool?« Als Lash nickte, fragte der *Lesser:* »Hinter dem Haus?« Wieder bestätigte Lash. »Alles klar, dann wollen wir Sie mal ein bisschen waschen. Im Kofferraum liegt frische Kleidung, die können Sie dann anziehen.«

Ehe Lash wusste, wie ihm geschah, stand er im Umkleidehäuschen unter der Dusche, wusch sich die Überreste seiner Eltern von der Haut und starrte in den roten Kreisel, der den Abfluss hinunter verschwand. Er spülte auch das Messer und die Kette ab, und als er wieder herausstieg und sich abtrocknete, legte er sich zuerst die Edelstahlglieder um den Hals.

Zwei Anhänger baumelten daran – einer war die letzte Hundemarke seines Rottweilers, der andere der Nachweis über die letzte Tollwutimpfung.

Danach zog er sich rasch wieder an, zog die Brieftasche seines Vaters aus der besudelten Hose, die er vorher getragen hatte, und steckte sie in die saubere, die Mr. D für ihn besorgt hatte. Die Stiefel musste er anbehalten, aber die Flecken wurden schon braun, sahen weniger rot aus, was das Ganze erträglicher machte.

Als er aus dem Umkleidehäuschen trat, fand er den kleinen Vampirjäger auf einem der Glastische neben den Liegestühlen sitzend.

Der *Lesser* hüpfte herunter. »Soll ich jetzt Verstärkung rufen?«

Lash betrachtete das herrschaftliche Haus. Auf der Fahrt hierher hatte er vorgehabt, den Kasten zu plündern. Alles mitzunehmen, was irgendeinen Wert hatte. Ein ganzes Heer von jenen einzusetzen, die Omega ihm als seine Truppen beschrieben hatte, um alles einzusacken, was nicht niet- und nagelfest war.

Das schien ihm der Conan-Weg zu sein. Die perfekte, laute und deutliche Verkündung seines neuen Status. Man vernichtete seine Feinde nicht nur, man nahm auch ihre Pferde, verbrannte ihre Hütten und lauschte den Klagen ihrer Frauen …

Das Blöde war nur: Er wusste, was in diesem Haus war. Mit den Leichen seiner Eltern und der *Doggen* darin stand er vor einem Mausoleum; und die Vorstellung, es zu entweihen, eine Horde *Lesser* hineinzuschicken, um es zu schänden, war einfach zu falsch.

»Ich will hier weg.«

»Dann kommen wir später zurück?«

»Bring mich einfach hier weg, verflucht noch mal.«

»Wie Sie meinen.«

»Richtige Antwort.«

Wie ein alter Mann lief Lash um das Haus herum, die Augen starr geradeaus gerichtet, den Blick auf die Fenster krampfhaft vermeidend.

Ein Hühnchen hatte gerade im Ofen geschmort, als er die *Doggen* in der Küche abgeschlachtet hatte, und nachdem er den letzten der Diener erledigt hatte, warf er einen Blick in den Herd. Das Hühnchen war gerade fertig.

Er hatte die schmale Schublade aufgezogen und zwei rot-weiß gestreifte Ofenhandschuhe herausgeholt. Dann hatte er den Herd ausgemacht und den Bräter oben auf die Gasbrenner gestellt. Das Fleisch war goldbraun und mit Maisbrot gefüllt. Die Innereien lagen auch in der Form, um der Soße mehr Geschmack zu verleihen.

Auch die Kartoffeln, die auf dem Herd köchelten, hatte er vom Herd genommen.

»Bring mich hier weg«, sagte er und stieg ins Auto. Er musste seine Beine mit den Händen in den Fußraum des Wagens setzen.

Einen Augenblick später heulte der Nähmaschinenmotor des Focus auf, und sie fuhren aus der Einfahrt. In der dichten Stille der Schrottkarre zog Lash die Brieftasche seines Vaters aus der neuen Cargohose, klappte sie auf und blätterte durch die Karten. ATM, Visa, Schwarze AmEx …

»Wohin möchten Sie?«, fragte Mr. D, als sie die Route 22 erreichten.

»Weiß ich nicht.«

Mr. D warf ihm einen Seitenblick zu. »Ich hab meinen Cousin umgebracht. Als ich sechzehn war. Er war ein Arschloch, und es hat Spaß gemacht, es zu tun, und es war auch richtig. Aber hinterher hab ich mich mies gefühlt. Sie müssen sich also nicht blöd vorkommen, wenn Sie irgendwie ein schlechtes Gewissen haben.«

Dass jemand auch nur ansatzweise wusste, was er gerade durchmachte, nahm der ganzen Sache etwas von ihrer Albtraumhaftigkeit. »Ich fühle mich … tot.«

»Das geht vorbei.«

»Nein … ich werde mich niemals mehr – ach, verflucht, halt einfach das Maul und fahr, okay?«

Lash zog die letzte Karte heraus, als sie rechts auf die Route 22 einbogen. Es war der gefälschte Führerschein seines Vaters. Beim Anblick des Fotos drehte sich ihm der Magen um. »Anhalten!«

Der Focus schlingerte auf den Seitenstreifen. Während ein riesiger SUV an ihnen vorbeirauschte, riss Lash die Tür auf und würgte noch mehr schwarzes Zeug auf den Boden.

Er war verloren. Vollkommen verloren.

Was zum Teufel hatte er gerade getan? Wer war er?

»Ich weiß, wohin ich Sie bringe«, sagte Mr. D. »Machen Sie einfach die Tür zu, ich weiß was, wo's Ihnen besser gehen wird.«

Von mir aus, dachte Lash. In diesem Moment hätte er von einer Schüssel Cornflakes einen Rat angenommen. »Scheißegal, nur weg von hier.«

Der Focus machte einen U-Turn und raste Richtung Innenstadt. Sie hatten schon einige Kilometer hinter sich, als Lash den kleinen *Lesser* fragte: »Wohin fahren wir?«

»An einen Ort, wo Sie mal verschnaufen können. Vertrauen Sie mir.«

Lash sah aus dem Fenster und kam sich wie ein totaler Schlappschwanz vor. Er räusperte sich. »Schick die Truppen ins Haus. Sie sollen alles mitnehmen, was sie in die Finger kriegen.«

»Jawohl, Sir.«

Als Z den Escalade in die Einfahrt des Tudor-Anwesens steuerte, in dem Lash und seine Eltern wohnten, runzelte

Phury die Stirn und löste den Sicherheitsgurt. Was zum Henker …?

Die Haustür ragte weit geöffnet in die Sommernacht, das Licht des Kronleuchters in der Eingangshalle warf einen goldenen Schein auf die Veranda und die beiden akkurat gestutzten Buchsbäume, die zu beiden Seiten des Eingangs standen.

Hier stimmte etwas überhaupt nicht. Bei einem stinknormalen Bungalow mit Blumenkübeln auf der Terrasse und Gartenzwergen im Beet erwartete man vielleicht, dass die Tür schlampig offen hing. Oder auch bei einem Bauernhaus mit Fahrrädern vor der Garage und Kreidezeichnungen auf dem Bürgersteig. Oder bei einem Bauwagen mit kaputten Fenstern und klapprigen Plastikstühlen auf dem mit Unkraut überwucherten Rasen.

Aber bei Tudorgotik in gepflegten Parkanlagen sah es einfach völlig verkehrt aus, wenn die hochherrschaftliche Eingangstür weit offen stand. Das war wie eine Debütantin, die dank einer Garderobenpanne ihren BH entblößte.

Phury stieg aus dem Wagen und fluchte. Der Geruch von frischem Blut und *Lessern* war ihm nur allzu vertraut.

Zsadist zückte eine seiner Pistolen, während er die Autotür schloss. »Shit.«

Es war sonnenklar, dass sie sich nicht gemütlich mit Lashs Eltern über das, was ihrem Sohn passiert war, unterhalten würden. Viel wahrscheinlicher war, dass sie auf Leichen stoßen würden.

»Ruf Butch an«, sagte Z. »Er soll kommen und die Spuren am Tatort sichern.«

Phury hielt bereits das Telefon in der Hand und wählte. »Bin schon dabei.« Als der Bruder abhob, sagte er:

»Wir brauchen hier schnellstens Verstärkung. Es gab einen Überfall.«

Bevor die beiden ins Haus gingen, überprüften sie den Eingang. Das Schloss war nicht beschädigt, und die Alarmanlage tat keinen Mucks.

Was unlogisch war. Wenn ein Vampirjäger an der Tür geklingelt hätte, dann hätte ihn doch kein *Doggen* hereingelassen. Völlig ausgeschlossen. Also mussten die *Lesser* auf anderem Weg eingedrungen und durch die Vordertür wieder abgehauen sein.

Und sie waren nicht faul gewesen. Über den Orientteppich in der mit Marmor gefliesten Eingangshalle verlief eine Blutspur – und zwar keine Tropfen; es sah eher so aus, als hätte jemand eine Farbrolle benutzt.

Der rote Streifen verlief zwischen Arbeits- und Esszimmer.

Z wandte sich nach links, Phury bog rechts ins Esszimmer.

»Ich habe die Leichen gefunden«, verkündete er schroff.

Dass Z sie ebenfalls sah, merkte er an dessen Knurren: »Ach du Scheiße.«

Lashs ermordete Eltern saßen aufrecht auf Stühlen am anderen Ende des Tisches, die Schultern festgebunden, damit sie nicht nach vorn kippen konnten. Blut sickerte aus Stichwunden in ihren Brustkörben und Hälsen und sammelte sich auf dem glänzenden Fußboden zu ihren Füßen.

Kerzen brannten. Wein funkelte in den Gläsern. Auf dem Tisch zwischen den Leichen stand ein köstlich aussehendes Brathähnchen, so frisch aus dem Ofen, dass man den Duft des Fleisches noch über dem Blut riechen konnte.

Die Leichen zweier *Doggen* saßen auf zwei Stühlen links und rechts des Sideboards – die Toten warteten den Toten auf.

Phury schüttelte den Kopf. »Was willst du wetten, dass es sonst keine Leichen im Haus gibt. Sonst wären sie auch hier aufgereiht.«

Die edlen Kleider, die Lashs Eltern trugen, waren säuberlich glattgestrichen. Die dreireihige Perlenkette der Mutter hing am richtigen Platz, Krawatte und Jackett des Vaters saßen akkurat. Die Haare waren völlig zerzaust und die Wunden Rob-Zombie-mäßig, aber die blutverschmierten Klamotten machten einen makellosen Eindruck. Sie sahen aus wie zwei ziemlich morbide Barbiepuppen.

Z hämmerte mit der Faust gegen die Wand. »Diese beschissenen kranken Drecksäcke ... diese verfluchten *Lesser* sind total widerlich.«

»Das kannst du laut sagen.«

»Suchen wir die restlichen Räume ab.«

In der Bibliothek und im Musikzimmer fanden sie nichts. Die Speisekammer war unberührt. Die Küche wies Spuren eines Kampfgeschehens auf, das auf zwei Tötungen hinwies, aber das war alles – es gab keine Anzeichen für einen Einbruch.

Der erste Stock war sauber, die hübschen Räume sahen mit ihren bedruckten Vorhängen, ihren Antiquitäten und ihren luxuriösen Federbetten aus, als wären sie kürzlich im *Schöner Wohnen* gewesen. Im zweiten Stock lag eine Suite, die eines Königs würdig gewesen wäre; den Lehrbüchern über Kampfkunst und Waffen sowie der Computerausrüstung nach zu urteilen war dies Lashs Reich gewesen. Alles war picobello.

Im gesamten Haus war außer den Zimmern, in denen die Morde stattgefunden hatten, nichts in Unordnung. Nichts war durchwühlt.

Sie gingen wieder nach unten, und Zsadist untersuchte rasch die Leichen, während Phury den Schaltkasten der Alarmanlage draußen neben der Garage überprüfte.

Danach ging er zurück zu seinem Zwillingsbruder. »Ich hab mich in die Anlage gehackt. Nichts wurde ausgelöst oder überbrückt, weder durch einen Code noch durch einen Stromausfall.«

»Der Mann hat keine Brieftasche bei sich«, berichtete Z, »aber die Ebel hängt noch an seinem Handgelenk. Und die Frau hat einen Diamantring am Finger und ein Paar kirschgroße Klunker in den Ohrläppchen.«

Phury stützte die Hände in die Hüften und schüttelte den Kopf. »Zwei Einbrüche, hier und in der Klinik. Beide ohne Plünderung.«

»Wenigstens wissen wir, wie sie dieses Haus gefunden haben. Ich schätze, Lash wurde entführt und so lange gefoltert, bis er gequatscht hat. So muss es gewesen sein. Er hatte bestimmt keinen Ausweis bei sich, als er aus der Klinik verschleppt wurde, also muss die Info aus seinem eigenen Mund stammen.«

Phury betrachtete die Kunst an den Wänden. »Irgendwas ist hier faul. Normalerweise würden sie plündern.«

»Aber mal angenommen, sie haben die Brieftasche des Vaters mitgenommen – die echten Vermögenswerte liegen ja mit Sicherheit auf der Bank. Wenn sie Zugang zu diesen Konten hätten, dann wäre das der sauberste Weg.«

»Aber warum das ganze Zeug hierlassen?«

»Wo seid ihr?«, hallte Rhages Stimme durch das Foyer.

»Hier drin«, rief Z.

»Wir müssen den anderen Familien der *Glymera* Bescheid geben«, stellte Phury fest. »Wenn Lash seine eigene Adresse verraten hat, dann weiß Gott allein, was sie sonst noch aus ihm rausgeholt haben. Das könnte nie dagewesene Folgen haben.«

Butch und Rhage traten ins Zimmer. Der Ex-Cop war fassungslos. »Mist, das versetzt mich direkt zurück in die Mordkommission.«

»Mann ...« Hollywood seufzte.

»Wissen wir, wie sie hier reingekommen sind?«, fragte Butch und lief um den Tisch herum.

»Nein, aber lasst uns noch mal das Haus absuchen«, meinte Phury. »Ich kann nicht glauben, dass sie einfach so durch die Haustür marschiert sind.«

Als die vier oben in Lashs Zimmer ankamen, schüttelten sie alle die Köpfe.

Phury sah sich in dem Raum um und zermarterte sich das Gehirn. »Wir müssen die anderen warnen.«

»Nun sieh mal einer an«, murmelte Z und deutete mit dem Kopf auf ein Fenster.

Unten vor dem Haus hielt ein Wagen. Dann noch einer. Und ein dritter.

»Da hast du deinen Plünderungstrupp«, sagte er.

»Wichser«, stieß Rhage mit einem grimmigen Grinsen aus. »Aber immerhin gutes Timing, das muss man ihnen lassen – ich muss mir mein Abendessen abtrainieren.«

»Und es wäre verdammt unhöflich, sie nicht gleich an der Tür willkommen zu heißen«, brummte Butch.

Instinktiv griff Phury in den Mantel, doch dann fiel ihm wieder ein, dass darunter keine Pistolen oder Dolche steckten. Den Bruchteil einer Sekunde lang waren alle verlegen, und keiner sah ihn an, deshalb sagte er:

»Ich gehe zurück zum Anwesen und kontaktiere die anderen Familien der *Glymera*. Außerdem gebe ich Wrath Bescheid, was hier los ist.«

Die drei nickten und liefen zur Treppe.

Als sie die Stufen herunterdonnerten, um die *Lesser* freundlich zu begrüßen, sah sich Phury ein letztes Mal in dem Zimmer um und dachte sich, dass er gern bei den anderen wäre und die Mistkerle umbringen würde, die das getan hatten.

Der Zauberer schlüpfte in seinen Kopf. *Sie wollen deshalb nicht mehr mit dir kämpfen, weil sie dir nicht über den Weg trauen können. Soldaten haben nicht so gern jemanden im Rücken, in den sie kein Vertrauen haben.*

Kapier's endlich, mein Freund, du bist auf dieser Seite am Ende. Die Frage ist nur, wie lange es dauert, bis du es dir auch mit den Auserwählten verdirbst?

Schon wollte Phury sich dematerialisieren, da runzelte er die Stirn.

An der Kommode gegenüber entdeckte er einen Fleck auf einem der Messinggriffe an den Schubladen.

Er ging hin und betrachtete ihn näher.

Dunkelbraun …

… das war getrocknetes Blut.

Er zog die oberste Schublade auf und fand blutige Fingerabdrücke auf den Gegenständen: die Angeber-Armbanduhr, die Lash vor seiner Transition getragen hatte, wies Flecken auf, genau wie eine Diamantkette und ein schwerer Diamantohrstecker. Irgendetwas war ganz offensichtlich hier herausgeholt worden, aber warum sollte ein *Lesser* so teure Sachen zurücklassen? Schwer vorstellbar, was noch wertvoller sein sollte als diese ganzen Diamanten und trotzdem in diese kleine Schublade gepasst hätte.

Phury ließ den Blick über den Laptop und den iPod schweifen ... und die Dutzenden weiterer Schubladen im Raum, im Schreibtisch und im Sekretär und im Nachttisch. Alle geschlossen.

»Du musst abhauen.«

Phury drehte sich um. Z stand mit gezogener Waffe im Türrahmen.

»Verzieh dich hier, Phury. Du bist nicht bewaffnet.«

»Ich könnte mich aber bewaffnen.« Auf dem Tisch lagen mehrere Messer auf den Lehrbüchern. »Kein Problem.«

»Geh.« Z fletschte die Fänge. »Du bist hier keine Hilfe.«

Die ersten Kampfgeräusche drangen als Abfolge von Grunzern und gebellten Flüchen über die Treppe nach oben.

Als sein Zwillingsbruder sich aufmachte, um ihr Volk zu verteidigen, blickte Phury ihm nach. Dann dematerialisierte er sich aus Lashs Zimmer direkt aufs Anwesen. Sein Ziel war das Trainingszentrum.

30

»Du musst dich ausruhen«, sagte Cormia, als Bella wieder gähnte.

Fritz hatte gerade ihr Essen abgeräumt. Bella hatte ein Steak und Kartoffelpüree und zum Nachtisch Pfefferminzeis mit Schokostückchen verspeist. Cormia hatte nur Kartoffeln gegessen … und etwas Eis.

Und sie hatte die M&M's köstlich gefunden …

Bella kuschelte sich noch tiefer in ihre Kissen. »Wahrscheinlich hast du recht. Ich bin müde. Vielleicht können wir später weiter fernsehen?«

»Sehr gern.« Cormia rutschte vom Bett. »Brauchst du noch etwas?«

»Nein.« Bellas Augen klappten zu. »Ach, bevor du gehst: Woraus sind diese Kerzen gemacht? Sie haben eine so unglaublich besänftigende Wirkung.«

Sie wirkte schrecklich blass auf dem großen weißen Kissen. »Aus heiligen Dingen von der Anderen Seite. Geweihte, heilende Zutaten. Kräuter und Blumen, gemischt mit einem Bindemittel, das Wasser aus dem Brunnen der Jungfrau der Schrift enthält.«

»Wusste ich doch, dass es etwas Besonderes ist.«

»Ruf mich jederzeit, ich bleibe in der Nähe«, sagte Cormia eifrig.

»Das ist gut.«

Cormia tapste aus dem Zimmer und zog die Tür ganz leise hinter sich zu.

»Madame?«

Sie sah sich um. »Fritz? Ich dachte, du wärst mit dem Tablett in die Küche gegangen.«

»War ich auch.« Er hob den Strauß hoch, den er in der Hand hielt. »Ich musste diese hier in eine Vase stellen.«

»Was für hübsche Blumen.«

»Sie sind für das Wohnzimmer im ersten Stock.« Er zupfte eine lavendelfarbene Rose heraus und streckte sie ihr entgegen. »Für Euch, Herrin.«

»Oh, danke.« Sie hielt sich die zarte Blüte unter die Nase. »Wie wunderschön.«

Cormia schrak zusammen, weil sie etwas an ihrem Bein spürte.

»Ach, hallo Boo.« Sie bückte sich und strich mit der Hand über den seidigen, elastischen Rücken des schwarzen Katers.

Das Tier schnurrte und drückte sich an sie, sein überraschend kräftiger Körper brachte sie ins Schwanken.

»Magst du gern Rosen?«, fragte sie und bot ihm die Blüte an.

Boo schüttelte den Kopf und stupste ihre freie Hand an, um mehr Aufmerksamkeit einzufordern.

»Ich liebe diese Katze.«

»Und er liebt Euch«, sagte Fritz, dann stockte er. »Herrin, wenn ich …«

»Was ist denn?«

»Mein Herr Phury ist unten im Büro des Trainingszentrums, und ich glaube, er könnte etwas Gesellschaft gebrauchen. Vielleicht würdet Ihr …«

Der Kater stieß ein lautes Miauen aus, trottete auf die

große Freitreppe zu und wedelte mit dem Schwanz. Hätte er Arme und Hände gehabt, dann hätte er wahrscheinlich unten in die Eingangshalle gezeigt.

Der Butler lachte. »Ich glaube, Seine Lordschaft Boo ist einverstanden.«

Wieder miaute die Katze.

Cormia umschloss den Rosenstängel fester und stand auf. Vielleicht war das gut. Sie musste dem Primal mitteilen, dass sie fortging. »Ich würde ihn gern aufsuchen, aber bist du sicher, dass jetzt der passende …«

»Aber ja, aber ja! Ich bringe Euch zu ihm.«

Der Butler lief rasch in das Wohnzimmer und stellte die Blumen ab. Auf dem Rückweg war sein Schritt federnd, und ein Leuchten lag auf seinem Gesicht, als hätte er einen willkommenen Auftrag zu erledigen.

»Kommt, kommt. Gehen wir hinunter, Herrin.«

Mit einem erneuten Miauen lief Boo voran, die Treppe hinunter und nach links, dann zu einer versteckten Tür. Der Butler tippte einen Code in ein Tastenfeld ein und öffnete eine – wie man nun sehen konnte – fünfzehn Zentimeter dicke Stahlplatte. Cormia folgte Fritz einige Stufen hinab … und fand sich in einem Tunnel wieder, der sich in beide Richtungen schier endlos zu erstrecken schien.

Sie sah sich um und zog den Ausschnitt ihrer Robe enger zusammen. Es war merkwürdig, in einem so weiten Raum ein Gefühl von Enge zu spüren, doch ganz unvermittelt wurde ihr bewusst, dass sie sich unter der Erde befand und gefangen war.

»Der Code lautet übrigens 1914«, erzählte der Butler, als er die Stahltür wieder fest verschloss und sich vergewisserte, dass der Alarm eingeschaltet war. »Das war das

Jahr, in dem dieses Haus erbaut wurde. Man muss ihn bei allen Türen unterwegs eintippen. Der Tunnel besteht aus Beton und Stahl und ist an allen Endpunkten versiegelt. Und alles wird von Kameras überwacht. Hier« – er deutete auf die Decke – »zum Beispiel. Ihr seid hier so sicher wie auf dem gesamten Anwesen oder im Haus selbst.«

»Danke.« Sie lächelte. »Ich fühlte mich kurz … etwas verunsichert.«

»Das ist nur zu verständlich, Madame.« Boo rieb sich an ihrem Bein, als wollte er ihre Hand nehmen und sie beruhigend drücken.

»Hier entlang.« Der Butler schlurfte weiter, sein runzliges Gesicht strahlte. »Mein Herr Phury wird begeistert sein, Euch zu sehen.«

Cormia hielt sich an ihrer Rose fest und lief ihm hinterher. Sie versuchte, sich passende Abschiedsworte zurechtzulegen, und musste feststellen, dass ihr dabei die Tränen in die Augen stiegen.

Anfangs hatte sie sich gegen ihr Schicksal zur Wehr gesetzt – dagegen, Erste Partnerin zu werden. Doch nun, da sie bekam, was sie sich gewünscht hatte, betrauerte sie den Verlust, der mit ihrer neuen Freiheit einherging.

Oben in der Halle mit den Statuen öffnete John eine Tür und knipste das Licht an.

Qhuinn betrat das Zimmer so vorsichtig, als fürchtete er, Matsch an den Schuhsohlen zu haben. »Nicht übel.«

Ich bin nebenan, erklärte John.

Beide Handys klingelten praktisch gleichzeitig, die SMS kam von Phury: *Unterricht fällt in der kommenden Woche aus. Weitere Informationen bitte auf gesicherter Website nachlesen.*

John schüttelte den Kopf. Der Unterricht abgesagt. Die Klinik überfallen. Lash entführt ... und sehr wahrscheinlich gefoltert. Die Nachwirkungen des Vorfalls im Umkleideraum hörten einfach nicht auf.

Ein Unglück ... ein Unglück kam definitiv nicht allein.

»Kein Unterricht mehr, was«, murmelte Qhuinn und machte sich etwas zu betont an seiner Reisetasche zu schaffen. »Für niemanden mehr.«

Wir müssen uns mit Blay kurzschließen, meinte John. *Ich kapiere gar nicht, warum er sich die ganze Nacht über noch nicht gemeldet hat. Vielleicht sollten wir bei ihm vorbeischauen?*

Qhuinn trat an eines der bis zum Boden reichenden Fenster und zog den schweren Vorhang zurück. »Ich glaube nicht, dass er mich so bald sehen will. Und ich weiß, dass du hinter meinem Rücken *Warum* fragst. Glaub mir einfach. Er wird unbedingt Abstand halten wollen.«

John schüttelte den Kopf und schickte Blaylock eine SMS: *Später* ZeroSum? *Gibt Neuigkeiten in Sachen Q.*

»Er wird antworten, dass er nicht kommen kann. Vorausgesetzt, du fragst ihn gerade, ob er sich mit uns treffen will.«

Qhuinn blickte über die Schulter, als das Handy piepte. Blays Antwort lautete: *Kann heute nicht, Familienkram. Melde mich.*

John steckte das Telefon ein. *Was ist denn passiert?*

»Nichts. Alles. Ich weiß auch nicht ...«

Das schwere Klopfen an der Tür stammte eindeutig von einer Faust in der Größe eines Kopfes.

»Ja?«, rief Qhuinn.

Wrath kam herein. Der König wirkte noch finsterer als vorher, so als wären noch weitere schlechte Nachrichten bei der Bruderschaft eingetrudelt. In der Hand hielt er eine schwarze Metallkiste und ein paar Lederbänder.

Beides hob er hoch und sah Qhuinn eindringlich an. »Es versteht sich wohl von selbst, dass du mit dem hier keinen Blödsinn anstellst, oder?«

»Äh, sicher. Was ist es denn?«

»Deine beiden neuen besten Freunde.« Der König stellte die Kiste aufs Bett, ließ die Schlösser aufschnappen und hob den Deckel.

»Wow.«

Wow, machte auch John.

»Gern geschehen.«

In der Kiste lagen, in grauer Eierkartonpolsterung, zwei tödliche Heckler & Koch, fünfundvierzig Millimeter Selbstlader. Nachdem er die Kammer der einen überprüft hatte, überreichte Wrath Qhuinn die schwarze Waffe mit dem Griff voran.

»V wird dir einen Ausweis in der Alten Sprache basteln. Wenn's mal kritisch wird, zeigst du ihn vor, und wer auch immer dir auf den Sack geht, wird sich mit mir auseinandersetzen müssen. Fritz bestellt dir genug Munition, um einen Trupp Marines vor Neid erblassen zu lassen.« Der König warf Qhuinn die Lederbänder hin, die sich als Brustgeschirr herausstellten. »Du bist niemals unbewaffnet, wenn du mit John unterwegs bist. Zu keiner Zeit. Nicht mal in diesem Haus. Haben wir uns verstanden? So läuft die Sache.«

Als Qhuinn die Pistole in der Hand wog, rechnete John fest damit, dass sein Kumpel einen Scherz über gut geladene Kanonen machen würde, doch stattdessen sagte er: »Ich möchte freien Zugang zum Schießstand. Ich werde dreimal die Woche dort trainieren. Minimum.«

Wraths Mundwinkel zuckte auf einer Seite. »Wir werden das Ding nach dir benennen, wie wär's damit?«

John kam sich vor wie ein Voyeur, wie er so zwischen den beiden stand und kein Wort sagte. Gleichzeitig war er fasziniert von Qhuinns Wandlung. Keine Spur mehr von dem ewigen Witzbold. Er war voll und ganz bei der Sache, plötzlich viel härter drauf als seine harten Klamotten.

Qhuinn deutete auf eine Tür. »Führt die in sein Schlafzimmer?«

»Exakt.«

»Schönen Abend, die Damen.«

Vishous kam hereinspaziert, und Qhuinns Augen waren nicht die einzigen, die aufflackerten. In den Händen hielt der Bruder ein Stück schwere Kette mit einer Plakette an einem Ende, eine Zange und eine Angelköderkiste.

»Hinsetzen, Kleiner«, sagte V.

»Nur zu.« Wrath deutete mit dem Kopf aufs Bett. »Zeit, dich an die Kette legen zu lassen – auf der Plakette ist Johns Wappen eingeprägt. Außerdem wirst du tätowiert. Das hier gilt lebenslänglich, wie ich schon sagte.«

Wortlos setzte Qhuinn sich, und V stellte sich hinter ihn, legte ihm die schwere Kette um den Hals und bog das offene Glied zu. Das Medaillon hing knapp unter seinem Schlüsselbein.

»Das kommt nur ab, wenn du tot bist oder gefeuert wirst.« V klopfte Qhuinn auf die Schulter. »Übrigens – falls du tatsächlich gefeuert werden solltest, dann kriegst du dein Entlassungsschreiben in Form einer Guillotine. So kriegen wir dann auch die Kette wieder ab. Falls du allerdings einfach so stirbst, schneiden wir eines der Stahlglieder auf. Leichen schänden ist irgendwie geschmacklos. Und jetzt zu deinem Tattoo.«

Qhuinn machte Anstalten, sein Shirt auszuziehen. »Ich wollte schon immer eins …«

»Das kannst du anbehalten.« Als er den Deckel der Köderkiste aufklappte und eine Tätowiernadel herausholte, schob Qhuinn den Ärmel bis zur Schulter hoch. »Nein, deinen Arm kann ich auch nicht brauchen.«

Qhuinn sah ihn fragend an, und Vishous stöpselte das Kabel ein und zog Latexhandschuhe an. Er öffnete ein kleines schwarzes Glas und ein kleines rotes und einen großen Behälter mit einer durchsichtigen Flüssigkeit.

»Dreh dich mit dem Gesicht zu mir.« Der Bruder holte ein Stück weißen Stoff und ein Sterilisierungspäckchen heraus, während Qhuinn sich herumdrehte und die Hände auf die Knie legte. »Kopf hoch.«

Auf sein Gesicht?, dachte John, während V Qhuinns obere Wangenpartie abwischte.

Qhuinn zuckte nicht mit der Wimper. Nicht einmal, als die surrende Nadel näher kam.

John versuchte zu erkennen, was da gezeichnet wurde, es gelang ihm aber nicht. Seltsam, dass Vishous Rot benutzte. Er hatte mal gehört, dass nur Schwarz erlaubt war …

Shit, dachte John, als V den Blick wieder freigab.

Es war eine einzelne rote Träne, schwarz umrandet.

Wrath erhob das Wort. »Das symbolisiert, dass du bereit bist, dein eigenes Blut für John zu vergießen. Und teilt außerdem jedem unmissverständlich mit, was für eine Stellung du innehast. Wenn John stirbt, wird sie mit schwarzer Tinte gefüllt, als Zeichen dafür, dass du einer bedeutenden Persönlichkeit ehrenhaft gedient hast. Sollte etwas nicht klappen, wird sie mit einem X durchgestrichen, um deine Schande dem ganzen Volk zu verkünden.«

Qhuinn stand auf und ging zum Spiegel. »Das gefällt mir.«

»Dann ist's ja gut«, bemerkte V trocken, als er zu ihm trat und ihm etwas Salbe auf die Tinte strich.

»Kannst du noch eins für mich machen?«

V warf Wrath einen Blick zu, dann zuckte er die Achseln. »Was denn?«

Qhuinn deutete auf seinen Nacken. »Ich möchte *18. August 2008* in der Alten Sprache hier stehen haben. Und nicht zu klein.«

Das heutige Datum, dachte John.

V nickte. »Okay, das kann ich machen. Muss aber schwarz sein. Rot ist nur für besondere Tattoos da.«

»Ja, in Ordnung.« Qhuinn ging zurück zum Bett und setzte sich im Schneidersitz auf die Kante. Dann senkte er den Kopf und entblößte sein Genick. »Und die Zahlen bitte ausschreiben.«

»Das wird fett.«

»Genau.«

V lachte. »Du gefällst mir, ehrlich. Und jetzt halt deine Kette hoch, damit ich anfangen kann.«

Es ging relativ schnell, die Nadel heulte wie ein Motor, mal höher, mal leiser, höher, leiser. V setzte noch einen kunstvollen Schnörkel unter die Worte, sodass das Tattoo aussah wie eine Plakette.

Dieses Mal stand John hinter V und beobachtete den gesamten Vorgang. Die drei Zeilen Text sahen klasse aus, und da Qhuinn einen so langen Hals hatte und sein Haar immer kurz trug, würde man sie immer gut sehen können.

John wollte auch ein Tattoo.

Aber was für ein Motiv?

»Das wär's«, sagte V, als er die Haut mit dem ursprünglich weißen Tuch abwischte, das inzwischen völlig fleckig war.

»Danke«, sagte Qhuinn, als V mehr von der Salbe auftrug. Die Tinte leuchtete auf seiner goldenen Haut. »Vielen Dank.«

»Du hast es ja noch gar nicht gesehen. Vielleicht hab ich ja Vollidiot draufgeschrieben.«

»Ach was. Ich würde nie an dir zweifeln.« Qhuinn grinste den Bruder an.

Vishous lächelte kaum merklich, sein hartes Gesicht mit den Tätowierungen drückte Anerkennung aus. »Auf jeden Fall zuckst du nicht. Wer zuckt, hat verloren. Wer stillhält, wird belohnt.«

V klatschte Qhuinn ab, dann packte er seine Sachen zusammen und ging, während Qhuinn im Badezimmer mit dem Handspiegel die Arbeit des Bruders inspizierte.

Es sieht großartig aus, zeigte John hinter ihm. *Echt großartig.*

»Genau, was ich wollte«, murmelte Qhuinn.

Als die beiden zurück ins Schlafzimmer kamen, steckte Wrath die Hand in seine Gesäßtasche und zog einen Autoschlüssel hervor, den er Qhuinn überreichte. »Die gehören zum Mercedes. Wenn du mit John irgendwohin willst, dann nimmst du den, bis wir dir einen anderen fahrbaren Untersatz besorgt haben. Der Wagen ist kugelsicher und schneller als alles andere auf der Straße.«

»Kann ich ihn trotzdem noch ins *ZeroSum* mitnehmen?«

»Er ist kein Gefangener.«

John stampfte mit dem Fuß auf. *Und außerdem bin ich kein kleines Mädchen.*

Wrath stieß ein bellendes Lachen aus. »Hab ich auch nie behauptet. John, du gibst ihm die Passwörter für alle Türen und den Tunnel und die Tore.«

»Was ist mit dem Unterricht?«, wollte Qhuinn noch wissen. »Wenn es wieder losgeht – begleite ich John dann, obwohl ich selbst rausgeflogen bin?«

Wrath ging zur Tür und zögerte. »Darüber zerbrechen wir uns den Kopf, wenn es so weit ist. Die Zukunft ist momentan eher unklar. Wie üblich.«

Nachdem der König gegangen war, dachte John wieder an Blay. Ihr Freund hätte wirklich dabei sein sollen.

Ich würde gern ins ZeroSum *fahren.*

»Warum? Weil du glaubst, das lockt Blay vor die Tür?« Qhuinn ging zu dem Metallkoffer und lud die andere Waffe, es zischte und klickte leise, als er das Magazin einschob.

Du musst mir erzählen, was los ist. Und zwar jetzt.

Qhuinn zog das Halfter über und steckte sich die Waffen unter die Achseln. Er sah … stark aus. Tödlich. Mit seinem kurzen Haar und den Piercings im Ohr und dem Tattoo unter dem blauen Auge – hätte John den Kerl nicht gekannt, hätte er schwören können, dass er vor einem Black-Dagger-Bruder stand.

Was ist zwischen dir und Blay vorgefallen?

»Ich hab mich von ihm abgenabelt, und das ziemlich brutal.«

Großer Gott … Warum?

»Ich war auf dem Weg in den Knast wegen Mordes, schon vergessen? Er wäre doch vor Sorge um mich völlig krank geworden. Das hätte sein Leben ruiniert. Besser, er hasst mich, als den Rest seiner Tage einsam zu sein.«

Nimm's mir nicht übel, aber bedeutest du ihm wirklich so viel?

Qhuinns verschiedenfarbige Augen sahen John unverwandt an. »Ja. Das tue ich. Und frag bloß nicht weiter nach.«

John erkannte eine Grenze, wenn er sie vor sich sah: Im übertragenen Sinne war er gerade vor eine mit Stacheldraht umwickelte Betonmauer gerannt.

Ich möchte trotzdem ins ZeroSum, *und ich möchte ihm trotzdem die Gelegenheit geben, uns zu treffen.*

Qhuinn zog eine leichte Jacke aus seiner Tasche und schien kurz nachzudenken. Als er sich wieder zu John umdrehte, war sein typisches Klugscheißergrinsen wieder an Ort und Stelle. »Dein Wunsch ist mir Befehl, mein Prinz.«

Nenn mich nicht so.

Im Gehen tippte John eine SMS an Blay ein. Er hoffte, er würde sich später noch sehen lassen. Vielleicht würde er nachgeben, wenn sie nicht lockerließen?

»Wie soll ich dich denn dann nennen?«, fragte Qhuinn und sprang voraus, um die Tür mit einer übertriebenen Verbeugung aufzumachen. »Euer Gnaden?«

Jetzt hör schon auf mit dem Quatsch.

»Wie wäre es mit dem guten, alten ›Meister‹?« Als John ihm nur einen finsteren Blick über die Schulter zuwarf, zuckte Qhuinn die Achseln. »Bitte. Bleibe ich eben bei Blödmann. Aber dann beklag dich auch nicht, du hattest die Wahl.«

31

Zwei Dinge liebte die *Glymera* mehr als alles andere: ein rauschendes Fest und eine gute Beerdigung.

Der Mord an Lashs Eltern hatte ihnen beides beschert.

Phury saß am Computer im Büro des Trainingszentrums, einen stechenden Kopfschmerz unmittelbar hinter dem linken Augapfel. Es fühlte sich an, als bearbeitete der Zauberer seinen Sehnerv mit einem Eispickel.

Um genau zu sein, ist es ein Bohrer, mein Freund, sagte der Zauberer.

Richtig, dachte Phury. *Das ist es.*

Soll das Sarkasmus darstellen?, fragte der Zauberer. *Ach, so ist das. Dein Plan war es, ein total kaputter Junkie und eine Enttäuschung für deine Brüder zu werden, und jetzt, wo du das geschafft hast, wirst du frech. Weißt du was – vielleicht solltest du ein Seminar abhalten: In zehn idiotensicheren Schritten zum totalen, hoffnungslosen Versager, von Phury, Sohn des Ahgony.*

Soll ich schon mal loslegen? Fangen wir ganz von vorne an: geboren werden.

Phury stützte die Ellbogen rechts und links des Laptops auf und rieb sich die Schläfen. Er gab sich alle Mühe, in der realen Welt verhaftet zu bleiben, anstatt auf den Knochenfriedhof des Zauberers abzudriften.

Der Computerbildschirm vor seiner Nase leuchtete,

und während er darauf starrte, dachte er über den ganzen Blödsinn nach, der im allgemeinen E-Mail-Account der Bruderschaft eintrudelte. Die *Glymera* wollte es einfach nicht kapieren. In der Nachricht, die er herausgeschickt hatte, stand alles über die Angriffe, und er hatte die Aristokratie dazu gedrängt, Caldwell zu verlassen und sich in ihre sicheren Unterschlupfe zurückzuziehen. Um keine Panik auszulösen, hatte er es vorsichtig formuliert, doch offensichtlich war er dabei nicht deutlich genug geworden.

Obwohl man doch glauben sollte, dass die Tötung des *Leahdyre* und seiner *Shellan* in ihrem eigenen Heim ausreichen würde.

Gütige Jungfrau, in den letzten beiden Nächten hatte es so viel Tod von der Hand der Gesellschaft der *Lesser* gegeben … und in Anbetracht der Reaktion der *Glymera* würde noch mehr folgen. Schon bald.

Lash kannte den Wohnort jeder einzelnen adligen Familie, weshalb zu befürchten stand, dass ein nicht unerheblicher Teil der *Glymera* von der Entdeckung bedroht war. Und der arme Junge musste noch nicht mal jede Adresse selbst verraten. Wenn die *Lesser* erst in einige der Häuser eingedrungen waren, würden sie Hinweise auf so viele weitere finden – Adressbücher, Einladungen, Termine für Versammlungen. Lashs Informationen würden sich ausbreiten wie ein Erdbeben, das einen gesamten Landstrich sprengt.

Aber ging die *Glymera* vernünftig mit der Bedrohung um? Nein.

Laut der E-Mail, die er gerade vom Schatzmeister des Princeps-Rats erhalten hatte, wollten die Idioten nicht ihre Verstecke aufsuchen. Sondern sie mussten unbedingt diesen »niederschmetternden Verlust eines solch bedeutenden, respektablen Paares« betrauern, indem sie noch eine Party schmissen.

Zweifelsohne um den Machtkampf um die Nachfolge des *Leahdyre* einzuläuten.

Und abschließend hatte der Schatzmeister noch ein paar Sätzchen darüber angehängt, dass der Rat der *Glymera* die Schuld einzutreiben gedenke, die Lashs Familie aufgrund von Qhuinns Tat zustehe.

Waren das nicht großmütige Leute. Nicht dass sie das Geld für sich wollten, um ... beispielsweise ... einen neuen *Leahdyre* gebührend zu feiern. O nein, Gott bewahre. Sie wollten nur »exemplarisch gewährleisten, dass böse Taten zuverlässig bestraft werden«.

Aber sicher doch.

Nur gut, dass Qhuinn ihnen nicht mehr ausgeliefert war. Wenn auch Wraths Ernennung des Jungen zu Johns *Ahstrux Nohtrum* ein Schock gewesen war. Ein kühner Schachzug, zumal er rückwirkend stattgefunden hatte. Und um was genau für einen Kampf hatte es sich gehandelt, den Qhuinn auf unangemessene Weise beendet hatte? Es musste mehr hinter dem Vorfall in der Dusche stecken, etwas, das unter Verschluss gehalten wurde. Sonst passte das alles nicht zusammen.

Die *Glymera* würde erfahren, dass Wrath Qhuinn schützte, und eines Tages würde sich die Sache bestimmt noch als Bumerang erweisen. Trotzdem war Phury froh, dass sich alles so aufgelöst hatte. John, Blay und Qhuinn waren die Sahnehäubchen der Trainingsklasse gewesen, und Lash ... Lash hatte von Anfang an Ärger gemacht.

Qhuinn mochte ja verschiedenfarbige Augen haben, aber Lash war der mit dem Defekt. Irgendwas an dem Jungen war schon immer merkwürdig gewesen.

Ein Piepen verkündete, dass eine weitere Nachricht eingegangen war. Dieses Mal von der rechten Hand des verstorbenen *Leahdyre*. Und wer hätte das gedacht, der Bursche sprach sich dafür aus, »deutlich Stellung gegen diese tragischen Verluste zu beziehen, die aber dennoch letztendlich nur eine geringe Gefahr für unsere Sicherheit bedeuten. Das Beste in Zeiten wie diesen ist es, zusammenzukommen und die angemessenen Trauerrituale für die Dahingeschiedenen abzuhalten …«

Das war mal wirklich dämlich. Jeder bei halbwegs klarem Verstand würde seine protzigen Koffer packen und sich schleunigst aus dem Staub machen, bis die Wogen sich wieder geglättet hatten. Aber nein, die Herren und Damen holten lieber ihre Gamaschen und Handschuhe aus dem Schrank und taten, als gäbe es das gute alte britische Empire noch, mit ihren schwarzen Klamotten und den zeremoniellen Beileidsformeln. Er konnte ihre gewählten, verlogenen, teilnahmsvollen Kommentare schon hören, die sie einander um die Ohren hauten, während noch mehr Kanapees von uniformierten *Doggen* herumgereicht wurden und eine höfliche Schlacht um die politische Herrschaft tobte.

Er hoffte nur, sie kämen noch rechtzeitig zu Sinnen, denn selbst wenn sie ihm auf die Nerven gingen, wünschte er ihnen doch nicht den Tod an den Hals. Wrath konnte versuchen, ihnen den Befehl zum Verlassen der Stadt zu geben, aber sehr wahrscheinlich würden sie dann erst recht bockig reagieren. Der König und die Adligen standen nicht gerade auf freundschaftlichem Fuß miteinander. Sie waren ja kaum Verbündete.

Eine weitere E-Mail traf ein, ungefähr im selben Ton. *Wir bleiben und schmeißen eine Party.*

Mann, er brauchte einen Joint.

Und er brauchte …

Die Schranktür schwang auf, und Cormia trat durch die Geheimtür. In ihrer eleganten Hand lag eine lavendelfarbene Rose, auf ihrem Gesicht ein anmutig distanzierter Ausdruck.

»Cormia?«, sagte er und kam sich sofort albern vor. Als hätte sie ihren Namen in der Zwischenzeit in Trixie oder Irene geändert. »Ist irgendwas?«

»Ich wollte Euch nicht stören. Fritz schlug vor …« Sie drehte sich um, als rechnete sie damit, den Butler hinter sich stehen zu sehen. »Äh … er hat mich hergebracht.«

Phury stand auf. Gut möglich, dass der Butler dadurch seine unpassende Unterbrechung von vergangener Nacht wiedergutmachen wollte. Was für ein Held der *Doggen* doch war. »Das freut mich.«

Na ja, »freuen« war vielleicht nicht ganz das richtige Wort. Dummerweise wurde der Wunsch nach einem Joint gerade von dem Drang nach einer anderen Sache, die man mit dem Mund macht, abgelöst. Wobei Saugen dabei trotzdem eine Rolle spielen würde.

Schon wieder kam eine E-Mail an, und der Computer gab Laut. Beide sahen auf den Bildschirm.

»Wenn Ihr Arbeit zu erledigen habt, kann ich auch gehen …«

»Nein, nein.« Die *Glymera* war wie eine Backsteinmauer, und da er ohnehin schon Kopfweh hatte, gab es keinen Grund, sich weiter den Schädel an ihrem Starrsinn einzurennen. Das Tragische war, dass er nichts weiter unternehmen konnte, bis sich der nächste schlimme Vorfall ereignete, und er wieder ein Rundschreiben …

Aber das würde er ja dann nicht mehr schicken. Er hatte sich dieses Mal nur darum gekümmert, weil alle anderen verfügbaren Hände mit ihren Dolchen beschäftigt waren.

»Wie geht es dir?«, fragte er, um seine Grübeleien zu beenden. Und weil die Antwort sehr wichtig war.

Cormia blickte sich im Büro um. »Ich hätte nie vermutet, dass hier unten so etwas ist.«

»Möchtest du dich einmal umsehen?«

Sie zögerte und streckte die vollkommene lavendelfarbene Rose aus ... die dieselbe Farbe hatte wie das Armband von John Matthew. »Ich glaube, meine Blume braucht etwas zu trinken.«

»Das kann ich regeln.« Er zog eine Flasche stilles Mineralwasser aus einem Großpack, drehte den Deckel ab, nahm einen Schluck, um den Pegel zu senken, und stellte sie dann auf den Schreibtisch. »Hier drin ist mehr als genug, um sie bei Laune zu halten.«

Er beobachtete Cormias Hände, als sie die Rose in die Behelfsvase steckte. Sie waren so hübsch und blass und ... er wollte sie auf seiner Haut spüren.

Überall.

Phury zupfte sein Hemd heraus, als er aufstand und um den Schreibtisch herumlief, und zog es sorgfältig vor seiner Hose herunter. Er hasste nachlässige Kleidung, aber besser schlampig aussehen als riskieren, dass sie seine Erregung bemerkte.

Und er war erregt. Total. Er hatte so eine Ahnung, dass das ab jetzt in ihrer Gegenwart immer so wäre: Gestern Nacht in ihrer Hand zu kommen hatte irgendwie alles verändert.

Er hielt ihr die Tür zum Flur auf. »Komm, ich zeig dir unser Trainingszentrum.«

Sie folgte ihm aus dem Büro, und er führte sie überall herum, erzählte, was in der Turnhalle und im Ausrüstungsraum und im Sanitätszimmer und auf dem Schießstand so gemacht wurde. Sie war interessiert, schwieg aber weitgehend, und er wurde das Gefühl nicht los, dass sie ihm etwas zu sagen hatte.

Was, konnte er sich schon denken.

Sie würde zurück auf die Andere Seite gehen.

Vor dem Umkleideraum blieb er stehen. »Hier können sich die Jungs duschen und umziehen. Die Unterrichtsräume sind dort hinten.«

Verdammt, er wollte nicht, dass sie ging. Aber was erwartete er denn von ihr? Sie hatte hier keine Rolle mehr zu erfüllen.

Du erfüllst hier selber keine Rolle mehr, ließ sich der Zauberer vernehmen.

»Komm, ich zeige dir ein Klassenzimmer«, sagte er, um die Sache in die Länge zu ziehen.

Er führte sie in den Raum, in dem er unterrichtete, und verspürte einen merkwürdigen Stolz, ihr zu zeigen, wo er arbeitete. Gearbeitet hatte.

»Was ist das alles?«, fragte sie und deutete auf die Tafel, die mit Zahlen bedeckt war.

»Ach … das …« Rasch trat er zur Tafel und wischte die Berechnung der Opferzahlen für die Explosion einer Bombe in der Innenstadt von Caldwell ab.

Sie verschränkte die Arme vor der Brust, doch es sah mehr aus, als ob sie sich festhielte, als wie eine Geste der Abwehr. »Glaubt Ihr, ich wüsste nicht, was die Bruderschaft tut?«

»Deshalb muss ich dich nicht unbedingt daran erinnern.«

»Werdet Ihr der Bruderschaft wieder beitreten?«

Er erstarrte und dachte: *Bella muss es ihr erzählt haben.* »Ich wusste nicht, dass du davon gehört hast, dass ich draußen bin.«

»Verzeiht, es geht mich nichts …«

»Nein, das macht nichts … und nein, ich glaube, meine Tage als Kämpfer sind vorüber.« Er blickte über die Schulter und war wieder einmal fassungslos, wie vollkommen sie aussah, an einem der Pulte lehnend, die Arme ineinander verschränkt. »Hättest du etwas dagegen, wenn ich dich zeichne?«

Sie errötete. »Ich denke nicht … also, wenn Ihr es wünscht. Muss ich dafür etwas tun?«

»Bleib einfach nur so stehen.« Er legte den Schwamm wieder oben auf die Tafelkante und nahm ein Stück Kreide. »Obwohl – könntest du dein Haar lösen?«

Als sie nicht antwortete, sah er sich wieder um und stellte zu seiner Überraschung fest, dass sie bereits die goldenen Nadeln aus der Frisur zog. Eine nach der anderen fielen blonde Strähnen herab und umrahmten ihr Gesicht, ihren Hals, ihre Schultern.

Selbst unter dem stumpfen Licht der Neonlampen strahlte ihr Haar.

»Setz dich auf den Tisch«, forderte er sie mit heiserer Stimme auf. »Bitte.«

Sie gehorchte und schlug die Beine übereinander … und! – gütige Jungfrau – ihre Robe fiel auseinander und klaffte bis zum Oberschenkel auf. Als sie Anstalten machte, sie wieder zusammenzuziehen, flüsterte er: »Lass es so.«

Ihre Hände verharrten und stützten sich dann flach auf die Tischplatte. »Ist das gut so?«

»Nicht bewegen.«

Phury ließ sich viel Zeit. Die Kreide verwandelte sich in seine Hände, die über ihren Körper strichen, an ihrem Hals und der Wölbung ihrer Brüste und dem Schwung ihrer Hüfte und den langen, glatten Beinen verweilten. Er liebkoste sie, während er ihr Bild auf die Tafel übertrug. Die Kreide machte ein leise kratzendes Geräusch.

Oder vielleicht war das auch sein Atem.

»Ihr könnt das sehr gut«, sagte sie irgendwann.

Er war zu beschäftigt, um ihr zu antworten, zu vertieft darin, sich innerlich auszumalen, was er mit ihr machen wollte, wenn er fertig war.

Nach einer Ewigkeit, die nur einen Moment dauerte, trat er zurück und inspizierte sein Werk. Vollkommenheit. Das Bild zeigte Cormia, aber auch noch mehr – wobei die Zeichnung einen sexuellen Unterton hatte, den selbst sie nicht übersehen konnte. Er wollte sie nicht schockieren, doch er hätte daran nichts ändern können. Der Unterton lag in jeder Linie ihres Körpers und ihrer Pose und ihres Gesichts. Sie war das weibliche sexuelle Ideal. Wenigstens für ihn.

»Fertig«, sagte er rau.

»Bin das ich?«

»So sehe ich dich.«

Ein langes Schweigen entstand. Dann sagte sie mit einer Art Erstaunen: »Ihr findet mich schön.«

Er fuhr mit dem Finger die Umrisse nach, die er gezeichnet hatte. »Ja. Das stimmt.« Die Stille dehnte den Abstand zwischen ihnen aus, beide wurden verlegen. »Tja, dann …«, sagte er. »Wir können das nicht so auf der Tafel lassen …«

»Bitte! Nein!«, bat sie und streckte die Hand aus. »Ich möchte mich noch ein wenig länger ansehen. Bitte.«

Na gut. Schön. Wie sie meinte. Inzwischen hätte sie seinem Herzen zu schlagen verbieten können, und das Organ hätte fröhlich gehorcht. Sie war seine Schaltzentrale geworden, die Herrin seines Körpers, und was auch immer sie ihm befahl, würde er tun oder sagen. Ohne Fragen zu stellen. Egal mit welchen Mitteln.

In seinem Hinterkopf wusste er, dass all das typisch für einen gebundenen Vampir war: Die Frau befahl und damit Schluss. Nur, dass er sich eigentlich nicht an sie hatte binden können. Oder?

»Es ist so schön«, murmelte sie, die grünen Augen auf die Tafel gerichtet.

Er wandte sich zu ihr um. »Das bist du, Cormia. Du bist so.«

Ihre Augen flackerten auf, und plötzlich schloss sie den Schlitz in ihrer Robe, als wäre sie verlegen.

»Bitte nicht«, flüsterte er, ihre Worte wiederholend. »Ich möchte dich noch ein wenig länger ansehen. Bitte.«

Die Spannung zwischen ihnen wuchs, sie pulsierte geradezu.

»Entschuldige.« Er war verärgert über sich. »Ich wollte nicht, dass du dich …«

Ihre Hände lockerten ihren Griff, und der üppige weiße Stoff fiel so gehorsam zur Seite, dass er ihn am liebsten getätschelt und ihm einen Knochen gegeben hätte.

»Dein Duft ist so stark«, sagte sie mit tiefer Stimme.

»Ja.« Er legte die Kreide weg und atmete ein, roch Jasmin. »Genau wie deiner.«

»Ihr möchtet mich küssen, oder?«

Er nickte. »Ja, das möchte ich.«

»Ihr habt Euer Hemd aus der Hose gezogen. Warum?«

»Ich bin steif. Ich wurde sofort steif, als du ins Büro gekommen bist.«

Sie zischte, ihre Augen wanderten über seine Brust und hinunter zu seinen Hüften. Als ihre Lippen sich teilten, wusste er genau, an was sie dachte: Wie er in ihrer Hand gekommen war.

»Es ist erstaunlich«, meinte sie leise. »Wenn ich in Eurer Nähe bin, hat nichts anderes mehr Bedeutung. Nur noch …«

Er trat dicht vor sie. »Ich weiß.«

Sie blickte auf. »Werdet Ihr mich küssen?«

»Wenn du mich lässt.«

»Das sollten wir nicht tun.« Ihre Hände legten sich auf seine Brust, doch sie stieß ihn nicht fort, sondern umklammerte sein Hemd wie eine Rettungsleine. »Das sollten wir nicht.«

»Stimmt.« Er strich ihr eine Strähne hinter das Ohr. Sein verzweifelter Wunsch, irgendwie – egal wie – in sie einzudringen, verursachte einen Kurzschluss in seinem Großhirn. Er spürte nur noch seine vegetative Mitte, die Grundbedürfnisse eines Mannes. »Aber das kann ganz privat sein, Cormia. Nur du und ich.«

»Privat … privat gefällt mir.« Sie reckte ihr Kinn, bot ihm dar, was er wollte.

»Mir auch«, knurrte er und sank auf die Knie.

Sie wirkte verwirrt. »Ihr wolltet mich doch küssen …«

»Das will ich auch.« Er legte die Handflächen um ihre Knöchel und strich damit über ihre Waden. »Das will ich unbedingt.«

»Aber warum …«

Sanft spreizte er ihre Beine, und die Robe fiel gänzlich zur Seite und enthüllte ihm alles: ihre Hüften und ihre

Oberschenkel und den kleinen Schlitz, nach dem er so lechzte.

Phury leckte sich die Lippen, als er die Hände über die Innenseiten ihrer Beine wandern ließ und sie langsam, unerbittlich immer weiter auseinanderschob. Mit einem sinnlichen Seufzen beugte sie sich nach hinten, um ihm mehr Raum zu geben, zeigte ihm unmissverständlich, dass sie mit allem einverstanden war, ebenso bereit war wie er selbst.

»Leg dich zurück«, bat er. »Leg dich zurück, und streck dich aus.«

Himmel … sie war so glatt wie Seide und bog sich zurück, bis sie auf dem Tisch lag.

»So?«

»Ja … genau so.«

Mit der Handfläche strich er ihr über ein Bein und legte sich den Fuß auf die Schulter. Die Küsse begannen auf ihrer Wade und folgten dem Pfad, den seine Hände liebkosten, höher und höher. Auf Höhe ihres Oberschenkels hielt er inne und vergewisserte sich, dass sie sich noch gut fühlte.

Sie beobachtete ihn mit riesigen grünen Augen, die Finger an den Lippen; ihr Atem ging keuchend.

»Willst du das wirklich?«, fragte er leise krächzend. »Denn wenn ich erst angefangen habe, wird es schwer sein aufzuhören, und ich möchte dir keine Angst machen.«

»Was werdet Ihr mit mir machen?«

»Dasselbe, was du letzte Nacht mit deiner Hand bei mir gemacht hast. Nur dass ich es mit dem Mund machen werde.«

Sie stöhnte und verdrehte die Augen. »Oh, gütige Jungfrau …«

»Heißt das ja?«

»Ja.«

Er griff nach der Schleife der Robe. »Ich werde mich um dich kümmern. Vertrau mir.«

Und ja, genau das würde er tun, das wusste er. Tief drinnen wusste er mit absoluter Gewissheit, dass er ihr Lust bereiten würde, obwohl er das noch nie vorher getan hatte.

Er löste die Schleife und teilte die Robe.

Ihr Körper lag entblößt vor ihm, von ihren hohen, festen Brüsten über den flachen Bauch bis hin zu den hübschen Lippen ihres Geschlechts. Als ihre Hand nach unten wanderte und sie sie auf den Hügel ihrer Scham legte, wurde sie zu genau dem Bild, das er tags zuvor gezeichnet hatte, unglaublich sinnlich und weiblich und machtvoll … nur dass sie aus Fleisch und Blut war.

»Jesus … Christus.«

Seine Fänge stachen in seine Mundhöhle und erinnerten ihn daran, dass er sich schon länger nicht genährt hatte. Ein Geräusch stieg seine Kehle hinauf, das gleichzeitig fordernd und bittend war, er war nicht sicher, wie viel von dem Stöhnen durch ihr Geschlecht und wie viel durch ihr Blut ausgelöst wurde.

Wobei die Unterscheidung eigentlich kaum eine Rolle spielte.

»Cormia … ich brauche dich.«

Die Art und Weise, wie sie ihre Beine weiter spreizte, war das schönste Geschenk, das er je bekommen hatte: Als sie sich noch etwas weiter öffnete, konnte er das rosa Zentrum sehen, auf das er es abgesehen hatte. Es glitzerte bereits.

Das würde er noch verstärken.

Mit einem Knurren senkte er ruckartig den Kopf und legte seinen Mund auf sie, zielte direkt auf das Herz ihres Unterleibs.

Beide schrien sie auf. Ihre Hände krallten sich in sein Haar, und er umfasste ihre Schenkel noch fester und drängte sich noch tiefer in sie hinein. Sie fühlte sich so warm auf seinen Lippen an, warm und feucht, und er machte sie noch wärmer und feuchter, indem er ihr Geschlecht mit der Zunge küsste. Sie stöhnte auf, und der Instinkt überrollte sie beide; er leckte sie, und sie ließ die Hüften kreisen. Mein Gott, die Geräusche waren unglaublich.

Der Geschmack genauso.

Sein Blick fiel auf ihren Bauch und ihre Brüste, und er musste einfach ihre kleinen Nippel berühren. Sanft kniff er sie und strich dann weich mit dem Daumen darüber.

Als sie sich aufbäumte, hatte er beinahe einen Orgasmus, es war einfach zu viel.

»Beweg deine Hüften schneller«, flüsterte er. »Bitte … mein Gott, ja, reib dich an mir.«

Ihr Becken begann eine stoßende Bewegung, er streckte die Zunge aus und ließ sie darauf reiten, wie sie wollte, ließ sie sich an seinem Fleisch selbst Lust bereiten. Das allerdings hielt er nicht lange aus. Er musste noch näher an sie heran. Er hielt ihre Hüften fest und drückte das Gesicht vom Kinn bis zur Nase gegen sie, bis er nur noch sie schmeckte und roch und kannte.

Und dann wurde es Zeit, ernst zu machen.

Er hob den Kopf etwas und begann ein drängendes Lecken an der Oberseite ihres Geschlechts, ihr Keuchen sagte ihm, dass er die richtige Stelle gefunden hatte. Als sie immer drängender mit den Hüften stieß, tastete er nach ihrer Hand, um ihr ein Gefühl von Sicherheit zu geben.

Sie krallte die Finger so fest hinein, dass ihre Nägel Spuren hinterlassen würden, und das war einfach fantastisch. Er wollte diese Halbmonde auch in seinem Rücken … und seinem Hintern, wenn er in sie hineinpumpte.

Er wollte überall auf ihr sein, in ihr sein.

Er wollte sie kennzeichnen.

Cormia wusste, dass ihr Körper genau das tat, was der des Primals in der Nacht zuvor getan hatte. Der Sturm, der sich zusammenbraute, und das Drängen, das sie empfand, und die Hitze, die in ihr brüllte, verrieten ihr, dass sie dort war, wo er gewesen war.

An der Kante.

Der Primal war gigantisch zwischen ihren Beinen, seine breiten Schultern dehnten sie weit. Sein wunderbares buntes Haar lag auf ihren Schenkeln ausgebreitet, und sein Mund lag auf ihrer Mitte. Lippen trafen auf Lippen, glatte Zunge traf auf feuchten Schoß. Alles kam ihr so herrlich und so erschreckend und so unausweichlich vor … und der einzige Grund, warum sie nicht völlig überwältigt wurde, war seine Hand auf ihrer.

Diese Berührung war besser, als jedes beruhigende Wort hätte sein können – hauptsächlich weil er, wenn er es auszusprechen versuchte, mit dem aufhören müsste, was er gerade tat, und das wäre schlichtweg ein Verbrechen gewesen.

Gerade als sie glaubte, in ihre Einzelteile zu zersplittern, überrollte sie eine Woge der Energie, hob sie hoch und brachte sie fort an einen anderen Ort, während ihr Körper rhythmisch zuckte. All diese wunderbare Anspannung löste sich auf einen Schlag, das Gefühl war so befriedigend, dass ihr die Tränen in die Augen traten, und sie rief etwas – oder vielleicht war es auch nichts, nur eine Entladung ihres Atems.

Als es vorbei war, hob der Primal den Kopf, seine Zunge strich ein letztes Mal träge nach oben, bevor sie ihre Mitte freigab.

»Alles in Ordnung?«, fragte er mit wilden gelben Augen.

Sie machte den Mund auf, um zu sprechen. Es kam nichts Zusammenhängendes heraus, also nickte sie.

Der Primal leckte sich langsam und genießerisch die Lippen, die Spitzen seiner Fänge blitzten hervor ... und wurden sogar noch länger, als er ihren Hals betrachtete.

Sie neigte den Kopf zur Seite, bot ihm ihre Ader an, weil es das Natürlichste auf der Welt war.

»Nehmt von mir«, sagte sie.

Seine Augen flackerten auf, er schob sich auf ihrem Körper hoch, küsste ihren Bauch und verharrte kurz bei einer ihrer Brustwarzen, um sich eingehend mit ihr zu befassen. Und dann spürte sie seine Fänge über ihrem Hals. »Bist du ganz sicher?«

»Ja – o Gott!«

Er stieß so fest und tief zu, und so blitzschnell ... genau wie sie es sich ausgemalt hatte. Er war ein Bruder, der das benötigte, was sie alle am Leben erhielt, und sie war kein zerbrechliches Wesen. Sie gab, und er nahm, und eine weitere Woge dieser wilden Anspannung baute sich in ihrem Inneren auf.

Sie rutschte auf dem Tisch herum und spreizte die Beine. »Nehmt mich. Während Ihr von mir trinkt ... seid in mir.«

Ohne sich von ihrem Hals zu lösen, knurrte er gefährlich und fummelte an seiner Hose herum. Die Gürtelschnalle knallte gegen den Tisch. Grob zog er sie an die Kante vor, legte die Hände um ihre Knie und öffnete sie weit.

Sie spürte ein heißes, hartes Tasten …

Doch dann hörte er auf.

Das Saugen verebbte zu einem sanften Lecken und dann zu kleinen Küssen. Schließlich wurde er reglos, nur sein Atem war zu spüren. Sie konnte immer noch den Sex in seinem Blut wittern, konnte immer noch seinen dunklen Duft riechen, konnte immer noch das Bedürfnis nach ihrem Blut fühlen, doch er rührte sich nicht mehr, obwohl sie bereit war, von ihm genommen zu werden.

Nun ließ er ihre Beine los, senkte sie sachte auf den Boden und zog sie hoch, barg seinen Kopf an ihrer Schulter.

Sie hielt ihn sanft in den Armen, sein Körper hing im Gleichgewicht zwischen Fußboden und Tisch, damit er sie nicht zerdrückte.

»Geht es Euch gut?«, flüsterte sie in sein Ohr.

Sein Kopf bewegte sich vor und zurück und drängte sich noch näher an sie heran. »Ich muss dir etwas sagen.«

»Was quält Euch?« Sie streichelte seine Schulter. »Sprecht mit mir.«

Er sagte etwas, das sie nicht verstand. »Was?«

»Ich bin … noch Jungfrau.«

32

»Heute Nacht?«, fragte Xhex. »Du willst heute Nacht in den Norden fahren?«

Rehv nickte und wandte sich wieder den Bauplänen für seinen neuen Club zu. Die Papierbögen waren über seinen ganzen Schreibtisch ausgebreitet, die blauen Architektenentwürfe überdeckten alle anderen Unterlagen.

Nein. Das gefiel ihm alles noch gar nicht. Das Grundkonzept stimmte noch nicht – alles war zu offen. Er wollte lauter kleine Räume, in denen die Leute unbeobachtet tun konnten, was sie wollten. Er wollte zwar eine Tanzfläche haben, klar, aber keine quadratische. Es musste ungewöhnlich sein. Unheimlich. Latent bedrohlich und sehr elegant. Edgar Allan Poe und Bram Stoker und Jack the Ripper – und das alles in Chrom und mit viel schimmerndem Schwarz. Viktorianisches England trifft auf modernes Gothic.

Noch sah es aus wie jeder andere Club der Stadt.

Er schob die Pläne von sich fort und blickte auf die Uhr. »Ich muss los.«

Xhex verschränkte die Arme und baute sich vor der Tür auf.

»Und nein, darfst du nicht«, sagte er.

»Ich will mitkommen.«

»Kommt mir das irgendwie bekannt vor? Das hatten

wir doch gerade erst vorgestern Nacht. Wie schon hundertmal davor. Die Antwort ist und bleibt nein.«

»Warum?«, fauchte sie. »Ich hab nie begriffen, warum. Du nimmst Trez mit.«

»Mit Trez ist es was anderes.« Rehv streifte seinen Zobelmantel über und zog die Schreibtischschublade auf. Die beiden neuen Glock Vierziger, die er sich gerade angeschafft hatte, passten perfekt in das Holster, das er unter seinem Anzug von Bottega Veneta trug.

»Ich weiß, was du machst. Mit ihr.«

Rehv erstarrte. Dann fuhr er fort, sich zu bewaffnen. »Natürlich weißt du das. Ich treffe mich mit ihr. Gebe ihr das Geld. Gehe wieder.«

»Das ist nicht alles.«

Er fletschte die Fänge. »Doch. Das ist alles.«

»Nein. Soll ich deshalb nicht dabei sein? Damit ich es nicht sehe?«

Rehv presste die Kiefer fest aufeinander und funkelte sie quer durch den Raum an. »Es gibt nichts zu sehen. Punkt.«

Xhex gab nicht häufig nach, aber jetzt war sie klug genug, ihm nicht weiter auf die Nerven zu gehen. Obwohl die Wut in ihren Augen glimmte, sagte sie: »Änderungen im Terminplan sind nicht gut. Hat sie dir einen Grund genannt?«

»Nein.« Er steuerte auf die Tür zu. »Aber es wird ganz normal sein.«

»Es ist nie normal. Das hast du nur vergessen.«

Er dachte an all die Jahre, die er diesen Mist schon mitmachte, und dass in den kommenden Jahren noch mehr davon auf ihn wartete. »Mit dem Vergessen liegst du völlig falsch. Glaub mir.«

»Sag mir eins: Wenn sie versuchen würde, dich zu verletzen, würdest du auf sie schießen?«

»Das hast du mich gerade nicht gefragt.«

Das Gesprächsthema allein reichte für ihn schon aus, um sich am liebsten die Haut abziehen und in die Reinigung schicken zu wollen. Dass Xhex ihn in einer Angelegenheit zur Rede stellte, mit der er sich selbst nicht allzu genau befassen wollte, ging ihm definitiv zu weit.

Die Wahrheit war, dass ein Teil von ihm genoss, was er einmal im Monat machte. Und diese Realität war vollkommen unerträglich, solange er sich in der Welt befand, in der er den Großteil seiner Zeit verbrachte – der Welt, die ihm das Dopamin zu bewohnen gestattete, der Welt, die vergleichsweise normal und gesund war.

Dieser kleine Abgrund in seinem Herzen war etwas, was er garantiert niemandem anvertrauen würde.

Xhex stützte die Hände in die Hüften und reckte das Kinn, ihre klassische Haltung, wenn sie sich stritten. »Ruf mich an, wenn es vorbei ist.«

»Das tue ich immer.«

Er nahm die Pläne für den Club mit, hob seine kleine Reisetasche auf und trat aus dem Büro heraus auf die Straße. Trez wartete schon im Bentley, und als er Rehv entdeckte, machte er den Fahrersitz frei.

Die Stimme des Mauren tauchte in Rehvs Kopf auf, tief und melodisch. *ICH BIN IN EINER HALBEN STUNDE DA, UM DIE UMGEBUNG AUSSZUSPÄHEN UND DIE BLOCKHÜTTE ZU DURCHSUCHEN.*

»Super.«

ICH WILL DOCH HOFFEN, DASS DU KEINE MEDIKAMENTE GENOMMEN HAST.

Rehv klopfte dem Mann auf die Schulter. »Seit einer Stunde nicht. Und ja, ich habe das Gegengift.«

GUT. FAHR VORSICHTIG, ARSCHLOCH.

»Nein. Ich nehme jeden verfügbaren Holzlaster und jedes Reh aufs Korn.«

Trez schloss die Autotür und trat zurück. Als er die Arme vor der massigen Brust verschränkte, verzog er den Mund zu einem seltenen Lächeln, die weißen Fänge leuchteten in seinem dunklen, wunderschönen Gesicht. Für den Bruchteil einer Sekunde blitzten seine Augen neongrün auf – das Maurenäquivalent zu einem Zwinkern.

Rehv startete den Wagen, er war froh, dass Trez ihm den Rücken deckte. Der Maure und sein Bruder iAm hatten einige Tricks auf Lager, die sogar für einen *Symphathen* eine Herausforderung darstellten. Sie waren immerhin königliche Mitglieder der s'Hisbe der Schatten.

Rehv warf einen Blick auf die Uhr des Bentley. Er war um ein Uhr morgens mit der Prinzessin verabredet. Da die Fahrt nach Norden zwei Stunden dauerte und es jetzt bereits Viertel nach elf war, müsste er rasen wie ein Irrer.

Er dachte an Xhex. Woher sie das mit dem Sex wusste, wollte er gar nicht hören … er hoffte inständig, dass sie trotzdem weiterhin seinen Wunsch respektieren und ihm nicht heimlich folgen würde.

Dass sie wusste, dass er nicht mehr als eine Hure war, kotzte ihn an.

Einerseits konnte Phury nicht fassen, dass die Worte »Ich bin noch Jungfrau« seinen Mund verlassen hatten. Andererseits war er froh, sie gesagt zu haben.

Allerdings hatte er keine Ahnung, was Cormia darüber dachte. Sie war totenstill.

Er schob sich weit genug von ihr weg, um sein Geschlecht zurück in die Hose zu befördern und den Reißverschluss zuziehen zu können, dann zog er ihre Robe zusammen und bedeckte ihren wunderschönen Körper.

In der Stille begann er, im Zimmer auf und ab zu tigern, von der Tür zur gegenüberliegenden Wand und zurück.

Ihre Augen folgten ihm überallhin. Großer Gott, was zum Henker dachte sie jetzt gerade?

»Ich schätze mal, das sollte keine Rolle spielen«, sagte er. »Ich weiß auch nicht, warum ich davon angefangen habe.«

»Wie ist das möglich … Verzeiht. Das ist so unangemessen …«

»Nein, es macht mir nichts aus, es zu erklären.« Er hielt inne, da er nicht wusste, wie viel sie von Zsadists Vergangenheit wusste. »Als junger Mann habe ich einen Zölibatsschwur abgelegt. Um mich stärker zu machen. Und ich bin dabei geblieben.«

Nicht so ganz, mein Freund, schaltete sich der Zauberer ein. *Erzähl ihr doch von der Hure. Erzähl ihr von der Prostituierten, die du im* ZeroSum *gekauft und auf die Toilette mitgenommen hast, und bei der du nicht konntest.*

Wie typisch für dich, immer bist du die Ausnahme. Die einzige besudelte Jungfrau des Planeten.

Vor der Zeichnung an der Tafel blieb Phury stehen. Er hatte alles kaputtgemacht.

Mit einem Stück Kreide fing er an, die Efeublätter zu zeichnen, beginnend bei ihren Füßen.

»Was macht Ihr denn?«, fragte sie. »Ihr zerstört es.«

Ach, Herzchen, antwortete der Zauberer. *Egal wie gut er im Zeichnen ist, im Zerstören ist er noch viel besser.*

Schon bald war ihr atemberaubendes Abbild von einer Decke aus Efeuranken bedeckt. Als er fertig war, trat er von der Tafel zurück. »Ich habe es einmal mit Sex probiert. Aber es hat nicht geklappt.«

»Warum nicht?«, fragte sie mit gepresster Stimme.

»Es war nicht richtig. Sie war keine gute Wahl. Ich habe es abgebrochen.«

Keine Reaktion, dann ein Rascheln, als sie vom Tisch aufstand. »Genau wie bei mir gerade.«

Er wirbelte herum. »Nein, das stimmt nicht …«

»Ihr habt es abgebrochen, oder etwa nicht? Ihr habt es vorgezogen, nicht weiterzumachen.«

»Cormia, so ist das nicht …«

»Für wen spart Ihr Euch auf?« Der Blick in ihren Augen war irrsinnig klug, als sie ihn nun ansah. »Oder sollte ich fragen: für was? Ist es die Fantasie, die Ihr von Bella habt? Hält Euch das zurück? Wenn ja, dann tun mir die Auserwählten leid. Aber wenn das Zölibat nur dazu diente, Euch abzuschotten und zu schützen, dann tut Ihr mir leid. Diese Stärke ist eine Lüge.«

Sie hatte recht. Verflucht noch mal, sie hatte ja so recht.

Cormia steckte ihr Haar wieder hoch und musterte ihn dabei mit der Würde einer Königin. »Ich gehe zurück ins Heiligtum. Ich wünsche Euch alles Gute.«

Als sie sich umdrehte, rannte er ihr nach. »Cormia, warte …«

Sie zog ihren Arm weg, als er nach ihr griff. »Warum sollte ich warten? Was genau wird sich ändern? Nichts. Geht und nehmt die anderen. Wenn Ihr könnt. Und wenn Ihr es nicht vermögt, müsst Ihr zurücktreten, damit ein anderer die Kraft sein kann, die unser Volk braucht.«

Sie zog die Tür hinter sich ins Schloss.

Allein im leeren Klassenzimmer, das Gelächter des Zauberers dröhnend im Ohr, schloss Phury die Augen und hatte das Gefühl, die Welt um ihn herum würde schrumpfen, bis seine Vergangenheit und seine Gegenwart und seine Zukunft ihm die Luft zum Atmen abschnürten … und ihn in eine der Statuen im überwucherten, toten Garten seiner Eltern verwandelten.

Diese Stärke ist eine Lüge …

In der Stille um ihn herum hallten ihre Worte in seinem Kopf wider und wider.

33

»Das ist doch nur eine Disco«, sagte Omegas Sohn halb kleinlaut, halb ärgerlich.

Mr. D stellte den hechelnden Motor des Focus ab. »Genau. Und hier besorgen wir Ihnen, was Sie brauchen.«

Sie waren eine Zeitlang ziellos umhergefahren, weil Omegas Sohn nicht aufhören konnte, sich zu übergeben. Jetzt aber war die letzte Würgesession schon ungefähr vierzig Minuten her, weshalb Mr. D davon ausging, dass sich die Lage wieder etwas beruhigt hatte. Schwer zu sagen, ob die Kotzerei von dem kam, was er getan hatte, oder noch eine Folge der Initiation war. So oder so hatte Mr. D sich gut um ihn gekümmert, hatte ihm sogar den Kopf gehalten, weil der Bursche so schwach gewesen war.

Das *Screamer's* war genau der richtige Ort, um sich abzureagieren. Zwar könnte der Sohn des Bösen weder essen noch trinken noch Sex haben, aber eines würde man hier mit Sicherheit finden: betrunkene Menschenmänner, die man als Boxsack benutzen konnte.

So müde und ausgelaugt der Sohn auch war, er hatte Energie in den Adern, Energie, die kanalisiert werden musste. Der Club und die Idioten darin waren die Pistole. Der Sohn war die Kugel.

Und eine Prügelei würde sicher anregend auf ihn wirken. »Kommen Sie schon«, sagte Mr. D und stieg aus.

»Das ist doch Müll.« Die Worte mochten stark klingen, doch der Tonfall war immer noch der eines Jungen, dessen Speicher total leer war.

»Nein.« Mr. D kam um den Wagen herum zur Beifahrertür und half dem Sohn heraus. »Sie müssen mir vertrauen.«

Sie liefen über die Straße zum Club, und als der Türsteher Mr. D finster ansah, drückte der dem Riesenkerl einen Fünfziger in die Hand.

»Wir sehen uns nur ein bisschen um«, sagte Mr. D und führte den Sohn durch die Menge zur Theke.

In allen Räumen wummerte Hardcore-Rap, während Frauen in knappen Lederfetzen auf Schwanzpatrouille vorbeischlenderten und Männer einander böse abcheckten.

Er wusste, dass er die richtige Idee gehabt hatte, als der Sohn eine Gruppe von Collegejungs ins Visier nahm, die laut lärmten und sich scharfe Sachen aus Martini-Gläsern in den Hals schütteten.

»Ganz genau, wir gönnen uns nur eine kleine Verschnaufpause«, murmelte Mr. D zufrieden.

Der Barkeeper sprach sie an. »Was wollt ihr?«

Mr. D lächelte. »Gar nichts ...«

»Tequila«, bestellte der Sohn.

Als der Barkeeper sich trollte, beugte sich Mr. D vor. »Sie können nicht mehr essen. Und auch nicht trinken und Sex haben.«

Die hellen Augen des Sohns schnellten zur Seite. »Wie bitte? Machst du Witze?«

»Nein, Sir, so ist das eben ...«

»Da scheiß ich drauf.« Als der Schnaps vor ihm abgesetzt wurde, sagte Omegas Sohn zum Kellner: »Mach mir nen Deckel auf.«

Lash kippte den Tequila, ohne den Blick von Mr. D abzuwenden.

Der schüttelte den Kopf und sah sich schon mal suchend nach dem nächsten Klo um. Mannomann, als er die Nummer damals probierte, hatte er die nächste Stunde über der Schüssel gehangen, und das hatten sie heute Nacht doch wohl schon ausreichend gehabt, oder?

»Wo bleibt der nächste?«, brüllte Lash den Barkeeper an.

Mr. Ds Kopf schnellte zurück. Da stand Omegas Sohn, quietschfidel, und trommelte mit den Fingern auf die Theke. Der nächste Schnaps kam. Dann der dritte.

Nachdem er den vierten bestellt hatte, wandte Lash seinen Blick Mr. D zu. Aggression flackerte darin. »Also, was sollte das von wegen nichts essen und nichts trinken?«

Mr. D konnte sich nicht entscheiden, ob er eine Bombe kurz vor der Explosion vor sich hatte … oder ein Wunder. Kein *Lesser* konnte Nahrung vertragen. Omegas schwarzes Blut nährte sie, und es war inkompatibel mit aller anderen Nahrung. Alles, was sie zum Überleben brauchten, waren ein paar Stunden Erholung pro Tag.

»Dann sind Sie wohl anders«, stellte er mit Respekt in der Stimme fest.

»Worauf du dich verlassen kannst«, murmelte der Sohn und bestellte einen Hamburger.

Während der Bursche aß und trank, kehrte die Farbe in seine Wangen zurück, und der weggetretene Gesichtsausdruck wich neuem Selbstvertrauen. Und während er den Hamburger und die Pommes und den ganzen Tequila in Lashs Schlund verschwinden sah, überlegte Mr. D, ob der Sohn überhaupt verblassen würde, wie es der Rest der *Lesser* tat. Ganz eindeutig galten die normalen Regeln für ihn nicht.

»Und was sollte der Mist mit *kein Sex?«*, fragte der Sohn, als er sich den Mund mit einer schwarzen Papierserviette abwischte.

»Wir sind impotent. Sie wissen schon, wir kriegen keinen …«

»Ich weiß, was das heißt, Professor.«

Der Sohn schielte zu einer blonden Braut am anderen Ende der Theke hinüber. Die Frau gehörte zu der Sorte, an die sich Mr. D nie im Leben herangetraut hätte, selbst wenn er einen hochkriegen würde. Mit ihrem Playmate-Körper und ihrem Schulprinzessinnen-Gesicht war sie eindeutig nicht seine Liga. Nicht dass sie jemanden wie ihn überhaupt bemerkt hätte.

Den Sohn allerdings bemerkte sie, und ihr Blick veranlasste Mr. D, seinen neuen Boss eingehend zu betrachten. Lash sah gut aus, das musste man dem Blödmann lassen, mit seinem kurzen blonden Haar und den feinen Gesichtszügen und diesen grauen Augen. Und er hatte die Art von Körper, auf den Frauen abfuhren – groß und muskulös, der Oberkörper ein auf der Spitze stehendes Dreieck, zu allen Schandtaten bereit.

Plötzlich stellte Mr. D fest, wenn er noch in der Schule wäre, dann wäre er stolz darauf, mit dem Sohn gesehen zu werden. Und sehr wahrscheinlich nicht gut Freund mit den Leuten, mit denen der Sohn abhing.

Aber das hier war nicht die Highschool, und Lash brauchte ihn. Was er auch wusste.

Die Frau gegenüber lächelte Omegas Sohn an, nahm die Kirsche aus ihrem blauen Getränk und ließ ihre rosa Zunge um die Frucht kreisen.

Man konnte sich ungefähr ausmalen, wie sie das mit zwei Eiern machte, und Mr. D musste den Blick abwenden. Jawohl, wenn er noch ein Mensch wäre, dann wäre er jetzt dunkelrot angelaufen. Was Mädchen betraf, war er schon immer rot geworden.

Der Sohn rutschte von seinem Barhocker. »Kein Essen. Kein Sex. Schon klar. Warte hier, du Penner.«

Damit wandte er sich ab und steuerte auf die Frau zu.

Als Mr. D allein an der Theke zurückblieb, vor sich ein leeres Schnapsglas und einen mit Ketchup und Fett verschmierten Teller, dachte er sich, dass er das wohl gut gemacht hatte. Er hatte Omegas Sohn auf andere Gedanken als das Abschlachten seiner Vampireltern bringen wollen ... nur dass das – seiner Überlegung nach – ein guter Faustkampf bewirken sollte.

Stattdessen hatte der Sohn sich anständig den Bauch vollgeschlagen und ein paar Kurze gekippt. Und würde den Abend jetzt dadurch abrunden, dass er sich die Erfahrung aus dem Gedächtnis vögelte.

Mr. D schüttelte den Kopf, als der Barkeeper ihn fragte, ob er noch etwas bestellen wolle. Ein echter Jammer, dass er nicht mehr saufen konnte. Southern Comfort hatte er immer gern getrunken. Den Hamburger hätte er auch nicht verschmäht. Burger hatte er immer gern gemocht, wirklich wahr.

»Hast du was für mich, Sammy?«

Mr. D blickte zur Seite. Ein großer Kerl mit gemeinem Grinsen und überdimensionalem Ego hatte sich über die Theke gehängt und sah den Barkeeper fragend an. Zu seiner schwarzen Lederjacke, auf deren Rücken ein großflächiger Adler aufgestickt war, trug er eine Jeans, die ihm drei Nummern zu groß war, und Bauarbeiterschuhe. Um den Hals hingen einige Diamantketten, und er trug eine fette Uhr.

Mr. D stand nicht so auf Schmuck, aber der Schulring, den der Kerl am Finger hatte, tat es ihm an. Er war aus Gelbgold, im Gegensatz zu seinem restlichen Schmuck, und der Stein war hellblau. An den Seiten waren der Name der Highschool und das Schulmaskottchen eingraviert.

Mr. D hätte auch gern einen Schulabschluss gehabt.

Jetzt kam der Barkeeper herüber. »Ja, ich hätte da was.« Er deutete mit dem Kopf auf die Gruppe junger Kerle, die dem Sohn vorhin auf den Zeiger gegangen waren. »Denen hab ich gesagt, nach wem sie Ausschau halten sollen.«

»Wunderbar.« Der Große zog etwas aus der Tasche und schüttelte dem Keeper die Hand.

Ein Scheinchen, dachte Mr. D.

Daraufhin grinste der Große breit und zog seine Lederjacke glatt. Der Schulring blitzte auf. Er näherte sich der kleinen Gruppe von der Seite, dann drehte er sich um, als wollte er ihnen die Rückseite seiner Lederjacke zeigen.

Ein Gejohle und Gebrüll ertönte, dann wanderten viele Finger in viele Taschen, und Hände wurden geschüttelt und wieder in Taschen gesteckt.

Nicht gerade unauffällig.

Einige Leute wandten die Köpfe, und es war ziemlich offensichtlich, dass dort keine Visitenkarten ausgetauscht wurden.

Der Bursche würde es in dem Business nicht lange machen, dachte Mr. D.

»Sicher, dass Sie nichts bestellen wollen?«, fragte der Barkeeper.

Mr. D warf einen Blick auf die Klotür, hinter der Lash mit der Blonden verschwunden war. »Nein, danke. Ich warte nur auf meinen Freund.«

Der Barmann grinste breit. »Das kann ein Weilchen dauern, möchte ich wetten. Die sah nach einem guten Ritt aus.«

Oben in ihrem Zimmer packte Cormia all ihre Sachen zusammen ... was nicht besonders viele waren.

Als sie den kleinen Stapel Kleider, Gebetsbücher und Räucherwerk betrachtete, den sie aufgehäuft hatte, fiel ihr plötzlich ein, dass sie ihre Rose unten im Büro vergessen hatte. Andererseits hätte sie die Blume ohnehin nicht mit ins Heiligtum nehmen können. Das Einzige, was von dieser Seite auf die andere gebracht werden durfte, waren Dinge von historischer Bedeutung.

Sie schielte zu ihrem neuesten – ihrem letzten – Architekturmodell aus Zahnstochern und Erbsen hinüber.

Sie war ja so eine Heuchlerin, den Primal dafür zu kritisieren, dass er Kraft in der Trennung suchte. Was machte sie denn? Diese Welt, die sie vor solche Herausforderungen stellte, mit der Absicht zu verlassen, eine Abgeschiedenheit zu finden, die noch gründlicher war als die, in der sie früher gelebt hatte. Tränen stiegen ihr in die Augen ...

Das Klopfen an der Tür war sachte.

»Einen Augenblick!«, rief sie, bemüht, sich zu fassen. Als sie schließlich die Tür öffnete, weiteten sich ihre Augen, und sie zog den Kragen ihrer Robe zusammen, um die Bisswunde an ihrem Hals zu verbergen. »Schwester?«

Die Auserwählte Layla stand auf der Schwelle, so hübsch wie eh und je. »Ich grüße dich.«

»Und ich dich.«

Sie verbeugten sich sehr langsam voreinander, was einer Umarmung unter den Auserwählten so nahe kam, wie es überhaupt erlaubt war.

»Wohin gehst du?«, fragte Cormia, als sie sich wieder aufgerichtet hatten. »Wirst du den Brüdern Rhage und Vishous zu Blutdiensten sein?«

Komisch, die Förmlichkeit ihrer Worte kam ihr jetzt seltsam vor.

Sie hatte sich an den eher lockeren Umgangston auf dieser Seite gewöhnt.

Fühlte sich wohler damit.

»Ja, ich bin hier, um den Bruder Rhage aufzusuchen.« Sie machte eine Pause. »Und außerdem wollte ich mich nach dir erkundigen. Darf ich eintreten?«

»Aber natürlich. Sei herzlich willkommen.«

Layla kam herein und brachte ein betretenes Schweigen mit sich.

Aha, die Neuigkeit hatte sich also bis ins Heiligtum herumgesprochen, dachte Cormia. Alle Auserwählten wussten, dass sie als Erste Partnerin ausgedient hatte.

»Was ist das?«, fragte Layla und zeigte auf das Zahnstochermodell in der Ecke.

»Ach, nur ein Hobby.«

»Hobby?«

»Wenn ich ein bisschen Zeit übrig habe, dann ...« Das war jetzt ein Schuldeingeständnis. Eigentlich sollte sie beten, wenn sie sonst nichts zu tun hatte. »Jedenfalls ...«

Layla verurteilte diese Enthüllung weder durch ihre Miene noch durch irgendwelche Worte. Und doch reichte allein ihre Anwesenheit aus, dass Cormia sich schlecht fühlte.

»Also, meine Schwester«, sagte Cormia mit plötzlicher Ungeduld. »Ich schätze mal, es ist bekannt geworden, dass eine andere zur Ersten Partnerin erhoben werden soll?«

Layla ging zu den Zahnstochern und den Erbsen hinüber und strich mit ihren zarten Fingern über die Konstruktion. »Weißt du noch, damals, als du mich am Spiegelbecken gefunden hast? Da hatte ich gerade John Matthew durch die Transition geholfen.«

Cormia nickte, sie erinnerte sich an das leise Weinen der Auserwählten. »Du warst sehr aufgewühlt.«

»Und du warst so freundlich zu mir. Ich habe dich fortgeschickt, doch ich war dir so dankbar, und diesem Gefühl geschuldet möchte ich … möchte ich dir nun die gleiche Liebenswürdigkeit erweisen, die du mir damals geschenkt hast. Die Last, die wir als Auserwählte tragen, ist schwer und wird von anderen, die nicht unter uns leben, nicht immer verstanden. Wisse, dass ich – da ich einst das fühlte, was du nun fühlst – in diesem Augenblick deine Schwester im Herzen bin.«

Cormia verneigte sich tief. »Das berührt mich zutiefst.«

Sie empfand noch einige andere Dinge. Erstaunen zum Beispiel. Dass sie überhaupt über dieses Thema sprachen. Diese Offenheit war ungewöhnlich.

Layla betrachtete wieder das Modell. »Du wünschst nicht, in unseren Schoß zurückzukehren, habe ich recht?«

Cormia wog kurz ihre Möglichkeiten ab und entschied sich dann, der Auserwählten eine Wahrheit anzuvertrauen, die sie sich kaum selbst eingestehen konnte. »Du kennst mich gut.«

»Es gab schon andere aus unseren Reihen, die einen neuen Weg gesucht haben. Die ihr Leben auf dieser Seite verbrachten. Es ist keine Schande.«

»Dessen bin ich mir nicht so sicher«, gab Cormia trocken zurück. »Schande ist wie die Roben, die wir tragen: Sie ist immer bei uns, sie kleidet uns.«

»Aber wenn du die Robe abstreifen würdest, dann wärest du von der Last befreit und hättest die freie Wahl.«

»Überbringst du mir eine Botschaft, Layla?«

»Nein. Wahrlich – wenn du zu uns zurückkehrst, werden dich deine Schwestern aus ganzem Herzen willkommen heißen. Die Directrix sagte in aller Deutlichkeit, dass dem Wechsel der Ersten Partnerin nichts Ungebührliches anhaftet. Der Primal achtet dich. Das hat sie gesagt.«

Cormia begann, im Zimmer herumzuwandern. »Das ist die offizielle Version, natürlich. Aber ganz ehrlich ... du musst doch wissen, was die anderen in stillen Momenten denken. Es gibt nur zwei mögliche Erklärungen: Entweder hat mich der Primal nicht begehrt, oder ich habe ihn abgewiesen. Beides ist nicht hinnehmbar und gleichermaßen unerhört.«

Die darauf folgende Stille sagte ihr, dass sie die richtigen Schlüsse gezogen hatte.

Am Fenster verharrte sie und blickte hinaus auf das Schwimmbecken. Sie wusste einfach nicht, ob sie die Kraft besaß, ihre Schwestern zu verlassen. Zudem – wohin sollte sie gehen?

Sie dachte an das Heiligtum und redete sich ein, dass es auch angenehme Tage dort gegeben hatte. Zeiten, in denen sie eine Bestimmung empfand und davon zehrte, Teil eines größeren Ganzen zu sein. Und wenn sie als Schreiberin in Klausur ginge, wie sie es vorhatte, dann könnte sie den Kontakt zu anderen ganze Zyklen lang vermeiden. Ungestörtheit schien ihr im Augenblick das Wünschenswerteste überhaupt zu sein.

»Stimmt es, dass du keine Gefühle für den Primal hegst?«, fragte Layla.

Nein. »Ja.« Cormia schüttelte den Kopf. »Ich meine, natürlich schätze ich ihn so, wie ich sollte. Auf dieselbe Art und Weise, wie du es tust. Ich werde mich für die freuen, die seine nächste Erste Partnerin sein wird.«

Offensichtlich besaß Layla keinen Blödsinnsdetektor wie Bella, denn die Lüge schwebte in der Luft, und die Auserwählte stellte keine Silbe davon infrage; sie verbeugte sich nur, als sie die Antwort hörte.

»Darf ich dich dann etwas fragen?«, begann Layla, als sie sich wieder aufgerichtet hatte.

»Natürlich, Schwester.«

»Hat er dich gut behandelt?«

»Der Primal? Ja. Er war sehr beflissen.«

Layla trat ans Bett und nahm eines der Gebetbücher in die Hand. »Ich habe in seiner Biographie gelesen, dass er ein großer Krieger ist und seinen Zwillingsbruder vor einem grausamen Schicksal errettet hat.«

»Er ist ein großer Krieger.« Cormia betrachtete die Rosen unten im Garten. Vermutlich hatten alle Auserwählten seinen Band in der Bibliothek inzwischen gelesen. Sie wünschte nur, sie hätte es ebenfalls getan, bevor sie hierhergekommen war.

»Spricht er davon?«, hakte Layla nach.

»Wovon?«

»Wie er seinen Zwillingsbruder Zsadist aus der unrechtmäßigen Blutsklaverei gerettet hat? So verlor der Primal sein Bein.«

Cormias Kopf schnellte herum. »Wirklich? So ist das passiert?«

»Hat er dir nie davon erzählt?«

»Nein. Er ist ein sehr verschlossener Mann. Zumindest mir gegenüber.«

Diese Auskunft war ein Schock, und sie dachte an das, was sie zu ihm gesagt hatte. Dass er seine Fantasie von Bella liebte. Traf das auf sie selbst im Hinblick auf den Primal auch zu? Sie wusste so wenig über seine Vergangenheit, über das, was ihn zu dem Mann geformt hatte, der er nun war.

Ach, aber sie kannte doch seine Seele.

Und dafür liebte sie ihn.

Ein Klopfen ertönte an der Tür. Auf ihre Aufforderung hin steckte Fritz den Kopf herein.

»Verzeiht, aber der Herr ist bereit für Euch«, sagte er zu Layla.

Laylas Hände tasteten nach ihrem Haar, dann strichen sie die Robe glatt. Während Fritz sich wieder zurückzog, dachte Cormia sich, dass ihre Schwester sich doch besondere Mühe mit ihrem …

O … nein …

»Du wirst … du gehst zu ihm? Zum Primal?«

Layla verneigte sich. »Ich soll ihn aufsuchen, ja.«

»Nicht Rhage.«

»Ihm soll ich hinterher dienen.«

Cormia wurde innerlich starr vor Kälte.

Aber natürlich.

Was hatte sie denn erwartet? »Dann solltest du besser gehen.«

Laylas Augen verengten sich, dann weiteten sie sich. »Schwester?«

»Geh schon. Lass den Primal besser nicht warten.« Sie wandte sich dem Fenster zu, am liebsten hätte sie laut geschrien.

»Cormia ...«, flüsterte ihre Schwester. »Cormia, du empfindest etwas für ihn. Wahrlich, du empfindest sehr viel für ihn.«

»Das habe ich nie gesagt.«

»Das musst du auch nicht. Ich kann es in deinem Gesicht lesen und in deiner Stimme hören. Schwester, warum ... warum gibst du deinen Platz frei?«

Als Cormia sich den Primal mit dem Kopf zwischen den Schenkeln ihrer Schwester ausmalte und wie Layla sich vor Lust aufbäumte, wurde ihr schlecht. »Ich wünsche dir alles Gute. Ich hoffe, dass er eine gute Wahl trifft und sich für dich entscheidet.«

»Warum gibst du deinen Platz frei?«

»Ich wurde fallengelassen. Es war nicht meine Entscheidung. Und jetzt lass bitte den Primal nicht warten. Gott bewahre, das können wir ja nicht zulassen.«

Layla wurde bleich. »Gott?«

Cormia wedelte mit der Hand. »Das ist nur so eine Redewendung, die sie hier benutzen, es hat nichts mit meinem Glauben zu tun. Und jetzt geh bitte.«

Layla schien sich nach dem spirituellen Ausrutscher kurz sammeln zu müssen. Dann wurde ihre Stimme ganz sanft. »Sei versichert, dass er nicht mich wählen wird. Und solltest du je eine Freundin ...«

»Brauche ich nicht.« Cormia wandte sich ab und starrte unverwandt aus dem Fenster.

Als die Tür endlich ins Schloss fiel, fluchte sie. Dann marschierte sie quer durch den Raum und begann, hemmungslos auf ihrem Modell herumzutrampeln. Sie machte alles kaputt, zerbrach jedes einzelne Element, bis die vormalige Ordnung nur noch Chaos auf dem Teppich war.

Als nichts mehr zum Zerstören übrig war, tauften ihre Tränen den Schutthaufen, genau wie das Blut ihrer nackten Fußsohlen.

34

Im *Screamer's* in Caldwells Innenstadt machte Lash ausgiebigen Gebrauch von einer der Toiletten.

Und zwar nicht, weil er eine schöne Stange Wasser in die Schüssel stellte.

Er war bis zu den Eiern in der Blonden von der Theke vergraben und nagelte sie von hinten, während sie sich am Waschbecken festhielt. Ihr schwarzer Ledermini war bis zu den Hüften hochgeschoben, ihr Tanga zur Seite geschoben, ihr schwarzer V-Ausschnitt weit nach unten gezogen und unter die Brüste geklemmt. Sie hatte einen süßen rosa Schmetterling auf die Hüfte tätowiert, und um den Hals trug sie ein Herz an einer Kette, und beides wurde im Rhythmus seiner Stöße heftig herumgeschüttelt.

Es machte Spaß, vor allem weil er trotz ihres nuttigen Outfits den Eindruck hatte, dass diese Art von Sex nicht ihre Welt war: Sie hatte keine Implantate, der Lippenstift war nicht wischfest, und sie hatte versucht, ihm ein Kondom aufzuschwatzen.

Unmittelbar bevor er kam, zog er seinen Schwanz aus ihr heraus, drehte sie um und zwang sie auf die Knie. Er brüllte, als er in ihrem Mund abspritzte, und dachte sich, dass dieser kleine Scheißer Mr. D wider Erwarten recht gehabt hatte: Das war genau das, was er brauchte. Ein

Gefühl von Herrschaft, eine Verbindung zu dem, was früher für ihn normal gewesen war.

Und der Sex war immer noch gut.

Sobald er fertig war, zog er den Reißverschluss wieder hoch, ohne sich darum zu kümmern, ob sie ausspuckte oder schluckte.

»Was ist mit mir?«, fragte sie und wischte sich den Mund ab.

»Was soll mit dir sein?«

»Wie bitte?«

Lash zog eine Augenbraue hoch, während er seine Frisur im Spiegel überprüfte. Hmm … vielleicht sollte er sich die Haare wieder wachsen lassen. Den Military-Style hatte er sich nach der Transition schneiden lassen, aber eigentlich hatte er seinen Pferdeschwanz gemocht. Er hatte schöne Haare.

Gott, Kings Hundehalsband sah wirklich scharf an ihm aus …

»Hallo?«, brachte sich die Frau in Erinnerung.

Genervt sah er sie im Spiegel an. »Du erwartest doch wohl nicht ernsthaft von mir, dass ich mich dafür interessiere, ob dir einer abgeht?«

Einen Augenblick lang wirkte sie verwirrt, als wäre in der Hülle aus der Videothek die falsche DVD. »Was hast du gesagt?«

»Welchen Teil hast du denn nicht verstanden?«

Vor Empörung blinzelte sie wie ein Fisch. »Ich fass es nicht.«

Ja, ganz offensichtlich lief auf dem Bildschirm *Deep Throat* statt *Pretty Woman.*

Er blickte sich um. »Du kommst mit mir aufs Klo, lässt dir den Rock hochschieben und dich von hinten vögeln.

Und dann bist du überrascht, dass du mir total egal bist? Was genau hast du denn erwartet?«

Der letzte Rest von *Ich-bin-ein-anständiges-Mädchen-das-etwas-Unanständiges-macht* verschwand aus ihrer Miene. »Deshalb musst du nicht grob werden.«

»Warum sind Zicken wie du immer so überrascht?«

»Zicken?« Rechtschaffener Zorn verzerrte ihr hübsches Gesicht – und machte sie trotzdem etwas interessanter. »Du kennst mich überhaupt nicht.«

»Doch. Du bist eine Schlampe, die einen Kerl, den sie noch nie vorher gesehen hat, auf dem Klofußboden in ihren Mund spritzen lässt. Also bitte. Ich hätte mehr Respekt für eine Prostituierte. Wenigstens lässt die sich mit was anderem als Wichse bezahlen.«

»Du bist vielleicht ein Dreckschwein!«

»Und du langweilst mich.« Er streckte die Hand nach der Klinke aus, doch sie packte ihn am Arm.

»Pass bloß auf, du Arschloch. Ich kann dir tierischen Ärger machen. Weißt du, wer mein Vater ist?«

»Jemand, der dich nicht vernünftig erzogen hat?«

Ihre freie Handfläche traf ihn genau ins Gesicht. »Leck mich.«

Okay, ihre Aggression machte sie definitiv interessanter.

Als seine Fänge in seine Mundhöhle stießen, wollte er in ihren Hals beißen, als wäre sie ein Donut frisch aus der Packung. Doch genau da hämmerte jemand an die Tür und erinnerte ihn daran, dass er sich an einem öffentlichen Ort befand und sie ein Mensch war und das Saubermachen hinterher extrem lästig sein würde.

»Das wird dir noch leidtun«, zischte sie.

»Ach, ja?« Er beugte sich vor und stellte überrascht

fest, dass sie nicht zurückwich. »Du kannst mir gar nichts, Püppchen.«

»Sei dir da nicht zu sicher.«

»Du kennst ja nicht mal meinen Namen.«

Ihr Lächeln war eisig und machte sie um Jahre älter. »Ich kenne reichlich …«

Das Hämmern an der Tür begann wieder.

Bevor sie sich zu einer weiteren Ohrfeige hinreißen ließ – und er noch zurückschlug –, schlüpfte Lash aus dem Raum, nicht ohne ihr noch mit auf den Weg zu geben: »Zieh dir doch mal den Rock runter.«

Der Kerl vor der Tür warf ihm einen Blick zu und trat einen großen Schritt zur Seite. »Sorry, Mann.«

»Kein Problem.« Lash verdrehte die Augen. »Du hast der Schlampe da drin wahrscheinlich das Leben gerettet.«

Der Mann lachte. »Dumme Huren. Man hält sie nicht aus, aber erschießen kann man sie auch nicht.« Die Tür nebenan ging auf, und der Typ wandte sich ab, sodass man einen protzigen Adler auf dem Rücken seiner Lederjacke sehen konnte.

»Hübschen Vogel hast du da«, bemerkte Lash.

»Danke.«

Lash ging zurück zur Theke und nickte Mr. D zu. »Zeit für den Abflug. Ich bin fertig.«

Er zog seine Brieftasche aus der Hose – und erstarrte zu Stein. Das war nicht seine. Es war die seines Vaters. Rasch nahm er einen Fünfziger heraus, dann vergrub er das Ding wieder tief in der Tasche.

Er und Mr. D verließen den vollen, lauten Club, und als er auf den Bürgersteig der Trade Street trat, holte er lang und tief Luft. Lebendig. Er fühlte sich total lebendig.

Auf dem Weg zum Wagen meinte Lash: »Gib mir dein

Handy. Und die Nummern von vier nicht zimperlichen Killern.«

Mr. D händigte ihm sein Telefon aus und zählte einige Ziffern auf. Als Lash den Ersten anrief und ihm eine Adresse in einem edlen Stadtteil durchgab, konnte er das Misstrauen des Vampirjägers geradezu durch die Leitung hören – besonders, als der *Lesser* fragte, wer zum Henker ihn da eigentlich von Mr. Ds Handy aus anrief.

Sie wussten nicht, wer er war. Seine Männer wussten nicht, wer er war.

Lash hielt Mr. D sein verdammtes Telefon hin und verlangte wütend eine Bestätigung von dem Haupt-*Lesser*. Es hätte ihn nicht so überraschen dürfen, dass sie Zweifel hatten, aber das würde sich ändern. Und wie sich das ändern würde. Er würde seinen Truppen heute Nacht einige Ziele servieren, um sich glaubwürdiger zu machen, und am kommenden Morgen würde die Gesellschaft der *Lesser* ihrem Messias huldigen.

Sie würden ihm folgen oder vor ihren Schöpfer treten. Punkt.

Nachdem er und Mr. D noch dreimal das Handy hin- und hergereicht hatten, befahl Lash: »Und jetzt fahr mich auf die Boone Lane, Hausnummer einundzwanzig fünfzehn.«

»Soll ich noch mehr Männer zur Unterstützung rufen?«

»Für unser nächstes Haus, ja. Aber das erste hier ist was Persönliches.«

Sein guter alter Cousin Qhuinn würde seinen eigenen Arsch zu fressen kriegen.

Nach fünf Monaten als Primal hatte Phury sich eigentlich daran gewöhnt, sich unwohl zu fühlen. Die ganze Sache passte einfach hinten und vorne nicht zu ihm; alles in ihm sträubte sich dagegen.

Trotzdem kam ihm das Gespräch mit Layla noch falscher vor als der Rest.

Furchtbar falsch.

Während er in der Bibliothek auf sie wartete, hoffte er inständig, sie würde nicht auch die Robe fallen lassen wie die anderen.

»Euer Gnaden?«

Er blickte über die Schulter. Die Auserwählte stand in der offenen Flügeltür des Raums, die weiße Robe reichte in üppigen Falten bis zum Boden, ihr schlanker Körper strahlte eine hoheitsvolle Anmut aus.

Sie verneigte sich tief. »Möge es Euch heute Abend wohl ergehen.«

»Danke. Euch wünsche ich dasselbe.«

Als sie sich wieder aufrichtete, trafen sich ihre Blicke. Sie hatte grüne Augen. Wie Cormia.

Shit. Er brauchte einen Joint. »Hättest du was dagegen, wenn ich mir einen anzünde?«

»Nein, selbstverständlich nicht. Hier, lasst mich Euch eine Flamme bringen.« Bevor er sie davon abhalten konnte, nahm sie ein Kristallfeuerzeug und trat auf ihn zu.

Er steckte sich den Joint zwischen die Lippen und nahm ihr das schwere Gerät aus der Hand. »Keine Umstände. Ich mach das schon selbst.«

»Natürlich, Euer Gnaden.«

Der Feuerstein knisterte, und die Flamme schnellte gelb empor, und sie trat zurück, mit den Augen den Raum abtastend. »Das erinnert mich an zu Hause«, murmelte sie.

»Inwiefern?«

»All diese Bücher.« Sie ging zu einem Regal und berührte einige der ledernen Rücken. »Ich liebe Bücher. Wäre ich nicht zur Ehros ausgebildet worden, dann hätte ich eine Schreiberin in Klausur werden wollen.«

Sie wirkte so gelassen, dachte er, und aus irgendeinem Grund machte ihn das nervös. Was bescheuert war. Bei den anderen war er sich vorgekommen wie ein Hummer im Aquarium eines Fischrestaurants. Bei ihr war es einfach nur eine Unterhaltung zwischen zwei ganz normalen Leuten.

»Darf ich dich was fragen?«, fragte er und stieß den Rauch aus.

»Sicher.«

»Bist du aus freien Stücken hier?«

»Ja.«

Ihre Antwort klang so ruhig, dass sie wie auswendig gelernt wirkte. »Ganz sicher?«

»Ich wollte schon lange dem Primal dienen. In diesem Wunsch blieb ich stets standhaft.«

Sie machte einen absolut ernsten Eindruck ... aber etwas stimmte nicht.

Und dann begriff er. »Du glaubst nicht, dass ich dich wählen werde, oder?«

»Nein.«

»Und warum?«

Jetzt brachen die Gefühle aus ihr heraus, sie ließ den Kopf hängen, hob die Hände, verflocht die Finger ineinander. »Ich wurde hierhergebracht, um dem Herrn John Matthew bei seiner Transition beizustehen. Das tat ich auch, aber er ... wies mich zurück.«

»Wie das?«

»Nachdem er die Wandlung überstanden hatte, wusch ich ihn, aber er wies mich zurück. Ich wurde dazu ausgebildet, sexuell zu dienen, und war auch bereit dazu, doch er wies mich zurück.«

Zum Henker, so genau hatte er es gar nicht wissen wollen. »Und du glaubst, das bedeutet, auch ich würde mich nicht für dich entscheiden?«

»Die Directrix bestand darauf, dass ich vor Euch erscheine, aber es geschah nur aus Achtung Euch gegenüber, um Euch alle Auserwählten zur Verfügung zu stellen. Weder sie noch ich rechnen damit, dass Ihr mich zur Ersten Partnerin erhebt.«

»Hat John Matthew gesagt, warum er nicht …?« Denn die meisten Vampire waren nach der Transition total geil auf Sex.

»Ich ging, als man mich darum bat. Das ist alles.« Ihre Augen suchten seine. »Wahrlich, John Matthew ist ein Mann von Wert. Es liegt nicht in seinem Wesen, die Mängel anderer anzusprechen.«

»Ich bin sicher, es lag nicht an …«

»Bitte. Könnten wir dieses Thema nun ruhen lassen, Euer Gnaden?«

Phury stieß mehr von dem nach Kaffee duftenden Rauch aus. »Fritz sagte, du warst oben in Cormias Zimmer. Was hast du dort gemacht?«

Sie schwieg lange. »Das war eine Angelegenheit zwischen Schwestern. Natürlich würde ich es Euch erzählen … solltet Ihr es mir befehlen.«

Er musste die stille Zurückhaltung in ihrer Stimme bewundern.

»Nein, das ist schon okay.« Er war versucht zu fragen, wie es Cormia ging, doch die Antwort darauf kannte er bereits. Es ging ihr nicht gut. Nicht besser als ihm.

»Wünscht Ihr, dass ich gehe?«, fragte Layla. »Ich weiß,

dass die Directrix zwei meiner Schwestern für Euch vorbereitet hat. Sie freuen sich darauf herüberzukommen und Euch zu begrüßen.«

Genau wie die anderen beiden, die ihn am Abend zuvor besucht hatten. Aufgeregt. Bereit, ihm zu Gefallen zu sein. Geehrt, ihn kennenzulernen.

Phury hob den Joint wieder an die Lippen und inhalierte langsam und tief. »Du scheinst nicht so begeistert davon zu sein.«

»Davon, dass meine Schwestern Euch aufsuchen werden? Aber natürlich, ich …«

»Nein, mich kennenzulernen.«

»Im Gegenteil, ich bin begierig darauf, bei einem Mann zu sein. Dazu wurde ich ausgebildet, und ich möchte mehr, als nur als Blutquelle zu dienen. Die Brüder Rhage und Vishous benötigen nicht all meine Dienste, und es ist eine Last, ungenutzt zu bleiben …« Ihr Blick schweifte wieder zu den Büchern. »Ich fühle mich wie ein Buch im Regal, als hätte man mir die Worte zu der Geschichte meines Lebens gegeben, und doch bliebe ich ungelesen, sozusagen.«

Gott, das Gefühl kannte er ja so gut. Ihm war, als wartete er seit Ewigkeiten darauf, dass sich alles ordnete, dass das Drama ein Ende nahm, dass er tief durchatmen und sein Leben endlich beginnen konnte. Welch Ironie des Schicksals. Es klang, als hätte Layla dieses Gefühl, weil in ihrem Leben nichts passierte. Er fühlte sich ungelesen, weil schon zu lange zu viel passierte.

In beiden Fällen war das Ergebnis dasselbe.

Keiner von ihnen tat mehr, als einfach nur den Tag zu überstehen.

Och, das rührt mich aber zu Tränen, mein Freund, sagte der Zauberer ätzend.

Phury ging zum Aschenbecher und drückte den Joint aus. »Sag der Directrix, sie braucht mir keine weiteren Auserwählten mehr zu schicken.«

Laylas Kopf schnellte hoch. »Wie bitte?«

»Ich wähle dich.«

Qhuinn fuhr den schwarzen Mercedes in die Auffahrt vor Blays Elternhaus und hielt an. Sie hatten stundenlang im *ZeroSum* gewartet, immer mal wieder hatte John eine SMS geschickt. Als sie trotzdem nichts von Blay hörten, hatte John unbedingt hierherfahren wollen.

»Willst du auch, dass ich dir die Tür aufmache?«, fragte Qhuinn trocken, als er den Motor abstellte.

John sah ihn von der Seite an. *Wenn ich Ja sagen würde, würdest du es tun?*

»Natürlich nicht.«

Dann will ich auf jeden Fall, dass du mir die Tür aufmachst.

»Du blöder Sack.« Qhuinn stieg aus. »Verdirbst mir den ganzen Spaß.«

John schlug seine Tür zu und schüttelte den Kopf. *Schön, dass du so manipulierlich bist.*

»Das Wort gibt es nicht.«

Seit wann bist du denn der Sprach-Papst?

Qhuinn betrachtete das Haus. Blay hätte jetzt sicher einen schlauen Kommentar beigesteuert. »Ja, ja.«

Zusammen gingen sie um das Haus herum zur Küchentür. Es war ein großer Ziegelbau im Kolonialstil, die vordere Fassade sah eher streng aus, aber die Rückseite wirkte gemütlich, mit Küchenfenstern vom Fußboden bis zur Decke und einer Treppe, über der eine einladende schmiedeeiserne Laterne hing.

Zum ersten Mal in seinem Leben klopfte Qhuinn und wartete, bis jemand öffnete.

Das muss ja echt ein heftiger Streit gewesen sein, meinte John. *Zwischen dir und Blay.*

»Ach, ich weiß nicht. Sid Vicious zum Beispiel hat sich teilweise schlechter benommen als ich.«

Blays Mutter machte die Tür auf. Sie sah aus wie immer, wie Marion Cunningham aus *Happy Days,* von den roten Haaren bis hin zum adretten Rock. Die Vampirin verkörperte alles, was rund und hübsch und freundlich war, und Qhuinn erkannte plötzlich, als er sie jetzt ansah, dass sie – nicht sein frostiger, dürrer Stecken von einer Mutter – für ihn den Standard bildete, an dem er Frauen maß.

Mhm ... es war ja schön und gut, Mädels und Jungs in Kneipen abzuchecken, aber als Partnerin für die Ewigkeit wollte er jemanden wie Blays Mutter. Eine Frau von Wert. Und er würde ihr treu bleiben bis ans Ende seiner Tage.

Vorausgesetzt, er fände eine, die ihn nähme.

Blays Mutter trat zurück, um sie hereinzulassen. »Du weißt doch, dass du nicht anklopfen musst ...« Da bemerkte sie die Platinkette um Qhuinns Hals und das neue Tattoo auf seiner Wange.

Mit einem Blick auf John murmelte sie: »Also so hat der König die Sache geregelt.«

Ja, Ma'am, zeigten Johns Hände.

Sie wandte sich an Qhuinn, warf ihm die Arme um den Nacken und drückte ihn so fest, dass seine Wirbelsäule knackte. Was exakt das war, was er brauchte. Er klammerte sich an ihr fest und holte den ersten tiefen Atemzug seit Tagen.

Kaum lauter als ein Flüstern sagte sie: »Wir hätten dich hier bei uns behalten. Du hättest nicht gehen müssen.«

»Das konnte ich euch nicht antun.«

»Wir sind stärker, als du glaubst.« Sie lockerte ihre Umarmung und deutete mit dem Kopf auf die hintere Treppe. »Blay ist oben.«

Qhuinn runzelte die Stirn, als er einige Gepäckstücke neben dem Küchentisch entdeckte. »Fahrt ihr weg?«

»Wir müssen die Stadt verlassen. Die meisten der *Glymera* bleiben, aber nach ... dem, was passiert ist, ist es zu gefährlich hier.«

»Das ist auf jeden Fall eine kluge Entscheidung.« Qhuinn schloss die Küchentür. »Fahrt ihr in den Norden?«

»Blays Vater versucht, Urlaub zu nehmen, sodass wir drei im Süden ein paar Familienbesuche machen können ...«

Blay tauchte am Fuße der Treppe auf. Mit verschränkten Armen nickte er John zu. »Was läuft?«

John grüßte zurück, aber Qhuinn konnte nicht fassen, dass sein Kumpel mit keinem Wort erwähnt hatte, dass er die Stadt verließ. Wollte er einfach abhauen, ohne zu sagen, wohin er fuhr und wann er wiederkam?

Ach nein, das sagt ja genau der Richtige.

Blays Mutter drückte Qhuinns Arm und flüsterte: »Ich bin froh, dass du noch gekommen bist, bevor wir fahren.« Lauter ergänzte sie: »Also gut, der Kühlschrank ist leer, und in der Speisekammer ist nichts Verderbliches mehr. Dann hole ich mal meinen Schmuck aus dem Safe.«

Großer Gott, fragte John, als sie weg war, *wie lange wollt ihr denn wegbleiben?*

»Keine Ahnung«, sagte Blay. »Eine Weile.«

In der langen Stille, die darauf folgte, sah John zwischen den beiden hin und her. Schließlich stieß er ein Schnauben aus und zeigte: *Okay, das ist doch bescheuert. Was zum Henker ist zwischen euch beiden vorgefallen?*

»Nichts.«

»Nichts.« Blay nickte über die Schulter. »Hör mal, ich muss noch packen ...«

Hastig fiel Qhuinn ein: »Ja, wir müssen auch los ...«

O nein, so nicht. John marschierte zur Treppe. *Wir gehen jetzt in dein Zimmer und klären das. Auf der Stelle.*

Er ging voran, und Qhuinn musste notwendigerweise – dank seines neuen Jobs – folgen; Blay kam wahrscheinlich mit, weil sein innerer Knigge nicht ertragen konnte, kein guter Gastgeber zu sein.

Oben angekommen, schloss John Blays Zimmertür hinter ihnen allen und stützte die Hände in die Hüften. Er betrachtete die beiden wie ein Vater seine aufmüpfigen Kinder vor der kaputten Ming-Vase.

Blay ging zu seinem Schrank und machte die Tür auf. Der Spiegel auf der Innenseite fing Qhuinn ein. Ihre Blicke trafen sich kurz.

»Hübsches neues Schmuckstück«, murmelte Blay mit Blick auf die Kette, die Qhuinns neue Aufgabe repräsentierte.

»Ist kein Schmuck.«

»Nein, das weiß ich. Und es freut mich für euch zwei. Ehrlich.« Er holte seinen Parka heraus ... was bedeutete, dass er und seine Eltern entweder nach Süden im Sinne von *Antarktis* fuhren oder sehr lange fortzubleiben gedachten. Bis in den Winter hinein.

John stampfte mit dem Fuß auf. *Wir haben nicht ewig Zeit. Hallo? Ihr Sackgesichter?*

»Tut mir leid«, murmelte Qhuinn an Blay gewandt. »Was ich im Tunnel gesagt habe.«

»Hast du John alles erzählt?«

»Nein.«

Blay ließ den Parka in die Reisetasche fallen und sah John an. »Er glaubt, ich liebe ihn. Im Sinne von ... ich bin in ihn verliebt.«

In Zeitlupe klappte John die Kinnlade herunter.

Blay lachte kurz auf, dann erstarb das Geräusch, als würde ihm jemand die Kehle zuschnüren. »Ja, stell dir das vor. Ich und in Qhuinn verliebt – in einen Kerl, der entweder schlechte Laune hat oder blöde Sprüche ablässt und hinter allem her ist, was zwei Beine hat und bei drei nicht auf einem Baum sitzt. Und willst du wissen, was das Ätzendste an der Sache ist?«

Qhuinn verspannte sich, als John nickte.

Blay sah auf seine Tasche. »Er hat recht.«

John machte ein Gesicht, als hätte ihm jemand einen Nagel in den Fuß gehämmert.

»So ist es«, sagte Blay. »Deshalb konnte ich den Frauen nie so viel abgewinnen. Keine konnte ihm das Wasser reichen. Auch kein anderer Kerl übrigens. Das heißt also, dass ich total die Arschkarte gezogen habe, aber das ist nun wieder mein Problem und nicht eures.«

Verdammt, dachte Qhuinn. Das war offenbar die Woche der Offenbarungen.

»Es tut mir leid, Blay«, sagte er, weil er keinen Schimmer hatte, was er sonst sagen sollte.

»Ja, das kann ich mir lebhaft vorstellen. Denn das macht die ganze Situation ziemlich unangenehm, was?« Blay schlang sich die Tasche über die Schulter. »Aber alles ist gut. Ich verlasse die Stadt für ein Weilchen, und ihr zwei seid versorgt. Sehr cool. Jetzt muss ich los. Ich simse in ein paar Tagen.«

Qhuinn hätte wetten mögen, dass sich das nur auf John bezog.

Mist.

Blay wandte sich ab. »Bis dann.«

Als sein bester Freund ihm den Rücken zudrehte und zur Tür ging, öffnete Qhuinn seine nutzlosen Lippen und betete, dass die richtigen Worte herauskämen. Als nichts passierte, betete er, dass sich etwas lösen würde. Egal was …

Aus dem Erdgeschoss ertönte ein schriller Schrei.

Blays Mutter.

Die drei waren so schnell aus dem Zimmer, als wäre eine Bombe explodiert, sie schossen den Flur entlang, donnerten die Treppe hinunter. In der Küche stellten sie fest, dass der Albtraum des Krieges zu ihnen gekommen war.

Lesser. Zwei Stück. In Blays Elternhaus.

Und einer von ihnen hielt seine Mutter im Schwitzkasten.

Blay stieß einen Urschrei aus, doch Qhuinn konnte ihn gerade noch festhalten, bevor er einen Satz nach vorn machte. »Er hält ein Messer an ihre Kehle«, zischte er. »Der schlitzt sie, ohne mit der Wimper zu zucken, auf.«

Der *Lesser* lächelte kalt, während er Blays Mutter quer durch die Küche und aus dem Haus schleifte, zu einem Minivan, der neben der Garage parkte.

Als John Matthew sich außer Sicht dematerialisierte, tauchte ein weiterer *Lesser* aus dem Esszimmer auf.

Qhuinn ließ Blay los, und die beiden gingen zum Angriff über, knöpften sich erst den einen Jäger vor, dann einen weiteren, der durch die Hintertür hereinkam.

In dem wilden Handgemenge, das die Küche total zerlegte, betete Qhuinn, dass John sich im Inneren des Minivans materialisiert hatte und dem *Lesser* dort mit beiden Fäusten eine herzliche Begrüßung zuteilwerden ließ.

Bitte lass Blays Mutter nicht von einer verirrten Kugel getroffen werden.

Als noch ein Jäger durch die Tür kam, versetzte Qhuinn dem, mit dem er sich gerade prügelte, einen Kopfstoß, zog eine seiner funkelnagelneuen Fünfundvierziger und rammte sie dem Dreckskerl unters Kinn.

Die Kugel halbierte den Kopf des Kerls, blies ihm die obere Hälfte sauber weg – was Qhuinn ausreichend Zeit verschaffte, um ihm das an seiner Hüfte steckende Messer ins Herz zu stoßen.

Plopp! Plopp! Zischschsch! Was für eine Erleichterung.

Als das bleiche Wesen in einem Blitz verschwand, hielt Qhuinn sich nicht länger damit auf, sich über seinen ersten eigenhändig getöteten *Lesser* zu freuen. Er wirbelte herum, um sich nach Blay umzusehen, und erstarrte vor Schreck. Blays Vater war in den Raum gekommen, und die beiden ließen es richtig krachen. Was insofern ziemlich überraschend war, als Blays Vater von Beruf Buchhalter war.

Zeit, John unter die Arme zu greifen.

Qhuinn flitzte durch die Hintertür, und gerade als seine Stiefel auf das Gras trafen, verriet ihm ein heller Lichtblitz aus dem Wagen, dass seine Hilfe nicht gebraucht würde.

Geschmeidig sprang John aus dem Minivan und knallte die Tür zu; dann hämmerte er auf das Seitenblech, und das Auto fuhr quietschend rückwärts. Qhuinn erhaschte einen flüchtigen Blick auf Blays Mutter, die mit weißen Fingerknöcheln am Steuer saß, als sie rückwärts aus der Einfahrt schoss.

»Alles klar, J-man?«, fragte Qhuinn. Er hoffte inständig, dass John Matthew nicht gleich in seiner ersten Nacht als *Ahstrux Nohtrum* getötet würde.

John hob schon die Hände, um zu antworten, da ertönte das laute Klirren von Glas.

Beide schnellten zum Haus herum. Wie im Kino flogen zwei Körper durch das Panoramafenster des Wohnzimmers. Blay war einer davon, und er landete auf dem *Lesser*, den er herausgeschleudert hatte wie eine alte Matratze. Bevor der Jäger sich von dem Aufprall erholen konnte, nahm Blay seinen Kopf zwischen die Pranken und brach ihm das Genick wie einem Hühnchen.

»Mein Vater kämpft noch im Haus!«, rief er, als Qhuinn ihm das Messer zuwarf. »Unten im Keller!«

Als John und Qhuinn losrasten, blitzte es ein drittes Mal hell auf, und dann hatte Blay sie auch schon auf der Kellertreppe eingeholt. Sie hörten neue Kampfgeräusche.

Unten angekommen, blieben sie wie angewurzelt stehen. Blays Vater stand einem *Lesser* gegenüber, in der einen Hand ein Schwert aus dem amerikanischen Bürgerkrieg, in der anderen einen Dolch.

Seine Augen hinter der Nickelbrille leuchteten wie Fackeln, und für den Bruchteil einer Sekunde flatterten sie in ihre Richtung. »Haltet euch hier raus. Der gehört mir.«

Die Sache war schneller erledigt, als man *Ninja-Daddy* sagen konnte.

Blays Vater zerlegte den *Lesser* wie einen Truthahn, dann schickte er ihn zurück zu Omega. Als der Leuchtblitz der Vernichtung erloschen war, blickte der Vampir panisch auf.

»Deine Mutter …?«

»Ist im Auto der *Lesser* entkommen«, antwortete Qhuinn. »John hat sie befreit.«

Bei dieser Nachricht sackten sowohl Blay als auch sein Vater in sich zusammen. Da erst bemerkte Qhuinn, dass Blay aus einer Wunde an der Schulter blutete, und aus einer am Bauch und einer am Rücken und …

Sein Vater wischte sich über die Stirn. »Wir müssen unbedingt Kontakt zu ihr …«

John hielt sein Handy hoch, ein Klingeln drang aus dem Lautsprecher.

Als Blays Mutter abhob, brach ihre Stimme, was allerdings nicht an der schlechten Verbindung lag. »John? John, ist …«

»Wir sind alle hier«, sagte Blays Vater. »Fahr weiter, Liebling …«

John schüttelte den Kopf, gab ihm das Telefon und zeigte mit den Händen: *Was, wenn ein Peilsender im Wagen ist?*

Blays Vater fluchte unterdrückt. »Liebling? Fahr rechts ran. Halt an, und steig aus dem Auto. Dematerialisier dich in unseren geheimen Unterschlupf, und ruf mich an, wenn du da bist.«

»Bist du ganz sicher …?«

»Schnell, mein Liebes. *Sofort.*«

Man hörte einen langsamer werdenden Motor. Ein Türenschlagen. Dann Stille.

»Liebling?« Blays Vater umklammerte das Telefon. »Liebling? O gütige Jungfrau …«

»Ich bin hier«, ertönte ihre Stimme. »Hier in Sicherheit.«

Alle atmeten auf.

»Ich bin gleich bei dir.«

Noch mehr Worte wurden gesprochen, aber Qhuinn lauschte nach Schritten auf der Treppe. Was, wenn noch mehr *Lesser* kamen? Blay war verletzt, und sein Vater sah völlig fertig aus.

»Wir müssen verschwinden«, sagte er in die Runde.

Sie gingen nach oben, trugen die Koffer ins Auto, und bevor Qhuinn bis drei zählen konnte, waren Blay und sein Vater in die Nacht verschwunden.

Alles ging so schnell. Der Angriff, der Kampf, die Flucht … der Abschied, der nicht ausgesprochen wurde. Blay stieg einfach zu seinem Vater ins Auto und fuhr mit seinem Gepäck davon. Aber was sonst sollte auch passieren? Jetzt war wohl kaum der passende Zeitpunkt für ein langwieriges Lebewohl – und das nicht nur, weil die *Lesser* vor zehn Minuten eine kleine Hausbesichtigung veranstaltet hatten.

»Wir sollten wohl auch besser los«, sagte er.

John schüttelte den Kopf. *Ich möchte hierbleiben. Es werden noch mehr kommen, wenn die, die wir erledigt haben, sich nicht zurückmelden.*

Qhuinn sah sich im Wohnzimmer um, das dank Blays Stuntman-Nummer jetzt eine Terrasse war. Es gab im Haus einiges zu plündern, und die Vorstellung, dass auch nur eine Packung Taschentücher aus Blays Besitz in die Hände der Gesellschaft der *Lesser* fallen könnte, regte ihn wahnsinnig auf.

John begann, eine SMS einzutippen. *Ich gebe Wrath Bescheid, was passiert ist, und dass wir hier abwarten wollen. Genau für so was wurden wir ausgebildet. Es wird Zeit, dass wir endlich mitmischen.*

Qhuinn war absolut seiner Meinung, aber er war sich ziemlich sicher, dass Wrath nicht einverstanden wäre.

Einen Moment später piepte Johns Handy. Er las den Text, dann verzog sich sein Mund zu einem Lächeln, und er drehte den Bildschirm nach außen.

Die SMS kam von Wrath. *Ist okay. Ruf an, wenn ihr Verstärkung braucht.*

Offenbar waren sie jetzt im Krieg angekommen.

35

Rehv parkte den Bentley vor dem südöstlichen Eingang des Black Snake State Park. Der Kiesplatz war klein und reichte nur für zehn Autos, war aber im Gegensatz zu den anderen nachts nicht versperrt, sondern durchgehend geöffnet, da von dort die Wege zu den Miethütten führten.

Als er aus dem Wagen stieg, nahm er seinen Stock mit, wenn auch nicht, weil er ihn zum Gehen brauchte. Etwa auf der Hälfte des Weges war sein Sichtfeld rot geworden, und jetzt summte sein Körper vor Leben, erwärmte sich, empfing wieder Sinneswahrnehmungen.

Bevor er den Bentley verschloss, stopfte er seinen Zobel in den Kofferraum, denn das Auto fiel schon ohne einen gut sichtbaren fünfundzwanzigtausend Dollar teuren russischen Pelzmantel genug auf. Außerdem vergewisserte er sich, dass er das Gegengift bei sich hatte und reichlich Dopamin.

Alles da.

Er klappte den Kofferraum zu, aktivierte die Alarmanlage und wandte sich der dichten Baumreihe zu, die die Außengrenze des Parks markierte. Die Birken und Eichen und Pappeln um den Parkplatz erinnerten ihn irgendwie an eine durch Absperrungen gezügelte Zuschauermenge bei einer Parade; alle standen dicht um den ordentlich aufgeschütteten Kies herum, ihre Zweige hingen über die Grenze, obwohl ihre Stämme blieben, wo sie hingehörten.

Die Nacht war, abgesehen von einer frischen, trockenen Brise, die den Herbst ankündigte, ganz still. Komisch, so weit im Norden des Staates konnte es im August schon richtig kalt werden, und in seinem jetzigen körperlichen Zustand mochte er die Kühle. Ging darin regelrecht auf.

Er steuerte auf den Hauptweg zu, vorbei an einem nicht besetzten Anmeldehäuschen. Einen halben Kilometer weiter zweigte ein Trampelpfad in den Wald ab, den er einschlug. Die Blockhütte lag noch eineinhalb Kilometer weiter im Park, und er befand sich ungefähr zweihundert Meter davon entfernt, als ein Wirbel von Laub neben seinen Füßen herhuschte. Der Schatten, der die Blätter vorwärtstrug, fühlte sich tropisch heiß um seine Knöchel an.

»Danke, Mann«, sagte er zu Trez.

WIR TREFFEN UNS DORT.

»Gut.«

Während sein Leibwächter wie Dunst über den Boden schwebte, rückte Rehv sinnloserweise seine Krawatte gerade. Sie würde ohnehin nicht mehr lange um seinen Hals hängen.

Die Lichtung, auf der die Hütte stand, schimmerte im Mondlicht, und er konnte nicht erkennen, welcher der Schatten zwischen den Bäumen Trez war. Aber genau deshalb war sein Bodyguard sein ungeheures Gewicht in Gold wert. Selbst ein *Symphath* konnte ihn nicht aus der Landschaft kitzeln, wenn er nicht gesehen werden wollte.

Rehv stellte sich vor die grob behauene Tür und sah sich um. Die Prinzessin war bereits hier: Um den nach außen hin idyllisch wirkenden Platz herum war eine dichte, unsichtbare Wolke der Furcht – die Art von Furcht, die Kinder empfanden, wenn sie in einer dunklen, stürmischen Nacht ein verlassenes Haus betrachteten. Es war die *Symphathen*-Version eines *Mhis*, und es stellte sicher, dass die beiden nicht von Menschen gestört würden. Oder von irgendwelchen anderen Tieren.

Es überraschte Rehv nicht, dass sie früh gekommen war. Er konnte nie voraussehen, ob sie zu spät, zu früh oder pünktlich kommen würde, und deshalb war er immer auf alles gefasst, egal, wann sie sich blicken ließ.

Die Tür der Blockhütte öffnete sich mit dem vertrauten Knarren. Da das Geräusch direkt ins Gänsehautzentrum seines Gehirns kroch, überdeckte er seine Emotionen mit dem Bild eines sonnigen Strands, den er einmal im Fernsehen gesehen hatte.

Aus der Finsternis in der hinteren Ecke des offenen Raums drangen akzentuierte Worte schwer und tief zu ihm herüber: »Immer machst du das. Bringt mich ins Grübeln, was du vor deiner Geliebten verbirgst.«

Von ihm aus konnte sie das Raten gern fortsetzen. Er würde sie nicht in seinen Kopf lassen. Abgesehen davon, dass der Selbstschutz unerlässlich war, trieb es sie in den Wahnsinn, von ihm ausgeschlossen zu werden, was ihn wiederum vor Zufriedenheit zum Leuchten brachte wie einen verfluchten Scheinwerfer.

Während er die Tür schloss, nahm er sich vor, heute Nacht den verschmähten Romantiker zu spielen. Sie würde von ihm erwarten, dass er verunsichert über die Terminverschiebung war, und sie würde ihm die Information so lange vorenthalten, wie sie nur konnte. Doch Charme funktionierte sogar bei *Symphathen* – wenn auch natürlich auf eine kaputte, indirekte Art. Sie wusste, dass er sie hasste und dass es ihn einiges kostete, so zu tun, als wäre er in sie verliebt. Dass er sich wand und mit den Zähnen knirschte, während er ihr gleichzeitig schöne Lügen auftischte, würde ihr schmeicheln, nicht die Lügen selbst.

»Wie ich dich vermisst habe«, sagte er mit tiefer, bemühter Stimme.

Seine Finger tasteten nach der Krawatte, die er gerade zurechtgezogen hatte, und lösten langsam den Knoten. Ihre Reaktion folgte unmittelbar: Die Augen blitzten auf wie Rubine vor einem offenen Feuer, und sie gab sich keine Mühe, es zu verbergen. Sie wusste, dass ihn das anwiderte.

»Du hast mich vermisst? Aber natürlich hast du das.« Ihre Stimme war die einer Schlange, jedes S wurde von einem trägen Ausatmen getragen. »Wie sehr denn?«

Rehv behielt die Strandszene in seinem Kopf, nagelte sie quasi auf sein Großhirn, um die Prinzessin aus sich fernzuhalten. »Bis zur Raserei.«

Jetzt stellte er seinen Stock in die Ecke, zog die Jacke aus und öffnete den obersten Knopf seines Hemds ... und den nächsten ... den nächsten, bis er die Zipfel aus der Hose ziehen musste, um die letzten zu erreichen. Als er sanft die Schultern schüttelte, um die Seide zu Boden sinken zu lassen, zischte die Prinzessin deutlich vernehmbar, und sein Schwanz wurde hart.

Er hasste sie, und er hasste den Sex, liebte aber das Wissen, diese Macht über sie zu besitzen. Ihre Schwäche gab ihm einen sexuellen Kick, der einer echten Anziehung verdammt nahekam. Weswegen er auch einen hochbekam, obwohl seine Haut kribbelte, als wäre er in eine Decke aus Würmern gewickelt.

»Lass die Sachen an«, befahl sie scharf.

»Nein.« Er zog sich immer aus, wenn er es wollte, nicht, wenn sie es sagte. Das verlangte sein Stolz.

»Lass die Klamotten an, du Hure.«

»Nein.« Er öffnete den Gürtel und zog ihn aus den Schlaufen, das geschmeidige Leder schnalzte in der Luft. Dann ließ er ihn genauso achtlos wie das Hemd zu Boden fallen.

»Die Kleider bleiben an …« Ihre Worte verwehten, da ihre Widerstandskraft nachließ. Was genau seine Absicht war.

Bedächtig legte er die Hand um sich, dann zog er den Reißverschluss herunter, öffnete die Schnalle und ließ die Hose rasch auf den rauen Boden sinken. Seine Erektion ragte senkrecht hervor und fasste ihre Beziehung zueinander relativ treffend zusammen. Er war irrsinnig wütend auf sie, er hasste sich selbst, und er verabscheute den Umstand, dass Trez das alles von draußen mit ansah.

Mit dem Ergebnis, dass sein Schwanz steinhart war und an der Spitze glitzerte.

Für *Symphathen* war ein Ausflug in die Geisteskrankheit besser als jeder Kaufrausch bei Agent Provocateur, und genau deshalb funktionierte die ganze Sache. Er konnte ihr diesen kranken Scheiß geben. Und noch etwas anderes konnte er ihr geben. Sie gierte nach dem sexuellen Kampf, den sie miteinander ausfochten. Die Vereinigung zweier *Symphathen* war wie eine Schachpartie, die in einen Austausch von Körperflüssigkeiten mündete. Sie brauchte die fleischliche Schinderei und Tortur, die nur seine Vampirseite ihr geben konnte.

»Fass dich an«, hauchte sie. »Fass dich für mich an.«

Er tat nicht, worum sie ihn gebeten hatte. Mit einem Knurren schleuderte er seine Schuhe von sich und trat von dem Kleiderhaufen weg. Während er auf sie zutrat, war er sich des Bildes, das er abgab, sehr bewusst – hart und schwer. In der Mitte der Hütte blieb er stehen, ein Streifen Mondlicht strömte durch das Fenster und wanderte über die Flächen seines Körpers.

Er gab es nur äußerst ungern zu, aber auch er gierte nach diesem miesen Dreck zwischen ihnen beiden. Es waren die einzigen Momente in seinem Leben, in denen er sein konnte, wer er wirklich war, in denen er die Leute, die um ihn herum waren, nicht anlügen musste. Die hässliche Wahrheit war, dass ein Teil von ihm diese widerwärtige, verzerrte Beziehung brauchte und dass ihn das – mehr noch als die Bedrohung ihm und Xhex gegenüber – Monat für Monat wieder hierherbrachte.

Er war sich nicht sicher, ob die Prinzessin von seiner Schwäche wusste. Er gab sich immer große Mühe, sich nicht in die Karten schauen zu lassen, aber bei einem *Symphathen* wusste man nie, was er oder sie so alles mitbekam. Was natürlich das ganze Taktieren noch viel interessanter machte, weil der Einsatz höher war.

»Ich dachte, wir fangen heute Nacht mit einer kleinen Show an«, sagte er und drehte sich um. Mit dem Rücken zu ihr begann er, sich selbst zu befriedigen, nahm seinen Schwanz in eine große Hand und streichelte ihn.

»Langweilig«, sagte sie atemlos.

»Lügnerin.« Er drückte die Spitze seiner Erektion so fest, dass sich ihm ein Keuchen entrang.

Bei dem Geräusch stöhnte die Prinzessin auf, sein Schmerz zog sie noch tiefer in dieses Spiel herein. Als er den Blick nach unten auf das, was er tat, richtete, empfand er eine kurze, verstörende Entfremdung, als wäre es ein fremder Schwanz und eine fremde Hand, die ihn auf und ab rieb. Andererseits war genau diese Distanz vom Akt als solchem notwendig, war der einzige Weg, wie sein nicht verderbtes Vampirwesen mit dieser Sache klarkam. Der anständige Teil von ihm war nicht anwesend. Er hängte ihn neben der Tür an den Haken, wenn er eintrat.

Das hier war das Reich des Sündenfressers.

»Was tust du«, stöhnte sie.

»Ich streichle mich. Grob. Das Mondlicht sieht gut aus auf meinem Schwanz. Ich bin feucht.«

Sie sog hörbar die Luft ein. »Dreh dich um. Sofort.«

»Nein.«

Obwohl sie kein Geräusch machte, wusste er, dass sie in diesem Augenblick auf ihn zulief, und der Triumph löschte die Verfremdung aus. Er lebte dafür, sie zu brechen. Das war wie Heroin in seinen Adern, diese Macht, die ihn durchströmte. Ja, hinterher würde er sich ekelhaft beschmutzt fühlen, und klar, er hatte Albträume deswegen, aber im Augenblick kam er ernsthaft auf Touren.

Im Schutz der Schatten kam die Prinzessin näher, und er wusste genau, wann sie entdeckte, was er trieb, denn sie stöhnte noch lauter, nicht einmal ihre *Symphathen*-Beherrschung war stark genug, um ihre Reaktion zu verhehlen.

»Wenn du mich anschaust« – wieder quetschte er die Spitze seines Schwanzes so fest, dass er lila anlief und er den Rücken vor Schmerz durchdrücken musste –, »will ich dich auch sehen.«

Sie trat ins Mondlicht, und einen Moment lang kam er aus dem Takt.

Die Prinzessin trug ein leuchtend rotes Gewand, die Rubine an ihrem Hals leuchteten vor ihrer papierweißen

Haut. Ihr schwarzblaues Haar war auf dem Kopf aufgetürmt, ihre Augen und Lippen von derselben Farbe wie die blutroten Steine um ihre Kehle. An ihren Ohrläppchen hingen zwei Albinoskorpione an ihren Stacheln und beobachteten ihn.

Sie war abscheulich schön. Ein aufrecht stehendes Reptil mit hypnotischen Augen.

Die Arme hatte sie vor der Taille verschränkt und in die bodenlangen Ärmel ihres Kleides gesteckt, doch nun ließ sie sie sinken, aber er vermied, ihre Hände anzusehen. Sie widerten ihn zu sehr an, und wenn sein Blick darauf fiele, wäre er seine Erektion los.

Um erregt zu bleiben, legte er die Handfläche unter seine Eier und zog sie hoch, sodass sie seinen Schwanz umrahmten.

Als er beide Teile seines Geschlechts wieder fallen ließ, wippten sie vor Manneskraft auf und ab.

Sie wollte so vieles an ihm betrachten, dass ihre Augen nicht wussten, wohin. Als sie über seinen Oberkörper wanderten, verweilten sie auf den beiden roten Sternen, die seine Brustmuskeln zierten. Vampire glaubten, sie wären nur Schmuck, doch für einen *Symphathen* waren sie Nachweis seines königlichen Geblüts und der beiden Morde, die er begangen hatte: Vatermord verdiente einen Stern, im Gegensatz zum Muttermord, der durch Kreise gekennzeichnet wurde. Rote Tinte bedeutete, dass man ein Mitglied der königlichen Familie war.

Die Prinzessin entledigte sich ihres Gewands, und darunter war ihr Körper von einem roten Seidennetz bedeckt, das sich in ihre Haut grub. Typisch für das weitgehend geschlechtslose Erscheinungsbild ihrer Art waren ihre Brüste klein und die Hüften extrem schmal. Das einzig sichere Anzeichen dafür, dass sie eine Frau war, bildete der winzige Schlitz zwischen ihren Beinen. Die Männer waren ebenso androgyn, mit ihrem langen Haar, das sie wie die Frauen hochgesteckt trugen, und ihren identischen Gewändern. Rehv hatte noch nie einen *Symphathen*-Mann nackt gesehen, dem Himmel sei Dank, aber er ging davon aus, dass ihre Schwänze dieselbe kleine Anomalie aufwiesen wie seiner.

Welche Freude.

Seine Anomalie war natürlich ein weiterer Grund, warum er die Prinzessin gern vögelte. Er wusste, dass es für sie am Ende schmerzhaft war.

»Ich werde dich jetzt berühren«, sagte sie und trat auf ihn zu. »Hure.«

Rehv stählte sich innerlich, als ihre Hand sich um seine Erektion schloss, doch er gestattete ihr nur einen Augenblick Körperkontakt. Dann trat er ruckartig zurück und entzog seinen Schwanz ihrem Griff.

»Willst du unsere Beziehung beenden?«, fragte er gedehnt, er hasste die Worte, die er sprach. »Hast du mich deshalb neulich versetzt? Wird dir der Mist hier zu langweilig?«

Sie folgte ihm, was er gewusst hatte. »Ach, komm schon, du bist doch mein Spielzeug. Ich würde dich schrecklich vermissen.«

»Aha.«

Als sie ihn dieses Mal wieder packte, bohrte sie ihm die Nägel in den Schaft. Er verbiss sich das Schmerzensstöhnen, indem er die Schultern anspannte, bis ihm fast die Schlüsselbeine brachen.

»Also hast du dich gefragt, wo ich war?«, flüsterte sie ganz dicht an ihn gelehnt. Ihr Mund strich über seine

Kehle, die Berührung der Lippen verbrannte seine Haut. Der Lippenstift, den sie trug, bestand aus zerstoßenen Chilischoten, sorgfältig so bemessen, dass er stechend schmerzte. »Du hast dir Sorgen um mich gemacht. Dich nach mir gesehnt.«

»Ja, genau«, sagte er, weil eine Lüge sie anmachen würde.

»Das wusste ich.« Die Prinzessin sank auf die Knie und beugte sich vor. Sobald ihre Lippen die Spitze seines Schwanzes berührten, zogen sich seine Eier unter der brennenden Empfindung zusammen wie Fäuste. »Frag.«

»Was soll ich fragen? Ob du mir einen bläst, oder warum du den Termin verschoben hast?«

»Ich finde, du müsstest um beides betteln.« Sie drückte seine Erektion hoch auf seinen Bauch, dann schlängelte ihre Zunge heraus und neckte den Stachel an der Wurzel seines Geschlechts. Dieser Stachel war der Teil an ihm, den sie am liebsten mochte; er hakte sich fest, wenn er kam, und hielt sie miteinander verbunden. Er selbst hasste das Ding, aber verdammt noch mal – es fühlte sich gut an, wenn jemand daran rumspielte, trotz des Schmerzes, der von dem Zeug auf ihren Lippen ausging.

»Frag.« Sie ließ seinen Schwanz zurückfallen und nahm ihn tief in den Mund.

»Ach, verflucht, blas mir einen«, stöhnte er.

Und das tat sie. Sie öffnete ihre Kehle und nahm so viel von ihm auf, wie sie konnte. Es war großartig, obwohl es brannte wie die Hölle. Um ihr den Chanel-No-Albtraum-Lippenstift heimzuzahlen, hielt er sie an den Haaren fest und stieß seine Hüften nach vorn, bis sie würgen musste.

Im Gegenzug bohrte sie einen ihrer Fingernägel so tief in seinen Stachel, dass er blutete. Er schrie auf, Tränen schossen ihm in die Augen. Als eine auf seine Wange rollte, lächelte sie, zweifellos gefiel ihr die rote Farbe auf seinem Gesicht.

»Du wirst bitte sagen«, erklärte sie. »Wenn du mich nach der Erklärung fragst.«

Er war versucht zu antworten, dass sie darauf lange warten könnte, doch stattdessen wiederholte er den Stoß in ihren Mund, und sie wiederholte das Stechen, und so ging es hin und her, bis sie beide keuchten.

Sein Geschlecht brannte inzwischen wie Feuer, tobte vor Hitze, pochte vor Verlangen, in ihren widerlichen Mund zu kommen.

»Frag mich, warum«, verlangte sie. »Frag mich, warum ich nicht aufgetaucht bin.«

Er schüttelte den Kopf. »Nein … du wirst es mir erzählen, wenn du Lust dazu hast. Aber was ich dich fragen werde, ist, ob du einfach nur unsere Zeit hier vergeudest, oder ob du es mich zu Ende bringen lässt?«

Sie stand vom Fußboden auf, ging zum Fenster und stützte sich mit den grauenhaften Händen auf dem Sims ab. »Du darfst kommen. Aber nur in mir.«

Das machte sie immer, die Schlampe.

Immer in ihr.

Und immer am Fenster. Obwohl sie nicht mit Sicherheit wissen konnte, dass er Verstärkung dabeihatte, ahnte sie ganz offensichtlich, dass sie beobachtet wurden. Und wenn sie vor der Glasscheibe vögelten, wäre sein Wachposten gezwungen zuzuschauen.

»Du sollst es in mir zu Ende bringen, verflucht.«

Die Prinzessin drückte den Rücken durch und hob ihren Hintern. Das Netz, das sie am Körper hatte, verlief über ihre Beine bis zwischen die Oberschenkel, und er müsste einen Teil davon zerreißen, um in sie einzudringen. Weshalb sie es auch trug. Wenn ihr Lippenstift schon schlimm war, dann war das Gewebe auf ihrem Körper der Horror.

Rehvenge stellte sich hinter sie und griff mit den Zeige- und Mittelfingern beider Hände in die groben Maschen auf ihrem unteren Rücken. Mit einem Ruck riss er das Netz von ihrem Hintern und ihrem Geschlecht ab.

Sie war geschwollen und glänzend und bettelte um ihn.

Mit einem Blick über die Schulter entblößte sie lächelnd strahlend weiße, vollkommene Zähne. »Ich bin hungrig. Ich habe mich für dich aufgespart. Wie immer.«

Er konnte sein Zusammenzucken nicht verbergen. Die Vorstellung, dass er ihr einziger Liebhaber war, konnte er nicht ertragen – es wäre so viel besser gewesen, zu einer Mannschaft von Männern zu gehören, damit das, was zwischen ihnen geschah, keinen so hohen Stellenwert mehr besaß. Außerdem verursachte ihm die Gleichheit Übelkeit. Denn auch er hatte keine andere Geliebte.

Er schob sich in ihr Geschlecht hinein, drückte sie nach vorn, bis ihr Kopf gegen die Scheibe knallte. Dann hielt er ihre Hüften fest und glitt langsam wieder hinaus. Ihre Beine erbebten in mehreren Wellen, und es widerte ihn an, dass er ihr gab, was sie wollte. Deshalb stieß er träge wieder hinein, verharrte aber auf halbem Weg, damit sie ihn nicht ganz bekam.

Ihre roten Augen sprühten Funken, als sie sich umwandte. »Mehr, wenn du so freundlich wärst.«

»Warum bist du nicht gekommen, meine hübsche Schlampe?«

»Warum hältst du nicht die Klappe und machst voran?«

Rehv beugte sich herunter und strich ihr mit den Fängen über die Schulter. Das Seidennetz war mit Skorpiongift getränkt, und er spürte sofort eine Taubheit in den Lippen. Das miese Zeug würde nach dem Ficken überall auf seinen Händen und seinem Körper kleben, sodass er sich in seinem Unterschlupf so schnell wie möglich abduschen musste. Was nicht schnell genug wäre. Er würde krank davon werden, wie immer. Da sie eine *Vollblutsymphathin* war, machte ihr das Gift nichts aus; für sie war es wie Parfüm. Für sein Vampirwesen, das besonders anfällig war, war es pures Gift.

Ganz langsam zog er seinen Schwanz heraus und schob sich wieder ein paar Zentimeter hinein. Er wusste, dass er sie an der Angel hatte, als ihre dreiknöcheligen Finger sich in das alte, verwitterte Holz der Fensterbank krallten.

Gott, diese Hände, mit ihren drei Gelenken und den rot wachsenden Fingernägeln … wie aus einem Horrorfilm, die Art von Fingern, die sich um die Sargkante schlossen, bevor der Untote herauskam und den Guten umbrachte.

»Sag … mir … warum … du Schlampe …« Er unterstrich die Worte durch seinen Rhythmus. »Sonst kommt keiner von uns zum Zug.«

Mein Gott, er hasste und liebte das, sie beide mühten sich ab, die Machtposition zu behalten, beide waren wütend über die Zugeständnisse, die sie machen mussten. Die Prinzessin kotzte es an, dass sie um ihn hatte herumlaufen müssen, um ihm beim Wichsen zuzusehen, und er verabscheute es, was er mit ihrem Körper machte, und sie wollte ihm nicht sagen, warum sie zwei Nächte zu spät kam, aber sie wusste, sie müsste es, wenn sie kommen wollte …

Und immer weiter drehte sich das Karussell.

»Sag es mir«, knurrte er.

»Dein Onkel erstarkt.«

»Ist das so.« Er belohnte sie mit einer raschen, groben Penetration, und sie keuchte. »Und warum das?«

»Vor zwei Nächten …« Ihr Atem ging keuchend, ihre Wirbelsäule wand sich, um ihn so tief wie nur irgend möglich in sich aufzunehmen. »Wurde er gekrönt.«

Rehv kam aus dem Takt. *Shit.* Ein Wechsel in der Führung war nicht gut. Die *Symphathen* mochten ja in der Kolonie festsitzen, isoliert von der realen Welt, aber jegliche politische Instabilität dort bedrohte das kostbare bisschen Kontrolle, das man über sie hatte.

»Wir brauchen dich«, sagte sie und griff hinter sich, um ihre Nägel in seinen Hintern zu versenken. »Um das zu tun, was du am besten kannst.«

Auf gar keinen beschissenen Fall.

Er hatte bereits genug Verwandte umgebracht.

Sie warf einen Blick über die Schulter, und der Skorpion in ihrem Ohr starrte ihn unverwandt an, seine dürren Beine ruderten, reckten sich nach ihm. »Ich hab dir erzählt, warum. Also mach jetzt weiter.«

Rehv verbannte seinen Verstand in die hinterste Ecke, konzentrierte sich auf die Strandszene und ließ seinen Körper einfach machen. Unter seinem hämmernden Rhythmus bekam die Prinzessin ihren Orgasmus, ihr Unterleib umkrampfte ihn pulsierend, als steckte sein Schwanz in einem Schraubstock.

Was wiederum sein Geschlecht dazu veranlasste, ihr Inneres festzuhalten und sie anzufüllen.

Er zog sich heraus, sobald er konnte, und begann seine Rutschpartie in die Hölle. Jetzt schon konnte er die Wirkung des Gifts von diesem verfluchten Netzstoff fühlen. Sein Körper kribbelte von Kopf bis Fuß, die Nervenenden in seiner Haut blitzten in Schmerzenskrämpfen auf. Und das war erst der Anfang, es würde noch schlimmer werden.

Die Prinzessin richtete sich auf und ging zu ihrem Gewand. Aus einer verborgenen Tasche holte sie einen breiten Streifen roter Seide, und ohne den Blick von ihm abzuwenden, zog sie sich das Tuch zwischen den Beinen durch und knüpfte es mit raffinierten Schleifen fest.

Ihre Rubinaugen glänzten vor Befriedigung, während sie aufpasste, dass ihr kein Tropfen von ihm entfleuchte.

Er hasste das, und sie wusste es, weshalb sie sich auch niemals beklagte, wenn er sich so schnell herauszog. Er wollte sie am liebsten in ein Bad aus Bleiche tauchen, das wusste sie genau, und sie abrubbeln, bis der Sex von ihr abgewaschen war, als hätte er nie stattgefunden.

»Wo ist mein Zehnt?«, fragte sie, während sie ihr Gewand überzog.

Er sah inzwischen schon doppelt von dem Gift, ging zu seiner Jacke und holte eine kleine Samttasche heraus. Er warf sie ihr zu, und sie fing sie auf.

Darin waren zweihundertfünfzigtausend Dollar in Rubinen. Geschliffen. Fertig, um eingefasst zu werden.

»Du musst nach Hause kommen.«

Er war zu müde, um das Spiel mitzuspielen. »Diese Kolonie ist nicht mein Zuhause.«

»Falsch. Aber eines Tages kommst du schon. Das garantiere ich dir.« Damit löste sie sich in Luft auf.

Rehv sackte in sich zusammen, legte die Handflächen auf die Hüttenwand, während eine schwarze Woge der Erschöpfung ihn durchströmte.

Als die Tür geöffnet wurde, richtete er sich auf und hob seine Hose auf. Trez sagte kein Wort, kam einfach nur zu ihm und hielt ihn fest.

So miserabel er sich auch jetzt schon fühlte – er zog sich selbst seine Kleider an. Das war wichtig für ihn. Das tat er immer selbst.

Als das Jackett wieder saß und die Krawatte um seinen Hals geknotet war und der Stock in seiner Hand lag, hob sein bester Freund und Leibwächter ihn auf und trug ihn wie ein Kind zurück zum Auto.

36

Stress war wie Luft in einem Ballon: zu viel Druck, zu viel Ärger, zu viele schlechte Nachrichten … und die Geburtstagsparty endete in einem Knall.

Phury riss seine Nachttischschublade auf, obwohl er sie gerade erst wieder zugeschoben hatte. »Shit.«

Wo zum Henker war sein ganzer roter Rauch?

Er zog die fast leere Tüte aus seiner Brusttasche. Das reichte kaum für eine dünne Kippe. Was bedeutete, er fuhr besser schleunigst ins *ZeroSum,* bevor der Reverend für heute Nacht zumachte.

Er zog sich eine leichte Jacke über, um die volle Tüte Rauch auf dem Rückweg besser verstecken zu können, dann trabte er die große Freitreppe hinunter. Unten in der Eingangshalle schwirrte ihm schon der Kopf, weil der Zauberer mal wieder die Top-Ten-Gründe aufzählte, warum Phury, Sohn des Ahgony, ein Totalversager war.

Nummer zehn: Schafft es, sich aus der Bruderschaft werfen zu lassen. Nummer neun: Drogensüchtig. Nummer acht: Prügelt sich mit Zwillingsbruder, während es dessen schwangerer Shellan schlechtgeht. Nummer sieben: Drogensüchtig. Nummer sechs: Jagt die Frau, mit der er zusammen sein will, durch total bescheuertes Verhalten in die Flucht. Nummer fünf: Lügt, um seine Drogensucht zu verheimlichen.

Oder fiel das schon unter neun und sieben?

Nummer vier: Lässt Eltern im Stich. Nummer drei: Drogensüchtig. Nummer zwei: Verliebt sich in oben erwähnte in die Flucht geschlagene Frau …

Shit.

Shit.

Shit.

Hatte er sich in Cormia verliebt? Wie? Wann?

Der Zauberer mischte sich wieder ein. *Vergiss es einfach, mein Freund. Wir müssen noch die Liste fertig machen. Los doch. Also … ich glaube, als Nummer eins sagen wir drogensüchtig, was meinst du?*

»Was hast du vor?«, ertönte Wraths Stimme von oben wie das personifizierte schlechte Gewissen, und Phury erstarrte, die Hand auf der Türklinke.

»Was du vorhast?«

Och, nichts Besonderes, dachte Phury, ohne sich umzudrehen. *Nur mal schnell den Verstand verlieren.*

»Bisschen durch die Gegend fahren«, sagte er und hielt den Autoschlüssel über den Kopf.

Die Lüge fiel ihm in diesem Moment überhaupt nicht schwer. Er wollte einfach nur, dass ihn alle in Ruhe ließen. Wenn er seinen roten Rauch hatte, wenn er wieder ruhig und sein Kopf keine Rohrbombe kurz vor dem Explodieren mehr war, dann konnte er sich wieder unterhalten.

Er hörte Wraths Stiefel auf den Treppenstufen wie den Countdown zu einer mörderischen Gardinenpredigt. Phury drehte sich zu ihm um, brodelnde Wut machte sich in seiner Brust breit.

Und wer hätte das gedacht – Wrath war auch nicht gerade in Kuschelstimmung. Seine Augenbrauen waren hinter der Sonnenbrille verschwunden, die Fänge lang ausgefahren, der Körper steif vor Anspannung.

Ganz offensichtlich hatte es weitere schlechte Neuigkeiten gegeben.

»Was ist jetzt wieder los?«, stieß Phury zwischen den Zähnen hervor. Wann zum Henker würde dieser verfluchte Sturm endlich zum Leben anderer Leute weiterziehen?

»Vier Familien der *Glymera* wurden heute Nacht überfallen, es gab keine Überlebenden. Qhuinn muss ich etwas Furchtbares mitteilen, aber ich kann weder ihn noch John Matthew auf ihrem Beobachtungsposten in Blaylocks Haus erreichen.«

»Soll ich vorbeifahren?«

»Nein, du sollst deinen Hintern ins Heiligtum verfrachten und gefälligst endlich deine Pflicht tun«, fauchte Wrath. »Wir brauchen mehr Brüder, und du hast eingewilligt, der Primal zu sein, also hör endlich auf, die Sache vor dir herzuschieben.«

Phurys Fänge kribbelten, aber er riss sich zusammen. »Ich habe eine andere Erste Partnerin ausgewählt. Sie wird gerade vorbereitet, und morgen bei Einbruch der Nacht gehe ich zu ihr.«

Wraths Augenbrauen schnellten nach oben. Dann nickte er einmal. »Okay. Gut. Also, hast du Blaylocks Telefonnummer? Ich werde den Burschen hinschicken. Alle Brüder sind beschäftigt, und ich will nicht, dass Qhuinn am Telefon erfährt, was ich ihm zu sagen habe.«

»Ich kann doch …«

»Gar nichts kannst du«, gab der König zurück. »Selbst wenn du noch ein Mitglied der Bruderschaft wärst – ich kann mir bei dem ganzen Mist im Moment unmöglich erlauben, den Primal unseres Volkes zu verlieren, das kommt überhaupt nicht infrage. Und jetzt gib mir schon Blaylocks verdammte Telefonnummer.«

Phury zählte die Ziffern auf, nickte zum Abschied und lief durch den Vorraum nach draußen. Es war ihm egal, dass er Wrath erzählt hatte, er wollte durch die Gegend fahren; er ließ den BMW auf dem Hof stehen und dematerialisierte sich in die Innenstadt.

Wrath wusste sowieso, dass er gelogen hatte. Und es gab auch keinen Grund, den Ausflug ins *ZeroSum* länger als nötig auszudehnen, indem er mit dem Auto fuhr, nur um eine Lüge zu decken, die ihnen beiden nur zu bewusst war.

Im VIP-Bereich bewachte iAm die Tür zu Rehvenges Büro. Der Maure schien nicht überrascht, ihn zu sehen, aber andererseits war es auch generell schwer, einen der beiden privaten Leibwächter Rehvs zu überraschen.

»Der Boss ist nicht da; willst du was kaufen?«, fragte iAm.

Phury nickte und wurde hereingebeten. Rally, der Handlanger, rannte los, nachdem Phury zweimal seine Handfläche geöffnet hatte.

iAm lehnte mit der Hüfte gegen Rehvenges Schreibtisch und sah ihn einfach nur an, die schwarzen Augen unbeteiligt, ruhig. Sein Bruder Trez war der Hitzkopf, weshalb Phury schon immer gedacht hatte, dass es iAm war, vor dem man sich in Acht nehmen musste.

Wobei das vermutlich so war, als ob man sich zwischen zwei Pistolen zu entscheiden hätte: eher ein gradueller Unterschied.

»Ein guter Rat«, sagte der Maure.

»Danke, ich verzichte.«

»Pech. Steig nicht auf das härtere Zeug um, mein Freund.«

»Keine Ahnung, wovon du redest.«

»Blödsinn.«

Rally kam durch die verborgene Tür in der Ecke, und sobald Phury all die getrockneten Blätter in der durchsichtigen Plastiktüte erblickte, sank sein Blutdruck, und sein Puls normalisierte sich. Er händigte seine tausend Dollar aus und machte sich schleunigst aus dem Staub, um sich in seinem Zimmer zu verkriechen und sich endlich dem Rauchen zu widmen.

Auf dem Weg zum Seitenausgang sah er Xhex neben der Theke stehen. Ihr Blick sank auf seinen in der Manteltasche vergrabenen Arm, dann runzelte sie die Stirn und sagte lautlos: *Verdammt.*

Als sie auf ihn zumarschiert kam, hatte er den abstrusen Eindruck, sie wollte ihm sein Dope wieder abnehmen, und das ging ja gar nicht. Er hatte Bares dafür hingelegt und einen fairen Preis bezahlt. Es gab keinen Grund für die Sicherheitschefin, sich mit ihm anzulegen.

Rasch schlüpfte er durch die Tür und dematerialisierte sich. Er hatte keinen blassen Schimmer, was los war, und es interessierte ihn auch nicht. Er hatte, was er brauchte, und ging nach Hause.

Nachdem er in einem Gewimmel von Molekülen zurück aufs Anwesen der Bruderschaft gereist war, musste er an diesen Fixer in der Sackgasse denken – den, der seinen Dealer aufgeschlitzt und dann auch noch die Taschen durchwühlt hatte, während das Blut in Strömen floss.

Phury versuchte, sich einzubilden, dass er nicht so war. Versuchte, die Verzweiflung der letzten zwanzig Minuten nicht als Vorstufe dessen zu betrachten, was der Junkie mit dem Klappmesser getan hatte.

Doch die Wahrheit war, dass sich niemand in Sicherheit wähnen konnte, der sich zwischen einen Süchtigen und seinen Stoff stellte.

Als John sich in Blaylocks Garten umsah, hatte er das Gefühl, er hätte das schon tausendmal getan. Dieses Warten, dieses Lauern ... dieses Raubtierverhalten – es war wie seine zweite Natur. Was völlig verrückt war.

Nein, meldete sich eine innere Stimme. *Alles völlig normal. Du kommst bloß jetzt erst dahinter.*

Neben ihm verhielt sich Qhuinn erstaunlich ruhig. Sonst zappelte der Typ ununterbrochen rum, klopfte mit den Füßen auf den Boden, rannte hin und her und plapperte dummes Zeug. Nicht heute Nacht, nicht auf seinem Posten im Gartengeißblatt.

Ja, gut, sie versteckten sich in einem Strauch Gartengeißblatt. Nicht ganz so männlich, wie hinter einer Gruppe majestätischer Eichen zu stehen, aber die Deckung war effektiver, und außerdem gab es neben Blays Hintertür nichts Besseres.

John sah auf die Uhr.

Sie warteten hier schon mindestens ein oder zwei Stunden. Irgendwann vor Tagesanbruch müssten sie zurück, was wirklich ätzend war. Er war hier, um zu kämpfen. Er war bereit zu kämpfen.

Er wollte unbedingt noch einen *Lesser* in die Finger kriegen, um sich abzureagieren.

Blöderweise gab es weit und breit nichts als eine gelegentliche Spätsommerbrise, um ihn vom Dröhnen der Grillen abzulenken.

Ich wusste das von Blay nicht, meinte John ohne besonderen Grund. *Wie lange weißt du schon, dass ... du weißt schon, dass es ihm so geht?*

Jetzt trommelte Qhuinn mit den Fingern auf seinen Oberschenkel. »Mehr oder weniger von Anfang an … was schon ziemlich lange her ist.«

Wow, dachte John. Bei den ganzen Geheimnissen, die gerade ans Licht kamen, war ihm fast zumute, als erlebten sie alle ihre Transition noch einmal neu.

Und wie ihre Körper sich von Grund auf verändert hatten, würden sie auch innerlich nie mehr sein wie früher.

»Blay hat seine Gefühle versteckt«, murmelte Qhuinn. »Dabei ging es nicht einmal um Sex. Ich meine, ich hab kein Problem mit Kerlen, besonders nicht, wenn auch Mädels dabei sind.« Qhuinn lachte. »Du siehst so schockiert aus. Wusstest du nicht, dass ich so drauf bin?«

Tja … also … ich meine …

Großer Gott, er war sich ja schon früher immer rettungslos unbedarft vorgekommen angesichts Qhuinns … was auch immer … aber jetzt fühlte er sich total ahnungslos.

»Hör mal, wenn dir das peinlich ist …«

Nein, darum geht es nicht. So überrascht bin ich jetzt auch wieder nicht. Ich meine, du hast schon alle möglichen Leute mit aufs Klo …

»Ja, genau. Ich lass die Dinge einfach passieren, weißt du. Alles kann, nichts muss.« Qhuinn rieb sich die Stirn. »Aber ich hab nicht vor, ewig so zu bleiben.«

Nein?

»Eines Tages möchte ich eine *Shellan.* Bis es so weit ist, nehme ich aber alles mit. Dabei merke ich, dass ich lebe.«

John dachte darüber nach. *Ich möchte auch eine Frau. Es ist nur ziemlich hart, weil …*

Qhuinn sah ihn nicht an, nickte aber verständnisvoll – was gut war. Komisch, auf gewisse Weise war es jetzt, wo sein Freund genau wusste, warum manche Sachen für ihn so schwierig waren, viel einfacher, über alles Mögliche zu reden.

»Ich hab gesehen, wie du Xhex ansiehst.«

John wurde dunkelrot. *Ähm …*

»Ist doch in Ordnung. Ich meine, Wahnsinn … sie ist scharf ohne Ende. Zum Teil, weil sie einem Kerl so verdammt viel Angst einjagen kann. Die verfüttert dir dein eigenes Gebiss, wenn du dich schlecht benimmst.« Qhuinn zuckte die Achseln. »Aber meinst du nicht, du solltest dir vielleicht für den Anfang jemanden suchen, der … ich weiß auch nicht, ein bisschen *weicher* ist?«

Man kann sich nicht aussuchen, von wem man sich angezogen fühlt.

»Amen.«

Plötzlich hörten sie jemanden um das Haus herum kommen, und beide waren hellwach, hoben die Läufe ihrer Pistolen und schwenkten sie gen Osten.

»Ich bin's«, rief Blay. »Nicht schießen.«

John trat aus dem Gartengeißblatt heraus. *Ich dachte, du wärst bei deinen Eltern?*

Blay sah Qhuinn eindringlich an. »Die Bruderschaft hat versucht, dich zu erreichen.«

»Warum siehst du mich so an?« Qhuinn senkte die Waffe.

»Sie möchten, dass du zu ihnen aufs Anwesen kommst.«

Warum denn, zeigte John, obwohl Blays Blick immer noch an Qhuinn klebte. *Wrath hat gesagt, wir können hierbleiben …*

»Was gibt es für Neuigkeiten«, fragte Qhuinn gepresst. »Du hast doch Neuigkeiten, oder?«

»Wrath möchte …«

»Meine Familie wurde überfallen.« Qhuinns Kiefer trat hervor. »Stimmt doch.«

»Wrath will …«

»Vergiss Wrath. Mach den Mund auf!«

Blays Augen schnellten kurz zu John und zurück zu seinem Freund. »Deine Eltern und deine Schwester sind tot. Dein Bruder wird vermisst.«

Qhuinn keuchte pfeifend auf, als hätte ihm jemand in den Bauch getreten. John und Blay streckten beide die Arme nach ihm aus, doch er entzog sich ihnen und trat zurück.

Blay schüttelte den Kopf. »Es tut mir so leid.«

Doch Qhuinn antwortete nicht. Es war, als hätte er seine Muttersprache vergessen.

Als Blay erneut die Hand ausstreckte und Qhuinn einfach nur einen weiteren Schritt zurück machte, sagte er: »Jetzt hör mal, Wrath hat mich angerufen, weil er euch beide nicht erreichen konnte. Er hat mich gebeten, euch zurück zum Haus zu bringen. Die *Glymera* verschwindet vorübergehend von der Bildfläche.«

Gehen wir zum Auto, sagte John zu Qhuinn.

»Ich nicht.«

»Qhuinn …«

Qhuinn …

Qhuinns Stimme bebte von den Gefühlen, die sein Gesicht partout nicht preisgeben wollte. »Scheiß auf alles. Scheiß …«

In Blays Haus ging ein Licht an, und Qhuinns Kopf wirbelte herum. Durch das Küchenfenster sahen sie klar und deutlich einen *Lesser* hereinkommen.

Qhuinn war nicht aufzuhalten. Mit Überschallgeschwindigkeit raste er durch die Hintertür ins Haus, die

Waffe gezückt. Und er bremste auch drinnen nicht ab. Er hielt dem Jäger die Heckler & Koch vor die Nase und drückte immer wieder ab, bis er den Kerl an die Wand geklebt hatte.

Selbst als der *Lesser* in sich zusammensackte und schwarz blutete, schoss Qhuinn noch weiter, bis die Tapete hinter dem Untoten aussah wie ein Gemälde von Jackson Pollock.

Blay und John folgten ihm, und John schlang einen Arm um den Hals seines Freundes. Er zerrte Qhuinn zurück, hielt aber gleichzeitig die Pistolenhand fest, für den Fall, dass sein Freund sich umdrehen und schießen wollte.

Ein weiterer *Lesser* trampelte in die Küche, und Blay stellte sich dem bleichen Bastard mit einem Küchenmesser entgegen. Aus dem Nichts zog der Vampirjäger ein Schnappmesser, und die beiden umkreisten einander. Blay war unruhig, sein großer Körper bereit zum Kampf, die Augen scharf. Allerdings blutete er noch aus den Wunden, die er sich vorher zugezogen hatte, und sein Gesicht war weiß und ausgezehrt nach allem, was passiert war.

Trotz Johns Klammergriff hob Qhuinn seine Pistole.

John schüttelte den Kopf, doch Qhuinn zischte: »Lass mich los. Sofort.«

Seine Stimme war so eindringlich, dass John gehorchte.

Qhuinn setzte dem Kerl mit Perfektion eine Kugel genau zwischen die Augen, der *Lesser* kippte um wie ein Sandsack.

»Was soll das?«, schimpfte Blay. »Das war meiner.«

»Ich sehe mir nicht an, wie du aufgeschlitzt wirst. Darüber gibt's keine Diskussion.«

Blay zeigte mit einem zittrigen Finger auf Qhuinn. »Mach das nie wieder.«

»Ich habe heute Nacht Leute verloren, die ich nicht ausstehen konnte. Ich werde niemanden verlieren, der mir tatsächlich etwas bedeutet.«

»Ich brauche dich nicht als Held …«

John trat zwischen die beiden. *Nach Hause,* zeigte er, *auf der Stelle.*

»Es könnten noch mehr kommen …«

»Wahrscheinlich kommen noch mehr …«

Alle drei verstummten, als Blays Handy piepte.

»Das ist Wrath.« Blays Finger flogen über die Tasten. »Er will unbedingt, dass wir nach Hause kommen. Und John, check mal dein Handy. Ich glaube, es funktioniert nicht.«

John zog das Gerät aus der Tasche. Es war mausetot, aber jetzt blieb keine Zeit, der Sache auf den Grund zu gehen. Vielleicht war es während des Kampfes kaputtgegangen?

Hauen wir ab.

Qhuinn zog ein Tranchiermesser aus dem Holzblock und stach beide *Lesser* zurück zu Omega.

Eilig verrammelten sie das Haus, so gut sie konnten, aktivierten die Alarmanlage und setzten sich in Fritz' Mercedes. Qhuinn fuhr, Blay und John hockten auf dem Rücksitz.

Auf der Route 22 fuhr Qhuinn die Trennscheibe hinter der Fahrerkabine hoch. »Wenn wir zum Anwesen der Bruderschaft fahren, dann darfst du nicht wissen, wo es ist, Blay.«

Was natürlich nur zum Teil der Grund für die Abschottung war. Qhuinn wollte allein sein. Das brauchte er immer, wenn er neben der Spur war, und deshalb spielte John auch freiwillig die Miss Daisy.

In der dichten Finsternis des Rücksitzes warf John einen Seitenblick auf Blay. Sein Kumpel lehnte sich in den Ledersitz, als wöge sein Kopf so viel wie ein Motorblock, und seine Augen schienen geradezu im Kopf versunken zu sein. Er sah ungefähr einhundert Jahre alt aus.

Nach menschlicher Berechnung.

John dachte daran, wie sein Freund erst vor wenigen Nächten im Klamottenladen die Hemden durchforstet und hin und wieder eins zur Begutachtung in die Luft gehalten hatte. Jetzt kam es ihm vor, als wäre der rothaarige Junge in dem Geschäft ein entfernter, jüngerer Cousin dieses Mannes hier gewesen, jemand von gleichem Aussehen und gleicher Statur, der aber sonst nichts mit ihm gemein hatte.

John tippte seinem Freund auf den Unterarm. *Du musst dich von Doc Jane untersuchen lassen.*

Blay sah an seinem weißen Hemd herunter und wirkte beinahe überrascht über die Blutflecke. »Ach, das hat meine Mutter gemeint. Es tut aber nicht weh.«

Gut.

Blay wandte sich ab und sah aus dem Fenster, obwohl die Scheiben so stark verdunkelt waren, dass man nichts erkennen konnte. »Mein Vater meinte, ich könnte bleiben. Um zu kämpfen.«

John pfiff leise, um auf sich aufmerksam zu machen. *Ich hatte ja keine Ahnung, dass dein Vater so lässig mit dem Schwert umgehen kann.*

»Er war Soldat, bevor er meine Mutter traf. Sie hat ihn dazu gebracht, damit aufzuhören.« Blay rubbelte an dem Hemd herum, obwohl das Blut längst in die Fasern eingesickert war. »Sie hatten einen Riesenstreit, als Wrath anrief und mich bat, euch beide zu suchen. Mom macht sich Sorgen, dass ich umgebracht werde; Dad möchte, dass ich mich als Mann von Wert erweise, wenn ich gebraucht werde. So sieht's aus.«

Und was willst du?

Blays Augen flatterten über die Trennscheibe und dann hastig wieder zum Rücksitz. »Ich will kämpfen.«

John lehnte sich zurück. *Gut.*

Nach langem Schweigen meinte Blay: »John?«

John drehte den Kopf langsam zur Seite, er fühlte sich so erschöpft, wie Blay aussah.

Was, formten seine Lippen, weil er nicht die Kraft hatte, mit den Händen zu sprechen.

»Möchtest du immer noch mit mir befreundet sein? Obwohl ich schwul bin?«

John runzelte die Stirn. Dann setzte er sich auf, ballte eine Faust und donnerte seinem Kumpel einen Schlag gegen die Schulter.

»Aua! Was soll denn ...«

Warum sollte ich nicht mit dir befreundet sein wollen? Mal abgesehen davon, dass du ein blöder Idiot bist, weil du die Frage gestellt hast.

Blay rieb sich die schmerzende Stelle. »Sorry. Ich wusste nicht, ob das was ändert oder – mach das nicht noch mal! Ich hab da eine Schnittwunde.«

John ließ sich wieder in den Sitz fallen. Schon wollte er wieder *dämlicher Trottel* oder so was in der Art sagen, da fiel ihm ein, dass er sich nach dem Vorfall in der Dusche genau dieselben Gedanken gemacht hatte.

Also sah er seinen Freund an. *Für mich ändert das überhaupt nichts.*

Blay holte tief Luft. »Meine Eltern wissen es noch nicht. Du und Qhuinn, ihr seid die Einzigen.«

Wenn du es ihnen oder wem auch immer sagst, stehen wir beide voll hinter dir. Immer.

Die Frage, die John nicht zu stellen wagte, musste wohl in seinen Augen zu lesen gewesen sein, denn Blay legte ihm eine Hand auf die Schulter.

»Nein. Überhaupt nicht. Ich glaube nicht, dass irgendetwas meine Meinung von dir ändern könnte.«

Beide stießen simultan ein Seufzen aus und schlossen gleichzeitig die Augen. Den restlichen Weg nach Hause sprach keiner mehr ein Wort.

Lash saß auf dem Beifahrersitz des Focus und hatte so eine frustrierende Ahnung, dass die Gesellschaft der *Lesser* trotz der von ihm veranlassten Überfälle auf die Häuser der Aristokratie immer noch nicht kapiert hatte, was los war. Die *Lesser* nahmen nur Befehle von Mr. D entgegen, nicht von ihm.

Verflucht, sie wussten ja noch nicht einmal, dass er überhaupt existierte.

Er schielte zu Mr. D rüber, dessen Hände lässig auf dem Lenkrad lagen. Am liebsten hätte er den Burschen einfach nur so aus Boshaftigkeit kaltgemacht, aber verstandesmäßig wusste er, dass er ihn lebendig brauchte, als Sprachrohr – zumindest, bis er dem Rest seiner Truppen beweisen konnte, wer er war.

Truppen. Er liebte dieses Wort.

Seine war das einzige, das noch besser war.

Vielleicht sollte er eine Uniform entwerfen, die er dann tragen konnte. Wie von einem General oder so.

Verdient hätte er das auf jeden Fall, in Anbetracht seiner Strategie. Er war schlicht und ergreifend ein Genie – und dass er gegen die Bruderschaft einsetzte, was sie ihm selbst beigebracht hatte, war ziemlich glorreich.

Seit Jahrhunderten knabberte die Gesellschaft der *Lesser* nur am Rande an der Vampirbevölkerung. Da sie über wenig Intelligenz verfügten und ihre Streitmacht unkoordiniert war, hatte ihr Adlersuchsystem nur wenig Erfolg gezeigt.

Er jedoch dachte in größeren Dimensionen, und er verfügte über die nötigen Kenntnisse, seine Pläne auch in die Tat umzusetzen.

Der sinnvollste Weg, die Vampire zu eliminieren, war, ihren kollektiven Willen zu brechen, und der erste Schritt in diese Richtung musste die Destabilisierung der Vampirgesellschaft sein. Die Oberhäupter von vier der sechs Gründerfamilien der *Glymera* waren ausgelöscht worden. Zwei waren noch übrig, und wenn sie erst aus dem Weg geräumt waren, dann konnten die *Lesser* mit dem Rest der Aristokratie anfangen. Wenn die *Glymera* angegriffen und dezimiert wurde, dann würde sich das, was vom Rat der Princeps noch übrig war, an Wrath als ihren König wenden. Widerstreitende Fraktionen würden sich bilden. Machtkämpfe würden ausbrechen. Und Wrath – als Anführer aller Vampire mit Unruhen, Angriffen auf seine Autorität und einem tobenden Krieg konfrontiert – würden zunehmend Fehleinschätzungen unterlaufen. Was die Vampirgesellschaft noch weiter schwächen würde.

Die Konsequenzen wären nicht rein politisch. Je mehr Plünderungen, desto weniger Zehnt würde an die Bruderschaft abgeführt, da die Privatvermögen als Besteuerungsgrundlage schrumpfen würden. Weniger Aristokraten bedeuteten weniger Jobs für normale Leute, was wiederum innerhalb der unteren Schichten finanzielle

Notlagen und eine schwindende Unterstützung des Königs verursachen würde. So würde ein Teufelskreis beginnen, der unausweichlich zur Folge hätte, dass Wrath abgesetzt, getötet oder zur ohnmächtigen Galionsfigur degradiert würde – und dazu, dass das ohnehin labile soziale Gefüge der Vampire noch weiter in die Brüche ging. Wenn dann alles in Trümmern lag, würde Lash auf den Plan treten und zusammenfegen, was noch übrig war.

Das Einzige, was noch effektiver funktionieren würde, wäre eine Vampirpest.

Bisher ging sein Plan auf. Diese erste Nacht verlief größtenteils erfolgreich. Wirklich schade, dass dieser kleine Pisser Qhuinn nicht zu Hause gewesen war, als seine Eltern überfallen wurden – er hätte seinen Cousin mit Freuden umgebracht –, aber bei der Gelegenheit hatte er etwas Interessantes erfahren. Auf dem Schreibtisch seines Onkels hatte ein Dokument gelegen, das Qhuinn aus der Familie verstieß. Was bedeutete, dass diese arme, kleine Missgeburt irgendwo auf freiem Fuß war – wenn auch offensichtlich nicht bei Blay, denn dessen Elternhaus war ebenfalls attackiert worden.

Ja, wirklich ätzend, dass Qhuinn nicht zu Hause gewesen war. Aber wenigstens hatten sie seinen Bruder lebendig geschnappt. Das würde ein echter Spaß werden.

Es hatte eine Reihe von Verlusten für die Gesellschaft der *Lesser* gegeben, vor allem in Blays und Lashs eigenem Elternhaus, aber im Großen und Ganzen standen die Dinge ausgezeichnet für Lash.

Jetzt den Schwung nicht zu verlieren war allerdings von entscheidender Bedeutung. Die *Glymera* würde mit fliegenden Fahnen in ihre sicheren Unterschlupfe flüchten. Von einigen wusste er zwar grob, wo sie sich befanden, aber die meisten lagen weiter nördlich, was hieß, dass seine Männer erst dorthin reisen müssten. Um das Töten voranzutreiben, mussten möglichst viele Adressen hier in der Stadt erledigt werden.

Landkarten. Sie brauchten Landkarten.

Bei diesem Gedanken knurrte Lashs Magen vernehmlich.

Sie brauchten Landkarten und Essen.

»Halt mal hier an der Tanke«, bellte er.

Mr. D konnte nicht mehr schnell genug reagieren, also wendete er und fuhr zurück.

»Ich brauch was zu beißen«, erklärte Lash. »Und Landkarten für …«

Gegenüber leuchtete das Blaulicht eines Streifenwagens des Caldwell Police Department auf, und Lash fluchte.

Wenn der Bulle das unerlaubte Wendemanöver mitbekommen hatte, steckten sie in der Klemme. Im Kofferraum lagen Waffen und Munition. Blutige Klamotten. Brieftaschen, Armbanduhren und der Schmuck toter Vampire.

Na super. Ganz toll. Der Cop hatte offenbar keine akute Snack-Pause eingelegt, da er genau auf sie zuraste.

»Leck mich doch.« Lash sah Mr. D an, als der am Straßenrand anhielt. »Sag mir, dass du einen gültigen Führerschein dabeihast.«

»Aber sicher doch.« Mr. D kurbelte das Fenster herunter, als einer der Freunde und Helfer von Caldwell an die Scheibe trat. »Schönen guten Abend, Officer. Sie wollen sicher meinen Führerschein sehen.«

»Den Fahrzeugschein auch.« Der Polizist beugte sich in den Wagen und zog dann eine Grimasse, als gefiele ihm der Geruch darin nicht.

Ach, klar doch. Das Talkum.

Lash lehnte sich zurück, während Mr. D völlig entspannt im Handschuhfach wühlte. Als er ein Stück Papier hervorzog, warf Lash einen schnellen Blick auf den Fahrzeugschein. Sah tatsächlich echt aus. Mit Wappen des Staates New York, ausgestellt auf Richard Delano unter der Adresse 1583 Tenth Street, Wohnung 4F.

Mr. D reichte die Papiere durchs Fenster. »Ich weiß, ich hätte dort nicht wenden dürfen, Sir. Wir wollten uns nur was zu essen holen und hatten die Abfahrt verpasst.«

Lash starrte Mr. D voller Bewunderung für dessen Schauspieltalent an. D zeigte genau die richtige Kombination aus schlechtem Gewissen, aufrichtiger Entschuldigung und stinknormalem Durchschnittsbürger, wie er so aus dem Fahrersitz zu dem Bullen aufsah. Mann, er sah geradezu aus, als gehörte sein Bild auf eine Cornflakes-Packung, er brabbelte vor sich hin und warf mit dem Wort *Sir* um sich, als wäre es das Amen in der Kirche. Sah durch und durch gesund aus. Voller Vitamine und Ballaststoffe. Vollgestopft mit lebenswichtigen, guten alten amerikanischen Nährstoffen.

Der Beamte inspizierte die Ausweise und gab sie zurück. Als er mit seiner Taschenlampe ins Wageninnere leuchtete, sagte er: »Beim nächsten Mal unterlassen Sie bitte …«

Er runzelte die Stirn und betrachtete Lash.

Seine gelangweilte, desinteressierte Haltung verflüchtigte sich in Sekundenbruchteilen. Er hielt sich das Mikro an seinem Kragen vor den Mund und bat um Verstärkung, dann sagte er: »Ich muss Sie bitten, aus dem Wagen zu steigen, Sir.«

»Wer, ich?«, fragte Lash. Verflucht, er hatte keinen Ausweis dabei. »Warum denn?«

»Bitte steigen Sie aus, Sir.«

»Erst, wenn Sie mir sagen, warum.«

Der Kegel der Taschenlampe fiel auf die Hundemarke um Lashs Hals. »Wir haben vor etwa einer Stunde eine Anzeige von einer weiblichen Person im *Screamer's* erhalten. Es ging um einen weißen Mann, knapp zwei Meter groß, blondes, kurzes Haar, der ein Hundehalsband trägt. Deshalb muss ich Sie bitten, aus dem Auto zu steigen.«

»Worum ging es bei der Anzeige?«

»Sexuelle Nötigung.« Ein weiterer Streifenwagen hielt vor ihnen und fuhr dann rückwärts dicht vor die Scheinwerfer des Focus. »Bitte steigen Sie jetzt aus dem Wagen, Sir.«

Diese Schlampe aus der Kneipe war zu den Cops gegangen? Sie hatte doch drum gebettelt! »Nein.«

»Wenn Sie nicht aussteigen, dann muss ich Gewalt anwenden.«

»Steigen Sie schon aus«, raunte Mr. D.

Der zweite Polizist kam um den Wagen herum und zog Lashs Tür auf. »Aussteigen, Sir.«

Das konnte doch wohl überhaupt nicht wahr sein. Diese beschissenen idiotischen Menschen! Er war Omegas Sohn, zum Henker. Er gehorchte keinen Vampirregeln und erst recht keinen, die sich der Homo sapiens ausgedacht hatte.

»Sir?«, sagte der Polizist.

»Wie wär's, wenn Sie sich Ihren Elektroschocker in den Arsch schieben?«

Der Beamte beugte sich herunter und fasste ihn am Arm. »Ich verhafte Sie wegen sexueller Nötigung. Alles, was Sie sagen, kann und wird vor Gericht gegen Sie verwendet werden. Wenn Sie sich keinen Anwalt leisten können …«

»Das ist doch wohl nicht euer Ernst …«

»… wird Ihnen einer gestellt. Haben Sie Ihre Rechte verstanden …«

»Loslassen …«

»… die ich Ihnen gerade erklärt habe?«

Sie mussten Lash zu zweit aus dem Auto schleifen, und dummerweise hatte sich inzwischen eine Zuschauermenge versammelt. *Verdammt.* Natürlich konnte er diesen beiden Männern locker die Arme abreißen und sie ihnen in den Hals stecken, aber er konnte hier keine Szene machen. Zu viele Zeugen.

»Sir, haben Sie diese Rechte verstanden?« Das wurde gesagt, während Lash im Kreis gedreht und mit dem Gesicht voran auf die Motorhaube gedrückt wurde. Die Handschellen klickten.

Lash sah durch die Windschutzscheibe Mr. D an, dessen Gesicht jetzt nicht mehr brav und gesetzestreu wirkte. Vielmehr hatte er die Augen zu Schlitzen verengt, und man konnte nur hoffen, dass er sich den Kopf nach einem Ausweg aus dieser Misere zerbrach.

»Sir? Haben Sie Ihre Rechte verstanden?«

»Ja«, stieß Lash hervor. »Ich hab's kapiert.«

Der Polizist zu seiner Linken beugte sich vor. »Übrigens, wir hängen noch eine Anzeige wegen Widerstands gegen die Staatsgewalt dran. Und die kleine Blonde war erst siebzehn.«

37

Hinter dem großen Haus der Bruderschaft flogen Cormias zerschrammte Füße förmlich über das kurze Gras. Sie rannte, um sich zu verlieren, rannte in der Hoffnung, Klarheit zu erlangen, rannte, weil sie nirgendwohin wollte und auch nicht mehr länger bleiben konnte, wo sie war.

Ihr Atem ging stoßweise – ein, aus –, und ihre Beine brannten. Die Arme wurden taub, und sie rannte immer weiter, entlang der Mauer auf den Waldrand zu, dann wieder zurück in den Garten.

Layla und der Primal. Layla liegt bei dem Primal. Layla liegt nackt beim Primal.

Sie rannte schneller.

Er würde Layla wählen. Er fühlte sich unwohl in seiner Rolle, deshalb würde er sich für die eine Schwester entscheiden, die er früher schon gesehen hatte und die seinen Brüdern diskret und anmutig diente. Er würde sich für das Vertraute entscheiden.

Er würde Layla wählen.

Ohne Vorwarnung gaben Cormias Beine nach, und sie brach erschöpft zusammen.

Als sie sich wieder so weit erholt hatte, dass sie den Kopf heben konnte, legte sie immer noch keuchend die Stirn in Falten. Sie war auf einem seltsam trockenen Rasenstück gelandet, einem unvollkommenen Rund von etwa zwei Metern Durchmesser. Es war, als wäre hier etwas verbrannt worden und der Boden müsste sich erst wieder erholen.

Wie passend, in mehr als einer Hinsicht.

Sie drehte sich auf den Rücken und betrachtete den Nachthimmel. Ihre Oberschenkel brannten, genau wie ihre Lungen, aber das wahre Feuer loderte in ihrem Kopf. Sie gehörte nicht auf diese Seite. Und sie konnte die Vorstellung nicht ertragen, zurück ins Heiligtum zu gehen.

Sie war wie die Sommerluft, die sich zwischen dem grünen Grasboden und dem mit Sternen übersäten Himmel dort oben ausdehnte. Sie war weder hier noch dort … und sie war unsichtbar.

Nun stand sie auf und lief langsam zurück zur Terrasse. Lichter brannten in den Fenstern des Hauses, und als sie sich umsah, stellte sie fest, dass sie die Farben dieser Welt bei Nacht vermissen würde: Das Rot und Rosa und Gelb und Lila der Teerosen war gedämpft, als wären die Blüten schüchtern. Im Inneren der Bibliothek sahen die tiefroten Vorhänge aus wie mühsam gezähmtes Feuer, und das Billardzimmer in seinem lebendigen, dunklen Grün war wie aus Smaragden gemacht.

So schön. Es war alles so schön, dieses Fest für die Augen.

Um ihre Abreise noch etwas länger hinauszuzögern, ging sie zum Schwimmbecken.

Das schwarze Wasser lag verführerisch vor ihr, seine glänzende Oberfläche lockte sie mit dem Glitzern des Mondlichts auf sanften Wogen.

Sie ließ ihre Robe fallen und tauchte in die weiche Dunkelheit, durchbrach die Wasserdecke, sank tief hinunter und blieb dort, bewegte sich mit kräftigen Zügen durch das Nass.

Als sie am anderen Ende ankam, gewann sie mit jedem tiefen Luftzug, den sie machte, Entschlossenheit. Sie würde Fritz Bescheid geben, dass sie fortging, und ihn bitten, es Bella auszurichten. Dann würde sie ins Heiligtum gehen und um eine Audienz bei der Directrix Amalya nachsuchen – in der sie ihren Wunsch, als Schreiberin in Klausur gehen zu wollen, vortragen würde.

Sie wusste, dass es zu ihren Pflichten als Schreiberin gehören würde, über die Nachkommen des Primals Buch zu führen, doch es war besser, im Reich der Buchstaben mit ihnen zu tun zu haben, als Legionen von Sprösslingen mit buntem Haar und hübschen gelben Augen unmittelbar vor sich zu sehen.

Und es würde Nachwuchs geben. Obwohl sie seine Kraft infrage gestellt hatte, würde der Primal seine Aufgabe erfüllen. Er kämpfte jetzt noch heftiger mit seiner Rolle, doch sein Pflichtbewusstsein würde die Oberhand über seine Bedenken gewinnen.

Bella hatte ja so recht mit ihrer Einschätzung.

»Na, wen haben wir denn da.«

Cormia verschluckte sich und blickte direkt auf ein Paar gigantische Stiefel mit Stahlkappen. Erschrocken ließ sie den Blick an einem langen, schlanken Männerkörper in dem, was man hier Jeans nannte, emporwandern.

»Wer bist du denn?«, fragte er und ging in die Hocke, die Stimme weich und warm. Seine Augen waren faszinierend – tiefliegend und ungleichfarbig, umrahmt von Wimpern in der Farbe seines dichten schwarzen Haares.

Bevor sie etwas erwidern konnte, trat John Matthew hinter ihn und pfiff laut, um ihn auf sich aufmerksam zu machen. Der Mann am Rand des Schwimmbeckens blickte über die Schulter, und John schüttelte den Kopf, seine Finger flogen hektisch durch die Luft.

»O … Mist, Verzeihung.« Der Dunkelhaarige erhob sich zu seiner vollen Höhe und hob die Hände, als wollte er sich selbst zurückpfeifen. »Ich wusste nicht, wer du bist.«

Ein weiterer Vampir kam durch die Bibliothekstür aus dem Haus. Dieser Rothaarige hatte Blutflecke auf dem Hemd und wirkte ziemlich erschöpft.

Das waren Soldaten, die mit John zusammen kämpften, dachte sie. Junge Soldaten.

»Wer bist du?«, fragte sie den mit den eigenartigen, schönen Augen.

»Qhuinn. Ich gehöre zu ihm.« Sein Daumen zeigte auf John Matthew. »Der Rothaarige ist …«

»Blaylock«, unterbrach ihn der andere scharf. »Ich heiße Blaylock.«

»Ich schwimme nur ein bisschen«, sagte sie.

»Das sehe ich.« Qhuinns Lächeln war jetzt freundlich, nicht mehr anzüglich.

Dennoch fühlte er sich zu ihr hingezogen. Das spürte sie. Und in diesem Moment erkannte sie, dass sie auf dem Pfad, den sie gerade einschlug, für immer unberührt bleiben würde. Als Klausurschreiberin würde sie nie zu jenen gehören, die der Primal aufsuchte.

Also würde dieser Sturm, der auf so herrliche Art und Weise in ihr entfacht worden war, sich nie wieder aufstauen und entladen.

Niemals.

Die Unendlichkeit der vor ihr liegenden Lebensjahre breitete sich vor ihr aus und rief plötzlich eine tiefe Verzweiflung hervor, und die Schwingungen dieser Bitterkeit trugen sie durch das warme Wasser hin zur Leiter. Sie umfasste die Griffe und zog sich hoch, spürte die kühle Luft auf ihrem Körper und wusste ganz genau, dass alle drei Soldaten sie anblickten.

Das Wissen bedrückte und ermutigte sie zugleich. Das war das letzte Mal, dass ein Mann ihren Körper sehen würde, und der Gedanke, dass sie alles, was an ihr weiblich war, für immer wegsperren würde, war schwer. Doch sie würde mit keinem anderen als dem Primal zusammen sein, und sie konnte nicht ertragen, ihn mit all ihren Schwestern zu teilen. Also war dies hier das Ende.

In wenigen Augenblicken würde sie ihre Robe um sich schlingen und von etwas Abschied nehmen, was sie nie richtig besessen hatte.

Sie würde sich nicht für ihre Nacktheit entschuldigen oder ihren Körper verbergen, wenn sie aus der sanften Umarmung des Wassers trat.

Phury materialisierte sich im Garten hinter dem Haus der Bruderschaft, weil er keine Lust hatte, jemandem zu begegnen. So wie er gerade drauf war, wollte er nicht riskieren, durch den Vordereingang …

Seine Füße stockten, sein Herzschlag stockte, sein Atem stockte.

Cormia stieg aus dem Schwimmbecken, von ihrer herrlichen weiblichen Gestalt tropfte das Wasser herunter … während drei frisch gewandelte Vampire ungefähr drei Meter von ihr entfernt mit bis zum Bauchnabel herunterhängenden Zungen auf dem Rasen standen.

O … zum Henker … nein.

Der gebundene Vampir in ihm brach sich Bahn wie eine wilde Bestie, befreite sich gewaltsam aus den Lügen, die er sich selbst über seine Gefühle eingeredet hatte, brüllte aus der Höhle seines Herzens heraus, beraubte ihn jeder zivilisierten Faser im Leib.

Er wusste nur noch, dass seine Frau nackt war und fremde, begehrliche Blick auf sich zog.

Alles andere war egal.

Bevor er noch selbst kapierte, was eigentlich vorging, stieß Phury ein Knurren aus, das durch die Luft hallte wie ein Donnerschlag. Die Augen von John Matthew und seinen Freunden schnellten zu ihm herum, und dann zogen sich alle drei synchron zurück. Und zwar mit Höchstgeschwindigkeit. Als stünde der Pool in Flammen.

Cormia hingegen sah gar nicht in seine Richtung. Sie beeilte sich auch nicht, sich zu bedecken. Sondern hob in aller Seelenruhe ihre Robe auf und streifte sie mit trotziger Miene über die Schultern.

Was ihn erst recht zur Raserei trieb. »Komm ins Haus«, befahl er ihr. »Sofort.«

Ihre Stimme war so gleichmütig wie ihr Blick. »Und wenn ich nicht möchte?«

»Dann werfe ich dich über die Schulter und trage dich rein.« Phury wandte sich an die Jungs. »Das ist privat. Geht euch nichts an. Also verzieht euch, wenn ihr wisst, was gut für euch ist. *Hopp.*«

Das Trio zögerte noch, bis Cormia schließlich sagte: »Ist schon in Ordnung. Macht euch keine Sorgen.«

Sie drehten sich um; dennoch hatte Phury das Gefühl, sie würden nicht weit weggehen. Aber Cormia musste nicht beschützt werden. Gebundene Vampire stellten eine tödliche Gefahr für jeden dar – außer für ihre Partnerin. Er war außer Kontrolle, das schon, aber sie hielt dennoch die Fernbedienung in der Hand.

Und er hatte so eine Vermutung, dass sie das wusste.

Gemächlich wrang Cormia sich die Haare aus. »Warum wollt Ihr, dass ich ins Haus gehe?«

»Gehst du allein, oder willst du getragen werden?«

»Ich habe gefragt, warum.«

»Weil du in mein Schlafzimmer gehst.« Die Worte verließen seine Lippen mit einem zischenden Atemzug.

»Euer Schlafzimmer? Meint Ihr nicht etwa meines? Denn aus Eurem habt Ihr mich vor fünf Monaten fortgeschickt.«

Sein Schwanz brüllte wie eine Bestie, schrie danach, herausgelassen zu werden, um in sie einzudringen. Seine Erregung war nicht zu leugnen: Sein Zug stand auf dem Gleis. Das Ticket war abgestempelt. Die Fahrt hatte schon begonnen.

Und für Cormia war es nicht anders.

Phury trat näher an sie heran. Ihr Körper brodelte vor Hitze, er konnte es auf seiner eigenen Haut spüren, und ihr Jasminduft war so schwer wie sein Blut.

Er zeigte ihr seine Fänge und fauchte wie eine Katze. »Wir gehen in mein Zimmer.«

»Aber ich habe keinen Grund, in Euer Zimmer zu gehen.«

»O doch. Und wie du den hast.«

Sie warf ihren Zopf lässig über die Schulter. »Nein, ich fürchte nicht.«

Damit wandte sie ihm den Rücken zu und schlenderte ins Haus.

Er folgte ihr wie einer Beute, heftete sich an ihre Fersen, ging ihr durch die Bibliothek über die große Freitreppe bis zu ihrem Zimmer nach.

Sie öffnete die Tür einen Spalt und schlüpfte hinein.

Doch bevor sie ihn aussperren konnte, knallte er seine Hand auf das Holz und drängte sich mit hinein. Er war derjenige, der die Tür zumachte. Und verschloss.

»Zieh deine Robe aus.«

»Warum?«

»Weil ich sie sonst in Fetzen reiße.«

Sie hob das Kinn, ließ aber gleichzeitig die Lider sinken, sodass sie – obwohl sie zu ihm aufblicken musste – trotzdem auf ihn herabsah. »Warum sollte ich mich entkleiden?«

Im Brustton seines geballten Revierinstinktes knurrte er: »Ich werde dich kennzeichnen.«

»Ach ja? Aber Euch ist doch bewusst, dass das grundlos wäre.«

»Ganz im Gegenteil.«

»Ihr wolltet mich bisher nicht.«

»Blödsinn.«

»Ihr habt mich mit der anderen Frau verglichen, mit der Ihr vergeblich versucht habt, zusammen zu sein.«

»Und du hast mich nicht ausreden lassen. Sie war eine Hure, die ich nur aus einem einzigen Grund gekauft habe – um mich entjungfern zu lassen. Das war keine Frau, die ich begehrte. Es war ganz anders als bei dir.« Er atmete ihren Duft ein und stieß ihn mit einem Schnurren wieder aus. »Sie war nicht du.«

»Und doch habt Ihr Euch für Layla entschieden, oder etwa nicht?« Als er keine Antwort gab, spazierte sie ins Badezimmer und stellte die Dusche an. »Genauso war es doch. Für Layla als Erste Partnerin.«

»Es geht hier nicht um sie«, sagte er.

»Wie kann es nicht um sie gehen? Die Auserwählten sind ein Ganzes, und ich bin immer noch eine von ihnen.« Cormia wandte sich zu ihm um und ließ die Robe fallen. »Oder etwa nicht?«

Phurys Schwanz knallte von innen gegen den Reißverschluss. Ihr Körper leuchtete förmlich unter dem Deckenlicht, ihre Brüste waren straff und spitz, die Oberschenkel leicht gespreizt.

Sie stieg in die Dusche, und er beobachtete, wie ihr Rücken sich durchbog, während sie sich die Haare wusch. Mit jeder ihrer Bewegungen kam ihm noch mehr von dem kläglichen verbliebenen Rest zivilisierter Tünche abhanden. Irgendwo ganz tief in seinem Kopf wusste er, dass er besser gehen sollte, weil er im Begriff stand, eine ohnehin komplizierte Situation absolut unhaltbar zu machen. Doch sein Körper hatte die Nahrung gefunden, die er zum Überleben brauchte.

Und in der Sekunde, in der sie aus dieser verfluchten Dusche kam, würde er sie mit Haut und Haaren verschlingen.

38

Ja, sie würde ihn lassen.

Als Cormia sich den Seifenschaum aus dem Haar spülte, wusste sie, dass sie unter dem Primal liegen würde, sobald sie aus der Dusche trat.

Sie würde zulassen, dass er sie nahm. Und währenddessen würde sie auch ihn nehmen.

Schluss mit *beinahe* und *fast* und *vielleicht.* Schluss mit dem bizarren Schicksal, in dem sie beide gefangen waren. Schluss damit zu tun, was man ihr sagte.

Sie wollte ihn. Sie würde ihn haben.

Zur Hölle mit ihren Schwestern. Er gehörte ihr.

Aber nur für heute Nacht, mahnte eine innere Stimme.

»Leck mich«, sagte sie zu der Marmorwand.

Sie knallte den Wasserhahn nach links und warf die Tür auf. Als das Wasser abrupt aufhörte zu fließen, stellte sie sich dem Primal.

Er war nackt. Erigiert. Die Fänge voll ausgefahren.

Das Brüllen, das er ausstieß, war das eines Löwen, und als der Klang von dem ganzen Marmor im Badezimmer widerhallte, wurde sie noch feuchter zwischen den Beinen.

Er kam auf sie zu, und sie wehrte sich nicht, als er sie um die Taille fasste und von den Füßen hob. Er war nicht sanft, doch sie wollte es nicht sanft – und um sicherzugehen, dass er das auch wusste, biss sie ihn in die Schulter.

Wieder brüllte er und warf sie auf das Bett. Ihr Körper prallte von der Matratze ab. Zweimal. Sie warf sich auf den Bauch und krabbelte los, nur um es ihm schwerer zu machen. Sie hatte nicht die Absicht, ihn zurückzuweisen, aber verdammt noch mal – er würde sie schon einfangen müssen.

Der Primal warf sich auf ihren Rücken und hielt ihr die Hände über dem Kopf fest. Sie versuchte, sich unter ihm umzudrehen, doch er spreizte ihre Beine mit den Knien und presste sie mit den Hüften auf das Bett. Seine Erektion glitt nach unten und tastete nach ihr, sodass sie sich aufbäumte.

Er ließ ihr nur eben genug Raum, um den Kopf zu drehen und ihn anzusehen. Dann küsste er sie. Fordernd und lang. Und sie erwiderte den Kuss. Sie hatte genug von der Auserwähltentradition der Unterwerfung.

Mit einem Ruck zog er sich zurück, rutschte etwas zur Seite und …

Cormia stöhnte auf, als er mit einem einzigen geschmeidigen Stoß in ihren Körper eindrang. Und dann war keine Zeit mehr zum Reden oder Nachdenken oder dazu, auf einen Schmerz zu warten, denn seine Hüften wurden zu einer eigenen Triebkraft. Es fühlte sich so gut an, so richtig, alles – vom Geruch nach dunklen Gewürzen und seinem Gewicht bis hin zu seinem Haar auf ihrem Gesicht und den Seufzern, die ihnen beiden durch die geöffneten Lippen drangen.

Als seine Stöße tiefer wurden, spreizte sie die Beine noch weiter und begegnete seinem Rhythmus mit ihren eigenen Hüften.

Tränen stiegen ihr in die Augen, doch sie dachte überhaupt nicht darüber nach, ließ sich von seiner unerbittlichen Dynamik forttragen, ein Feuerknoten bildete sich an der Stelle, an der er in sie hineinstieß, bis sie glaubte, bei lebendigem Leib zu verbrennen – und das nicht im Geringsten schlimm fand.

Sie kamen gleichzeitig zum Höhepunkt, und mitten in ihrem eigenen Orgasmus erhaschte sie über die Schulter einen Blick auf ihn – den Kopf zurückgeworfen, die Kiefer fest zusammengepresst, die kräftigen Muskeln in seinen Armen durch die glatte Haut hervortretend. Doch dann war sie zu versunken, um noch irgendetwas zu sehen, als ihr eigener Körper sich zusammenzog und wieder löste, zog und sich löste. Der gierige Druck an seinem Geschlecht ließ ihn aufstöhnen und zucken, sie wand die Kennzeichnung geradezu aus ihm heraus.

Und dann war es vorbei.

Hinterher dachte sie an die Sommergewitter, die hin und wieder über das Haus zogen. Wenn sie vorüber waren, wurde die Stille noch viel dichter in der Folge des Sturms, den sie entfesselt hatten. Das hier war ganz genauso.

Als ihre Körper wieder ruhig wurden, und ihr Atem gleichmäßiger ging und ihr Herzschlag sich verlangsamte, konnte man sich in dieser nun widerhallenden Stille nur schwer an das heftige, laute Drängen erinnern, das eben hier geherrscht hatte.

Sie beobachtete, wie zunächst Bestürzung, dann bitteres Entsetzen seinen entschlossenen Kennzeichnungstrieb ablösten.

Was hatte sie denn erwartet? Dass dieser Tanz ihrer Körper ihn dazu bringen würde, seinem Status als Primal abzuschwören, seinen Eid zu brechen und sie zu seiner einzig wahren *Shellan* zu erklären? Dass er überglücklich darüber wäre, unmittelbar vor ihrer Abreise einem leidenschaftlichen Impuls folgend das mit ihr getan zu haben, was sie schon vor Monaten mit Ehrfurcht und Bedacht hätten vollenden sollen?

»Bitte geht von mir herunter«, sagte sie mit erstickter Stimme.

Phury konnte nicht begreifen, was er getan hatte, und doch hatte er den Beweis vor Augen. Cormias schlanker Körper lag unter seinem schweren, ihre Wangen waren nass vor Tränen, und an ihren Handgelenken waren Druckstellen.

Er hatte ihr die Unschuld von hinten geraubt, als wäre sie ein Hund. Hatte sie festgehalten und unterworfen, weil er stärker als sie war. War ohne Rücksicht auf den Schmerz, den sie mit Sicherheit gespürt hatte, in sie eingedrungen.

»Bitte geht von mir herunter.« Ihre Worte klangen zittrig, und das Wort bitte gab ihm vollends den Rest. Sie konnte es nur als Bitte formulieren, da sie restlos bezwungen war.

Er löste sich aus ihr und stand vom Bett auf, taumelnd wie ein Betrunkener.

Cormia drehte sich auf die Seite und zog die Beine dicht an ihren Körper. Ihr Rückgrat wirkte so verletzlich, die zarte Knochensäule zerbrechlich unter ihrer blassen Haut.

»Es tut mir leid.« Mein Gott, diese Worte waren so hohl.

»Bitte geht einfach.«

So wie er sich ihr bereits aufgezwungen hatte, war es nun von größter Bedeutung, ihrer Bitte Folge zu leisten.

Obwohl sie nun allein zu lassen das Letzte war, was er wollte.

Phury ging ins Badezimmer, zog sich seine Kleider an und lief zur Tür. »Wir müssen später reden …«

»Es gibt kein Später. Ich werde darum ersuchen, als Schreiberin in Klausur leben zu dürfen. Dann werde ich Eure Geschichte aufzeichnen, aber nicht daran teilhaben.«

»Cormia, nein.«

Sie sah ihn über die Schulter hinweg an. »Das ist der Platz, an den ich gehöre.«

Ihr Kopf sank wieder auf das Kissen.

»Geht«, sagte sie. »Bitte.«

Er nahm nicht bewusst wahr, wie er durch ihre Tür schritt oder seine eigene Schwelle überquerte. Er stellte nur irgendwann später fest, dass er zurück in seinem Zimmer war, auf der Bettkante saß und einen Joint rauchte. In der Stille zitterten seine Hände, und sein Herz war ein kaputtes Metronom, und sein Fuß klopfte auf den Fußboden.

Der Zauberer hockte mitten in Phurys Kopf, sein schwarzes Gewand flatterte im Wind, seine Silhouette zeichnete sich schroff vor dem weiten grauen Horizont ab. In der Handfläche hielt er einen Schädel.

Dessen Augen gelb waren.

Ich hab dir doch gesagt, du würdest ihr wehtun. Ich hab's dir gesagt.

Phury betrachtete die fest gedrehte Rolle roten Rauchs in seiner Hand und versuchte, etwas anderes als Zerstörung zu erkennen. Es gelang ihm nicht. Er war ein wildes Tier gewesen.

Ich hab dir gesagt, was passieren würde. Ich hatte recht. Von Anfang an hatte ich recht. Und übrigens, dei-

ne Geburt war nicht der Fluch. Es lag nicht daran, dass du nach deinem Zwillingsbruder geboren wurdest. Du *bist der Fluch. Ob nun fünf Kinder auf die Welt gekommen wären oder gar keins – das Resultat für alle Lebensläufe um dich herum wäre dasselbe gewesen.*

Er tastete nach der Fernbedienung und stellte die Anlage an, aber sobald Puccinis köstliche, wunderschöne Töne den Raum durchströmten, füllten sich seine Augen mit Tränen. So herrlich war die Musik, und so unerträglich die magische Stimme Luciano Pavarottis im Gegensatz zu dem Grunzen, das er ausgestoßen hatte, als er auf Cormia lag.

Er hatte sie festgehalten. Ihre Arme umklammert. Sie von hinten bestiegen …

Du bist der Fluch.

Während die Stimme des Zauberers weiterhin auf ihn eindrosch, spürte er sich erneut vom Efeu der Vergangenheit umrankt, alles, worin er versagt, was er nicht geleistet hatte, alle Vorsicht, um die er sich bemüht und die er doch verfehlt hatte … und nun gab es noch eine neue Ebene. Cormias Ebene.

Er hörte den letzten pfeifenden Atemzug seines Vaters. Und das Knistern des in Flammen aufgehenden Körpers seiner Mutter. Und die Wut seines Zwillingsbruders über seine Rettung.

Das Schlimmste aber war Cormias Stimme: *Bitte geht von mir herunter.*

Phury hielt sich die Ohren zu, obwohl das überhaupt nichts nutzte.

Du bist der Fluch.

Mit einem Aufstöhnen presste er sich die Handflächen so fest gegen den Schädel, dass seine Arme bebten.

Gefällt dir die Wahrheit nicht?, höhnte der Zauberer. *Gefällt dir meine Stimme nicht? Du weißt ja, was du dagegen tun kannst.*

Der Zauberer ließ den Totenkopf auf das Gewirr von Knochen zu seinen Füßen fallen. *Du weißt, wie es geht.*

Verzweifelt rauchte Phury weiter, zu Tode verängstigt von all dem, was in seinem Kopf war.

Der Joint konnte nicht annähernd den Selbsthass oder die Stimmen betäuben.

Der Zauberer stellte seinen schwarzen Stiefel mit den Klauen auf den gelbäugigen Schädel. *Du weißt, was du zu tun hast.*

39

Weit oben im Norden in den Adirondacks, tief in einer Höhle im Black Snake State Park, konnte der Vampir, der vor zwei Tagen im Morgengrauen zusammengebrochen war, nicht begreifen, warum er von der Sonne beschienen wurde, ohne in Flammen aufzugehen. Oder war er etwa bereits im Schleier?

Nein … das konnte nicht der Schleier sein. Die Schmerzen und Qualen in seinem Körper und das Kreischen in seinem Kopf waren dem, was er auf Erden empfunden hatte, viel zu ähnlich.

Doch was war mit der Sonne? Er badete in ihrem warmen Schein, und doch war er am Leben.

O Mann, wenn dieser ganze Quatsch mit Vampiren und Tageslicht überhaupt nicht stimmte, dann lag ihr gesamtes Volk völlig daneben.

Aber Moment mal – war er nicht in einer Höhle? Warum also konnten ihn die Strahlen erreichen?

»Iss das«, sagte der Sonnenschein.

Okay, für den extrem unwahrscheinlichen Fall, dass er tatsächlich noch am Leben sein sollte, halluzinierte er ganz eindeutig. Denn was ihm da vor die Nase gehalten wurde, sah aus wie ein Big Mac, und das war nun wirklich ausgeschlossen. Außer er wäre wirklich tot und der Schleier hätte goldene Bögen statt goldener Tore?

»Pass mal auf«, sagte der Sonnenschein, »falls dein Hirn vergessen haben sollte, wie man isst: Mach einfach deinen Schnabel auf. Ich stopf dir das Ding hinein, und dann warten wir ab, ob deine Beißerchen noch wissen, was zu tun ist.«

Der Vampir teilte die Lippen, weil der Geruch des Fleischs seinen Magen aufweckte und ihn sabbern ließ wie einen Hund. Als ihm der Hamburger in den Mund geschoben wurde, schalteten seine Kiefer auf Autopilot und klappten fest zusammen.

Er riss einen großen Bissen ab und stöhnte. Einen kurzen Augenblick lang verdrängte der kribbelnde Beifall seiner Geschmacksnerven all seine Leiden, selbst die seelischen. Das Schlucken rang ihm noch ein Wimmern ab.

»Nimm noch mehr«, sagte der Sonnenschein und drückte ihm den Burger wieder gegen die Lippen.

Er aß alles auf. Und ein paar Pommes, die zwar nur lauwarm, aber nichtsdestotrotz ein Gottesgeschenk waren. Dann wurde sein Kopf angehoben, und er schlürfte ein bisschen leicht verwässerte Cola.

»Der nächste McD ist dreißig Kilometer weg von hier«, sagte der Sonnenschein, als wollte er das Schweigen durchbrechen. »Deshalb ist das alles nicht mehr wirklich heiß.«

Der Vampir wollte mehr.

»Nur keine Sorge, es gibt noch einen Nachschlag. Mund auf.«

Noch ein Big Mac. Mehr Pommes. Mehr Cola.

»Ich hab getan, was ich konnte, aber du brauchst Blut«, erklärte ihm der Sonnenschein, als wäre er ein Kind. »Und du musst nach Hause.«

Als der Vampir den Kopf schüttelte, bemerkte er, dass

er auf dem Rücken lag, ein flacher Stein diente als sein Kopfkissen, der Erdboden als Matratze. Allerdings war das nicht dieselbe Höhle wie vorher. Diese roch anders. Sie roch nach … frischer Luft, frischer Frühlingsluft.

Andererseits … vielleicht war das der Geruch des Sonnenscheins?

»Doch, du musst nach Hause.«

»Nein …«

»Tja, dann haben wir beide ein Problem, du und ich«, murmelte der Sonnenschein. Man hörte ein Rascheln, als ginge jemand in die Hocke. »Du bist der Gefallen, den ich schulde.«

Der Vampir runzelte die Stirn, atmete mühsam ein und krächzte: »Gehe nirgendwohin. Kein Gefallen.«

»Du wirst hier nicht gefragt, Kumpel. Ich auch nicht.« Der Sonnenschein schüttelte offenbar den Kopf, denn die verwischten Schatten, die er in der Höhle zeichnete, waberten wie Wellen. »Leider, leider muss ich deinen Hintern dorthin zurückverfrachten, wo du hingehörst.«

»Du hast mit mir nichts zu schaffen.«

»In einer perfekten Welt hättest du recht. Blöderweise ist dies aber nicht der Himmel. Beileibe nicht.«

Der Vampir war ganz seiner Meinung, aber die Sache mit dem *nach Hause gehen* kam nicht infrage. Als die Energie aus dem Essen in ihn einsickerte, fand er die Kraft, sich aufzusetzen, die Augen zu reiben und …

Er starrte den Sonnenschein an. »Ach du … gütige Jungfrau.«

Der Sonnenschein nickte finster. »Ja, ungefähr so geht's mir auch. Also, die Lage ist folgende: Wir können das auf die harte oder auf die leichte Tour machen. Kannst du dir aussuchen. Wobei ich darauf hinweisen möchte, dass es mir mehr Mühe bereiten würde, dein Zuhause ohne deine Hilfe ausfindig zu machen, und das würde mir auf die Nüsse gehen.«

»Ich gehe nicht zurück. Niemals.«

Der Sonnenschein strich sich mit der Hand durch sein langes blond-schwarzes Haar. Goldene Ringe funkelten an seinen Fingern und flimmerten in seinen Ohren, leuchteten von seiner Nase und glitzerten um seinen kräftigen Hals. Leuchtend weiße, pupillenlose Augen blitzten stinksauer auf, der glänzende blaue Ring um die mondartigen Iris schimmerte dunkel.

»Also gut. Auf die harte Tour. Sag gute Nacht, Gracie.«

Als alles schwarz wurde, hörte der Vampir den gefallenen Engel Lassiter sagen: »Blöder Arsch.«

40

»Hast du Phurys Gesicht gesehen?«, fragte Blay.

John blickte ihn über die Herdinsel in der Küche hinweg an und nickte zustimmend. Seine beiden Freunde und er zogen sich ein Erleichterungsbier rein. In Überschallgeschwindigkeit.

Er hatte noch nie so einen Blick bei einem Vampir gesehen. Noch nie.

»So sieht also ein gebundener Vampir aus, hör mir auf«, sagte Qhuinn, ging zum Kühlschrank und holte noch drei Flaschen heraus.

Blay nahm das Bier, das ihm angeboten wurde, zuckte zusammen und hielt sich die Schulter.

John machte seine Flasche auf und nahm einen tiefen Zug. Dann stellte er sie auf dem Tisch ab und zeigte mit den Händen: *Ich mache mir Sorgen um Cormia.*

»Er wird ihr nichts tun.« Qhuinn setzte sich an den Tisch. »Ganz sicher nicht. Uns hätte er ein frühes Grab geschaufelt, aber ihr nicht.«

John warf einen Blick ins Esszimmer. *Es wurden Türen geknallt. Laut.*

»Na ja, hier wohnen eine Menge Leute im Haus …« Qhuinn sah sich um, als müsste er im Kopf eine Matheaufgabe lösen. »Einschließlich uns dreien. Also kein Wunder.«

John stand auf. *Ich muss nachsehen. Ich … ihr wisst schon, ich unterbreche bestimmt nichts. Ich will mich nur vergewissern, dass alles im grünen Bereich ist.*

»Ich komme mit.« Qhuinn machte Anstalten, sich wieder zu erheben.

Nein, du bleibst hier. Und ehe du rumnervst: Leck mich. Das ist mein Zuhause, und ich brauche nicht die ganze Zeit ein Kindermädchen.

»Okay, okay, ist ja gut.« Qhuinns Blick schweifte zu Blay. »Dann gehen wir ins Trainingszentrum runter. Kommst du nach?«

»Warum gehen wir ins Trainingszentrum?«, fragte Blay, ohne seinen Freund anzusehen.

»Weil du immer noch blutest und weil dort unten ein Behandlungsraum ist.«

Qhuinn sah Blay durchdringend an; Blay sah sein Bier durchdringend an.

»Sag mir doch einfach, wo das ist«, murmelte Blay.

»Und wie willst du deinen Rücken verarzten?«

Blay nahm einen langen Schluck. »Schon gut. Aber ich will erst mein Bier austrinken. Und ich brauche was zu essen. Ich bin am Verhungern.«

»Okay. Was willst du?«

Die beiden waren total steif im Umgang miteinander, kein persönliches Wort fiel zwischen ihnen.

Ich komme dann nach, sagte John und wandte sich ab. Mann, dass die zwei nicht miteinander klarkamen, stellte irgendwie die gesamte Weltordnung auf den Kopf. Es war einfach nicht richtig.

John lief durchs Esszimmer, und als er oben am Treppenabsatz angekommen war, rannte er praktisch schon. Er roch roten Rauch und hörte Opernmusik aus Phurys

Zimmer – wohl kaum die richtige Begleitmusik für krassen Sex. Vielleicht war nach einem Streit einfach jeder in sein Zimmer gegangen?

John schlich sich vor Cormias Tür und horchte. Nichts. Obwohl die Luft, die hinaus in den Flur drang, von einem üppigen Blütenduft begleitet wurde.

Es konnte ja nicht schaden, kurz nach Cormia zu sehen, also hob John die Hand und klopfte leise an die Tür. Als keine Antwort kam, pfiff er.

»John?«, fragte ihre Stimme.

Er machte die Tür auf, weil er annahm, er …

John erstarrte zu Stein.

Cormia lag quer über ihrem Bett zwischen zerknüllten Laken und Decken. Sie lag nackt da, mit dem Rücken zur Tür, und da war Blut … auf der Innenseite ihrer Schenkel.

Sie hob den Kopf und blickte über die Schulter, dann bedeckte sie sich hastig. »Gütigste Jungfrau!«

Während sie die Decke bis ans Kinn zog, stand John immer noch wie zur Salzsäule erstarrt da. Sein Gehirn versuchte krampfhaft, den Anblick zu verarbeiten.

Er hatte ihr wehgetan. Phury hatte ihr wehgetan.

Cormia schüttelte den Kopf. »Ach … verdammt.«

John blinzelte, blinzelte wieder … nur um sich selbst als Halbwüchsigen in einem schmutzigen Treppenhaus zu sehen, nachdem das, was man ihm angetan hatte, vorbei gewesen war.

Auf seinen Oberschenkeln war auch Zeug gewesen.

Etwas in seiner Miene musste sie irrsinnig erschreckt haben, denn sie streckte die Arme nach ihm aus. »John … oh, John, nein … alles in Ordnung … wirklich, glaub mir, es ist …«

John drehte sich um und ging ruhig durch die Tür hinaus.

»*John!*«

Damals, als er noch klein und hilflos war, hatte er keine Vergeltung an seinem Angreifer üben können. Jetzt aber, da er die drei Meter zu Phurys Tür stapfte, war er in der Lage, etwas an seiner Vergangenheit und Cormias Gegenwart zu ändern. Jetzt war er groß und stark genug. Jetzt konnte er für jemanden eintreten, der der Gnade eines viel Stärkeren ausgeliefert gewesen war.

»John! Nein!« Cormia rannte aus ihrem Zimmer.

John klopfte nicht. O nein, kein Klopfen. In diesem Augenblick waren seine Fäuste nicht für Holz bestimmt. Sie waren für Fleisch bestimmt.

Er warf Phurys Tür auf und fand den Bruder mit einem Joint zwischen den Lippen auf der Bettkante sitzend vor. Ihre Blicke trafen sich, in Phurys Miene spiegelten sich Schuldbewusstsein, Schmerz und Reue.

Was die Angelegenheit besiegelte.

Mit einem lautlosen Brüllen stürzte John quer durch den Raum, und Phury unternahm absolut gar nichts, um den Angriff zu verhindern. Der Bruder ergab sich fast bereitwillig der Attacke, ließ sich auf die Matratze fallen, während John ihn auf den Mund und die Augen und den Kiefer schlug, wieder und wieder.

Jemand schrie. Eine Frau.

Leute kamen angerannt.

Gebrüll ertönte. Viel Gebrüll.

»Was zum *Henker* ist hier los?«, donnerte Wrath.

John hörte nichts von alledem. Er konzentrierte sich ausschließlich darauf, Phury windelweich zu prügeln. Der

Bruder war nicht länger sein Lehrer oder sein Freund, er war ein Rohling und ein Vergewaltiger.

Blut rann auf das Laken.

Was ja wohl nur fair war.

Schließlich gelang es jemandem – Rhage, es war Rhage – John wegzuzerren, und Cormia rannte zu Phury. Doch der hielt sie auf Abstand und drehte sich weg.

»Zur Hölle«, schimpfte Wrath. »Können wir uns alle mal kurz entspannen?«

Die Oper im Hintergrund passte so überhaupt nicht zu dem Szenario: Ihre majestätische Schönheit stand in krassem Widerspruch zu Phurys zerschlagenem Gesicht, Johns bebender Wut und Cormias Tränen.

Wrath knöpfte sich John vor. »Was zum Henker ist mit dir los?«

»Ich hatte es verdient.« Phury wischte sich die blutige Lippe ab. »Ich hatte das und noch Schlimmeres verdient.«

Wraths Kopf schnellte zum Bett herum. »Was?«

»Nein, hat er nicht«, mischte sich Cormia ein, den Kragen ihrer Robe fest um ihren Hals haltend. »Es war einvernehmlich.«

»Nein, war es nicht.« Phury schüttelte den Kopf. »War es nicht.«

Der König kniff die Augen zusammen. Mit tiefer, gepresster Stimme sagte er zu der Auserwählten: »Was war einvernehmlich?«

Während die versammelte Mannschaft im Raum von einem zum anderen blickte, ließ John Phury nicht aus den Augen. Sollte Rhage seinen Griff lockern, würde er sich wieder auf den Bruder stürzen. Ihm war egal, wer hier alles herumstand.

Phury setzte sich langsam auf, zuckte zusammen,

sein Gesicht begann bereits anzuschwellen. »Lüg nicht, Cormia.«

»Das stimmt nicht«, fauchte sie. »Der Primal hat nichts Falsches getan …«

»Blödsinn, Cormia! Ich habe dich gewaltsam genommen …«

»Hast du nicht …«

Jemand mischte sich in den Streit ein. Und noch jemand. Selbst John machte mit und formte mit den Lippen wüste Beschimpfungen gegen Phury, während er sich weiter gegen Rhages Gewicht stemmte.

Wrath griff sich den schweren Kristallaschenbecher vom Sekretär und schleuderte ihn an die Wand. Er zersplitterte in tausend Scherben und hinterließ eine Delle in der Größe eines Kinderkopfs im Putz.

»Der Nächste, der hier noch einen verdammten Mucks von sich gibt, fliegt hinterher, kapiert?«

Alle wurden still. Und blieben es auch.

»Du« – Wrath zeigte auf John – »verziehst dich hier, während ich das regle.«

John schüttelte den Kopf, ohne sich um den Aschenbecher zu kümmern. Er wollte bleiben. Er musste bleiben. Jemand musste Cormia doch …

Cormia trat zu ihm und nahm seine Hand, drückte sie fest. »Du bist ein Mann von Wert, und ich weiß, dass du glaubst, meine Ehre zu beschützen. Aber schau mir in die Augen, und erkenne darin die Wahrheit.«

John musterte Cormias Gesicht. Es lag eine Traurigkeit darin, aber sie war von der schmerzlichen Art; der Art, die man empfand, wenn man unglücklich war. Außerdem sah er in ihrer Miene Entschlossenheit und unverhüllte Kraft.

Keine Angst. Keine erstickte Verzweiflung. Keine furchtbare Scham.

Sie fühlte sich nicht, wie er sich danach gefühlt hatte.

»Geh«, sagte sie sanft. »Alles ist gut. Ehrlich.«

John blickte zu Wrath, der nickte. »Ich weiß nicht, was du gesehen hast, aber ich werde herausfinden, was passiert ist. Lass mich das regeln, mein Sohn. Ich kümmere mich um sie. Und jetzt alle raus hier.«

John drückte Cormias Hand und verließ mit den anderen den Raum. Sobald er draußen war, wurde die Tür geschlossen, und er vernahm leise Stimmen.

Er ging nicht weit weg. Konnte er nicht. Er schaffte es gerade mal bis vor Wraths Arbeitszimmer, bis seine Knie sich eine Auszeit nahmen und er auf einen der antiken Stühle sank, die im Flur verstreut standen. Nachdem er jedem glaubhaft versichert hatte, dass er okay sei, ließ er den Kopf hängen und atmete langsam.

Die Vergangenheit stand ihm deutlich vor Augen, wiederbelebt durch den Blitzschlag, der ihn vorhin in Cormias Zimmer getroffen hatte.

Die Augen zu schließen half nichts. Sich gut zuzureden half ebenfalls nicht.

Während er noch mühsam darum kämpfte, sich wieder in den Griff zu kriegen, fiel ihm ein, dass es Wochen her war, seit er zuletzt mit Zsadist im Wald spazieren gegangen war. Je weiter Bellas Schwangerschaft fortgeschritten und je problematischer sie geworden war, desto seltener waren seine und Zs nächtliche, schweigende Ausflüge geworden.

Jetzt könnte er einen brauchen.

Er hob den Kopf und überlegte, ob Zsadist überhaupt im Haus war. Wahrscheinlich nicht, da er das Drama in

Phurys Zimmer eben verpasst hatte. In Anbetracht all der tödlichen Überfälle heute Nacht hatte der Bruder mit Sicherheit genug um die Ohren.

John stand auf und ging in sein Zimmer. Er schloss sich ein, streckte sich auf dem Bett aus und simste Qhuinn und Blay, dass er sich aufs Ohr hauen würde. Sie würden die Nachricht erhalten, sobald sie wieder aus dem Tunnel kamen.

Er starrte an die Decke und dachte nach … über die Zahl drei. Ein Unglück kam niemals allein, und seiner Erfahrung nach waren es immer drei. Und es ging nicht immer um den Tod.

Dreimal war er im vergangenen Jahr ausgerastet. Dreimal war ihm der Geduldsfaden gerissen, und er hatte jemanden angegriffen.

Zweimal Lash.

Einmal Phury.

Du bist labil, sagte eine Stimme.

Das schon, aber er hatte seine Gründe gehabt, und es waren immer gute Gründe gewesen. Beim ersten Mal hatte Lash Qhuinn nicht in Ruhe gelassen. Beim zweiten Mal hatte Lash es mehr als verdient gehabt. Und dieses dritte Mal … die Indizien hatten für sich gesprochen, und was für ein Mann wäre er, würde er eine Frau in diesem Zustand entdecken und nicht zur Tat schreiten?

Du bist labil.

Er schloss die Augen, versuchte aber, nicht an das Treppenhaus in dem verwahrlosten Mietshaus zu denken, wo er damals allein gelebt hatte. Er versuchte, nicht an den Klang dieser Stiefel auf den Stufen zu denken. Er versuchte, nicht an den alten Schimmel und den frischen Urin und das von Schweiß durchsetzte Aftershave zu denken, das ihm in die Nase gekrochen war, als geschah, was man ihm angetan hatte …

Er konnte die Erinnerungen nicht abschütteln. Besonders nicht die Gerüche.

Der Schimmel war an der Wand gewesen, gegen die er mit dem Gesicht voran gedrückt worden war. Der Urin war sein eigener gewesen und ihm an den Innenseiten der Schenkel bis auf die brutal heruntergerissene Hose gelaufen. Das schweißige Aftershave war das seines Angreifers gewesen.

Die Szene war für ihn so lebendig wie der Ort, an dem er sich jetzt gerade befand. Er spürte seinen Körper von damals genauso deutlich wie seinen jetzigen, sah das Treppenhaus so klar vor sich wie sein eigenes Zimmer. Alles war noch da, ganz frisch, und es schien für dieses grauenhafte Erlebnis kein Verfallsdatum zu geben.

Man brauchte keinen Doktor in Psychologie, um zu verstehen, dass sein Jähzorn in dem wurzelte, was er in sich verschlossen hielt.

Zum ersten Mal in seinem Leben wollte er mit jemandem sprechen.

Nein … das stimmte so nicht ganz.

Er wollte denjenigen zurückhaben, der ihn verstand. Er wollte seinen Vater.

Nach Johns Muhammad-Ali-Nummer fühlte sich Phurys Gesicht an, als wäre es gegrillt und zusätzlich getreten worden. »Hör mal, Wrath … sei nicht böse auf John.«

»Es war ein Missverständnis«, sagte Cormia zum König. »Weiter nichts.«

»Was zum Teufel ist zwischen euch vorgefallen?«, wollte Wrath wissen.

»Nichts«, erwiderte Cormia. »Absolut gar nichts.«

Das kaufte ihr der König allerdings nicht ab, was wiederum bewies, dass der furchtlose Anführer der Vampire kein totaler Trottel war; aber im Augenblick fehlte Phury einfach die Kraft, sich herumzustreiten. Er tupfte sich einfach unablässig den geschundenen Mund mit dem Unterarm ab, während Wrath weitersprach und Cormia ihn verteidigte. Warum auch immer.

Wraths Augen funkelten böse hinter der Sonnenbrille. »Muss ich erst noch mehr Sachen an die Wand schmeißen, bevor ihr beiden endlich mal aufhört, mir totalen Blödsinn zu erzählen? Von wegen es war nichts. John ist ein Hitzkopf, aber er ist kein …«

Cormia fiel dem König ins Wort. »John hat falsch interpretiert, was er gesehen hat.«

»Was hat er denn gesehen?«

»Nichts. Ich sage, es war nichts, und deshalb ist es auch so.«

Wrath musterte sie von Kopf bis Fuß, als suchte er nach Verletzungen. Dann wandte er sich Phury zu. »Was hast du mir zu sagen?«

Phury schüttelte den Kopf. »Sie hat unrecht. John hat nichts falsch …«

Cormias Tonfall war schneidend. »Der Primal hüllt sich unnötigerweise in Selbstvorwürfe. Meine Ehre wurde auf keine Art und Weise verletzt, und ich glaube doch, dass ich das zu entscheiden habe, oder etwa nicht?«

Nach einer kleinen Pause neigte der König den Kopf. »Wie du wünschst.«

»Danke, Eure Hoheit.« Sie verneigte sich tief. »Und jetzt werde ich gehen.«

»Soll ich Fritz mit etwas Essen schicken …«

»Nein. Ich gehe auf die Andere Seite. Ich kehre nach Hause zurück.« Wieder verbeugte sie sich, und dabei rutschte das vom Duschen noch feuchte Haar über ihre Schulter und streifte den Fußboden. »Ich wünsche Euch beiden alles erdenklich Gute und entbiete dem Rest dieses Haushalts die besten Grüße. Eure Majestät.« Sie verneigte sich vor Wrath. »Euer Gnaden.«

Als sie sich vor Phury verbeugte, sprang er vom Bett auf und rannte panisch auf sie zu … doch sie löste sich einfach in Luft auf, bevor er sie erreichen konnte.

Fort. Einfach so.

»Würdest du mich bitte entschuldigen«, sagte er zu Wrath. Es klang nicht wie eine Bitte, aber das war ihm völlig egal.

»Ich glaube nicht, dass du jetzt allein sein solltest«, wandte Wrath düster ein.

Es entspann sich ein kurzes Gespräch, ein Hin und Her, das Wrath schließlich auf gewisse Weise überzeugt haben musste, denn der König ging.

Als er weg war, blieb Phury reglos wie eine Statue mitten in seinem Zimmer stehen und starrte die Delle im Putz an, die der Aschenbecher hinterlassen hatte. Innerlich krümmte er sich, doch äußerlich war er vollkommen starr: Der erstickende Efeu wuchs unter seiner Haut, nicht darauf.

Mit einer raschen Augenbewegung sah er auf die Uhr. Nur noch eine Stunde bis zum Morgengrauen.

Als er ins Badezimmer ging, um sich hastig zu waschen, wusste er, dass er sich jetzt beeilen musste.

41

Die Polizeiwache von Caldwell hatte zwei unterschiedliche Gesichter: den Vordereingang auf der Tenth Street mit den Stufen, wo die Fernsehteams den ganzen Quatsch drehten, den man in den Abendnachrichten sah; und die Hintertür mit den Eisengittern, wo die Drecksarbeit erledigt wurde. In Wahrheit sah die Seite von der Tenth Street nur wenig besser aus, weil das Gebäude aus den 1960ern wie das Profil einer alternden, hässlichen Frau war: Es gab keine guten Seiten.

Der Streifenwagen, auf dessen Rücksitz Lash saß, hielt direkt am Hintereingang.

Wie zum Henker war er hier gelandet?

Der Bulle, der ihn verhaftet hatte, machte die Tür von außen auf. »Bitte steigen Sie aus dem Wagen.«

Lash sah den Kerl an, dann schwang er seine Beine herum. Wunschträume, dem Mann die Kehle aufzureißen und seine Halsader in einen Springbrunnen zu verwandeln, konnte er nicht zurückdrängen.

»Hier entlang, Sir.«

»Kein Problem.«

An der Art, wie die Hand des Polizisten nach seinem Pistolengriff tastete, obwohl sie sich unter voller Beobachtung der gesamten Besatzung befanden, merkte Lash, dass er den Mann total nervös machte.

Lash wurde durch eine Tür und über einen Linoleumflur geführt, der aussah, als wäre er seit dem Bau der Polizeiwache nicht mehr renoviert worden. Vor einer Plexiglasscheibe, die so dick wie ein Arm war, blieben sie stehen. Der Polizist sagte etwas in eine runde Metallscheibe an der Wand.

Die Frau auf der anderen Seite der Scheibe wirkte ganz geschäftig in ihrer marineblauen Uniform und ungefähr so attraktiv wie ihr männlicher Kollege.

Doch sie erledigte den Papierkram schnell. Als sie befand, sie hätte genug Formulare zum Ausfüllen zusammengerafft, schob sie dem Polizisten neben Lash den Stapel unter dem Fenster durch zu und nickte. Die Tür neben ihnen stieß ein *Piiieeep* und ein dumpfes Klackern aus, und dann folgte ein weiterer total ramponierter Linoleumboden, der in einen kleinen Raum mit Bank, Stuhl und Tisch mündete.

Nachdem sie sich gesetzt hatten, holte der Beamte einen Kuli heraus und klickte die Mine heraus. »Wie lautet Ihr voller Name?«

»Larry Owen«, sagte Lash. »Wie ich Ihrem Kollegen schon gesagt habe.«

Der Mann beugte sich über seine Formulare. »Adresse?«

»Fünfzehn dreiundachtzig Tenth Street, Wohnung vier F momentan.« Er dachte sich, er könnte genauso gut die Adresse angeben, die auf dem Fahrzeugschein des Focus stand. Mr. D würde den gefälschten Führerschein vorbeibringen, den Lash benutzt hatte, als er noch bei seinen Eltern wohnte, aber er konnte sich nicht genau erinnern, was darauf stand.

»Haben Sie irgendein Dokument, das beweist, dass Sie dort wohnen?«

»Nicht dabei. Aber mein Freund bringt mir nachher meinen Ausweis.«

»Geburtsdatum?«

»Wann krieg ich meinen Anruf?«

»In einer Minute. Geburtsdatum?«

»Dreizehnter Oktober 1981.« Zumindest glaubte er, dass das auf dem gefälschten Führerschein stand.

Der Beamte stellte ein Stempelkissen auf den Tisch, stand auf und öffnete eine der Handschellen. »Ich brauche jetzt Ihre Fingerabdrücke.«

Na, viel Glück damit, dachte Lash.

Widerstandslos ließ er den Mann seine Hand nach vorn ziehen, eine Fingerspitze über die Tinte rollen und dann auf ein weißes Papier mit zehn in zwei Reihen angeordneten Kästchen drücken.

Der Polizist runzelte die Stirn und versuchte einen anderen Finger. »Da kommt nichts.«

»Ich hab mich als Kind verbrannt.«

»Aber klar doch.« Er probierte es noch ein paarmal, gab dann auf und steckte Lashs freie Hand wieder in die Handschelle zurück. »Rüber zur Kamera.«

Lash ging durch den Raum und stand still, während ein Blitzlicht vor seinem Gesicht aufleuchtete. »Ich will meinen Anruf.«

»Den bekommen Sie schon.«

»Wie hoch ist meine Kaution?«

»Das weiß ich noch nicht.«

»Wann komme ich raus?«

»Sobald der Richter die Kaution festsetzt und Sie bezahlen. Wahrscheinlich heute Nachmittag.«

Nun wurden Lashs Hände vor ihm mit den Handschellen gefesselt und ein Telefon vor ihn geschoben.

Der Beamte drückte auf Lautsprecher und wählte Mr. Ds Handynummer, die Lash ihm vorsagte.

Als der *Lesser* abhob, trat der Cop zurück.

Lash verschwendete keine Zeit. »Bring mir meine Brieftasche. Sie ist in meiner Jacke auf dem Rücksitz. Kaution wurde noch nicht festgesetzt, aber treib so schnell wie möglich Bargeld auf.«

»Wann soll ich kommen?«

»Bring den Ausweis sofort. Danach hängt es davon ab, wann der Richter die Kaution festlegt.« Er sah den Beamten an. »Kann ich ihn noch mal anrufen, um ihm zu sagen, wann er mich abholen soll?«

»Nein, aber er kann bei uns anrufen, um zu erfahren, in welchem Gefängnis Sie sind und auch, wann Sie entlassen werden.«

»Hast du das gehört?«

»Jawohl«, sagte Mr. D, der durch den Lautsprecher ziemlich blechern klang.

»Macht weiter mit der Arbeit.«

»Machen wir.«

Zehn Minuten später saß Lash in einer Zelle.

Der große Raum war ganz klassisch, mit den Gitterstäben an der Frontseite und dem Edelstahlklo und dem Waschbecken in der Ecke. Als er sich mit dem Rücken zur Wand auf die Bank setzte, checkten ihn fünf Typen ab. Zwei waren eindeutig Junkies, weil sie fettig wie Speckstreifen glänzten und sich ganz offensichtlich früher am Abend das Gehirn gebrutzelt hatten. Die anderen drei waren seine Baustelle, wenn sie auch nur Menschen waren: ein Kerl mit massigen Bizeps und einem guten Dutzend Gefängnistattoos in der gegenüberliegenden Ecke, weit weg von allen anderen; ein Gangmitglied mit einem blauen, um den Kopf gebundenen Tuch, der vor den Gitterstäben einen auf Tiger im Käfig machte; und ein glatzköpfiger Spinner, der neben der Zellentür lehnte.

Natürlich kriegten die Junkies gar nicht mit, dass ihr Grüppchen Zuwachs bekommen hatte, aber die anderen inspizierten ihn wie Hunde eine Lammkeule beim Metzger.

Lash dachte an die vielen *Lesser,* die sie heute Nacht verloren hatten.

»Hey, Arschloch«, sagte er zu dem Knacki, »hat dein Freund dir die Tattoos gemacht? Oder war der zu beschäftigt damit, dich in den Arsch zu ficken?«

Der Bursche verengte die Augen. »Was hast du zu mir gesagt?«

Das Gangmitglied schüttelte den Kopf. »Du bist wohl nicht mehr ganz dicht, du weißes Jüngelchen.«

Der Glatzkopf lachte wie ein Mixer, hoch und schnell.

Wer hätte gedacht, dass neue Mitglieder zu rekrutieren so einfach wäre, dachte Lash.

Phury dematerialisierte sich nicht ins *ZeroSum.* Er entschied sich für das *Screamer's.*

Da die Nacht sich dem Ende zuneigte, gab es keine Warteschlange mehr vor dem Club, also spazierte er einfach durch die Tür und zur Theke. Hardcore-Rap wummerte aus den Lautsprechern, der klägliche Rest der Partygäste klammerte sich krampfhaft an seinen Getränken fest und hing in dunklen Ecken übereinander, zu voll, um noch Sex zu haben.

Der Barkeeper kam an. »Es gibt gerade die letzte Runde.«

»Sapphire Martini.«

Kurz darauf stellte der Mann das Glas auf einer Serviette ab. »Das macht zwölf Dollar.«

Phury schob einen Fünfziger über die schwarze Theke und ließ die Hand darauf liegen. »Ich bin auf der Suche nach etwas. Und ich meine nicht das Wechselgeld.«

Der Barkeeper sah den grünen Schein an. »Was soll's denn sein?«

»Ich steh auf Schnee.«

Der Kerl sah sich im Raum um. »Tja, das hier ist ein Club, keine Skipiste.«

»Und ich trage kein Dunkelblau. Nie.«

Jetzt musterte der Kellner Phury von Kopf bis Fuß. »Bei deinen teuren Klamotten ... könntest du alles tragen.«

»Dunkelblau kann ich nicht leiden.«

»Bist du von außerhalb?«

»Könnte man sagen.«

»Dein Gesicht sieht furchtbar aus.«

»Na so was. Ist mir noch gar nicht aufgefallen.«

Der Barkeeper schwieg einen Moment. »Siehst du den Typen da hinten? Mit dem Adler auf der Jacke? Der kann dir vielleicht weiterhelfen. Vielleicht. Ich kenne ihn nicht.«

»Natürlich nicht.«

Phury ließ den Fünfziger und den Martini auf der Theke und lief zielstrebig durch die ausgedünnte, bedröhnte Menge.

Unmittelbar bevor er in Reichweite kam, schlenderte der fragliche Kerl davon, durch die Seitentür nach draußen.

Phury folgte ihm auf die Straße, und als er an der Luft war, blitzte in seinem Kopf etwas auf, was er aber ignorierte. Er war nur an einer Sache interessiert ... war so in sich verkapselt, dass sogar die Stimme des Zauberers weg war.

»Entschuldigung«, sagte er.

Der Dealer drehte sich auf dem Absatz um und musterte ihn mit dem gleichen Blick wie der Barkeeper vorher. »Ich kenne dich nicht.«

»Nein. Aber du kennst meine Freunde.«

»Ach nein.« Als Phury mit ein paar Hundertdollarscheinen wedelte, lächelte der Kerl. »Ah, *diese* Freunde. Was suchst du denn?«

»H.«

»Perfektes Timing. Ich bin fast ausverkauft.« Der Stein im Highschool-Ring des Mannes leuchtete blau, als er eine Hand in die Tasche steckte.

Den Bruchteil einer Sekunde sah Phury den Dealer und den Fixer in der Sackgasse vor sich, die beiden, die er und der *Lesser* damals überrascht hatten. Komisch, dieser Vorfall hatte die steile Talfahrt ausgelöst, der Abhang hatte ihn genau hierhergeführt, zu diesem Augenblick, auf diese Straße … wo ein kleiner weißer Umschlag voller Heroin in seiner Hand landete.

»Ich bin fast jede Nacht hier.« Der Dealer deutete mit dem Kopf auf den Club.

Lichtkegel trafen sie aus allen Richtungen – dank der zivilen Streifenwagen, die an beiden Enden der Straße parkten.

»Hände hoch!«, brüllte jemand.

Phury sah dem Dealer in die panischen Augen und spürte weder Mitleid noch Komplizenschaft. »Ich muss los. Bis dann.«

Er löschte die Erinnerung an sich aus den vier Polizisten mit den gezogenen Pistolen und aus dem Dealer mit der entsetzten Miene und dematerialisierte sich mit seinem Kauf.

42

Qhuinn ging voran durch den Tunnel, der unterirdisch vom Haus der Bruderschaft ins Büro des Trainingszentrums führte. Blay hielt sich hinter ihm, das einzige Geräusch, das man hörte, waren ihre Stiefel. Ihre gemeinsame Mahlzeit war genauso verlaufen – nur Besteckklappern und ein gelegentliches *Kann ich mal das Salz haben?*

Die Konversationsdürre beim Essen war nur von dem Platzregen eines heftigen Dramas im oberen Stock unterbrochen worden. Als sie das Gebrüll hörten, hatten sie beide ihre Gabeln weggelegt und waren in die Eingangshalle gerannt, doch Rhage hatte über die Brüstung nach unten geschaut und den Kopf geschüttelt; sie sollten sich raushalten.

Was okay war. Sie beide hatten reichlich eigenen Mist um die Ohren.

Als sie vor der Tür ankamen, die in den Büroschrank führte, tippte Qhuinn die Ziffern 1914 ein, sodass Blay sie sehen konnte.

»Das Jahr, in dem das Haus gebaut wurde, hat man mir gesagt.« Sie traten durch den Schrank und kamen neben dem Schreibtisch heraus. »Ich hatte mich immer gewundert, wie sie hierherkamen.«

Blay stieß ein Geräusch aus, das alles von »Ich auch«

bis zu »Du kannst mich mal kreuzweise, du miese Ratte« heißen konnte.

Der Weg zum Sanitätsraum war nicht besonders schwer zu finden, und sobald sie in der Turnhalle waren, versuchte Blay, Qhuinn abzuhängen.

»Du kannst jetzt wieder gehen«, sagte er, sobald sie vor der Tür mit der Aufschrift Ausrüstung/Physiotherapie standen. »Ich kümmere mich selbst um die Wunde am Rücken.«

»Die ist zwischen deinen Schulterblättern.«

Blay legte die Hand auf die Klinke und machte wieder dieses Geräusch in der Kehle. Und dieses Mal hieß es garantiert nicht *Ich auch*.

»Sei vernünftig«, meinte Qhuinn.

Blays Blick war starr geradeaus gerichtet. Nach einem kurzen Moment öffnete er die Tür. »Wasch dir erst die Hände. Bevor du mich anfasst, will ich, dass du dir die Hände wäschst.«

Sie gingen hinein, und Blay steuerte sofort auf die Liege zu, auf der Qhuinn vorletzte Nacht operiert worden war.

»Wir wechseln uns ja schön ab hier«, sagte Qhuinn und blickte sich in dem gefliesten Raum mit den Edelstahlschränken und der medizinischen Einrichtung um.

Blay setzte sich auf den Tisch, schälte sich aus seinem Hemd und zuckte zusammen, als er die noch kaum geschlossenen blutenden Wunden auf seiner Brust sah. »Shit.«

Qhuinn stieß einen langen lautlosen Seufzer aus und betrachtete seinen Freund. Sein Kopf hing tief herab, während er seine Verletzungen inspizierte, und er sah wunderschön aus mit seinen breiten Schultern, den straffen Brustmuskeln, den von Muskelsträngen durchzogenen

Armen. Was ihn allerdings noch viel anziehender machte, war seine kühle Reserviertheit.

Man fragte sich unwillkürlich, was sich wohl unter all dieser Zurückhaltung verbarg.

Qhuinn spielte die Krankenschwester, suchte Mullbinden, Klebeband und antiseptische Spülung aus den Schränken zusammen, legte alles auf ein Tablett und flitzte damit zum Behandlungstisch.

Dann stellte er sich vor das Edelstahlwaschbecken und drückte das Pedal, um das Wasser anzustellen.

Beim Händewaschen sagte er leise: »Wenn ich könnte, würde ich.«

»Wie bitte?«

Qhuinn quetschte etwas Seife in seine Hand und schäumte sich bis zu den Ellbogen ein. Was total übertrieben war, aber wenn Blay ihn ultrasauber haben wollte, dann bitte schön. »Wenn ich einen Mann auf diese Art lieben könnte, dann wärst du es.«

»Wenn ich's mir recht überlege, dann mach ich das hier doch lieber allein, und zum Teufel mit meinem Rücken.«

»Ich meine es ernst.« Qhuinn ließ das Pedal los und schüttelte die Hände über dem Waschbecken aus. »Glaubst du, ich hätte noch nie darüber nachgedacht? Mit dir zusammen zu sein, meine ich. Und nicht nur beim Sex.«

»Ehrlich?«, flüsterte Blay.

Qhuinn trocknete sich die Hände mit einem Stapel blauer Papierhandtücher ab und nahm eins mit, als er zu Blay ging. »Ja. Halt dir das hier unter die Wunden.«

Blay gehorchte, und Qhuinn quetschte etwas Spülung auf die Schnittwunde auf dem Brustbein.

»Ich wusste nicht ... verdammte *Scheiße!*«

»Brennt ein bisschen, was?« Qhuinn ging um den Tisch herum, um sich Blays Rücken anzusehen. »Achtung, jetzt kommt der andere. Der ist noch tiefer.«

Qhuinn hielt ein Papiertuch unter den Schnitt am Rücken und wusch die Verletzung mit etwas aus, das wie Sagrotan roch. Blay zischte und krümmte sich. »Es ist gleich vorbei.«

»Das sagst du doch zu allen …« Blay biss sich auf die Zunge.

»Nein, das sage ich zu niemandem. Die nehmen mich, wie ich bin. Wenn sie damit nicht klarkommen, ist das ihr Problem.«

Qhuinn riss ein Päckchen sterilen Wundverband auf und presste das weiße Gewebe auf die Wunde zwischen Blays Schulterblättern. »Ich hab sogar viel über uns nachgedacht … aber langfristig sehe ich mich mit einer Frau. Ich kann das nicht erklären. So ist es einfach.«

Blays Brustkorb dehnte sich aus und zog sich wieder zusammen. »Vielleicht, weil du nicht noch einen Defekt brauchen kannst?«

Qhuinn runzelte die Stirn. »Nein.«

»Bist du dir da ganz sicher?«

»Hör mal, wenn es mich interessieren würde, was andere Leute denken, glaubst du, ich würde dann tun, was ich schon längst tue?« Er kam wieder nach vorn und betupfte die Wunde auf Blays Brust, dann wandte er sich dem Schnitt auf der Schulter zu. »Außerdem ist meine Familie tot. Wen soll ich denn jetzt noch beeindrucken?«

»Warum warst du so grausam?«, fragte Blay mit würdevoller Stimme. »Bei mir zu Hause im Tunnel.«

Qhuinn nahm eine Tube Breitbandantibiotikum und stellte sich wieder vor den Rücken seines Freundes. »Ich war mir ziemlich sicher, dass ich nicht zurückkommen würde, und ich wollte nicht, dass du meinetwegen dein Leben ruinierst. Dachte, es wäre besser für dich, mich zu hassen, als mich zu vermissen.«

Blay musste aufrichtig lachen, und der Klang tat gut. »Du bist so arrogant.«

»Ach was. Aber es stimmt doch, oder?« Qhuinn strich die milchige Salbe auf die Schnittwunde. »So wäre es doch gewesen.«

Als er wieder vor ihn trat, hob Blay den Kopf. Ihre Blicke trafen sich, und Qhuinn legte seinem Freund die Hand auf die Wange.

Sanft mit dem Daumen hin und her reibend, flüsterte er: »Ich möchte, dass du mit jemandem zusammen bist, der deiner würdig ist. Der dich anständig behandelt. Nur für dich da ist. Das bin ich nicht. Selbst wenn ich mich mit einer Frau niederlassen würde … ich rede mir gern ein, dass ich bei nur einer bleiben könnte, aber tief drinnen glaube ich nicht wirklich daran.«

Die Sehnsucht in den blauen Augen, die ihn ansahen, brach ihm das Herz. Total. Und er konnte sich nicht vorstellen, was Blay in ihm sah, das ihn so besonders machte.

»Was stimmt denn nicht mit dir«, flüsterte er, »dass ich dir so viel bedeute?«

Blays trauriges Lächeln machte ihn um eine Million Jahre älter, verlieh seinem Gesicht ein Wissen, das man nur haben konnte, wenn einen das Leben schon diverse Mal in die Eier getreten hatte. »Was stimmt nicht mit *dir*, dass du das nicht begreifen kannst?«

»In dem Punkt bleiben wir wohl unterschiedlicher Meinung.«

»Versprichst du mir was?«

»Alles.«

»Verlass mich, wenn du willst, aber nicht zu meinem eigenen Besten. Ich bin kein Kind, und ich gehe nicht so leicht kaputt, und was ich empfinde, geht dich verflucht noch mal nichts an.«

»Ich dachte, ich würde das Richtige tun.«

»Hast du aber nicht. Also, versprichst du es?«

Qhuinn atmete hörbar aus. »Na schön, versprochen. Wenn du schwörst, dass du dir einen richtigen Mann suchst, abgemacht?«

»Du bist für mich ein richtiger Mann.«

»Schwör es. Sonst zieh ich wieder die Einsamer-Wolf-Nummer ab. Ich möchte, dass du offen für jemanden bist, den du wirklich haben kannst.«

Blays Hand umschloss Qhuinns Handgelenk und drückte es, um den Pakt beiderseitig zu besiegeln. »Na gut … abgemacht. Aber ein Mann wird es auf jeden Fall sein. Ich hab's mit Frauen probiert, und es fühlt sich einfach nicht richtig an.«

»Hauptsache, du bist glücklich. Tu, was dich glücklich macht.«

Die Spannung zwischen ihnen löste sich allmählich, und Qhuinn schlang die Arme um seinen Freund und drückte ihn fest an sich, versuchte, seinen Kummer aufzusaugen, wünschte sich, es gäbe einen anderen Weg für sie.

»Ich schätze mal, es ist besser so«, murmelte Blay in seine Schulter. »Du kannst nicht kochen.«

»Siehst du? Ich bin gar nicht der Märchenprinz.«

Qhuinn hätte schwören können, dass Blay flüsterte: »Doch, bist du schon.« Aber ganz sicher war er sich nicht.

Sie lösten sich voneinander, sahen einander in die Augen … und etwas verschob sich. In der Stille des leeren

Trainingszentrums, in der ausgedehnten Zweisamkeit des Augenblicks veränderte sich etwas.

»Nur einmal«, sagte Blay leise. »Tu es nur einmal. Damit ich weiß, wie es ist.«

Qhuinn schüttelte den Kopf. »Nein ... ich glaube nicht ...«

»Doch.«

Nach einem kurzen Zögern legte Qhuinn beide Hände um Blays kräftigen Hals und umfasste seinen Kiefer. »Bist du dir sicher?«

Als Blay nickte, neigte Qhuinn den Kopf seines Freundes zur Seite und hielt ihn fest, während er sich langsam näherte. Unmittelbar bevor ihre Lippen sich berührten, flatterten Blays Wimpern nach unten, und er erbebte und ...

Oh, es war süß. Blays Lippen waren unglaublich süß und weich.

Die Zunge hätte vermutlich nicht dazugehören sollen, aber es ließ sich nicht vermeiden. Qhuinn leckte zaghaft, dann ließ er sich tief fallen, schlang die Arme um Blay und hielt ihn mit aller Kraft. Als er schließlich den Kopf wieder hob, verrieten ihm Blays Augen, dass er alles zwischen ihnen zulassen würde.

Absolut alles.

Sie konnten diesen Funken zwischen sich weitertragen, bis sie beide nackt waren und Qhuinn mit seinem Freund tat, was er am besten konnte.

Doch dann wäre danach nichts mehr, wie es einmal war, und das hielt ihn davon ab, obwohl er plötzlich genau dasselbe wollte wie Blay. »Du bist mir viel zu wichtig«, sagte er mit rauer Stimme. »Du bist zu gut für die Art von Sex, die ich normalerweise habe.«

Blays Blick hing an Qhuinns Mund. »Jetzt in diesem Augenblick bin ich da völlig anderer Meinung.«

Als Qhuinn ihn losließ und einen Schritt zurück machte, stellte er fest, dass er gerade zum ersten und einzigen Mal jemanden zurückgewiesen hatte. »Ich habe aber recht. Ausnahmsweise habe ich verdammt noch mal recht.«

Blay holte tief Luft, dann stützte er die Arme auf dem Tisch ab und sammelte sich wieder. Er lachte kurz auf. »Ich kann meine Füße und meine Hände nicht spüren.«

»Ich würde sie ja abrubbeln, aber ...«

Blays Blick unter seinen Wimpern hervor war so verflucht sexy. »Dann wärst du in Versuchung, noch was anderes von mir abzurubbeln?«

Qhuinn grinste. »Penner.«

»Von mir aus. Dann sei doch so.« Blay streckte die Hand nach der Wundspülung aus, tupfte sich etwas davon auf die Brust und deckte die Stelle dann mit Mull ab. »Verbindest du mir den Rücken?«

»Klar.«

Während er den Schnitt verpflasterte, stellte sich Qhuinn vor, wie jemand Blays Haut berührte ... ihn streichelte, das Sehnen linderte, das ein Mann zwischen seinen Beinen bekam.

»Eine Sache noch«, murmelte Qhuinn.

»Was?«

Die Stimme, die aus seiner Kehle drang, war anders als alles, was er je von sich gehört hatte. »Wenn dir ein Kerl das Herz bricht oder dich mies behandelt, dann reiße ich ihn mit bloßen Händen in Stücke und lass seine kaputten, blutigen Überreste in der Sonne verschmoren.«

Blays Gelächter grollte über die gefliesten Wände. »Aber natürlich wirst du ...«

»Ich meine das todernst.«

Blays blaue Augen blickten über seine Schulter.

»Wenn jemand es wagt, dir wehzutun«, knurrte Qhuinn in der Alten Sprache, *»dann werde ich ihn pfählen und seinen Leib zerstören.«*

In seinem geräumigen Sommerhaus in den Adirondacks versuchte Rehvenge verzweifelt, sich wieder aufzuwärmen. In einen dicken Frotteebademantel gewickelt und mit einer Nerzdecke zugedeckt, lag er ausgestreckt auf einer Couch, nur zwei Meter von den Flammen eines knisternden Feuers entfernt.

Dieser Raum gehörte zu seinen Lieblingszimmern in dem riesigen, scheunenähnlichen Haus; mit seiner viktorianischen Einrichtung in Granatrot, Gold und Tiefblau entsprach er häufig seiner Stimmung. Komisch, er hatte immer gedacht, dass ein Hund gut neben dem massigen Steinkamin aussehen würde. Ein Retriever oder so was. Genau, vielleicht würde er sich einen Hund holen. Bella hatte Hunde immer gemocht. Ihre Mutter allerdings nicht, deshalb hatte es in ihrem Haus in Caldwell nie einen gegeben.

Rehv runzelte die Stirn und dachte an seine Mutter, die sich derzeit in einem anderen ihrer Häuser etwa zweihundert Kilometer entfernt aufhielt. Sie hatte sich von Bellas Entführung noch nicht wieder erholt. Das würde sie wahrscheinlich niemals. Selbst nach all den Monaten wollte sie nicht zurück in die Stadt – wobei dieser Entschluss in Anbetracht der Vorfälle in Caldwell keine so schlechte Sache war.

Sie würde in dem Haus sterben, in dem sie jetzt gerade war, dachte er. Wahrscheinlich innerhalb der nächsten paar Jahre. Das Alter hatte sie eingeholt, ihre biologische Uhr hatte zum Endspurt angesetzt, ihr Haar war schon weiß geworden.

»Ich hab noch Holz geholt«, sagte Trez, als er mit einem Armvoll Scheite zurückkam. Der Maure ging zum Kamin, schob den Wandschirm beiseite und stocherte in der Glut, bis sie noch heller loderte.

Was ziemlich krass war für August.

Aber das hier war August in den Adirondacks. Außerdem hatte er eine doppelte Dosis Dopamin intus, weshalb er ungefähr die gleiche Sinneswahrnehmung und Kerntemperatur hatte wie versteinertes Holz.

Trez stellte den Wandschirm wieder hin und blickte über die Schulter zu Rehv. »Deine Lippen sind blau. Soll ich dir Kaffee machen?«

»Du bist mein Leibwächter, kein Butler.«

»Und wie viele Leute genau stehen hier mit Silbertabletts rum?«

»Ich geh selbst.« Rehv wollte sich aufsetzen, aber sein Magen protestierte heftig. »Verdammt.«

»Leg dich wieder hin, sonst schlag ich dich k.o.«

Als sein Freund gegangen war, sank Rehv wieder in die Kissen. Die Nachwirkungen dessen, was er mit der Prinzessin machte, waren ätzend. Einfach nur ätzend. Er wollte einfach nur alles vergessen, wenigstens bis zum nächsten Monat. Blöderweise lief die Episode aber als Endlosschleife in seinem Kopf ab. Wieder und wieder sah er vor sich, was er heute Nacht in der Blockhütte getan hatte, sah sich selbst wichsen, um die Prinzessin zu verführen, und sie dann am Fensterbrett vögeln.

Variationen dieser Perversionen stellten nun schon – wie lang sein Sexleben dar? *Dreck* …

Er sinnierte kurz, wie es wohl wäre, etwas für jemanden zu empfinden, aber diesen Wunschtraum schob er schnell wieder beiseite. Die einzige Möglichkeit für ihn, Sex zu haben, war seine Medikamente abzusetzen – deshalb konnte er nur mit einer *Symphathin* Sex haben, und für eine dieser Frauen würde er sich niemals erwärmen. Klar, er und Xhex hatten es ausprobiert, aber das war eine Katastrophe gewesen, in vielerlei Hinsicht.

Ein Kaffeebecher wurde ihm unter die Nase gehalten. »Trink das.«

Er streckte die Hand danach aus und sagte: »Danke …«

»Verdammt, Mann, wie siehst du denn aus?«

Rasch steckte Rehv den schlimmen Arm unter die Decke und nahm den anderen. »Wie gesagt, danke.«

»Deshalb also hat Xhex dich in die Klinik geschickt.« Trez pflanzte sich in einen dunkelroten Sessel. »Und nein, ich warte nicht auf deine Bestätigung meiner Vermutung. Es ist unübersehbar.«

Als Trez die Beine übereinanderschlug, sah er aus wie der perfekte Gentleman, ein wahres Beispiel königlicher Abstammung: Obwohl er eine schwarze Cargohose, Springerstiefel und ein enges Shirt trug und mit Leichtigkeit in der Lage war, einem Mann den Kopf abzureißen und als Fußball zu benutzen, hätte man schwören können, dass er nur einen Abstecher zum Schrank von Hermelinumhang und Krone entfernt war.

Was übrigens auch tatsächlich so war.

»Der Kaffee ist gut«, murmelte Rehv.

»Aber Waffeln backen kann ich nicht. Was macht das Gegengift?«

»Ganz toll.«

»Das heißt, dir ist immer noch schlecht.«

»Du solltest *Symphath* sein.«

»Ich arbeite mit zweien von der Sorte zusammen. Das reicht dicke, vielen Dank auch.«

Rehv lächelte und nahm einen weiteren tiefen Schluck Kaffee. Wahrscheinlich verbrannte er sich den Mund, dem Dampf aus der Tasse nach zu urteilen, aber er spürte überhaupt nichts.

Andererseits war ihm Trez' starrer schwarzer Blick nur allzu bewusst. Was bedeutete, dass der Maure gleich etwas sagen würde, was Rehv nicht gefiele. Anders als die meisten Leute sah einen der Kerl direkt an, wenn er einem etwas Unerfreuliches mitzuteilen hatte.

Rehv verdrehte die Augen. »Jetzt bring's schon hinter dich, du meine Güte.«

»Es geht dir jedes Mal hinterher noch schlechter, wenn du bei ihr warst.«

Das stimmte.

Damals, als alles anfing, konnte er im Anschluss sofort wieder zur Arbeit gehen. Nach ein paar Jahren hatte er sich danach kurz hinlegen müssen. Später brauchte er ein paar Stunden Schlaf. Inzwischen lag er satte vierundzwanzig Stunden flach. Das Problem war, dass er inzwischen eine Allergie gegen das Gift hatte. Klar, das Gegengift, das Trez ihm hinterher reinjagte, verhinderte einen allergischen Schock, aber er erholte sich nicht mehr so gut davon.

Vielleicht würde er sich eines Tages gar nicht mehr erholen.

Als er an all die Medikamente dachte, die er regelmäßig brauchte, dachte er: *Mit den besten Empfehlungen Ihrer Pharmaindustrie.*

Trez blickte ihn immer noch unverwandt an, also nahm er noch einen Schluck und sagte: »Die Sache mit ihr zu beenden steht nicht zur Debatte.«

»Aber du könntest dich aus Caldwell absetzen. Dir einen neuen Wohnort suchen. Wenn sie nicht weiß, wo du zu finden bist, kann sie dich schlecht ausliefern.«

»Wenn ich die Stadt verließe, würde sie sich meine Mutter schnappen. Die wegen Bella und dem Baby auf keinen Fall woanders hinwill.«

»Das wird dich noch umbringen.«

»Sie ist zu abhängig davon, um das zu riskieren.«

»Dann musst du ihr sagen, sie soll den Quatsch mit dem Skorpiongift lassen. Ich verstehe, warum du stark wirken willst, aber sie wird bald einen Kadaver vögeln, wenn sie nicht damit aufhört.«

»Würde mich nicht wundern, wenn sie das auch noch anturnt.«

Hinter Trez breitete sich ein schönes Leuchten am Horizont aus.

»Verdammt, ist es schon so spät?« Rehv tastete nach der Fernbedienung, um die Rollläden herunterzulassen.

Doch das war nicht die Sonne. Wenigstens nicht die Sonne, die üblicherweise über den Himmel zog.

Eine Lichtgestalt kam gemütlich über den Rasen auf das Haus zugeschlendert.

Rehvenge fiel nur eine einzige Sache ein, die so einen Effekt erzielen konnte.

»Ist ja verflucht noch mal fantastisch«, raunte er und setzte sich auf. »Mann, ist diese Nacht nicht bald mal vorbei?«

Trez war bereits auf den Beinen. »Soll ich ihn reinlassen?«

»Von mir aus. Sonst würde er sowieso einfach durch die Scheibe laufen.«

Der Maure schob eine der Terrassentüren auf und trat zurück, als Lassiter hereinkam. Sein gleitender Gang wirkte geschmeidig und träge und unverschämt.

»Lange nicht gesehen«, sagte der Engel.

»Nicht lange genug.«

»Immer ein guter Gastgeber, hm?«

»Hör mal, Glühwürmchen.« Rehv blinzelte heftig. »Was dagegen, wenn du deine Discokugel ein bisschen dimmst?«

Das helle Leuchten ließ nach, bis Lassiter schließlich normal in Erscheinung trat. Also, normal für jemanden mit einem amtlichen Piercing-Fetisch und dem Bestreben, als Goldreserve für ein ganzes Land herhalten zu können.

Trez machte die Tür zu und baute sich davor auf wie eine Mauer, seine Miene sagte klar und deutlich: *Wenn du mir blöd kommst, trete ich dir in den Hintern, Engel oder nicht.*

»Was führt dich in mein Haus«, fragte Rehv, den Kaffeebecher mit beiden Händen umschließend, um die Wärme in sich aufzunehmen.

»Ich habe ein Problem.«

»Deine Persönlichkeit kann ich nicht reparieren, tut mir leid.«

Lassiter lachte, das Geräusch klang durch das Haus wie Kirchenglocken. »Macht nichts. Ich mag mich so, wie ich bin, vielen Dank.«

»Gegen Wahnvorstellungen bin ich auch machtlos.«

»Ich brauche eine Adresse.«

»Sehe ich aus wie ein Telefonbuch?«

»Offen gestanden, siehst du total beschissen aus.«

»Du immer mit deinen Komplimenten.« Rehv trank den Kaffee leer. »Wie kommst du auf die Idee, dass ich dir helfen würde?«

»Tja.«

»Was dagegen, noch ein paar Verben und Substantive einzustreuen? Ich verstehe nur Bahnhof.«

Lassiter wurde ernst, seine ätherische Schönheit verlor das übliche großkotzige Grinsen. »Ich bin in offizieller Mission hier.«

Rehvenge runzelte die Stirn. »Nichts für ungut, aber ich dachte, dein Chef hat dich gefeuert.«

»Ich habe noch einen letzten Versuch, ein braver Junge zu werden.« Der Engel sah eindringlich auf den Kaffeebecher in Rehvs Händen. »Wenn du mir hilfst, kann ich dir auch einen Gefallen tun.«

»So, so.«

Als Lassiter versuchte, einen Schritt nach vorn zu machen, klebte Trez an ihm wie Farbe. »O nein, das lässt du schön bleiben.«

»Ich heile ihn. Wenn ich ihn berühren darf, werde ich ihn heilen.«

Trez' Augenbrauen sanken herab, und er machte den Mund auf, als wollte er dem Engel raten, sich selbst zu heilen, indem er sich ganz schnell hier verpisste.

»Warte«, sagte Rehv da.

Mann, er fühlte sich so müde und erledigt und elend, er konnte sich kaum vorstellen, dass sich das bis zum Einbruch der Nacht ändern würde. Morgen in einer Woche.

»Um welche Adresse geht es denn?«

»Die der Bruderschaft.«

»Ha. Selbst wenn ich die kennen würde – und das tue ich nicht –, könnte ich sie dir nicht geben.«

»Ich habe etwas, was sie verloren haben.«

Rehv wollte schon wieder lachen, da zündete plötzlich seine *Symphathen*-Hälfte. Der Engel war ein Penner, aber er sah total ernst aus. Konnte das etwa stimmen? Könnte er am Ende …

»Ja, habe ich«, sagte Lassiter. »Hilfst du mir jetzt, ihnen zu helfen? Und als Gegenleistung kümmere ich mich um dein kleines Problem.«

»Und was für ein Problem soll das sein?«

»Die multiresistente Infektion an deinem Arm. Und die Tatsache, dass du spätestens bei deiner übernächsten Begegnung mit diesem Skorpiongift einen allergischen Schock kriegst.« Lassiter schüttelte den Kopf. »Ich werde keine Fragen stellen. Weder zum einen noch zum anderen.«

»Geht's dir gut? Normalerweise bist du neugieriger.«

»Hey, wenn du gern darüber reden …«

»Schon gut. Tob dich ruhig aus.« Rehv streckte seinen durchlöcherten Arm aus. »Ich werde sehen, was ich tun kann, aber ich kann nichts versprechen.«

Lassiter warf Trez ein Lächeln zu. »Also, Großer, machst du dich mal kurz locker und trittst beiseite? Denn dein Boss hier hat eingewilligt …«

»Er ist nicht mein Boss.«

»Ich bin nicht sein Boss.«

Lassiter legte den Kopf schief. »Dann eben dein Kollege. Gehst du jetzt freundlicherweise mal aus dem Weg?«

Trez fletschte seine Fänge und knallte zweimal die Kiefer aufeinander – wie man in Schattenkreisen jemandem mitteilte, dass er auf einem sehr schmalen Grat auf einem sehr hohen Berg wandelte. Aber er trat zurück.

Lassiter kam näher, sein Leuchten wurde wieder heller.

Rehv sah dem Kerl in die silbernen, pupillenlosen Augen. »Wenn du mich reinlegst, zerlegt Trez dich, bis man deine Verpackung nicht mal mehr mit Gaffer-Tape zusammenflicken kann. Du weißt, was er ist.«

»Ich weiß, aber er vergeudet seine Muskelkraft. Ich kann den Rechtschaffenen keinen Schaden zufügen, du bist also in Sicherheit.«

Rehv stieß ein bellendes Lachen aus. »Dann sollte er sich lieber weiter Sorgen machen.«

Als Lassiter den Arm ausstreckte und mit ihm in Berührung kam, spürte Rehv eine Art Stromschlag in seinen Arm züngeln, der ihm die Luft nahm. Eine wundersame Heilung ergoss sich in ihn, er erschauerte und legte sich zurück in sein Nest aus Decken. O mein Gott … Seine Erschöpfung ließ nach. Was bedeutete, dass der Schmerz, den er nicht fühlte, abebbte.

Mit seiner hinreißenden Stimme murmelte Lassiter: »Du brauchst dir überhaupt keine Sorgen zu machen. Die Rechtschaffenen mögen nicht immer recht handeln, aber ihre Seelen bleiben rein. Du bist in deinem Kern unbefleckt. Jetzt schließ deine Augen, du taube Nuss, ich werde gleich aufflackern wie ein Lagerfeuer.«

Rehv kniff die Augen zusammen und wandte den Kopf ab, als ein Schwall reinster Energie durch seinen Körper knallte. Es war wie ein Orgasmus auf Steroiden, ein gigantischer Schub, der ihn forttrug, ihn aufsplitterte, bis er in einem Sternenregen wieder herabschwebte.

Als er wieder in seinen Körper zurückkehrte, seufzte er lang und tief.

Lassiter ließ ihn los und rieb sich die Hand an der tief sitzenden Jeans, die er trug. »Und jetzt zu dem, was ich von dir brauche.«

»Es wird nicht einfach, sie zu finden.«

»Erzähl mir was Neues.«

»Ich muss mich zuerst davon überzeugen, dass du ihn wirklich hast.«

»Er ist nicht gerade bester Laune.«

»Kein Wunder, bei deiner Gesellschaft. Aber ich mach keine Welle, ehe ich ihn nicht mit eigenen Augen gesehen habe.«

Eine kurze Pause folgte. Und dann neigte Lassiter den Kopf. »Schön. Ich komme bei Einbruch der Nacht zurück und bringe dich zu ihm.«

»Geht klar, Engel. Geht klar.«

43

Unmittelbar vor dem Morgengrauen ging Phury in sein Zimmer und packte eine Sporttasche mit seiner Trainingsausrüstung, Handtuch, iPod, Wasserflasche … und Drogenzubehör einschließlich einem Löffel, einem Feuerzeug, einer Spritze, einem Gürtel und seiner Tüte rotem Rauch.

Dann ging er aus dem Zimmer und mit energischem Schritt in den Flur mit den Statuen. Er wollte nicht zu nahe bei Bella und Z sein, deshalb wählte er ein leeres Gästezimmer näher an der großen Freitreppe. Als er durch die Tür geschlüpft war, hätte er sich beinahe doch noch einen anderen Raum gesucht: Die Wände waren in zartem Lavendel gestrichen, genau die Farbe, die Cormia so gut gefiel.

Stimmen von *Doggen,* die draußen im Flur vorbeigingen, veranlassten ihn zum Bleiben.

Er ging ins Badezimmer, machte auch diese Tür zu und dimmte das Licht, bis es schwach glühte wie ein Kaminfeuer. Als die Rollläden für den Tag herunterratterten, setzte er sich mit dem Rücken zur Wanne auf den Marmorfußboden und holte alles aus der Tasche, was er brauchte.

Die Realität dessen, was zu tun er im Begriff stand, kam ihm seltsamerweise ganz normal vor.

Es war ein bisschen, wie in kaltes Wasser zu springen. Wenn der erste Schock mal verdaut war, gewöhnte man sich daran.

Und die Stille in seinem Kopf ermutigte ihn. Seit er diesen Weg eingeschlagen hatte, hatte der Zauberer kein Sterbenswörtchen mehr gesagt.

Phurys Hände zitterten nicht, als er etwas weißes Pulver in einen Silberlöffel klopfte und einen Tropfen Wasser aus seiner Flasche hinzufügte. Ruhig klappte er den Deckel seines Feuerzeugs auf, riss eine Flamme an und hielt sie unter die Mischung.

Geistesabwesend bemerkte er, dass der Löffel das Maiglöckchenmuster von Gorham hatte. Aus dem neunzehnten Jahrhundert.

Nachdem der Brei aufgekocht war, legte er den Löffel auf den Fußboden, zog die Spritze auf und tastete nach seinem Gürtel. Er streckte den linken Arm aus, fädelte das Leder durch die goldene Schnalle, zog fest und klemmte sich das Ende unter dem Arm fest.

Seine Venen traten in der Armbeuge hervor, und er betastete sie probeweise. Er wählte die dickste aus, dann runzelte er die Stirn.

Das Zeug in der Spritze war braun.

Einen kurzen Moment geriet er in Panik. Braun war keine gute Farbe.

Dann schüttelte er den Kopf, um ihn freizubekommen, durchstach seine Vene mit der Nadel und zog an dem Kolben, um sich zu vergewissern, dass er richtig drin war. Als er etwas Rotes sah, drückte er ihn mit dem Daumen ganz nach unten, leerte den Spritzeninhalt in seinen Arm und lockerte den Gürtel.

Die Wirkung trat viel schneller ein, als er es sich vorgestellt hatte. In der einen Sekunde ließ er den Arm sinken, in der nächsten wurde ihm wahnsinnig schlecht, und er krabbelte in einer bizarren, hektischen Zeitlupenbewegung zum Klo.

Dieses Zeug war definitiv kein roter Rauch. Da gab es keine sanfte Lockerung, kein höfliches Klopfen an der Tür, bevor die Droge ins Gehirn eintrat. Das war ein Überfall mit einem Rammbock und Munition aus allen Rohren, und während er sich übergab, musste er sich selbst daran erinnern, dass er bekommen hatte, was er wollte.

Ganz dumpf, im Hintergrund seines Bewusstseins, hörte er den Zauberer lachen … hörte die meckernde Befriedigung seiner Sucht einsetzen, selbst noch als das Heroin seinen Körper und Geist vollständig übernahm.

Als er ohnmächtig wurde, noch während er sich übergab, erkannte er, dass man ihn reingelegt hatte: Anstatt den Zauberer zu töten, blieb er jetzt allein mit der Ödnis und ihrem Meister zurück.

Toll hingekriegt, mein Freund … das hast du wirklich ganz toll hingekriegt.

Verdammt, jetzt erkannte er es – diese ganzen Knochen in der Ödnis waren die Überreste der Süchtigen, die der Zauberer mit seinem Gerede in den Tod getrieben hatte. Und Phurys Schädel lag ganz vorne in der Mitte, das jüngste Opfer. Aber mit Sicherheit nicht das letzte.

»Natürlich«, sagte die Auserwählte Amalya. »Natürlich wird dir gestattet, in Klausur zu gehen … wenn es das ist, was du dir wirklich wünschst?«

Cormia nickte und ermahnte sich dann, dass sie zurück im Heiligtum war, zurück im Reich der Verneigungen. Sie verbeugte sich und murmelte: »Danke.«

Als sie sich wieder aufrichtete, blickte sie sich in den Gemächern der Directrix um. Die beiden Räume waren in der Tradition der Auserwählten dekoriert, was bedeutete, dass es überhaupt keine Deko gab. Alles war schlicht, spartanisch und weiß. Der einzige Unterschied zu den Räumen der übrigen Auserwählten war, dass Amalya Sitzgelegenheiten für Audienzen mit ihren Schwestern hatte.

Alles war so weiß, dachte Cormia. So … weiß. Und die Stühle, auf denen sie saßen, hatten harte Rückenlehnen und keine Polsterung.

»Du kommst zur rechten Zeit«, fuhr die Directrix fort. »Die letzte verbleibende Klausurschreiberin, Selena, hat ihr Amt mit der Ankunft des Primals niedergelegt. Die Jungfrau der Schrift ließ sie gern ihre Pflichten abtreten, in Anbetracht unserer veränderten Umstände. Allerdings hat sich niemand gemeldet, um sie zu ersetzen.«

»Ich möchte vorschlagen, dass ich auch die Aufgabe der Geschichtsschreiberin übernehme.«

»Das wäre sehr großzügig von dir. Es würde die anderen für den Primal freistellen.« Eine Zeitlang sprach keine von beiden. »Sollen wir fortfahren?«

Als Cormia nickte und sich auf den Boden kniete, entzündete die Directrix etwas Räucherwerk und vollzog die Zeremonie der Klausur.

Danach erhob Cormia sich und trat an eine ausgesparte Fläche in der Mauer, die sie inzwischen ein Fenster genannt hätte.

Auf der gegenüberliegenden Seite des weißen Geländes des Heiligtums sah sie den Tempel der Schreiberinnen. Er war mit den Privatgemächern der Jungfrau der Schrift verbunden und hatte keine Fenster. Innerhalb seiner weißen Mauern würde niemand außer ihr selbst sein. Sie und unzählige Rollen Pergament und fässerweise blutrote Tinte und die künftige Geschichte ihres Volkes, die sie nur als Betrachterin aufzuzeichnen hatte, nicht aber als Teilnehmerin.

»Ich kann das nicht tun«, sagte sie.

»Entschuldige, was hast du …«

Sie hörten ein Klopfen am Türrahmen. »Herein«, rief Amalya.

Eine ihrer Schwestern kam herein und verneigte sich tief. »Die Auserwählte Layla hat ihre Bäder zur Vorbereitung auf seine Hoheit, den Primal, beendet.«

»Ah, gut.« Amalya nahm eine der Räucherschalen. »Dann bringen wir sie in seinen Tempel, und im Anschluss werde ich ihn auf diese Seite rufen.«

»Wie du wünschst.« Mit gebeugtem Kopf zog sich die Auserwählte zurück, und Cormia erhaschte ein erwartungsfrohes Lächeln auf ihrem Gesicht.

Wahrscheinlich hoffte sie, als Nächste für einen Ausflug in den Tempel an der Reihe zu sein.

»Würdest du mich entschuldigen?«, bat Cormia. Ihr Herz schlug unregelmäßig, wie ein Instrument, das seinen Takt nicht finden konnte. »Ich werde mich in den Tempel der Schreiberinnen zurückziehen.«

»Aber natürlich.« Unversehens wurde Amalyas Blick durchdringend. »Bist du dir ganz sicher, Schwester?«

»Ja. Und das ist ein herrlicher Tag für uns alle. Ich werde ihn gewissenhaft aufzeichnen.«

»Ich lasse dir deine Mahlzeiten bringen.«

»Ja. Danke.«

»Cormia … ich bin für dich da, solltest du einen Rat brauchen. Auf persönlicher Ebene.«

Cormia verneigte sich und eilte fort, ohne Umwege begab sie sich in den massiven weißen Tempel, der ab jetzt ihr Zuhause sein würde.

Als sie das schwere Tor hinter sich schloss, wurde sie von einer dichten, pechschwarzen Finsternis umhüllt. Ihrem Willen gehorchend, flackerten Kerzen in den vier Ecken des hohen Raums auf, und in ihrem Schein betrachtete sie die sechs weißen Schreibpulte mit ihren auf Gebrauch wartenden weißen Federkielen, ihren blutroten Tintenfässern und ihren Kristallschalen voll sehenden Wassers. Auf dem Fußboden standen Körbe mit Bündeln von Pergament, aufgerollt und mit weißen Bändern verschnürt, bereit, die Chronik ihres Volkes aufzunehmen.

An der gegenüberliegenden Wand standen drei einfache Stockbetten, jedes davon mit einem einzigen blütenreinen Kissen und präzise gefaltetem Laken ausgestattet. Keine weiteren Decken lagen am Fußende der Betten, da die Temperatur zu vollkommen war, um zusätzliche Wärme erforderlich zu machen. Seitlich hing ein Vorhang, der einen Baderaum abtrennte.

Rechter Hand lag eine verzierte Silbertür, die in die Privatbibliothek der Jungfrau der Schrift führte. Die Klausurschreiberinnen waren die Einzigen, in deren Feder Ihre Heiligkeit ihr persönliches Tagebuch diktierte, und wenn sie gerufen wurden, benutzten sie diese Tür, um die ihnen gewährte Audienz wahrzunehmen.

Der Schlitz in der Mitte dieser Pforte diente dazu, sowohl von Klausur- wie auch von Geschichtsschreiberinnen verfasste Pergamente während des Bearbeitungsvorgangs hin- und herzureichen. Die Jungfrau der Schrift las und genehmigte oder überarbeitete jede Aufzeichnung so lange, bis sie ihre Zustimmung fand. War ein Pergament abschließend angenommen, wurde es entweder auf Größe beschnitten und mit den anderen Seiten zusammen zu einem der Folianten in der Bibliothek gebunden oder gerollt und im heiligen Archiv der Jungfrau der Schrift deponiert.

Cormia ging zu einem der Pulte und setzte sich auf den Hocker davor.

Die Stille und die Abgeschiedenheit waren so aufwühlend wie eine dicht gedrängte Menschenmenge, und sie wusste nicht, wie lange sie dort saß und sich bemühte, ihre Fassung wiederzugewinnen.

Sie war überzeugt gewesen, das tun zu können – überzeugt, dass die Klausur die einzig funktionierende Lösung für sie wäre. Doch jetzt schrie alles in ihr danach, hier herauszukommen.

Vielleicht brauchte sie etwas, auf das sie sich konzentrieren konnte.

Sie nahm den Federkiel in die Hand und öffnete das Tintenfass vor sich. Um sich aufzuwärmen, schrieb sie einige einfache Zeichen in der Alten Sprache nieder.

Lange hielt sie das allerdings nicht durch.

Die Buchstaben wurden zu geometrischen Figuren. Die Figuren wurden zu Kästchenreihen. Die Kästchen wurden zu … Bauplänen.

Im Haus der Bruderschaft hob John den Kopf vom Kissen, als er ein Klopfen an seiner Tür hörte. Er rutschte vom Bett, ging zur Tür und machte auf. Draußen standen Qhuinn und Blay Seite an Seite, Schulter an Schulter, genau wie immer.

Wenigstens eine Sache hatte sich wieder eingerenkt.

»Wir brauchen ein Zimmer für Blay«, sagte Qhuinn. »Hast du eine Ahnung, wo wir ihn hinstecken können?«

»Und ich sollte bei Einbruch der Dunkelheit ein paar von meinen Sachen holen«, ergänzte Blaylock. »Was bedeutet, dass wir noch mal zu mir nach Hause müssen.«

Kein Problem, zeigte John.

Qhuinn wohnte in dem an seinen angrenzenden Raum, also ging er einen Raum weiter und öffnete die Tür zu einem zart lavendelfarbenen Gästezimmer.

Wir können es neu streichen lassen, sagte John, *wenn dir das zu mädchenhaft ist.*

Blay lachte. »Ja, ich weiß noch nicht, ob ich das aushalte.«

Sein Freund ging zum Bett und setzte sich probeweise auf die Matratze, während John die Flügeltür zum Bad aufstieß ...

Phury lag bewusstlos mit dem Kopf neben der Toilette. Sein großer Körper war schlaff, sein Gesicht so bleich wie Kerzenwachs. Zu seinen Füßen lagen eine Nadel, ein Löffel und ein Gürtel.

»Ach du Scheiße«, Qhuinns Fluch prallte von dem cremeweißen Marmor ab.

John wirbelte herum. *Hol Jane. Sofort. Sie ist wahrscheinlich bei Vishous in der Höhle.*

Qhuinn raste los, während John sich auf den Boden kniete und Phury auf die Seite drehte. Die Lippen des Bruders waren blau, aber nicht von Johns Schlägen. Er atmete nicht. Offenbar schon länger nicht mehr.

Wie durch ein Wunder tauchte Jane buchstäblich eine Sekunde später mit Qhuinn in der Tür auf. »Ich war gerade auf dem Weg zu Bella – was zur Hölle ....«

Sie kam angerannt und überprüfte in Lichtgeschwindigkeit Phurys Vitalfunktionen. Dann klappte sie ihre Arzttasche auf und holte eine Spritze und eine Ampulle heraus.

»Lebt er noch?«

Alle vier wandten die Köpfe zur Badezimmertür. Dort stand Zsadist, breitbeinig, das vernarbte Gesicht bleich.

»Lebt er …?« Zs Augen wanderten zu dem Spritzbesteck, das neben der Wanne auf dem Boden lag.

»Bring ihn um Himmels willen hier raus«, zischte Jane John zu. »Auf der Stelle. Er braucht das nicht zu sehen.«

Was John in ihren Augen las, ließ ihm das Blut in den Adern gefrieren: Sie war sich nicht sicher, ob sie Phury zurückholen konnte.

Halb unter Schock stand er auf und trat neben Z.

»Ich bleibe hier«, sagte Zsadist.

»O nein.« Jane hielt die aufgezogene Spritze hoch und drückte kurz auf den Kolben. Als ein dünner Faden irgendeiner Flüssigkeit aus der Spitze schoss, wandte sie sich wieder Phurys schlaffem Körper zu. »Qhuinn, du bleibst bei mir. Blaylock, schaff die beiden hier raus, und mach die Tür zu.«

Zsadist öffnete den Mund, doch John schüttelte nur den Kopf.

Mit einer ganz eigenartigen Ruhe stellte er sich dicht vor das Gesicht des Bruders, legte seine Hände auf Zs Arme und schob ihn rückwärts aus dem Badezimmer.

In benommenem Schweigen ließ Z sich aus dem Raum führen.

Blay zog die Tür zu und baute sich vor den beiden auf, um ihnen den Weg zu versperren.

Zs erschütterter Blick hing unverwandt an John.

Und John konnte nichts anderes tun, als ihn zu erwidern.

»Er kann nicht fort sein«, sagte Zsadist heiser. »Er kann einfach nicht …«

44

»Was meinst du mit *arbeiten?«*, fragte der Kerl mit den Gefängnistattoos.

Lash stützte die Ellbogen auf die Knie und sah seinem neuen besten Freund in die Augen. Wie sie beide von großmäuliger Pöbelei auf Kuschelkurs gekommen waren, war ein Paradebeispiel für die Macht der Verführung. Zuerst schlug man frontal zu. Dann zeigte man Respekt. Dann sprach man über Geld.

Die anderen beiden – das Gangmitglied, das *Diego RIP* über dem Schlüsselbein eintätowiert hatte, und Mr. Sauber mit dem blankpolierten Schädel und den Springerstiefeln – hatten sich angepirscht und lauschten jetzt auch. Was ebenfalls zu Lashs Strategie gehörte: Krall dir den Härtesten, und die anderen kommen von allein.

Lash lächelte. »Ich suche noch Verstärkung.«

In den Augen des Knackis leuchtete Bereitschaft zu den miesesten Schandtaten. »Hast du ne Kneipe?«

»Nein.« Lash warf dem Gangmitglied einen Blick zu. »Man könnte wohl sagen, es geht um ein Territorium.«

Der Typ mit dem Kopftuch nickte, als würde er sämtliche Regeln dieses Brettspiels in- und auswendig kennen.

Der Knacki ließ die Muskeln in seinen Armen spielen. »Wie kommst du auf die Idee, dass ich mit dir Geschäfte machen würde? Ich kenn dich ja gar nicht.«

Lash lehnte sich mit den Schultern an die Wand. »Dachte nur, du würdest vielleicht gern ein bisschen Kohle machen. Aber wenn ich da falschliege – sorry, mein Fehler.«

Er schloss die Augen, als wollte er ein Nickerchen machen, da hörte er Stimmen und klappte die Lider wieder hoch. Ein Beamter brachte einen weiteren Straftäter in ihre Zelle.

Na, sieh mal einer an. Der Typ mit der Adlerjacke aus dem *Screamer's.*

Der Neuankömmling wurde eingeschlossen, und die drei harten Kerle spulten wieder ihre finstere *Pass-bloß-auf*-Nummer ab. Einer der Junkies hob den Kopf und lächelte unfreundlich, als würde er den Neuen in geschäftlicher Funktion kennen.

Interessant. Dann war der Typ also ein Dealer.

Adlermann musterte die Truppe und nickte Lash zu, bevor er sich ans andere Ende der Bank setzte. Er wirkte eher genervt als eingeschüchtert.

Der Knacki beugte sich näher zu Lash. »Ich hab nicht gesagt, dass ich kein Interesse hätte.«

Lash drehte nur die Augen in seine Richtung. »Wo finde ich dich, um die Einzelheiten zu klären?«

»Kennst du *Buss's Bikes?*«

»Das ist doch die Harley-Werkstatt auf der Tremont, oder?«

»Genau. Gehört meinem Bruder und mir.«

»Dann kennst du ja noch mehr Leute, die mir helfen können.«

»Vielleicht. Vielleicht auch nicht.«

»Wie heißt du?«

Der Knacki verengte die Augen. Dann deutete er auf

die Abbildung einer Harley Low Rider auf seinem Arm. »Nenn mich Low.«

Diego RIP begann, mit der Fußspitze auf den Boden zu klopfen, als wollte er auch was sagen, aber Lash war nicht bereit, bei den Gangs und den Glatzen einzusteigen. Noch nicht. Erst mal klein anfangen, sicherheitshalber. Er würde probehalber ein paar Biker in den *Lesser*-Topf werfen. Wenn das klappte, würde er sich weiter umsehen. Sich vielleicht sogar noch mal einlochen lassen, um ins Gespräch zu kommen.

»Owens«, rief ein Bulle von der Tür.

»Bis die Tage«, sagte Lash zu Low. Er nickte Diego, der Glatze und dem Dealer zu und überließ die Fixer ihrer Unterhaltung mit dem Fußboden.

Draußen wartete er, während ein Polizist ihn vollquatschte: »Das sind die Anklagen gegen Sie«, »Das hier ist die Nummer des Pflichtverteidigungsbüros – da müssen Sie anrufen, falls Sie einen Anwalt zugeteilt bekommen wollen«, »Ihr Gerichtstermin ist in sechs Wochen«, »Wenn Sie nicht erscheinen, verfällt die Kaution, und es wird ein Haftbefehl ausgestellt«, bla, bla, bla …

Er kritzelte ein paarmal den Namen Larry Owens auf ein paar Papiere, dann führte man ihn in den Flur, über den er vor acht Stunden in Handschellen angekommen war. Am Ende des Linoleumabschnitts wartete Mr. D auf einem schäbigen Plastikstuhl, und als er aufstand, wirkte er erleichtert.

»Wir besorgen was zu essen«, sagte Lash, als sie auf den Ausgang zuliefen.

»Jawohl, Sir.«

Zu beschäftigt mit dem ganzen Kram, den er regeln

musste, stapfte Lash einfach – ohne einen Gedanken an die Uhrzeit zu verschwenden – aus dem Gebäude nach draußen. Als der Sonnenschein ihn mitten im Gesicht traf, machte er brüllend einen Satz nach hinten und prallte gegen Mr. D, hielt sich die Arme vor das Gesicht und taumelte rückwärts.

Mr. D hielt ihn an den Oberarmen fest. »Was …«

»Die Sonne!« Lash war schon beinahe wieder durch die Tür, als ihm auffiel … dass nichts passierte. Er verwandelte sich nicht in einen Feuerball, kein grausamer Flammentod wartete auf ihn.

Er blieb stehen – und drehte sich herum, um zum ersten Mal in seinem Leben das Gesicht in die Sonne zu halten. »Sie ist so hell.« Er schirmte seine Augen mit dem Unterarm ab.

»Sie dürfen nicht direkt reinschauen.«

»Sie ist … warm.«

Fassungslos ließ er sich mit dem Rücken gegen die Steinfassade fallen. Die Strahlen trafen ihn ungehindert, strömten durch seine Haut und in die Muskeln.

Noch nie zuvor hatte er Menschen beneidet; aber wenn er gewusst hätte, wie sich das anfühlte, dann hätte er es die ganze Zeit getan.

»Alles klar?«, fragte Mr. D.

»Ja … ja, alles super.« Er schloss die Augen und atmete einfach nur ein und aus. »Meine Eltern haben mich nie rausgelassen. Obwohl ein Prätrans eigentlich kein Problem mit Sonnenlicht haben sollte, aber Mom und Dad wollten das nicht riskieren.«

»Ich kann mir ein Leben ohne Sonne gar nicht vorstellen.«

Lash konnte das ab sofort auch nicht mehr.

Er reckte das Kinn, schloss die Augen einen Moment lang ... und schwor, seinem Vater zu danken, wenn er ihm das nächste Mal begegnete.

Das war einfach fantastisch.

Phury wachte mit einem brennenden, ekelhaften Geschmack im Mund auf. Um genau zu sein, war der Geschmack sogar überall, als hätte jemand die Innenseite seiner Haut mit Backofenreiniger eingesprüht.

Seine Augen waren zugeklebt. Der Magen ein einziger Bleiklumpen. Die Lungen blähten sich mit der Begeisterung zweier Kiffer nach einer Grateful-Dead-Orgie. Und an vorderster Front der Tatenlosigkeit stand sein Gehirn, das offenbar nicht mit dem Rest seines Körpers wiederbelebt worden war.

Wobei – sein Brustkorb kam ihm auch vor wie ein Geschäft nach Feierabend. Aber nein, sein Herz musste wohl noch schlagen, denn ... das musste es doch, oder? Sonst könnte er ja gerade nicht nachdenken.

Das Bild einer grauen Ödnis schob sich vor sein geistiges Auge, als Silhouette erkannte er den Zauberer vor dem weiten grauen Horizont.

Willkommen zurück, Sonnenschein, sagte der Zauberer. *Das war doch ein Heidenspaß. Wann wiederholen wir das?*

Wiederholen was, überlegte Phury.

Der Zauberer lachte. *Ach, wie schnell die lustigen Zeiten in Vergessenheit geraten.*

Phury stöhnte und hörte jemanden neben sich.

»Cormia«, krächzte er.

»Nein.«

Diese Stimme, diese tiefe, männliche Stimme. So ähnlich wie die, die aus seinem eigenen Mund kam. Identisch, um genau zu sein.

Zsadist war bei ihm.

Als Phury den Kopf drehte, schwappte sein Gehirn in seinem Kopf herum. Sein Schädel war ein Aquarium mit Wasser und Pflanzen und einer kleinen Schatztruhe mit Luftblasen, aber ohne Flossenträger. Nichts, was tatsächlich lebte.

Z sah schlimmer aus, als Phury ihn je zuvor erlebt hatte, unter seinen Augen lagen dunkle Ringe, die Lippen waren zu einem Strich verzogen, die Narbe überdeutlich sichtbar.

»Ich habe von dir geträumt«, sagte Phury. Mein Gott, seine Stimme war nur ein Krächzen. »Du hast für mich gesungen.«

Z schüttelte langsam den Kopf. »Das war ich nicht. Ich singe nicht mehr.«

»Wo ist sie?«, fragte Phury.

»Cormia? Im Heiligtum.«

»Ach ja ...« Stimmte ja. Er hatte sie dorthin getrieben, nachdem er Sex mit ihr gehabt hatte. Und dann hatte er ... Sich. Einen. Schuss. Gesetzt. »O mein Gott.«

Diese fröhliche kleine Erkenntnis stellte seinen Blick scharf, und er sah sich um.

Alles, was er sah – überall –, war eine zarte Lavendelfarbe, und er dachte an Cormia, wie sie in ihrem weißen Gewand mit der Rose in der Hand in das Büro gekommen war. Die Rose war immer noch dort, fiel ihm ein. Sie hatte sie vergessen.

»Willst du was trinken?«

Phury wandte sich wieder seinem Zwillingsbruder zu. Er sah aus, wie er sich fühlte – völlig erschöpft und leer.

»Ich bin müde«, murmelte Phury.

Z stand auf und brachte ihm ein Glas. »Heb mal den Kopf.«

Phury gehorchte, obwohl der Wasserspiegel in seinem Kopfaquarium dadurch in Schieflage geriet und überzulaufen drohte. Er nahm einen Schluck aus dem Glas, das Zsadist ihm an die Lippen hielt, dann noch einen, und dann schluckte er mit verzweifeltem Durst.

Als das Glas leer war, ließ er den Kopf zurück aufs Kissen fallen. »Danke.«

»Mehr?«

»Nein.«

Zsadist stellte das Glas auf den Nachttisch und setzte sich dann wieder auf den lavendelfarbenen Stuhl, die Arme verschränkt, das Kinn fast auf der Brust ruhend.

Er hat abgenommen, dachte Phury. Seine Wangenknochen traten schon wieder hervor.

»Ich hatte keine Erinnerung«, begann Z leise.

»Woran?«

»Dich. Sie. Du weißt schon, woher ich kam, bevor ich gestohlen und verkauft wurde.«

Ob es am Wasser lag oder an dem, was Z gerade gesagt hatte – Phury war plötzlich bei vollem Bewusstsein. »Wie solltest du dich auch an unsere Eltern erinnern … an unser Haus. Du warst ein Säugling.«

»Ich erinnere mich an die Kinderfrau. Zumindest an eine Szene. Sie tauchte ihren Daumen in Marmelade und ließ mich daran nuckeln. Das ist schon alles. Das Nächste, was ich weiß, ist, dass ich auf dem Podest stand und all diese Leute mich ansahen.« Z runzelte die Stirn. »Ich wuchs als Küchenhilfe auf. Ich habe viel Geschirr gespült, viel Gemüse geputzt, Bier für die Soldaten geholt. Sie waren gut zu mir. Dieser Teil war … okay.« Z rieb sich die Augen. »Erzähl mal, wie es für dich war. Das Aufwachsen.«

»Einsam.« Nein, das klang egoistisch. »Ich meinte …«

»Ich war auch einsam. Ich hatte das Gefühl, dass mir etwas fehlte, aber ich wusste nicht, was. Ich war die Hälfte eines Ganzen, doch da war nur ich.«

»Genauso ging es mir auch. Nur dass ich wusste, was fehlte.« Das *Du* blieb unausgesprochen.

Zs Stimme wurde tonlos. »Über das, was nach meiner Wandlung passiert ist, möchte ich nicht sprechen.«

»Musst du auch nicht.«

Zsadist nickte und schien sich in sich selbst zurückzuziehen. In der darauf folgenden Stille konnte Phury sich nicht annähernd vorstellen, an was er sich erinnerte. Den Schmerz und die Erniedrigung und die Wut.

»Weißt du noch, bevor wir uns der Bruderschaft anschlossen«, murmelte Z, »bin ich für drei Wochen abgehauen. Wir waren immer noch im Alten Land, aber du hattest keinen Schimmer, wo ich war.«

»Ja.«

»Ich habe sie getötet. Die Herrin.«

Phury blinzelte, überrascht von dem Eingeständnis dessen, was alle immer vermutet hatten. »Dann war es also nicht ihr Mann.«

»Nein. Er war zwar gewalttätig, aber ich bin derjenige, der es getan hat. Weißt du, sie hatte sich einen neuen Blutsklaven genommen. Ihn in diesen Käfig gesteckt …« Zs Stimme schwankte, wurde dann wieder unerschütterlich fest. »Ich konnte doch nicht zulassen, dass sie noch jemandem das antat. Ich ging also zurück … fand ihn … Verflucht, er war nackt und saß in derselben Ecke, in der ich immer …«

Phury hielt den Atem an, genau das hatte er immer erfahren wollen und sich gleichzeitig davor gefürchtet. Seltsam, dass sie nun dieses Gespräch führten.

»In der du immer was?«

»Hockte. Ich hockte immer in dieser Ecke, wenn ich nicht gerade … Also, von dort aus konnte ich wenigstens sehen, was auf mich zukam. Der Junge saß da mit angezogenen Knien und dem Rücken zur Wand. Ganz genau wie ich. Er war jung. So jung, gerade erst durch die Transition gegangen. Er hatte hellbraune Augen … und darin lag Todesangst. Er dachte, ich käme seinetwegen. Du weißt schon … seinetwegen. Zuerst konnte ich nicht sprechen, und das machte ihm noch mehr Angst. Er zitterte … er zitterte so heftig, dass seine Zähne klapperten, und ich weiß noch, wie seine Fingerknöchel aussahen. Er klammerte sich an seine dürren Waden, und die Knöchel platzten beinahe durch die Haut.«

Phury biss die Zähne aufeinander, er erinnerte sich genau daran, wie er Zsadist gerettet hatte, sah ihn deutlich vor sich, mitten in der Zelle nackt auf das Bettpodest gekettet. Z hatte keine Angst gehabt. Er war zu oft und zu lange missbraucht worden, um sich noch vor etwas zu fürchten, was man ihm antun könnte.

Zsadist räusperte sich. »Ich sagte zu dem Jungen … ich erzählte ihm, dass ich ihn dort herausholen würde. Zuerst glaubte er mir nicht. Erst als ich die Ärmel meiner Jacke hochschob und ihm meine Handgelenke zeigte, glaubte er mir. Nachdem er meine Sklavenfesseln gesehen hatte, brauchte ich kein Wort mehr zu sagen. Er war sofort dabei.« Z holte tief Luft. »Sie fand uns, während ich ihn durch das Untergeschoss der Burg führte. Er konnte nicht gut laufen, ich schätze mal, weil er am Tag zuvor … zu tun gehabt hatte. Ich musste ihn tragen. Jedenfalls begegnete sie uns … und ehe sie noch die Wachen rufen konnte, erledigte ich es. Dieser Junge … er sah zu, wie ich ihr das Genick brach und sie auf den Boden fallen ließ. Dann schnitt ich ihr den Kopf ab, weil … weißt du, keiner von uns beiden konnte wirklich glauben, dass sie tot war. Verdammt, Mann, ich steckte da in diesem Kaninchenbau von unterirdischen Gängen, wo wir jederzeit geschnappt werden konnten, und ich konnte mich nicht rühren. Starrte sie einfach nur an. Der Junge fragte mich, ob sie wahrhaftig tot sei. Ich sagte, ich wisse es nicht. Sie bewegte sich nicht, aber wie konnte ich sicher sein?

Er sah zu mir auf, und ich werde niemals den Klang seiner Stimme vergessen. ›Sie wird zurückkommen. Sie kommt immer zurück.‹ Ich kam zu dem Schluss, dass er und ich schon genug Probleme hatten, ohne uns auch noch um ihre Rückkehr Sorgen zu machen. Also hab ich ihr den Kopf abgeschnitten, und der Junge trug ihn an den Haaren, während ich einen Weg nach draußen für uns suchte.« Zsadist rieb sich über das Gesicht. »Ich wusste nicht, was ich mit dem Jungen anfangen sollte, nachdem ich ihn befreit hatte. Deshalb war ich damals drei Wochen unterwegs. Ich brachte ihn bis an die Südspitze Italiens, so weit weg wie nur irgend möglich. Da lebte damals eine Familie, die Vishous aus seiner Zeit bei diesem Kaufmann in Venedig kannte. Sie brauchten Hilfe im Haushalt und waren freundlich und gut. Sie nahmen ihn als bezahlten Diener bei sich auf. Als ich das letzte Mal vor ungefähr zehn Jahren von ihm hörte, hatte er gerade das zweite Baby mit seiner *Shellan* bekommen.«

»Du hast ihn gerettet.«

»Ihn da rauszuholen hat ihn nicht gerettet.« Zsadist

wandte den Blick zu Phury. »Genau darum geht es. Es gibt keine Rettung für ihn. Es gibt keine Rettung für mich. Ich weiß, dass du immer noch darauf wartest, dass du dafür lebst. Aber ... es wird nie passieren. Verstehst du, ich kann dir nicht danken, weil ich ... sosehr ich Bella und mein Leben heute liebe ... immer noch dorthin zurückgehe. Ich kann nicht anders. Ich erlebe es immer noch jeden Tag.«

»Aber ...«

»Nein, lass mich zu Ende reden. Diese ganze Drogensache bei dir ... Du hast nicht versagt. Denn bei einer unmöglichen Aufgabe kann man nicht versagen.«

Phury spürte eine heiße Träne im Augenwinkel. »Ich will es doch nur in Ordnung bringen.«

»Das weiß ich. Aber es war nie in Ordnung, und das wird es auch nie sein, und dafür brauchst du dich nicht umzubringen. Ich bin doch angekommen.«

In Zsadists Miene lag kein Versprechen auf Zufriedenheit. Keine Aussicht auf Glück. Das Fehlen mordgierigen Wahnsinns war schon mal ein Fortschritt, aber die Abwesenheit jeglicher nachhaltiger Freude am Leben bot kaum Anlass zum Feiern.

»Ich dachte, Bella hätte dich gerettet.«

»Sie hat viel getan. Aber im Augenblick, so wie die Schwangerschaft verläuft ...«

Er musste den Satz nicht beenden. Es gab keine passenden Worte, um das Grauen des *Was, wenn* auszudrücken. Und Z war fest davon überzeugt, sie zu verlieren, erkannte Phury jetzt. Er war zu dem Schluss gekommen, dass die Liebe seines Lebens sterben würde.

Kein Wunder, dass er nicht gerade mit Dankbarkeit über seine Rettung um sich warf.

Jetzt fuhr Z fort: »Den Schädel der Herrin habe ich diese ganzen Jahre über nicht aus einer Art kranker Anhänglichkeit behalten. Ich brauchte ihn gegen die Albträume, in denen sie mich holen kam. Das Erste, was ich nach dem Aufwachen immer tat, war mich zu überzeugen, dass sie immer noch tot ist.«

»Das kann ich verstehen …«

»Willst du wissen, was in den vergangenen ein, zwei Monaten passiert ist?«

»Ja.«

»Ich wache auf und bekomme Panik, ob du noch am Leben bist.« Z schüttelte den Kopf. »Bei Bella muss ich nur unter der Decke neben mir tasten und ihren warmen Körper spüren. Aber bei dir kann ich das nicht … und ich glaube, mein Unterbewusstsein ist sich sicher, dass ihr wahrscheinlich beide in einem Jahr nicht mehr da sein werdet.«

»Das tut mir so leid … Mist …« Phury legte sich die Hände vors Gesicht. »Es tut mir leid.«

»Ich finde, du solltest gehen. Ins Heiligtum. Dort bist du sicherer. Wenn du hierbleibst, schaffst du vielleicht nicht mal mehr ein Jahr. Du musst gehen.«

»Ich weiß nicht, ob das nötig …«

»Lass mich etwas deutlicher werden. Wir hatten eine Versammlung.«

Phury ließ die Hände sinken. »Was für eine Versammlung.«

»Eine hinter verschlossenen Türen. Wrath und ich und die Bruderschaft. Der einzige Weg für dich hierzubleiben ist ein Entzug. Und keiner glaubt, dass du das machen wirst.«

Phury runzelte die Stirn. »Ich wusste nicht, dass es Selbsthilfegruppen für Vampire gibt.«

»Gibt es auch nicht, aber es gibt welche für Menschen, die abends stattfinden. Das hab ich im Netz recherchiert. Aber das ist jetzt auch egal. Denn selbst wenn du dich dazu bereit erklären würdest, glaubt keiner, dass du das wirklich durchziehst, und ich … ich würde dir auch nicht glauben.«

Dagegen war schwer etwas einzuwenden, nachdem er sich hier im Haus einen Schuss gesetzt hatte.

Bei dem Gedanken an einen Entzug bekam Phury schwitzige Hände. »Du hast Rehv gesagt, er darf mir keinen roten Rauch mehr verkaufen, stimmt's?« Weshalb auch Xhex neulich hinter ihm her gewesen war, als er sich Nachschub besorgt hatte.

»Ja, stimmt. Und ich weiß, dass er dir das H nicht verkauft hat. Auf dem Päckchen war ein Adler aufgedruckt. Auf seinen ist ein roter Stern.«

»Wenn ich ins Heiligtum gehe, woher willst du wissen, dass ich nicht weiter Drogen nehme?«

»Weiß ich nicht.« Z stand auf. »Aber dann muss ich es nicht mit ansehen. Und auch die anderen nicht.«

»Du bist so verdammt ruhig«, murmelte Phury, beinahe wie in Gedanken.

»Ich habe dich tot neben einer Kloschüssel liegen sehen, und ich habe die letzten acht Stunden über dir gewacht und mir den Kopf zerbrochen, was ich tun kann. Ich bin erschöpft, und meine Nerven liegen blank, und wenn du nicht mitmachst, dann wollen wir alle nichts mehr mit dir zu tun haben.«

Zsadist wandte sich ab und ging langsam zur Tür.

»Zsadist.« Z blieb stehen, ohne sich umzudrehen. »Ich werde dir nicht danken. Das heißt wohl, dass wir quitt sind.«

»Geht in Ordnung.«

Als die Tür ins Schloss fiel, hatte Phury den seltsamen, zusammenhanglosen Gedanken, dass es vermutlich unangebracht war, über all das nachzudenken, was gerade gesagt worden war.

Denn wenn Zsadist nicht mehr sang, hatte die Welt einen Schatz verloren.

45

Am entgegengesetzten Ende des Anwesens, ungefähr zwölf Meter unter der Erdoberfläche, saß John am Schreibtisch des Büros im Trainingszentrum und starrte den Computer vor sich an. Er hatte das Gefühl, etwas tun zu müssen, um sich sein Geld zu verdienen, aber da der Unterricht auf unbestimmte Zeit ausgesetzt worden war, gab es nicht sonderlich viel Papierkram zu erledigen.

Er mochte Papierkram, weswegen er auch seinen Job mochte. Normalerweise verbrachte er seine Zeit damit, Noten einzutragen, Trainingsverletzungen in Dateien einzupflegen und den Fortschritt im Lehrplan festzuhalten. Es war schön, Ordnung in das Chaos zu bringen, alles dort zu haben, wo es hingehörte.

Er sah auf die Uhr. Blay und Qhuinn trainierten an den Gewichten und würden bestimmt noch mindestens eine halbe Stunde dort bleiben.

Was tun … was tun …

Einer Eingebung folgend, suchte er im Datenverzeichnis des Rechners und fand einen Ordner mit dem Namen *Jüngste Vorfälle.* Darin öffnete er Phurys Bericht über den Angriff auf Lashs Elternhaus.

Großer Gott. Die Leichen der Eltern waren um den Esstisch gruppiert worden, waren aus dem Wohnzimmer, wo sie umgebracht worden waren, extra dorthin getragen worden. Sonst war im ganzen Haus nichts angefasst worden, außer einer Schublade in Lashs Zimmer, und Phury hatte am Rand notiert: *Persönliche Gegenstände? Aber von welchem Wert, da Schmuck noch da?*

John rief die Berichte über die anderen überfallenen Familien auf. Qhuinns. Blays. Drei weitere Klassenkameraden. Fünf weitere Aristokraten. Die Zahl der Todesopfer betrug insgesamt neunundzwanzig, einschließlich *Doggen*. Und die Plünderungen waren erheblich gewesen.

Den Berichten zufolge war es die erfolgreichste Überfallserie seit dem Angriff auf Wraths Familiensitz im Alten Land gewesen.

John versuchte, sich vorzustellen, was man Lash angetan haben musste, um ihm diese Adressen zu entlocken. Er war ein Wichser gewesen, aber für die *Lesser* hatte er nie etwas übriggehabt.

Gefoltert. Er musste tot sein.

Ohne besonderen Grund sah sich John Lashs Computerakte an. Phury – oder sonst jemand – hatte bereits eine Todeserklärung ausgefüllt. *Name: Lash, Sohn des Ibix, Sohn des Ibixes, Sohn des Thornsrae. Geburtsdatum: 3. März 1983. Sterbedatum: wahrscheinlich August 2008. Alter zum Todeszeitpunkt: 25. Todesursache: Unbekannt, vermutl. von Hand der Gesellschaft der Lesser. Sterbliche Überreste übergeben an: k. A.*

Die Akte war sehr dick. Lash hatte eine Menge Disziplinarverfahren gehabt, nicht nur wegen der Vorfälle im Trainingsprogramm, sondern auch wegen der Vorkommnisse in Häusern und anderen Aufenthaltsorten der *Glymera*. Es war überraschend, alles hier aufgelistet zu sehen, so geheimnistuerisch wie die Aristokratie Verfehlungen normalerweise behandelte; aber andererseits hatte die Bruderschaft für die Aufnahme ins Trainingsprogramm die umfangreiche Offenlegung der persönlichen Vergangenheit des Anwärters zur Bedingung gemacht.

Auch die Geburtsurkunde war eingescannt worden. Name: *Lash, Sohn des Ibix, Sohn des Ibixes, Sohn des Thornsrae. Zeitpunkt der Geburt: 3. März 1983, 1:14. Mutter: Rayelle, Blutstochter des Soldaten Nellshon. Bestätigung der Lebendgeburt unterzeichnet von: Havers, Sohn des Havers, Dr. med. Aus der Klinik entlassen am: 3. März 1983.*

Zu merkwürdig, dass der Kerl jetzt weg war.

Das Telefon klingelte und schreckte ihn auf. Als John den Hörer abnahm, pfiff er, und Vs Stimme sagte: »Zehn Minuten. Wraths Arbeitszimmer. Versammlung. Bring die anderen beiden mit.«

Dann war die Leitung wieder tot.

Nach einem kurzen Schlucken rannte John in den Kraftraum und holte Qhuinn und Blay. Beide machten die gleichen großen Augen wie John, und dann rannten sie alle drei ins Haus rüber, obwohl Qhuinn und Blay noch ihre Trainingsklamotten trugen.

Oben in der zartblauen Bude des Königs war die gesamte Bruderschaft versammelt. Die versammelten Brüder überwältigten durch ihre bloße Masse alles, was darin zierlich und ordentlich war: Rhage wickelte neben dem Kamin einen Lolli aus, dem lila Papier nach Geschmacksrichtung Traube. Vishous und Butch saßen nebeneinander auf einem antiken Sofa, um dessen schlanke Füßchen man sich ernsthafte Sorgen machen musste. Wrath hatte hinter dem Schreibtisch Stellung bezogen. Z stand in der hinteren Ecke, die Arme vor der Brust verschränkt, die Augen starr in die Mitte des Raums gerichtet.

John schloss die Tür und blieb stehen. Qhuinn und Blay taten es ihm nach, alle drei hielten sich ganz dicht am Rand.

»Der Stand der Dinge ist folgender«, begann Wrath und legte seine schweren Stiefel auf die von Papier übersäte Schreibtischplatte. »Die Oberhäupter von fünf der Gründungsfamilien sind tot. Der überwiegende Teil der noch verbliebenen *Glymera* befindet sich an der Ostküste verstreut und in sicheren Unterschlupfen. Endlich. Insgesamt sind weit über zwanzig Opfer zu beklagen. Es gab zwar schon ein oder zwei Massaker in unserer Geschichte, aber so schwer wurden wir noch nie getroffen.«

»Sie hätten schneller abhauen sollen«, murmelte V. »Diese verdammten Narren wollten ja nicht hören.«

»Stimmt, aber haben wir was anderes von ihnen erwartet? Also, so sieht es aus. Wir müssen mit einer negativen Reaktion seitens des Princeps-Rats rechnen, wahrscheinlich in Form einer Proklamation gegen mich. Ich tippe, dass sie versuchen werden, einen Bürgerkrieg anzuzetteln. Klar, solange ich noch am Leben bin, kann kein anderer König werden, aber sie könnten es mir verflucht schwer machen, vernünftig zu regieren und den Laden zusammenzuhalten.« Als die Brüder alle möglichen schmutzigen Bemerkungen vor sich hin murmelten, hielt Wrath eine Hand hoch. »Die gute Nachricht ist: Sie haben Organisationsprobleme, was uns etwas Zeit verschafft. Die Satzung des Princeps-Rats sieht vor, dass er physisch in Caldwell anwesend sein und seine Versammlungen hier abhalten muss. Diese Regel wurde vor ein paar Jahrhunderten eingeführt, um zu verhindern, dass die Machtbasis abwandert. Da keiner der Beteiligten momentan in der Stadt ist, und es – hallo-ho – 1790, als die derzeitige Satzung aufgestellt wurde, noch keine Konferenzschaltungen gab, können sie keine Versammlung einberufen, um ihre Statuten zu ändern oder einen neuen *Leahdyre* zu wählen, solange sie nicht ihre adeligen Hintern hierherbewegen, zumindest für einen Abend. Nach den ganzen Toten wird das ein Weilchen dauern, aber wir sprechen hier eher von Wochen als von Monaten.«

Rhage biss in seinen Lolli, das Krachen hallte durch den Raum. »Haben wir eine Ahnung, was bisher noch nicht überfallen wurde?«

Wrath deutete auf die Schreibtischkante. »Da liegen Kopien für alle.«

Rhage ging hin, holte den Stapel und teilte die Listen aus … selbst Qhuinn und John und Blay bekamen eine.

Rasch überflog John die Tabelle. In der ersten Spalte stand jeweils ein Name, in der zweiten eine Adresse, in der dritten eine Schätzung der Anzahl von Bewohnern und *Doggen* pro Haus. Dann folgte ein Näherungswert des Vermögens im Haushalt, basierend auf den Steuereinnahmen. Und schließlich, ob die Familie den Wohnsitz geräumt hatte oder nicht, und in welchem Ausmaß Plünderungen stattgefunden hatten.

»Ich möchte, dass ihr die Liste derer, von denen wir noch nichts gehört haben, unter euch aufteilt«, erklärte Wrath. »Sollte sich in einem der Häuser noch jemand aufhalten, bringt ihr sie da weg, und wenn ihr sie an den Haaren rausschleifen müsst. John, du und Qhuinn geht mit Z zusammen. Blay, du schließt dich Rhage an. Noch Fragen?«

Warum genau John sich dabei ertappte, den hässlichen avocadogrünen Sessel anzustarren, der hinter Wraths Schreibtisch stand, hätte er auch nicht sagen können. Das abartige Möbel gehörte Tohr.

Beziehungsweise: hatte ihm gehört.

Es wäre so schön gewesen, wenn Tohr ihn mit der Liste in der Hand hätte sehen können, bereit loszuziehen und ihre Leute zu verteidigen.

»Also gut«, sagte Wrath. »Und jetzt verpisst euch hier, und tut, was ihr tun müsst.«

Auf der anderen Seite, im Tempel der Schreiberinnen, rollte Cormia das Pergament, auf dem sie Häuser und Gebäude skizziert hatte, zusammen und legte es neben ihren Hocker auf den Boden. Sie hatte keine Ahnung, was sie damit anstellen sollte. Verbrennen vielleicht? Papierkörbe existierten nicht im Heiligtum.

Als sie eine Kristallschale mit Wasser aus dem Brunnen der Jungfrau der Schrift vor sich schob, musste sie an die denken, in der Fritz ihr die Erbsen gebracht hatte. Sie vermisste dieses Hobby jetzt schon. Vermisste den Butler. Vermisste …

Den Primal.

Entschlossen legte sie die Handflächen um die Schüssel und begann, das Kristallglas zu reiben, wodurch sie ein Kräuseln des Wassers hervorrief, das den Kerzenschein einfing. Die Wärme ihrer Hände und die bedächtigen Bewegungen schufen Wirbel, und aus den sanften Wogen stieg die Vision genau dessen auf, was sie sehen wollte. Als das Bild deutlich war, hörte sie auf, das Wasser aufzuwühlen, und ließ die Oberfläche glatt werden, um zu beobachten und im Anschluss beschreiben zu können.

Es war der Primal, und er war gekleidet wie in der Nacht, als er sie oben am Treppenabsatz getroffen und angestarrt hatte, als hätte er sie seit einer Woche nicht gesehen. Aber er befand sich nicht im Haus der Bruderschaft. Er rannte einen Korridor entlang, der mit Blut und schwarzen Fußabdrücken verschmiert war. Leichen lagen beiderseits zusammengekrümmt auf dem Fußboden, die Überreste von Vampiren, die noch Augenblicke zuvor gelebt hatten.

Sie beobachtete, wie der Primal ein kleines Grüppchen verängstigter Frauen und Männer in einen Vorratsraum sperrte. Sie sah sein Gesicht, als er sie einschloss, las die Furcht und den Kummer und die Wut in seiner Miene.

Er hatte alles gegeben, um sie zu retten, um sie in Sicherheit zu bringen, sich um sie zu kümmern.

Als das Bild verblasste, legte sie wieder die Handflächen um die Schüssel. Wenn sie das Vorgefallene erst einmal betrachtet hatte, konnte sie es erneut abrufen, und sie sah sich Phurys Handlungen noch einmal an. Und noch einmal.

Es war wie der Film, den sie auf der anderen Seite gesehen hatte, nur dass dies hier real war; das hier war tatsächlich geschehene Vergangenheit, keine konstruierte, ausgedachte Gegenwart.

Und dann gab es noch andere Dinge zu sehen, Szenen, die in Zusammenhang mit dem Primal und der Bruderschaft standen. Ach, das Grauen der Morde, der Leichen in verschwenderisch eingerichteten Häusern ... die Toten waren zu zahlreich, es überstieg ihr Begriffsvermögen. Eins nach dem anderen sah sie die Gesichter derer, die von den *Lessern* umgebracht worden waren. Und dann waren da die Brüder im Kampf, ihre Zahl so gering, dass John und Blay und Qhuinn zu früh in den Krieg gezwungen wurden.

Wenn das so weiterging, dachte sie, würden die *Lesser* gewinnen ...

Sie runzelte die Stirn und beugte sich tiefer über die Schüssel.

Auf der Wasseroberfläche sah sie einen blonden *Lesser,* was nicht weiter ungewöhnlich war … doch er hatte Fänge.

Ein Klopfen ertönte, und Cormia schrak zusammen, sodass das Bild verschwand.

Eine gedämpfte Stimme war von der anderen Seite der Tempelpforte zu hören. »Meine Schwester?«

Es war Selena, Cormias Vorgängerin.

»Sei gegrüßt«, rief Cormia.

»Deine Mahlzeit, meine Schwester.« Man hörte ein Schaben, als das Tablett durch eine Klappe geschoben wurde. »Möge sie dir munden.«

»Danke.«

»Wünschst du etwas von mir zu erfahren?«

»Nein. Ich danke dir.«

»Ich komme später das Tablett abholen.« Die Aufregung in der Stimme der Auserwählten hob sich um ungefähr eine Oktave. »Nach seiner Ankunft.«

Cormia senkte den Kopf, dann fiel ihr wieder ein, dass ihre Schwester sie nicht sehen konnte. »Wie du wünschst.«

Selena ging, zweifellos, um sich für den Primal vorzubereiten.

Cormia beugte sich wieder über ihr Pult und blickte von außen auf die Schüssel, statt hinein. Welch zerbrechlicher Gegenstand, so dünn, nur der Fuß war schwer und massiv. Die Kante des Kristalls war messerscharf.

Sie konnte nicht genau sagen, wie lange sie so verharrte. Doch endlich schüttelte sie sich aus ihrer Benommenheit und zwang ihre Hände wieder um die Schüssel.

Als das Bild des Primals erneut an die Oberfläche trat, war sie nicht überrascht …

Sie war *zu Tode erschrocken.*

Er lag ausgestreckt auf einem Marmorfußboden, bewusstlos neben einer Toilette. Als sie schon aufspringen wollte, um – nur die Jungfrau mochte wissen, was –, zu unternehmen, veränderte sich das Bild. Er lag in einem Bett, einem zart lavendelfarbenen Bett.

Er wandte den Kopf, blickte sie direkt aus dem Wasser heraus an und fragte: »Cormia?«

O gütigste Jungfrau der Schrift, bei diesem Klang wollte sie weinen.

»Cormia?«

Sie sprang auf die Füße. Der Primal stand in der Tür des Tempels, ganz in Weiß gekleidet, das Amulett um den Hals.

»Wahrlich …« Sie konnte nicht weitersprechen. Am liebsten wäre sie losgerannt und hätte ihm die Arme um den Hals geschlungen und ihn festgehalten. Sie hatte ihn tot gesehen. Sie hatte ihn …

»Warum bist du hier?«, fragte er und sah sich in dem kargen Raum um. »Ganz allein.«

»Ich bin in Klausur gegangen.« Sie räusperte sich. »Wie ich es angekündigt habe.«

»Dann darf ich eigentlich nicht hier sein?«

»Ihr seid der Primal. Ihr dürft überall sein.«

Während er durch den Raum wanderte, drängten in ihr so viele Fragen nach einer Antwort, von denen sie keine zu stellen das Recht besaß.

Er blickte sie von der Seite an. »Niemand sonst darf hier herein?«

»Nur eine Schwester, die ebenfalls in Klausur ist. Wobei die Directrix kommen darf, falls ich es ihr gestatte.«

»Warum ist die Klausur notwendig?«

»Zusätzlich zur Aufzeichnung der allgemeinen Geschichte unseres Volkes sehen wir … sehe ich die Dinge, die die Jungfrau der Schrift … geheim zu halten wünscht.« Sie wusste, was der Primal dachte, als er die gelben Augen verengte. »Ja, ich habe gesehen, was Ihr getan habt. In diesem Badezimmer.«

Der Fluch, den er ausstieß, hallte in dem hohen weißen Raum wider.

»Geht es Euch gut?«, fragte sie.

»Ja. Alles bestens.« Er verschränkte die Arme vor der Brust. »Wird es dir hier gut gehen? So ganz allein?«

»Ja.«

Er sah sie an. Lange und eindringlich. Der Kummer stand in sein Gesicht geschrieben, in die tiefen Furchen von Schmerz und Reue eingegraben.

»Ihr habt mir nicht wehgetan«, sagte sie. »Als wir zusammen waren, habt Ihr mir nicht wehgetan. Ich weiß, dass Ihr das glaubt, aber es stimmt nicht.«

»Ich wünschte … alles wäre anders.«

Cormia lachte traurig und murmelte, ohne nachzudenken: »Ihr seid der Primal, ändert es.«

»Euer Gnaden?« Die Directrix erschien in der offenen Tür, sie wirkte verwirrt. »Was um alles in der Welt tut Ihr hier?«

»Cormia besuchen.«

»Aha, aber …« Amalya riss sich sichtlich zusammen, als fiele ihr gerade wieder ein, dass der Primal hingehen konnte, wo immer er wollte, und besuchen, wen immer er wünschte. Die Klausur erlegte allen außer ihm Beschränkungen auf. »Aber selbstverständlich, Euer Gnaden. Äh … die Auserwählte Layla wäre für Euch bereit und wartet in Eurem Tempel.«

Cormia blickte in die Kristallschüssel vor sich. Da die Auserwählten auf dieser Seite sehr kurze Fruchtbarkeitszyklen hatten, war es sehr wahrscheinlich, dass Layla entweder fruchtbar war oder es bald sein würde. Ohne Zweifel wäre schon bald eine Schwangerschaft aufzuzeichnen.

»Es wird Zeit für Euch«, sagte sie und blickte zum Primal auf.

Sein Blick bohrte sich geradezu in sie hinein. »Cormia …«

»Euer Gnaden?«, unterbrach die Directrix.

Mit harter Stimme sagte er über die Schulter hinweg: »Ich komme, wenn ich so weit bin, verdammt noch mal.«

»O, bitte vergebt mir, Euer Gnaden, ich wollte nicht …«

»Schon gut«, versetzte er müde. »Sag ihr einfach … ich komme gleich.«

Rasch zog sich die Directrix zurück, und die Tür fiel zu.

Dann heftete der Primal die Augen wieder auf Cormia. Und kam mit ernstem Gesichtsausdruck auf sie zu.

Als er vor ihr auf die Knie sank, war sie entsetzt. »Euer Gnaden, Ihr solltet nicht …«

»Phury. Du wirst mich Phury nennen. Niemals ›Euer Gnaden‹ oder ›Primal‹. Ab sofort möchte ich nur noch meinen richtigen Namen von dir hören und kein ›Ihr‹ mehr.«

»Aber …«

»Kein Aber.«

Cormia schüttelte den Kopf. »Gut, aber du solltest nicht auf den Knien liegen. Niemals.«

»Vor dir sollte ich immer auf den Knien liegen.« Er legte seine Hände sachte auf ihre Arme. »Vor dir … sollte ich mich immer verneigen.« Er betrachtete ihr Gesicht, ihr Haar. »Hör mir zu, Cormia, du musst etwas wissen.«

Als sie den Blick auf ihn senkte, waren seine Augen plötzlich das Wunderbarste, was sie je gesehen hatte, sie waren hypnotisch, hatten die Farbe von Zitrinen im Feuerschein. »Ja?«

»Ich liebe dich.«

Ihr Herz krampfte sich zusammen. »Was?«

»Ich liebe dich.« Er schüttelte den Kopf und ließ sich nach hinten sinken, sodass er im Schneidersitz saß. »Ach, großer Gott ... ich habe alles vermasselt. Aber ich liebe dich. Ich wollte, dass du das weißt, weil ... weil es wichtig ist, und weil es bedeutet, dass ich nicht bei den anderen Auserwählten liegen kann. Ich kann nicht bei ihnen sein, Cormia. Entweder du oder keine.«

Ihr Herz jubilierte. Den Bruchteil einer Sekunde flatterte es in ihrer Brust empor, getragen von einer Böe der Freude. Das hatte sie sich gewünscht, dieses Geständnis, diese Worte ...

Ihr leuchtendes Glücksgefühl trübte sich, so schnell es aufgeflackert war.

Sie dachte an die Bilder der Gefallenen, der Gefolterten, der grausam Getöteten. Und daran, dass kaum noch kämpfende Brüder übrig waren. Vier. Nur vier.

Vor Jahrhunderten waren es zwanzig, dreißig gewesen.

Cormia warf einen Blick in die Schüssel vor sich und dann auf den Federkiel, den sie benutzt hatte. Es bestand die sehr reale Möglichkeit, dass in nicht allzu ferner Zukunft keine Geschichte mehr aufzuzeichnen wäre.

»Du musst zu ihr gehen, zu Layla«, sagte sie mit einer Stimme, so flach wie das Pergament, auf dem sie schreiben würde. »Und du musst zu den anderen gehen.«

»Hast du nicht gehört, was ich gesagt habe?«

»Doch, das habe ich. Aber das hier ist größer als du und ich.« Sie stand auf, denn wenn sie sich nicht bewegte, würde sie verrückt werden. »Ich bin keine Auserwählte mehr, nicht in meinem Herzen. Aber ich habe gesehen, was geschieht. Das Volk wird auf diese Weise nicht überleben.«

Der Primal rieb sich mit einer Grimasse die Augen. »Ich will dich.«

»Das weiß ich.«

»Kannst du aushalten, dass ich zu den anderen gehe? Ich bin mir nicht sicher, ob ich es kann.«

»Ich fürchte ... ich kann es nicht. Deshalb habe ich das hier gewählt.« Sie machte eine Handbewegung durch den Raum. »Hier kann ich Frieden finden.«

»Aber ich darf dich doch besuchen. Oder?«

»Du bist der Primal. Du darfst alles.« Sie blieb bei einer der Kerzen stehen. Starr in die Flamme blickend, fragte sie: »Warum hast du das getan?«

»Primal werden? Ich ...«

»Nein, das mit der Droge. In dem Badezimmer. Du wärst beinahe gestorben.« Als keine Antwort kam, wandte sie ihm den Kopf zu. »Ich möchte wissen, warum.«

Lange Zeit schwieg er. Und dann sagte er: »Ich bin suchtkrank.«

»Suchtkrank?«

»Ja. Ich bin der Beweis dafür, dass man aus der besten Familie kommen und Geld und Status haben und trotzdem ein Junkie sein kann.« Seine gelben Augen waren brutal klar. »Und die Wahrheit ist: Ich möchte ein Mann von Wert sein und dir sagen, dass ich aufhören könnte, aber ich kann mir einfach nicht sicher sein. Ich habe mir und anderen schon früher Dinge versprochen. Mein

Wort … gilt bei niemandem mehr etwas, nicht einmal bei mir selbst.«

Sein Wort …

Sie dachte an Layla, die wartete, die anderen Auserwählten, die warteten, das gesamte Volk, das wartete. Auf ihn wartete.

»Phury … mein innig geliebter Phury, halte jetzt eines deiner Versprechen ein. Geh und nimm Layla, und binde dich an uns. Gib uns Geschichte, die wir schreiben, leben, in der wir gedeihen können. Sei die Kraft unseres Volkes, wie es sein soll.« Als er den Mund öffnete, hielt sie die Hand hoch. »Du weißt, dass es richtig ist. Du weißt, dass ich recht habe.«

Nach einem Augenblick der Anspannung erhob sich Phury. Er war bleich und zittrig auf den Beinen, als er sein Gewand glattzog. »Du sollst wissen … auch wenn ich bei einer anderen liege, bist es doch in meinem Herzen du.«

Sie schloss die Augen. Ihr ganzes Leben lang hatte man ihr beigebracht zu teilen, aber ihn zu einer anderen Frau gehen zu lassen war wie etwas Kostbares auf den Boden zu werfen und es zu Staub zu zertreten.

»Geh in Frieden«, sagte sie sanft. »Und komm ebenso zurück. Selbst wenn ich nicht mit dir zusammen sein kann, so werde ich doch niemals deine Gesellschaft zurückweisen.«

Phury lief den Hügel hinauf zum Tempel des Primals, sein Bein fühlte sich an wie in Ketten gewickelt. Ketten und Stacheldraht.

Mein Gott, abgesehen von seiner Niedergeschlagenheit brannte sein richtiger Knöchel, als wäre er in einen Eimer Batteriesäure gestiegen. Er hätte nie gedacht, dass er mal froh wäre, nur noch einen Fuß zu haben; aber so musste er das wenigstens nicht in Stereo spüren.

Die Flügeltür zum Primalstempel war geschlossen, und als er eine Seite öffnete, schnappte er den Duft von Kräutern und Blumen auf. Er trat ein, blieb in der Vorhalle stehen, fühlte, dass Layla jenseits davon im Hauptraum war. Er wusste, sie läge dort wie Cormia einst: auf dem Bett, mit weißen Stoffbahnen von der Decke herab auf ihre Kehle fallend, sodass nur ihr Körper sichtbar war.

Unverwandt starrte er die weißen Marmorstufen an, die zu den schweren Vorhängen führten, die er beiseiteschieben würde, um zu Layla zu gelangen. Drei waren es. Drei Stufen, und dann wäre er in dem offenen Raum.

Phury drehte sich um und ließ sich auf der flachen Treppe nieder.

Sein Kopf fühlte sich komisch an, wahrscheinlich weil er seit zwölf Stunden keinen Joint geraucht hatte. Komisch … im Sinne von merkwürdig klar. Meine Güte, er war tatsächlich nüchtern. Und der Nebeneffekt dieser Klarheit war eine neue Stimme in seinem Kopf. Eine neue und andere, die nicht die des Zauberers war.

Es war … seine eigene Stimme. Zum ersten Mal seit so langer Zeit, dass er sie beinahe nicht erkannte.

Das ist falsch.

Er krümmte sich und rieb sich die verbliebene Wade. Das Brennen wanderte vom Knöchel immer höher hinauf, aber wenigstens wurde es etwas besser, wenn er den Muskel massierte.

Das ist falsch.

Er konnte sich schwerlich selbst widersprechen. Sein ganzes Leben lang hatte er für andere gelebt: seinen Zwillingsbruder. Die Bruderschaft. Das Volk der Vampire.

Und die ganze Primalssache entstammte exakt demselben Drehbuch. Er hatte sein ganzes Leben lang versucht, ein Held zu sein, und jetzt opferte er nicht nur sich selbst, sondern auch noch Cormia.

Er dachte an sie in diesem Raum, allein mit den Büchern und Federkielen und all dem Pergament. Dann sah er sie wieder dicht an seinen Körper geschmiegt, warm und lebendig.

Nein, sagte seine innere Stimme, *ich werde das nicht tun.*

»Ich werde das nicht tun«, sagte er und rieb sich beide Oberschenkel.

»Euer Gnaden?« Laylas Stimme drang durch den Vorhang.

Er wollte ihr schon antworten, als das brennende Gefühl sich urplötzlich rasend schnell in seinem ganzen Körper ausbreitete, ihn überwältigte, ihn bei lebendigem Leib auffraß, jeden Zentimeter verschlang. Er stützte seine zitternden Arme auf, um nicht nach hinten zu fallen, als sein Magen sich verkrampfte.

Ein ersticktes Geräusch gurgelte in seiner Kehle empor, und dann hatte er Mühe, noch Luft zu bekommen.

»Euer Gnaden?« Laylas Stimme klang besorgt – und kam näher.

Aber er konnte nicht antworten. Unvermittelt hatte sich sein ganzer Körper in eine Schneekugel verwandelt, sein Inneres bebte und funkelte vor Schmerz.

Was zum …

Entzugserscheinungen. Er war auf Entzug, weil sein Organismus zum ersten Mal seit ungefähr zweihundert Jahren ohne roten Rauch war.

Er wusste, dass er zwei Möglichkeiten hatte: sich zurück auf die andere Seite zu verpuffen, einen anderen

Dealer als Rehvenge zu finden und das Suchtkabel weiter in der jetzigen Steckdose stecken zu lassen. Oder die bittere Pille zu schlucken.

Und aufhören.

Der Zauberer blinzelte vor seinem geistigen Auge, stand geisterhaft im Vordergrund seiner grauen Ödnis. *Ach, mein Freund, das schaffst du nicht. Das weißt du doch. Warum es also überhaupt probieren?*

Phury nahm sich einen Moment Zeit, um zu würgen. *Shit,* er fühlte sich, als würde er sterben. Wirklich und wahrhaftig.

Alles, was du tun musst, ist zurück in die Welt zu gehen und dir zu holen, was du brauchst. Dann fühlst du dich in null Komma nichts wieder besser. Ganz einfach. Du kannst das hier ganz einfach abstellen.

Das Zittern war so heftig, dass Phurys Zähne aufeinanderklirrten wie Eiswürfel in einem Glas.

Du kannst es abstellen. Du musst dir einfach nur einen Joint anzünden.

»Du hast mich schon mal belogen. Du hast gesagt, ich könnte dich loswerden, aber du bist immer noch da.«

Ach komm, was ist schon eine kleine Flunkerei unter Freunden?

Phury dachte an das Badezimmer und was er darin getan hatte. »Alles, das ist alles.«

Während der Zauberer allmählich sauer wurde und Phurys Körper klapperte wie ein kaputtes Schutzblech, streckte er die Beine aus, legte sich auf den kühlen Marmorfußboden der Eingangshalle und machte sich bereit für eine Reise ins Nichts.

»Mist«, sagte er, als er sich dem Entzug auslieferte. »Das wird richtig ätzend.«

46

John und Qhuinn waren nur wenige Meter hinter Zsadist, als sie sich zu dritt einem flachen, modernen Haus näherten. Es war Nummer sechs auf der Liste der noch nicht überfallenen Anwesen, und sie blieben im Schatten einiger Bäume am Rand des Rasens stehen.

John lief es kalt den Rücken herunter. Mit seiner großflächigen Eleganz hatte das Gebäude einfach zu viel Ähnlichkeit mit dem Zuhause, das er so kurze Zeit mit Tohr und Wellsie geteilt hatte.

Zsadist blickte über die Schulter. »Willst du hierbleiben, John?«

Als John nickte, sagte der Bruder: »Dachte ich mir schon. Ich hab auch eine Gänsehaut. Qhuinn, du bleibst bei ihm.«

Zsadist lief durch die Dunkelheit, überprüfte Fenster und Türen. Als er hinter dem Haus verschwand, schielte Qhuinn nach John.

»Warum bekommst du hier eine Gänsehaut?«

John zuckte die Achseln. *Ich hab mal in so was Ähnlichem gewohnt.*

»Wow, du hattest es aber gut als Mensch.«

Nein, das war danach.

»Ach, du meinst bei … klar.«

Gott, dieses Haus musste vom selben Architekten entworfen worden sein, denn die Fassade und die Anordnung der Räume waren im Prinzip genau gleich. Er betrachtete ein Fenster nach dem anderen und dachte an sein Zimmer. Es war dunkelblau gewesen, mit modernen Linien und einer Glasschiebetür. Der Schrank war bei seiner Ankunft leer gewesen, aber John hatte ihn schnell mit den ersten neuen Klamotten gefüllt, die er je besessen hatte.

Erinnerungen kehrten zurück, Erinnerungen an das Essen, das er am ersten Abend bei Tohr und Wellsie bekommen hatte. Mexikanisches Essen. Sie hatte mexikanisch gekocht und alles auf dem Tisch ausgebreitet, große Platten voller Enchiladas und Quesadillas. Damals, als Prätrans, war sein Magen noch sehr empfindlich gewesen, und er wusste noch genau, wie peinlich es ihm gewesen war, nur in seinem Essen stochern zu können.

Doch dann hatte Wellsie ihm eine Schüssel weißen Reis mit Ingwersoße vor die Nase gestellt.

Als sie sich danach wieder ihm gegenüber auf ihren Stuhl setzte, hatte er geweint, hatte seinen zerbrechlichen kleinen Körper zusammengekrümmt und ihrer Freundlichkeit wegen geweint. Sein ganzes Leben lang hatte er sich anders gefühlt, und plötzlich hatte er aus heiterem Himmel jemanden gefunden, der wusste, was er brauchte, und der gütig genug war, es ihm zu geben.

So waren Eltern eben. Sie kannten einen besser als man sich selbst, und sie kümmerten sich um einen, wenn man es nicht selbst vermochte.

Zsadist kam zurück. »Leer und ungeplündert. Nächste Adresse?«

Qhuinn sah auf die Liste. »Vier fünfundzwanzig Easterly Court …«

Zs Handy klingelte leise. Er runzelte die Stirn, als er die Nummer sah, dann hielt er sich das Gerät ans Ohr. »Was ist los, Rehv?«

Johns Blick wanderte wieder zu dem Haus, schnellte dann aber zurück zu Z, als der Bruder sagte: »Was? Willst du mich verarschen? Er ist wo aufgetaucht?« Lange Pause. »Ist das dein Ernst? Ganz sicher? Hundert Prozent?« Zsadist legte auf und starrte unverwandt das Telefon an. »Ich muss nach Hause. Sofort. Wahnsinn.«

Was ist denn los?, fragte John.

»Könnt ihr beiden die nächsten drei Adressen allein checken?« Als John nickte, sah ihn der Bruder merkwürdig an. »Behalt dein Handy in Reichweite. Verstanden?«

John nickte, und Zsadist verschwand.

»Okay, was auch immer da los ist, es geht uns eindeutig nichts an.« Qhuinn faltete die Liste zusammen und steckte sie in die Hosentasche. »Sollen wir uns auf die Socken machen?«

John sah noch einmal zurück zu dem Haus. Dann sagte er: *Das mit deinen Eltern tut mir leid.*

Qhuinns Antwort ließ eine Weile auf sich warten. »Danke.«

Ich vermisse meine.

»Ich dachte, du wärst ein Waisenjunge gewesen?«

Eine Zeitlang war ich es nicht.

Ein langes Schweigen folgte, bis Qhuinn sagte: »Komm schon, John, lass uns hier abhauen. Wir müssen auf die Easterly.«

John dachte kurz nach. *Was dagegen, wenn wir unterwegs einen Stopp einlegen? Ist nicht weit.*

»Klar. Wo?«

Ich möchte zu Lashs Haus.

»Warum?«

Weiß nicht. Ich schätze mal, ich möchte mir ansehen, wo das alles hier angefangen hat. Und ich will mir sein Zimmer anschauen.

»Aber wie kommen wir rein?«

Wenn die Rollläden immer noch von der Schaltuhr gesteuert werden, dann müssten sie jetzt oben sein, und wir können uns durch die Scheiben dematerialisieren.

»Von mir aus, wenn du unbedingt willst.«

Zusammen dematerialisierten sie sich neben den Bau im Tudorstil. Tatsächlich waren die Rollläden hochgezogen, und blitzschnell standen sie im Wohnzimmer.

Der Geruch war so schlimm, dass Johns Nase sich anfühlte, als hätte jemand mit Stahlwolle darin herumgeschrubbt ....

Er hielt sich die Hand vor Mund und Nase und hustete.

»Igitt«, sagte Qhuinn und machte das Gleiche.

Die beiden sahen sich um. Teppich und Sofa waren voller Blut, die Flecke waren inzwischen getrocknet und braun.

Sie folgten den Spuren hinaus in den Flur.

»Ach du ...«

John hob den Kopf. Durch den hübschen Türbogen zum Esszimmer bot sich ein Anblick wie aus einem Film von Rob Zombie. Die Leichen von Lashs Mutter und Vater saßen am wunderschön gedeckten Tisch, zweifellos auf ihren üblichen Plätzen. Ihre Gesichter hatten die Farbe von Asphalt, ein helles, stumpfes Grau, und ihre edlen Kleider waren wie die Teppiche braun verschmiert.

Da waren Fliegen.

»Mann, diese *Lesser* sind echt krank.«

John schluckte die Galle in seinem Hals herunter und näherte sich dem Tisch.

»Um Himmels willen, brauchst du davon wirklich eine Nahaufnahme?«

John spähte in den Raum und zwang sich, das Grauen zu ignorieren und sich die Einzelheiten einzuprägen. Die Platte mit dem gebratenen Huhn wies am Rand Blutspuren auf.

Der Mörder hatte sie auf den Tisch gestellt. Höchstwahrscheinlich, nachdem er die Leichen angeordnet hatte.

Gehen wir rauf in Lashs Zimmer.

Nach oben zu gehen war total abgefahren, weil sie allein im Haus waren – aber doch nicht so ganz. Die Toten aus dem Erdgeschoss erfüllten die Luft mit etwas, das annähernd ein Geräusch war. Und ihr Geruch folgte John und Qhuinn die Treppe hinauf.

»Seine Bude ist im zweiten Stock«, sagte Qhuinn, als sie oben am Absatz ankamen.

Sie fanden Lashs Zimmer, und nach dem Schock des Wohnzimmers wirkte es so – unspektakulär. Bett. Schreibtisch. Stereoanlage. Computer. Fernseher.

Kommode.

John entdeckte die Schublade mit den blutigen Fingerabdrücken. Sie waren zu verschmiert, um zu erkennen, ob ein Spiralmuster hinterlassen worden war. Er nahm das nächstbeste T-Shirt zur Hand und zog damit die Schublade auf, weil man das immer im Fernsehen sah. Darin fanden sich noch mehr Blutspuren, ebenfalls zu verwischt, um etwas zu erkennen.

Da setzte sein Herz einen Moment aus, und er beugte sich herunter. Ein Abdruck war ganz besonders deutlich auf der Ecke einer Armbanduhrenschachtel von Jacob & Co.

Er pfiff Qhuinn zu. *Hinterlassen Lesser Fingerabdrücke?*

»Wenn sie etwas berühren, klar.«

Ich meine, hinterlassen sie richtige Abdrücke? Nicht einfach nur eine leere Fläche, sondern mit Linien und allem?

»Ja.« Qhuinn kam rüber. »Was hast du denn gefunden?«

John deutete auf die Schachtel. Auf der Ecke sah man die perfekte Nachbildung eines Daumens ... ohne erkennbare Furchen. Wie der Fingerabdruck eines Vampirs aussähe.

Könntest du dir ...

»Nein. Ausgeschlossen. Sie haben noch nie einen Vampir rekrutiert.«

John holte sein Handy aus der Tasche und machte ein Foto. Nach kurzer Überlegung nahm er dann die Uhrenschachtel heraus und steckte sie in die Jackentasche.

»Sind wir fertig?«, fragte Qhuinn. »Bitte sag ja.«

Ich will nur ... John zögerte. *Ich brauche noch ein bisschen Zeit hier oben.*

»Okay, aber dann sehe ich mir die Zimmer im ersten Stock an. Ich kann ... ich kann hier nicht bleiben.«

John nickte und fühlte sich mies. Vielleicht war es grausam von ihm gewesen, seinen Freund überhaupt hierherzubringen.

Ja, denn das hier war abgefuckt. Wenn man hier mitten zwischen Lashs ganzen Sachen stand, war es, als wäre er noch am Leben.

Am anderen Ende der Stadt saß Lash am Steuer des Focus und hatte miserable Laune. Das Auto war wirklich totaler Schrott. Obwohl er nur im Stadtverkehr unterwegs war, hatte die Karre null Beschleunigung. Von null auf dreißig in drei Tagen, du meine Güte.

»Wir müssen aufrüsten.«

Mr. D auf dem Beifahrersitz inspizierte seine Pistole, die schlanken Finger flogen über die Waffe. »Ja … ähm, was das betrifft.«

»Was.«

»Ich fürchte, wir werden warten müssen, bis die Knete aus den Plünderungen reinkommt.«

»Was soll das denn heißen?«

»Ich hab mir die Kontoauszüge besorgt, die vom letzten Haupt-*Lesser.* Diesem Mr. X. Lagen in seiner Blockhütte. Und die sehen nicht besonders gut aus.«

»Was genau heißt *nicht besonders gut?*«

»Tja, es ist mehr oder weniger alles weg. Ich weiß nicht, wofür und von wem. Aber es sind nur noch ungefähr fünftausend übrig.«

»Fünf? Machst du Witze?« Lash ging vom Gas. Was ungefähr so war, wie die lebenserhaltenden Maßnahmen bei einer Pflanze abzustellen.

Sie waren pleite? Wie bitte? Er war doch der Fürst der Dunkelheit oder so was in der Art. Und das Eigenkapital seiner Armee lag bei fünf Riesen?

Klar, er hatte das Geld seiner toten Eltern, aber so viel das auch war – damit konnte er keinen ganzen Krieg finanzieren.

»Mann, vergiss es … ich fahre zurück zu meinem alten Haus. Ich hab keinen Bock mehr auf diese Blechschüssel.« O ja, ganz plötzlich war er aber so was von über diesen albernen Mami-und-Papi-Mist weg. Er brauchte ein neues Auto, und zwar schnell, und dort in der Garage stand ein nagelneuer Mercedes. Den würde er sich holen, und er hätte kein schlechtes Gewissen deswegen.

Scheiß auf den ganzen Vampirkram.

Als er allerdings rechts abbog und auf sein altes Viertel zufuhr, wurde ihm schlecht. Wobei er ja gar nicht reingehen und deshalb auch die Leichen nicht sehen müsste, vorausgesetzt, sie waren noch da, wo er sie …

Mist, der Schlüssel war im Haus.

Egal. Er musste verflucht noch mal endlich erwachsen werden.

Zehn Minuten später hielt Lash vor den Garagen und stieg aus dem Wagen. »Bring die Karre hier zum Bauernhaus. Wir treffen uns dann dort.«

»Soll ich nicht lieber hier warten?«

Lash runzelte die Stirn und betrachtete seine Hand. Der Ring, den Omega ihm vergangene Nacht gegeben hatte, wurde wärmer und begann zu leuchten.

»Sieht aus, als wollte Ihr Erzeuger was von Ihnen«, erklärte Mr. D und stieg aus dem Auto.

»Ja.« Mist. »Wie funktioniert das?«

»Sie brauchen einen ungestörten Ort. Dann verhalten Sie sich ganz still, und er kommt zu Ihnen oder holt Sie ab.«

Lash blickte zu seinem Elternhaus auf und entschied, dass das schon reichen würde. »Dann sehen wir uns später beim Bauernhaus. Und danach bringst du mich zu dieser Blockhütte, in der die ganzen Unterlagen sind.«

»Jawohl, Sir.« Mr. D tippte sich an die Krempe seines Cowboyhutes und setzte sich ans Steuer.

Als der Focus rückwärts über die Auffahrt jaulte, ging

Lash durch die Küche ins Haus. Drinnen roch es schon schlimmer, der ekelerregend süßliche Gestank von Tod und Verwesung war so stark, dass er beinahe wie eine Mauer wirkte.

Das hatte er getan, dachte er. Er war verantwortlich für das, was dieses schöne Haus verseuchte.

Hastig holte er sein Handy aus der Tasche, um Mr. D zurückzupfeifen, zögerte dann aber und starrte auf seinen Ring. Das Gold brannte so stark, dass er überrascht war, dass sein Finger noch an Ort und Stelle war.

Sein Erzeuger. Sein *Erzeuger.*

Die Toten hier gehörten nicht zu ihm.

Er hatte das Richtige getan.

Lash lief durch die Schwingtür ins Esszimmer. Mit dem leuchtenden Ring am Finger betrachtete er die Leute, die er für seine Eltern gehalten hatte. Die Wahrheit lag in den Lügen, war es nicht so? Sein ganzes Leben lang hatte er sein echtes Wesen verstecken, das Böse in sich verschleiern müssen. Kleinere Blitzlichter seines wahren Ichs waren an die Oberfläche gedrungen, das schon, aber das Innerste, das, was ihn antrieb, war verborgen geblieben.

Jetzt war er frei.

Ganz unvermittelt empfand er nichts mehr, als er das ermordete Paar musterte. Es war, als betrachtete er makabre Leinwandbilder in einem Kino, und sein Geist gestand ihnen das ihnen angemessene Gewicht zu.

Nämlich gar keins.

Er tastete nach der Hundekette um seinen Hals, und er kam sich dumm vor wegen der albernen Gefühle, die ihn dazu gebracht hatten, sie mitzunehmen. Er war versucht, sie abzureißen, aber nein ... Das Tier, an das sie ihn erinnerte, war stark und grausam und mächtig gewesen.

Also behielt er sie als Symbol, nicht aus Sentimentalität.

Mann, die Toten rochen echt schlecht.

Lash ging in den Flur und befand, dass der Marmorfußboden dort so gut wie jeder andere Platz war, um seinen wahren Vater zu empfangen. Er setzte sich hin, zog die Beine an den Körper und fühlte sich wie ein Idiot. Er schloss die Augen, konnte es kaum erwarten, das hinter sich zu bringen, und dann den Autoschlüssel …

Ein Summen verdrängte nach und nach die Stille im Haus, der Klang entströmte keiner speziellen Richtung.

Lash öffnete die Augen. Kam sein Vater her? Oder holte er ihn ab und brachte ihn fort?

Aus dem Nichts umwirbelte ihn eine Strömung, verzerrte sein Sichtfeld. Oder vielleicht verzerrte sie auch seine Umgebung. Er jedoch war mitten in dem Strudel so ruhig wie ein Fels, spürte eine eigenartige Zuversicht. Der Vater würde dem Sohn niemals ein Leid zufügen. Böse war, wer Böses tat, doch die Blutsbande zwischen ihm und seinem Erzeuger bedeuteten, er war Omega.

Und Omega würde – wenn auch nur aus Eigeninteresse – sich niemals selbst verletzen.

Gerade als Lash im Begriff stand, fortgetragen zu werden, als der Wirbel seine körperliche Gestalt beinahe verzehrt hatte, blickte er auf.

Vor ihm stand John Matthew auf den Stufen.

47

»Meine Schwester«, ertönte ein Zischen vor der Tempelpforte. »Meine Schwester.«

Cormia hob den Blick von dem Pergament, auf dem sie gerade die Rettung der Vampire in der Klinik durch den Primal aufzeichnete. »Layla?«

»Der Primal ist krank. Er ruft nach dir.«

Cormia ließ den Federkiel fallen und rannte zur Tür. Davor stand ihre Schwester mit bleichem, verzweifeltem Gesicht. »Krank?«

»Er liegt im Bett und zittert vor Kälte. Wahrlich, es geht ihm schlecht. Zuerst wollte er sich nicht von mir helfen lassen, doch ich schleppte ihn in den Tempel hinein, als er das Bewusstsein verlor.«

Cormia streifte die Kapuze ihrer Robe über. »Sind die anderen …«

»Unsere Schwestern sitzen beim Mahl. Alle. Niemand wird dich sehen.«

Cormia eilte aus dem Tempel, wurde aber von dem hellen Licht des Heiligtums geblendet. Sie nahm Laylas Hand, bis ihre Augen sich daran gewöhnt hatten, und die beiden hasteten zum Primalstempel.

Ohne Zögern schlüpfte Cormia durch die goldene Tür und riss den Vorhang beiseite.

Nur in die seidene Hose seines Heiligtumsgewands gekleidet, lag der Primal auf dem Bett. Seine Haut war von einem ungesunden Schimmer und einem Schweißfilm überzogen. Von Schüttelfrost gepeinigt, wirkte sein großer Körper furchtbar zerbrechlich.

»Cormia?«, sagte er und streckte ihr eine zitternde Hand entgegen.

Sie ging zu ihm und streifte die Kapuze ab. »Ich bin hier.« Beim Klang ihrer Stimme versuchte er, sich aufzurichten, doch dann berührte sie seine Fingerspitzen, und er wurde ruhig.

Gütiger, er stand in Flammen.

»Was ist mit dir?«, fragte sie und setzte sich an sein Lager.

»Ich g-g-glaube, das ist der Entzug.«

»Entzug?«

»K-k-keine ... D-Drogen ... k-k-keine D-D-Drogen m-m-m-mehr ...«

Sie konnte kaum verstehen, was er murmelte, aber instinktiv wusste sie, dass sie ihm auf gar keinen Fall eine der selbstgedrehten Stangen anbieten sollte, die er immer rauchte.

»Kann ich irgendetwas für dich tun?« Er leckte sich über die trockenen Lippen. »Möchtest du etwas Wasser?«

»Ich gehe welches holen«, sagte Layla und lief in Richtung Bad.

»Danke, meine Schwester.« Cormia sah über die Schulter. »Und bring auch Lappen mit.«

»Ja.«

Als Layla hinter einem Vorhang verschwand, schloss Phury die Augen und warf seinen Kopf auf dem Kissen hin und her. Plötzlich sprach er gleichmäßiger. »Der Garten ... der Garten ist voller Unkraut ... o mein Gott, der

Efeu … er ist überall … die Statuen sind davon überwachsen.«

Da kehrte Layla mit einem Krug und einer Schüssel und einigen weißen Waschlappen zurück, und Cormia sagte zu ihr: »Ich danke dir. Und jetzt lass uns bitte allein, Schwester.«

Eine Ahnung sagte ihr, dass alles noch viel schlimmer werden würde und dass Phury in seinem Wahnzustand nicht von anderen gesehen werden wollte.

Layla verneigte sich. »Was soll ich den Auserwählten sagen, wenn ich beim Mahl erscheine?«

»Sag ihnen, dass er sich nach eurer Vereinigung ausruht und dass er sich Zeit für sich selbst ausgebeten hat. Ich werde mich um ihn kümmern.«

»Wann soll ich zurückkehren?«

»Beginnt der Schlafzyklus bald?«

»Im Anschluss an die Thideh-Gebete.«

»Gut. Komm zurück, wenn alle sich zur Ruhe begeben haben. Wenn das hier andauert … dann werde ich Doc Jane von der Anderen Seite holen müssen, und du musst inzwischen auf ihn aufpassen.«

»Wen holen?«

»Eine Heilerin. Geh jetzt. Sing das Loblied seines Körpers und deines Glücks. Halte dich nicht zurück.« Cormia strich Phurys Haar nach hinten. »Je mehr du ihn preist, umso besser.«

»Wie du wünschst. Und ich werde zurückkehren.«

Cormia wartete, bis ihre Schwester weg war, dann versuchte sie, Phury etwas Wasser einzuflößen. Doch er war zu weggetreten, um etwas zu trinken, konnte die Lippen nicht still halten. Sie gab es auf, befeuchtete ein Tuch und drückte es auf sein Gesicht.

Phurys fiebrige Augen öffneten sich und hefteten sich auf sie, während sie seine Stirn abtupfte. »Der Garten ... ist voller Unkraut«, flüsterte er eindringlich. »Voller Unkraut.«

»Sch-sch ...« Erneut tauchte sie den Lappen in die Schüssel, um ihn zu kühlen. »Ist schon gut.«

Verzweifelt stöhnte er: »Nein, alles ist überwuchert. Die Statuen ... sie sind fort ... ich bin fort.«

Das Entsetzen in seinem gelben Blick gefror ihr das Blut in den Adern. Er halluzinierte, er war eindeutig nicht bei sich, aber was auch immer er sah, war für ihn sehr real – er wurde zusehends aufgeregter, sein Körper wand und krümmte sich auf dem weißen Laken.

»Der Efeu ... o Himmel, der Efeu kommt mich holen ... er ist überall auf meiner Haut ...«

»Sch-sch.« Vielleicht konnte sie das nicht allein schaffen. Vielleicht ... andererseits – wenn sein Geist krank war, dann ... »Phury, hör mir zu. Wenn der Efeu alles überwuchert, dann werden wir ihn beseitigen.«

Sein Zappeln verlangsamte sich, der Blick schärfte sich leicht. »Ja?«

Sie dachte an die Landschaftsgärtner, die sie auf der Anderen Seite beobachtet hatte. »Ja. Wir beseitigen ihn.«

»Nein ... das können wir nicht. Er wird gewinnen ... Er wird ...«

Sie beugte sich tief über ihn, unmittelbar vor sein Gesicht. »Wer sagt das.«

Ihre energische Stimme schien seine Aufmerksamkeit zu erregen. »Und jetzt sag mir: Wo sollen wir anfangen, ihn zurückzuschneiden?«

Er begann, den Kopf zu schütteln, doch sie umschloss seinen Kiefer mit der Hand. »Wo sollen wir anfangen?«

Jetzt blinzelte er gehorsam. »Äh … am schlimmsten ist es auf den Statuen der vier Lebensabschnitte …«

»Gut. Dann nehmen wir uns die zuerst vor.« Sie versuchte, sich die vier Statuen vorzustellen … Kindesalter, Jugend, mittleres Alter und der Lebensabend. »Wir beginnen mit dem Kind. Welches Werkzeug werden wir benutzen?«

Der Primal schloss die Augen. »Die Heckenschere. Wir werden die Heckenschere benutzen.«

»Und was machen wir mit der Schere?«

»Der Efeu … der Efeu wuchert an den Statuen hinauf. Man kann … man kann die Gesichter schon nicht mehr erkennen. Er … erstickt die Statuen. Sie sind nicht frei … sie können nichts sehen …« Der Primal begann zu weinen. »O mein Gott. *Ich* kann nichts mehr sehen. Ich konnte noch nie … das Unkraut in diesem Garten hat mir immer schon den Blick verstellt …«

»Bleib bei mir. Hör mir zu – das werden wir ändern. Zusammen werden wir es ändern.« Cormia nahm seine Hand und presste sie sich an die Lippen. »Wir haben eine Heckenschere. Gemeinsam werden wir den Efeu abschneiden. Und wir fangen bei der Statue des Kindes an.« Phurys tiefer Atemzug, als wollte er sich an ein großes Werk machen, ermutigte sie. »Ich werde den Efeu vom Gesicht des Kindes zupfen, und du schneidest ihn ab. Kannst du mich sehen?«

»Ja …«

»Kannst du dich sehen?«

»Ja.«

»Gut. Und jetzt möchte ich, dass du das Stück Efeu abschneidest, das ich in der Hand halte. Komm.«

»Ja, das … das mache ich.«

»Und du legst das, was du abgeschnitten hast, auf den Boden zu deinen Füßen.« Sie strich ihm das Haar aus dem Gesicht. »Und jetzt noch einmal. Und noch einmal …«

»Ja.«

»Und weiter.«

»Ja.«

»Kannst du jetzt das Gesicht der Statue erkennen?«

»Ja … ja, ich kann das Gesicht des Kindes sehen …« Eine Träne rann ihm über die Wange. »Ich kann es sehen … ich kann mich darin sehen.«

In Lashs Haus auf der anderen Seite blieb John auf der Treppe stehen und überlegte, ob der Gruselfaktor des düsteren Kastens sein Gehirn kurzgeschlossen hatte.

Denn es war völlig unmöglich, dass Lash dort unten im Schneidersitz auf dem Fußboden des Flurs saß, während ein wabernder Luftstrom um ihn kreiselte.

Während John sich noch den Kopf zerbrach, was Realität war und was auf keinen Fall wirklich sein konnte, bemerkte er den süßlichen Geruch von Talkum in der Luft, so intensiv, dass er sie beinahe rosa färbte. Ekelhafterweise überdeckte er den widerlichen Duft des Todes nicht – er verstärkte den Verwesungsgestank noch. Der Grund, warum ihm von diesem Geruch schon immer schlecht geworden war, war, dass er dem Duft des Todes so ähnlich war.

In diesem Moment sah Lash auf. Er schien genauso erschrocken wie John selbst, doch dann verzog er den Mund zu einem Lächeln.

Aus dem Luftstrudel heraus wehte seine Stimme die Stufen hinauf, sie schien aus einer größeren Entfernung als lediglich den paar Metern zwischen ihnen zu kommen.

»Na so was, John-Boy.« Das Lachen klang gleichzeitig vertraut und grotesk und hallte merkwürdig wider.

John legte die Hand um seine Waffe, hielt sie mit beiden Händen und richtete sie auf das, was dort unten war.

»Wir sehen uns bald«, sagte Lash, während er zweidimensional, zu einem bloßen Bild seiner selbst wurde. »Und ich grüße meinen Vater von dir.«

Seine Gestalt blinkte ein paarmal auf, verblasste wieder und verschwand dann gänzlich, verschlungen von dem wabernden Sog.

John ließ die Waffe sinken, dann steckte er sie ins Holster. Denn das machte man, wenn es gerade nichts zu erschießen gab.

»John?« Qhuinns Stiefel donnerten hinter ihm auf der Treppe. »Was zum Henker machst du da?«

Keine Ahnung … ich dachte, ich hätte …

»Was?«

Lash gesehen. Genau dort unten. Ich … also, ich dachte, ich hätte ihn gesehen.

»Bleib hier.« Qhuinn zog seine Waffe und rannte an ihm vorbei, machte einen Rundgang durch das Erdgeschoss.

Langsam ging John hinunter in den Flur. Er hatte Lash doch gesehen. Oder?

Qhuinn kam zurück. »Alles im grünen Bereich. Komm, lass uns nach Hause fahren. Du siehst komisch aus. Hast du heute Nacht was gegessen? Und wenn wir schon dabei sind – wann hast du zum letzten Mal geschlafen?«

Weiß nicht.

»Na siehst du. Wir hauen ab.«

Ich hätte schwören können ...

»Los jetzt.«

Als sie sich zurück in den Innenhof des Anwesens materialisierten, dachte John, dass sein Freund bestimmt recht hatte. Vielleicht sollte er einen Happen essen und ...

Sie schafften es nicht ins Haus. Genau in diesem Augenblick kam die Bruderschaft durch die prachtvolle Flügeltüre marschiert. Zusammen hatten sie genug Waffen bei sich, um als vollständige Miliz durchzugehen.

Wrath durchbohrte John und Qhuinn mit einem Blick durch seine dunkle Panoramasonnenbrille. »Ihr beiden. In den Escalade mit Rhage und Blay. Außer ihr braucht noch Munition aus dem Haus.«

Als beide die Köpfe schüttelten, dematerialisierte sich der König gemeinsam mit Vishous, Butch und Zsadist.

Vom Rücksitz des Wagens fragte John: *Was ist denn los?*

Rhage trat aufs Gas. Der Escalade heulte auf, und sie schossen aus dem Hof heraus. Trocken meinte der Bruder: »Besuch von einem alten Lieblingsfeind. Die Sorte, die man niemals wiedersehen wollte.«

Das konnte doch glatt als Motto des Abends durchgehen.

48

Der Traum … die Halluzination … was auch immer es sein mochte, fühlte sich echt an. Total und absolut echt.

Er stand im überwachsenen Garten seines Elternhauses im Alten Land unter einem strahlend hellen Vollmond und zog Efeuranken von Augen und Nase und Mund der dritten Statue, des Mannes, der so stolz sein eigenes Kind in den Armen hielt.

Inzwischen war Phury schon ein richtiger Profi im Schneiden, und schon warf er eine weitere grüne Ranke auf den Haufen zu seinen Füßen.

»Da ist er ja«, flüsterte er. »Da … ist er ja.«

Die Statue hatte langes Haar wie er selbst und tiefliegende Augen wie er selbst, doch der leuchtend glückliche Gesichtsausdruck ähnelte ihm nicht. Und auch nicht das Kind in seinen Armen. Dennoch spürte er eine Befreiung, während er weiterhin Schicht um Schicht der Überwucherung löste.

Als er fertig war, war der Marmor darunter von den Überresten der Kletterpflanze überzogen wie von grünen Tränen, doch die Würde der Skulptur war wiederhergestellt.

Ein Mann in der Blüte seiner Jahre mit seinem Kind auf dem Arm.

Phury blickte sich über die Schulter. »Gefällt sie dir?«

Cormias Stimme war überall um ihn herum, in Stereo, obwohl sie unmittelbar neben ihm stand. »Ich finde sie wunderschön.«

Phury lächelte sie an, in ihrem Gesicht erkannte er all die Liebe, die er in seinem Herzen für sie trug. »Eine noch.«

Sie machte eine Handbewegung. »Aber sieh doch, die letzte ist schon fertig.«

Und so war es; das Unkraut war von der letzten Statue verschwunden, zusammen mit jeglicher Spur der Vernachlässigung. Der Mann war nun alt, mit einem Stab in der Hand saß er dort. Sein Gesicht war immer noch schön, doch nun war es Weisheit, nicht die Blüte der Jugend, die es dazu machte. Hinter ihm stand groß und stark der Sohn, den er einst in den Armen gehalten hatte.

Der Zyklus war vollständig.

Und das Unkraut war fort.

Phury warf einen Blick zurück auf die dritte Statue. Sie war ebenfalls wunderbarerweise völlig sauber, genau wie die des Kindes und des jungen Mannes.

Ja, der gesamte Garten war ordentlich und ruhte jetzt unter dem warmen, lieblichen Nachthimmel in üppiger, gesunder Blüte. Die Obstbäume neben den Statuen hingen schwer voller Birnen und Äpfel, und die Pfade waren gesäumt von kunstvoll beschnittenen Buchsbäumen. In den Beeten gediehen die Blumen in anmutiger Unordnung wie in jedem schönen englischen Garten.

Er wandte sich dem Haus zu. Die Läden, die schief in den Angeln gehangen hatten, waren gerichtet, die Löcher im Ziegeldach verschwunden. Der Putz war glatt, die Risse fort, jede Glasscheibe unversehrt. Die Terrasse war frei von altem Laub, die vom Regenwasser abgesenkten Stellen wieder ebenerdig. Kübel voller blühender Geranien und Petunien standen zwischen Korbstühlen und Tischen.

Durch das Wohnzimmerfenster sah er eine Bewegung – konnte es wahr sein? Ja, tatsächlich.

Seine Mutter. Sein Vater.

Die beiden kamen in Sicht, und sie waren so wie die Statuen jetzt: wiederauferstanden. Seine Mutter mit ihren gelben Augen und dem blonden Haar und den vollkommenen Gesichtszügen ... Sein dunkelhaariger Vater mit dem klaren Blick und dem gütigen Lächeln.

In seinen Augen waren sie unfassbar schön, sein Heiliger Gral.

»Geh zu ihnen«, sagte Cormia.

Phury ging auf die Terrasse, sein weißes Gewand war sauber, trotz der ganzen Arbeit, die er erledigt hatte. Langsam näherte er sich seinen Eltern, er hatte Angst, die Vision zu zerstören.

»*Mahmen?*«, murmelte er.

Seine Mutter legte die Fingerspitzen von innen auf die Scheibe.

Phury streckte den Arm aus und legte seine Hand genau auf ihre. Als er das Glas berührte, spürte er die Wärme ihrer Finger durch das Fenster.

Sein Vater lächelte, und seine Lippen bewegten sich.

»Was?«, fragte Phury.

Wir sind so stolz auf dich ... Sohn.

Phury kniff die Augen zusammen. Es war das erste Mal, dass einer von beiden ihn so genannt hatte.

Die Stimme seines Vaters sprach weiter. *Du kannst jetzt*

gehen. Es geht uns gut hier. Du hast alles … in Ordnung gebracht.

Phury musterte sie. »Seid ihr sicher?«

Beide nickten. Und dann hörte er die Stimme seiner Mutter durch die Scheibe.

Geh und lebe jetzt, Sohn. Geh und lebe dein Leben, nicht unseres. Uns geht es hier gut.

Phury stockte der Atem, er starrte die beiden nur wortlos an, saugte in sich auf, wie sie aussahen. Dann legte er sich die Hand aufs Herz und verbeugte sich.

Es war ein Lebewohl. Kein Abschied, sondern ein Lebt … wohl. Und er empfand eine Ahnung, dass sie das wirklich würden.

Phury öffnete die Augen wieder. Über ihm schwebte eine dichte Wolkendecke … nein, Moment, das war eine hohe Decke aus weißem Marmor.

Er wandte den Kopf. Cormia saß neben ihm und hielt seine Hand, ihr Gesicht war so warm wie das Gefühl in seiner Brust.

»Möchtest du etwas trinken?«, fragte sie.

»W … as?«

Sie nahm ein Glas vom Tisch. »Möchtest du etwas trinken?«

»Ja, bitte.«

»Heb den Kopf.«

Er nahm einen vorsichtigen Schluck, das Wasser war praktisch nicht wahrnehmbar. Es schmeckte nach nichts und hatte exakt die Temperatur seines Mundes, aber es zu schlucken tat gut, und im Nu hatte er das Glas geleert.

»Möchtest du noch mehr?«

»Ja, bitte.« Mehr hatte er offenbar gerade nicht im Gesprächsrepertoire.

Cormia füllte das Glas erneut aus einem Krug, und das Plätschern war hübsch, fand er.

»Hier«, murmelte sie. Dieses Mal hielt sie seinen Kopf fest, und beim Trinken blickte er in ihre schönen grünen Augen.

Als sie das Glas von seinen Lippen absetzen wollte, umschloss er ihr Handgelenk mit sanftem Griff. In der Alten Sprache sagte er: »So möchte ich immer aufwachen, badend in deinem Blick und deinem Duft.«

Er erwartete, dass sie sich ihm entziehen würde. Unruhig würde. Ihn von sich stieße. Doch sie murmelte: »Wir haben deinen Garten aufgeräumt.«

»Ja …«

Ein Klopfen ertönte an der Tempelpforte.

»Warte noch«, sagte sie und sah sich um.

Cormia stellte das Glas ab und lief über den Marmor. Nachdem sie sich hinter einem weißen Vorhang versteckt hatte, räusperte er sich.

»Ja, bitte?«, rief er.

Die Stimme der Directrix klang gütig und respektvoll. »Darf ich eintreten, Euer Gnaden?«

Er deckte sich mit einem Laken zu, obwohl er seine Hose trug, dann vergewisserte er sich noch einmal, dass Cormia nicht zu sehen war.

»Ja.«

Die Directrix zog den schweren Vorhang zur Eingangshalle zurück und verneigte sich tief. In den Händen trug sie ein Tablett mit einem Deckel. »Ich bringe Euch ein Geschenk der Auserwählten.«

Als sie sich wieder aufrichtete, verriet ihm das Leuchten in ihrer Miene, dass Layla gelogen hatte – und zwar gut gelogen.

Er traute sich nicht, sich aufzusetzen, also winkte er sie heran.

Die Directrix kam näher und kniete vor ihm nieder. Als sie den goldenen Deckel anhob, sagte sie: »Von Euren Partnerinnen.«

Auf dem Tablett, säuberlich gefaltet wie eine Landkarte, lag ein reich verzierter Schal. Aus Seide und mit Edelsteinen bestickt. Ein fantastisches Kunstwerk.

»Für unseren Mann«, erklärte die Directrix mit gesenktem Kopf.

»Ich danke euch.« *Shit.*

Er nahm den Schal und breitete ihn über seinen Händen aus. Zitrine und Diamanten bildeten in der Alten Sprache die Worte: *Kraft unseres Volkes.*

Beim Anblick der funkelnden Juwelen dachte er, sie waren wie die Frauen hier im Heiligtum – so fest in ihre Platinfassungen eingeschnürt.

»Ihr habt uns sehr glücklich gemacht«, sagte Amalya mit einem Beben in der Stimme. Sie stand auf und verbeugte sich erneut. »Können wir irgendetwas tun, um uns für die Freude, die Ihr uns bereitet habt, erkenntlich zu zeigen?«

»Nein, danke. Ich werde mich einfach ausruhen.«

Ein letztes Mal verneigte sie sich, dann war sie fort wie eine sanfte Brise, entschwand in einer tragisch erwartungsschweren Stille.

Jetzt setzte er sich auf, brauchte dazu jedoch seine Arme als Stütze. In der Vertikalen fühlte sich sein Kopf an wie ein Ballon, leicht und voller Luft, schwerelos auf seiner Wirbelsäule hüpfend. »Cormia?«

Sie trat hinter dem Vorhang hervor. Ihr Blick wanderte zu dem Schal, dann wieder zu ihm. »Brauchst du Doc Jane?«

»Nein. Ich bin nicht krank. Das waren Entgiftungssymptome.«

»Das sagtest du. Wobei mir nicht ganz klar ist, was das ist.«

»Entzug.« Er rieb sich die Arme, es war bestimmt noch nicht vorbei. Seine Haut kribbelte, und die Lungen brannten, als bräuchten sie Luft, obwohl sie genug bekamen.

Was sie wirklich wollten, das wusste er, war roter Rauch.

»Gibt es hier ein Badezimmer?«, fragte er.

»Ja.«

»Wartest du auf mich? Es dauert nicht lange. Ich will mich nur waschen.«

Es wird länger als ein Leben dauern, bis du gereinigt zurückkehrst, sagte der Zauberer.

Phury schloss die Augen, abrupt verlor er die Kraft, sich zu bewegen.

»Was ist denn?«

Sag ihr, dein alter Freund ist wieder da.

Sag ihr, dein alter Freund wird nie weggehen.

Und dann sausen wir ab in die reale Welt und holen dir was gegen dieses beklemmende Gefühl in den Lungen und das Kribbeln überall auf der Haut.

»Was ist denn?«, fragte Cormia erneut.

Phury holte tief Luft. Er wusste nicht viel im Augenblick – kaum seinen eigenen Namen und bestimmt nicht, wer gerade Präsident der Vereinigten Staaten war. Aber eins war völlig klar: Wenn er dem Zauberer noch länger zuhörte, wäre er schon ziemlich bald tot.

Er konzentrierte sich auf die Frau vor sich. »Nichts.«

Das kam in der grauen Ödnis nicht gut an. Der Umhang des Zauberers blähte sich auf, als ein Windstoß über den Knochenacker fegte.

Du lügst sie an! Ich bin alles! Ich bin alles! Die Stimme des Zauberers klang schrill und stieg immer höher. *Ich bin …*

»Nichts«, wiederholte Phury matt und erhob sich mühsam. »Du bist nichts.«

»Was?«

Als er den Kopf schüttelte, hielt Cormia ihm die Hand hin, und er fand mit ihrer Hilfe sein Gleichgewicht. Zusammen liefen sie langsam ins Bad, das ausgestattet war wie jedes andere auch, nur dass kein Markenlogo auf der Toilettenschüssel prangte. Und natürlich dass durch den hinteren Teil des Raums ein Bach floss – der wohl als Bad diente, wie er annahm.

»Ich warte hier draußen«, sagte Cormia und ließ ihn allein.

Nachdem er auf der Toilette gewesen war, watete er über ein paar Marmorstufen in den Bach. Das vorbeirauschende Wasser war ähnlich wie das, was er getrunken hatte – ein Strom von exakt derselben Temperatur wie seine Haut. In einer Schale in der Ecke lag ein Stück Etwas, das er für Seife hielt, und er nahm es in die Hand. Es war weich und hatte die Form eines Halbmonds; er hielt es unter Wasser. Der Schaum, der sich bildete, perlte und roch nach Immergrün. Er seifte sich das Haar und das Gesicht und den Körper ein, atmete tief, sodass der Duft in seine Lungen drang – und sie hoffentlich von Jahrhunderten der tief eingesaugten Selbstmedikation reinigte.

Als er fertig war, ließ er das Wasser einfach weiter an seiner juckenden Haut und den schmerzenden Muskeln vorbeifließen. Mit geschlossenen Augen verdrängte er den Zauberer, so gut er konnte, aber es war schwer, weil der Typ einen Wutanfall von kolossalen Ausmaßen hinlegte. In seinem alten Leben hätte Phury eine Oper aufgelegt, doch jetzt konnte er das nicht – und zwar nicht nur, weil es auf dieser Seite keine Lautsprecher gab. Diese Art von Musik erinnerte ihn zu sehr an seinen Zwillingsbruder … der nicht mehr sang.

Dennoch war der Klang des rauschenden Bachs hübsch, das leise, melodische Plätschern hallte von den weichen Steinen wider, als spränge der Ton von einem zum anderen.

Da er Cormia nicht zu lange warten lassen wollte, setzte er die Füße auf und hob seinen Oberkörper aus der Strömung. Das Wasser rann ihm über die Brust und auf den Bauch hinab wie zärtliche Hände, und als er die Arme hob, spürte er es von seinen Fingern und Ellbogen tropfen.

Fließend … strömend … fallend …

Die Stimme des Zauberers versuchte, sich zu erheben und das Kommando zu übernehmen. Phury hörte sie im Kopf, spürte sie nach Lautstärke ringen, um Einfluss in seinem Gehörgang kämpfen.

Aber das Plätschern des Wassers war lauter.

Phury atmete tief ein, roch das Immergrün und empfand eine Freiheit, die nichts mit dem Zustand seines Körpers zu tun hatte und alles mit dem seines Kopfes.

Zum allerersten Mal war der Zauberer nicht größer als er.

Cormia tigerte unruhig im Primalstempel umher. Nicht krank. Auf Entzug.

Nicht krank.

Am Fuße des Bettpodests blieb sie stehen.

Sie erinnerte sich genau daran, wie sie dort festgebunden gewesen war, wie sie einen Mann eintreten gehört und schreckliche Angst gehabt hatte. Ohne etwas zu sehen, unfähig, sich zu rühren, und ohne die Erlaubnis, nein zu sagen, hatte sie dort gelegen, der Tradition ausgeliefert.

Jede jungfräuliche Frau wurde nach ihrer Transition dem Primal so dargeboten.

Gewiss mussten andere sich so gefühlt haben wie sie. Und es würden in Zukunft noch mehr sein.

Himmel … dieser Ort war schmutzig, dachte sie und blickte sich innerhalb der weißen Wände um. Schmutzig von Lügen, die sowohl ausgesprochen wurden als auch den Herzen der Frauen innewohnten, welche die reglose Luft einatmeten.

Es gab ein altes Sprichwort unter den Auserwählten, die Art von alter Strophe, von der man sich nie erinnern konnte, wann man sie erstmals gehört hatte. *Rechtschaffenheit ist die Ursache unseres Glaubens, heiter sei die Ausübung unserer Pflicht, kein Leid soll uns Frommen geschehen, denn Reinheit ist unsere Kraft und unsere Tugend, die Mutter, die uns Kinder an der Hand führt.*

Aus dem Badezimmer kam ein wildes Gebrüll.

Phury schrie.

Cormia wirbelte herum und rannte in den Nebenraum.

Sie fand ihn nackt im Bach, den Kopf zurückgeworfen, die Fäuste geballt, die Brust emporgereckt, die Wirbelsäule durchgebogen. Doch er schrie nicht. Er lachte.

Er drehte den Kopf herum, und als er sie entdeckte, ließ er die Arme sinken, konnte aber nicht aufhören zu lachen. »Entschuldige …« Noch mehr wilde Fröhlichkeit sprudelte aus ihm heraus, er versuchte, sie zu zügeln, konnte aber einfach nicht. »Du musst mich für verrückt halten.«

»Nein …« Sie fand ihn wunderschön, die goldene Haut glänzend vom Wasser, das Haar in dicken Wellen über den Rücken fallend. »Was ist so lustig?«

»Gibst du mir ein Handtuch?«

Sie reichte ihm ein Stück Stoff und wandte den Blick nicht ab, als er aus dem Bach stieg.

»Hast du schon mal vom *Zauberer von Oz* gehört?«, fragte er.

»Ist das eine Geschichte?«

»Nicht so ganz.« Er wickelte sich das Handtuch fest um. »Vielleicht zeige ich dir eines Tages den Film. Aber darüber musste ich lachen. Ich lag völlig falsch. Das war gar kein übermächtiger Ringgeist in meinem Kopf. Es war der Zauberer von Oz, nichts als ein gebrechlicher alter Mann. Ich dachte nur immer, er wäre Furcht einflößend und stärker als ich.«

»Zauberer?«

Er tippte sich an die Schläfe. »Eine Stimme in meinem Kopf. Eine schlimme. Ich habe geraucht, um sie zu vertreiben. Ich dachte, sie stamme von einem riesigen Ringgeist. Stimmt aber nicht.«

Nicht in Phurys Glückseligkeit einzustimmen war unmöglich, und als sie ihn anlächelte, durchströmte sie eine plötzliche Wärme.

»Ja, es war eine dröhnend laute Stimme, aber nichts Besonderes.« Er rubbelte sich über die Haut auf seinem Oberarm, als hätte er einen Ausschlag, obwohl sie nichts erkennen konnte, was die seidige Vollkommenheit verunstaltete. »Dröhnend laut …«

Unvermittelt veränderte sich Phurys Blick, als er sie ansah. Und sie kannte den Grund. Eine Hitze flackerte in seinen Augen auf, sein Geschlecht schwoll unter dem Handtuch an.

»Verzeihung«, sagte er und hielt sich noch ein Tuch vor die Lenden.

»Hast du bei ihr gelegen?«, platzte Cormia heraus.

»Bei Layla? Nein. Ich bin nur bis in die Eingangshalle gekommen, da wurde mir klar, dass ich das nicht durchziehen konnte.« Er schüttelte den Kopf. »Das geht einfach nicht. Ich kann mit keiner außer dir zusammen sein. Die Frage ist nur, was jetzt zu tun ist – und wie auch immer das ausgehen mag, ich glaube, ich kenne die Antwort. Ich glaube, dass all das hier« – er machte eine ausgreifende Handbewegung, als meinte er damit alles in und am Heiligtum – »nicht so weitergehen kann. Dieses System, diese Lebensweise funktioniert nicht. Du hast recht, es geht nicht nur um uns, es geht um alle. Es funktioniert für niemanden.«

Während die Bedeutung seiner Worte langsam in sie einsickerte, dachte sie an ihre Stellung innerhalb ihres Volkes, in die sie hineingeboren worden war. Dachte an die weißen, sanft gewellten Wiesen, die weißen Gebäude und die weißen Roben.

Phury sah sie an. »Früher einmal gab es zweihundert Auserwählte, richtig? Damals, als es dreißig oder vierzig Brüder gab, oder?« Auf ihr Nicken wandte er den Blick dem rauschenden Wasser des Baches zu. »Und wie viele sind jetzt noch übrig? Du weißt, dass es nicht nur die Gesellschaft der *Lesser* ist, die uns tötet. Es sind diese verdammten Regeln, nach denen wir leben. Ich meine, mal im Ernst. Die Auserwählten sind hier nicht geschützt, sie sind eingekerkert. Und sie werden schlecht behandelt. Hättest du dich nicht von mir angezogen gefühlt, dann hätte das keine Rolle gespielt. Du hättest trotzdem Sex mit mir haben müssen, und das ist grausam. Du und deine Schwestern, ihr seid hier gefangen, und ich frage mich, wie viele von euch tatsächlich an die Tradition glauben, der ihr dient. Das Leben als Auserwählte … hat nichts mit freier Wahl zu tun. Niemand von euch hat die freie Wahl. Nimm doch nur dich selbst – du willst nicht hier sein. Du bist nur zurückgekommen, weil dir kein anderer Weg freistand. Stimmt doch?«

Drei Worte kamen aus ihrem Mund, drei unmögliche Worte, die alles veränderten: »Ja, das stimmt.«

Cormia hob den Saum ihrer Robe und ließ ihn wieder fallen, sie dachte an die Pergamentrolle auf dem Fußboden im Tempel der Schreiberinnen, mit ihren Bauskizzen darauf, der Rolle, von der sie nicht wusste, wohin damit.

Jetzt war sie es, die den Kopf schüttelte. »Ich hatte keine Ahnung, wie wenig ich über mich selbst wusste, bis ich auf eure Seite kam. Und ich muss davon ausgehen, dass dasselbe auch für die anderen gilt. Sie müssen … es kann nicht nur ich sein, die verborgene Talente oder unentdeckte Interessen besitzt.« Sie lief auf und ab. »Und ich glaube nicht, dass auch nur eine von uns sich nicht wie eine Versagerin vorkommt – und sei es nur, weil der Druck so groß ist, dass alles auf eine Ebene höchster und erhabenster Bedeutung gehoben wird. Ein kleiner Fehler, sei es ein falsch geschriebenes Wort oder ein falscher Ton in einem Gesang oder ein falscher Stich in einem Stück Stoff, und es ist, als spürte man die Enttäuschung des gesamten Volkes.«

Plötzlich konnte sie die Worte nicht mehr zurückhalten.

»Du hast ja so recht. Das hier funktioniert nicht. Unser Daseinszweck ist es, der Jungfrau der Schrift zu dienen, aber es muss doch eine Möglichkeit geben, das zu tun und gleichzeitig uns selbst zu ehren.« Cormia sah Phury an. »Wenn wir ihre auserwählten Kinder sind, heißt das nicht, dass sie das Beste für uns will? Ist es nicht genau das, was Eltern sich für ihre Kinder wünschen? Wie kann das …« Sie sah sich in dem alles beherrschenden, erstickenden Weiß des Badezimmers um. »Wie kann das hier das Beste sein? Für die meisten von uns ist es eher ein tiefgefrorenes Dasein als ein Leben. Eine Art Scheintod, obwohl unsere Leiber sich bewegen. Wie … kann das das Beste für uns sein?«

Phurys Augenbrauen sanken herab. »Das ist es nicht. Das ist es verflucht noch mal nicht.«

Er knüllte das zweite Handtuch in seiner Hand zusammen und schleuderte es auf den Marmorfußboden. Dann riss er sich das Primalsamulett vom Hals.

Er würde sein Amt niederlegen, dachte sie, gleichzeitig freudig erregt und enttäuscht im Hinblick auf die Zukunft. Er würde sein Amt niederlegen …

Phury hob das schwere Goldmedaillon an dem Lederband auf, und Cormia stockte der Atem. Der Ausdruck auf seinem Gesicht zeugte von Entschlossenheit und Kraft, nicht von Verantwortungslosigkeit. Das Licht in seinen Augen verriet Pflichtgefühl und Führungsstärke, keine Ausflüchte und Entschuldigungen. Er stand vor ihr als das gesamte Heiligtum, als alle Gebäude und das Land und die Luft und das Wasser: Er gehörte dieser Welt nicht an, er selbst war diese Welt.

Nachdem sie ein Leben lang das Entstehen von Geschichte in einer Schüssel Wasser verfolgt hatte, erkannte

Cormia, als sie das Amulett dort in der Luft hängen sah, dass sie zum ersten Mal Geschichte in Echtzeit miterlebte.

Nach diesem Augenblick würde nichts mehr so sein, wie es einmal war.

Das Amulett in seiner Faust wie ein Pendel schwingend, verkündete Phury mit harter, tiefer Stimme: »Ich bin die Kraft des Volkes. Ich bin der Primal. *Und so werde ich herrschen!*«

49

Am Rande von Caldwell war die Bruderschaft in der lauen Sommernacht unter einem vollen, himmlischen Mond versammelt – und fragte sich, was zum Teufel eigentlich abging. Als der Escalade neben der dicht gedrängten Gruppe anhielt, konnte John nicht fassen, dass er dazugehörte. Er löste seinen Sicherheitsgurt und stieg aus. Blay und Qhuinn schlossen zu ihm auf, und zu dritt marschierten sie auf die Bruderschaft zu.

Die Wiese vor ihnen erstreckte sich zwischen einer Einfassung aus Kiefern, das Gras gesprenkelt mit Goldrutenbüscheln und hier und da einem duftenden Schwalbenwurz.

Vishous zündete sich eine Selbstgedrehte an, der Duft von türkischem Tabak wehte zu ihnen herüber. »Der Penner ist unpünktlich.«

»Ganz locker, V«, raunte Wrath ihm zu. »Wenn du dich nicht zusammenreißen kannst, musst du gehen.«

»Penner. Nicht du, er.«

»Butch, nimm deinen Kumpel an die Leine, ja? Bevor ich ihm das Maul mit einer Kiefer stopfe.«

Das Leuchten kam aus dem Osten, begann so klein wie das Züngeln eines Feuerzeugs und wurde dann so groß wie die Sonne. Das Licht sammelte sich im Wald, wurde von Baumstämmen und Zweigen gefiltert, und John musste an die Filme über Atomwaffentests denken, die er in der Schule gesehen hatte, die, in denen die Bäume und alles andere nach der gleißend hellen Explosion in Schutt und Asche lagen.

»Ich will doch mal stark hoffen, dass der Mist da nicht radioaktiv ist«, murmelte Qhuinn.

»Nein«, gab Rhage zurück. »Aber morgen früh haben wir alle eine hübsche Sonnenbräune.«

Butch schirmte sich die Augen mit dem Arm ab. »Und ich habe meine Sonnenmilch nicht dabei.«

Doch es wurde keine Waffe gezogen, bemerkte John. Obwohl alle lauerten wie hungrige Katzen.

Plötzlich kam durch die Bäume ein Mann … ein leuchtender Mann, die Quelle des Lichts. Und über seinem Arm hing etwas, eine Plane oder ein Teppich oder …

»Das gibt's doch nicht«, hauchte Wrath, als die Gestalt in zwanzig Metern Entfernung anhielt.

Der leuchtende Mann lachte. »Na, wenn das mal nicht der gute König Wrath mit seinen fröhlichen Musikanten ist. Ehrlich, ihr solltet unbedingt Kindervorstellungen geben, ihr seid alle so verdammt lustig anzusehen.«

»Toll«, murmelte Rhage. »Seinen Humor hat er noch.«

Vishous stieß hörbar die Luft aus. »Vielleicht kann ich ihn ja aus ihm rausprügeln.«

»Wenn's geht mit seinem eigenen Arm …«

Wrath warf den beiden einen strengen Blick zu, dem sie simultan mit Unschuldsmienen begegneten.

Der König schüttelte den Kopf und wandte sich an die helle Gestalt. »Lange nicht gesehen. Glücklicherweise. Wie zum Henker geht's dir?«

Ehe der Mann noch etwas antworten konnte, fluchte V vor sich hin. »Wenn ich mir diesen ganzen Keanu-

Reeves-*Matrix*-›Ich bin Neo‹-Müll anhören muss, platzt mir der Kopf.«

»Meintest du nicht Neon?«, versetzte Butch. »Irgendwie erinnert er mich an eine 24-Stunden-Tanke.«

Wrath wandte ihnen den Kopf zu. »Klappe jetzt. Alle miteinander.«

Die Leuchtgestalt lachte. »Wollt ihr jetzt euer verfrühtes Weihnachtsgeschenk haben? Oder wollt ihr mich so lange nerven, bis ich keinen Bock mehr habe und wieder abhaue?«

»Weihnachten? Das ist doch wohl eher eure Tradition, nicht unsere«, bemerkte Wrath.

»Heißt das Nein? Denn ich habe etwas, das ihr schon ein Weilchen vermisst.« Damit löste sich der Leuchtschein auf, als hätte jemand einen Stecker gezogen.

Auf der Lichtung zurück blieb ein stinknormaler Mann ... na ja, gewissermaßen stinknormal, wenn man davon absah, dass er mit Goldketten geradezu behängt war. Jemand lag in seinen Armen, ein bärtiger Kerl mit einer weißen Strähne in seinem dunklen Haar ...

Johns gesamter Körper kribbelte.

»Erkennt ihr euren Bruder nicht?«, fragte die Gestalt und betrachtete den Mann in seinen Armen. »Aus den Augen, aus dem Sinn, hm?«

John war es, der sich aus der Reihe löste und durch das hohe Gras rannte. Jemand rief seinen Namen, doch er hielt für nichts und niemanden an. Er lief, so schnell ihn seine Beine trugen, der Wind brüllte in seinen Ohren, das Blut rauschte in seinen Adern.

Das Gras schnalzte unter seinen Füßen, und seine geballten Fäuste hieben in die Luft. Vater, formten seine Lippen, *Vater!*

Abrupt blieb John stehen, legte die Hand auf den Mund. Es war wirklich Tohrment, aber eine geschrumpfte Version des Bruders. Er sah aus, als hätte man ihn monatelang in der Sonne liegen gelassen. Sein Gesicht war ausgezehrt, die Haut hing lose an den Knochen, die Augen waren tief in den Schädel eingesunken. Der Bart war lang und dunkel, das zottige Haar ein einziges schwarzes Nest bis auf einen leuchtenden, schneeweißen Streifen. Er trug dieselben Kleider wie in der Nacht, als er aus dem Trainingszentrum verschwunden war, sie waren völlig zerlumpt und verdreckt.

John schrak zusammen, als eine Hand auf seiner Schulter landete.

»Ganz ruhig, mein Sohn«, sagte Wrath. *»Jesus Christus …«*

»Genau genommen Lassiter«, sagte der Mann, »falls du es vergessen haben solltest.«

»Von mir aus. Also, was ist der Preis?«, fragte der König und streckte die Arme nach Tohr aus.

»Gefällt mir, dass du davon ausgehst, dass er etwas kostet.«

John wollte derjenige sein, der Tohrment zurück zum Auto trug, aber seine Knie zitterten so heftig, dass er wahrscheinlich selbst getragen werden müsste.

»Soll das heißen, es gibt keinen Preis?« Als Wrath den Körper seines Bruders übernahm, schüttelte er den Kopf. »Er wiegt praktisch nichts.«

»Er hat von Hirschen gelebt.«

»Seit wann weißt du schon von ihm?«

»Ich habe ihn vor zwei Tagen gefunden.«

»Der Preis.« Wrath musterte immer noch seinen Bruder.

»Also gut, die Sache ist die.« Auf Wraths Fluchen hin lachte der Mann, den der König *Lassiter* genannt hatte. »Aber es ist kein richtiger Preis.«

»Was dann?«

»Wir kommen im Vorteilspack, zwei für den Preis von einem.«

»Wie bitte?«

»Ich komme mit ihm.«

»Den Teufel wirst du tun.«

Die Stimme des Mannes verlor ihre Leichtigkeit. »Das ist Teil der Vereinbarung, und glaub mir: Ich hätte mir das auch nicht so ausgesucht. Aber Tatsache ist, dass er meine letzte Chance ist. Also: Tut mir schrecklich leid, aber ich komme mit. Und übrigens, falls du nein sagst, dann lasse ich uns alle über die Klinge springen.«

Er schnippte mit den Fingern, und ein gleißend weißer Funken flackerte in den Nachthimmel.

Nach kurzem Überlegen wandte Wrath sich an John. »Das ist Lassiter, der gefallene Engel. Als er zum letzten Mal auf der Erde wandelte, gab es eine Seuche in Mitteleuropa ...«

»Moment, das war absolut nicht meine Schuld ...«

»... die zwei Drittel der menschlichen Bevölkerung auslöschte.«

»Ich möchte dich daran erinnern, dass *du* Menschen nicht leiden kannst.«

»Sie riechen schlecht, wenn sie tot sind.«

»Das tut ihr Sterblichen alle.«

John konnte dem Gespräch kaum folgen; er war zu sehr damit beschäftigt, Tohrs Gesicht zu betrachten. Mach die Augen auf ... mach die Augen auf ... bitte, lieber Gott ...

»Komm schon, John.« Wrath drehte sich um und lief

los. Als er wieder bei seinen Brüdern ankam, sagte er sanft: »Unser Bruder ist zurückgekehrt.«

»Du lieber Himmel, lebt er?«, fragte einer.

»Gütige Jungfrau«, stöhnte ein anderer.

»Sag es ihnen«, verlangte Lassiter von hinten. »Sag ihnen, dass er einen Mitbewohner im Schlepptau hat.«

Alle Köpfe schnellten gleichzeitig hoch.

»Leck mich«, raunte Vishous.

»Verzichte dankend«, murmelte Lassiter.

50

Phury wanderte durch die leuchtend weiße Landschaft des Heiligtums hinüber zu den Privatgemächern der Jungfrau der Schrift. Er klopfte einmal und wartete, sein Geist übersandte die Bitte um eine Audienz.

Als die Türen sich öffneten, rechnete er damit, von der Directrix Amalya empfangen zu werden, doch da war niemand. Der weiße Innenhof der Jungfrau der Schrift war leer, bis auf die Vögel in ihrem weiß blühenden Baum.

Die Finken und Kanarienvögel wirkten irgendwie deplatziert und dadurch umso reizender. Ihre Farben leuchteten hell vor dem Hintergrund aus weißen Ästen und weißem Laub, und als er ihr Zwitschern vernahm, dachte er an die unzähligen Male, die Vishous mit einem zerbrechlichen Tierchen in Händen hierhergekommen war.

Nachdem die Jungfrau der Schrift die Vögel für ihren Sohn geopfert hatte, hatte ihr Sohn sie ihr zurückgebracht.

Phury trat an den Springbrunnen und lauschte dem Wasser, das in das Marmorbecken fiel. Dass die Jungfrau der Schrift hinter ihm stand, merkte er erst an den Haaren, die ihm im Nacken zu Berge standen.

»Ich dachte, du würdest zurücktreten«, sagte sie zu ihm. »Ich sah den Pfad des Primals unter den Schritten eines anderen Gestalt annehmen. Du hättest nur der Übergang sein sollen.«

Er blickte über die Schulter. »Ich dachte ebenfalls, ich würde zurücktreten. Aber, nein.«

Seltsam, dachte er. Unter dem schwarzen Gewand, das ihr Gesicht und ihre Hände und Füße abschirmte, kam ihm ihr Leuchten schwächer vor, als er es in Erinnerung hatte.

Sie schwebte zu den Vögeln hinüber. »Ich wünsche, dass du mich angemessen begrüßt, Primal.«

Er verneigte sich tief und sprach die gebührenden Worte in der Alten Sprache. Erwies ihr auch die Achtung, in seiner Verbeugung zu verharren und zu warten, bis sie ihn aus dieser Haltung entließ.

»Ah, aber das genau ist es ja«, murmelte sie. »Du hast dich bereits selbst entlassen. Und jetzt möchtest du dasselbe für meine Auserwählten.« Er machte den Mund auf, doch sie ließ ihn nicht zu Wort kommen. »Du brauchst deine Gründe nicht zu erklären. Glaubst du, ich wüsste nicht, was in deinem Kopf vorgeht? Selbst dein Zauberer, wie du ihn zu nennen pflegst, ist mir bekannt.«

Also, das machte ihn jetzt verlegen.

»Erhebe dich, Phury, Sohn des Ahgony.« Als er ihrer Aufforderung nachkam, fuhr sie fort: »Wir alle sind das Produkt unserer Erziehung, Primal. Was wir durch unsere Entscheidungen aufbauen, ruht auf dem Fundament, das unsere Eltern und deren Eltern vor ihnen schufen. Wir sind lediglich das nächste Geschoss des Hauses. Wir folgen einem vorgezeichneten Pfad.«

Phury wiegte langsam den Kopf von links nach rechts. »Wir können eine andere Richtung einschlagen. Wir können einem anderen Kurs auf dem Kompass folgen.«

»Dessen bin ich mir nicht sicher.«

»Dessen muss ich mir sicher sein … sonst würde ich

nichts aus diesem Leben, das Ihr mir geschenkt habt, machen.«

»Ist das so.« Ihr Kopf wandte sich ihren Gemächern zu. »Ist das so? Primal?«

In der sich ausdehnenden Stille wirkte sie traurig, was ihn überraschte. Er hatte mit einem Streit gerechnet; man war einfach nicht daran gewohnt, sie nicht wie üblich mit der Kraft eines Sattelschleppers vor sich zu sehen.

»Sag, Primal, wie gedenkst du all das zu ordnen?«

»Das weiß ich noch nicht genau. Aber jene, die sich hier wohl fühlen, können bleiben. Und jene, die sich hinauswagen, werden bei mir auf der anderen Seite einen sicheren Zufluchtsort finden.«

»Dann möchtest du dieser Seite endgültig den Rücken zukehren?«

»Es gibt etwas auf der anderen Seite, was ich brauche, ohne das ich nicht sein kann. Aber ich werde hin und her reisen. Allerdings wird es Jahrzehnte, wenn nicht länger, dauern, alles zu ändern. Cormia wird mir dabei helfen.«

»Und du wirst nur sie nehmen, wie es ein Mann tut?«

»Ja. Wenn die anderen einen Partner nach ihrem Gefallen finden, dann werde ich all ihre weiblichen Nachkommen in der Tradition der Auserwählten empfangen und Wrath dazu drängen, die männlichen Nachkommen in die Bruderschaft aufzunehmen, ob sie nun hier oder auf der anderen Seite geboren werden. Aber ich selbst werde nur Cormia haben.«

»Was ist mit der Reinheit des Blutes? Der Kraft, die daraus entspringt? Wird es keine Normen geben? Bisher wurde der Nachwuchs mit Bedacht herangezogen, um Kraft aus Kraft zu zeugen. Was, wenn eine Auserwählte jemanden erwählt, der nicht der Bruderschaftslinie entstammt?«

Phury dachte an Qhuinn und Blay. Kräftige Jungs, die mit der Zeit noch kräftigere Männer werden würden. Warum sollten sie nicht der Bruderschaft angehören?

»Das ist letztlich Wraths Entscheidung. Aber ich werde ihn ermutigen, die würdigen jungen Vampire ungeachtet ihrer Abstammung aufzunehmen. Tapferkeit des Herzens kann einen Mann größer und stärker machen, als er rein körperlich ist. Seht doch, unser Volk steht am Abgrund, und das wisst Ihr auch. Mit jeder Generation verlieren wir an Boden, und das nicht nur wegen des Krieges. Die Gesellschaft der *Lesser* ist nicht das Einzige, was uns umbringt. Es sind auch die Traditionen.«

Die Jungfrau der Schrift schwebte zum Springbrunnen.

Lange Zeit sagte keiner von beiden ein Wort.

»Ich habe das Gefühl, verloren zu haben«, sagte sie dann leise. »Euch alle.«

»Nein, das habt Ihr nicht. Im Gegenteil. Seid dem Volk eine Mutter, keine Aufseherin, und Ihr werdet alles gewinnen, was Ihr nur wünscht. Gebt uns frei, und seht uns zu, wie wir gedeihen.«

Der Klang des plätschernden Brunnens schien anzuschwellen, wurde lauter, als könnte er ihre Emotionen nachempfinden.

Phury betrachtete das fallende Wasser, sah es das Licht einfangen und glitzern wie der Sternenhimmel. Die Regenbogen in jedem einzelnen Tropfen waren unfassbar schön, und während er die funkelnden Kleinode in jedem Splitter des Ganzen beobachtete, dachte er an die Auserwählten und welche individuelle Gaben sie wohl besaßen.

Er dachte an seine Brüder.

Er dachte an ihre *Shellans*.

Er dachte an seine Geliebte.

Und er kannte den Grund des Schweigens der Jungfrau der Schrift. »Ihr werdet uns nicht verlieren. Wir werden Euch niemals zurücklassen und vergessen. Wie könnten wir das? Ihr habt uns geboren und begleitet und stark gemacht. Aber nun … nun sind wir an der Reihe. Lasst uns gehen, und wir werden Euch näher sein als je zuvor. Lasst uns die Zukunft in unsere eigenen Hände nehmen und gestalten, so gut wir nur können. Habt Vertrauen in Eure Schöpfung.«

Mit rauer Stimme erwiderte sie: »Hast du die Kraft dazu, Primal? Kannst du die Auserwählten anführen nach allem, was du durchgemacht hast? Dein Leben war nicht einfach, und der Weg, den du einzuschlagen wünschst, ist weder eben noch leicht zu gehen.«

Auf seinem intakten Bein und seiner Prothese stehend, dachte Phury über die Nächte seines Lebens nach und wog die Kraftreserven in seinem Inneren ab. Ihm fiel nur eine Antwort ein.

»Ich bin hier, oder etwa nicht?«, erklärte er. »Ich bin noch da. Sagt Ihr mir, ob ich verdammt noch mal die Kraft dazu habe oder nicht.«

Sie lächelte schwach – obwohl er ihr Gesicht nicht sehen konnte, wusste er, dass sie lächelte.

Dann nickte die Jungfrau der Schrift einmal. »So sei es also, Primal. Es sei so, wie du es wünschst.«

Sie drehte sich um und verschwand in ihren Gemächern.

Phury atmete aus, als hätte jemand einen Stöpsel aus seinem Hintern gezogen.

Der blanke Wahnsinn.

Er hatte soeben das gesamte spirituelle Gewebe ihres Volkes in Fetzen gerissen. Wie auch das biologische.

Mann, hätte er vorher gewusst, wohin diese Nacht noch führen würde, dann hätte er vorher eine Schüssel Cornflakes gegessen.

Er wandte sich wieder dem Heiligtum zu. Der erste Stopp wäre bei Cormia; dann würden sie zusammen zur Directrix gehen und …

Er erstarrte, als er die Tür aufmachte.

Das Gras war grün.

Das Gras war grün und der Himmel blau … die Narzissen gelb, und die Rosen strahlten in allen Farben des Regenbogens, und die Gebäude waren rot und beige und dunkelblau …

Unter ihm strömten die Auserwählten aus ihren Quartieren, hoben ihre jetzt bunten Roben an, sahen sich aufgeregt und verwundert um.

Cormia trat aus dem Tempel des Primals, das schöne Gesicht drückte Unglauben aus. Als sie ihn entdeckte, schlug sie sich die Hand vor den Mund, und ihre Augen blinzelten hektisch.

Mit einem Aufschrei raffte sie ihre traumhafte lavendelfarbene Robe und rannte auf ihn zu, Tränen flossen ihr über die Wangen.

Er fing sie auf, als sie an ihm hochsprang, und hielt ihren warmen Körper fest an seinen gepresst.

»Ich liebe dich«, stieß sie hervor. »Ich liebe dich, ich liebe dich … ich liebe dich.«

In diesem Augenblick, vor ihm die sich wandelnde Welt, die ihm gehörte, im Arm seine *Shellan,* spürte er etwas, das er niemals für möglich gehalten hätte.

Er fühlte sich endlich als der Held, der er immer hatte sein wollen.

51

Auf der anderen Seite saß John Matthew im Anwesen der Bruderschaft auf einem Polsterstuhl neben dem Bett, in dem Tohr schlief. Der Bruder hatte sich nicht bewegt, seit sie vor Stunden zurückgekommen waren.

Was in dieser Nacht die allgemeine Devise zu sein schien. Es war, als wäre jeder im Haus in einen tiefen Schlaf versunken; überwältigt von einer kollektiven, intensiven Erschöpfung.

Alle außer John. Und dem Engel, der im Gästezimmer nebenan auf und ab wanderte.

Beide sorgten sich um Tohr.

Mein Gott, nie hätte John damit gerechnet, sich einmal größer als Tohrment zu fühlen. Nie hatte er damit gerechnet, ihm physisch überlegen zu sein. Und ganz bestimmt hatte er nicht damit gerechnet, den Mann zu pflegen oder für ihn verantwortlich zu sein.

All das und mehr war jetzt eingetreten, denn Tohr hatte an die dreißig Kilo abgenommen, Minimum. Und besaß jetzt das Gesicht und den Körper eines Mannes, der in den Krieg gezogen und tödlich verwundet worden war.

Es war eigenartig, dachte John. Zuerst hatte er sich gewünscht, der Bruder würde sofort aufwachen, doch jetzt hatte er Angst, Tohrs Augen offen zu sehen. Er wusste nicht, ob er ertragen könnte, darin die Abgrenzung zu erkennen. Klar, verständlich wäre das, nach allem, was Tohr verloren hatte, aber … es würde ihn umbringen.

Außerdem würde John, solange Tohr noch schlief, nicht in Tränen ausbrechen.

Denn es war ein Geist im Raum. Ein wunderschöner, rothaariger Geist mit einem rundlichen, schwangeren Bauch: Wellsie war bei ihnen. Trotz ihres Todes war sie bei ihnen, genau wie ihr ungeborenes Kind. Und Tohrs *Shellan* wäre nie weit fort. Man konnte ihn unmöglich betrachten, ohne sie ebenfalls zu sehen. Die beiden waren im Leben unzertrennlich gewesen, und das waren sie auch im Tod. Und obwohl Tohrment noch atmete, war er nicht mehr am Leben, so viel war sicher.

»Bist du das?«

Johns Blick schnellte zum Bett.

Tohr war wach und musterte ihn in dem gedämpften Licht.

Langsam stand John auf und zog sein T-Shirt und die Jeans glatt. *Ich bin's, John. John Matthew.*

Tohr erwiderte nichts, er betrachtete ihn nur von oben bis unten.

Ich bin durch die Transition gegangen, sagte er überflüssigerweise.

»Du hast jetzt ungefähr Darius' Format. Sehr groß.«

Mein Gott, die Stimme war genau, wie er sie in Erinnerung hatte. Tief wie die Bässe einer Kirchenorgel und ebenso gebieterisch. Doch einen Unterschied gab es; in den Worten lag nun etwas Hohles.

Oder vielleicht entstammte das der Leere hinter den blauen Augen.

Ich brauchte neue Kleider.

Verflixt, er benahm sich wie der letzte Trottel. *Hast*

du … hast du Hunger? Ich habe Roastbeef-Sandwichs. Und diese Kekse von Pepperidge Farm, die du immer so gern mochtest …

»Nein, danke.«

Soll ich dir was zu trinken geben? Hier steht eine Thermoskanne Kaffee.

»Nein.« Tohr schielte zum Badezimmer. »Wahnsinn, eine richtige Toilette. Hatte ich lange nicht. Und nein, ich brauche keine Hilfe.«

Es war schmerzlich, ihm zuzusehen – eine Szene aus einer Zukunft, die John erst in Hunderten und Aberhunderten von Jahren zu erleben geglaubt hatte: Tohrment als alter Mann.

Der Bruder legte eine zitternde Hand auf die Decke und zog sie Zentimeter für Zentimeter von seinem nackten Körper. Er hielt inne. Dann schob er die Beine zur Seite, bis sie über die Bettkante hingen. Eine weitere Pause, bevor er sich hochhievte, die einst so breiten Schultern hielten das Gewicht, das kaum schwerer als ein Skelett war, nur mühsam aufrecht.

Er lief nicht; er schlurfte wie ein Greis, den Kopf gesenkt, das Rückgrat gen Boden gekrümmt, die Hände erhoben, als rechnete er jeden Augenblick damit zu stürzen.

Die Tür wurde ins Schloss gezogen. Die Toilette spülte mit einem Gurgeln. Die Dusche rauschte.

John setzte sich wieder in den Sessel, in dem er gesessen hatte. Sein Magen fühlte sich leer an, und das nicht nur, weil er seit der vorhergehenden Nacht nichts mehr gegessen hatte. Er wusste vor Sorge weder aus noch ein. Bange Befürchtungen waren der Atem, den er in seinen Brustkorb sog. Beklemmung sein Herzschlag selbst.

Das hier war die Kehrseite der Eltern-Kind-Beziehung. Auf der der Sohn sich um den Vater ängstigte.

Vorausgesetzt, er und Tohr hatten immer noch diese Art von Verbindung. Er war sich nicht sicher. Der Bruder hatte ihn angesehen wie einen Fremden.

John zählte mit dem Fuß die Sekunden ab; nervös rieb er sich die Handflächen auf den Oberschenkeln. Seltsam, alles andere, was passiert war – sogar die Sache mit Lash –, kam ihm unwirklich und unbedeutend vor. Es gab nur das Hier und Jetzt.

Als die Tür sich nach fast einer Stunde wieder öffnete, wurde er ganz still.

Tohr trug einen Bademantel, und seine Haare waren weitgehend entfilzt, wenn auch der Bart immer noch zottelig aussah.

Mit seinen schlurfenden, unsicheren Schritten arbeitete sich der Bruder zum Bett zurück und streckte sich mit einem Stöhnen darin aus. Unbeholfen kuschelte er sich in die Kissen.

Kann ich irgendetwas …

»Hier wollte ich nicht enden, John. Ich werde dir nichts vormachen. Hier … möchte ich nicht sein.«

Okay, gab John zurück. *Okay.*

Die Stille dehnte sich aus, und John führte das Gespräch, das er eigentlich mit Tohr führen wollte, im Geiste: *Qhuinn und Blay wohnen jetzt hier. Qhuinns Eltern sind tot, und Lash ist … ich weiß nicht, was ich über ihn sagen soll … Es gibt da eine Frau, die mir gefällt, aber sie ist nicht meine Liga. Ich nehme jetzt auch am Krieg teil, und ich habe dich vermisst, und ich will, dass du stolz auf mich bist, und ich habe Angst, und ich vermisse Wellsie, und wie geht es dir?*

Und das Wichtigste von allem … *Bitte sag mir, dass du nicht mehr weggehst. Nie mehr. Ich brauche dich.*

Was er im Endeffekt sagte, war ein beiläufiger Satz, während er aufstand: *Dann lasse ich dich jetzt mal ausruhen. Wenn du irgendwas brauchst …*

»Alles im Lot.«

Okay. Klar. Gut …

John zupfte am Saum seines T-Shirts und wandte sich ab. Auf dem Weg zur Tür stockte ihm der Atem.

Hoffentlich rannte er auf dem Weg in sein Zimmer niemandem in die Arme, bitte nicht …

»John.«

Er blieb stehen. Wirbelte herum.

Als er Tohrs dunkelblauem Blick begegnete, hängten seine Knie sich kurzfristig aus den Gelenken aus.

Tohr schloss die Augen und breitete die Arme aus.

Ohne zu zögern, rannte John zum Bett und schlang die Arme um seinen Vater, so fest er nur konnte. Er vergrub das Gesicht an der früher einmal breiten Brust und lauschte dem Herzen, das immer noch darin schlug. Er war derjenige, der fester drückte, aber nicht, weil er Tohr egal war, sondern weil ihm die Kraft dazu fehlte.

Beide weinten sie, bis sie keine Luft mehr zum Schluchzen hatten.

52

Phury stand vor der Glas-Stahl-Fassade des *ZeroSum* und dachte sich: Einmal Junkie, immer Junkie.

Die Entgiftung bedeutete einfach nur, dass die Chemie im Körper sich radikal umstellte. Aber das half überhaupt nichts gegen die Abhängigkeit im Kopf. Klar, er wusste jetzt, dass der Zauberer kleiner war als er, aber trotzdem war der Dreckskerl immer noch da. Und Phury hatte so eine Ahnung, dass er die Stimme des Mistkerls so schnell nicht loswerden würde.

Er gab sich selbst einen mentalen Tritt und marschierte auf den Türsteher zu, der ihm zwar einen komischen Blick zuwarf, ihn aber dennoch durchließ. Der Menge um sich herum schenkte er keinerlei Beachtung, dem Aufpasser an der Abgrenzung zum VIP-Bereich nickte er nicht zu. Und er sagte auch kein Wort zu iAm, der ihm die Tür zu Rehvs Büro öffnete.

»Welchem Umstand verdanke ich dieses Vergnügen?«, fragte Rehv.

Phury starrte den Dealer hinter dem Schreibtisch an.

Rehv trug seinen üblichen schwarzen Anzug, an dem nichts Gewöhnliches war: Er saß perfekt, und der Stoff glänzte in dem trüben Licht, ein klares Anzeichen dafür, dass ein großer Anteil Seide darin war. Das Revers lag glatt auf einem mächtigen Brustkorb, und die

Ärmel ließen exakt das richtige Stück Manschette sehen.

Rehv runzelte die Stirn. »Ich kann deine Emotionen von hier aus spüren. Du hast etwas getan.«

Phury musste lachen. »Ja, so könnte man es sagen. Und ich bin gerade auf dem Weg zu Wrath, weil ich einiges zu erklären habe. Aber ich bin zuerst hierhergekommen, weil meine *Shellan* und ich einen Platz zum Wohnen brauchen.«

Rehvenges Augenbrauen wölbten sich hoch über seinen Amethystaugen. *»Shellan?* Wow. Nicht mehr *Auserwählte?«*

»Nein.« Phury räusperte sich. »Hör mal, ich weiß, dass du Häuser besitzt. Haufenweise. Ich möchte wissen, ob ich eins davon für ein paar Monate mieten kann. Ich brauche Zimmer. Viele Zimmer.«

»Ist das Anwesen der Bruderschaft schon voll?«

»Nein.«

»Mhm.« Rehv legte den Kopf schief, die Seiten seines Schädels unterhalb des Irokesen waren glatt rasiert. »Wrath hat doch auch noch Häuser, oder? Und ich weiß, dass dein Bruder V welche hat. Ich hörte, er hat irgendwo eine Wohnung, in der er seinen Bondage-Kram abzieht. Ich muss gestehen, ich bin überrascht, dass du zu mir kommst.«

»Ich dachte mir, ich könnte ja bei dir anfangen.«

»Hm.« Rehv stand auf und stützte sich auf seinen Stock, als er zu einer Schiebetür hinter seinem Schreibtisch ging und sie aufschob. »Hübsches Outfit übrigens. Von *Victoria's Secret?* Entschuldige mich eine Sekunde.«

Als der Vampir in den hinter der Tür zum Vorschein gekommenen Raum ging, sah Phury an sich herunter.

Kein Wunder, dass ihn alle so komisch angeschaut hatten. Er trug immer noch seine Seidenklamotten von der Anderen Seite.

Kurz darauf kam Rehv zurück. In der Hand hielt er ein Paar edle schwarze Krokodillederschuhe.

Er ließ sie vor Phurys Füße fallen. »Vielleicht möchtest du deine Füße da reinstecken. Und tut mir leid, ich hab nichts, was du mieten kannst.«

Phury holte tief Luft. »Okay. Danke trotzdem …«

»Aber du kannst umsonst in meinem Sommerhaus in den Adirondacks wohnen. So lange du willst.«

Phury blinzelte. »Ich kann aber …«

»Falls du sagen wolltest, dass du mir was bezahlen kannst, dann leck mich. Trez kann es dir zeigen, er gibt dir auch die Codes. Du wirst mich jeden ersten Dienstag im Monat kurz vor Morgengrauen sehen, aber abgesehen davon hast du die Bude ganz für dich allein.«

»Ich weiß nicht, was ich sagen soll.«

»Vielleicht kannst du dich eines Tages revanchieren. Und dabei belassen wir es einfach.«

»Meine Ehre gehört dir.«

»Und meine Schuhe gehören dir. Selbst wenn du deine eigenen zurückkriegen solltest.«

Phury stellte die Schuhe ordentlich nebeneinander und schlüpfte hinein. Sie passten perfekt. »Ich bringe sie dir …«

»Nein. Betrachte sie als Hochzeitsgeschenk.«

»Dann … danke.«

»Bitte. Ich weiß ja, dass du Gucci …«

»Eigentlich meinte ich nicht die Schuhe, obwohl sie fantastisch sind. Ich meinte, danke, dass du mich von der Käuferliste gestrichen hast. Ich weiß, dass Z mit dir gesprochen hat.«

Rehv lächelte. »Dann wirst du also clean, was?«

»Ich werde mir alle Mühe geben aufzuhören.«

»Mm-m.« Der Amethystblick wurde eindringlich. »Ich glaube, dass du es schaffst. Du hast die Art von Entschlossenheit, die ich in den Augen von Leuten sehe, die jahrelang ständig in meinem Büro auftauchen und dann eines Abends – aus welchem Grund auch immer – beschließen, nie wieder zu kommen. Und das war's dann. Tut gut, das zu sehen.«

»Ja. Du wirst mich hier nicht mehr erwischen.«

Rehvs Telefon klingelte, und beim Blick auf die Nummer des Anrufers runzelte er die Stirn. »Warte mal. Das hier könnte dich interessieren. Es ist der kommissarische Vorsitzende des Princeps-Rats.« Er meldete sich mit einer Mischung aus Ungeduld und Langeweile. »Mir geht's gut. Und dir? Ja. Ja. Schrecklich, ja. Nein, ich bin noch in der Stadt, nenn mich einen Unerschütterlichen.«

Rehv lehnte sich in seinem Sessel zurück und spielte mit seinem Brieföffner in Form eines Dolchs. »Genau. Mm. Richtig. Ja, ich weiß, das Führungsvakuum ist … Wie bitte?« Rehv ließ den Brieföffner fallen. »Was hast du gesagt? Ach, tatsächlich. Und was ist mit Marissa? Aha. So, so. Und es überrascht mich nicht …«

Phury grübelte, was für eine Bombe wohl gerade geplatzt war.

Nach einer Weile räusperte Rehv sich. Dann breitete sich ein träges Lächeln auf seinem Gesicht aus. »Tja dann, wenn ihr das so seht … mit dem größten Vergnügen. Danke.« Er legte auf und hob den Blick. »Rate mal, wer der neue *Leahdyre* des Rates ist?«

Phury fiel die Kinnlade runter. »Das kann nicht sein. Wie zum Henker kannst du …«

»Wie sich herausgestellt hat, bin ich das älteste überlebende Mitglied meiner Abstammungslinie, und es gibt eine Regel, dass Frauen nicht *Leahdyre* werden dürfen. Da ich der einzige Mann im Rat bin, darfst du dreimal raten, wer das große Los gezogen hat.« Er verschränkte die Hände vor dem Bauch. »Sie brauchen mich.«

»Das gibt's doch gar nicht.«

»Ja, wenn man lange genug lebt, dann erlebt man die wildesten Sachen. Sag deinem Chef, es wird mir ein Vergnügen sein, mit ihm zusammenzuarbeiten.«

»Das mache ich. Unbedingt. Und danke noch mal. Für alles.« Er ging zur Tür. »Wenn du mich jemals brauchen solltest, ruf einfach an.«

Rehvenge senkte knapp den Kopf. »Das werde ich, Vampir. Sündenfresser treiben ihre Schulden immer ein.«

Phury lächelte. »Der politisch korrekte Begriff ist *Symphath*.«

Im Hinausgehen hörte er das tiefe, leicht böse Lachen wie ein Donnergrollen hinter sich.

Phury materialisierte sich vor dem Anwesen der Bruderschaft und zog seine Kleider glatt. Er hatte das Gefühl, schon gar nicht mehr unter diesem Dach zu leben, und wollte deshalb einen guten Eindruck machen.

Was im Prinzip auch einleuchtete: Sein Kopf war quasi schon umgezogen.

Durch die Tür zu gehen, in die Vorhalle zu treten, am Videobildschirm zu klingeln wie ein Fremder war extrem seltsam. Fritz wirkte ebenfalls erstaunt, als er die Tür öffnete.

»Sire?«

»Könntest du Wrath informieren, dass ich hier bin und mit ihm sprechen möchte?«

»Aber natürlich.« Der *Doggen* verbeugte sich und lief eilig die Freitreppe hinauf.

Während er wartete, blickte sich Phury in der Eingangshalle um und dachte an seinen Bruder Darius, der das Haus gebaut hatte vor … wie vielen Jahren?

Wrath tauchte am oberen Treppenabsatz auf, in seiner Miene lag Skepsis. »Hallo.«

»Hallo.« Phury hob die Hand. »Was dagegen, wenn ich kurz raufkomme?«

»Nein, komm nur.«

Langsam stieg Phury die Stufen hinauf. Und je näher er seinem Zimmer kam, desto mehr kribbelte seine Haut, weil er unweigerlich an all den roten Rauch denken musste, den er dort konsumiert hatte. Ein Teil von ihm lechzte so sehr nach einem Zug, dass er fast ins Keuchen geriet. Sein Herz begann zu hämmern.

Wraths Tonfall war unnachgiebig. »Hör mal, wenn du hergekommen bist, um deine Drogen …«

Phury hielt eine Hand hoch und sagte mit heiserer Stimme: »Nein. Können wir das bitte unter vier Augen regeln?«

»Von mir aus.«

Als die Tür des Arbeitszimmers hinter ihnen ins Schloss gefallen war, schüttelte Phury mühsam das heftige Verlangen nach einem Joint ab und begann zu erzählen. Was konkret aus seinem Mund kam, wusste er hinterher nicht so hundertprozentig genau. Primal. Cormia. Jungfrau der Schrift. Zukunft. Auserwählte. Brüder. Veränderung.

Veränderung.

Veränderung.

Als ihm schließlich der Sprit ausging, merkte er, dass Wrath die ganze Zeit über keinen Ton gesagt hatte.

»Das ist also der Punkt, an dem ich stehe«, ergänzte Phury. »Ich habe schon mit den Auserwählten gesprochen und ihnen mitgeteilt, dass ich uns hier einen Platz zum Wohnen suchen werde.«

»Und wo soll das sein?«

»Rehvs Anwesen oben in den Adirondacks.«

»Echt?«

»Ja. Es ist sicher da oben. Geschützt. Nicht zu viel los, nicht zu viele Menschen. Ich kann dort leichter auf die aufpassen, die mitkommen wollen. Diese ganze Sache wird Schritt für Schritt vor sich gehen müssen. Ein paar haben jetzt schon Interesse, mal zu Besuch zu kommen. Diese Seite zu erforschen. Zu lernen. Cormia und ich werden ihnen helfen, sich bis zu dem Grad einzufügen, den sie sich wünschen. Aber alles ist freiwillig. Sie dürfen sich frei entscheiden.«

»Und für die Jungfrau der Schrift geht das in Ordnung?«

»Ja. Aber natürlich hängt der Bruderschaftsteil von dir ab.«

Wrath schüttelte den Kopf und stand auf.

Phury nickte, er konnte ihm nicht zum Vorwurf machen, den Plan in Zweifel zu ziehen. Phury hatte viel erzählt. Jetzt konnte er nur hoffen, einiges davon durch Taten zu beweisen. »Okay, also, wie gesagt, das hängt von dir …«

Wrath kam zu ihm und streckte seine Handfläche aus. »Ich bin absolut an Bord. Und was auch immer du für die Auserwählten auf dieser Seite brauchst, bekommst du. Egal was.«

Phury starrte fassungslos die angebotene Hand an. Als er sie ergriff, klang seine Stimme rau. »Abgemacht.«

Wrath lächelte. »Was auch immer du brauchst, gebe ich dir.«

»Im Augenblick ...« Phury legte die Stirn in Falten und schielte zum Schreibtisch. »Oder doch – kann ich mal kurz deinen Computer benutzen?«

»Klar doch. Und wenn du fertig bist, dann erzähle ich dir eine gute Neuigkeit. Na ja, einigermaßen gut.«

»Was denn?«

Wrath deutete mit dem Kopf zur Tür. »Tohr ist wieder da.«

Phurys Kehle zog sich zusammen. »Er lebt?«

»Mehr oder weniger ... mehr oder weniger. Aber er ist wieder zu Hause. Und wir werden uns Mühe geben, dass das so bleibt.«

53

Sturzbesoffen saß John Matthew am Tisch der Bruderschaft im *ZeroSum*. Vollkommen dicht. Randvoll.

Sobald er also sein x-tes Bier innerhalb von fünf Minuten geleert hatte, bestellte er sich einen Jägermeister-Red-Bull.

Qhuinn und Blay, das musste zu ihrer Ehre gesagt werden, enthielten sich jedes Kommentars.

Was das ganze Bierschlucken und Schnapskippen sollte, war schwer zu erklären. Er kam immer wieder zu demselben Punkt zurück, nämlich dass er mit den Nerven am Ende war. Tohr lag im Bett und schlief wie in einem Sarg, und auch wenn es großartig war, dass sie wieder miteinander vereint waren, war der Bruder noch nicht über den Berg. Nicht mal annähernd.

Ihn noch einmal zu verlieren könnte John nicht ertragen.

Und dann waren da noch diese bizarre Lash-Sichtung und der Umstand, dass John irgendwie fest davon überzeugt war, den Verstand zu verlieren.

Als die Kellnerin mit dem nächsten Getränk kam, sagte Qhuinn: »Er möchte noch ein Bier.«

Ich liebe dich, sagte John zu seinem Kumpel.

»Tja, du wirst uns beide hassen, wenn du nach Hause kommst und kotzt wie ein Rasensprenger, aber lass uns einfach im Hier und Jetzt leben, einverstanden?«

Roger. John kippte den Jägermeister, und er brannte nicht, versengte ihm nicht die Magenwand. Nicht groß verwunderlich. Gab ein Waldbrand irgendwas auf ein Streichholz?

Qhuinn hatte recht: Er würde wahrscheinlich später reihern. Um genau zu sein …

John sprang auf die Füße.

»Verflucht, es geht los«, sagte Qhuinn und stand ebenfalls auf.

Ich gehe allein.

Qhuinn tippte sich auf die Kette um den Hals. »O nein.«

John stützte die Fäuste auf den Tisch, beugte sich vor und fletschte die Fänge.

»Was soll der Mist?«, zischte Qhuinn, während Blay hektisch nach den umliegenden Tischen schielte. »Was zum Henker soll das werden?«

Ich gehe allein.

Qhuinns Augen funkelten angriffslustig, doch dann setzte er sich wieder auf die Bank. »Na schön. Von mir aus. Aber lass dich nicht anquatschen.«

John lief los, erstaunt, dass außer ihm niemand das Schwanken des Fußbodens zu bemerken schien. Kurz bevor er den Flur mit den VIP-Toiletten erreichte, überlegte er es sich anders, machte kehrt und schlich sich an der Absperrung vorbei.

Draußen manövrierte er sich mit der Anmut eines Wasserbüffels durch die dichte Menge, blieb mit dem Ellbogen an Leuten hängen, prallte gegen Wände, kippte nach vorn und lehnte sich dann weit nach hinten, um nicht flach auf den Boden zu donnern.

Er stieg die Treppe zum Zwischengeschoss hinauf und boxte sich bis zum Männerklo durch.

Da standen zwei Kerle am Urinal und einer am Waschbecken. John sah keinem von ihnen in die Augen, sondern ging ganz nach hinten zur letzten Kabine. Er zog die Tür zum Behindertenklo auf, entschied sich dann aber aus schlechtem Gewissen doch für das vorletzte. Als er den Riegel vorschob, kreiselte sein Magen wie ein Zementmischer.

Shit. Warum hatte er nicht einfach eine der Einzeltoiletten im VIP-Bereich genommen? Brauchte er wirklich diese drei Dumpfbacken als Publikum, wenn er in den Clinch mit der Kloschüssel ging?

Mannomann, war er breit.

Bei dem Stichwort drehte er sich um und glotzte in die Toilette. Sie war schwarz, wie beinahe alles im *ZeroSum* schwarz war, aber er wusste, dass sie sauber war. Rehv führte einen sauberen Laden.

Also, mal abgesehen von der Prostitution.

Und den Drogen.

Und den illegalen Wetten.

Okay, der Laden war sauber im Sinne von blitzblank geputzt, nicht laut Strafgesetzbuch.

John ließ den Kopf nach hinten gegen die Metalltür fallen und schloss die Augen. Der wahre Grund für seine Sauferei stieg brodelnd in ihm hoch.

Woran um alles in der Welt wurde ein Mann gemessen? An seinen Kämpfen? Am Stemmen von Gewichten? Am Üben von Vergeltung?

Daran, dass man seine Gefühle unter Kontrolle behielt, wenn die ganze Welt sich drehte wie ein Karussell? Daran, jemanden zu lieben, selbst wenn die Gefahr bestand, dass er einen für immer verlassen könnte?

Am Sex?

Aua, schwerer Fehler, die Augen zuzumachen. Oder auch nur zu denken. Er hob mühsam die Lider und konzentrierte sich auf die schwarze Decke mit den eingelassenen, sternartigen Lampen.

Das Wasser am Waschbecken wurde abgedreht. Zwei Urinale spülten. Die Tür zum Club ging auf und zu und wieder auf und zu.

Ein paar Kabinen weiter hörte man ein Schniefen. Noch eins. Dann ein Schnauben und ein Aaaaaaahhhh. Schritte, Wasserrauschen. Gelächter von der irren Sorte. Wieder quietschte die Tür auf und knallte zu.

Allein. Er war allein. Sicher kein Dauerzustand, denn bestimmt käme bald wieder jemand rein.

John hielt den Kopf über die schwarze Schüssel und forderte seinen Magen auf, zur Sache zu kommen, falls er ihm die Peinlichkeit, gehört zu werden, ersparen wollte.

Wollte er offenbar nicht. Oder vielleicht ... doch? Nein? Mist ...

Er wartete darauf, dass sein Würgereiz sich für das eine oder andere entschied, als er plötzlich seinen Magen vergaß und erkannte, wo er war.

Er war in einer Toilette geboren worden. Auf die Welt gekommen an einem Ort, an dem Leute sich übergaben, nachdem sie zu viel getrunken hatten ... war als Winzling sich selbst überlassen worden von einer Mutter, die er nie gekannt, und einem Vater, der ihn nie gekannt hatte.

Wenn Tohr wieder fortging ...

Hastig wirbelte John herum und fummelte am Riegel, um herauszukommen. In wachsender Panik riss er an dem schwarzen Mechanismus, bis er sich endlich löste. Er stürmte aus der Kabine und raste auf die Tür zu, kam aber nicht so weit.

Über jedem der sechs Kupferwaschbecken hing ein goldgerahmter Spiegel.

Er holte tief Luft, stellte sich vor den Spiegel, der der Tür am nächsten lag, und betrachtete zum ersten Mal sein erwachsenes Gesicht.

Seine Augen waren noch dieselben … exakt dasselbe Blau und dieselbe Form. Alles andere erkannte er nicht wieder, weder das kantige Kinn über dem massigen Hals noch die breite Stirn. Aber die Augen waren noch seine.

Glaubte er zumindest.

Wer bin ich, fragte er lautlos.

Er zog die Lippen über die Vorderzähne, beugte sich vor und musterte seine Fänge.

»Sag nicht, dass du die noch nie gesehen hast?«

Er drehte sich auf dem Absatz um. Xhex lehnte an der Tür und versperrte ihm praktisch den Ausgang.

Sie trug genau dieselben Sachen wie immer, aber ihm kam es vor, als sähe er das enge Shirt und die Lederhose zum allerersten Mal.

»Ich hab dich hier reinstolpern sehen. Wollte mich nur vergewissern, dass alles okay ist.« Ihre grauen Augen wichen seinem Blick nicht aus, und er hätte wetten mögen, dass sie das niemals taten. Die Frau hatte einen Blick wie eine Statue, direkt und unbeirrbar.

Wie eine unglaublich sexy Statue.

Ich will dich vögeln, formten seine Lippen, es war ihm egal, ob er sich zum Trottel machte.

»So, so, willst du das.«

Ganz eindeutig konnte sie von den Lippen ablesen. Oder von Schwänzen, denn seiner hatte in der Jeans praktisch die Hand hoch erhoben und winkte.

Ja, das will ich.

»Es gibt haufenweise Frauen hier im Club.«

Dich nur einmal.

»Ich glaube, mit den anderen würdest du besser fahren.«

Und ich glaube, du würdest mit mir besser fahren.

Wo zum Henker er das plötzliche Selbstbewusstsein hernahm, war ihm total egal. Ob es ein Geschenk Gottes war oder schlicht und ergreifend Bierblödheit – er nahm es einfach so hin.

Ich bin mir sogar sicher.

Betont langsam steckte er die Daumen unter den Jeansbund und zog sie ganz langsam hoch. Als seine Erektion sich so klar und deutlich abzeichnete wie ein Erker an einem Haus, fiel ihr Blick nach unten, und er wusste, was sie sah: Er war passend zu seinen gut zwei Metern Körpergröße ausgestattet. Und das war ohne Erektion. Mit war sein Schwanz gewaltig.

Aha, doch nicht ganz wie eine Statue, dachte er, als ihre Augen nicht wieder hoch zu seinem Gesicht wanderten und kaum merklich aufflackerten.

In diesem Moment – mit ihrem Blick auf sich gerichtet und einem elektrischen Knistern zwischen ihnen – war er nicht mehr in seiner Vergangenheit gefangen. Er war einfach nur im Hier und Jetzt. Und das bedeutete, sie würde die Tür abschließen und ihn vor sich auf die Knie gehen lassen. Und im Anschluss würden sie beide vögeln, im Stehen.

Ihre Lippen teilten sich, er wartete auf ihre Worte wie auf die Ankunft des Messias.

Abrupt riss sie die Hand an ihren Ohrhörer und runzelte die Stirn. »Mist, ich muss los.«

John zog ein Papierhandtuch aus dem Spender, nahm

seinen Stift aus der Hosentasche und schrieb ein paar wagemutige Worte auf das Papier. Bevor sie verschwinden konnte, drückte er ihr das Gekritzel in die Hand.

Sie betrachtete es. »Soll ich das jetzt lesen oder später?«

Später, formten seine Lippen.

Als er sich kurz darauf durch die Tür schob, war er um einiges nüchterner. Und er hatte ein fettes, breites Ich-bin-der-Held-Lächeln auf dem Gesicht.

Als Lash wieder im Flur seines Elternhauses erschien, blieb er ein Weilchen still sitzen. Sein Körper fühlte sich an, als wäre er zwischen zwei Blätter Wachspapier geklemmt und mit einem Bügeleisen bearbeitet worden, ein Laubblatt, das künstlich konserviert wird, und das nicht ohne gewisse Schmerzen.

Er blickte auf seine Hände. Bewegte die Finger. Ließ den Kopf kreisen.

Der Unterricht bei seinem Vater hatte begonnen. Sie würden sich regelmäßig treffen. Er war bereit zu lernen.

Er ballte die Hände zu Fäusten und löste sie wieder, zählte im Geiste die ganzen Tricks, die er jetzt schon kannte. Tricks, die … eigentlich keine Tricks waren. Ganz und gar nicht. Er war ein Monster. Ein Monster, das erst allmählich den Nutzen seiner Schuppen auf dem Leib und der Flammen aus dem Maul und der Stacheln auf dem Schwanz begriff.

Es war ein bisschen wie nach der Transition. Er musste erst neu herausfinden, wer er war und wie sein Körper funktionierte.

Glücklicherweise würde Omega ihm dabei helfen. Wie es jeder gute Vater tun sollte.

Als er sich dazu imstande fühlte, wandte Lash den Kopf

und blickte die Treppe hinauf, dorthin, wo John gestanden hatte.

Es war toll gewesen, seinen Feind wiederzusehen. Einfach herzerwärmend.

Man sollte neue Glückwunschkarten entwerfen, mit Rachemotiven. Die könnte man denjenigen schicken, die man mit seiner Vergeltung verfolgen wollte.

Vorsichtig stand Lash auf und sah sich um. In der Ecke neben der Eingangstür stand die Standuhr, überall waren Ölgemälde und Generationen von albernen Familienandenken, die sorgfältig aufgehoben worden waren.

Dann warf er einen Blick auf das Esszimmer.

Die Schaufeln, dachte er, waren in der Garage.

Er fand zwei an dem Brett lehnend, an dem das Gartengerät hing. Er wählte die mit dem hölzernen Stiel und dem breiten, rot emaillierten Blatt.

Als er damit ins Freie trat, wunderte er sich, dass es immer noch dunkel war, obwohl es ihm vorkam, als wäre er Stunden um Stunden bei Omega gewesen. Oder war schon morgen? Oder sogar übermorgen?

Lash ging in den Garten und suchte sich eine Stelle unter einer Eiche aus, die Schatten auf die breiten Fenster des Arbeitszimmers warf. Beim Graben wanderten seine Augen immer mal wieder flüchtig zu den Glasscheiben und dem Raum dahinter hoch. Auf der Couch waren immer noch Blutflecken. Wie albern, das festzustellen. Als würden die sich von allein aus dem Seidenstoff verflüchtigen.

Er hob ein Grab aus, das eineinhalb Meter tief, mehr als zwei Meter lang und einen guten Meter breit war.

Der entstandene Erdhaufen war größer, als er erwartet hatte, und er roch wie eine Wiese nach einem schweren

Regenguss, üppig und süßlich. Oder vielleicht war auch er selbst für den süßlichen Teil verantwortlich.

Als es im Osten zu leuchten begann, warf er die Schaufel aus dem Loch und sprang heraus. Er musste sich beeilen, die Sonne ginge bald auf. Seinen Vater legte er zuerst in die Grube, dann seine Mutter. Er ordnete sie so an, dass sie in Löffelchenstellung lagen, sein Vater hinter seiner Mutter.

Dann betrachtete er die beiden.

Es überraschte ihn, dass er das tun musste, bevor er einen weiteren Trupp seiner Männer hierherbeordern konnte, um das Haus auszuräumen. Diese beiden waren im ersten Abschnitt seines Lebens seine Eltern gewesen, und obwohl er sich einzureden versuchte, dass sie ihm völlig egal waren, stimmte das nicht. Er würde nicht zulassen, dass diese *Lesser* ihre verwesenden Leichen schändeten. Das Haus? Von ihm aus, bitte schön. Aber nicht die Leichen.

Bei Sonnenaufgang, als goldene Strahlen durch die grünen Laubarme der Eiche fielen, erledigte er einen Anruf, dann schaufelte er die Erde zurück in das Loch.

Wahnsinn, dachte er am Ende. Es sah wirklich aus wie ein Grab, mit der gewölbten Oberfläche aus lockerer Erde.

In der Garage, wo er die Schaufel zurückstellte, hörte er das erste der Autos vor dem Haus vorfahren. Zwei *Lesser* stiegen aus, während die Limousine noch ausrollte, es folgten ein Ford F-150 und ein Minivan.

Die ganze Bande roch so süß wie der Sonnenschein, während sie im Gänsemarsch in sein ehemaliges Elternhaus trabte.

Als Letztes traf der Umzugswagen mit Mr. D am Steuer ein.

Der Haupt-*Lesser* übernahm das Kommando, und die Plünderung begann. Lash ging nach oben und duschte rasch in seinem alten Zimmer. Beim Abtrocknen stellte er sich vor seinen Schrank. Klamotten ... Klamotten ... irgendwie machte ihn das Zeug, das er in letzter Zeit getragen hatte, nicht mehr an, und er nahm einen stylischen Prada-Anzug aus dem Schrank.

Seine militaristisch-minimalistische Phase war so was von vorbei. Er war nicht mehr der brave kleine Jungsoldat der Bruderschaft.

Sexy und wild kam er sich vor und ging zu seiner Kommode, zog die Schmuckschublade auf ...

Wo zum Henker war seine Uhr? Die Jacob & Co mit den Diamanten?

Was war hier ...

Lash sah sich um und schnupperte. Dann wechselte er auf Blausicht, sodass die Fingerabdrücke eines jeden, der seine Sachen angefasst hatte, pink aufleuchteten. Das hatte ihm sein Vater beigebracht.

Frische Abdrücke ohne Muster – viel deutlicher als die, die er selbst vor Kurzem hier hinterlassen hatte – waren auf der Kommode zu erkennen. Wieder atmete er ein. John ... John und Qhuinn waren hier gewesen ... und einer dieser erbärmlichen kleinen Penner hatte seine verdammte Uhr geklaut.

Lash holte das Jagdmesser von seinem Schreibtisch und schleuderte es mit einem Aufbrüllen quer durch den Raum in eines seiner schwarzen Kissen.

Mr. D tauchte im Türrahmen auf. »Sir? Was ist denn ...«

Lash wirbelte herum und hielt dem Kerl einen Finger unter die Nase. Nicht um ihm etwas zu verdeutlichen, sondern um eine weitere neue Fähigkeit, die sein Vater ihm geschenkt hatte, auszuprobieren.

Doch dann holte er tief Luft. Ließ den Arm sinken. Zog sich den Anzug glatt.

»Mach mir …« Er musste sich die Wut aus der Kehle räuspern. »Mach mir Frühstück. Serviert haben will ich es im Wintergarten, nicht im Esszimmer.«

Mr. D zog ab, und ungefähr zehn Minuten später, als Lash nicht mehr vor lauter Zorn doppelt sah, ging er nach unten und ließ sich vor einem üppig mit gebratenem Speck, Eiern, Toast, Marmelade und Orangensaft gedeckten Tisch nieder.

Mr. D hatte die Orangen offenbar persönlich ausgepresst. Was in Anbetracht des köstlichen Geschmacks allein schon Rechtfertigung genug war, den Trottel nicht aus seinen Springerstiefeln gesprengt zu haben.

Die anderen Vampirjäger versammelten sich nach und nach alle in der Tür zum Wintergarten und sahen ihm beim Essen zu, als wäre das ein Wahnsinnszaubertrick.

Gerade als er den letzten großen Schluck Kaffee trank, fragte einer von ihnen: »Wer zum Teufel bist du?«

Lash wischte sich den Mund mit einer Serviette ab und zog in aller Seelenruhe seine Jacke aus. Dann stand er auf und knöpfte das blassrosa Hemd vorne auf.

»Ich bin dein verfluchter König.«

Mit diesen Worten zog er das Hemd auseinander und schlitzte sich durch bloße Willensanstrengung die Haut über dem Brustbein auf. Die Rippen dehnten sich weit auseinander, und mit gefletschten Fängen entblößte er sein schwarzes, schlagendes Herz.

Geschlossen machten die *Lesser* einen Satz rückwärts. Einer bekreuzigte sich sogar, der Idiot.

In aller Seelenruhe schloss Lash seine Brust wieder, knöpfte das Hemd zu und setzte sich. »Noch mehr Kaffee, Mr. D.«

Der Cowboy blinzelte ein paarmal dümmlich, als wollte er ein Schaf parodieren, das einen Dreisatz lösen soll. »Ja ... jawohl, Sir.«

Lash hielt ihm seine Tasse hin und wandte sich den bleichen Gesichtern vor sich zu. »Willkommen in der Zukunft, Gentlemen. Und jetzt gebt Gas, ich will, dass das Erdgeschoss leer ist, bevor der Postbote um halb elf kommt.«

54

Das East Caldwell Community Center lag zwischen *Caldie Pizza & Mexican* und der Caldwell-Tennisakademie auf der Baxter Avenue. Untergebracht in einem großen alten Bauernhaus, das noch aus der Zeit stammte, als das umliegende Land zum Maisanbau genutzt worden war, besaß das Gemeindezentrum eine hübsche Rasenfläche vorn und eine Fahnenstange neben ein paar Schaukeln hinter dem Gebäude.

Als Phury sich dort materialisierte, konnte er es kaum erwarten, wieder abzuhauen. Er sah auf die Uhr. Zehn Minuten. Zehn Minuten lang musste er sich zwingen hierzubleiben.

Verdammt, er wollte einen Joint. Sein Herz schlug Purzelbäume hinter seinen Rippen, und die Handflächen fühlten sich an wie nasse Waschlappen, und seine kribbelnde Haut machte ihn noch irre.

Um dem Drängen seines Körpers zu entkommen, betrachtete er den Parkplatz. Zwanzig Autos standen dort, ohne erkennbares Muster, was Fabrikat oder Modell betraf. Da waren Lieferwagen und Toyotas, ein Saab-Cabrio und ein rosa VW Käfer, drei Minivans und ein MINI Cooper.

Er steckte die Hände in die Taschen und lief über das Gras zum Bürgersteig, der um das Gebäude herum verlief. Dann steuerte er auf die Flügeltür im Eingangsbereich zu, der mit einer Aluminiumkonstruktion überdacht war.

Innen roch es nach Kokosnuss. Vielleicht von dem Fußbodenwachs auf dem Linoleum.

Gerade als er ernsthaft in Erwägung zog, sich aus dem Staub zu machen, trat ein Mensch aus einer Tür mit der Aufschrift Herren, hinter ihm verklang das Geräusch einer Toilettenspülung.

»Bist du ein Freund von Bill W?«, fragte der Typ, während er sich die Hände mit einem Papierhandtuch abtrocknete. Er hatte freundliche braune Augen, wie ein Golden Retriever, und trug ein Tweedjackett, das zu warm für den Sommer wirkte. Seine Krawatte war gestrickt.

»Äh, weiß ich nicht.«

»Also, wenn du das Treffen suchst, das ist unten im Keller.« Sein Lächeln war so natürlich und ungezwungen, dass Phury es beinahe erwiderte, bis ihm noch rechtzeitig die Gebissunterschiede zwischen ihren Spezies wieder einfielen. »Ich bin auf dem Weg dorthin, wenn du mitkommen willst. Wenn du noch ein bisschen warten möchtest, ist das natürlich auch okay.«

Phury blickte auf die Hände des Mannes herunter. Immer noch trocknete er sie ab, auf und ab, auf und ab.

»Ich bin nervös«, sagte er. »Schwitzige Hände.«

Phury deutete ein Lächeln an. »Weißt du was … ich glaube, ich komme einfach mit dir mit.«

»Schön. Ich bin Jonathon.«

»Und ich Ph-Patrick.«

Phury war froh, dass sie einander nicht die Hände schüttelten. Er hatte kein Taschentuch dabei, und in den

Hosentaschen wurden seine eigenen Handflächen nun noch feuchter.

Der Keller hatte cremefarben gestrichene Betonwände; einen mit kratzigem, unempfindlich dunkelbraunem Teppich ausgelegten Fußboden; und viele, viele Neonröhren an der niedrigen Decke. Auf den meisten der etwa dreißig, in einem großen Kreis aufgestellten Stühle saß jemand, und als Jonathon auf einen leeren Platz in der Mitte zusteuerte, nickte Phury ihm zu und setzte sich so nah an die Tür, wie es nur eben ging.

»Es ist neun Uhr«, begann eine Frau mit kurzem schwarzem Haar. Dann stand sie auf und las von einem Zettel ab: »Was hier im Raum gesagt wird, bleibt auch hier im Raum. Wenn jemand spricht, gibt es keine Privatunterhaltungen oder Dazwischenreden …«

Den Rest hörte er nicht mehr, weil er zu beschäftigt damit war, die anderen Anwesenden abzuchecken. Niemand sonst trug so edle Klamotten wie er, und sie waren alle Menschen. Jeder einzelne. Das Alter reichte von Anfang zwanzig bis Ende vierzig, vielleicht, weil diese Uhrzeit praktisch für Leute war, die tagsüber arbeiteten oder studierten.

Er versuchte, von den Gesichtern abzulesen, warum sie alle hier gelandet waren, warum sie in diesem nach Kokosnuss riechenden, kahlen Keller, auf den schwarzen Plastikstühlen saßen.

Er gehörte nicht hierher. Das waren nicht seine Leute, und nicht nur, weil keiner von ihnen Fänge hatte und kein Sonnenlicht vertrug.

Trotzdem blieb er, weil er nicht wusste, wohin er sonst gehen sollte, und er fragte sich, ob das vielleicht noch für ein paar andere galt.

»Heute Abend wird Jonathon zu uns sprechen«, sagte die Frau.

Jonathon stand auf. Er knautschte immer noch das Tuch in den Händen, das er inzwischen zu einer festen Papierzigarre gerollt hatte.

»Hallo, ich heiße Jonathon.« Von allen Seiten ertönten gemurmelte Hallos. »Und ich bin drogensüchtig. Ich ... ich habe ungefähr zehn Jahre lang Kokain genommen und praktisch alles verloren. Ich war zweimal im Gefängnis. Ich bin bankrott. Ich habe mein Haus verloren. Meine Frau ... sie, äh, hat sich scheiden lassen und ist mit meiner Tochter in einen anderen Staat gezogen. Unmittelbar danach habe ich meine Stelle als Physiklehrer verloren, weil ich nur von einem Rausch zum nächsten getorkelt bin.

Seit vergangenem August bin ich clean. Aber ... ich denke immer noch an die Droge. Momentan wohne ich in einem Übergangswohnheim, weil ich einen Entzug hinter mir und einen neuen Job habe. Ich hab vor zwei Wochen angefangen. Ich unterrichte jetzt in einem Gefängnis. Dem, in dem ich selbst gesessen habe. Mathe, ich unterrichte Mathe.« Jonathon räusperte sich. »Ja, also ... heute vor genau einem Jahr ... vor genau einem Jahr war ich in einer dunklen Seitenstraße in der Innenstadt. Ich habe Stoff von einem Dealer gekauft, und wir wurden erwischt. Nicht von den Bullen. Sondern von dem Kerl, in dessen Revier wir unterwegs waren. Ich wurde angeschossen, in die Seite und in den Oberschenkel. Ich ...«

Wieder räusperte er sich. »Als ich blutend am Boden lag, spürte ich, wie meine Arme bewegt wurden. Der Typ mit der Pistole nahm mir meine Brieftasche und meine Jacke und meine Uhr ab, dann schlug er mir mit dem

Knauf der Waffe auf den Kopf. Eigentlich ... eigentlich dürfte ich gar nicht hier sein.« Man hörte diverse gemurmelte Zustimmungsgeräusche. »Zu diesen Treffen bin ich anfangs nur gegangen, weil ich nicht wusste, wohin ich sonst gehen sollte. Jetzt komme ich freiwillig, weil ich lieber da sein will, wo ich heute Abend bin, als high zu sein. Manchmal, manchmal allerdings ist das ein sehr schmaler Grat. Deshalb plane ich nicht weiter voraus als bis nächsten Dienstag, neun Uhr. Wenn ich wieder hierherkomme. Also, ähm, und da bin ich.«

Jonathon setzte sich wieder hin.

Phury wartete darauf, dass es Fragen und Kommentare hageln würde. Stattdessen stand der Nächste auf. »Hallo, mein Name ist Ellis ...«

Und das war alles. Einer nach dem anderen berichtete von seiner Sucht.

Um neun Uhr dreiundfünfzig – der Wanduhr nach – stand die schwarzhaarige Frau auf. »Und jetzt das Gelassenheitsgebet.«

Phury stand mit den anderen zusammen auf und erschrak, als jemand nach seiner Hand tastete.

Doch seine Handfläche war nicht mehr feucht.

Er wusste nicht, ob er es langfristig schaffen würde. Der Zauberer hatte ihn viele Jahre begleitet und kannte ihn, wie ein Bruder den anderen kennt. Das Einzige, was er wusste, war, dass er nächsten Dienstag um neun Uhr wieder hier sein würde.

Er ging mit den anderen, und als er in die Nachtluft trat, krümmte er sich beinahe vor Verlangen nach einem Joint zusammen.

Während alle anderen sich auf ihre Autos verteilten, die Motoren starteten und die Scheinwerfer einschalteten, setzte er sich auf eine der Schaukeln, die Hände auf den Knien und die Füße auf einen Fleck nackter Erde gesetzt.

Eine Sekunde lang glaubte er, beobachtet zu werden – wobei die Paranoia vielleicht auch eine Nebenwirkung seiner Genesung war, wer zum Teufel wusste das schon?

Nach ungefähr zehn Minuten suchte er sich ein dunkles Plätzchen und dematerialisierte sich nach Norden zu Rehvs Sommerhaus.

Als er hinter dem ausladenden Bau wieder Gestalt annahm, bemerkte er als Erstes einen Schatten hinter der Glasschiebetür.

Cormia wartete auf ihn.

Jetzt schlüpfte sie heraus, schloss leise die Tür und verschränkte fröstelnd die Arme. Der übergroße Strickpulli, den sie trug, gehörte ihm, und die Leggings waren von Bella geliehen. Ihr Haar hing offen bis auf die Hüften, und das Licht, das aus den rautenförmigen Fenstern des Hauses fiel, ließ es schimmern wie pures Gold.

»Hallo«, sagte sie.

»Hallo.«

Er ging auf sie zu, über den Rasen und auf die Steinterrasse. »Ist dir kalt?«

»Ein bisschen.«

»Gut, das heißt, dass ich dich wärmen darf.« Er breitete die Arme aus, und sie kuschelte sich an ihn. Selbst durch die dicken Maschen des Pullis hindurch konnte er ihren Körper auf seinem spüren. »Danke, dass du nicht fragst, wie es war. Ich versuche immer noch … ich weiß ehrlich nicht, was ich sagen soll.«

Ihre Hände wanderten von seiner Hüfte hinauf zu den Schultern. »Du wirst es mir erzählen, wenn du dazu bereit bist.«

»Ich gehe auf jeden Fall wieder dorthin.«

»Gut.«

Sie standen dicht aneinandergepresst in der kühlen Nacht und froren überhaupt nicht.

Er hielt ihr den Mund ans Ohr und hauchte: »Ich möchte in dir sein.«

»Ja …«, entgegnete sie, das Wort in die Länge ziehend.

Drinnen wären sie nicht allein, aber hier im stillen, dunklen Windschatten des Hauses waren sie es. Schritt für Schritt drängte er sie rückwärts, noch tiefer in die Dunkelheit, dann schob er seine Hände unter den Pulli und auf die Haut seiner *Shellan.* Glatt, warm, lebendig; unter seiner Berührung bog sie den Rücken durch.

»Das Oberteil darfst du anbehalten«, sagte er, »aber die Hose muss runter.«

Er zog die Leggings bis auf ihre Knöchel herunter und über ihre Füße.

»Dir ist doch nicht kalt, oder?«, fragte er, obwohl er den Duft ihrer Antwort spüren und riechen konnte.

»Überhaupt nicht.«

Die Hausmauer war aus rauem Stein, aber er wusste, dass die schwere Wolle des Pullis ihre Schultern schützen würde. »Lehn dich zurück.«

Sie tat es, und er legte ihr den Arm um die Taille, um sie noch weicher abzustützen. Mit der freien Hand fand er ihre Brust, dann küsste er sie lang und tief und bedächtig auf den Mund, und ihre Lippen bewegten sich unter seinen auf eine Weise, die gleichzeitig vertraut und geheimnisvoll war – aber genauso war es, sie zu lieben. Inzwischen kannte er sie in- und auswendig, und es gab nichts an ihm, was nicht in der einen oder anderen Form schon in sie eingedrungen wäre. Und doch war bei ihr zu sein so wunderbar und unerklärlich wie beim ersten Mal.

Sie war immer dieselbe, und trotzdem immer neu.

Und sie wusste sehr genau, worum es jetzt gerade ging. Wusste, er musste das Kommando haben, musste die treibende Kraft sein. In diesem Augenblick wollte er etwas tun, was richtig und schön war, und er wollte es gut machen, weil er nach diesem Treffen an nichts anderes denken konnte als an all die hässlichen Dinge, die er sich und anderen – und beinahe auch ihr – angetan hatte.

Seine Hand wanderte tiefer. »Ich glaube, ich sollte aufpassen, dass du keinen Zug kriegst.«

»O ja … bitte«, stöhnte sie und ließ den Kopf zur Seite fallen.

Er war sich nicht sicher, ob sie ihren Hals absichtlich darbot, aber seinen Fängen war das gleichgültig. Übergangslos waren sie bereit zur Penetration, traten aus seinem Oberkiefer, scharf und hungrig.

Seine Hände erreichten ihre Oberschenkel, und die aufwallende Hitze, die er dort vorfand, zwang ihn fast in die Knie. Er hatte eigentlich ganz langsam machen wollen, aber das hatte sich jetzt erledigt.

»O Cormia«, ächzte er, legte ihr beide Hände um die Hüften und hob sie hoch. Sein Körper spreizte ihre Beine weit. »Mach meine Hose auf … lass mich raus …«

Sein Bindungshunger brüllte auf, als sie seine Erregung befreite und ihn mit einer gleitenden Bewegung, die gleichzeitig mühelos und kraftvoll war, mit sich verband.

Ihr Kopf fiel zurück, während er ihren Körper an sich zog und wieder hochstieß. Gleichzeitig ihre Ader zu nehmen war ein Wunder an Koordination und dennoch ein Kinderspiel.

Gerade als seine Fänge die zarte Haut ihres Halses durchstießen, umklammerten ihre Arme seine Schultern fester, ballten sich ihre Fäuste um sein Hemd.

»Ich liebe dich …«

Den Bruchteil einer Sekunde erstarrte Phury.

Der Moment war so klar für ihn, alles von ihrem Gewicht in seinen Handflächen und ihrer Mitte um sein Geschlecht über ihre Kehle an seinem Mund bis hin zum Duft ihrer gemeinsamen Erregung und dem Geruch des Waldes und der kristallklaren Luft. Er spürte das Gleichgewicht seines gesunden Beines und seiner Prothese, und wie sein Hemd unter den Armen spannte, weil sie sich daran festhielt. Er fühlte den Druck ihrer Brust auf seiner, das Pulsieren ihres Blutes und seines eigenen, die wachsende sinnliche Anspannung.

Vor allem aber kannte er die Wiege ihrer Liebe füreinander.

Er konnte sich an nichts erinnern, was je so lebendig, so real gewesen war.

Das war das Geschenk der Gesundung, dachte er. Die Fähigkeit, ganz in diesem Moment zu leben, mit der Frau, die er liebte, bewusst, wach, klar. Unverfälscht.

Er dachte an Jonathon und das Treffen und seine Worte: *Ich will lieber da sein, wo ich heute Abend bin, als high zu sein.*

Ja. Verdammt noch mal … ja.

Phury nahm seinen Rhythmus wieder auf, nahm und gab abwechselnd.

Atemlos lebte er den Moment, als sie gemeinsam kamen … lebte ihn mit aller Kraft aus.

55

Xhex verließ den Club um 4:12. Die Putzkolonne war dabei, alles zu schrubben und zu wienern, und würde auch die Türen abschließen. Die Alarmanlage würde sich automatisch um acht Uhr morgens aktivieren. Die Registrierkassen waren leer und Rehvs Büro nicht nur verschlossen, sondern eine uneinnehmbare Festung.

Ihre Ducati wartete in der privaten Parkgarage auf sie, wo Rehvs Bentley stand, wenn er den Wagen gerade nicht brauchte. Sie rollte das schwarze Motorrad hinaus, stieg auf, während die Tür hinter ihr sich scheppernd schloss, und startete es mit einem Kick.

Sie trug nie einen Helm.

Sie trug immer ihre ledernen Beinschützer und ihre Bikerjacke.

Das Motorrad heulte zwischen ihren Beinen auf, und sie nahm den langen Weg nach Hause, fädelte sich durch das Einbahnstraßenlabyrinth der Innenstadt, dann gab sie Gas auf dem Northway. Als sie an einem Streifenwagen vorbeiraste, der unter den Kiefern auf dem Mittelstreifen parkte, fuhr sie weit über hundertsechzig km/h.

Sie fuhr immer ohne Licht.

Was erklärte, warum der Bursche – angenommen, sie hatte seinen Radar ausgelöst und er schlief nicht am Steuer – nicht ihre Verfolgung aufnahm. Was man nicht sehen konnte, war schwer zu jagen.

Sie hatte zwei Unterkünfte in Caldwell: eine Kellerwohnung in der Innenstadt, falls sie mal schnell etwas Privatsphäre brauchte und nicht lange durch die Gegend fahren wollte, und ein abgeschiedenes Dreizimmerhäuschen am Hudson River.

Die unbefestigte Straße zum Wasser war kaum mehr als ein Feldweg, da sie das Unterholz in den vergangenen dreißig Jahren ungehindert hatte wuchern lassen. Jenseits des dichten Gebüschs lag die Fischerhütte aus den 1920ern auf einem drei Hektar großen Grundstück, stabil, aber wenig elegant. Die Garage stand frei und etwas rechts vom Haus, und das hatte für sie bei der Besichtigung einen erheblichen Mehrwert dargestellt: Sie war die Sorte Frau, die gern reichlich Feuerkraft vorrätig hatte, und die Munition außerhalb der Hütte aufzubewahren reduzierte die Wahrscheinlichkeit, im Schlaf in die Luft gejagt zu werden.

Das Motorrad kam in die Garage, dann ging sie ins Haus.

Sie liebte den Geruch der Hütte: alte Kiefernbalken in Decke, Wänden und Fußböden neben süßem Zederngeruch aus den Schränken für die Jagdausrüstung.

Eine Alarmanlage besaß sie nicht. Von den Dingern hielt sie nichts.

Sie hatte sich selbst. Und das hatte immer ausgereicht.

Nach einer Tasse Instantkaffee ging sie in ihr Schlafzimmer und zog die Lederhose aus. In ihrem schwarzen Sport-BH und der Unterhose legte sie sich auf den nackten Fußboden und sammelte sich.

So tough sie auch war, sie brauchte immer erst einen Moment.

Als sie schließlich bereit war, löste sie die Metallbänder mit den Stacheln, die in ihre Haut und die Muskeln einschnitten. Die Schnallen der Bußgürtel schnappten auf, und sie stöhnte, als Blut in die Wunden strömte. Ihr wurde kurz schwarz vor Augen, sie krümmte sich auf der Seite zusammen und atmete durch den Mund.

Das war der einzige Weg für sie, ihre *Symphathen*-Seite unter Kontrolle zu halten. Schmerz war ihre Selbstmedikation.

Während ihre Haut glitschig vom Blut wurde und ihr Nervensystem sich allmählich wieder einpendelte, durchlief ein Prickeln ihren Körper. Sie betrachtete es als ihre Belohnung dafür, stark zu sein, sich im Zaum zu halten. Klar, es war rein chemisch, stinknormale Endorphine in ihren Adern, doch die highmachende, benebelnde, kribbelnde Empfindung hatte etwas Magisches.

In Momenten wie diesen war sie versucht, sich ein paar Möbelstücke für die Hütte zu kaufen, doch dieser Anwandlung war leicht zu widerstehen. Der Holzboden war leichter zu putzen.

Ihr Atem ging ruhiger, und ihr Herzschlag verlangsamte sich, und ihr Gehirn wollte gerade wieder auf Normalbetrieb schalten, als ihr etwas durch den Kopf schoss, das die Tendenz zur Stabilisierung umkehrte.

John Matthew.

John Matthew … dieser kleine Penner. Um Himmels willen, der Bursche war ungefähr zwölf. Was zum Henker dachte er sich dabei, sie so krass anzumachen?

Sie rief sich sein Bild ins Gedächtnis, dort in der Männertoilette – sein Gesicht war das eines Kämpfers, nicht das eines unreifen Jungen, sein Körper der eines Vampirs, der hielt, was er versprach, nicht der eines Mauerblümchens mit gestörtem Selbstwertgefühl.

Sie tastete seitlich nach ihrer Lederhose und zog das gefaltete Papierhandtuch heraus, das er ihr gegeben hatte. Sie las, was er geschrieben hatte.

Sag beim nächsten Mal meinen Namen. Dann kommt es dir besser.

Sie knurrte unwillig und zerknüllte den blöden Zettel. Kurz überlegte sie, ihn zu verbrennen.

Stattdessen wanderte ihre freie Hand zwischen ihre Beine.

Als die Sonne aufging und Licht in ihr Schlafzimmer fiel, stellte Xhex sich John Matthew auf dem Rücken unter sich vor, das, was sie in seiner Jeans gesehen hatte, in sie emporstoßend, um ihren kreisenden Hüften zu begegnen …

Sie konnte ihren eigenen Tagtraum kaum fassen. Nahm es ihm wirklich übel. Hätte mit dem Mist aufgehört, wenn sie gekonnt hätte.

Doch sie sagte seinen Namen.

Zweimal.

56

Die Jungfrau der Schrift war ein Kontrollfreak.

Was nicht wirklich schlimm war, wenn man eine Göttin war und eine ganze Welt innerhalb der Welt geschaffen hatte, eine Geschichte innerhalb der Geschichte des Universums.

Ganz ehrlich. Das war nicht schlimm.

Also, vielleicht war es sogar etwas Gutes … in gewissem Maße.

Sie schwebte hinüber zum versiegelten Allerheiligsten innerhalb ihrer Privatgemächer, und ihrem Willen gehorchend, schwang die Flügeltür auf. Dunst strömte heraus, bauschte sich wie Seidenstoff im Wind. Nach und nach wurde ihre Tochter sichtbar; Paynes kraftvoller Körper hing leblos mitten in der Luft.

Payne war so, wie auch ihr Vater gewesen war: aggressiv und berechnend und stark.

Gefährlich.

Es hatte unter den Auserwählten keinen Platz für eine Frau wie Payne gegeben. Und auch nicht in der Vampirwelt. Nach ihrer letzten Tat hatte die Jungfrau der Schrift ihre Tochter hier isoliert, die nirgendwohin passte – zur Sicherheit aller.

Habt Vertrauen in Eure Schöpfung.

Die Worte des Primals klangen in ihr nach, seit er sie

gesprochen hatte. Und sie enthüllten eine Wahrheit, die in den Untiefen der geheimen Gedanken und Ängste der Jungfrau der Schrift begraben lag.

Die Leben der Männer und Frauen, die sie durch einen einzigen Akt des Willens aus dem biologischen Reservoir hervorgebracht hatte, konnten nicht ordentlich in Regalen aufbewahrt werden wie Bücher in der Bibliothek des Heiligtums. Die Ordnung war verlockend, das schon, da in der Ordnung Sicherheit und Verlässlichkeit lagen. Doch die Natur und die Beschaffenheit von Lebewesen waren unordentlich und unberechenbar und konnten nicht zwischen zwei Buchdeckel gebunden werden.

Habt Vertrauen in Eure Schöpfung.

Die Jungfrau der Schrift konnte viele Dinge kommen sehen, ganze Legionen von Triumphen und Tragödien, aber das waren nur Sandkörner an einer weiten Küste. Das größere Ganze des Schicksals konnte sie sich nicht vorstellen: Da die Zukunft derer, die sie hervorgebracht hatte, zu eng mit ihrem eigenen Schicksal verknüpft war, blieben ihr Gedeih und Verderb ihres Volkes unbekannt und unergründlich.

Die einzige Gesamtheit, die sie besaß, war die Gegenwart, und der Primal hatte recht. Ihren geliebten Kindern erging es schlecht, und wenn alles so blieb, wie es war, dann gäbe es bald keine Kinder mehr.

Veränderung war die einzige Hoffnung, die ihnen für die Zukunft blieb.

Die Jungfrau der Schrift streifte ihre schwarze Kapuze vom Kopf und ließ sie auf den Rücken fallen. Dann streckte sie ihre Hand aus und sandte einen warmen Strom von Molekülen zu ihrer Tochter aus.

Paynes eisweiße Augen, denen ihres Zwillingsbruders Vishous so ähnlich, öffneten sich.

»Tochter«, sagte die Jungfrau der Schrift.

Die Antwort überraschte sie nicht.

»Leck mich.«

57

Etwas über einen Monat später wachte Cormia auf die Art und Weise auf, an die sie sich zur Begrüßung der Abenddämmerung allmählich gewöhnte.

Phurys Hüften drängten gegen ihre, eine steinharte Erektion wurde an ihren Körper gepresst. Wahrscheinlich schlief er noch, und als sie sich auf den Bauch drehte und ihm Platz machte, lächelte sie; sie wusste, wie er reagieren würde. Genauso war es auch: In null Komma nichts lag er auf ihr, sein schwerer Körper war warm und fordernd und …

Sie stöhnte, als er sich in sie hineinschob.

»Mmmmm«, raunte er ihr ins Ohr. »Guten Abend, *Shellan.*«

Selig bog sie die Wirbelsäule durch, damit er noch tiefer eindringen konnte. »Mein *Hellren,* wie geht es dir …«

Beide keuchten sie auf, als er zustieß, die kraftvolle Bewegung traf mitten in ihre Seele. Während er sie langsam und zärtlich ritt, ihren Hals liebkoste, mit den Fängen an ihr knabberte, hielten sie sich an den Händen, die Finger ineinander verflochten.

Noch waren sie nicht offiziell vereint, da sie mit den Auserwählten zu viel zu tun gehabt hatten, die diese Welt zu erforschen wünschten. Aber sie verbrachten fast jeden Augenblick zusammen, und Cormia konnte sich gar nicht mehr vorstellen, wie sie jemals getrennt voneinander gelebt hatten.

Tja … einen Abend gab es in der Woche, an dem sie ein Weilchen getrennt waren. Wenn Phury dienstags zu seiner Selbsthilfegruppe ging.

Mit dem roten Rauch aufzuhören fiel ihm schwer. Sehr häufig verspannte er sich plötzlich, oder sein Blick wurde glasig, oder er musste sich zusammenreißen, um nicht überzureagieren und ärgerlich zu werden. In den ersten beiden Wochen hatte er tagsüber unter Schweißausbrüchen gelitten, und obwohl das inzwischen nachließ, war seine Haut phasenweise immer noch sehr empfindlich.

Doch er hatte keinen einzigen Rückfall gehabt. Egal wie schlimm es wurde, er wurde nicht schwach. Und Alkohol hatte er auch nicht mehr getrunken.

Allerdings hatten sie ziemlich häufig Sex. Was Cormia nicht störte.

Phury zog sich aus ihr heraus und drehte sie auf den Rücken. Als er wieder seinen Platz in ihrer Mitte einnahm, küsste er sie gierig, seine Hände tasteten nach ihren Brüsten, die Fingerspitzen strichen über die harten Nippel. Sie bäumte sich auf, ließ die Hand zwischen ihre Körper gleiten, umfasste seine Erektion und streichelte sie genauso, wie er es liebte, von der Wurzel bis zur Spitze, Wurzel bis zur Spitze.

Auf dem Sekretär piepte sein Handy, und beide kümmerten sich nicht darum, während Cormia ihn lächelnd wieder in sich einführte. Als sie erneut eins waren, brandete der Feuersturm auf und riss sie mit, ihr Rhythmus wurde drängend. Cormia hielt sich an den Schultern ihres Geliebten fest und erwiderte seine Stöße und ließ sich von ihm, mit ihm davontragen.

Nachdem die Woge über sie hinweggespült und verebbt war, öffnete sie die Augen und wurde von dem warmen, gelben Blick begrüßt, der ihr Inneres zum Leuchten brachte.

»Ich liebe es aufzuwachen«, sagte er und küsste sie.

»Ich auch ...«

Der Feuermelder auf der Treppe heulte los, das schrille Kreischen ließ sie wünschen, taub zu sein.

Phury lachte und rollte sich zur Seite, zog Cormia dicht an seine Brust. »Fünf ... vier ... drei ... zwei ...«

»Entschuuuuuuuldigung!«, rief Layla vom Fuß der Treppe hinauf.

»Was war es diesmal, Auserwählte?«, brüllte Phury zurück.

»Rühreier«, ertönte es von unten.

Phury schüttelte den Kopf und sagte leise zu Cormia: »Ich hätte auf Toast getippt.«

»Das geht nicht. Den Toaster hat sie gestern kaputtgemacht.«

»Ach ja?«

Cormia nickte. »Hat versucht, ein Stück Pizza darin aufzuwärmen. Der geschmolzene Käse hat das Gerät erledigt und sich dann in der Küche verteilt.«

»Überall?«

»Überall.«

Laut gab Phury zurück: »Das macht nichts, Layla. Du kannst ja die Pfanne spülen und es noch mal versuchen.«

»Ich glaube nicht, dass die Pfanne noch funktioniert«, kam die Antwort.

Phury senkte die Stimme wieder. »Ich werde nicht nachfragen.«

»Sind die nicht aus Metall?«

»Normalerweise schon.«

»Ich eile ihr wohl besser zu Hilfe.« Cormia setzte sich auf und rief: »Ich komme runter, Schwester! Zwei Sekunden.«

Phury zog sie noch einmal für einen Kuss an sich, dann ließ er sie los. Sie duschte wie der Blitz und kam dann in einer lockeren Jeans und einem von Phurys Gucci-Hemden wieder aus dem Bad.

Vielleicht lag es an dem jahrelangen Tragen von Roben, aber sie mochte keine engen Kleider. Was für ihren *Hellren* völlig okay war, weil sie ihm in den Sachen gefiel.

»Die Farbe steht dir perfekt«, stellte er fest und beobachtete sie dabei, wie sie sich das Haar flocht.

»Magst du Lavendel?« Sie drehte eine kleine Pirouette für ihn, und sein Blick blitzte hellgelb auf.

»O ja. Mag ich. Komm her, Auserwählte.«

Sie stützte die Hände in die Hüften, als unten das Klavier ertönte. Tonleitern. Was bedeutete, dass Selena wach war. »Ich muss nach unten, bevor Layla noch das ganze Haus abfackelt.«

Phury lächelte das Lächeln, das er immer aufsetzte, wenn er sie sich sehr, sehr nackt vorstellte. »Komm her, Auserwählte.«

»Wie wäre es, wenn ich kurz runtergehe und mit etwas zu essen zurückkomme?«

Phury besaß die Kühnheit, das zerknüllte Laken zur Seite zu schleudern und die Hand auf sein hartes, schweres Geschlecht zu legen. »Nur du hast, wonach ich hungere.«

Ein Staubsauger fiel in den Chor von Lärm im Erdgeschoss ein, ein untrügliches Anzeichen dafür, wer jetzt ebenfalls auf den Beinen war: Amalya und Pheonia knobelten jeden Tag darum, wer das Gerät benutzen durfte. Egal, ob die Teppiche in Rehvs Sommerhaus es nötig hatten oder nicht – sie wurden immer gesaugt.

»Zwei Sekunden«, sagte sie, wohl wissend, dass sie nicht in Reichweite seiner Hände kommen durfte, weil sie sonst sofort wieder übereinander herfallen würden. »Dann komme ich zurück, und du darfst mich füttern. Wie klingt das?«

Phurys massiger Körper erbebte, die Augen rollten nach hinten. »O ja. Das wäre … das ist ein großartiger Plan.«

Sein Handy piepte zur Erinnerung, und mit einem Ächzen streckte er die Hand danach aus. »Okay, jetzt geh schon, sonst lasse ich dich die nächsten ein bis vier Stunden nicht hier raus.«

Sie lachte und drehte sich zur Tür um.

»Du lieber Gott.«

Cormia schnellte herum. »Was ist denn?«

Wie in Zeitlupe setzte Phury sich auf und hielt das Handy vor sich, als wäre es weit mehr als die vierhundert Dollar wert, die er letzte Woche dafür hingelegt hatte.

»Phury?«

Er hielt ihr den kleinen Bildschirm hin.

Die SMS kam von Zsadist: *Ein Mädchen, vor zwei Stunden. Nalla. Hoffe, bei dir alles gut. Z.*

Sie biss sich auf die Lippe und legte ihm sanft die Hand auf die Schulter. »Du solltest zurück zum Anwesen gehen. Du solltest ihn besuchen. Sie besuchen.«

Phury schluckte heftig. »Ja. Nein. Ich weiß nicht. Nicht hinzugehen … ist vielleicht besser, glaube ich. Wrath und ich können alles über das Telefon regeln und … ja. Ich bleibe besser hier.«

»Schreibst du zurück?«

»Ja.« Er deckte seinen Unterleib mit dem Laken zu und starrte unverwandt das Handy an.

Nach einer Weile sagte sie. »Soll ich das für dich machen?«

Er nickte. »Bitte. Antworte für uns beide, okay?«

Sie küsste ihn auf den Kopf und simste dann: *Glück und Segen für dich und deine Shellan und euer Kleines. Wir sind im Geiste bei euch, in Liebe, Phury und Cormia.*

Am folgenden Abend war Phury versucht, nicht zum Treffen der Selbsthilfegruppe zu gehen. Stark versucht.

Er war nicht sicher, was ihn dorthin trieb. Wusste nicht, wie er es schaffte.

Er wollte sich einfach nur einen Joint anzünden, damit er den Schmerz nicht fühlen musste. Aber wie krass war das denn, dass es ihm überhaupt so wehtat? Dass das Kind seines Zwillingsbruders gesund auf die Welt gekommen war, dass Z jetzt Vater war, dass Bella überlebt hatte, dass es der Kleinen gut ging ... man sollte doch annehmen, er wäre begeistert und erleichtert. Es war genau das, wofür er und alle anderen gebetet hatten.

Ohne Zweifel war er der Einzige, den das alles total fertigmachte. Der Rest der Brüder wäre eifrig dabei, auf Z und seine neue Tochter anzustoßen und Bella zu verwöhnen. Die Feierlichkeiten würden Wochen andauern, und Fritz wäre verzückt wegen der ganzen besonderen Festessen und Zeremonien.

Phury sah es direkt vor sich. Die Eingangstür des Anwesens wäre mit leuchtend grünem – der Farbe von Zs Blutlinie – und violettem – Bellas Farbe – Stoff dekoriert. Blumenkränze würden an jeder einzelnen Tür im Haus hängen, selbst an den Schränken und Kammern, um zu versinnbildlichen, dass Nalla es auf diese Seite geschafft hatte. Die Kamine würden tagelang mit den süß riechenden, langsam brennenden, extra behandelten Scheiten eingeheizt, deren rote Flammen für das neue Blut des kleinen Lieblings stünden.

Zu Beginn der vierundzwanzigsten Stunde nach ihrer Geburt würde jeder im Haus den stolzen Eltern eine riesige Schleife in den jeweiligen Familienfarben überbringen. Diese Schleifen würden an Nallas Wiege gebunden, als Gelöbnis, ihr Leben lang über sie zu wachen. Am Ende der Stunde wäre der Ort, an den sie ihr kostbares Köpfchen bettete, von einer Kaskade seidener Bänder bedeckt, deren lange Enden in einem Fluss der Liebe bis auf den Boden reichten.

Nalla würde mit Schmuck von unschätzbarem Wert beschenkt und in Samt gehüllt und liebevoll im Arm gehalten. Sie würde als das Wunder, das sie war, geehrt, und auf immer würde ihre Geburt in den Herzen jener bejubelt werden, die in Hoffnung und Furcht darauf gewartet hatten, sie zu begrüßen.

Ja … Phury wusste nicht, was ihn in dieses Gemeindezentrum trieb. Und er wusste nicht, was ihm durch die Tür und in den Keller half. Und er wusste nicht, warum er blieb.

Er wusste allerdings, als er zu Rehvenges Haus zurückkehrte, dass er nicht ins Haus gehen konnte.

Also blieb er auf der Terrasse sitzen, in einem Korbstuhl unter den Sternen. Sein Kopf war leer. Und übervoll.

Irgendwann kam Cormia heraus und legte ihm die Hand auf die Schulter, wie sie es immer tat, wenn sie spürte, dass er tief in seine Gedanken versunken war. Er küsste ihre Handfläche, und dann küsste sie ihn auf den

Mund und ging wieder hinein, wahrscheinlich, um weiter an den Plänen für Rehvs neuen Club zu arbeiten.

Die Nacht war still und ausgesprochen kalt. Hin und wieder kam ein Wind auf und wehte durch die Baumwipfel, das Herbstlaub raschelte gurrend, als genösse es die Aufmerksamkeit.

Hinter sich im Haus konnte er die Zukunft hören. Die Auserwählten reckten ihre Arme in diese Welt hinein, lernten Dinge über sich selbst und diese Seite. Er war so stolz auf sie, und in einer Hinsicht war er auf jeden Fall wie ein Primal der alten Tradition – er würde töten, um seine Frauen zu beschützen, und würde für jede einzelne von ihnen alles tun.

Aber das war eine väterliche Liebe. Seine leidenschaftliche Liebe galt Cormia und nur ihr.

Phury rieb sich die Brust und ließ die Stunden verstreichen, wie sie wollten, in ihrem eigenen Tempo, während der Wind wehte, wie er es eben tat, mit seiner eigenen Kraft. Jemand legte im Haus eine Oper auf. Jemand stellte auf Hiphop um, dem Himmel sei Dank. Jemand stellte eine Dusche an. Jemand staubsaugte. Schon wieder.

Leben. In all seiner profanen Erhabenheit.

Und man konnte es sich nicht zunutze machen, wenn man in der Finsternis auf seinem Hintern hockte ... ob nun tatsächlich oder metaphorisch, weil man in der Dunkelheit der Sucht gefangen war.

Phury betastete die Wade seiner Prothese. Er war mit nur einem halben Bein bis hierhergekommen. Den Rest seines Lebens ohne seinen Zwillingsbruder und ohne seine Brüder zu verbringen ... das würde er auch schaffen. Es gab viel, wofür er dankbar sein musste, und das würde einiges aufwiegen.

Er würde sich nicht immer so leer fühlen.

Jemand im Haus machte wieder die Oper an.

Shit. Dieses Mal war es Puccini.

»Che Gelida Manina«.

Warum mussten sie ausgerechnet das eine Solo aussuchen, das ihn garantiert runterziehen würde? Mein Gott, er hatte sich *La Bohème* nicht mehr angehört seit ... also seit einer Ewigkeit, so kam es ihm zumindest vor. Und der Klang, den er so sehr geliebt hatte, quetschte ihm die Rippen so fest zusammen, dass er keine Luft mehr bekam.

Phury umklammerte die Stuhllehne und wollte aufstehen. Er konnte sich diesen Tenor nicht anhören. Diesen herrlichen, hellen Tenor, der ihn so sehr an ...

Zsadist tauchte am Waldrand auf. Singend.

Er sang ... Es war sein Tenor, den Phury hörte, keine CD aus dem Haus.

Zs Stimme schwang sich über die Gipfel und durch die Täler der Arie, während er über das Gras lief, mit jeder perfekt getroffenen, klangvollen Silbe näher kam. Der Wind wurde zu seinem Orchester, blies die überwältigenden Töne aus seinem Mund über den Rasen und die Bäume und hinauf in die Berge, in den Himmel empor, wo ein solches Talent geboren worden sein musste.

Phury kam auf die Füße, als hätte ihn die Stimme seines Zwillingsbruders, nicht seine eigenen Beine aus dem Stuhl gehoben. Das war der Dank, der nie ausgesprochen worden war. Das war die Danksagung für die Rettung und die Würdigung des Lebens, das gelebt wurde. Das war die weit geöffnete Kehle eines erstaunten Vaters, dem die Worte fehlten, um seinem Bruder gegenüber auszudrücken, was er fühlte, und der die Musik brauchte, um sich erkenntlich zu zeigen.

»O … Zsadist«, flüsterte Phury mitten in dieser Pracht.

Als das Solo seinen Höhepunkt erreichte, als der Tenor der Gefühle am mächtigsten war, tauchte ein Bruder nach dem anderen aus der Dunkelheit auf, riss sich aus der Nacht los. Wrath. Rhage. Butch. Vishous. Sie alle waren in ihre weißen zeremoniellen Gewänder gekleidet, die sie getragen haben mussten, um die vierundzwanzigste Stunde nach Nallas Geburt zu ehren.

Zsadist sang die letzte zarte Note der Arie unmittelbar vor Phury.

Als die letzten Worte, »vi piaccia dir!«, in die Unendlichkeit wehten, hob Z die Hand.

Im Nachtwind flatterte eine riesige Schleife aus grüner und goldener Seide.

Cormia stellte sich genau im richtigen Moment dicht neben ihn. Ihr Arm um seine Taille war das Einzige, was ihn auf den Beinen hielt.

In der Alten Sprache sagte Zsadist: *»Würdet Ihr beiden meine geborene Tochter durch die Farben Eurer Geschlechter und die Liebe Eurer Herzen ehren?«*

Er verneigte sich tief und bot die Schleife dar.

Phurys Stimme klang heiser, als er die fließenden Seidenbänder entgegennahm. *»Es wäre die Ehre der Zeitalter, unsere Farben Eurer geborenen Tochter zu geloben.«*

Als Z sich wieder aufrichtete, war schwer zu sagen, wer zuerst nach vorn trat.

Höchstwahrscheinlich trafen sie sich in der Mitte.

Keiner von beiden sagte etwas, als sie sich umarmten. Manchmal reichten Worte einfach nicht aus, waren die Gefäße der Buchstaben und Behälter der Grammatik unzulänglich, um die Empfindungen des Herzens zu transportieren.

Die Bruderschaft begann zu applaudieren.

Schließlich streckte Phury den Arm nach Cormia aus und zog sie nah an sich heran.

Er sah seinen Zwillingsbruder an. »Sag, hat sie gelbe Augen?«

Z lächelte und nickte. »Ja. Bella sagt, sie sieht aus wie ich … was bedeutet, dass sie aussieht wie du. Komm, und sieh dir mein kleines Mädchen an, mein Bruder. Komm mit, und sieh dir deine Nichte an. An ihrer Wiege klafft eine große Lücke, und wir brauchen euch beide, um sie zu füllen.«

Phury hielt Cormia fest an sich gepresst und spürte ihre Hand über seine Brust streichen. Er holte tief Luft und wischte sich die Augen. »Das ist meine Lieblingsoper und mein Lieblingssolo.«

»Das weiß ich.« Z lächelte Cormia an und zitierte die ersten beiden Zeilen: ›Che gelida manina, se la lasci riscaldar.‹ Nun hast auch du ein eiskalt Händchen zum Wärmen, mein Bruder.«

»Du bist gar nicht so übel, mein Bruder.«

»Wie wahr, wie wahr.« Z wurde ernst. »Bitte … komm sie besuchen – aber komm auch uns besuchen. Die Brüder vermissen dich. Ich vermisse dich.«

Phury verengte die Augen, und etwas in seinem Inneren rastete wieder ein. »Das warst du, stimmt's? Du bist zu dem Gemeindezentrum gekommen. Du hast mich hinterher auf der Schaukel beobachtet.«

Zs Stimme wurde heiser. »Ich bin so verdammt stolz auf dich.«

»Ich auch«, meldete sich Cormia zu Wort.

Was für ein vollkommener Augenblick das doch war, dachte Phury. Solch ein perfekter Moment, mit seinem

Zwillingsbruder vor sich, seiner *Shellan* neben sich. Und weit und breit war keine Spur des Zauberers zu entdecken.

Phury küsste seine *Shellan* auf die Stirn, drückte sich an sie, bedankte sich. Dann lächelte er Zsadist an.

»Mit Vergnügen. Wir kommen mit Vergnügen und Verehrung zu Nallas Wiege.«

»Und eure Schleifen?«

Er betrachtete das Grün und das Gold, die hübschen, miteinander verflochtenen Seidenbänder, die seine und Cormias Verbindung symbolisierten. Unvermittelt verstärkte sie ihre Umarmung, als dächte sie ganz genau dasselbe wie er.

Nämlich dass sie perfekt zusammenpassten.

»Ja, mein Bruder. Wir kommen mit unseren Schleifen.« Er blickte Cormia tief in die Augen. »Und weißt du was – wenn wir noch Zeit für eine Hochzeitszeremonie hätten, wäre das super, denn ...«

Das Johlen und Brüllen und Schulterklopfen der Bruderschaft schnitt ihm das Wort ab. Aber Cormia hatte schon verstanden. Noch nie hatte er eine Frau so wunderschön und breit lächeln sehen, wie sie es tat, als sie zu ihm aufblickte.

Also musste sie wissen, was er gemeint hatte.

Ich liebe dich bis in alle Ewigkeit musste nicht immer laut ausgesprochen werden.

Leseprobe

Als Ehlena die Tasse ausspülte, stieß ihr wieder einmal auf, wie ungerecht das alles war. Ein gutes Zeichen, nahm sie an. Trotz ihrer Arbeit war sie noch nicht gegen das Leiden abgestumpft, und sie betete, dass es so blieb.

Bevor sie aus dem Mitarbeiterraum ging, warf sie einen kurzen Blick in den mannshohen Spiegel neben der Tür. Ihre weiße Uniform war perfekt gebügelt und sauber wie steriler Verbandsmull. Sie hatte keine Laufmasche in den Strumpfhosen. Ihre Kreppsohlenschuhe waren frei von Kratzern oder Flecken. Ihr Haar war so zerzaust, wie sie sich fühlte.

Sie strich es glatt nach hinten, drehte es ein und steckte es fest, dann ging sie in Richtung Behandlungszimmer drei.

Die Krankenakte des Patienten steckte in einer Klarsichthülle in einer Halterung neben der Tür. Ehlena atmete tief durch, als sie die Karte herausholte und öffnete. Das Ding war dünn, wenn man bedachte, wie oft der Mann hier war, und auf der ersten Seite stand fast nichts, nur sein Name, eine Handynummer und eine weibliche nächste Angehörige.

Nach einem Klopfen ging sie mit einem Selbstbewusstsein, das sie nicht empfand, hinein, das Kinn erhoben, den Rücken durchgedrückt, ihre Befangenheit versteckt hinter einer Kombination aus Haltung und dienstlicher Beflissenheit.

»Wie geht es Ihnen?«, fragte sie und sah ihrem Patienten in die Augen.

In dem Moment, als sie der amethystfarbene Blick traf, hätte sie keiner Seele mehr sagen können, was gerade aus ihrem Mund gekommen war oder ob er geantwortet hatte. Rehvenge, Sohn des Rempoon, saugte die Gedanken einfach aus ihrem Kopf, als hätte er den Tank ihres Generators ausgetrunken und ihr nichts gelassen, woran sie ihren Geist wieder zünden konnte.

Und dann lächelte er.

Er war eine Kobra, dieser Mann. Das war er wirklich … hypnotisierend, tödlich und wunderschön. Mit dem Irokesenschnitt und dem harten, klugen Gesicht und der muskulösen Statur war er Sex und Macht und Unberechenbarkeit, alles verpackt in … na ja, einen schwarzen Nadelstreifenanzug, der deutlich erkennbar exklusiv für ihn angefertigt worden war.

»Mir geht es gut, danke«, sagte er und löste das Rätsel, was sie ihn gerade gefragt hatte. »Und dir?«

Als sie nicht gleich antwortete, lächelte er ein wenig. Er schien sich vollends bewusst, dass sich keine der Schwestern gern in einem geschlossenen Raum mit ihm befand, und offensichtlich genoss er diesen Umstand. Zumindest deutete sie so seinen kontrollierten, verschleierten Ausdruck.

»Ich habe gefragt, wie es dir geht«, wiederholte er.

Ehlena legte seine Akte auf den Tisch und nahm ihr Stethoskop aus der Tasche. »Mir geht es gut.«

»Bist du da sicher?

»Absolut.« Sie wandte sich ihm zu und sagte: »Ich messe nur Ihren Blutdruck und Ihren Puls.«

»Und meine Temperatur.«

»Ja.«

»Soll ich den Mund für dich öffnen?«

Ehlena errötete und versuchte sich einzureden, es läge nicht daran, dass die Frage durch seine tiefe Stimme so erotisch war wie ein langsames Streicheln über eine nackte Brust. »Äh … nein.«

»Schade.«

»Bitte ziehen Sie Ihr Jackett aus.«

»Was für eine großartige Idee. Ich nehme das ›schade‹ sofort zurück.«

Gute Idee, dachte sie, sonst würde sie ihm das Wort am Ende mit dem Thermometer zurück in den Mund stopfen.

Rehvenges Schulter rollte, als er tat wie geheißen, und mit einem lässigen Schwung aus dem Handgelenk warf er das kostbare Stück Herrenschneiderkunst auf den Zobelmantel, den er sorgfältig über eine Stuhllehne gehängt hatte. Es war merkwürdig: Er trug diese Pelze zu jeder Jahreszeit.

Mäntel, die mehr wert waren als das Haus, das Ehlena gemietet hatte.

Als seine langen Finger zum mit Diamanten besetzten Manschettenknopf des rechten Arms wanderten, hielt sie ihn auf.

»Könnten Sie bitte den anderen Arm freimachen?« Sie nickte in Richtung der Wand neben ihm. »Links habe ich mehr Bewegungsfreiheit.«

Er zögerte, dann machte er sich an der anderen Manschette zu schaffen. Während er die schwarze Seide über den Ellbogen rollte und auf den kräftigen Bizeps schob, hielt er den Arm eng am Körper.

Ehlena nahm das Blutdruckmessgerät aus einer Schublade und öffnete den Klettverschluss, als sie auf ihn zuging. Ihn anzufassen war immer ein Erlebnis, und sie rieb sich die Hand an der Hüfte, um sich darauf vorzubereiten. Es half nichts. Als sie sein Handgelenk berührte, züngelte wie gewöhnlich eine Flamme ihren Arm hinauf bis zu ihrem Herzen und schmolz dort, bis sie die Luft anhalten musste, um nicht aufzustöhnen.

Mit einem Stoßgebet, dass es nicht zu lange dauern möge, schob sie seinen Arm in die richtige Position für die Manschette und – »Gütiger … *Himmel.*«

Die Adern in der Armbeuge waren durch unzählige Einstiche völlig ramponiert, geschwollen, blau angelaufen und vernarbt, als hätte er Nägel statt Nadeln verwendet.

Sie blickte ihm in die Augen. »Sie müssen solche Schmerzen haben.«

Er entwand ihr den Arm. »Nein. Ich spüre nichts.«

Harter Kerl. Als ob sie das überraschen würde. »Nun, ich kann verstehen, warum Sie zu Havers wollen.«

Demonstrativ nahm sie seinen Arm, drehte ihn zurück und drückte sanft auf eine rote Linie, die sich seinen Bizeps hinaufzog und in Richtung Herz wanderte.

»Das sind Zeichen einer Entzündung.«

»Das wird schon wieder.«

Sie konnte nur die Augenbraue heben. »Haben Sie schon mal von Sepsis gehört?«

»Die Indieband? Klar, aber ich hätte nicht erwartet, dass du sie magst.«

Sie warf ihm einen abfälligen Blick zu. »Ich meine *Sepsis* im Sinne von Blutvergiftung.«

»Hm, willst du dich vielleicht über den Tisch beugen und es mir anhand einer Zeichnung erklären?« Seine Blicke glitten an ihren Beinen herab. »Ich glaube, ich fände das … sehr lehrreich.«

Hätte ein anderer Mann sich so etwas erlaubt, hätte sie ihn so geohrfeigt, dass er Sterne sah. Doch leider fühlte sie sich nicht belästigt, als die Worte in diesem himmlischen Bass ertönten.

Es fühlte sich an wie eine Liebkosung.

Ehlena widerstand dem Drang, ihren Gedanken freien Lauf zu lassen. Was zum Donner machte sie hier? Sie hatte heute ein Date. Mit einem netten, vernünftigen, zivilisierten Mann, der ihr gegenüber nichts als nett, vernünftig und sehr zivilisiert gewesen war.

»Ich muss Ihnen nichts aufzeichnen.« Sie nickte in Richtung seines Arms. »Sie sehen es selbst. Wenn Sie das nicht behandeln, wird es systemisch.«

Und obwohl er feinen Zwirn trug und sicher das Traummannequin jedes Schneiders war, würde ihm der graue Schleier des Todes nicht stehen.

Er drückte den Arm an den Körper. »Ich werde darüber nachdenken.«

Ehlena schüttelte den Kopf und erinnerte sich daran, dass sie Leute nicht vor ihrer eigenen Dummheit bewahren konnte, nur weil sie einen weißen Kittel trug und Krankenschwester war. Außerdem würde Havers es in all seiner schrecklichen Pracht sehen, wenn er ihn untersuchte.

»In Ordnung, aber messen wir den Blutdruck am anderen Arm. Und ich muss Sie bitten, das Hemd auszuziehen. Der Doktor wird sehen wollen, wie weit diese Infektion schon vorgedrungen ist.«

Rehvenges Lippen kräuselten sich zu einem Lächeln, als er nach dem obersten Knopf tastete. »Wenn du so weitermachst, bin ich bald nackt.«

Ehlena blickte schnell zur Seite und wünschte sich

sehnlichst, sie könnte ihn widerlich finden. Eine gehörige Portion rechtschaffener Empörung wäre jetzt wirklich angebracht gewesen, um ihn in die Schranken zu weisen.

»Ich bin nicht schüchtern, weißt du«, brummte seine tiefe Stimme. »Wenn du willst, kannst du zuschauen.«

»Nein, danke.«

»Schade.« Und noch vertraulicher fügte er hinzu: »Ich hätte nichts dagegen, wenn du zuschauen würdest.«

Während von der Behandlungsliege her das Rascheln von Seide auf Haut drang, beschäftigte sich Ehlena mit seiner Krankenakte und überprüfte Daten doppelt und dreifach, die absolut korrekt waren.

Es war merkwürdig. Soviel sie aus Erzählungen der anderen Schwestern wusste, zog er diese Don-Juan-Nummer bei ihnen nicht ab. Eigentlich redete er kaum mit ihren Kolleginnen, und das war ein weiterer Grund dafür, dass sie sich in seiner Gegenwart so unwohl fühlten. Bei einem Mann seiner Größe wirkte Schweigen immer bedrohlich. So war das nun mal. Und das schon ohne Tattoo und Iro.

»Ich bin fertig«, verkündete er.

Ehlena wirbelte herum und hielt den Blick starr auf die Wand neben seinem Kopf gerichtet. Doch auch aus dem Augenwinkel sah sie ausgezeichnet, und es war sehr schwer, nicht dankbar dafür zu sein. Die Brust von Rehvenge war prächtig, die Haut ein warmes Goldbraun, unter dem sich die Muskeln selbst in entspanntem Zustand deutlich abzeichneten. Auf jedem Brustmuskel prangte ein fünfzackiger roter Stern, und Ehlena wusste, dass es noch mehr davon gab.

Auf seinem Bauch.

Nicht dass sie geschaut hätte.

Natürlich nicht, denn sie hatte gegafft.

»Willst du nun meinen Arm untersuchen?«, fragte er leise.

»Nein, das wird der Doktor machen.« Sie wartete auf ein erneutes »Schade«.

»Ich glaube, dieses Wort habe ich in deiner Gegenwart schon überstrapaziert.«

Jetzt sah sie ihm in die Augen. Die wenigsten Vampire konnten die Gedanken ihrer Artgenossen lesen, aber irgendwie überraschte es sie nicht, dass er zu diesem erlesenen Grüppchen gehörte.

»Ich verbitte mir das«, mahnte sie. »Tun Sie das nie wieder.«

»Es tut mir leid.«

Ehlena legte die Manschette um seinen Bizeps, steckte sich das Stethoskop in die Ohren und maß seinen Blutdruck. Bei dem leisen Pff-pff-pff des Ballons, mit dem sie die Manschette aufpumpte, bis sie eng ansaß, fühlte sie seine Anspannung, seine kaum zu bändigende Kraft, und ihr Herz geriet ins Stolpern. Heute Nacht war er besonders aufgeladen, und sie fragte sich, woran das lag.

Nur dass es sie eigentlich nichts anging, oder?

Bonusmaterial

Phury, Sohn des Ahgony

»Ich bin die Kraft des Volkes. Ich bin der Primal. Und so werde ich herrschen!«
– PHURY & CORMIA, Seite 653

Alter:	230
Trat der Bruderschaft bei:	1932
Größe:	1,98 Meter
Gewicht:	125–130 Kilo
Haarfarbe:	mehrfarbig
Augenfarbe:	gelb
Unveränderliche Kennzeichen:	sternförmige Narbe der Bruderschaft auf der Brust; rechter Unterschenkel fehlt; Name Cormia in der Alten Sprache in den Rücken geritzt
Bevorzugte Waffe:	Dolch
Beschreibung:	*Phury fuhr sich mit der Hand durch sein Wahnsinnshaar. Es fiel ihm über die Schultern, lauter dicke blonde, rote und braune Wellen. Er war an*

sich schon ein gut aussehender Bursche; aber mit der Mähne war er … okay, gut, der Bruder war schön. Nicht dass Butch so gepolt gewesen wäre, aber der Kerl sah besser aus als viele Frauen, die er kannte. Kleidete sich auch besser als die meisten Ladys, wenn er nicht gerade in seiner Gefechtsmontur steckte.
Mann, nur gut, dass er kämpfte wie ein Berserker, sonst hätte man ihn noch für einen Schattenparker gehalten.

– ZSADIST & BELLA, Seite 67/68

Während er wartete, wusste Phury verdammt genau, dass er in einer Endlosschleife gefangen war, dass er kreiselte und kreiselte wie ein Bohrerkopf, der sich immer weiter in den Boden wühlte. Mit jeder neuen Ebene, auf die er sank, zapfte er tiefere und reichhaltigere Adern giftigen Erzes an, solche, die sich durch das Gestein seines Lebens nach oben verästelten und ihn noch weiter nach unten lockten. Er steuerte auf die Endstation zu, auf die Vereinigung mit der Hölle, und jede erreichte tiefere Stufe war eine heimtückische Ermunterung.

– PHURY & CORMIA, Seite 99/100

Partner von: Der Auserwählten Cormia

Zuletzt gesehener Film:	*Was ist mit Bob?* Mit Bill Murray
Zuletzt gelesenes Buch:	*Horton hört ein Hu!* Von Dr. Seuss (Nalla vorgelesen)
Lieblings-Fernsehsendung:	Hab nicht wirklich eine Lieblingssendung – ich hab's nicht so mit Fernsehen.
Zuletzt im Fernsehen gesehen:	*Unwrapped* auf dem Kochsender – mit den Auserwählten –, die sehen gerne, wie Dinge gemacht werden. Ich glaube, es ging um Kartoffeln.
Zuletzt gespielt:	Gin Rummy mit Layla und Selena
Größte Angst:	Die Menschen, die ich liebe, zu enttäuschen
Größte Liebe:	Cormia
Motto:	Als Held wird man nicht geboren, als Held muss man sich erweisen.
Boxershorts oder Slip:	Hängt ganz davon ab, welche Hose ich trage.
Uhr:	Cartier
Auto:	BMW M5 dunkelgrau/silber
Um welche Uhrzeit füllst du das hier aus?	Zehn Uhr morgens
Wo bist du gerade?	Rehvenges Sommerhaus in den Adirondacks

Was hast du an?	Cremefarbene Hose von Canali, ein weißes Button-down-Hemd von Pink, Manschettenknöpfe aus Zitrin (ein Geschenk meiner *Shellan*); schwarze Hermès-Loafer, keine Socken
Was hast du sonst noch im Schrank?	Wie viel Zeit habt ihr? Ich mag italienische Designer. Ich trage viel Gucci, auch Prada natürlich und die Klassiker Armani und Valentino. Zegna und Canali. Auch Isaia ist total angesagt, aber leider kommt man nur schwer an die Stücke ran. Tom Ford ist ebenfalls wieder im Spiel, Gott sei Dank. Manchmal bin ich auch englisch gestimmt, dann hole ich Dunhill und Aquascutum aus dem Schrank. Französische Designer trage ich weniger, fürchte ich … obwohl, ich will mir diese Woche noch was von Dior besorgen. Der Künstler in mir legt Wert auf schöne Kleidung. Und wenn man es sich leisten kann, muss man ja nicht unzivilisiert herumlaufen. Es ist schwer zu glauben, dass Butch und ich einen ähnlichen Geschmack haben, aber das verbindet uns.
Deine letzte Mahlzeit:	Cranberry Scone mit Clotted Cream
Beschreib deinen letzten Traum:	Ich war einkaufen. Allerdings keine Klamotten. Ich war im Supermarkt

	und schob einen Wagen voll mit Waschmittel und Weichspüler vor mir her. Ich irrte zwischen den Regalen hin und her auf der Suche nach der Kasse. Es war total bizarr. Aber als ich aufwachte, wurde es noch abgefahrener, denn Layla wollte plötzlich lernen, wie man die Waschmaschine bedient (die Lehrstunde ging leider nicht so besonders gut). Ich mag Layla total gern, aber Haushalt ist nicht ihr Ding. Dafür hat sie andere spektakuläre Fähigkeiten, die uns anderen Ehrfurcht einflößen.
Coke oder Pepsi?	Keines von beiden. Ich mag keine Softdrinks.
Audrey Hepburn oder Marilyn Monroe?	Audrey. Zweifellos.
Kirk oder Picard?	Picard
Football oder Baseball?	Weder noch. Ich bin kein großer Sportfan. Frag mich lieber nach Leonardo oder Michelangelo. Dann wäre es Michelangelo.
Schärfstes Körperteil einer Frau:	Jetzt passe ich. Solche Fragen sind mir unangenehm.
Was magst du am liebsten an Cormia?	Wie sie mich ansieht.

Das Romantischste, was du je für sie getan hast:

Da müsst ihr schon Cormia fragen. Aber ich achte schon darauf, dass ich jeden Tag eine besondere Kleinigkeit für sie mache, sei es, dass ich ihr ihre Lieblingszahnpasta besorge oder ihr eine Fahrstunde gebe. Oder ich finde im Wald eine Habichtfeder für sie oder einen schönen Stein am Fluss. Die kleinen Dinge zählen – besonders jetzt, wo sie langsam Geschmack daran findet, eigenen Besitz zu haben. Meine *Shellan* braucht keine Juwelen oder tollen Kleider. Sie zieht einfach meine Sachen an und macht keine große Sache aus ihrem Aussehen. Ich schätze, in der Beziehung bin ich das Mädchen. Cormia weiß die einfachen Dinge zu schätzen … wie eben diese Feder. Davon war sie total begeistert.

Das Romantischste, was sie je für dich getan hat:

Das musste ja jetzt kommen. Die Falkenfeder? Sie gab sie Fritz, der eine Schreibfeder für mich daraus machte. Die Spitze ist aus Sterlingsilber und Gold. Sie steht jetzt auf meinem Schreibtisch. Ich benutze sie, um Geschäftspapiere zu unterzeichnen und um Cormia zu zeichnen. Es ist wahr-

	scheinlich das schönste Geschenk, das mir je jemand gemacht hat.
Was würdest du an ihr ändern, wenn du könntest?	Nichts
Dein bester Freund (abgesehen von deiner *Shellan*):	Mein Zwilling Z
Wann hast du zuletzt geweint?	Das würde ich lieber für mich behalten, okay?
Wann hast du zuletzt gelacht?	Nicht lange her. Mit Cormia. Aber in welchem Zusammenhang ist unsere Privatsache.

Mein Interview mit Phury:

Nach meinem Nichtinterview mit V kehre ich in die Küche zurück, um meinen Kaffeebecher zurückzubringen und Fritz und seinen Mitarbeitern einen Besuch abzustatten. Ich erfahre, dass Phury schon in der Bibliothek auf mich wartet und mache mich auf den Weg dorthin.

Als ich durch den eindrucksvollen Eingang der Bibliothek trete, steht Zs Zwilling mit dem Rücken zur Tür vor dem Magazin. Er trägt einen tollen schwarzen Nadelstreifenanzug. Der Kontrast zwischen seinem gewellten mehrfarbigen Haar und dem akkurat geschnittenen Maßanzug ist atemberaubend. Als ich eintrete, dreht er sich zu mir um. Sein Hemd ist zartrosa mit weißem

Kragen und Manschetten. Seine Krawatte ist von Ferragamo … ich glaube mit einem rot-rosa Vogelmuster.

Phury: (Stirnrunzelnd) Stimmt was nicht?

J. R.: Nein, gar nicht. (Ich blicke mich suchend um, um seinen gelben Augen auszuweichen) Oh Gott, ich liebe diesen Raum. All die Bücher …

Phury: Was ist los?

Ich eile zu einem der mit Seide bezogenen Sofas und setze mich gegenüber vom Kaminfeuer hin. Ich sinke in die Kissen, und das Knacken der Holzscheite erinnert mich an Winterdinge, wie Schneeflocken und ein Himmelbett mit dicken Federkissen.

Phury setzt sich zu mir und zieht dabei leicht die Hosenbeine an den Oberschenkeln hoch. Er schlägt die Beine übereinander, und zwar auf die europäische Weise, Knie über Knie, nicht Köchel auf Knie. Seine Hände liegen auf seinem Oberschenkel, der große Diamantring am kleinen Finger blitzt … und lässt mich an V denken.

Phury: Lass mich raten … das Interview mit dem großen, dunklen, eiskalten Bruder ist nicht so toll gelaufen.

J. R.: Nicht dass es mich gewundert hätte. Sag doch mal, was halten denn die Auserwählten von dieser Seite?

Phury: (Seine Augen verengen sich) Wenn du nicht willst, müssen wir nicht über ihn reden.

J. R.: Das ist nett von dir, aber es ist nun mal so. Ist schon in Ordnung.

Phury: (Nach einer längeren Pause) Okay … die Auserwählten schlagen sich erstaunlich gut. Alle bis auf fünf haben diese Seite bereits besucht, und was sie hier tun, hängt von ihrer jeweiligen Persönlichkeit und ihren Neigungen ab. Normalerweise haben wir immer zwischen sechs und zehn von ihnen im Haus oben im Norden und … hörst du überhaupt zu?

J. R.: Zwischen sechs und zehn. Persönlichkeit. Neigungen.

Phury: (Steht auf) Komm mit.

J. R.: Wohin?

Phury: (Hält mir die Hand hin) Vertrau mir.

Genauso wie Z – und was das betrifft, auch allen anderen Brüdern – kann man Phury vertrauen. Also gebe ich ihm die Hand, und er zieht mich von der Couch hoch. Ich hoffe, dass er mich nicht wieder zu V bringt, und bin erleichtert, als wir die große Haupttreppe hochgehen. Zu meiner Überraschung nimmt er mich zu seinem alten Schlafzimmer mit. Es riecht nach rotem Rauch, Kaffee und Schokolade.

Phury: (bleibt in der Tür stehen und runzelt die Stirn) Weißt du was … lass uns lieber ins Gästezimmer nebenan gehen.

Sicher hat er es auch gerochen, und ich bin gerne bereit, diesen Auslöser für ihn zu vermeiden. Wir gehen über die Galerie zu dem Zimmer, in dem Cormia gewohnt hat, solange sie hier war. Es ist prachtvoll und wunderschön, wie seines, wie eigentlich alle Zimmer des Anwesens. Darius hatte einen exquisiten Geschmack, kommt es mir in den Sinn, als ich die üppigen, seidenen Vorhänge, die Chippendalekommoden und die kostbaren Landschaftsgemälde sehe. Das Bett ist weniger ein Schlafplatz als vielmehr ein rotseidenes Heiligtum, in dem man versinken möchte.

Phury: (Zieht sein Jackett aus) Setz dich. (Zeigt auf den Boden)

J. R.: (Ich nehme im Schneidersitz Platz) Was hast du vor …

Phury: (Setzt sich mir gegenüber hin und streckt mir die Handflächen entgegen) Gib mir deine Hände, und schließ die Augen.

J. R.: (Ich tue, was er sagt) Was hast …

Plötzlich überkommt mich ein Gefühl, als ob ich in ein warmes Bad eintauche – doch dann merke ich, dass tatsächlich ich selbst flüssig zu werden scheine; ich bin Wasser, und ich fließe ins Leere. Panik steigt in mir auf, und ich fange an …

Phury: (Seine Stimme dringt aus der Ferne zu mir) Lass die Augen zu. Noch nicht aufmachen.

Eine kleine Ewigkeit später fühle ich mich, als würde ich kondensieren, wieder ganz werden … und ein neuer Duft nach Blumen und Sonnenschein dringt in meine Nase. Durch meine geschlossenen Lider dringt diffuses Licht, und mein Gewicht wird von einem weichen Polster absorbiert, das sich ganz anders anfühlt als der Orientteppich, auf dem ich mich vorher niedergelassen hatte.

Phury: (Entzieht mir seine Hände) Okay, jetzt kannst du sie aufmachen.

Ich öffne die Augen ... und bin überwältigt. Ich blinzele, nicht aus Orientierungslosigkeit, sondern eher aufgrund einer zu klaren Orientierung.

Als ich klein war, verbrachte ich meine Sommerferien an einem See in den Adirondacks. Meine Mutter und ich sind immer Ende Juni hochgefahren und dann bis zum Labor Day Anfang September dort geblieben. Mein Vater hat uns an den Wochenenden besucht und ist im August zwei Wochen am Stück geblieben. Diese Sommer waren die glücklichsten meines Lebens, obwohl mir mit zunehmendem Alter klar wird, dass das auch viel mit Nostalgie und der Einfachheit der Kindheit zu tun hat. Trotzdem, aus welchem Grund auch immer, waren die Farben damals bunter, Wassermelonen schmeckten saftiger und süßer, mein Schlaf war tiefer, und niemand starb jemals, und nichts veränderte sich.

Schon seit vielen Jahren war ich nicht mehr an diesem besonderen Ort – denn selbst ein Ausflug dorthin hat heute nicht mehr dieselbe heilende Wirkung auf mich. Aber jetzt ... bin ich dort. Ich sitze inmitten einer Wiese aus hohem Gras und Klee, und Schmetterlinge taumeln trunken von Blüte zu Blüte. Das Zwitschern einer Amsel erklingt, als sie auf einen Hain aus Hickorybäumen zufliegt. Und in der Ferne vor mir sehe ich eine rote Hütte mit einem Fahnenmast, vor der lilafarbene Fliederbüsche wachsen. Auf einer Seite parkt ein dunkelgrüner Volvo aus den Achtzigern, und auf der Steinterrasse steht eine Garnitur Korbmöbel. In den Blumenkästen am Fenster pflanzt meine Mutter jedes Jahr Petunien, und in Blumentöpfen auf der Veranda wachsen rote Geranien und blaue Lobelien.

Auf der anderen Seite des Häuschens kann ich den See

erkennen. Das Wasser ist tiefblau und glitzert im Sonnenlicht. Weiter draußen liegt Odell Island, die Insel, zu der ich in einem kleinen Boot zusammen mit Freunden und meinem Hund gerne für ein Picknick und zum Schwimmen hinüberrudere. Wenn ich den Kopf drehe, erheben sich die Berge am Rande der Wiese, auf der meine Vorfahren begraben liegen. Und wenn ich mich umdrehe, sehe ich das weiße Haus meines Großonkels und das Haus meines besten Freundes und das viktorianische Pfarrhaus, in dem meine Cousine wohnt.

J. R.: Woher wusstest du das?

Phury: Ich wusste es nicht. Das ist alles in deinem Kopf.

J. R.: (Ich schaue wieder zu dem Häuschen hinüber) Es fühlt sich an, als sei meine Mutter da drinnen und bereitet das Abendessen vor, und mein Vater wird auch bald da sein. Ich meine, es ist wirklich … Lebt mein Hund noch?

Phury: Ja. Das ist das Schöne an Erinnerungen. Sie verändern und verlieren sich nicht. Und sogar wenn du dich nicht mehr an jedes Detail erinnern kannst, irgendwo in deinem Kopf sind die Wege, die deine Erinnerung angelegt hat, immer noch erhalten. Sie sind so etwas wie die Ewigkeit der Sterblichen.

J. R.: (Nach einer Weile) Ich wollte dir eigentlich so viele Fragen stellen.

Phury: (Mit den Schultern zuckend) Ja, aber ich dachte mir, diese Antwort gefällt dir besser.

J. R.: (Ich lächle traurig) Und die wäre?

Phury: (Legt mir die Hand auf die Schulter) Dass alles immer noch hier ist und du jederzeit hierher zurückkehren kannst. Immer.

Ich starre hinaus in die Landschaft meiner Kindheit und denke: *Verdammt, ist das nicht genau wie Phury?* Ich bin total überwältigt davon, wie nett und aufmerksam er ist.

Dieser Bastard. Dieser wunderbare, wunderbare Bastard.

Aber so ist er nun mal. Er scheint immer besser zu wissen, was man braucht, als man selbst – und er sorgt dafür, dass man es bekommt. Er hat das Interview einfach auf den Kopf gestellt und mich statt sich in den Mittelpunkt gerückt.

J. R.: Ich wette, du machst fantastische Geburtstagsgeschenke. Bestimmt immer total aufmerksam und passend.

Phury: (Lachend) Ich glaube, das gelingt mir wirklich ganz gut.

J. R.: Sicher packst du sie auch noch toll ein, oder?

Phury: Also darin ist Z definitiv besser als ich.

J. R.: Wer in deinem Leben würde so etwas für dich tun?

Phury: Ach, viele. Cormia. Meine Brüder. Die Auserwählten. Und außerdem ... ich selbst. Wie diese ganze Erholungssache ... Ich höre mich jetzt wahrscheinlich an wie ein Weichling, aber dass ich meine Sucht besiegt habe, ist ein Geschenk an mich selber. Zum Beispiel bist du doch jetzt zwar froh hier zu sein, aber es ist sicher auch schwer, oder? (Ich nicke) Heilung tut eben manchmal höllisch weh, und es kann auch sehr einsam und traurig sein, aber sogar in den schwersten Momenten bin ich doch dankbar, dass ich sie erfahre, dass ich sie durchmache. (Lächelt ein bisschen) Cormia empfindet das genauso. Sich von den strengen Traditionen der Auserwählten zu befreien war eine echte Herausforderung für sie. Es ist nie einfach, sein Leben komplett auf den Kopf zu stellen. Sie und mich … uns verbindet das. Ich bringe gerade mein Leben in Ordnung, nachdem ich etwa zweihundert Jahre lang süchtig war, und langsam entdecke ich, wer ich wirklich bin. Sie macht etwas ganz Ähnliches durch. Wir strampeln uns gemeinsam ab, und wir triumphieren zusammen.

J. R.: Stimmt es, dass Cormia Rehvenges neuen Club gestaltet?

Phury: Ja. Und sie ist auch schon fertig damit, sie haben bereits mit den Bauarbeiten begonnen. Und Wrath hat schon eine neue Einrichtung für das Refugium bei ihr in Auftrag gegeben. Sie ist total begeistert darüber. Ich habe ihr ein CAD-Programm für den Computer gekauft und ihr gezeigt, wie man es anwendet … aber sie zeichnet lieber alles per Hand. Sie hat jetzt auch ihr eigenes Büro mit einem richtigen Zeichentisch, aber keinen Stuhl, denn sie steht lieber, während sie Entwürfe macht. Ich habe ihr jedes Buch über Architektur gekauft, das ich in die Finger kriegen konnte, und sie hat sie alle verschlungen.

J. R.: Glaubst du, dass auch die anderen Auserwählten Partner finden werden?

Phury: (Runzelt die Stirn) Ja … aber alle männlichen Vampire, die um sie herumschwänzeln, müssen erst mal an mir vorbei.

J. R.: (Lachend) Du wirst doch nicht so streng sein wie Z bei Nalla, oder?

Phury: Sie gehören schließlich alle zu mir. Cormia ist meine Partnerin, und meine Liebe zu ihr ist tiefer und anders als zu den anderen, aber ich bin trotzdem auch verantwortlich für die Zukunft der anderen.

J. R.: Ich bin mir sicher, dass du, auch was das betrifft, deinen Job hervorragend machst und machen wirst.

Phury: Wir werden sehen. Ich hoffe es zumindest. Aber eines kann ich dir sagen, wenn es darum geht, einen *Hellren* für sie auszusuchen, ist mir der Charakter wichtiger als die Abstammung.

Eine vertraute Pause entsteht, und nach einer Weile lasse ich mich zurück ins Gras fallen und blicke in den Himmel. Er ist strahlend blau und durchzogen von weißen Schafwölkchen. Irgendwie erinnert es mich an frische Wäsche, vielleicht weil alles so blendend sauber aussieht und die Sonne sich warm anfühlt und alles so gut riecht …

Ja, denke ich, *das sind die Farben meiner Erinnerung … die Farben meiner Kindheit.*

J. R.: Danke, dass du mich hierhergebracht hast.

Phury: Ich habe gar nichts gemacht. Dieser Ort ist der, an dem du sein wolltest. Und übrigens, es ist ein wunderschöner Ausflug.

J. R.: Da bin ich ganz deiner Meinung.

Die anderen Fragen, die ich ihm noch stellen wollte, driften in den weiten Himmel davon. Ich höre ein Rascheln im Gras neben mir und weiß, dass er sich auch hingelegt hat. Zusammen strecken wir uns auf dem Rasen aus, die

Hände hinter dem Kopf verschränkt und die Beine überkreuzt.

Schließlich kehren wir in das Haus und das Zimmer zurück und sprechen über dies und das. Phury gibt mir Zeit, mich wieder zu orientieren.

Dann wird es Zeit für mich zu gehen, und er begleitet mich noch hinunter ins Arbeitszimmer. Ich verabschiede mich von Wrath und Beth, und Phury bleibt noch zu einer Besprechung beim König und der Königin. Wieder auf der Treppe höre ich noch einmal die Stimmen der *Doggen* aus dem Esszimmer. Sie bereiten alles für das Abendessen vor und decken den Tisch für die Brüder und ihre *Shellans* ein.

Fritz kommt auf mich zu, öffnet die Vestibültür und geleitet mich nach draußen zum Mercedes. Bevor ich in die Limousine einsteige, blicke ich noch einmal zu dem grauen Anwesen hinüber. Fast alle Fenster sind hell erleuchtet, ein Beweis dafür, dass hinter der finsteren Fassade Leben und Freude herrschen.

Ich klettere in den Fond des Wagens, und als Fritz die Tür hinter mir schließt, bemerke ich einen kleinen Lederbeutel auf dem Sitz. Nachdem der Butler hinter dem Steuer Platz genommen hat, frage ich ihn, was es ist, und er sagt, es sei ein Geschenk für mich. Ich will mich bei ihm bedanken, aber er lässt mich wissen, dass es nicht von ihm ist.

Die Trennwand fährt nach oben. Ich nehme den Beutel und ziehe an den Bändchen, um ihn zu öffnen. Dann schüttle ich den Inhalt vorsichtig in meine Handfläche.

Es ist ein kleiner Dolch mit schwarzer Schneide, noch warm von der Schmiede. Ein atemberaubendes Stück Handwerkskunst. Jedes Detail vom Griff bis zur rasiermesserscharfen Spitze ist vollendet geschmiedet. Es muss den Handwerker eine Ewigkeit gekostet haben, es zu machen … und er muss sich große Mühe gegeben haben.

Der Mercedes setzt sich sanft in Bewegung, und ich schließe meine Hand um den Griff des Geschenks. Wir fahren den Berg hinunter zurück in die »Realität«.

Kommentar der Autorin:

Ich liebe Phury. Es war ein Traum, ihn zu schreiben, wirklich. Ich wollte nicht mal Pause machen.

Einige Worte zu meinem täglichen Arbeitspensum.

Mein Schreibzeitplan ist wie in Stein gemeißelt. Ich schreibe sieben Tage die Woche, keine Ausreden, keine Kompromisse: Egal, ob ich krank bin, ein Feiertag ist oder ich unterwegs bin, ich setze mich auf meinen Hintern und schreibe. Das ziehe ich nun schon seit etwa zehn Jahren durch, und ich schätze, ich habe mir in diesem Jahrzehnt, wenn es hoch kommt, drei Ausnahmen gegönnt. Manchmal bin ich um halb fünf Uhr morgens in irgendeinem Hotelzimmer in Manhattan aufgestanden, um zu schreiben. Sogar nach einer Wurzelbehandlung habe ich gearbeitet. Ich saß drinnen am Computer, während draußen die Sonne schien. Schreiben ist einfach meine absolute Priorität, und alle Menschen um mich herum wissen, dass die Zeit, in der ich an meinen Büchern arbeite, nicht verhandelbar ist. Nicht, dass ich eine Superheldin wäre. Ich bin nur sehr diszipliniert, und ich muss einfach schreiben. Wenn ich es nicht tue, ist das wie bei einem Sportler, der sein Training schwänzt. Ich werde total unruhig und muss mich an die Arbeit machen.

Natürlich sind nicht alle diese Tage schriftstellerische Sternstunden. Manchmal schreibe ich auch totalen Schrott, wie jeder andere auch. Aber ich bleibe einfach dran und überarbeite es so lange und tippe dran herum, bis es sich gut anhört. Manchmal geht es nur sehr zäh voran und ist ziemlich ermüdend. Wenn ich an einem ersten Entwurf arbeite, schaffe ich nur etwa sechs bis zehn Seiten pro Tag. Wenn ich den Text zum ersten Mal überarbeite, komme ich in der Regel nur zehn Seiten pro Tag vorwärts. Dann fünfzehn. Dann zwanzig. Nachdem meine Lektorin es gelesen hat, gehe ich es selbst immer und immer wieder durch, wobei ich nie mehr als fünfundzwanzig Seiten pro Tag schaffe. Beim Redigieren mache ich dann täglich vielleicht vierzig Seiten. Und wenn mir schließlich die Druckfahnen vorliegen, schaffe ich maximal zwischen fünfzig und fünfundsiebzig.

Ich schreibe nicht schnell, aber dafür lang – ich hänge einfach noch ein paar Stunden dran.

An einem normalen Tag setze ich mich gegen acht Uhr morgens oben an den Computer. Dann schreibe ich gute zwei Stunden. Danach lege ich eine Kaffeepause ein (während der ich manchmal an einem anderen Computer unten meine E-Mails checke). Dann setze ich mich wieder für etwa zwei Stunden an die Arbeit. Danach gehe ich laufen und verbringe den restlichen Tag mit der Bearbeitung meines Textes und kümmere mich um geschäftliche Angelegenheiten. Wenn jedoch die Deadline näher rückt, ändert sich mein Tagesablauf – dann entferne ich mich nur noch vom Computer, um hin und wieder laufen zu gehen.

Der Computer, an dem ich meine Bücher schreibe, hat keinen Internetanschluss. Das rate ich auch jedem, der es sich leisten kann, mehrere Rechner zu haben. Als Autor hält man sich beim Schreiben am besten so weit wie nur irgend möglich von Internet und E-Mails fern. Zum Schreiben nutze ich einen bestimmten Teil meines Gehirns. Wenn ich meine Arbeit unterbreche, um mich, wenn auch nur kurz, mit irgendetwas anderem auseinanderzusetzen, ist es sehr schwer für mich, schnell wieder in den Schreibmodus hineinzukommen.

Außerdem hat niemand Zutritt zu meinem Arbeitszimmer, außer mein Hund (der ist immer willkommen) und mein Mann (der ist meistens willkommen). Wie es dort aussieht, verrate ich nicht. Nur so viel: Es ist total schlicht eingerichtet und sehr hell. Der Grund, warum ich mein Arbeitsterritorium so abschotte, liegt darin, dass ich, indem ich den Rest der Welt davon fernhalte, mich dort besser auf die Geschichten in meinem Kopf konzentrieren kann. Außerdem ist mir meine Privatsphäre sehr wichtig, und das Schreiben ist eine sehr persönliche Angelegenheit – also schütze ich mich gern vor fremden Blicken.

Abgesehen von meinem Agenten und meiner Lektorin (und all den anderen tollen Leuten aus meinem Verlag), arbeite ich noch mit einer Reihe weiterer absolut großartiger Menschen zusammen. Meine persönliche Assistentin sorgt dafür, dass alles glattläuft, und hilft mir, auf der Spur zu bleiben, indem sie immer völlig unbeeindruckt von all dem Trubel bleibt und mich trotzdem mag (na ja, die meiste Zeit über wenigstens – manchmal gehe ich ihr mit meinem Kram auch ganz schön auf die Nerven, und sie bleibt nur, weil sie meinen Hund so gern hat). Mein Recherche-Assistent ist eine wandelnde *Black-Dagger*-Enzyklopädie – außerdem ist er unglaublich geduldig mit mir und einer der nettesten Menschen, die ich kenne.

Die beiden Assistenten kümmern sich auch um meine Website, das Forum und die BDB Yahoo! Group und arbeiten dabei mit einem großartigen Team von freiwilligen Moderatoren zusammen, die fast alle schon seit der ersten Stunde der Bruderschaft dabei sind. Unsere Mods leisten tolle Arbeit, und ich bin sehr dankbar, dass sie all das tun, nur weil sie die Bücher mögen.

Es beruht also alles auf Teamarbeit, und ich würde niemals die Zeit zum Schreiben finden ohne die Hilfe von diesen tollen Leuten.

Normalerweise endet mein Arbeitstag gegen neun Uhr abends. Dann verbringe ich noch ein bisschen Zeit mit meinem Mann, bevor wir beide erschöpft ins Bett fallen und am nächsten Morgen wieder aufstehen und alles wieder von vorne beginnt. Eigentlich bin ich ziemlich langweilig. Die meiste Zeit verbringe ich mit Arbeit, und das Schreiben bestimmt mein Leben. Aber ich brauche diese einsame Existenz. Am glücklichsten bin ich alleine vor meinem Computer und mit meinem Hund zu den Füßen. So war das schon immer.

Ich glaube irgendwie, dass man zum Schriftsteller geboren sein muss, aber das ist auch bei anderen Berufen so. Dasselbe gilt für Sportler, Mathematiker, Musiker, Künstler und Ingenieure und die Millionen anderen Berufe, die Menschen ausüben. Das Beste, das mir in meinem Leben je passiert ist (abgesehen von meiner Mutter), ist die Tatsache, dass ich meine Berufung gefunden habe und davon leben kann (mein Mann hat dazu einen immensen Beitrag geleistet, und dafür danke ich ihm).

Bevor ich jetzt aber noch weiter rumschleime, reden wir über Phury. In Phury habe ich immer einen wahren Helden gesehen. Vom ersten Tag an. Auch, dass es in seiner Geschichte um Sucht gehen würde – was sehr heikel ist –, wusste ich von Anfang an.

Ich war sehr besorgt, was diese Heroinsache betraf. Ich erinnere mich noch gut, wie ich, als mir die Szene, in der Phury neben der Toilette zusammenbricht, in den Sinn kam, dachte: *Oh Gott, nein, das kann ich unmöglich schreiben. Wie sollen die Leser einen Helden in ihm sehen, wenn er sich Drogen reinzieht.*

Es ist ja nicht so, dass Helden immer das Richtige tun, aber sie sind immer stark. Wenn sie etwas verbocken oder zusammenbrechen, muss der Kontext so erschütternd sein, dass man ihnen ihr vorübergehendes Versagen verzeiht. Also war ich besorgt, dass, wenn ich Phury in seiner Sucht (die zu allerlei Lügen führt), nicht korrekt porträtierte, die Leser ihn als Schwächling statt als Gequälten wahrnehmen würden.

Ein gequälter Held ist okay. Aber Schwäche als Charakterzug ist es nicht.

Ich glaube, es ist verständlich, warum Phury ernsthafte Probleme hat, durch den Tag zu kommen. Wenn man Zsadists furchtbares Schicksal in Betracht zieht und das komplexe Netz aus Schuldgefühlen und Trauer und Panik, in dem sich Phury sein Leben lang verstrickt hat, war der Drogenmissbrauch nur der unglückliche Versuch, damit klarzukommen. Der erste Schritt, Phury als Held sympathisch zu machen, war es, dem Leser die Figur des Zauberers zu zeigen, damit sie eine Idee davon hatten, was Phury mit den Drogen zu betäuben versucht. Ähnlich wie bei Vs Gräueltaten im Kriegerlager ist der Kontext hier am wichtigsten.

Der Zauberer ist die Stimme, die Phurys Sucht vorantreibt, und er ist in seinem Kopf lebendig:

Vor seinem geistigen Auge erschien der Zauberer in Gestalt eines Ringgeists inmitten einer ausgedehnten, grauen Ödnis aus Schädeln und Knochen. Mit seinem vornehmen englischen Akzent sorgte der Mistkerl dafür, dass Phury niemals seine Misserfolge vergaß. Die hämmernde Litanei war schuld daran, dass er sich einen Joint nach dem anderen ansteckte, nur um nicht in seinen Waffenschrank zu steigen und am Lauf einer Vierziger zu knabbern.

Du hast ihn nicht gerettet. Du hast sie nicht gerettet. Den Fluch hast du allein auf sie alle heraufbeschworen. Die Schuld liegt bei dir … bei dir …

– Phury & Cormia, Seite 13/14

Als Nächstes musste ich zeigen, wie Phury anfängt, seine Sucht selbst zu erkennen. Damit er ein echter Held sein konnte, musste er schließlich sein Drogenproblem überwinden, und der erste Schritt dazu ist es, sich das Problem einzugestehen. Er beginnt zu ahnen, was sein Problem ist, als er während eines Kampfes mit einem *Lesser* in der Innenstadt eine Drogenübergabe beobachtet. Als die Transaktion zu platzen droht, flippt der Süchtige aus und tötet den Dealer, um an den Stoff zu kommen:

Die ekelhafte Freude in der Miene des Junkies traf ihn wie ein Hammer. Der Typ raste eindeutig ohne Umwege auf die totale Bedröhnung zu, und dass der Fix kostenlos war, machte nur einen Teil seiner Euphorie aus. Der eigentliche Knaller an der Sache war, im Überfluss baden zu können.

Phury kannte diesen orgiastischen Rausch. Er erlebte ihn jedes Mal, wenn er sich mit einem fet-

ten Beutel rotem Rauch und einem neuen Päckchen Drehpapier im Badezimmer einschloss.

– Phury & Cormia, Seite 71

Sich in einem anderen Süchtigen wiederzuerkennen war ein wichtiger Schritt in Phurys Heilung. Aber es musste erst noch schlimmer kommen:

»Bin ich immer noch ein Bruder?«

Der König starrte nur unverwandt den Dolch an – was Phury seine Antwort klar und deutlich gab: Nur dem Namen nach.

– Phury & Cormia, Seite 125

Dass Phury aus der Bruderschaft verstoßen wird, hat jedoch nicht alleine mit seinem Drogenmissbrauch zu tun, sondern auch mit einer anderen Methode, mit der er versucht, mit seinen Gefühlen umzugehen: Er quält *Lesser*, bevor er sie tötet.

Ursprünglich dachte ich, das sei etwas, das Zsadist tun würde. Das habe ich sogar auf dem Forum angedeutet. Aber ich hatte mich getäuscht. Es war Phury, der die *Lesser* zerstückelt, bevor er sie tötet – was ziemlich übel ist. Als mir diese Szenen zum ersten Mal in den Sinn kamen, dachte ich nicht, dass Phury, der nette, sanfte Phury, zu so etwas Grausamem überhaupt fähig wäre. Aber – und das ist eine der Erkenntnisse in Phurys Buch – auch Leute, die sich gut anziehen, einen vermeintlich guten Hintergrund haben und aufgeräumt wirken, können innerlich völlig aus der Bahn geraten sein.

Wo wir gerade über persönliche Hintergründe sprechen, ein Wort zu Cormia. Die Parallelen zwischen ihr und Marissa sind augenscheinlich. Beide sind von hohem Stand und leiden unter den Erwartungen, die mit den Rollen, in die sie hineingeboren wurden, einhergehen – und beide schaffen es, sich zu wandeln, und werden zu Kämpferinnen – nicht nur für ihre eigene Befreiung, sondern auch für die von anderen (ihre Stimme bei der Ratsversammlung und die Arbeit im Refugium in Marissas Fall; Phury bei der Transformation der Auserwählten zu helfen in Cormias Fall).

Phury und Cormia passen in vieler Hinsicht gut als Paar zusammen, und im folgenden Absatz wird Cormias Haltung zur Beziehung der beiden deutlich:

Doch das war es nicht, was sie für ihn einnahm. Er war der Inbegriff all dessen, was sie als wertvoll erachtete: Er war immer auf andere bedacht, nie auf sich selbst. Bei Tisch war er derjenige, der sich nach dem Befinden jedes einzelnen der Anwesenden erkundigte, der nachforschte, was aus Verletzungen und verdorbenen Mägen und großen und kleinen Sorgen geworden war. Er forderte nie Aufmerksamkeit für sich selbst ein. Zog nie das Gespräch auf sich. Half jedem.

Wenn eine schwierige Aufgabe anstand, meldete er sich freiwillig. Wenn es etwas zu erledigen gab, kümmerte er sich darum. Wenn Fritz unter der Last eines Tabletts schwankte, sprang der Primal als Erster auf und eilte ihm zu Hilfe. Den Gesprächen bei Tisch zufolge kämpfte er für ihr Volk und unterrichtete den Nachwuchs und war jedem ein guter, aufrichtiger Freund.

Er war wahrlich das Musterbeispiel der selbstlosen

Tugenden der Auserwählten, der vollkommene Primal. Und irgendwann während der Sekunden und Stunden und Tage und Monate ihres Aufenthaltes hier war sie vom Pfad der Pflichterfüllung abgekommen und in den verworrenen Wald des freien Willens gelangt. Nun wollte sie bei ihm sein. Es gab kein musste, sollte, brauchte.

– Phury & Cormia, Seite 30/31

Natürlich bringt sie das in Konflikt mit ihrer Rolle als erste Partnerin, die in der Tradition der Auserwählten den Primal mit ihren Schwestern teilen muss. Diese Diskrepanz zwischen Cormias Erziehung und ihren wahren Gefühlen ist der Kern ihres Konflikts, sowohl persönlich als auch in der Liebe.

Von Phurys Seite aus passt Cormia nicht nur instinktiv, sondern auch in jeder anderen Hinsicht zu ihm. Sie ist unglaublich tapfer und verständnisvoll, und die beiden gehen zusammen durch dick und dünn. Außerdem spielt sie eine entscheidende Rolle in seinem Kampf gegen die Sucht, aber dazu später mehr.

Phury verlässt die Talsohle des Drogensumpfes, nachdem er Sex mit Cormia hatte. Die Szene, in der er Cormia entjungfert, war schwierig zu schreiben. Ich wusste, dass ich mit dem, was ich vor mir sah, sehr bedacht umgehen musste, denn ich wollte nicht, dass irgendwelche Missverständnisse aufkommen: Cormia war mit dem, was passierte, absolut einverstanden, aber in seiner Hast dachte Phury, er habe ihr wehgetan.

Vergewaltigung ist nicht sexy. Und damit basta.

Phurys falsche Interpretation seiner Handlung treibt ihn dem Zauberer in die Arme. Er hätte in *Zsadist & Bella* beinahe schon einmal Heroin probiert, und ich denke, angesichts seiner Sucht und seiner Verunsicherung war es unvermeidlich, dass er es schließlich auch tatsächlich versuchen würde. Aber es brach mir trotzdem das Herz:

> *Dieses Zeug war definitiv kein roter Rauch. Da gab es keine sanfte Lockerung, kein höfliches Klopfen an der Tür, bevor die Droge ins Gehirn eintrat. Das war ein Überfall mit einem Rammbock und Munition aus allen Rohren, und während er sich übergab, musste er sich selbst daran erinnern, dass er bekommen hatte, was er wollte.*
>
> *Ganz dumpf, im Hintergrund seines Bewusstseins hörte er den Zauberer lachen … hörte die meckernde Befriedigung seiner Sucht einsetzen, selbst noch als das Heroin seinen Körper und Geist vollständig übernahm.*
>
> *Als er ohnmächtig wurde, noch während er sich übergab, erkannte er, dass man ihn reingelegt hatte: Anstatt den Zauberer zu töten, blieb er jetzt allein mit der Ödnis und ihrem Meister zurück.*
>
> Toll hingekriegt, mein Freund … das hast du wirklich ganz toll hingekriegt.
>
> – Phury & Cormia, Seite 583

Es war ein Wunder, dass Phury es überlebte. Es läuft mir kalt den Rücken herunter, wenn ich daran denke, was wohl passiert wäre, wenn Blay und Qhuinn ihn nicht zufällig gefunden hätten.

Das war Phurys absoluter Tiefpunkt. Der erste Schritt zur Besserung war die Entscheidung, die er am nächsten Tag trifft. Er vollendet die Primalszeremonie mit Layla, doch anstatt sich danach mit ihr auszuruhen, setzt er sich auf die Stufen des Primalstempels und fasst den Entschluss, mit den Drogen aufzuhören:

Während der Zauberer allmählich sauer wurde und Phurys Körper klapperte wie ein kaputtes Schutzblech, streckte er die Beine aus, legte sich auf den kühlen Marmorfußboden der Eingangshalle und machte sich bereit für eine Reise ins Nichts.

»Mist«, sagte er, als er sich dem Entzug auslieferte. »Das wird richtig ätzend.«

– PHURY & CORMIA, Seite 620

Diese Entwicklung wiederum mündet in eine der bedeutendsten Szenen für das Paar Cormia und Phury – die, in der sie ihm beim Entzug beisteht. Sie führt ihn durch den verwilderten Garten seiner Eltern und hält ihn dazu an, ihn in Ordnung zu bringen. Hier legt sie auf ihre Weise ein heldenhaftes Verhalten an den Tag, indem sie stark ist, wenn ihr Partner es nicht sein kann, und ihn leitet, wenn er dringend der Führung bedarf.

Als Resultat des Entzugs hat Phury dann auch die Klarheit und den Mut, das ganze System der Auserwählten umzustoßen – es wurde auch höchste Zeit. Ich liebe die Stelle, wo er sich dazu entschließt:

Nachdem sie ein Leben lang das Entstehen von Geschichte in einer Schüssel Wasser verfolgt hatte, erkannte Cormia, als sie das Amulett dort in der Luft hängen sah, dass sie zum ersten Mal Geschichte in Echtzeit miterlebte.

Nach diesem Augenblick würde nichts mehr so sein, wie es einmal war.

Das Amulett in seiner Faust wie ein Pendel schwingend verkündete Phury mit harter, tiefer Stimme: »Ich bin die Kraft des Volkes. Ich bin der Primal. Und so werde ich herrschen!«

– PHURY & CORMIA, Seite 652/653

Hier wird Phurys heldenhafte Natur wahrhaft klar – und das bekommt auch die Jungfrau der Schrift mehr als deutlich zu spüren, als er sie dann aufsucht.

Was die Konfrontation der beiden betrifft, darin wird der grundlegende Fehler offenbart, der ihr bei der Erschaffung der Spezies, die sie liebt, unterlaufen ist. Ihr Beschützerinstinkt ist einfach zu stark, und sie müsste, wie Phury es ausdrückt, mehr Vertrauen in ihre Geschöpfe haben. Die überlieferten Traditionen der Vampirgattung gefährden mittlerweile ihr Überleben sowie den Kampf gegen die Gesellschaft der *Lesser*. Dieser Zustand muss sich ändern: Der Kreis des potenziellen Nachwuchses für die Bruderschaft muss erweitert werden, damit es auch in Zukunft genug Krieger gibt, und die Auserwählten müssen befreit werden.

Noch eine Bemerkung zu all den sozialen und religiösen Beschränkungen innerhalb der Welt der Vampire. Am Anfang gab es viele, die die Bücher kritisierten, da ihnen die darin beschriebene Welt zu sehr von Männern dominiert und zu chauvinistisch erschien. Aber darum ging es ja. Die Geschichte musste von einem unvollkommenen Ausgangspunkt starten, damit es im Laufe der Serie etwas in Ordnung zu bringen gab, sonst gäbe es ja keinerlei Raum für Entwicklungen, Konflikte und Lösungen. Und selbst nach den Verbesserungen in *Phury & Cormia* ist die Welt der *Black Dagger* noch lange nicht perfekt. Es wird weiterhin Konflikte geben, die gelöst werden müssen – in Rehvenges Buch wird es noch eine Menge davon geben.

Handlungsstränge müssen sich immer in einem glaubhaften Rahmen bewegen. Ohne Ausnahme. Für mich ist die stärkste Szene des Buches die, in der Phury die Privatunterkunft der Jungfrau der Schrift verlässt, nachdem er die Auserwählten befreit hat. Daraufhin kehrt er ins Refugium zurück:

Er erstarrte, als er die Tür aufmachte.

Das Gras war grün.

Das Gras war grün und der Himmel blau … die Narzissen gelb, und die Rosen strahlten in allen Farben des Regenbogens, und die Gebäude waren rot und beige und dunkelblau …

Unter ihm strömten die Auserwählten aus ihren Quartieren, hoben ihre jetzt bunten Roben an, sahen sich aufgeregt und verwundert um.

Cormia trat aus dem Tempel des Primals, das schöne Gesicht drückte Unglauben aus. Als sie ihn entdeckte, schlug sie sich die Hand vor den Mund, und ihre Augen blinzelten hektisch.

Mit einem Aufschrei raffte sie ihre traumhafte lavendelfarbene Robe und rannte auf ihn zu, Tränen flossen ihr über die Wangen.

Er fing sie auf, als sie an ihm hochsprang, und hielt ihren warmen Körper fest an seinen gepresst.

»Ich liebe dich«, stieß sie hervor. »Ich liebe dich, ich liebe dich … ich liebe dich.«

In diesem Augenblick, vor ihm die sich wandelnde Welt, die ihm gehörte, im Arm seine Shellan, *spürte er etwas, das er niemals für möglich gehalten hätte.*

Er fühlte sich endlich als der Held, der er immer hatte sein wollen.

– Phury & Cormia, Seite 665

Ehrlich gesagt, habe ich beim Schreiben dieser Szene wie ein Baby geheult. Es war einfach der perfekte Moment für Phury – und er wäre so nicht möglich gewesen, wenn es in der Welt nicht etwas in Ordnung zu bringen gegeben hätte.

Wenn es ums In-Ordnung-Bringen geht, noch ein Wort über Phury und Z. Auch die Beziehung der beiden Zwillinge zueinander musste im Buch thematisiert werden, und da gab es eine Menge, mit dem sie klarkommen mussten. Phury hatte mit einer Menge aufgestauter Frustration und Wut zu kämpfen, die sich schließlich auch Bahn brachen. Ich würde sagen, dass Zs mangelnde Dankbarkeit eher auf seine aktuelle leidvolle Situation zurückzuführen ist (insbesondere seine Sorgen aufgrund von Bellas Schwangerschaft), anstatt auf einen grundlegenden Groll darüber, dass er gerettet wurde. Manchmal ist es schwer, dankbar dafür zu sein, noch auf diesem Planeten zu wandeln, wenn das eigene Leben in den Grundfesten erschüttert wurde.

Aber Phury brauchte die Anerkennung und die Dankbarkeit seines Zwillings. Eine der bewegendsten Szene der ganzen Serie, beim Schreiben derer ich definitiv geweint habe, ist sicherlich die Versöhnung der beiden Brüder nach Nallas Geburt. Zu diesem Zeitpunkt ist Phury auf dem besten Weg aus seiner Drogensucht und hat es geschafft, seine Rolle als Primal neu zu definieren. Und Bella und Nalla haben die Geburt überlebt, also ist auch Z in einer viel glücklicheren Situation. Dennoch bleiben die Zwillinge einander entfremdet. Zumindest bis Zsadist zu Rehvs Haus in den Adirondacks kommt und Puccini für seinen Bruder singt:

> *Phury kam auf die Füße, als hätte ihn die Stimme seines Zwillingsbruders, nicht seine eigenen Beine aus dem Stuhl gehoben. Das war der Dank, der nie ausgesprochen worden war. Das war die Danksagung für die Rettung und die Würdigung des Lebens, das gelebt wurde. Das war die weit geöffnete Kehle eines erstaunten Vaters, dem die Worte fehlten, um seinem Bruder gegenüber auszudrücken, was er fühlte, und der die Musik brauchte, um sich erkenntlich zu zeigen.*
>
> – Phury & Cormia, Seite 715

Wenn man meine Bücher liest, wird man hin und wieder auf ein paar Zeilen stoßen, die eigentlich nicht unbedingt nötig sind, um die Dinge richtig zu verstehen. Ich denke an Szenen mit John und Cormia, Phury und Wrath, Phury und Cormia. Doch diese Zeilen sollen alle auf diesen Moment hinführen, in dem Zs Gefühle zu komplex und überwältigend sind, als dass er sie erklären könnte. Also singt er, um sie auszudrücken. Und seine Botschaft wird richtig verstanden: als das große Dankeschön, verpackt in einem Lied. Perfekt.

Das Motiv der wortlosen Kommunikation wird auch im letzten Absatz des Buches nochmals aufgegriffen. Darin drückt Phury Cormia fest an sein Herz, nachdem er ihr vorgeschlagen hat, dass sie sich im Anwesen der Bruderschaft vereinigen:

Das Johlen und Brüllen und Schulterklopfen der Bruderschaft schnitt ihm das Wort ab. Aber Cormia hatte schon verstanden. Noch nie hatte er eine Frau so wunderschön und breit lächeln sehen, wie sie es tat, als sie zu ihm aufblickte.

Also musste sie wissen, was er gemeint hatte.

Ich liebe dich bis in alle Ewigkeit *musste nicht immer laut ausgesprochen werden.*

– Phury & Cormia, Seite 718

Das sagt wohl so ziemlich alles über Phury und Cormia.

Noch einige Gedanken zu John Matthew und Lash.

Eines der tollen Dinge bei John Matthew (der die Reinkarnation von Darius) ist, dass ich einige Eigenschaften der Welt durch seine Augen habe vorstellen können. Er hatte keine Ahnung von der ganzen Vampirsache, also war alles, was für den Leser neu war, auch neu für ihn. Außerdem sorgte er für Kontinuität über die einzelnen Bücher hinweg. Denn ansonsten war es immer so, dass ein Held oder eine Heldin, deren Geschichte bereits erzählt wurde, später nicht mehr als tragende Figur vorkommt (obwohl ich glaube, dass das bei Rehvs Geschichte anders sein wird, und Wrath darin noch einmal eine entscheidende Rolle spielt). John aber war eine Konstante in der Serie, und er hat sich in ihrem Verlauf konstant weiterentwickelt.

Da ich mich langsam auf Johns Buch vorbereite (das womöglich nach Rehvenges kommen wird, aber ich bin mir noch nicht sicher), wollte ich den Lesern zeigen, wie die ganze Zeit-Sache in Bezug auf Omega und die Jungfrau der Schrift funktioniert – um Darius' Reinkarnation vorzubereiten. Dazu eignete sich Lash perfekt. Gegen Ende von *Butch & Marissa* sagt Omega zu Butch: »Siehe, mein Sohn, wie du mich inspirierst. Und ich darf sagen, es wäre weise von dir, nach deinem Blut zu suchen. Familien sollten zusammenhalten.« (Seite 609) Hier bezieht Omega sich darauf, dass Butch die Dynamik des Krieges verändert. Omega hat Butch »hervorgebracht« und ist ihm nun ausgeliefert. Er begreift, dass er etwas tun muss, um sein Überleben zu sichern. Also tut er Folgendes. Nach *Butch & Marissa* begab Omega sich in die Vergangenheit, schwängerte eine Vampirin und zeugte so Lash. Lash existierte nicht vor der Zeit zwischen *Butch & Marissa* und *Phury & Cormia,* sondern er wurde erst geschaffen, als Omega am Anfang von Phurys Buch zurück in die frühen Achtziger geht.

Daraus ergab sich für mich als Autorin natürlich ein Problem. Plötzlich eine Hauptfigur wie Lash auftauchen zu lassen und glaubhaft zu machen, warum alle anderen Figuren sie bereits kennen, würde nicht funktionieren – es würde einfach zu vieler Erklärung bedürfen. Also musste ich die Bedingungen der absoluten Zeit lockern – ihr die bewegliche Zeit gegenüberstellen, die von Omega und der Jungfrau der Schrift nach Belieben manipuliert werden kann. Die absolute Zeit entspricht dem absoluten Schicksal, das einzig der Jungfrau der Schrift und Omegas Vater unterstellt ist. Diese absolute Wahrheit und die Zeit der Vampirwelt ist das Ergebnis aller Entscheidungen, die von allen Wesen in diesem Universum je getroffen wurden, und um diese Achse muss sich das Buch letztendlich drehen, sonst zerfällt es in eine langweilige Abfolge von Erklärungen und Rückblenden.

Deshalb wird Lash von dem Tag an, als er John Matthew das erste Mal im Bus sieht, gezeigt. Was exakt der absoluten Zeit entspricht.

Auch die Geschichte von Darius und John Matthew verläuft entlang dieser absoluten Zeitachse. Als Darius in *Wrath & Beth* getötet wird und den Schleier betritt, existiert John Matthew nicht. Aber nachdem die Jungfrau der Schrift und Darius ein Abkommen geschlossen haben, geht die Jungfrau der Schrift in der Zeit zurück und setzt John Matthew/Darius als Kind in der öffentlichen Toilette der Busstation aus. John Matthew entwickelt sich dann über die Jahre ganz unabhängig von der Welt der Vampire – bis das Schicksal ihn nach Darius' Tod in *Rhage & Mary* durch Mary mit Bella in Verbindung bringt. So gesehen existieren John Matthew und Darius ein paar Jahre lang gleichzeitig, aber ohne miteinander in Kontakt zu treten.

Ganz schön kompliziert, aber irgendwie cool.

Egal … ich könnte noch ewig weitermachen, aber genauso gut hier Schluss machen. Wenn ich einmal anfange, über die Brüder und ihre Welt zu reden, geht es mir wie dem Duracell-Häschen.

Das war also *Phury & Cormia* … und die Serie bis jetzt.

Manchmal fällt es mir schwer zu glauben, dass ich bereits über die ersten sechs Brüder geschrieben habe. Es war ganz schön aufregend, ein seltsamer, faszinierender, ungeheurer Trip, der mich als Autorin und als Mensch herausgefordert hat, wie ich es vorher kaum für möglich gehalten hätte.

Ich bin für all das dankbar. Sogar für die wirklich harten Momente (und davon gab es eine ganze Menge).

Als Nächstes kommt Rehvenge.

Und wenn ihr schon die anderen Brüder toll fandet, dann macht euch auf ihn gefasst.

Glossar der Begriffe und Eigennamen

Ahstrux nohtrum – Persönlicher Leibwächter, der vom König ernannt wird.

Attendhente – Auserwählte, die der Jungfrau der Schrift aufwartet.

Die Auserwählten – Vampirinnen, deren Aufgabe es ist, der Jungfrau der Schrift zu dienen. Sie werden als Angehörige der Aristokratie betrachtet, obwohl sie eher spirituell als weltlich orientiert sind. Normalerweise pflegen sie wenig bis gar keinen Kontakt zu männlichen Vampiren; auf Weisung der Jungfrau der Schrift können sie sich aber mit einem Krieger vereinigen, um den Fortbestand ihres Standes zu sichern. Sie besitzen die Fähigkeit zur Prophezeiung. In der Vergangenheit dienten sie alleinstehenden Brüdern zum Stillen ihres Blutbedürfnisses, aber diese Praxis wurde von den Brüdern aufgegeben.

Bannung – Status, der einer Vampirin der Aristokratie auf Gesuch ihrer Familie durch den König auferlegt werden kann. Unterstellt die Vampirin der alleinigen Aufsicht ihres Hüters, üblicherweise der älteste Mann des Haushalts. Ihr Hüter besitzt damit das gesetzlich verbriefte Recht, sämtliche Aspekte ihres Lebens zu bestimmen und nach eigenem Gutdünken jeglichen Umgang zwischen ihr und der Außenwelt zu regulieren.

Die Bruderschaft der Black Dagger – Die Brüder des Schwarzen Dolches. Speziell ausgebildete Vampirkrieger, die ihre Spezies vor der Gesellschaft der *Lesser* beschützen. Infolge selektiver Züchtung innerhalb der Rasse besitzen die Brüder ungeheure physische und mentale Stärke sowie die Fähigkeit zur extrem raschen Heilung. Die meisten von ihnen sind keine leiblichen Geschwister; neue Anwärter werden von den anderen Brüdern vorgeschlagen und daraufhin in die Bruderschaft aufgenommen. Die Mitglieder der Bruderschaft sind Einzelgänger, aggressiv und verschlossen. Sie pflegen wenig Kontakt zu Menschen und anderen Vampiren, außer um Blut zu trinken. Viele Legenden ranken sich um diese Krieger, und sie werden von ihresgleichen mit höchster Ehrfurcht behandelt. Sie können getötet werden, aber nur durch sehr schwere Wunden wie zum Beispiel eine Kugel oder einen Messerstich ins Herz.

Blutsklave – Männlicher oder weiblicher Vampir, der unterworfen wurde, um das Blutbedürfnis eines anderen zu stillen. Die Haltung von Blutsklaven ist heute zwar nicht mehr üblich, aber nicht ungesetzlich.

Chrih – Symbol des ehrenhaften Todes in der Alten Sprache.

Doggen – Angehörige(r)der Dienerklasse innerhalb der Vampirwelt. *Doggen* pflegen im Dienst an ihrer Herrschaft altertümliche, konservative Sitten und folgen einem formellen Bekleidungs- und Verhaltenskodex. Sie können tagsüber aus dem Haus gehen, altern aber relativ rasch. Die Lebenserwartung liegt bei etwa fünfhundert Jahren.

Ehros – Eine Auserwählte, die speziell in der Liebeskunst ausgebildet wurde.

Exhile Dhoble – Der böse oder verfluchte Zwilling; derjenige, der als Zweiter geboren wird.

Gesellschaft der ***Lesser*** – Orden von Vampirjägern, der

von Omega zum Zwecke der Auslöschung der Vampirspezies gegründet wurde.
Glymera – Das soziale Herzstück der Aristokratie, sozusagen die »oberen Zehntausend« unter den Vampiren.
Gruft – Heiliges Gewölbe der Bruderschaft der Black Dagger. Sowohl Ort für zeremonielle Handlungen wie auch Aufbewahrungsort für die erbeuteten Kanopen der *Lesser.* Hier werden unter anderem Aufnahmerituale, Begräbnisse und Disziplinarmaßnahmen gegen Brüder durchgeführt. Niemand außer Angehörigen der Bruderschaft, der Jungfrau der Schrift und Aspiranten hat Zutritt zur Gruft.
Hellren – Männlicher Vampir, der eine Partnerschaft mit einer Vampirin eingegangen ist. Männliche Vampire können mehr als eine Vampirin als Partnerin nehmen.
Hohe Familie – König und Königin der Vampire sowie all ihre Kinder.
Hüter – Vormund eines Vampirs oder einer Vampirin. Hüter können unterschiedlich viel Autorität besitzen, die größte Macht übt der Hüter einer gebannten Vampirin aus.
Jungfrau der Schrift – Mystische Macht, die dem König als Beraterin dient sowie die Vampirarchive hütet und Privilegien erteilt. Existiert in einer jenseitigen Sphäre und besitzt umfangreiche Kräfte. Hatte die Befähigung zu einem einzigen Schöpfungsakt, den sie zur Erschaffung der Vampire nutzte.
Leahdyre – Eine mächtige und einflussreiche Person.
Lesser – Ein seiner Seele beraubter Mensch, der als Mitglied der Gesellschaft der *Lesser* Jagd auf Vampire macht, um sie auszurotten. Die *Lesser* müssen durch einen Stich in die Brust getötet werden. Sie altern nicht, essen und

trinken nicht und sind impotent. Im Laufe der Jahre verlieren ihre Haare, Haut und Iris ihre Pigmentierung, bis sie blond, bleich und weißäugig sind. Sie riechen nach Talkum. Aufgenommen in die Gesellschaft werden sie durch Omega. Daraufhin erhalten sie ihre Kanope, ein Keramikgefäß, in dem sie ihr aus der Brust entferntes Herz aufbewahren.

Lewlhen – Geschenk.

Lheage – Respektsbezeichnung einer sexuell devoten Person gegenüber einem dominanten Partner.

Lielan – Ein Kosewort, frei übersetzt in etwa »mein Liebstes«.

Mahmen – Mutter. Dient sowohl als Bezeichnung als auch als Anrede und Kosewort.

Mhis – Die Verhüllung eines Ortes oder einer Gegend; die Schaffung einer Illusion.

Nalla – Kosewort. In etwa »Geliebte«.

Novizin – Eine Jungfrau.

Omega – Unheilvolle, mystische Gestalt, die sich aus Groll gegen die Jungfrau der Schrift die Ausrottung der Vampire zum Ziel gesetzt hat. Existiert in einer jenseitigen Sphäre und hat weitreichende Kräfte, wenn auch nicht die Kraft zur Schöpfung.

Phearsom – Begriff, der sich auf die Funktionstüchtigkeit der männlichen Geschlechtsorgane bezieht. Die wörtliche Übersetzung lautet in etwa »würdig, in eine Frau einzudringen«.

Princeps – Höchste Stufe der Vampiraristokratie, untergeben nur den Mitgliedern der Hohen Familie und den Auserwählten der Jungfrau der Schrift. Dieser Titel wird vererbt; er kann nicht verliehen werden.

Pyrokant – Bezeichnet die entscheidende Schwachstelle

eines Individuums, sozusagen seine Achillesverse. Diese Schwachstelle kann innerlich sein, wie zum Beispiel eine Sucht, oder äußerlich, wie ein geliebter Mensch.

Rahlman – Retter.

Rythos – Rituelle Prozedur, um verlorene Ehre wiederherzustellen. Der Rythos wird von dem Vampir gewährt, der einen anderen beleidigt hat. Wird er angenommen, wählt der Gekränkte eine Waffe und tritt damit dem unbewaffneten Beleidiger entgegen.

Schleier – Jenseitige Sphäre, in der die Toten wieder mit ihrer Familie und ihren Freunden zusammentreffen und die Ewigkeit verbringen.

Shellan – Vampirin, die eine Partnerschaft mit einem Vampir eingegangen ist. Vampirinnen nehmen sich in der Regel nicht mehr als einen Partner, da gebundene männliche Vampire ein ausgeprägtes Revierverhalten zeigen.

Symphath – Eigene Spezies innerhalb der Vampirrasse, deren Merkmale die Fähigkeit und das Verlangen sind, Gefühle in anderen zu manipulieren (zum Zwecke eines Energieaustauschs). Historisch wurden die *Symphathen* oft mit Misstrauen betrachtet und in bestimmten Epochen auch von den Vampiren gejagt. Sind heute nahezu ausgestorben.

Tahlly – Kosewort. Entspricht in etwa »Süße«.

Transition – Entscheidender Moment im Leben eines Vampirs, wenn er oder sie ins Erwachsenenleben eintritt. Ab diesem Punkt müssen sie das Blut des jeweils anderen Geschlechts trinken, um zu überleben, und vertragen kein Sonnenlicht mehr. Findet normalerweise mit etwa Mitte zwanzig statt. Manche Vampire überleben ihre Transition nicht, vor allem männliche Vampire. Vor ihrer Transition sind Vampire von schwächlicher Konstitution und sexuell unreif und desinteressiert. Außerdem können sie sich noch nicht dematerialisieren.

Triebigkeit – Fruchtbare Phase einer Vampirin. Üblicherweise dauert sie zwei Tage und wird von heftigem sexuellem Verlangen begleitet. Zum ersten Mal tritt sie etwa fünf Jahre nach der Transition eines weiblichen Vampirs auf, danach im Abstand von etwa zehn Jahren. Alle männlichen Vampire reagieren bis zu einem gewissen Grad auf eine triebige Vampirin, deshalb ist dies eine gefährliche Zeit. Zwischen konkurrierenden männlichen Vampiren können Konflikte und Kämpfe ausbrechen, besonders wenn die Vampirin keinen Partner hat.

Vampir – Angehöriger einer gesonderten Spezies neben dem Homo sapiens. Vampire sind darauf angewiesen, das Blut des jeweils anderen Geschlechts zu trinken. Menschliches Blut kann ihnen zwar auch das Überleben sichern, aber die daraus gewonnene Kraft hält nicht lange vor. Nach ihrer Transition, die üblicherweise etwa mit Mitte zwanzig stattfindet, dürfen sie sich nicht mehr dem Sonnenlicht aussetzen und müssen sich in regelmäßigen Abständen aus der Vene ernähren. Entgegen einer weit verbreiteten Annahme können Vampire Menschen nicht durch einen Biss oder eine Blutübertragung »verwandeln«; in seltenen Fällen aber können sich die beiden Spezies zusammen fortpflanzen. Vampire können sich nach Belieben dematerialisieren, dazu müssen sie aber ganz ruhig werden und sich konzentrieren; außerdem dürfen sie nichts Schweres bei sich tragen. Sie können Menschen ihre Erinnerung nehmen, allerdings nur, solange diese Erinnerungen im Kurzzeitgedächtnis abgespeichert sind. Manche Vampire können auch Gedanken lesen. Die Lebenserwartung liegt bei über eintausend Jahren, in manchen Fällen auch höher.

Vergeltung – Akt tödlicher Rache, typischerweise ausgeführt von einem Mann im Dienste seiner Liebe.

Wanderer – Ein Verstorbener, der aus dem Schleier zu den Lebenden zurückgekehrt ist. Wanderern wird großer Respekt entgegengebracht, und sie werden für das, was sie durchmachen mussten, verehrt.

Zwiestreit – Konflikt zwischen zwei männlichen Vampiren, die Rivalen um die Gunst einer Vampirin sind.

Danksagung

Mit unendlicher Dankbarkeit den Lesern der Bruderschaft der Black Dagger und ein Hoch auf die Cellies!

Ich danke euch so sehr: Karen Solem, Kara Cesare, Claire Zion, Kara Welsh.

Danke S-Byte und Ventrue und Loop und Opal für alles, was ihr aus der Güte eures Herzens tut!

Wie immer Dank an meinen Exekutivausschuss: Sue Grafton, Dr. Jessica Andersen und Betsey Vaughan. Und meinen größten Respekt für die unvergleichliche Suzanne Brockmann.

DLB – RESPEKT. Ich hab dich lieb ××× Mami

NTM – wie immer in Liebe und Dankbarkeit. Du bist wahrhaftig der Prinz unter den Männern.

P. S. – gibt es irgendetwas, was du nicht findest?

An LeElla Scott – haben wir's geschafft? Haben wir's geschafft? Haben wir's geschafft?

Remmy – der Tempomat ist unser Freund, und ohne LeSunshine sind wir nichts.

Alles Liebe, mein Herzblatt.

An Kaylie – herzlich willkommen in der Welt, kleines Mädchen. Du hast eine sensationelle Mutter – sie ist mein absolutes Idol, und das nicht nur, weil sie mich mit Haarpflegeprodukten versorgt.

An Bub – danke für *schwasted!*

Nichts von alldem wäre möglich ohne:

meinen liebenden Mann, der mir mit Rat und Tat zur Seite steht, sich um mich kümmert und mich an seinen

Visionen teilhaben lässt; meine wunderbare Mutter, die mir mehr Liebe geschenkt hat, als ich ihr je zurückgeben kann; meine Familie (die blutsverwandte wie auch die frei gewählte); und meine liebsten Freunde.

Ach ja, und die bessere Hälfte von WriterDog natürlich.